세계문학전집 114

파리의 노트르담 2

Notre-Dame de Paris

빅토르 위고
정기수 옮김

민음사

일러두기

1 이 책의 번역에 사용한 저본은 작품 해설에 밝혀 두었다.

2 본문의 각주는 모두 옮긴이 주이다.

차례

1권 차례

7부

1장

염소에게 비밀을 말하는 위험

여러 주일이 흘러갔다.

때는 3월 초순이었다. 우언법(迂言法)의 고전적 선조인 뒤바르타스[1]가 아직 태양을 '촛불의 대공(大公)'이라고 명명하기도 전이었지만, 그래도 역시 태양은 즐겁고 찬란하게 빛나고 있었다. 참으로 화창하고 아름다운 봄날이어서, 온 파리의 시민들이 광장과 산책장 들에 흩어져 일요일처럼 봄날을 즐기고 있었다. 그렇게 밝고 따스하고 맑은 날에는 노트르담의 정면 현관을 탄상해야 할 특정한 시간이 있다. 그것은 이미 서쪽으로 기운 태양이 이 대성당을 거의 정면으로 바라보는 순간이

1) Guillaume de Salluste, seigneur du Bartas, 1544~1590. 프랑스의 개신교 시인. 「일주일—세계의 창조」라는 시를 썼다.

다. 그럴 때면 점점 더 수평이 되는 햇살은 광장의 포석 바닥에서 천천히 물러나 수직으로 된 정면을 따라 올라가면서 그림자 위에 그 정면의 숱한 환조(丸彫)를 드러나 보이게 하는가 하면, 그 커다란 중앙의 원화창은 대장간 화덕의 반사광이 붉게 비친 외눈박이 거인의 눈처럼 타오른다.

그러한 시간이었다.

석양으로 새빨개진 높은 대성당의 맞은바라기에, 광장과 파르비 거리[2]의 모퉁이에 자리 잡은 한 고딕식 호화 주택의 현관 상부에 마련된 석조 발코니 위에서, 몇 명의 아리따운 처녀들이 온갖 미태(美態)를 지어가면서 신바람이 나서 웃고 지껄이고 있었다. 진주로 휘감은 그녀들의 뾰족한 머리쓰개 꼭대기에서 발뒤꿈치에 이르기까지 드리워져 있는 너울의 길이에서, 당시의 매력적인 유행에 따라 처녀들의 아름다운 가슴 윗부분을 드러나 보이게 하는, 어깨가 덮이는 수놓인 반소매 블라우스의 화사함에서, 그들의 겉옷보다도 더 값진 속치마의 화려함에서(기기묘묘한 멋!), 그 모든 것의 감으로 쓰인 사(紗)와 명주와 비로드에서, 그리고 특히 그녀들의 한가로움과 게으름을 나타내는 그 새하얀 손에서, 그녀들이 부유한 귀족 가문의 규수라는 것을 쉽사리 짐작할 수 있었다. 과연 그녀들은 플뢰르드리스 드 공들로리에 아가씨와 친구들인 디안 드 크리스퇴유, 아믈로트 드 몽미셸, 콜롱브 드 가이유퐁텐, 그리고 드

2) 이 거리는 현재의 파르비 노트르담 광장 위치에 있었는데, 위고가 이 소설을 쓰던 당시에도 이미 사라져버리고 없었다.

샹슈브리에 소녀였는데, 모두가 양갓집 딸들로서, 이때 그녀들이 공들로리에 과부 댁에 모여 있었던 까닭은, 플랑드르 사람들에게서 마르그리트 황태자비를 맞이하러 피카르디로 갈 때 황태자비를 위한 시녀들을 뽑기 위해 보죄 전하 내외 분이 4월에 파리에 올 예정이었기 때문이다. 그런데 파리 사방 300리의 모든 시골 귀족들은 자기 딸을 위해 그 영예를 얻어주기를 갈망했으며, 그들 중 꽤 많은 사람들이 벌써부터 딸들을 파리에 데리고 오거나 보내놓았던 것이다. 여기 있는 아가씨들의 부모는 노트르담의 파르비 광장의 자택에 외동딸과 함께 물러앉아 있는, 옛 궁중 쇠뇌 사수(射手) 대장의 과부인 알로이즈 드 공들로리에 부인의 신중하고도 존경할 만한 보호 아래 딸들을 맡겨놓은 것이다.

이 아가씨들이 있는 발코니는 금 당초문(唐草紋)을 박은 엷은 황갈색의 플랑드르 가죽으로 호화롭게 벽을 둘러친 침실로 통했다. 천장에 평행으로 줄을 긋고 있는 들보들은 금빛으로 색칠한 온갖 이상야릇한 조각물들로 보는 눈을 즐겁게 해주었다. 조각한 궤들 위에서는 찬란한 에나멜이 여기저기 반짝거렸고, 도기로 만들어진 멧돼지 머리 하나가 장려한 식기장 위에 놓여 있는데, 그 식기장이 두 단으로 되어 있는 것을 보면, 이 집의 안주인이 자신의 깃발 아래 부하들을 거느리고 출진할 수 있는 기사의 아내거나 과부라는 것을 알 수 있었다. 안쪽으로, 위에서 아래까지 가문(家紋)과 문장(紋章)으로 장식된 높은 벽로 옆에, 공들로리에 부인이 붉은 비로드로 된 화려한 안락의자 위에 앉아 있었는데, 그녀의 쉰다섯 나이는 그녀의 얼굴 못지않게 의복에도 역력히 드러났다. 그녀의 옆에는 약간 허영과 허세를 부리고는 있지만 꽤 용맹스러운 얼굴을 한 청년 하나가 서 있었는데, 관상을 잘 보는 진중한 남자들이라면 그를 보고 어깨를 으쓱하겠지만 여자라면 누구나 인정할 만한 미남이었다. 이 젊은 기사는 친위헌병대의 찬란한 중대장복을 입고 있었는데, 그것은 이 이야기의 1권에서 독자들이 이미 탄상할 수 있었던 제우스의 복장과 너무도 흡사하므로, 여기서 다시 묘사하여 독자를 괴롭히고 싶지는 않다.

처녀들은 일부는 방 안에, 또 일부는 발코니에, 어떤 여자들은 가장자리를 금색으로 두른 비로드 방석 위에, 또 다른 여자들은 온갖 꽃과 도형을 새긴 떡갈나무 의자에 앉아 있었다. 처녀들은 제각기 무릎 위에 커다란 벽 휘장을 한 자락씩 올려놓고 함께 바늘로 휘장을 짜고 있었는데, 그 한 자락은 마룻바닥에 깔린 돗자리 위에 질질 끌리고 있었다.

그 여자들은 처녀들의 비밀회의 속에 젊은 남자 하나가 끼여 있을 때 으레 그러듯이, 소곤거리는 목소리와 억지로 참는 웃음소리로 저희들끼리 지껄이고 있었다. 청년이 그 자리에 있는 것만으로도 그 모든 여성들의 자존심을 움직이기에 충분했는데, 장본인인 그는 그러한 것에는 별로 아랑곳하지 않는 것 같았으며, 이 아름다운 처녀들이 서로 그의 주의를 더 많이 끌려고 하고 있는데도, 그는 사슴 가죽 장갑을 가지고 혁대의 버클 핀을 닦기에 유독 골몰하고 있는 것 같았다.

때때로 늙은 부인이 매우 낮은 목소리로 그에게 말을 걸면,

그는 어색하고 거북살스러운 듯한 일종의 예의를 갖추어 최선을 다해 대답했다. 알로이즈 부인의 미소나 몸짓으로 보아, 중대장에게 나지막이 말하면서 자기 딸 플뢰르드리스 쪽으로 눈을 돌리고 깜박거리는 것으로 보아, 이 청년과 플뢰르드리스 사이는 이미 약혼 관계가 성립되어 있고 또 어쩌면 머지않아 결혼식을 올릴 사이라는 것을 쉽사리 짐작할 수 있었다. 그런데 이 장교의 거북스럽고 냉정한 태도로 보면 적어도 그로서는 애정이 식었다는 것을 쉬이 알아볼 수 있었다. 그의 표정에는 온통 어색함과 권태의 빛이 역력했는데, 오늘날 우리 주둔군 소위들이라면 "이런 제기랄 놈의 고역이!"라는 말로 그것을 훌륭하게 표현하리라.

착한 노부인은 가련하게도 딸에게 너무도 열중한 나머지, 장교에게 별로 정열이 없다는 것도 알아채지 못하고, 플뢰르드리스가 얼마나 능란하게 바느질을 하고 실타래를 풀고 하는지를 가만가만 그에게 지적해 주려고 애쓰고 있었다.

"여보게, 조카." 하고 그 부인은 그의 귀에 대고 이야기하려고 그의 소매를 잡아당기면서 말했다. "저 애를 좀 보게나! 저것 봐, 몸을 구부리지 않아?"

"참 그렇군요." 하고 젊은이는 대답하고, 다시금 딴 데에 정신이 팔린 듯 쌀쌀한 태도로 침묵을 지키는 것이었다.

잠시 후 알로이즈 부인이 또 몸을 기울이며 말했다.

"자네 약혼자보다 더 귀엽고 명랑한 얼굴을 본 일이 있는가? 저보다 더 살결이 희고 더 금발인 여자가 있던가? 저렇게도 완전무결한 손이 어디 있던가? 그리고 저 목을 보게, 꼭 백조같이 목을 놀리지 않아, 참으로 매혹적이지 않나? 나는 때때로 자네가 부럽더군! 자네는 남자여서 참 좋겠네, 고약한 난봉꾼 도련님! 우리 플뢰르드리스가 저렇게도 사랑스럽고 예뻐서 자네 넋이 나가지 않았나?"

"그런가 봐요." 그는 딴생각을 하면서 대답했다.

"아니 저 애에게 얘기 좀 하게나." 알로이즈 부인은 그의 어깨를 떼밀면서 갑자기 그렇게 말했다. "저 애에게 뭐라고 좀 얘길 하게나. 자네 왜 그렇게 수줍어졌나!"

독자 여러분에게 단언할 수 있거니와, 수줍음은 이 중대장의 장점도 결점도 아니었다. 그러나 그는 상대방이 자기에게 요구하는 것을 해보려고 했다.

"사촌 누이." 그는 플뢰르드리스에게 다가가면서 말했다. "지금 만들고 있는 그 휘장 자수의 주제가 뭐지?"

"사촌 오빠." 플뢰르드리스는 원망스러운 듯이 대답했다. "그건 벌써 세 번이나 얘기해 드리지 않았어요. 이건 바다 신의 동굴이에요."

플뢰르드리스가 중대장의 쌀쌀하고 건성인 태도를 자기 어머니보다 훨씬 더 잘 알아채고 있는 것은 분명하였다. 그는 뭐든지 대화를 좀 나눠야 할 필요성을 느꼈다.

"이 바다 신의 자수는 누구를 위해 만드는 건가?" 그는 물었다.

"생탕투안 데 샹 수도원에 줄 거예요." 플뢰르드리스는 눈을 들지 않고 말했다.

중대장은 벽 휘장의 한쪽 귀퉁이를 집었다.

"이건 뭐지, 예쁜 사촌 누이, 여기 나팔을 힘껏 불고 있는 이 뚱뚱한 헌병은?"

"트리톤[3]이에요." 그녀는 대답했다.

플뢰르드리스의 짤막짤막한 그 말 속에는 줄곧 조금 토라진 듯한 억양이 있었다. 청년은 불가불 그녀의 귀에 대고 무슨 말을, 싱거운 말이든 달콤한 말이든, 뭐든지 좀 속삭여주지 않으면 안 되겠다는 것을 깨달았다. 그래서 그는 몸을 기울였으나, 다음과 같은 말보다 더 정답고 더 친밀한 것은 머릿속에서 찾아낼 수가 없었다. "왜 당신 어머니는 언제나 샤를 7세 시대의 우리 할머니들처럼 저런 가문(家紋)이 든 윗옷을 입고 계시는 건가? 어머님께 말씀 좀 드리지 그래, 예쁜 사촌 누이, 그건 이미 현대의 멋이 아니라고 말이야. 그리고 어머니의 드레스 위에 문장(紋章)으로 수놓은 그 경첩과 월계수는 꼭 걸어다니는 맨틀피스 같다고. 내 당신에게 맹세하지만, 요즘 사람들은 저렇게 자기 군기(軍旗) 위에 앉지는 않거든."

플뢰르드리스는 몹시 원망하는 듯한 아름다운 눈으로 그를 쳐다보았다. "당신이 제게 맹세하는 건 그게 전부인가요?" 그녀는 나직한 목소리로 말했다.

그러나 착한 알로이즈 부인은 그들이 그렇게 몸을 기울이고 소곤거리는 것을 보곤 무척 기뻐서, 손에 들고 있는 기도책의 걸쇠를 만지작거리면서 말했다. "참으로 감격적인 사랑의 광경이야!"

---

3) 바다의 신 중 하나.

중대장은 더욱더 어색해져서, 갑자기 벽 휘장으로 화제를 돌려버렸다. "이건 정말 멋진 솜씨인걸!" 하고 그는 외쳤다.

그러자 푸른 다마스쿠스산(産)의 푸른 옷감으로 보기 좋게 목을 감은, 살결이 하얀, 또 다른 금발 미인 콜롱브 드 가유퐁텐이 자기의 말에 그 미남의 중대장이 대꾸해 주기를 기대하면서, 머뭇머뭇 입을 열어, 플뢰르드리스에게 말을 걸었다. "친애하는 공들로리에, 저 로슈기용 저택의 벽 휘장 봤어요?"

"그건 랭제르 뒤 루브르 정원이 울안에 있는 저택 아니에요?" 하고 디안 드 크리스퇴유가 웃으면서 물었는데, 이 아가씨는 아름다운 이를 가지고 있어서 걸핏하면 웃어 보였다.

"그리고 그 저택 안에는 파리 옛 성벽의 그 커다란 낡은 탑이 있지요." 하고 아믈로트 드 몽미셸이 덧붙였는데, 산뜻한 갈색 고수머리 미인인 이 아가씨는, 무슨 까닭인지는 알 수 없으나, 앞의 아가씨가 웃는 버릇이 있는 것처럼 한숨 쉬는 버릇이 있었다.

"친애하는 콜롱브," 하고 알로이즈 부인이 말을 이었다. "그건 샤를 6세 시대의 바크빌 씨 저택 얘기가 아니니? 아닌 게 아니라 거기엔 썩 화려한 수직직(垂直織) 벽 휘장이 있지."

"샤를 6세! 샤를 6세 왕이라!" 하고 젊은 중대장은 콧수염을 말아 올리면서 중얼거렸다. "정말! 이 착한 부인은 옛날 것들을 참 질도 기억하고 있군!"

공들로리에 부인은 말을 계속했다. "정말 아름다운 벽 휘장이야. 그 솜씨가 하도 훌륭하여 일품으로 손꼽히고 있지!"

그때, 일곱 살 먹은 날씬한 소녀 베랑제르 드 샹슈브리에가 아니라 그는 히죽히죽 웃기 시작하면서 입속으로 이렇게 중얼거렸다. "지바르 문이라! 지바르 문이라! 그건 샤를 6세 왕을 통과시키기 위한 문이렸다!"

"대모님." 줄곧 움직이고 있는 눈으로 갑자기 노트르담의 탑 꼭대기를 쳐다본 베랑제르가 외쳤다. "저 위에 있는 저 새카만 사람은 뭐예요?"

모든 아가씨들이 쳐다보았다. 아닌 게 아니라 한 사나이가 그레브 광장 쪽을 향한 북쪽 탑의 맨 꼭대기 난간 위에 팔꿈치를 짚고 있었다. 그것은 어떤 성직자였다. 그의 복장과 두 손으로 받치고 있는 그의 얼굴을 똑똑히 알아볼 수 있었다. 게다가 그는 하나의 조상인 양 까딱도 않고 있었다. 그의 눈은 광장을 응시하고 있었다.

그는 마치 참새들의 보금자리를 발견하고 그것을 바라보고 있는 솔개와도 같이 꼼짝도 않고 있었다.

"저건 조자스 부주교님이야." 플뢰르드리스가 말했다.

"여기서 그를 알아보다니 언니는 참 눈이 좋네요!" 가유퐁텐이 지적했다.

"어쩜 그는 저렇게 춤추는 계집애를 바라다보고 있을까!" 하고 디안 드 크리스퇴유가 말을 이었다.

"저 이집트 계집애는 조심해야지!" 하고 플뢰르드리스가 말했다. "그는 이집트를 좋아하지 않거든."

"저 남자가 그녀를 저렇게 바라보고 있는 건 정말 유감이네요." 하고 아믈로트 드 몽미셸이 덧붙였다. "저리도 황홀하게 춤을 추고 있는데 말이에요."

발코니의 클로버 장식 구멍으로 광장을 내다보다가 외쳤다. "어머나! 저것 봐요, 플뢰르드리스 대모님, 저기 포석 위에서 예쁜 아가씨가 평민들에게 둘러싸여 춤추면서 탬버린을 치고 있어요!"

과연 탬버린 소리가 은은히 들려오고 있었다.

"무슨 보헤미아의 집시 계집애겠지." 플뢰르드리스는 광장 쪽을 태연히 돌아보면서 말했다.

"어디 보자! 어디 봐!" 그녀의 발랄한 친구들은 외쳤다. 그리고 모두 발코니 가장자리로 달려갔는데, 플뢰르드리스는 약혼자의 쌀쌀함을 곰곰 생각하면서 그녀들의 뒤를 천천히 따라갔고, 그녀의 약혼자는 거북스러운 대화를 중단시켜 준 그 사건으로 홀가분해져서, 병역에서 해제된 군인처럼 만족한 듯이 방 안쪽으로 되돌아왔다. 그러나 아름다운 플뢰르드리스가 그를 섬기는 태도란 여간 귀엽고 상냥한 것이 아니었고, 사실 예전에는 그에게도 그렇게 보였다. 하지만 중대장은 차츰 싫증이 났고, 머지않아 결혼식을 올리게 된다는 생각은 날이 갈수록 더욱더 그를 냉정하게 만들었다. 뿐만 아니라 그는 성질이 변덕스러웠고, 이런 말까지 해도 좋을지 모르겠으나, 취미가 좀 저속한 사람이었다. 그는 썩 지체 높은 집안에서 태어났음에도 불구하고, 갑옷을 입고 있는 동안 한둘이 아닌 난폭한 군인의 버릇에 물들었다. 그가 술집에 빠진 걸 보면, 그 밖에는 다 알조다. 그는 육담과 여자에 대한 군대식 수작과 호락호락 넘어가는 미녀들과 손쉽게 얻는 성공밖에는 좋아하지 않았다. 하지만 그는 가정에서 좀 교육도 받고 예절도 배웠다. 그러나 너무 젊어서부터 국내를 돌아다니고, 너무 젊어서부터 각처에 주둔함으로써, 날이 갈수록 귀족의 칠이 그의 헌병 멜빵에 되게 문질러져서 벗겨져가고 있었다. 아직도 때때로 체면상 플뢰르드리스를 찾아가면서도, 그녀의 집에서 이중으로 거북스러움을 느끼고 있었으니, 첫째는, 온갖 종류의 장소에서 사랑을 너무나도 흩뿌리고 다닌 나머지 그녀를 위해서는 사랑을 조금밖에 남겨놓지 않았기 때문이요, 다음으로는 그토록 많은 딱딱하고 단정하고 예절 바른 미녀들 사이에서, 상말만 해 버릇한 자기 입이 별안간 날뛰어 술집의 말 속으로 도망치지나 않을까 끊임없이 두려워하고 있었기 때문이다. 그 결과가 어떠했을지 독자는 상상하고도 남을 것이다!

게다가 그 모든 것은 그에게서 멋과 몸치장과 미모를 뽐내려는 의도와 혼합되어 있었다. 독자는 이런 것들을 알아서 정리해 주기 바란다. 나는 이야기꾼에 불과하다.

그래서 그는 조금 전부터, 무슨 생각에 잠겨 있었는지 아니면 아무 생각도 하지 않고 있었는지는 모르겠으나, 아무튼 말없이, 벽난로의 조각된 틀 장식에 몸을 기대고 있었는데, 그때 플뢰르드리스가 갑자기 돌아보면서 그에게 말을 걸었다. 결국 이 가엾은 아가씨가 그를 원망한 것도 본의는 아니었던 것이다.

"사촌 오빠, 두 달 전에, 밤중에 비밀 순찰을 돌다가, 열두어 명의 도둑놈들 손에서 집시 계집애를 하나 구해 냈다는 얘기를 우리들에게 하지 않았던가요?"

"그런 것 같아, 사촌 누이." 하고 중대장은 말했다.

"그럼," 하고 그녀는 말을 이었다. "아마 저기 성당 앞
춤추고 있는 게 그 집시 계집애일지도 몰라요. 그 여지
아볼 수 있는지 이리 와보세요, 페뷔스 사촌 오빠."

그녀가 그를 이름으로 부르면서 자기 옆으로 와달리
그 부드러운 권유 속에서, 그는 그녀가 은근히 화해하
는 것을 간파했다. 페뷔스 드 샤토페르 중대장(이 장의
터 독자가 눈앞에 보고 있는 것은 바로 이 사람이니 말이다
천히 걸어서 발코니로 다가갔다. "저것 봐," 하고 플뢰르
는 페뷔스의 팔 위에 자기 손을 정답게 올려놓으면서
말했다. "저기 저 동그라미 속에서 춤추고 있는 저
보세요. 저게 그 집시 계집애인가요?"

페뷔스는 바라보고 나서 말했다.

"그렇군. 저 염소를 보니 그 여자라는 걸 알겠어."

"어머나! 정말 예쁜 새끼 염소로군요!" 아믈로트
여 손을 마주 잡으면서 말했다.

"저 뿔은 진짜 금인가요?" 베랑제르가 물었다.

알로이즈 부인이 안락의자에 꼼짝 않고 앉아 입을
"저건 작년에 지바르 문으로 해서 들어온 집시
하나가 아닐까?"

"어머니." 플뢰르드리스가 조용조용히 말했다. "
금은 앙페르 문이라고 불려요."

공들로리에 양은 제 어머니의 낡아빠진 말투를
얼마나 귀에 거슬려 하는지를 잘 알고 있었던 것이

"페뷔스 사촌 오빠." 하고 갑자기 플뢰르드리스가 말했다. "저 집시 계집애를 아신다니 올라오도록 신호를 해보세요. 재미있겠어요."

"그것 좋겠네요!" 모든 아가씨들이 손뼉을 치면서 외쳤다.

"그런 미친 짓을." 하고 페뷔스는 대답했다. "저 여자는 날 잊어버렸을지도 몰라. 그리고 난 저 여자의 이름조차도 몰라. 그렇지만 아가씨들께서 바라시니까, 어디 해봅시다." 그러면서 그는 발코니 난간에 몸을 구부리고 소리를 지르기 시작했다. "아가씨!"

춤추는 여자는 이때 탬버린을 치지 않고 있었다. 그녀는 부르는 소리가 들려오는 쪽으로 고개를 돌렸다. 그녀는 반짝이는 눈으로 페뷔스를 응시하더니, 춤을 뚝 멈추었다.

"아가씨!" 하고 중대장은 되풀이하고 손가락으로 오라는 신호를 하였다.

그 처녀는 여전히 그를 바라보더니, 마치 불꽃이 볼에 솟아오르기라도 한 듯 새빨개졌다. 그러고는 팔 아래 끼고 있던 탬버린을 집어 들고, 어리둥절해 있는 구경꾼들 사이를 뚫고, 페뷔스가 자기를 부르는 집 문 쪽을 향해, 뱀의 호림에 넘어간 새처럼 당황한 눈으로, 비틀거리면서 천천히 걸어갔다.

잠시 후, 문의 커튼이 올라가고 집시 아가씨가 방문턱 위에 나타났는데, 얼굴은 홍당무가 되어 어쩔 줄을 모르고, 숨을 헐떡거리고, 그 커다란 눈을 수그린 채, 감히 한 발도 더 걸어 들어오지 못하고 있었다.

베랑제르가 손뼉을 쳤다.

그동안에 춤추는 아가씨는 문턱에 가만히 서 있었다. 그녀의 출현은 이 처녀들의 무리 속에 야릇한 효과를 빚어냈다. 확실히 이 미남 장교의 마음에 들고 싶은 막연한 욕망으로 그녀들은 모두 한꺼번에 활기를 띠고 있었고, 그 찬란한 군복은 그녀들의 모든 교태의 과녁이 되고 있었는데, 그가 거기에 와 있은 뒤로 그 여자들 자신은 별로 의식하지 않았지만, 그래도 그것은 그녀들의 행동과 말 속에 줄곧 나타나고 있었다. 그렇지만 그녀들은 모두 어슷비슷한 미인이라 같은 조건에서 싸우고 있던 셈이어서, 저마다 승리를 기대할 수 있었다. 그런데 이 집시 아가씨가 옴으로써 느닷없이 그러한 균형이 깨졌다. 그녀는 세상에 보기 드문 미인이었는지라, 방문 앞에 나타난 순간, 그녀는 거기에 그녀 특유의 빛 같은 것을 퍼뜨리는 것 같았다. 그 좁은 방 안에서, 그 벽걸이와 목공 세공품 들의 침침한 배경 아래에서, 그녀는 광장에 있을 때와는 비교도 할 수 없을 만큼 더 아름다웠고 더 빛났다. 그녀는 마치 밝은 햇빛 아래에서 어둠 속으로 갖다 놓은 횃불과도 같았다. 그 귀족 아가씨들은 본의 아니게 그녀로 인해 눈이 부셨다. 그녀들은 누구나 제 아름다움에 말하자면 상처를 입은 것이었다. 그러므로 그 여자들의 전선(戰線)은, 이러한 표현을 용서해 주기 바란다, 서로 단 한마디 말도 주고받지 않은 가운데, 당장 변했다. 그녀들은 희한하게도 서로 뜻이 잘 통하고 있었던 것이다. 여성들의 본능은 남성들의 이해력보다 더 빨리 서로 통하고 이해되는 것이다. 그녀들에게는 적 하나가 닥쳐왔으니, 모두가 그것을 느끼고 모두가 한데 뭉친 것이다. 한 잔의 물을 온통 붉게 하기 위해서는 한 방울의 포도주로 충분하고, 어여쁜 여자들의 모임을 온통 어떤 기분으로 물들이기 위해서는, 더구나 남자가 하나밖에 없을 때는, 더 어여쁜 여자 하나가 뜻밖에 나타나는 것으로 충분한 것이다.

그러므로 이 보헤미아 아가씨에 대한 대접은 여간 쌀쌀한 것이 아니었다. 그 여자들은 그녀를 위아래로 훑어보고 나서 서로 마주 바라보았다. 이야기는 다 끝난 것이다. 그녀들은 서로의 속마음을 알아버린 것이다. 그러는 동안 처녀는 자기에게 말을 걸어오기를 기다리고 있었다. 그녀는 몹시 감동하여 감히 눈도 들지 못하고 있었다.

중대장이 맨 먼저 침묵을 깼다. "정말," 하고 그는 뻔뻔스럽고도 교만한 어조로 말했다. "아리따운 여자로군! 어떻게 생각해, 사촌 누이?"

이러한 의견은 더 세련된 찬미자라면 나직한 목소리로 말했을 텐데, 그 말은 보헤미아 아가씨 앞에서 관찰하고 있던 그녀들의 질투심을 가라앉힐 수 있는 성질의 것이 아니었다.

플뢰르드리스는 짐짓 상냥한 체하는 멸시 어린 태도로 중대장에게 대답했다. "제법 예쁘네요."

다른 아가씨들은 수군거리고 있었다.

이윽고 자기 딸 때문에 역시나 질투하지 않을 수 없었던 알로이즈 부인이 춤추는 아가씨에게 말을 걸었다. "가까이 와요, 아가씨."

"가까이 오세요, 아가씨!" 그녀의 뒤에 와 있던 베랑제르가 우스꽝스럽고도 의젓한 태도로 똑같은 말을 되풀이했다.

이집트 아가씨는 귀부인 쪽으로 걸어갔다.

"어여쁜 소녀여," 페뷔스도 그 여자 쪽으로 몇 걸음 걸어 나아가면서 힘주어 말했다. "당신이 나를 알아본다면 난 더할 나위 없이 행복하겠는데……."

그녀는 그에게 미소와 더없이 상냥한 눈길을 보내면서 그의 말을 중단시켰다.

"아! 그럼요." 하고 그녀는 말했다.

"기억력이 좋으네요." 플뢰르드리스가 지적했다.

"그런데," 하고 페뷔스는 말을 계속했다. "그날 밤 당신은 참으로 재빨리 달아나 버렸어. 내가 무서운가?"

"아! 그렇지 않아요." 하고 보헤미아 아가씨는 말했다.

'아! 그럼요.'라고 말한 다음에 '아! 그렇지 않아요!'라고 말한 어조에는 플뢰르드리스의 기분을 상하게 한 그 어떤 말할 수 없는 것이 들어 있었다.

"예쁜 아가씨, 당신은 그 자리에," 하고 중대장은 말을 계속했는데, 거리의 여자에게 말을 하게 되자, 비로소 혀가 잘 돌아가기 시작한 것이다. "상을 찌푸린 괴상한 놈 하나를 두고 갔지, 애꾸눈이고 곱사등이고, 주교의 종지기라고 나는 생각하는데 말이야. 사람들 말에 의하면 그 녀석은 어느 부주교의 사생아라고 하던데, 태어날 때부터 악마라고 하더군. 그 녀석 별난 이름인데, 가드드딩이라던가, 파그플뢰리라던가, 마르디그라라던가, 지금은 기억이 잘 안 나. 아무튼 그건 무슨 대축제의 이름이야![4] 그래 그놈이 감히 당신을 겁탈하려고 들다니! 당신이 성당지기들의 짝이 될 줄 알았던가! 어림도 없지.

그래 대관절 그 부엉이 같은 놈이 당신을 어떻게 하려고 했던 거지? 응, 말해 봐!"

"저도 몰라요." 그녀가 대답했다.

"어디서 감히 그런 무엄한 짓을! 종지기 주제에 마치 자작처럼 처녀를 겁탈하려고 들어! 천민이 그래 귀족의 사냥감을 밀렵을 해! 그건 드문 일이야. 그러나 결국 그 녀석은 톡톡히 영금을 봤지. 피에라 토르트뤼 나리는 더없이 거친 마부여서 악당에게 그렇게도 사정없이 채찍질을 한 사람은 없었지. 이런 말을 들으면 당신 기분이 좋을 테니까 하는 말인데, 그 종지기 녀석은 그의 손 아래 보기 좋게 가죽이 벗겨졌지."

"불쌍한 사람." 하고 보헤미아 아가씨는 말했는데, 중대장의 이야기로 그 죄인 공시대 광경의 추억이 새삼 되살아났던 것이다.

중대장은 깔깔 웃었다. "제기랄! 돼지 궁둥이에 깃털 난 것처럼 얼토당토않은 데다 동정이야! 나도 교황처럼 불룩 배지가 되고 싶지만, 다만……."

그는 말을 뚝 끊었다. "미안합니다. 여러 귀부인들! 하마터면 못된 소리를 지껄일 뻔했군요."

"체!" 가유퐁텐이 말했다.

"저 계집애에겐 잘도 지껄이네." 하고 플뢰르드리스가 나직한 목소리로 덧붙였다. 그녀의 원한은 시시각각으로 커져가고 있었다. 중대장이 집시 여자를, 그리고 특히 자기 자신을 매우

4) 카지모도의 이름이 '부활절 다음 첫 일요일'인 데서 축제를 연상하고 있다.

흡족하게 여기고 발꿈치로 뱅그르르 돌면서 군대식의 투박하고 야비한 수작으로 "참으로 예쁜 아가씨야."라고 되풀이하는 것을 보았을 때, 그녀의 원한은 조금도 줄어들지 않았다.

"참 촌스럽게도 입었네." 디안 드 크리스퇴유가 그 아름다운 이를 드러내고 웃으면서 말했다.

이 고찰은 다른 아가씨들에게 한줄기 빛이 되었다. 그것은 그녀들에게 이집트 아가씨를 공격할 수 있는 측면을 보여준 것이다. 그녀의 아름다움을 물어뜯을 수가 없으므로, 아가씨들은 그녀의 복장을 향해 덤벼들었다.

"정말 그렇구나, 얘." 하고 몽미셸이 말했다. "어쩌면 저렇게 어깨 장식도 깃 장식도 없이 거리를 쏘다닐까?"

"치마는 소름이 끼칠 만큼 짧다, 얘." 가유퐁텐이 덧붙였다.

"이봐, 아가씨." 플뢰르드리스는 꽤 신랄하게 말을 계속했다. "그런 황금 띠를 감고 다니다간 순검들에게 잡혀가겠어요."

"이봐, 이봐." 크리스퇴유는 잔인한 미소를 지으면서 말을 이었다. "그 팔에 얌전하게 소매를 달고 다니면 햇볕에 덜 그을리지 않을까?"

이 미녀들이 얼마나 그 성난 독설을 놀리면서, 이 거리의 무희 주위에서 뱀처럼 꿈틀거리고 몸을 비틀며 기고 있었는지는 참으로 가관이어서, 그 꼴은 정말로 페뷔스보다 더 영리한 구경꾼에게나 일및은 구경거리였다. 그녀들은 매정하면서도 상냥했다. 그녀들은 심술궂게도 말로써 이집트 여자의 값싼 금속으로 번쩍거리는 초라한 누더기 옷차림을 샅샅이 뒤지고 있었던 것이다. 그것은 끝없는 비웃음과 빈정거림, 모욕의 연속이었다. 비꼬는 말들이 이집트 여자 위에 비 오듯 쏟아지고, 거만한 호의와 심술궂은 눈길이 집중되었다. 마치 저 로마의 젊은 귀부인들이 아름다운 노예의 젖퉁이에 금 핀을 꽂으며 노는 것을 보는 것 같았다. 마치 멋진 그레이하운드들이 콧구멍을 벌름거리고 눈을 번쩍거리면서 숲의 가엾은 사슴 주위를 뱅뱅 돌면서도 주인의 눈초리가 두려워 감히 잡아먹지 못하고 있는 것 같았다.

요컨대 이 대갓집 규수들 앞에서 한낱 보잘것없는 광장의 무희 따위가 무엇이겠는가! 아가씨들은 그녀가 거기에 있는 데는 전혀 아랑곳도 하지 않는 것 같았으며, 그녀 앞에서, 그녀에 관해, 그녀 자신에게, 큰 소리로, 마치 무슨 꽤 불결하고 꽤 천하면서도 꽤 예쁜 것을 이야기하듯 지껄이고 있었다.

집시 여자가 그렇게 바늘로 찔러대는 것을 못 느끼고 있었던 것은 아니다. 때때로 수치심에서 오는 홍조와 분노의 섬광이 그녀의 눈이나 볼을 타오르게 하고, 경멸의 말이 그녀의 입술 위에서 주저하는 것 같았고, 독자가 이미 그 버릇을 알고 있다시피, 그녀는 멸시감으로 입을 삐쭉거리곤 하였으나, 입을 꼭 다물고 있었다. 까딱 않고 서서 그녀는 체념한 듯이 슬프고 부드러운 눈으로 페뷔스를 지그시 바라다보고만 있었다. 그 눈길에는 또한 행복감과 애정도 깃들어 있었다. 그녀는 쫓겨날까 봐 두려워서 꾹 참고 있는 것 같았다.

페뷔스로 말하자면 그는 웃고 있었고, 교만과 동정심 섞인 태도로 보헤미아 아가씨의 편을 들고 있었다.

"저들이 멋대로 지껄이게 내버려두구려, 아가씨!" 그는 금

박차를 짤랑짤랑 울리면서 되풀이했다. "물론 당신 옷차림이 좀 괴이하고 야성적일지도 몰라. 하지만 당신 같은 아리따운 처녀가 아무러면 어때?"

"어머나!" 하고 금발의 가유퐁텐이 씁쓸한 미소를 짓고 그 백조 같은 목을 쑥 뽑으면서 외쳤다. "친위헌병대 나리들은 집시의 아름다운 눈에 곧잘 타오르는 모양이죠?"

"물론이죠." 페뷔스는 말했다.

중대장이 어디에 떨어지든 아무도 거들떠보지도 않는 하나의 돌멩이처럼 아무렇게나 던진 그 대답에 콜롱브는, 그리고 디안도, 아믈로트도, 플뢰르드리스도 웃기 시작했는데, 그녀들의 눈에서는 동시에 눈물이 솟아올랐다.

보헤미아 아가씨는 콜롱브 드 가유퐁텐의 말에 눈을 땅바닥으로 떨어뜨리고 있다가, 기쁨과 자랑으로 빛나는 눈을 들고 다시금 페뷔스 쪽을 응시했다. 그 순간 그녀는 정말 아름다웠다.

이 광경을 지켜보고 있던 노부인은 모욕감을 느꼈고, 통 이해가 가지 않았다.

"아이고, 성모마리아님!" 별안간 그녀는 외쳤다. "대관절 뭐가 이렇게 내 다리 밑에서 꿈지럭거린담? 아니, 이런 더러운 짐승이!"

그것은 자기 주인을 찾으러 온 염소였는데, 그녀 쪽으로 뛰어가다, 노부인이 앉을 때 발 위에 포개놓은 옷자락에 뿔이 걸렸던 것이다.

그것은 하나의 기분 전환이 되었다. 보헤미아 아가씨는 한

마디 말도 하지 않고 염소를 풀어주었다.

“어머! 저 새끼 염소 좀 봐, 다리가 금빛이네!” 베랑제르는 좋아서 팔짝팔짝 뛰면서 외쳤다.

보헤미아 아가씨는 무릎을 꿇고 쭈그리고 앉아서 염소의 정다운 머리를 자기 볼에 갖다 댔다. 마치 그렇게 그와 떨어져 있었던 것을 사과라도 하는 것 같았다.

그러는 동안에 디안은 콜롱브의 귀 쪽으로 몸을 숙이고 있었다.

“아니! 이럴 수가! 어째서 더 일찍 생각이 나지 않았을까! 저 앤 저 염소를 데리고 다니는 집시 계집애야! 저 계집애는 마술사래요. 그리고 저 염소는 매우 기적적인 짓을 한대.”

“그러면,” 하고 콜롱브는 말했다. “이제 저 염소더러 우리를 좀 즐겁게 해달래야겠다. 무슨 기적을 하나 일으켜보라고 해야겠어.”

디안과 콜롱브는 이집트 아가씨에게 힘차게 말을 던졌다.

“얘, 저 염소에게 기적을 하나 일으키게 해봐.”

“무슨 말씀인지 모르겠네요.” 춤추는 아가씨는 대답했다.

“기적이랄까 마술이랄까, 요컨대 요술 말이야.”

“몰라요.” 그리고 그녀는 다시 그 예쁜 짐승을 쓰다듬기 시작하면서, “잘리! 잘리!” 하고 되풀이했다.

그때 플뢰르드리스는 염소의 목에 수놓은 가죽 주머니 하나가 매달려 있는 것을 보았다. “저게 뭐야?” 그녀는 이집트 아가씨에게 물었다.

이집트 아가씨는 그녀 쪽으로 그 커다란 눈을 들고 정색을 하면서 대답했다. "이건 제 비밀이에요."

'네 비밀이 뭔지 꼭 알고 싶구나.' 하고 플뢰르드리스는 생각했다.

그러는 동안에 그 착한 노부인은 언짢은 기분으로 일어섰다. "이봐, 집시, 너나 네 염소가 우리들에게 보여줄 춤이 없다면 여기서 뭘 하는 거야?"

보헤미아 아가씨는 아무 대답도 하지 않고 천천히 문 쪽으로 걸어갔다. 그러나 문에 가까워질수록 그녀의 발걸음은 더 느려졌다. 어떤 저항할 수 없는 자석이 그녀를 끌어당기고 있는 것 같았다. 별안간 그녀는 눈물에 젖은 눈으로 페뷔스를 돌아보며 걸음을 멈추었다.

"정말 하느님!" 하고 중대장은 외쳤다. "그렇게 가버려서는 안 돼. 돌아와서 뭐라도 좀 춰보구려. 그런데 참, 사랑스러운 아가씨, 이름이 뭐지?"

"라 에스메랄다예요." 춤추는 아가씨는 그에게서 눈을 떼지 않고 말했다.

그런 이상한 이름을 듣고 아가씨들은 미친 듯이 웃음을 터뜨렸다.

"거 참," 디안이 말했다. "아가씨 이름치고는 끔찍한 이름이군!"

"그것 봐요." 아믈로트가 말을 이었다. "마술사라니까요."

"이봐요," 알로이즈 부인이 엄숙하게 외쳤다. "자네 부모는 그 이름을 영세의 성수반 속에서 낚아 올린 게 아니로구먼."

그러는 동안, 얼마 전부터 아무도 주의하지 못한 사이에, 베랑제르는 편도 과자 하나를 가지고 방 한쪽 구석으로 염소를 끌어다 놓고 있었다. 순식간에 그들 둘은 좋은 친구가 되었다. 이 호기심 많은 계집아이는 염소의 목에 매달린 주머니를 풀어 열고는 그 속에 있는 것을 돗자리 위에 쏟아놓았다. 그것은 알파벳 글자 하나하나를 회양목 널조각에 따로따로 써놓은 것이었다. 이 장난감이 돗자리 위에 펼쳐지자마자, 아마 그것이 염소의 '기적'의 하나였는지 모르지만, 염소가 그 금빛 발로 어떤 글자들을 끌어다가, 발로 살살 밀어서는 일정한 순서로 늘어놓는 것을 보고 어린애는 깜짝 놀랐다. 잠시 후 그것은 하나의 낱말이 되었는데, 염소는 그 낱말을 쓰는 훈련이 잘 되어 있는 듯 그것을 꾸미는 데 조금도 망설이지 않았으므로, 베랑제르는 감탄한 나머지 두 손을 마주 잡고 갑자기 외쳤다.

"플뢰르드리스 대모님, 방금 염소가 해놓은 걸 좀 보세요!"

플뢰르드리스는 달려가서 보고 몸을 떨었다. 마룻바닥에 늘어놓은 글자들은 다음과 같은 낱말을 이루고 있었다.

PHŒBUS.(페뷔스.)

"염소가 이걸 썼느냐?" 그녀는 변한 목소리로 물었다.

"예, 대모님." 베랑제르는 대답했다.

의심의 여지가 없었다. 계집아이는 글씨를 쓸 줄 몰랐다.

'이게 그 비밀이었구나!' 플뢰르드리스는 생각했다.

그러는 동안, 어린애의 고함 소리에 모두가 달려왔다. 어머니도, 처녀들도, 보헤미아 아가씨도, 그리고 장교도.

보헤미아 아가씨는 방금 염소가 저질러놓은 어리석은 짓거리를 보았다. 그녀는 얼굴이 붉으락푸르락해져서, 중대장 앞에서 마치 죄인처럼 떨기 시작했는데, 그는 만족하고 놀란 듯한 미소를 지으면서 그녀를 바라다보고 있었다.

"페뷔스!" 처녀들은 어리둥절해서 소곤거렸다. "이건 중대장님 이름이야!"

"네 기억력이 놀랍구나!" 하고 플뢰르드리스는 돌처럼 굳어져 있는 보헤미아 아가씨에게 말했다. 그런 뒤에 갑자기 흐느끼면서, "오!" 하고 그녀는 아름다운 두 손으로 얼굴을 가리고 고통스러운 듯이 더듬더듬 말했다. "이건 마술사야!" 그리고 그녀는 한결 더 고통스러운 또 하나의 목소리가 가슴 밑바닥에서 자기에게 이렇게 말하는 것을 듣고 있었다. '이건 연적(戀敵)이야!'

그녀는 기절하여 쓰러졌다.

"얘야! 얘야!" 하고 어머니는 겁이 나서 외쳤다. "꺼져라, 지옥의 집시 계집애야!"

라 에스메랄다는 눈 깜박할 사이에 그 공교로운 글자들을 주워 모으고, 잘리에게 신호하여 한쪽 문으로 나갔고, 동시에 사람들은 다른 쪽 문으로 플뢰르드리스를 떠메고 나갔다.

페뷔스 중대장은 홀로 남아서 두 문 중 어디로 나갈까 망설이다가, 보헤미아 아가씨의 뒤를 따랐다.

2장

신부와 철학자는 다르다는 것

북쪽 탑 위에서 광장 위로 몸을 기울이고 보헤미아 아가씨가 춤추는 것을 유심히 바라보고 있는 것을 처녀들이 발견한 그 신부는 과연 부주교 클로드 프롤로였다.

부주교가 그 탑 안에 자기 것으로 잡아놓은 그 비밀의 독방을 독자들은 잊지 않았을 것이다.(말이 났으니 말이지만, 오늘날 종탑들이 솟아 있는 옥상에서 사람의 키만 한 높이에 동쪽으로 난, 하나의 조그만 네모진 채광창을 통하여 그 내부를 아직도 들여다볼 수 있는 방이 바로 그 독방인지는 잘 모르겠다. 이 조그만 방은 현재 아무런 가구도 없이 헐어빠진 채 비어 있는데, 석회 칠도 제대로 되어 있지 않은 그 사방의 벽은 지금 성당들의 정면 현관을 그려내고 있는 몇 개의 보잘것없는 누런 판화로 여기저기 '장식되어' 있다. 추측건대 이 방에는 박쥐와 거미 들이 서로 경쟁하듯 살고 있고, 따라서 파리란 놈들에게는 이중의 소탕전이 벌어지고 있을 것으로 보인다.)

날마다 해가 지기 한 시간 전에, 부주교는 종탑의 계단을 올라 이 독방에 틀어박혀, 때로는 거기서 고스란히 밤을 새우곤 했다. 그날 그는 이 초라한 방의 나지막한 문 앞에 이르러, 옆구리에 매단 지갑 속에 넣어 늘 몸에 지니고 다니는 복잡한 작은 열쇠를 자물쇠에 꽂다가 탬버린과 캐스터네츠 소리를 들었다. 그 소리는 성당 앞뜰 광장에서 들려오고 있었다. 이미 앞에서 말한 바와 같이, 이 독방에는 성당 후면 쪽으로 난 채광창 하나밖에 없었다. 클로드 프롤로는 후다닥 열쇠를 집어넣고, 잠시 후, 생각에 잠긴 우울한 태도로 종탑 꼭대기에 올라가 서 있었는데, 이때 그의 모습을 처녀들이 보았던 것이다.

그는 그곳에서 엄숙히, 꼼짝 않고 서서, 한 가지 생각에 골똘히 빠져 한군데를 응시하고 있었다. 파리의 온 시내가, 건물들의 숱한 첨탑과 수평선을 둥그렇게 에워싸고 있는 그 느른한 언덕들이, 다리들 아래로 굽이굽이 흐르는 강과 거리거리에 물결치는 주민들이, 그리고 연기구름과 그물눈처럼 촘촘히 노트르담을 둘러싼 지붕들의 높고 낮은 사슬이 그의 발아래 펼쳐져 있었다. 그러나 그 도시 전체 가운데 부주교는 포도의 한 지점, 성당 앞뜰의 광장밖에 바라보고 있지 않았고, 그 모든 군중 속에서 하나의 모습, 보헤미아 아가씨밖에는 바라보고 있지 않았다.

그 시선이 어떤 성질의 것이었고, 그 시선에서 솟아오르는 불꽃이 어디서 오는 것이었는지 말하기란 어려웠으리라. 그것은 고정된, 그러나 혼란과 동요로 가득 찬 시선이었다. 그리고 나무가 바람에 흔들리듯, 이따금 기계적으로 떨릴까 말까 할 뿐 그의 전신이 미동도 하지 않는 것을 보면, 그가 기대고 있는 난간보다 더 대리석처럼 그의 팔꿈치가 굳어 있는 것을 보면, 그리고 그의 얼굴을 찌푸리게 하는 그 굳은 미소를 보면, 클로드 프롤로 안에 살아 있는 거라고는 눈밖에 없는 것 같았다.

보헤미아 아가씨는 춤추고 있었다. 그녀는 프로방스 지방의 사라반드 춤을 추면서 손가락 끝으로 탬버린을 뱅뱅 돌리고 공중에 던져 올리는 것이었다. 날쌔고 경쾌하고 즐겁게, 자기 머리 위에 수직으로 떨어지고 있는 그 매서운 눈의 무게도 느끼지 못하고.

그녀의 주위에는 군중이 득실거리고 있었다. 때때로 붉고 누런 외투를 입은 사나이 하나가 사람들을 둥그렇게 둘러서게 하고는, 춤추는 여자로부터 몇 걸음 떨어진 곳에 놓인 의자 위에 돌아와 앉고, 자기 무릎 위에 염소의 머리를 잡아 올려놓곤 하였다. 이 사나이는 보헤미아 아가씨의 동반자인 것 같았다. 클로드 프롤로는 그처럼 높은 곳에 자리 잡고 있었으므로 그의 모습을 똑똑히 알아볼 수가 없었다.

부주교가 그 알 수 없는 사나이를 보고 나서부터 그의 주의는 춤추는 아가씨와 그 사나이 사이를 오가는 것 같았고, 그의 얼굴은 더욱더 침울해졌다. 갑자기 그는 벌떡 일어나 온몸을 와들와들 떨었다. "저 사내는 대체 뭘까?" 그는 입속으로 중얼거렸다. "나는 저 여자가 언제나 홀로 있는 걸 봤는데!"

그러고 나서 그는 나선계단의 꼬불꼬불한 천장 아래로 다시 들어가 층층대를 내려갔다. 방긋이 열려 있는 종탑의 문 앞을 지나다가 그는 이상한 것을 보았다. 카지모도가 커다란 겉창처럼 생긴 슬레이트 차양의 틈새기에 몸을 기울이고, 역시 광장을 바라보고 있는 것을 보았던 것이다. 카지모도는 하도 골똘히 바라보고 있어서 양아버지가 지나가는 것조차 몰랐다. 그의 짐승 같은 눈은 이상한 빛을 띠고 있었다. 그것은 매혹된 다정스러운 눈이었다. "거참 괴이한 일이로군!" 하고 클로드는 중얼거렸다. 그는 계속 내려갔다. 잠시 후 걱정스러운 부주교는 종탑 아래 문으로 광장에 나왔다.

"그 집시 여자는 대체 어떻게 된 거요?" 그는 탬버린 소리를 듣고 모여들었던 구경꾼들 무리 속에 섞여 들면서 말했다.

"저도 모르겠습니다." 그의 옆에 있던 사람 하나가 대답했다. "방금 사라져버렸어요. 저 맞은바라기 집으로 무슨 판당고라도 추려고 간 것 같습니다. 거기서 그 여자를 불러 갔으니까요."

조금 전만 해도 그 무희의 제멋대로 움직이는 춤의 윤곽 아래 당초(唐草) 무늬가 가려 보이지 않았던 그 양탄자 위에, 이미 이집트 아가씨는 보이지 않고, 붉고 누런 옷을 입은 사나이밖에 부주교는 볼 수 없었는데, 이제는 이 사나이 역시 은화 몇 닢을 벌기 위해, 허리에 팔꿈치를 붙이고, 머리를 뒤로 젖히고, 얼굴은 빨갛고, 목은 팽팽히 긴장되어, 의자 하나를 이 사이에 물고서 동그라미 주위를 거닐고 있었다. 그 의자 위에 그는 이웃 여자한테서 빌려 온 고양이 한 마리를 비끄러매 놓았는데, 고양이는 질겁하며 울고 있었다.

"오, 성모마리아님!" 부주교는 곡예사가 굵은 땀방울을 흘리면서, 의자와 고양이를 피라미드처럼 쌓아올린 것을 입에 물고 자기 앞을 지나갈 때 그렇게 외쳤다. "피에르 그랭구아르 군은 거기서 뭘 하는 건가?"

부주교의 준엄한 목소리가 이 가련한 사나이에게 어찌나 심한 충격을 주었던지 그는 그 모든 피라미드 건축물과 더불어 균형을 잃고, 의자와 고양이는 회중의 머리 위로 뒤죽박죽 떨어지고, 꺼질 줄 모르는 야유의 함성이 빗발쳤다. 만약 피에르 그랭구아르 선생께서(그것이 바로 그 사람이었으니 말이다.) 그 야단법석의 틈을 타서 클로드 프롤로가 따라오라고 손짓한 성당 안으로 재빨리 피하지 않았던들, 그는 고양이의 임자인 이웃 여자와 그를 둘러싸고 있던, 얼굴에 타박상과 찰상을 입은 사람들에게 배상해 줘야 하는 난처한 꼴을 당했으리라.

대성당은 이미 캄캄하고 사람도 없었다. 본당은 어둠으로 가득 차 있었고, 예배당의 등불이 총총히 켜지기 시작할 만큼 그렇게 궁륭은 어두워져가고 있었다. 오직 정면의 커다란 원화창만은 그 숱한 빛깔이 수평의 햇살로 물들어, 마치 한 더미의 금강석처럼 어둠 속에 반짝거렸고, 본당의 반대쪽에 그 눈부신 스펙트럼을 반사하고 있었다.

그들이 몇 걸음 걸어 들어가자, 클로드 신부는 기둥에 몸을 기대고 그랭구아르를 뚫어지게 바라보았다. 그랭구아르는 그런 어릿광대의 옷차림을 하고 있는 것을 점잖고 박식한 사람에게 들킨 것을 부끄러워하고 있었지만, 부주교의 눈은 그가 두려워하는 그런 눈초리는 아니었다. 신부의 눈초리는 조금도 비웃거나 빈정거리는 빛이 없었다. 그것은 진지하고 침착하고 예리한 눈이었다. 부주교가 먼저 침묵을 깨뜨렸다.

"이리 와, 피에르 군. 자네는 내게 많은 것을 설명해 줘야겠네. 첫째는 말인데, 벌써 근 두 달 전부터 자네를 볼 수 없었던 건 어찌 된 일이며, 마치 코드베크의 사과처럼 반은 붉고 반은 누런, 정말이지! 그 아름다운 의상을 하고 네거리에 있는 꼴을 보게 되다니 어찌 된 일인가?"

"부주교님," 하고 그랭구아르는 가련한 얼굴로 말했다. "이건 정말 희한한 복장이지요. 보시다시피 이런 복장을 하고 있는 저는 호리병을 뒤집어쓴 고양이보다 더 당황하고 있지 않습니까. 이 외투를 입고 순경 나리들에게 피타고라스 학파 철학자의 상박골을 때릴 수 있는 기회를 준다는 것이 썩 잘못된 일이라는 건 저도 잘 알고 있습니다. 하지만 어떡합니까, 존경하는 선생님, 잘못은 제가 옛날에 입고 있던 윗옷에 있는데 말씀입니다. 그놈의 윗옷이 누더기가 되었으니 넝마주이의 채롱으로 가서 그만 쉬어야겠다는 핑계로 지난겨울 초에 비겁하게도 저를 버리지 않았겠습니까. 어쩌겠습니까? 문명은, 옛날의 디오게네스가 바랐던 것처럼, 사람들이 완전히 발가벗고 다닐 수 있을 정도까지는 아직 이르지 못했거든요. 게다가 또 바람도 몹시 춥지 않았겠어요. 그러니 1월에는 인류에게 그러한 새 걸음을 걸어보게 한들 성공할 가망이 없는 거죠. 그러던 차에 이 외투가 나타나지 않았겠습니까. 그래서 그걸 집어 입고 제 낡은 검은 누더기는 거기에 놓아둬 버린 것인데, 이 낡은 옷은, 저와 같은 연금술사에게는 아주 조금밖에 밀폐되어 있지 못했던 거죠.[5] 그래서 제가 이렇게 성(聖) 주네[6]같이, 익살광대 옷차림을 하고 나선 거랍니다. 어쩌겠습니까? 일종의 잠복이지요. 아폴론도 아드메토스[7] 왕국에서 돼지를 치지 않았습니까."

"거참 좋은 직업에 종사하고 있구먼!" 부주교는 말을 이었다.

"하기야 고양이를 옥좌에 떠받들고 다니는 것보다는 철학을 하고 시를 짓고, 화덕 속에 불꽃을 불어 넣거나 하늘에서 불꽃을 받는 게 더 낫다는 것은 저도 잘 알고 있습니다, 선생님. 그러니 선생님께서 뜻밖에 저를 부르셨을 때 저는 불고기 앞의 당나귀처럼 얼떨떨했지요. 하지만 어쩌겠습니까, 부주교님? 날마다 살아는 가야겠고, 가장 아름다운 알렉산더격 시구가 이 아래서는 브리 치즈 한 덩어리만큼의 값어치도 없는 걸요. 그런데 선생님도 아시다시피, 저는 플랑드르의 마르그리트 공주님을 위해 저 유명한 축혼가를 지었건만, 마치 소포

---

5) '연금술사'의 원어는 'hermétique'인데, 이 낱말은 '밀폐된'이라는 형용사로도 쓰이며, 그 부사는 'hermétiquement'으로 '밀폐하여'라는 뜻이다. 그러므로 'hermétique'는 '연금술사'이자 '밀폐된 자'이다. 위고는 여기서 'hermétique'라는 낱말로 재담을 하고 있는 것인데, 우리말로 옮기는 것은 불가능하다.

6) Saint Geneset 또는 Genès. 로마의 무언극 배우. 디오클레티아누스 황제 치하, 286년 혹은 303년에 순교자가 되었다. 로트루(Jean de Rotrou, 1609~1650)의 비극 「진실한 성 주네」의 주인공이다.

7) 테살리아에 있는 페라이의 페레스 왕의 아들. 아폴론은 피톤 또는 외눈박이 거인들을 죽인 데 대한 속죄를 위하여 올림포스에서 쫓겨나 그의 왕국에 와서 마부와 목동 노릇을 하였다.

클레스의 비극 한 편을 4에퀴의 돈에 팔 수 있었던 것처럼, 제 축혼가가 훌륭하지 못하다는 핑계로, 시(市)에서는 그 값도 쳐주지 않았습니다. 그래서 굶어 죽을 지경이었어요. 다행히 제 턱 쪽이 좀 더 강한 것을 발견하고, 그에게, 이 턱에게 말했지요. '곡예를 해서 너 자신을 먹여 살려라. Ale te ipsam.[8)]' 이렇게 말이에요. 저의 좋은 친구가 된 한 떼의 거지들이 저에게 갖가지 힘이 드는 곡예를 가르쳐줘서, 지금은 제 이가 낮에 이마에 땀을 흘려 번 빵을 저는 저녁마다 제 이에 주고 있지요. 하지만 결국 제 지능을 이렇게 부려 먹는 게 서글픈 일이고 인간은 북을 치고 의자를 물고 하는 데 일생을 보내기 위해 태어난 게 아니라는 걸 concedo, 저도 인정은 하고 있습니다. 하지만 존경하는 선생님, 일생이란 보내는 것만으로 충분한 것이 아니라 벌어먹고 살아야만 하지 않겠습니까."

클로드 신부는 잠자코 듣고 있었다. 그러다가 갑자기 그의 움푹 들어간 눈이 예리하게 꿰뚫는 듯한 빛을 띠어, 말하자면 자기 마음속 밑바닥까지 그 시선이 파고 들어오는 것 같음을 그랭구아르는 느꼈다.

"퍽 좋은 일이야, 피에르 군. 하지만 자네가 지금 그 이집트의 무희와 함께 있는 건 어찌 된 일인가?"

"그거요!" 그랭구아르는 말했다. "그야 그 여자가 제 아내이고 저는 그 여자의 남편이기 때문이죠."

신부의 어두운 눈에 불길이 타올랐다.

---

8) '너 자신을 먹여 살려라.'라는 뜻의 라틴어.

"그런 짓을 하다니, 파렴치한 놈 같으니?" 그는 격분하여 그랭구아르의 팔을 잡으면서 외쳤다. "네가 그 애에게 손을 대다니 너는 그렇게도 하느님에게 버림을 받았단 말이냐?"

"천국을 걸고 맹세합니다, 예하." 그랭구아르는 온몸을 떨면서 대답했다. "예하께서 그 점을 걱정하신다면, 저는 맹세코 한번도 그녀에게 손을 대지 않았습니다."

"그렇다면 남편이니 아내니 하는 건 다 무슨 말이냐?" 신부는 말했다.

그랭구아르는 부랴부랴, 자기가 기적궁에서 겪은 일이며, 단지를 깨뜨리고 혼례식을 올린 일이며, 독자가 이미 알고 있는 자초지종을 가능한 한 간략히 그에게 이야기해 주었다. 게다가 그 결혼은 아직 아무런 결과도 가져오지 않은 것 같아서, 저녁마다 그 보헤미아 아가씨는 첫날밤처럼 신방 꾸미기를 회피해 온 모양이었다. "이건 환멸입니다."라고 그는 이야기를 끝마치면서 말했다. "하지만 그 원인은 제가 불행히도 숫처녀와 결혼을 했기 때문입니다."

"그게 무슨 뜻이야?" 이야기를 들으면서 차차 노여움이 가라앉은 부주교가 물었다.

"설명하기가 꽤 어려운데요," 하고 시인은 대답했다. "그건 하나의 미신이지요. 저희들 사이에서 이집트 공작이라고 불리는 한 늙은 거지가 제게 말한 바에 의하면, 제 아내는 업둥이, 또는 결국 마찬가지 말입니다만, 잃어버린 아이랍니다. 그녀는 목에 부적을 달고 있는데, 사람들이 단언하는 바에 따르면, 그 부적이 언젠가는 그녀가 부모와 상봉할 수 있게 해준다는 것인데, 만약 아가씨가 정결을 잃으면 부적이 효능을 잃는다는 겁니다. 그런 까닭에 저희 두 부부는 매우 정결하게 지내고 있는 거지요."

"그렇다면," 하고 클로드는 얼굴이 점점 더 밝아지며 말을 이었다. "피에르 군, 자네는 그 여자가 어떠한 남자에게도 접근된 일이 없었다고 믿는가?"

"남자가 미신에 대해서 무슨 일을 할 수가 있겠습니까, 클로드 신부님? 그녀의 머릿속에는 그것이 꼭 박혀 있는걸요. 호락호락 넘어가는 저 집시 계집애들 가운데서 끄떡도 않고 몸을 지키는 그 수녀 같은 절개야말로 확실히 희귀한 것이라고 생각합니다. 하지만 그녀는 자신을 지키기 위해 세 가지 것을 가지고 있어요. 첫째는 그녀를 자기 보호 아래 두고 있는 이집트 공작인데, 그는 아마 그녀를 어떤 고귀한 신부님에게 팔아넘길 요량인지도 몰라요. 다음에는 그녀가 속해 있는 패거리 전체인데, 그들은 그녀를 마치 성모마리아처럼 비상하게 숭배하고 있고요, 끝으로 파리 시장의 금령에도 불구하고 이 씩씩한 여자가 늘 몸 한구석에 지니고 다니는 한 자루의 예쁘장한 비수인데, 누가 그녀의 몸뚱어리에 육박하면 그 비수가 그녀의 손으로 나오지요. 정말 대단한 여장부입니다요!"

부주교는 그랭구아르에게 마구 질문을 퍼부었다.

그랭구아르의 판단에 의하면, 라 에스메랄다는 입을 비쭉거리는, 그녀 특유의 버릇이 있기는 하지만, 어여쁘고 매혹적이고 남에게 해를 끼치지 않는 여자이고, 순진하고 열정적이고, 아무것도 모르고, 무엇에고 열중하는 처녀이고, 아직 남자와 여자의 차이를 공상 속에서조차도 모르고, 본래 그렇게 생겼는지라, 무엇보다도 춤과 법석과 야외를 미칠 만큼 좋아하며, 발에 보이지 않는 날개가 있는 일종의 벌 같은 여자, 그리고 소용돌이 속에서 살고 있는 그런 여자였다. 그녀의 이러한 성격은 그녀가 늘 해온 방랑 생활 탓이었다. 그랭구아르는 그녀가 아주 어렸을 적에 스페인과 카탈루냐 그리고 시칠리아까지도 돌아다녔다는 것을 알게 되었다. 그는 또 그녀가 자기가 속해 있는 집시 무리를 따라, 아카이아에 위치해 있는 나라인 알제 왕국까지 간 일이 있었다고 생각했는데, 이 아카이아라는 나라는 한쪽으로는 소(小)알바니아와 그리스에 인접하고, 다른 한쪽으로는 콘스탄티노플로 가는 길목인 시칠리아 바다에 접해 있다.[9] 그랭구아르의 말에 의하면, 이 방랑자들은 백색 무어족의 수장이라는 자격을 가진 알제 왕의 신하들이라고 한다. 이것은 확실한 사실인데, 라 에스메랄다는 아직 매우 어렸을 적에 헝가리를 거쳐서 프랑스에 왔다. 그 모든 나라들에서 이 아가씨는 괴상한 변말 토막들이며 이상한 노래와 생각 들을 얻게 되었는데, 그러한 것들이 그녀의 말을, 반은 파리식이고 반은 아프리카식인 그녀의 복장처럼 그 어떤 잡동사니로 만들어주었다. 게다가 그녀가 드나드는 거리의 민중은 그녀의 쾌활함과 상냥함, 활발한 거동, 그리고 그녀의 춤과 노래로 말미암아 그녀를 사랑하고 있었다. 온 파리 시내에서 자기를 미워하는 사람은 둘밖에 없다고 그녀는 생각했고, 그 두

---

9) 이 지리의 설명은 소발의 저서를 참조한 것이다.

사람 이야기를 자주 공포심을 품고 말했는데, 그중 하나는 투르 롤랑의 자루 수녀로, 이 흉악한 은자는 집시 여자들에게 뭔지 알 수 없는 원한을 품고 있었고, 이 아가씨가 그 여자의 채광창 앞을 지나갈 때면 번번이 가엾은 무희에게 저주를 퍼부었으며, 또 하나는 신부인데, 이 사람은 그녀를 만날 때마다 그녀에게 공포감을 주는 무서운 눈초리와 말을 그녀에게 던지지 않은 적이 한 번도 없었다. 이 마지막 경우는 부주교의 마음을 되게 흔들어놓았지만, 그랭구아르는 그러한 동요에 별로 주의를 하지 않았던 것이, 그가 이집트 아가씨를 만난 날 저녁의 그 해괴한 사건과 그때 부주교가 그 현장에 있었다는 사실을 이 데면데면한 시인이 잊어버리는 데는 두 달이라는 세월만으로 충분했던 것이다. 그 밖에는 이 춤추는 소녀는 아무것도 두려워하지 않았고, 점을 치는 일도 없었으므로, 보헤미아 여자들은 마술을 한다는 죄목으로 그렇게도 빈번하게 소송을 당했지만 그녀에게는 그러한 위험도 없었다. 그리고 그랭구아르는 그녀에게 남편 노릇은 아니더라도 오빠 노릇을 해주고 있었다. 요컨대 이 철학자는 이런 종류의 플라토닉한 결혼 생활을 진득이 참아오고 있었던 것이다. 그것은 항상 잠자리와 빵을 확보해 주었다. 매일 아침 그는 대개의 경우 이집트 아가씨와 함께 거지 패를 떠나, 네거리에서 그녀가 방패 동전과 작은 백동선을 거두어들이는 것을 거들고, 매일 저녁 그녀와 함께 같은 지붕 아래로 돌아와, 그녀가 자기 방에 들어가 빗장을 거는 대로 내버려두고, 자기는 편안한 잠을 자는 것이었다. 모든 것을 따져보면, 매우 안온한 생활이고 몽상을 위해서도 썩 좋은 생활이라고 그는 말했다. 그리고 진심으로 말하자면, 이 철학자는 자기가 보헤미아 아가씨에게 홀딱 반해 있다고 장담할 수는 없었다. 그는 그 염소를 그녀와 거의 같은 정도로 사랑하고 있었다. 그것은 온순하고 영리하고 재치 있는 귀여운 짐승이고 유식한 염소였다. 중세에는 이러한 유식한 동물들이 참으로 흔해빠졌었는데, 사람들은 그런 동물들을 보고 무척 감탄했으며, 그들에게 글을 가르친 사람들은 자주 화형을 받았다. 그러나 이 금빛 발을 가진 염소의 마술은 아무런 죄도 되지 않는 장난에 지나지 않았다. 그랭구아르가 그것을 부주교에게 자세히 설명해 주자, 그는 그것에 매우 흥미를 느끼는 것 같았다. 염소에게 어떤 요술을 시키려면, 대개의 경우, 이러저러한 방식으로 염소에게 탬버린을 내밀기만 하면 되었다. 염소는 보헤미아 아가씨에게 그러한 훈련을 받았는데, 그녀는 그러한 미묘한 일에는 보기 드문 재능이 있어서, 글자를 움직여 Phœbus(페뷔스)라는 낱말 쓰기를 염소에게 가르치는 데 두 달로 충분했다.

"페뷔스!" 하고 신부는 말했다. "왜 '페뷔스'라는 말을?"

"저도 모르겠습니다." 하고 그랭구아르는 대답했다. "아마 이 단어가 어떤 신비로운 마술의 효능을 지니고 있다고 생각하고 있는 모양이지요. 그녀가 혼자 있다고 생각하는 때는 흔히 그 낱말을 입속으로 중얼거리거든요."

"자네 생각에는 확실히," 하고 클로드는 꿰뚫는 듯한 눈으로 쏘아보면서 말을 이었다. "그것이 어떤 사람의 이름이 아니라 하나의 낱말에 불과하다고 보는가?"

"이름이라니 누구의 이름이란 말씀인가요?" 하고 시인은 말했다.

"난들 알겠나?" 하고 신부는 말했다.

"제 추측은 그렇습니다, 부주교님. 이 방랑자들은 다소 배화교도이기도 해서 태양을 숭배하거든요. 그래서 페뷔스라는 말을 중얼거리는 거겠지요."

"나에겐 그게 자네만큼 확실한 것 같지 않네그려, 피에르 군."

"어쨌든 그건 제게는 중요치 않습니다. 그 페뷔스라는 말을 제멋대로 중얼거리라죠 뭐. 다만 확실한 건, 잘리는 벌써 그녀와 마찬가지로 저를 사랑하고 있다는 사실이에요."

"그 잘리라는 건 뭔가?"

"그 염소올시다."

부주교는 턱을 손으로 괴고 잠시 몽상에 잠기는 것 같았다. 그러더니 느닷없이 그랭구아르 쪽으로 돌아섰다.

"그래 넌 그 여자에게 손을 대지 않았다고 내게 맹세하겠는가?"

"누구에게 말씀이지요?" 그랭구아르는 말했다. "염소에게 말씀인가요?"

"아니, 그 여자에게 말이다."

"제 아내에게요! 예, 맹세합니다."

"그래 넌 그 여자와 단둘이만 있는 수가 흔히 있단 말이지?"

"저녁마다 꼬박 한 시간 동안은 같이 있지요."

클로드 신부는 눈썹을 찌푸렸다.

"허허! solus cum sola non cogitabuntur orare Pater noster.

(남녀가 단둘이 있으면 그들이 주기도문을 왼다고 생각하지 않으리라.)"

"진실로 드리는 말씀이지만, 제가 설령 주기도문과 '아베마리아'와 'Credo in Deum patrem omnipotentem.(저는 전능하신 하느님 아버지를 믿나이다.)'[10]를 왼다고 하더라도 그녀는 암탉이 성당에 주의하지 않는 이상으로 제게 주의하지 않을 겁니다."

"네 어머니의 배를 걸고 내게 맹세하라." 부주교는 격한 어조로 되풀이했다. "네가 그녀에게 손가락 끝도 대지 않았다는 것을."

"제 아버지의 머리를 걸고도 맹세하겠습니다. 이 두 가지 것은 여러 가지로 관계가 있으니까요. 하지만 존경하는 선생님, 이번에는 제가 한 가지 물어보는 걸 허락해 주십시오."

"말해 보게나."

"그게 선생님과 무슨 상관이 있습니까?"

부주교의 해쓱한 얼굴은 처녀의 볼처럼 새빨개졌다. 그는 한참 동안 대답을 않더니, 눈에 띄게 당황하면서 말했다.

"내 말을 듣게, 피에르 그랭구아르 군. 내가 아는 한 자네는 아직 영벌을 받지는 않았네. 나는 자네에게 관심을 갖고 있고 자네가 잘되기를 바라고 있네. 그런데 그 악마의 집시 계집애에게 조금만 손을 내도 자네는 마왕의 신하가 될 길세. 자네도 알다시피 영혼을 타락하게 하는 것은 언제나 육체인 거야.

10) 사도신경의 첫 구절.

만약 그대가 그 여자에게 접근한다면 그대에게 불행이 있을지어다! 그뿐이야."

"한번 접근을 시도해 봤지요." 하고 그랭구아르는 귀를 긁적거리면서 말했다. "그것은 첫날의 일이었는데, 마음만 상하고 말았습니다."

"자네가 그렇게도 파렴치하였던가, 피에르 군?"

그러면서 신부의 얼굴은 흐려졌다.

"또 한번은," 하고 시인은 빙그레 웃으면서 계속했다. "제가 자기 전에 열쇠 구멍으로 들여다보았는데, 맨몸으로 침대에 누운 여자 중에, 셔츠 바람의 그녀만큼 매혹적인 여자를 저는 본 적이 없습니다."

"예끼 꺼져버려라!" 신부는 매섭게 눈을 부라리고 외치면서, 어리둥절한 그랭구아르의 어깨를 떼밀고는, 대성당의 가장 캄캄한 홍예문 아래로 성큼성큼 걸어 들어가 버렸다.

3장

성당의 종

그 죄인 공시형이 있었던 날 아침 이후로 노트르담 성당 인근 사람들은 카지모도의 종을 치는 열정이 매우 식은 것을 알아차릴 수 있을 것 같았다. 예전에는 걸핏하면 종소리가 울려서, 기다란 새벽종이 조과(朝課)에서 종과(終課)에 이르기까지 계속되는가 하면, 대미사를 위해 일제히 울리는 종소리, 혼례식을 알리고 영세를 알리는 종소리가 풍부한 음계로 울려 퍼져, 공중에서 마치 온갖 종류의 매혹적인 소리가 수를 놓듯 서로 섞여 들었다. 우렁차게 진동하는 낡은 성당은 끊임없는 종들의 환희 속에 잠겨 있었다. 사람들은 그 모든 구리쇠의 입들로 노래하는 소리와 환상의 정령(精靈)이 줄곧 거기에 있음을 느꼈다. 그런데 지금은 그 정령이 사라져버린 것 같았고, 대성당은 음울한 듯 짐짓 침묵을 지키고 있었다. 축제와 장례식 때에는 의식이 요구하는, 단순히 그것들만을 위한 여운 없는 종소리만이 들릴 뿐이었다. 하나의 성당이 내는 이중의 소리, 내부의 파이프오르간과 외부의 종소리 중에서 파이프오르간 소리밖에 남아 있지 않았다. 이제 종탑 속에는 음악가가 없는 것 같았다. 그러나 카지모도는 여전히 거기에 있었다. 그렇다면 그에게 무슨 일이 일어난 것일까? 그 죄인 공시형의 벌을 받은 수치심과 절망감이 그의 가슴속 밑바닥에 여전히 남아 있고, 고문관의 매질이 그의 마음속에서 끝없이 메아리치고, 그와 같은 취급을 받은 슬픔이 그의 안에 있는 모든 것을, 심지어 종들에 대한 그의 정열까지도 깨뜨려버린 것일까? 아니면 노트르담 종지기의 가슴속에 마리의 연적이 생겨서 큰 종과 열네 형제의 종들이 그들보다도 더 사랑스럽고 더 아름다운 어떤 것 때문에 버림받고 있었던 것일까?

이 은혜로운 해인 1482년에는 성모영보제일이 3월 25일 화요일이었다.[11] 이날은 공기가 하도 맑고 산뜻하여 카지모도는 종들에 대한 어떤 애정이 마음속에 되돌아옴을 느꼈다. 그래서 종지기는 아래쪽 성당의 문들을 활짝 활짝 열어놓고 북쪽 탑으로 올라갔다. 당시 이 성당의 문들은 가죽을 씌우고 가장자리에 금빛 쇠못을 박은, 테두리는 '매우 정교히 새긴'[12] 조

---

11) 성모영보제일은 부활절처럼 해에 따라 날짜가 변하는 축제가 아니다. 그것은 언제나 3월 25일로 고정되어 있다. 따라서 위고가 가톨릭 전례를 잘못 알고 있음이 드러난다.

12) 뒤 브뢸의 저서에서 인용한 것으로, 뒤 브뢸은 동물 모양으로 만들어진, 물이 흐르는 파이프를 이렇게 설명하고 있다.

각으로 장식된, 크고 단단한 널빤지였다.

종들이 매달려 있는 높은 칸에 이르러 카지모도는 슬픈 듯이 머리를 끄덕거리면서 그 여섯 개의 종을 한참 바라다보았는데, 마치 그의 가슴속에서 종들과 그 사이에 끼어든 어떤 낯선 것을 슬퍼하는 것 같았다. 그러나 그가 종들을 흔들었을 때, 주렁주렁 매달린 종들이 그의 손 아래서 움직이는 것을 느꼈을 때, 마치 가지에서 가지로 뛰어다니는 새처럼 퍼덕거리는 옥타브가 그 음계 위를 오르내리는 것을 보았을 때, 왜냐하면 그에게는 그것이 들리지 않으니까 말이다, 그 악마 같은 음악이, 한 다발의 찬란한 스트레타와 바이브레이션과 아르페지오를 흔들어대는 악마가 이 가엾은 귀머거리를 사로잡았을 때, 그는 또다시 행복해져서 모든 것을 잊었으며, 상쾌해진 그의 가슴은 그의 얼굴을 활짝 피어나게 했다.

그는 이리저리 왔다 갔다 하면서 손뼉을 치고, 이 밧줄 저 밧줄로 뛰어다니고, 마치 훌륭한 음악의 명인들을 고무하는 오케스트라의 지휘자처럼, 목소리와 몸짓으로 그 여섯 가수를 격려하는 것이었다.

"자, 자, 가브리엘." 하고 그는 말하는 것이었다. "네 소리를 깡그리 광장에 쏟아라. 오늘은 축제일이다. 티보, 게으르면 안 돼. 넌 늘어지는구나. 자, 자, 어서! 넌 녹이 슬었느냐, 이 게으름뱅이야? 잘한다! 빨리! 빨리! 사람들 눈에 추가 보여서는 안 된다. 모두를 나처럼 귀머거리로 만들어라. 옳지, 됐다, 티보, 씩씩하구나! 기욤! 기욤! 너는 제일 큰 놈이고, 파스키에는 제일 작은 놈인데, 파스키에가 제일 잘한다. 소리를 들을 수 있는 사람들은 그의 소리가 네 소리보다도 틀림없이 더 잘 들릴 거다. 잘한다, 잘해, 가브리엘, 힘차게, 더 힘차게! 얘들아, 너희 둘은 그 위에서 대체 뭘 하고 있느냐, '참새들'아! 너희들은 제일 작은 소리를 내고 있는 것 같진 않구나. 노래를 불러야 할 때 하품을 하고 있는 것 같은 저 구리쇠 혓바닥들은 또 뭐냐? 자, 어서 일을 하려무나! 오늘은 성모영보제일이다. 날씨도 좋으니, 멋지게 종소리를 울려야 한다. 불쌍한 기욤! 넌 숨이 차는구나, 이 뚱뚱보 같으니!"

그는 종들을 채찍질하느라 정신이 없었고, 여섯 개의 종은 모두 서로 앞다투어 뛰면서 번득거리는 궁둥이들을 흔드는 양이 마치 마부의 질타로 여기저기서 자극을 받고 날뛰는, 수레에 매인 소란스러운 스페인 나귀들 같았다.

갑자기 그의 시선이 종탑의 깎아지른 듯한 벽을 일정한 높이까지 비늘처럼 덮은 슬레이트 사이로 떨어졌을 때, 광장에 이상야릇한 옷차림을 한 처녀 하나가 보였는데, 그녀가 걸음을 멈추고 땅바닥에 양탄자 한 장을 펴자 그 위에 새끼 염소 한 마리가 올라갔고, 그 주위로 숱한 구경꾼들이 모여들었다. 그것을 보자, 그의 생각의 흐름은 갑자기 방향이 바뀌고, 그의 음악에 대한 정열은 용해된 수지(樹脂)가 바람에 응고하듯 얼어버렸다. 그는 종 치기를 멈추고, 종들에게 등을 돌리고, 슬레이트 차양 뒤에 웅크리고 앉아서, 이미 언젠가 한번 부주교를 놀라게 했던 그 꿈꾸는 듯한 부드러운 시선으로 춤추는 여자를 응시했다. 그동안 버림받은 종들은 모두 한꺼번에 갑자기 소리를 멈추어, 종소리를 즐기던 사람들에게 큰 실망을 안겨주었는데, 그들은 퐁 토 상주 다리 위에서 낭랑한 종소리를 흐뭇하게 듣고 있다가, 마치 사람이 뼈다귀를 보여주다가 던지는 돌멩이에 얻어맞은 개처럼 어리둥절하여 떠나가 버렸다.

4장

ANÁΓKH
숙명

같은 3월의 어느 날 아침, 그것은 29일 토요일, 성 외스타슈 제일[13]이었다고 생각되는데, 그날 아침 우리의 젊은 친구인 학생 장 프롤로 뒤 물랭은 옷을 입으면서, 지갑이 들어 있는 짧은 바지에서 쇠붙이 소리가 전혀 나지 않음을 알아챘다. "가엾은 지갑!" 하고 그는 바지 호주머니에서 지갑을 꺼내면서 말했다. "젠장맞을! 조그만 파리 주화 한 닢 없잖아! 주사위와 맥주병과 베누스가 네 배때기에서 이렇게 사정없이 창자를 긁어내 버렸구나! 네가 이렇게도 텅 비고 주름 잡히고 몰랑몰랑해서 머리나니! 너는 흡사 복수의 여신의 유방 같구나! 키케로 씨와 세네카 씨여, 그대들의 책이 방바닥에 말라비틀

13) 성 외스타뉴 제일은 사실 9월 20일이다.

어져 흩어져 있는 것이 보이는데, 그대들에게 묻거니와, 육땡에 걸 만한 하찮은 검은색 리아르 동전 한 닢도 내게 없다면, 왕관 무늬가 있는 금화 1에퀴 한 닢이 파리 주화 25수 8드니에에 해당하는 욍쟁화(貨) 35매의 값어치가 있고, 초승달 무늬가 있는 1에퀴 한 닢이 투르 주화 26수 6드니에에 해당하는 욍쟁화 36매의 값어치가 있다는 것을, 조폐국장이나 퐁 토 샹죄르의 유대인보다 더 잘 알고 있은들 무슨 소용이겠는가![14] 오! 집정관 키케로여! 이런 재난에서는 quemadmodum(……와 마찬가지로)나 verum enim vero(그러나 사실인즉) 따위의 완곡한 표현으로는 헤어날 수가 없다!"

그는 서글퍼하면서 옷을 입었다. 그는 편상화의 끈을 매다가 한 가지 생각이 떠올랐으나, 처음에는 그것을 쫓아버렸다. 그러나 그 생각이 또 되돌아와서, 그는 조끼를 뒤집어 입었는데, 그것은 분명 마음속에서 치열한 갈등이 빚어지고 있다는 표시였다. 마침내 그는 모자를 땅바닥에 내동댕이쳐 버리고 외쳤다. "할 수 없다! 자기 좋을 대로 하겠지. 형한테 가자. 설교는 듣겠지만 1에퀴는 얻겠지."

그러고는 후다닥 외투를 걸치고, 모자를 주워서 미치광이같이 나갔다.

그는 시테섬을 향해 라 아르프 거리를 내려갔다. 라 위셰트 거리 앞을 지나가노라니, 쉴 새 없이 돌고 있는 먹음직스러

---

14) 여기 화폐의 가치에 관한 기술은 장 드 트루아의 저서에 의거한 것이다. 리아르는 4분의 1수, 드니에는 3분의 1수에 해당한다.

운 불고기 꼬치 냄새가 그의 후각기를 간질여, 언젠가 성 프란체스코 수도회의 수사 칼라타지론으로 하여금 다음과 같은 감동적인 탄성을 지르게 한 그 거대한 불고기 집을 홀린 듯한 눈으로 쳐다보았다. 'Veramente, queste rotisserie sono cosa stupenda!(실로 이 불고기 집들은 사람을 미치게 하는구나!)' 그러나 장은 밥을 사 먹을 돈이 없었기 때문에, 시테로 들어가는 길목을 지키고 있는, 육중한 탑들이 있는 프티 샤틀레의 커다란 이중 클로버 무늬로 장식된 현관문 아래로 크게 한숨을 쉬면서 들어갔다.

그는 지나가면서 으레 저 페리네 르클레르[15]의 가련한 조상에 돌멩이 하나를 던지는 게 습관이었지만 이때는 그럴 여유조차도 없었는데, 이 페리네 르클레르는 샤를 6세의 파리를 영국군에게 넘겨준 자로서, 얼굴이 돌에 얻어맞아 으스러지고 진흙으로 더럽혀진 그의 초상은 300년 동안에 걸쳐, 마치 영원한 죄인 공시형을 받듯이, 라 아르프 거리와 뷔시 거리의 모퉁이에서 그 죗값을 하고 있었다.

프티 퐁 다리를 건너고 뇌브생트 주느비에브 거리를 건너뛰어, 장 드 몰렌디노는 노트르담 앞에 이르렀다. 그러자 또다시 그는 결단을 내리지 못하고, 르그리 씨의 조상 주위를 한참 동안 오락가락하면서 극도의 불안에 사로잡혀, "설교는 확실하지만 돈은 의심스러워!"라고 되뇌었다.

---

15) Périnet 또는 Perrinet Leclerc. 아르마냐크(오를레앙) 가문과 부르고뉴 가문의 권력 투쟁으로 내전이 벌어졌을 때, 1418년에 부르고뉴 군대에게 파리 성문을 열어준 인물이다.

그는 수도원에서 나오는 성당지기 하나를 불러 세웠다. "조자스 부주교님은 어디 계십니까?"

"종탑의 밀실에 계실 겁니다." 성당지기는 말했다. "하지만 그분을 그리로 찾아가지 않는 게 좋을 겁니다. 교황이나 왕과 같은 분의 심부름을 오신 게 아니라면 말이에요."

장은 손뼉을 쳤다. "잘됐어! 그야말로 그 유명한 마술의 방을 볼 수 있는 절호의 기회야!"

이러한 생각으로 결심이 선 그는 단호히 그 검은 작은 문 아래로 들어가, 종탑의 위층으로 통하는 생질(Saint-Gilles)의 나선계단을 오르기 시작했다. '어디 좀 가서 보자.' 하고 그는 걸어가면서 생각했다. '정녕코 신기한 것임에 틀림없어. 형님이 치부처럼 감추고 있는 그 독방은! 소문에 의하면 형님은 거기 지옥의 부엌에 불을 지펴 활활 타오르는 불에 화금석을 굽고 있다던데. 제기랄! 난 화금석 같은 건 조약돌처럼 관심 없어. 형님 화덕 위에서 이 세상에 가장 큰 화금석보다는 부활절의 베이컨 오믈렛이라도 발견했으면 좋겠다!'

그는 원주들이 늘어선 회랑에 이르러 잠시 숨을 돌리고, 무한히 계속되는 층계에 대고 몇백만 대 수레의 짐이 되는지도 알 수 없는 악마들의 이름을 퍼부어 욕설을 하고, 그런 뒤에, 오늘날 일반 사람들에게는 출입이 금지되어 있는 북쪽 탑의 작은 문을 거쳐 다시 오르기 시작했다. 종들이 매달려 있는 칸을 지난 뒤 한참 만에 그는 측면으로 쏙 들어간 곳에 꾸며 놓은 조그만 층계참과 궁륭 아래 첨두형의 나지막한 문에 당도했는데, 맞은편으로 층계의 둥그런 칸막이 벽에 뚫린 총안을 통해 그는 그 문의 커다란 자물쇠와 튼튼한 철골을 살펴볼 수 있었다. 오늘날 그 문을 구경하고 싶은 사람들은, 검은 벽에 흰 글씨로 다음과 같이 새겨져 있는 것으로 그 문을 알아볼 수 있을 것이다. '나는 코랄리를 숭배한다. 1829년. 위젠 서명함.' '서명함'이라는 글자도 본문 속에 적혀 있다.

"아이고 지겨워!" 학생은 말했다. "아마 여기겠지."

열쇠가 자물쇠에 꽂혀 있었다. 문은 바로 코앞이었다. 그는 문을 살그머니 밀고, 빠끔히 열린 틈으로 머리를 들이밀었다.

독자는 회화의 셰익스피어라고 할 수 있는 렘브란트의 감탄할 만한 작품을 보았으리라. 그의 수많은 희한한 판화 중에서도 특히 파우스트 박사를 그린 것이라고 추측되는 동판화가 있는데, 그것은 경탄하지 않고는 들여다볼 수가 없다. 그것은 컴컴한 독방이다. 방 한가운데에는 죽은 사람의 해골이며 천구의, 증류기, 컴퍼스, 그리고 상형문자가 적힌 양피지 따위의 보기 흉한 물건들이 가득 쌓인 책상 하나가 있다. 박사는 커다란 망토를 걸치고 눈썹까지 털모자를 뒤집어쓰고 그 책상 앞에 앉아 있다. 그는 허리까지밖에 보이지 않는다. 그는 거대한 안락의자에서 반쯤 일어나, 경련하는 주먹으로 책상을 짚고서, 호기심과 공포심 어린 눈으로, 마술적인 글자들로 이루어진 하나의 커다란 빛의 동그라미를 응시하고 있는데, 그 빛의 동그라미는 캄캄한 방 안에서 태양 광선의 스펙트럼처럼 안쪽 벽 위에서 빛나고 있다. 이 신비로운 햇빛은 얼핏 보기엔 흔들리는 것 같고, 그 신비로운 광휘로 어슴푸레한 독방을 가득 채우고 있다.

장이 빠끔히 열린 문틈으로 감히 머리를 들이밀었을 때, 그의 눈앞에는 파우스트의 독방과 꽤 흡사한 광경이 펼쳐져 있었다. 그것은 마찬가지로 햇빛도 제대로 들어오지 않는 캄캄한 누실이었다. 거기에도 역시 커다란 안락의자와 책상이 하나씩 있고, 컴퍼스와 증류기, 천장에 매달린 동물의 해골, 땅바닥에 뒹굴고 있는 천구의, 그리고 금빛 이파리들이 흔들리고 있는 병들이며, 갖가지 모양으로 생긴 얼룩덜룩한 송아지 가죽 위에 놓인 해골바가지, 활짝 펼쳐서 양피지의 빳빳한 귀퉁이에 아랑곳없이 아무렇게나 포개어놓은 두툼한 수사본들, 그리고 끝으로 오만 가지의 학업 용구들이 뒤죽박죽 흩어져 있는데, 그러한 더미들 위에는 어디고 먼지가 소복하고 거미줄이 늘어져 있었지만, 빛나는 글자들의 동그라미도, 마치 독수리가 태양을 바라보듯이 불타오르는 환영을 들여다보고 있는, 황홀경에 빠져 있는 박사도 없었다.

그러나 이 독방에 아무도 없었던 것은 아니다. 한 사나이가 안락의자에 앉아서 책상 위에 몸을 구부리고 있었다. 그가 등을 돌리고 있어서, 장은 그의 어깨와 뒤통수밖에 볼 수 없었으나, 그 대머리를 알아보기란 어렵지 않았는데, 자연은 마치 어떤 외적 상징에 의해 이 부주교의 불가항력적인 성직의 소명을 나타내고자 한 것처럼 그에게 영원한 삭발을 해놓고 있었던 것이다.

그래서 장은 자기 형을 알아보았다. 그러나 문이 아주 가만히 열렸기 때문에 클로드 신부는 그가 들어와 있다는 것은 꿈에도 몰랐다. 이 호기심 많은 학생은 그것을 기회로 한참 동안 유유히 그 독방을 살펴보았다. 그가 처음에는 보지 못했던 커다란 화덕 하나가 안락의자 왼쪽으로 채광창 아래에 있었다. 그 창구멍으로 스며드는 햇살이 둥그런 거미줄을 관통하고 있는데, 거미줄은 채광창의 첨두홍예 안에서 멋스럽게 그 섬세한 원화창을 그려냈고, 그 한복판에는 건축가인 벌레가 그 레이스 수레바퀴의 바퀴통처럼 꼼짝 않고 매달려 있었다. 화덕 위에는 온갖 종류의 단지며 도기 병, 유리 증류기, 목탄 플라스크 등이 어수선하게 쌓여 있었다. 장은 거기에 냄비 하나 없는 것을 보고 한숨을 쉬었다. '깨끗하구나, 부엌 세간들은!' 하고 그는 생각했다.

그뿐만 아니라 화덕에는 불이 없었고, 심지어 오래전부터 불을 피우지도 않은 것 같았다. 연금술의 도구 가운데 장의 눈에 띈 유리 가면, 이것은 아마 부주교가 무슨 무서운 물체를 만들어낼 때 얼굴을 보호하는 데 사용되는 모양인데, 그러한 유리 가면 하나가 먼지에 덮여 마치 버림받은 것처럼 방 한쪽 구석에 있었다. 그 옆에 역시 먼지투성이인 풀무 하나가 있는데, 그 위쪽 판자에는 다음과 같은 명(銘)이 구리 글자로 박혀 있었다. 'SPIRA, SPERA.(불어라, 바람아.)'

다른 명들도 연금술사들의 유행을 따라, 사방 벽에 수없이 적혀 있었는데, 어떤 것들은 잉크로 쓰였고 또 어떤 것들은 쇠붙이 끝으로 새겨져 있었다. 게다가 고딕 문자, 히브리 문자, 그리스문자, 라틴문자가 뒤죽박죽 섞여 있고, 글씨들은 아무렇게나 넘쳐흘러 이것저것이 서로 겹치고, 요즘에 쓴 것은 예전에 쓴 것을 지우고, 마치 덤불의 가지들처럼, 또는 혼전(混戰)의 창틀처럼, 모두가 서로 뒤엉켜 있었다. 그것은 사실 온갖 철학의, 온갖 몽상의, 온갖 인간 지혜의 어지러운 혼전이었다. 그중에는 여기저기 마치 창 촉들 가운데 있는 깃발처럼 다른 것들보다 더 번쩍거리는 것이 있었다. 그것은 대개가 중세에 흔히 볼 수 있는 것과 같은, 라틴어나 그리스어로 된 짤막한 금언이었다. 'Unde? inde?(어디서? 거기서?)'[16], 'Homo homini monstrum.(인간은 인간에 대해 괴물이다.)'[17], 'Astra, castra, nomen, numen.(천체, 진영, 이름, 신성.)', 'Μέγα βιβλίον, μέγα κακόν.(큰 책, 큰 악.)', 'Sapere aude.(과감하게 알아라.)', 'Flat ubi vult(그가 원하는 곳에 바람을 부니)'[18] 등등. 때로는 보기에 아무런 뜻도 없는 것 같은 단어도 있는데, 이를테면, 'Αναγκοφαγία(투사들의 법규처럼 강요된 법규)'[19] 같은 것은 아마 수도원의 법규에 대한 신랄한 암시를 감추고 있는 듯하고, 또 때로는 다음과 같은 규칙적인 육각시(六脚詩)로 표현된, 하나의 단순한 성직 규율의 잠언에 불과한 것도 있었다. '천상의 주는 도미눔이라 부르고, 지상의 주는 돔눔이라 부르라.(Cœlestem dominum, terrestrem dicite domnum.)' 또 여기저기에 읽기 어려운 히브리어 글자가 있었지만, 그리스어만 해도 벌써 거의 모르는 장으로서는 그것은 더군다나 전혀 무슨 뜻

---

16) 라틴어에서 'inde'는 의문사가 아니다.

17) 홉스가 한 말 중에 '인간은 인간에 대해 이리다.(Homo homini inlpus.)'라는 말이 있다.

18) 복음서에서 성 요한이 전한 예수의 말씀.(요한복음 3장 8절 참조)

19) 위고가 간직하고 있던 사전의 책장에는 이와 같이 번역되어 있다.

인지 알 수 없었는데, 거기에는 툭하면 별이나 사람, 혹은 동물의 형체며 서로 교차된 세모꼴 같은 것이 온통 그려져 있어서, 이 독방의 낙서투성이 벽은 마치 원숭이가 잉크를 찍은 펜으로 휘갈겨놓은 종이와 흡사했다.

게다가 이 조그만 방 전체가 대체로 황폐하게 내버려둔 것 같은 모습이었으며, 도구들을 아무렇게나 버려둔 꼴을 보면 이 방의 주인이 이미 꽤 오래전부터 다른 관심사로 말미암아 자기 일을 팽개쳐 놓고 있었던 것같이 여겨졌다.

그러는 동안에, 이상야릇한 그림으로 장식된 한 권의 거대한 수사본 위에 몸을 기울이고 있던 이 방의 주인은, 끊임없이 그의 명상 속에 와서 섞여 드는 하나의 생각으로 고민하고 있는 것 같았다. 그가 생각에 잠겨 간간이 큰 소리로 공상가처럼 잠꼬대 같은 말을 외치는 것을 듣고 있던 장은 어쨌든 그렇게 판단했다.

"그렇다, 마누[20]가 그렇게 말했고 조로아스터 또한 그렇게 가르치고 있었듯이, 태양은 불에서 태어나고 달은 태양에서 태어난다. 불은 위대한 전체의 영혼이다. 불의 기본 분자들은 쉴 새 없이 무한한 흐름을 통해 세계에 퍼지고 흘러내린다. 그 흐름이 하늘에서 교차하는 지점에서 그것은 빛을 낳고, 땅속에서 교차하는 지점에서 그것은 금을 낳는다. 빛과 금은 똑같은 것이다. 불에서 구상적인 상태로 옮겨진 것. 같은 물질에서

20) 인도의 신화에 나오는 최초의 인간. 『마누의 율법서』는 인도 성서의 하나로 바라문교의 교리가 기술되어 있는데, 마누가 쓴 것으로 알려져 있다.

보이는 것과 만질 수 있는 것의 차이, 유체와 고체의 차이, 수증기와 얼음의 차이, 그뿐이다. 이것은 결코 공상이 아니다. 이것은 자연의 일반 법칙이다. 그러나 이 일반 법칙의 비결을 학문 속에 옮겨 넣기 위해서는 어떻게 하면 된단 말인가? 뭐! 내 손에 넘쳐흐르고 있는 이 빛이 황금이 아니냐! 어떤 법칙에 의해 팽창된 이 동일한 원자, 문제는 그것을 어떤 다른 법칙에 의해 압축하느냐는 것뿐이다! 어떻게 할 것인가? 어떤 이들은 한줄기 햇살을 파묻을 것을 생각했다. 아베로에스[21], 그렇다, 그건 아베로에스다, 아베로에스는 코란의 성전 왼쪽 첫 기둥 아래 햇살 한줄기를 묻었지만, 이 작업이 성공했는지 어떤지를 보기 위해서는 8000년 후에밖에는 그 구덩이를 열 수 없을 것이다."

"제기랄!" 장은 독백했다. "에퀴 한 푼 얻는 데 이렇게 오래 기다려야 하다니!"

"……또 어떤 이들은," 하고 몽상에 잠긴 부주교는 계속했다. "천랑성의 별빛에다 실험을 해보는 것이 더 낫다고 생각했다. 그러나 거기에 와서 섞여드는 다른 별빛들이 동시에 존재하는 까닭에, 그 순수한 별빛을 얻기란 꽤 어렵다. 플라멜은 지상의 불에다 실험을 해보는 것이 더 간단한 일이라고 생각하고 있다. 플라멜! 얼마나 숙명적으로 선택된 사람의 이름인

---

21) Averroës, 1126~1198. 이븐 루슈드(Ibn Rushd)를 중세 라틴어로는 아베로에스라고 했는데 그는 이슬람의 의사 겸 종교철학자였으며 아리스토텔레스의 주해자였다. 그의 철학은 유물론과 범신론 경향을 띠어 파리 대학과 교황청에 의해 금서 처분을 받았다.

가, Flamma!(플라마!)[22] 그렇다, 불이다. 그것이 전부다. 금강석은 숯 속에 있고 황금은 불 속에 있다. 그러나 어떻게 그것을 거기서 끌어낼 수 있을까? 마기스트리[23]는 어떤 여자들의 이름은 매우 감미롭고 신비로운 매력이 있으므로 실험 중에 그 이름을 부르기만 하면 된다고 단언하고 있다⋯⋯ 마누가 그 점에 관해 말한 것을 읽어보자. '여성들이 존경받는 곳에서 신들은 기뻐한다. 여성들이 멸시되는 곳에서는 하느님에게 기도를 드려도 소용없다. 여자의 입은 항상 순수하다. 그것은 흐르는 물이다. 그것은 햇빛이다. 여자의 이름은 상냥해야 하고 부드러워야 하고 환상적이어야 하고, 긴 모음으로 끝나야 하고 축도의 말과 같아야 한다.' 그렇다, 이 현자의 말이 옳다. 사실, 마리아도, 소피아도, 라 에스메랄⋯⋯ 영벌을 받아 마땅하구나! 늘 그 생각이니!"

그러면서 그는 책을 거칠게 덮어버렸다.

그는 줄곧 머릿속에서 떠나지 않는 생각을 쫓아내기라도 하려는 것처럼 이마에 손을 가져갔다. 그런 뒤에 책상 위에서 못과 작은 망치 하나를 집었는데, 그 망치의 자루에는 마술의 글자가 이상야릇하게 그려져 있었다.

"얼마 전부터," 하고 그는 고통스러운 듯이 한숨을 쉬면서 말했다. "나는 모든 실험에 실패만 하고 있어! 고정관념이 나

---

22) '불꽃'이라는 뜻의 라틴어.

23) Regula magistri. 『사부(師父)님의 수도 규칙서』. 6세기경 이탈리아에서 쓰인 작자 미상의 수도 규칙서로, 9세기 베네딕트회 수도 규칙서의 원형이 되었다.

를 괴롭히고 내 두뇌를 마치 불에 말라비틀어지는 클로버처럼 시들게 해. 나는 카시오도루스[24]의 비결마저도 발견하지 못했어. 그의 등불은 심지도 없고 기름도 없이 타고 있었건만. 그러나 그것은 간단한 일일 텐데!"

"빌어먹을!" 하고 장은 입속으로 중얼거렸다.

"……그러므로," 하고 신부는 계속했다. "한 사나이를 약하게 하고 미치게 하기 위해서는 단 한 가지 하찮은 생각만으로도 충분하다. 오! 클로드 페르넬은 얼마나 나를 비웃을까, 자기 남편 니콜라 플라멜에게 그 위대한 작업을 추구하는 것을 한시도 포기하게 할 수 없었던 그 여자는! 아니! 나는 내 손안에 제시엘레의 마술 망치를 쥐고 있지 않은가! 이 무서운 랍비가 자기 독방 안쪽에서 이 망치로 이 못을 한 번씩 두드릴 때마다, 그의 적들 중 그가 유죄를 선고한 자는, 설령 그가 2만 리 밖에 있다 하더라도, 땅속으로 한 자 반씩 빠져들어가 그 속에 삼켜지지 않았던가! 프랑스 국왕 자신도 어느 날 저녁에 이 마술사의 문에 뜻밖에 부딪힌 탓에, 파리의 포도 속에 무릎까지 빠져들어가지 않았던가! 이 일이 있은 지 300년도 채 못 되었다. 그런데! 나는 망치와 못을 가지고 있는데, 내 손 안에 있는 이 연장들은 날붙이 장수의 손에 든 망치만큼도 무섭지 않단 말인가! 하지만 문제는 이 못을 두드릴 때, 제시엘레가 발음한 마술의 말을 알아내기만 하면 되는 것이다."

---

24) Flavius Magnus Aurelius Cassiodorus, 490?~585?. 동고트족의 테오도리쿠스 왕 시대의 정치가이자 역사가다.

'어림도 없는 소리!' 하고 장은 생각했다.

"어디 한번 시험해 보자." 부주교는 힘차게 말을 이었다. "만약 내가 성공한다면, 못대가리에서 푸른 불똥이 튀는 것을 보리라. 에맹 에탕! 에맹 에탕![25] 이게 아니구나. 시제아니[26]! 시제아니! 이 못이 누구든 페뷔스라는 이름을 가진 자에게 무덤을 열어줄지어다! 저주를 받아라! 늘 끊임없이 같은 생각만 하다니!"

그러면서 그는 격분하여 망치를 던져버렸다. 그런 뒤에 안락의자와 책상 위로 풀썩 쓰러져버렸으므로, 거대한 서류 더미 뒤에 가려져 장에게는 그가 보이지 않았다. 얼마 동안 장에게는 책 위에서 경련하는 그의 꽉 쥔 주먹밖에 보이지 않았다. 그러더니 별안간 클로드 신부는 벌떡 일어나 컴퍼스를 집어 들고, 말없이 벽에 다음과 같은 그리스어 단어를 크게 새겼다.

ANÁΓKH

'형님이 미쳤구나.' 하고 장은 속으로 말했다. ''Fatum(숙명)' 이라고 쓰는 것이 훨씬 더 간단했을 텐데. 누구나 그리스어를

25) 이 말은 아마 『지옥 사전』의 「마술사의 야연(夜宴, Sabbat)」이라는 표제에서 따온 것으로 보이는데, 이 사전에 의하면 마술사들은 야연에 나가기 전에 몇 번이고 '에맹 에탕! 에맹 에탕!'이라는 말을 되풀이하는데, 이는 '여기저기에! 여기저기에!'라는 뜻이라고 한다.
26) 마귀의 이름.

배워야만 한다는 법은 없으니까.'

부주교는 안락의자로 가서 다시 앉고, 이마가 무겁고 뜨거운 병자가 그러듯이, 두 손으로 머리를 받쳤다.

학생은 자기 형을 놀란 마음으로 지켜보았다. 그는 모르고 있었다. 언제나 한데다 가슴을 내놓고 있는 그는, 이 세상에서 즐거운 자연법칙 외에 다른 법칙은 지키지 않는 그는, 자기 정열을 제멋대로 흘러가게 내버려두는 그는, 그리고 커다란 감동의 호수가 늘 말라 있을 정도로 아침마다 거기에 널따랗게 새로운 도랑을 파는 그는 모르고 있었다. 인간 정열의 바다가 모든 출구를 빼앗겼을 때, 그것이 둑을 찢고 바닥을 터뜨리기까지 얼마나 맹렬하게 술렁거리고 끓어오르는가를, 그것이 얼마나 부풀어오르고, 얼마나 넘쳐흐르고, 얼마나 사람의 가슴을 후벼 파는가를, 그리고 그것이 얼마나 격렬한 내부의 흐느낌과 은밀한 경련으로 폭발하는가를. 클로드 프롤로의 엄격하고 냉정한 외관은, 가파르고 접근할 수 없는 덕성의 그 싸늘한 표면은 항상 장을 속여왔다. 이 쾌활한 학생은 에트나산의 눈 같은 이마 아래 격렬하고 깊숙한, 끓어오르는 용암 같은 것이 있다는 생각은 여태껏 한 번도 해본 적이 없었다.

그가 갑자기 이런 생각들을 알아차렸는지 어떤지 나는 알 수 없으나, 그가 아무리 경박하다손 치더라도, 그는 자기가 보아서는 안 될 것을 보았다는 걸, 형의 가장 은밀한 자세 속에서 그의 마음의 비밀을 간파했다는 걸, 그리고 클로드가 그런 줄을 알아채서는 안 된다는 걸 이해했다. 부주교가 또다시 처음과 같이 부동 상태에 빠진 것을 보고, 그는 아주 살그머니

머리를 빼고, 누가 왔다는 것을 알리듯이, 문 뒤에서 발소리를 좀 냈다.

"들어와요!" 부주교는 독방 안에서 외쳤다. "기다리고 있었소. 일부러 열쇠를 문에 꽂아두었지요. 들어와요, 자크 씨."

학생은 대담하게 들어갔다. 이런 장소에서 그런 방문을 받는다는 것이 부주교로서는 몹시 난처한 일이어서, 그는 안락의자 위에서 몸을 떨었다.

"아니! 넌 장이 아니냐?"

"'지읒'자는 같지요." 학생은 뻔뻔스럽고 쾌활한 붉은 얼굴로 말했다.

클로드 신부의 얼굴은 다시금 준엄한 표정으로 돌아갔다.

"여기는 뭣 하러 왔느냐?"

"형님," 학생은 될수록 얌전하고 쓸쓸하고 겸손한 표정을 지으려 애쓰면서, 순진한 태도로 양손 안에서 벙거지를 굴리면서 대답했다. "부탁이 있어서 왔는데요……."

"무슨 부탁?"

"약간의 교훈이 대단히 필요해요." 장은 감히 큰 소리로 덧붙일 수가 없었다. "그리고 약간의 돈이 그보다 더 대단히 필요해서요." 그의 말의 이 마지막 한마디는 입 밖으로 나오지 못하고 말았다.

"애야," 부주교는 쌀쌀한 어조로 말했다. "네가 몹시 못마땅하구나."

"아!" 학생은 한숨을 쉬었다.

클로드 신부는 안락의자로 사분원을 그리고는 장을 뚫어지게 응시했다. "너 참 잘 왔다."

그것은 무서운 모두(冒頭)였다. 장은 호되게 당할 각오를 했다.

"장, 너에 대한 불평이 매일 내게 들어오는구나. 네가 알베르 드 라몽샹 자작이란 소년을 곤봉으로 때려서 타박상을 입혔다는데, 그 싸움은 대관절 뭣이냐?"

"아, 그것 참 대단한 일이군요!" 하고 장은 말했다. "짓궂은 시동 하나가 진창 속에 제 말을 달려 학생들에게 흙탕물을 튀기면서 장난을 치고 있었거든요!"

"네가," 하고 부주교는 말을 이었다. "마예 파르젤이란 사람의 가운을 찢었다는데 그건 어찌 된 일이냐? 'Tunicam dechiraverunt.(그들은 가운을 찢었다.)'라고 소장에는 적혀 있던데."

"쳇! 몽테귀의 시시한 망토인걸요 뭐!"

"소장에는 'tunicam(가운을)'이라고 했지, 'cappettam(망토를)'이라고 되어 있지 않아. 너는 라틴어를 아느냐?"

장은 대답하지 않았다.

"그렇다!" 하고 신부는 머리를 끄덕거리면서 계속했다. "오늘날 학문과 문학은 바로 그런 상태에 있단 말이다. 라틴어는 알아듣는 사람이 거의 없고, 시리아어는 아무도 모르고, 그리스어는 모두가 싫어하는지라, 대학사가 그리스어 낱말 하나쯤 읽지 않고 넘어간들 무식이 아니어서, 'Græcum est, non legitur.(이것은 그리스어여서, 사람들은 읽지 않는다.)'라고 말하는 실정이거든."

학생은 단호히 눈을 들었다. “형님, 저기 벽에 적혀 있는 저 그리스어 단어를 훌륭한 프랑스어로 설명해 드려볼까요?”

“어떤 단어 말이냐?”

“ANÁΓKH요.”

붉은빛이 부주교의 광대뼈 위에 살짝 번졌는데, 그것은 마치 화산이 연기를 내뿜어, 속에 숨겨진 동요를 바깥으로 알리는 것과도 같았다.

“그래, 장.” 하고 형은 간신히 더듬거렸다. “저 단어가 무슨 뜻이냐?”

“숙명이라는 뜻이죠.”

클로드 신부는 다시 창백해졌고, 학생은 태연스럽게 계속했다.

“그리고 그 아래, 같은 손으로 새겨놓은 ‘*Ανάγνεία*’는 ‘불결’이라는 뜻이고. 보세요, 저도 그리스어를 알잖아요.”

부주교는 잠자코 있었다. 이 그리스어 수업은 그를 몽상에 잠기게 했다. 응석둥이답게 꾀바르기 짝이 없었던 소년 장은 이때야말로 요구를 내놓기에 안성맞춤인 순간이라고 판단했다. 그래서 그는 지극히 부드러운 목소리로 말을 계속했다.

“형님, 제가 어떤 머슴애들과 꼬마둥이들에게, quibusdam mormosetis(약간의 꼬마둥이들에게) 정당한 이유가 있어 따귀 좀 갈기고 뭇매질을 했다고 해서 저에게 그렇게 무서운 얼굴을 하실 정도로 형님은 저를 미워하시는 거예요? 보세요, 클로드 형님, 저도 라틴어를 알잖아요.”

그러나 이 모든 아양스러운 위선도 준엄한 형에게는 여느 때와 같은 효과를 내지 못했다. 케르베로스[27]는 꿀 과자를 물지 않았다. 부주교의 이마는 주름이 하나도 펴지지 않았다.

"결국 어쩌자는 이야기냐?" 하고 그는 무뚝뚝한 어조로 말했다.

"그러니까, 사실은! 다름이 아니라," 하고 장은 씩씩하게 대답했다. "돈이 필요해서요."

이러한 뻔뻔스러운 고백을 듣고 부주교의 얼굴은 완전히 아버지 같은 교훈적인 표정을 띠었다.

"장, 너도 아는 바와 같이, 티르샤프의 우리 영지에서 들어오는 수입이라곤, 21개 가호의 집세와 땅세를 모두 합쳐서 파리 주화 39리브르 11수 6드니에에 불과하다. 이건 파클레 형제 시절보다는 절반이 더 많지만, 그건 많은 게 아니다."

"저는 돈이 필요해요." 장은 용기 있게 말했다.

"너도 알겠지만, 우리의 21개 가호는 주교의 영지에 종속되도록 판사의 결정이 내려졌는데, 주교님께 파리 주화 6리브르의 가치에 해당하는 금은화 2마르크를 지불하지 않고는 그 영예를 되살 수가 없을 것이다. 그런데 이 2마르크의 돈도 나는 아직 마련하지 못했다. 너도 알겠지."

"제가 아는 건 제가 돈이 필요하다는 겁니다." 장은 세 번째로 되풀이했다.

"그래 돈은 뭘 하려고 그러느냐?"

이 질문은 장의 눈에 희망의 빛이 반짝이게 하였다. 그는

---

27) 그리스신화에서 지옥을 지키는 머리 셋 달린 개.

또다시 고양이 같은 아양스러운 표정을 지었다.

"그건요, 클로드 형님, 제가 무슨 나쁜 의도로 형님께 이런 얘기를 하는 게 아니에요. 형님이 주시는 돈으로 제가 술집에서 한량 노릇을 한다거나, 금빛 수단의 마의(馬衣)를 입히고 하인을 거느리고서 cum meo laquasio(내 하인과 더불어) 파리 거리를 돌아다니려는 게 아니에요. 그게 아니라, 형님, 한 가지 선행을 하려고 그러는 거예요."

"선행이라니 무슨 선행?" 하고 클로드는 조금 놀라서 물었다.

"제 친구 둘이 어느 가련한 성모승천회 과부의 어린애에게 배내옷을 사주려고 하고 있어요. 이건 자선이지요. 그러기 위해서는 3플로린의 돈이 드는데, 저도 제 몫을 내놓고 싶거든요."

"네 두 친구의 이름이 무엇이냐?"

"피에르 라소뫼르와 바티스트 크로쿠아종이에요."

"흠!" 부주교는 말했다. "그건 구포(臼砲)가 주제단에 어울리듯 선행에 잘 어울리는 이름이구나."

확실히 장은 두 친구의 이름을 매우 잘못 선택했던 것이다. 그는 그것을 너무 늦게야 느꼈다.

"그리고 또," 하고 예민한 클로드는 계속했다. "3플로린이나 치인다는 배내옷은 무엇이며, 성모승천회 과부의 어린애를 위해 사준다는 건 뭐냐? 언제부터 성모승천회의 과부들이 배내옷 입은 아기를 가지게 되었단 말이냐?"

장은 다시 한 번 싸늘한 분위기를 깨뜨렸다. "아 참, 그래요! 저는 오늘 저녁에 발다무르로 이자보 라 티에리를 만나 보러

가기 위해 돈이 필요한 거예요!"

"이런 불결한 녀석 같으니라고!" 하고 신부는 외쳤다.

"Ἀνάγνεία!"이라고 장은 말했다.

학생이 독방의 벽에서 아마도 앙심을 품고 차용했을 이 인용은 신부에게 이상한 효과를 일으켰다. 그는 입술을 깨물었고, 그의 분노는 벌게진 낯빛 아래 스러져버렸다.

"그만 가거라." 하고 이때 그는 장에게 말했다. "난 누구를 기다리는 중이다."

학생은 또 한 번 노력을 해보았다. "클로드 형님, 밥 사 먹게 파리 주화 한 닢이라도 좀 주세요."

"그라티아누스[28]의 교황령집 공부는 어떻게 되었느냐?" 클로드 신부는 물었다.

"공책을 잃어버렸습니다."

"라틴 고전 공부는 어떻게 되었느냐?"

"호라티우스의 책을 도둑맞았습니다."

"아리스토텔레스의 공부는 어떻게 되었고?"

"정말이지, 형님, 이단자들의 오류는 언제나 아리스토텔레스의 형이상학의 덤불 속에 도사리고 있다고 말한 그 교부는 누구지요? 그까짓 아리스토텔레스 따위가 다 뭡니까! 저는 그의 형이상학으로 제 종교를 호되게 비판하고 싶진 않아요."

"얘야," 하고 부주교는 말을 이었다. "최근 국왕 폐하께서 입성하실 때, 자기 말 마구에 다음과 같은 좌우명을 수놓아 타

28) 12세기의 이탈리아 교황령집의 편저자.

고 있던, 필리프 드 코민이라는 귀족이 있었는데, 이 좌우명을 깊이 생각해 보도록 너에게 권한다. 'Qui non laborat non manducet.(일하지 않는 자는 먹지 말지어다.)'"

학생은 귀에 손가락을 대고 땅바닥을 응시한 채 성난 얼굴로 한참 동안 잠자코 있었다. 그러더니 갑자기 할미새처럼 날쌔게 클로드 쪽으로 홱 몸을 돌렸다.

"그래서 형님, 빵집에서 빵 한 덩어리 사려는데도 파리 주화 한 푼 못 주시겠다는 거예요?"

"Qui non laborat non manducet."

굽힐 줄 모르는 부주교의 그런 대답을 듣고 장은, 흐느끼는 여자처럼, 두 손으로 머리를 감싸고 절망한 듯이 외쳤다. "Ototototototoĩ!"[29]

"그게 무슨 뜻이냐, 얘야?" 그 욕설에 놀란 클로드는 물었다.

"아니 뭐라고요?" 하고 학생은 말했다. 그리고 금세 두 주먹으로 찔러 눈물이 나게 한 빨개진 눈을 뻔뻔스럽게 클로드 쪽으로 쳐들었다. "이건 그리스어예요! 고통을 완벽하게 표현하고 있는 아이스킬로스의 단단장음격이란 말이에요."

그러면서 그가 어찌나 익살스럽고 격렬하게 폭소를 터뜨렸던지, 부주교도 따라서 빙그레 웃었다. 사실 그것은 클로드의 잘못이었다. 왜 그는 그렇게도 이 아이의 응석을 받아주었을까?

---

29) 그리스 비극 시인 아이스킬로스의 『페르시아인』(918)에 'ototoĩ'라는 단단장음격이 있는데, 위고가 그 앞에 다시 삼단격을 붙여놓은 것이다.

"아! 착하신 클로드 형님," 하고 장은 그 미소에 용기를 얻어서 말을 이었다. "제 편상화에 구멍이 뚫린 걸 보세요. 이 세상에 구두창이 혓바닥을 내놓고 있는 편상화보다 더 비참한 반장화가 있겠어요?"

부주교는 재빨리 애초의 준엄한 태도로 되돌아왔다. "네게 새 편상화를 보내주마. 그러나 돈은 안 된다."

"시시한 파리 주화 딱 한 푼만 주세요, 형님." 장은 애걸하듯 계속했다. "앞으로는 그라티아누스도 잘 외고, 하느님도 잘 믿고, 학문과 덕행에서 참다운 피타고라스 학자가 되겠어요. 그러니 제발 작은 파리 주화 한 닢만 주세요, 형님은 굶주림이 저를 물어뜯기를, 거기 제 앞에서, 지옥의 구렁텅이보다도, 아니 수도사의 코보다도 더 시커멓고 더 고약한 냄새를 풍기고 더 깊숙한, 그 짝 벌어진 주둥이로 저를 물어뜯기를 바라세요?"

클로드 신부는 주름 잡힌 머리를 흔들었다. "Qui non laborat……."

장은 그가 말을 끝마치게 두지 않았다.

"이런 제기랄! 환락이여 만세다! 술집에도 가고, 싸움도 하고, 술 단지도 깨고, 계집애도 만나러 가야겠다, 빌어먹을!"

그렇게 말하고는 벽에 모자를 던지고 캐스터네츠처럼 손가락을 딱딱 울렸다.

"장, 너는 정신이 나갔구나."

"그렇다면, 에피쿠로스의 말에 따르면, 그 어떤 이름 없는 것으로 만들어진 뭔지 알 수 없는 것이 제게는 결핍되어 있군요."[30)]

"장, 너는 행실 고칠 것을 진지하게 생각해야 한다."

"저런 저런," 하고 학생은 형과 화덕의 증류기를 번갈아 바라보면서 외쳤다. "여기 있는 건 모조리 뿔이 돋쳤나 보죠, 생각도 병도!"

"장, 너는 아주 미끄러운 비탈에 있다. 네가 어디로 가고 있는지 알겠느냐?"

"술집으로 가죠." 장은 말했다.

"술집은 죄인 공시대로 통한다."

"그것도 다른 것과 마찬가지로 초롱인데, 디오게네스는 아마 이 초롱을 가지고 필요한 사람을 찾아냈을 거예요."

"죄인 공시대는 교수대로 통한다."

"교수대는 한쪽 끝에는 사람을, 다른 쪽 끝에는 온 지구를 가지고 있는 저울이지요. 그러한 사람이 된다는 건 아름다운 일이죠."

"교수대는 지옥으로 통한다."

"그것은 성화(盛火)지요."

"장, 장, 그러다간 끝이 좋지 못할 것이다."

"처음은 좋을 거예요."

그때 층층대에서 발소리가 들려왔다.

30) 에피쿠로스는 그렇게 말하지는 않았지만, 다음과 같이 썼다. "영혼이 무형이라고 말하는 자들은 어리석은 말을 하고 있는 것이다." 그에게 "영혼은 미립자로 구성된 일종의 육체이며…… 육체가 완전히 분해되었을 때 영혼은 흩어진다".

"조용히!" 하고 부주교는 자기 입에 손가락을 갖다 대고 말했다. "자크 씨가 온다. 내 말 들어라, 장." 그는 나지막한 소리로 덧붙였다. "네가 여기서 장차 보고 듣는 건 결코 입 밖에 내지 마라. 빨리 저 화덕 아래 숨어라, 그리고 숨도 쉬지 마."

학생은 화덕 아래 들어가 웅크렸다. 거기서 그에게 한 가지 생산성 있는 생각이 떠올랐다.

"그런데 클로드 형님, 숨을 안 쉬는 값으로 1플로린 주세요."

"쉿! 약속하마."

"꼭 주셔야 해요."

"옜다 가져라!" 부주교는 성이 나서 전대를 그에게 던지면서 말했다. 장은 다시 화덕 아래로 들어갔고, 문이 열렸다.

5장

검은 옷차림의 두 사나이

들어온 인물은 검은 법의에 침울한 낯을 하고 있었다. 우리의 친구 장이(독자도 충분히 짐작하겠지만, 그는 모든 것을 마음대로 보고 들을 수 있도록 그 구석에서 준비하고 있었다.) 언뜻 보고 깊은 인상을 받은 것은, 이 새로 온 사람은 옷차림도 얼굴도 말할 나위 없이 음산했다는 것이다. 하지만 그 얼굴 위에는 어떤 유순한 빛이 퍼져 있었으나, 고양이 같은, 또는 판사 같은 유순함, 일종의 짐짓 꾸민 유순함이었다. 그는 머리가 새하얗고, 얼굴이 쪼글쪼글하고, 예순 살에 가까웠으며, 눈을 자꾸 깜박거리고, 눈썹이 희고, 입술이 축 처져 있고, 손이 통통했다. 장이 그가 고작 저것밖에 안 된다는 것을, 다시 말해 그가 아마 의사나 법관에 불과하리라는 것을, 그리고 그 사나이의 코가 입에서 멀리 떨어져 있는 것을(이는 어리석다는 표시인데) 보았을 때, 그는 그렇게도 부자유스러운 자세로 그런 형편없는 친구와 한자리에서 무한한 시간을 보내지 않으면 안 되는 데 실망하여, 도로 그의 구멍 속으로 파고들어갔다.

한편 부주교는 그 인물을 맞이하기 위해 일어나지도 않았다. 그는 손님에게 문 옆에 있는 걸상 위에 앉으라고 신호를 하고, 전부터 하던 명상을 계속하는 듯 잠시 침묵을 지키고 나서야, 좀 보호자연하는 어조로 말했다. "자크 씨, 안녕하시오."

"안녕하십니까, 선생님!" 하고 검은 옷차림의 사나이는 답례를 했다.

한편에서는 '자크 씨'라고 말하고, 다른 편에서는 정중하게 '선생님'이라고 말한, 그 두 가지 말투 속에는 각하와 군, 'domine'와 'domne'[31]만큼이나 차이가 있었다. 그것은 분명히 박사와 제자의 응대였다.

"그래서," 부주교는 또다시 침묵을 지키다가 말을 이었는데, 자크 나리는 그의 침묵을 깨뜨리기를 삼가고 있었던 것이다. "성공하였소?"

"아, 선생님," 상대방은 서글픈 미소를 지으면서 말했다. "저는 여전히 풀무질을 하고 있지만, 재만 잔뜩 나올 뿐, 금이라곤 한 번도 반짝거려 본 적이 없습니다."

클로드 신부는 안타까운 듯한 몸짓을 했다. "그 얘기가 아니오, 자크 샤르몰뤼 씨. 그게 아니라, 당신 마술사의 소송을 말한 거요. 그 이름이 마르크 스넨이라고 했지요, 그 회계감사

---

31) 'domine'와 'domne'는 'dominus(신)'의 호격이다.

원의 식료품 보관계원이? 그가 자기 마술을 자백했소? 당신의 심문이 성공했소?"

"한심스럽지만 그렇지가 못합니다."라고 자크 나리는 여전히 서글픈 미소를 지으며 대답했다. "우리는 그런 위로를 받지 못하고 있습니다. 그 사나이는 돌덩이거든요. 무엇이고 불 때까지는 마르셰 오 푸르소에서 뜨거운 물에 담금질할 생각입니다. 그러는 동안에 실토를 받기 위해 인정사정없이 다루고 있습니다. 그자는 벌써 온몸의 뼈가 다 삐었지요. 옛 희극 시인 플라우투스[32]가 이렇게 말한 것처럼 온갖 수단을 다 쓰고 있습니다.

> Advorsum stimulos, laminas, crucesque, compedesque,
> Nervos, catenas, carceres, numellas, pedicas, boias.
> (침과 단근질, 십자가, 올가미,
> 포박, 사슬, 감옥, 족쇄, 쇠고리에 대하여.)

그러나 아무 소용도 없습니다. 지독한 놈이지요. 저는 괜히 헛수고만 하고 있어요."

"그의 집에선 새로운 걸 아무것도 발견하지 못했소?"

"아니요," 하고 자크 나리는 자기의 전대 속을 뒤지면서 말했다. "이 양피지를 발견했지요. 여기에는 우리가 모르는 말들

---

32) Titus Macocius Plautus, 기원전 254?~기원전 184. 로마의 희극 시인. 인용한 시구는 『당나귀(Asinaria)』에서 인용한 것이다.

이 있습니다. 하지만 필리프 륄리에 형사 변호사 나리는 브뤼셀의 칸테르스텐 거리의 유대인 사건 때 히브리어를 좀 배워서 알고 있지요."

그렇게 말하면서 자크 나리는 양피지를 펼치고 있었다.

"이리 줘요." 하고 부주교는 말했다. 그리고 그 문서 위에 시선을 던지면서, "순전히 마술이오, 자크 씨!" 하고 외쳤다. "'에맹 에탕!' 이것은 흡혈귀들이 마술사의 야연에 갈 때 지르는 소리요. 'Per ipsum, et cum ipso, et in ipso!(그에 의하여, 그리고 그와 더불어, 그리고 그의 속에서!)'[33] 이것은 악마를 지옥에 다시 가두어 넣는 구령이오. 'Hax, pax, max!(학스, 팍스, 막스!)' 이것은 요법이오. 미친개에게 물린 상처를 고치는 주문이지요. 자크 씨! 당신은 성당 재판소의 국왕 검사인데, 이 양피지는 가증스러운 것이오."

"그자를 다시 심문에 붙이겠습니다. 또 이것도 보십시오." 하고 자크 나리는 다시금 주머니 속을 뒤지면서 덧붙였다. "이것도 마르크 스넨의 집에서 찾아낸 것입니다."

그것은 클로드 신부의 화덕을 덮고 있는 것들과 같은 종류의 단지였다. "아!" 하고 부주교는 말했다. "연금술의 도가니군요."

"솔직히 말씀드리겠습니다만," 하고 자크 나리는 수줍은 듯 이색한 미소를 지으면서 말을 이었다. "이걸 화덕 위에서 시험

33) 미사 경전에 있는 말이지만 위고는 이것을 『지옥 사전』의 「주문」이라는 표제 내용에서 따왔다.

해 봤습니다만, 제 것을 가지고 한 것보다 더 성공하진 못했습니다."

부주교는 그 단지를 살피기 시작했다. "이 도가니에 그가 뭘 새겼담? 'Och! och!(오크! 오크!)' 이건 벼룩을 쫓는 말인데! 이 마르크 스넨이란 자는 무식하구먼! 나는 확신하는데, 당신은 이걸 가지고 금을 만들지는 못할 거요! 이건 여름에 당신 알코브[34]에나 놓아두면 좋을 뿐, 그 밖엔 아무 쓸모도 없어요!"

"우리는 오류에 빠져 있으니까요." 하고 국왕 검사는 말했다. "저는 여기에 올라오기 전에 아래 정면 현관문을 관찰했는데, 거기에 그 물리학적 작품의 통로는 시청 쪽으로 그려져 있고, 노트르담 아래에 있는 일곱 개의 나체 조상 가운데 뒤꿈치에 날개가 붙은 조상은 메르쿠리우스인 것이 확실한가요?"

"그렇소." 신부는 대답했다. "거기에 글을 쓴 것은 이탈리아의 박사 아고스티노 니포인데, 그에게는 수염 난 악마가 있어서 그에게 온갖 것을 가르쳐주었지요. 우리가 이제 곧 내려가면, 원문을 토대로 그것을 설명해 드리겠소."

"감사합니다, 선생님." 샤르몰뤼는 땅에 닿도록 절을 하면서 말했다. "아 참, 깜박 잊고 있었네요! 그 마술사 소녀는 언제 체포하게 하면 좋겠는지요?"

"마술사 소녀라니?"

"선생님께서 잘 아시는 그 집시 계집애 말입니다, 종교 재판

34) 벽면을 움푹하게 만들어서 침대를 들여놓은 곳.

소 판사의 금지에도 불구하고 날마다 성당 앞마당에 와서 춤을 추는 여자 말이에요! 그 계집애에겐 악마의 뿔이 달린 신들린 암염소가 있는데, 글을 읽고 쓰고, 피카트릭스[35]처럼 수학을 아는 염소여서, 모든 보헤미아 사람들을 교수형에 처하게 하고도 남음이 있지요. 소송은 다 준비돼 있습니다. 이내 끝낼 수 있습니다! 참으로 미인이지요, 그 춤추는 계집애는! 가장 아름다운 검은 눈! 그건 두 개의 이집트 석류석이죠. 언제 시작할까요?"

부주교는 극도로 창백해졌다.

"그건 후에 말하겠소." 그는 또렷하지 못한 목소리로 더듬거렸다. 그런 뒤에 가까스로 말을 이었다. "마르크 스넨의 일이나 신경 쓰시오."

"안심하십시오." 샤르몰뤼는 미소를 지으면서 말했다. "제가 돌아가면 놈을 가죽 침대 위에 다시 비끄러매게 하겠습니다. 하지만 악마 같은 놈이지요. 그놈은 저보다 손이 거친 피에라 토르트뤼마저도 진력이 나게 하는걸요. 저 착한 플라우투스가 말한 그대로예요.

Nudus vinctus, centum pondo es quando pendes per pedes.

(발가벗겨져 꽁꽁 묶이고 발로 매달린 그대는 100파운드의 무게로다.)

---

35) 13세기 아라비아의 점성가.

윈치 심문! 이게 우리의 최선의 방법입니다. 윈치의 맛을 보여줘야겠어요.”

클로드 신부는 침울한 방심 상태에 빠져 있는 듯했다. 그는 샤르몰뤼 쪽을 돌아보았다.

“피에라 씨…… 아니, 자크 씨라고 하려다 그만 잘못 말했군요. 당신은 마르크 스넨의 일에나 신경 쓰시오!”

“예, 예, 클로드 신부님. 가련한 녀석! 그자는 뮈몰처럼 고통을 받게 되겠지. 마술사의 야연에 가다니, 어찌 또 그런 생각을! 회계감사원의 식료품 감사계원이라면 샤를마뉴의 조문(條文) ‘Stryga vel masca(흡혈귀 아니면 마녀)’쯤은 알고 있어야 마땅할 텐데! 그 소녀는, 모두가 스멜라르다라고 부르는 그 소녀에 관해선, 선생님의 명령을 기다리겠습니다. 아! 정면 현관문 아래를 지나갈 때, 성당으로 들어오면서 보이는 평면화에 그려져 있는 정원사가 무엇을 의미하는지 좀 설명해 주십시오. 그건 씨 뿌리는 사람이 아닙니까? 아니, 선생님, 대관절 뭘 생각하고 계십니까?”

클로드 신부는 자기 생각에 빠져서 더 이상 그의 이야기를 듣고 있지 않았다. 샤르몰뤼가 그의 시선의 방향을 따라가 보니, 그의 시선은 채광창을 덮고 있는 커다란 거미집에 기계적으로 멎어 있었다. 그때, 덤벙거리는 파리 한 마리가 3월의 햇빛을 찾다가 그 그물 속에 날아들어 거기에 걸려버렸다. 거미줄이 흔들리자, 왕거미는 그의 가운데 방에서 느닷없이 튀어나와 파리에게 달려들어 앞의 더듬이로 파리를 토막으로 분질러서 그 끔찍한 문관(吻管)으로 파리의 머리를 후벼 팠다.

"가엾은 파리!" 성당 재판소의 국왕 검사는 이렇게 말하고 손을 들어 파리를 살려내려 했다. 부주교는 자다가 벌떡 깨어 일어나듯이, 덥석 그의 팔을 붙잡았다.

"자크 씨," 하고 그는 외쳤다. "숙명이 이루어지도록 내버려두시오!"

검사는 깜짝 놀라 돌아보았다. 그의 팔이 마치 쇠 집게에 집힌 것만 같았다. 신부의 눈은 고정된 채 살기가 등등하고 불길이 타오르고 있었고, 파리와 거미의 그 끔찍스러운 작은 무리를 응시하고 있었다.

"오! 그렇다." 신부는 마치 오장육부에서 나오는 듯한 목소리로 계속했다. "저것이 모든 것의 상징이다. 그것은 날아다닌다, 즐겁다, 갓 태어났다, 봄을 찾고 대기를 찾고 자유를 찾는다. 오! 그렇다. 그러나 그것은 숙명적인 원화창에 부딪치고, 거기서 거미가 나온다, 끔찍한 거미가! 춤추는 가엾은 파리! 미리 숙명 지워진 가엾은 파리! 자크 씨, 내버려두시오! 이건 숙명이오! 아, 슬프도다! 클로드여, 너는 거미로다. 클로드여, 너는 또한 파리로다! 너는 학문을 향해, 빛을 향해, 태양을 향해 날고 있었다. 너는 영원한 진리의 대기에, 대낮에 도달할 것밖에는 염두에 두고 있지 않았다. 다른 세계를 향해, 광명과 지성과 학문의 세계를 향해 트인 눈부신 채광창을 향해 뛰어가면서, 눈먼 파리여, 미련한 박사여, 너는 빛과 너 사이에 운명이 쳐놓은 그 미묘한 거미줄을 보지 못하고, 거기에 맹렬히 뛰어들었다, 가련한 바보여. 그리하여 너는 지금 숙명의 쇠 더듬이 사이에서, 머리가 부서지고 날개가 뽑힌 채, 몸부림치고 있구나! 자크 씨! 자크 씨! 거미가 하는 대로 내버려두오!"

"저는 절대로," 하고 샤르몰뤼는 무슨 영문인지도 모르고 그를 바라다보면서 말했다. "손을 대지 않겠습니다. 하지만 제 팔은 놓아주십시오, 선생님, 제발 부탁입니다! 선생님 손은 꼭 집게 같군요."

부주교에게는 그의 말이 들리지 않았다. "오! 미련한 놈아!" 하고 그는 채광창에서 눈을 떼지 않고 말을 이었다. "그런데 네 각다귀 같은 날개로 저것을, 저 무시무시한 거미줄을 끊어버릴 수 있다면, 햇빛에 도달할 수 있게 되리라고 너는 믿겠지만, 오, 슬프도다! 더 멀리 있는 저 유리창은, 저 투명한 장해물은, 모든 철학을 진리로부터 격리하고 있는 청동보다도 더 단단한 저 수정 벽은 어떻게 넘어서겠느냐? 오, 학문의 허망함이여! 얼마나 많은 현인들이 멀리서 와서 퍼덕거리다 거기서 머리를 부서뜨리고 있는가! 얼마나 많은 학설들이 저 영원한 유리창에서 윙윙거리면서 뒤죽박죽 서로 부딪치고 있는가!"

그는 입을 다물었다. 이 마지막 상념이 부지불식간에 그를 그 자신으로부터 학문에 되돌아오게 함으로써 그를 진정시킨 것 같았다. 자크 샤르몰뤼는 그에게 다음과 같은 질문을 던져 그로 하여금 완전히 현실을 의식하게 했다. "그런데 선생님, 언제 오셔서 제가 금을 만들 수 있게 도와주시렵니까? 하루속히 성공을 보고 싶은데요."

부주교는 씁쓸한 미소를 지으면서 고개를 끄덕거렸다. "자크 씨, 미카엘 프셀루스[36]의 『정력의 대화와 악마의 작용

(Dialogus de energia et operatione d emonum)』을 읽으시오. 우리가 하고 있는 짓이 완전히 무고하다고는 할 수 없소."

"더 작은 소리로 하십시오, 선생님! 그건 저도 압니다." 샤르몰뤼는 말했다. "그러나 투르 주화 30에퀴의 연봉을 받는, 성당 재판소의 국왕 검사이고 보면 다소 연금술사 노릇을 하지 않을 수도 없는 처지가 아니겠습니까. 다만 더 작은 소리로 얘기하십시다."

그때 턱을 놀려 무엇을 깨무는 소리가 화덕 밑에서 들려와, 샤르몰뤼의 불안한 귀를 놀라게 했다.

"저게 뭡니까?" 그는 물었다.

그것은 학생이었는데, 숨어 있는 자리에서 매우 불편하고 따분하던 차에, 마침내 거기서 오래된 빵 껍질과 곰팡이 슨 세모꼴 치즈 한 조각을 발견하기에 이르러, 위안과 점심 삼아, 체면 불구하고 그것을 모두 먹기 시작했던 것이다. 몹시 배가 고팠던 그가 한 입 한 입 먹을 때마다 요란스레 소리를 내는 바람에 검사에게 주의와 경계심을 불러일으켰던 것이다.

"저건 내 고양이인데," 부주교는 얼른 말했다. "저 아래서 생쥐를 잡아먹고 있는 거요."

이 설명은 샤르몰뤼를 만족시켰다.

"과연," 하고 그는 존경 어린 미소를 지으면서 대답했다. "위대한 철학자는 누구나 자기 집에 짐승을 기르고 있었지요, 선

36) Michael Psellus, 1018~1078. 비잔틴의 정치가이자 작가. 당시 가장 위대한 학자로 인정받았다.

생님. 세르비우스[37]가 'Nullus enim locus sine genio est(왜냐하면 수호신 없는 장소는 없으므로)'라고 말한 걸 선생님도 알고 계시지요."

그러는 동안, 클로드 신부는 장이 또다시 무슨 엉뚱한 짓을 저지르지나 않을까 염려되어, 자신의 갸륵한 제자에게 정면 현관문에 함께 관찰할 조상이 몇 개 있다는 것을 환기시켰고, 두 사람이 독방에서 나가자, 학생은 "후!"하고 안도의 숨을 쉬었고, 자기 무릎에 턱 자국이 박히지나 않았을까 몹시 걱정하기 시작했다.

37) Servius Honoratus. 4세기의 문법학자이자 고전 주석자.

6장

한데서 내뱉은 일곱 마디 욕설이 빚어낼 수 있는 효과

"Te Deum laudamus!(당신을 찬양하나이다, 하느님이시여!)"[38) 하고 장 나리는 제 구멍에서 나오면서 외쳤다. "이제야 두 부엉이가 떠났구나. Och! och!(오크! 오크!) Hax! pax! max!(학스! 팍스! 막스!) 벼룩들! 미친개들! 악마! 그들의 대화에 진절머리가 난다! 머리가 종각처럼 울리는구나. 설상가상으로 곰팡이 슨 치즈까지, 자, 어서 내려가자. 형님의 전대를 집어 들고 그 돈을 깡그리 술병으로 바꾸자!"

그는 애정과 감탄 어린 눈으로 그 소중한 전대의 내부를 흘긋 바라보고, 옷차림을 고치고, 편상화를 문지르고, 재로 뽀

38) 여기서는 '아이고, 고마워라.' 정도의 뜻. 성 앙브루아즈가 했다는 감사 기도 찬가의 첫마디다.

얘진 초라한 털 소매를 털고, 휘파람으로 노랫가락을 부르고, 깡총 뛰어 몸을 돌리고는 독방 안에 뭐 집어 갈 것이 남아 있지 않나 살펴보고, 이자보 라 티에리에게 보석 대신 주기에 안성맞춤인 유리 세공품 부적을 여기저기 화덕 위에서 조금씩 모으고, 끝으로, 그의 형이 마지막 선심으로 열어놓은 문을 열고 나와 그 역시 마지막 짓궂은 마음으로 열어놓고, 새끼 새처럼 팔짝팔짝 뛰어서 빙글빙글 도는 계단을 내려왔다.

그 나선계단의 어둠 속에서 그는 무엇인가 투덜거리면서 옆으로 비켜서는 것에 팔꿈치가 닿아 카지모도가 아닌가 싶었는데, 그것이 어찌나 우스꽝스러워 보였던지, 그는 나머지 계단을 내려오면서 내내 옆구리를 움켜쥐고 웃었다. 광장으로 다 나와서도 그는 여전히 웃고 있었다.

그는 땅 위로 나오자 발을 동동 굴렀다. "오!" 하고 그는 말했다. "즐겁고도 고귀한 파리의 포도여! 야고보의 사닥다리의 천사들[39]도 헐떡거리게 할 만한 빌어먹을 층층대여! 하늘을 찌르는 이 돌의 나사송곳 속으로 기어 들어가다니 내가 무슨 생각을 하고 있었던 걸까! 다만 수염 난 치즈를 먹고 채광창으로 파리의 종탑들을 본 게 전부가 아닌가!"

그는 몇 걸음 걸어 나오다가, 두 부엉이, 즉 클로드 신부와 자크 샤르몰뤼 나리가 정면 현관문 앞에 서서 조각물을 들여다보고 있는 것을 보았다. 그는 발끝으로 살금살금 그들에게

39) 야고보가 형의 노여움을 피하여 달아나다가 사막에서 잠이 들었을 때 하늘로 통하는 사다리를 보았는데 거기에는 천사들이 오르내리고 있었다고 한다.

다가가서, 부주교가 썩 나지막한 목소리로 샤르몰뤼에게 다음과 같이 말하는 것을 들었다. “가장자리를 도금한 이 청금석 빛의 돌 위에 욥을 새기게 한 것은 기욤 드 파리스요. 욥은 화금석 위에 새겨져 있는데, 이 시금석이 완전한 것이 되기 위해서는, 라몬 유이[40]가 ‘Sub conservatione formæ specificæ salva anima.(특수한 형태의 보전 아래 영혼은 안전하다.)’라고 말한 것처럼, 역시 시련과 고난을 겪어야만 할 것이오.”

“그런 건 내게는 아무래도 상관없어.” 하고 장은 말했다. “지갑을 가진 건 나야.”

그때 그는 자기 뒤에서 우렁찬 목소리가 일련의 무시무시한 욕설을 내뱉는 것을 들었다. “제기랄! 젠장! 육시랄! 젠장맞을! 망할 놈의! 빌어먹을! 벼락 맞을!”

“정녕코,” 하고 장은 외쳤다. “이건 내 친구 페뷔스 중대장이 틀림없어!”

이 페뷔스라는 이름이, 마침 부주교가 국왕 검사에게, 김이 올라오는 목욕탕 속에 꼬리를 감추고 있는 용과 왕의 머리를 설명하고 있을 때 그의 귀에 들려왔다. 클로드 신부가 바르르 떨면서 말을 뚝 그치자 샤르몰뤼는 매우 어리둥절했는데, 신부가 돌아다보니, 그의 동생 장이 공들로리에의 집 문 앞에 서 있는 한 후리후리한 장교에게 다가가고 있었다.

그는 과연 페뷔스 드 샤토페르 중대장이었다. 그는 약혼녀

40) Ramon Llull, 1235~1315. 카탈루냐의 신비주의자, 시인. 『위대한 기술(Ars Magna)』(1275)의 저자. 성자인 그는 이븐 루슈드의 학설과 강신술에 정통했다.

의 집 모퉁이에 등을 기대고 서서 이교도처럼 욕설을 하고 있었던 것이다.

"페뷔스 중대장," 장은 그의 손을 잡으면서 말했다. "참으로 맹렬하게 욕을 하고 있군요."

"벼락이나 맞아라!" 하고 중대장은 대답했다.

"당신도 벼락이나 맞아요!" 하고 학생은 대꾸했다. "그런데 점잖은 중대장, 어째서 그렇게 좋은 말들이 넘쳐흐르게 된 겁니까?"

"미안하이, 좋은 친구, 장." 하고 페뷔스는 손을 흔들면서 외쳤다. "한번 내닫기 시작한 말은 갑자기 멎지 않는 거야. 그런데 난 전속력으로 욕을 하고 있었거든. 지금 저 얌전한 체하는 여자들 집에서 나오는 길인데, 그 집에서 나올 때, 내 목구멍은 늘 욕설로 가득 차 있어서, 그걸 내뱉지 않으면 안 되거든. 안 그러면 난 숨이 막힐 거야, 벼락 맞을!"

"술이나 마시러 가지 않겠어요?" 하고 학생은 물었다.

이러한 제안에 중대장은 마음이 가라앉았다.

"그러고는 싶지만 난 돈이 없어."

"내게 있어요!"

"쳇! 어디 봐?"

장은 중대장의 눈앞에 당당하게, 대수롭지 않다는 듯이 전대를 내놓았다. 그러는 동안에 부푸교는 어리둥절한 사트폴뤼를 거기에 둔 채 그들 쪽으로 와서, 몇 걸음 떨어진 곳에서 걸음을 멈추고 서서 두 사람의 동정을 살피고 있었는데, 그들은 그런 줄도 모를 정도로 전대를 들여다보느라 정신이 없었다.

페뷔스는 외쳤다. "장, 자네 호주머니 속의 지갑은 물통 속의 달과 같아. 거기에는 달이 보여도 있지는 않거든. 암 그렇고말고. 이건 틀림없이 조약돌일 거야!"

장은 쌀쌀하게 대답했다. "자, 내 호주머니에 깔아놓은 조약돌을 봐요."

그러고는 한마디도 더 덧붙이지 않고 그는 조국을 구하는 로마인처럼, 옆에 있는 차량 통과 차단석 위에 전대를 비웠다.

"이건 정말!" 하고 페뷔스는 중얼거렸다. "방패 무늬 동전, 큰 흰 동전, 작은 흰 동전, 고리 모양 투르 주화, 파리 주화 드니에, 진짜 독수리 모양의 리아르 동전! 야, 눈이 부시네!"

장은 의젓하고 태연스럽게 서 있었다. 몇 닢의 리아르 동전이 진흙 속에 굴러 떨어졌다. 감격하고 있던 중대장이 그것을 주우려고 허리를 구부렸다. 장은 그를 붙들었다. "내버려둬요, 페뷔스 드 샤토페르 중대장!"

페뷔스는 돈을 세어보고 엄숙하게 장을 돌아보면서, "아는가, 장, 파리 주화 23수나 되네! 대체 간밤에 쿠프 괼 거리에서 누구를 털었지?"

장은 금발의 고수머리를 뒤로 넘기고, 경멸하듯 두 눈을 반쯤 감고 말했다. "내게는 부주교라는 어리석은 형님이 있지요."

"제기랄!" 페뷔스는 외쳤다. "거참 훌륭한 양반이로군!"

"술 마시러 갑시다." 장은 말했다.

"어디로 갈까?" 페뷔스는 말했다. "'폼 데브'로 갈까?"

"아니요, 중대장, '비에유 시앙스'로 갑시다. 앙스를 시하는 비에유.[41] 이건 글자 놀이지요. 난 그걸 좋아하거든요."

"글자 놀이 따윈 아무래도 좋다, 장! 포도주는 '폼 데브'가 더 좋아. 그리고 문 옆 양지에 포도나무 한 그루가 있어서, 거기서 술을 마시면 유쾌하단 말이야."

"그렇다면! 이브와 그녀의 사과[42]로 가요." 하고 학생은 말했다. 그러고는 페뷔스의 팔을 잡고, "그런데 친애하는 중대장, 아까 쿠프 퀼 거리라고 했는데, 그건 잘못 말한 겁니다. 요즘 사람들은 그렇게까지 무지하진 않아요. 지금은 다들 쿠프 고르주 거리라고 하거든요."

두 친구는 '폼 데브'를 향해 출발했다. 그들이 그러기 전에 돈을 주워 넣었고 부주교가 그들의 뒤를 따라가고 있었다는 것은 말할 필요도 없다.

부주교는 불안하고 침울한 마음으로 그들의 뒤를 따라갔다. 그가 그랭구아르를 만나본 뒤로, 페뷔스라는 그 저주스러운 이름이 그의 모든 생각 속에 섞여 들어오곤 했는데, 그가 바로 그 페뷔스일까? 그는 그런지 어떤지 몰랐지만, 결국 그가 페뷔스라는 사람이고 보면, 그 마술적인 이름만으로도 부주교는 두 태평스러운 친구의 뒤를 살금살금 밟으면서, 불안한 마음으로 주의 깊게 그들의 이야기를 엿듣고 그들의 일거일동을 살펴보기에 충분했다. 게다가 그들이 말하는 것을 다 듣는 것

41) 이 술집 이름의 원어는 'la Vieille Science(낡은 학문)'이다. '앙스를 시하는 비에유'의 원문은 'Une vielle qui scie une anse(자루를 톱으로 켜는 노파)'로서, 같은 소리를 내는 낱말로 이루어져 있다.

42) '폼 데브'라는 술집 이름의 원어는 'la Pomme d'Ève(이브의 사과)'이다.

보다 더 쉬운 일은 없었을 것이, 그들은 그토록 큰 소리로 지껄였고, 행인들 태반이 자기들의 비밀 이야기를 듣는 데도 조금도 개의치 않았던 것이다. 그들은 결투며, 계집이며, 술 단지며, 온갖 터무니없는 짓거리 등을 이야기하고 있었다.

어느 거리 모퉁이를 돌아갈 때, 탬버린 소리가 가까운 네거리에서 그들에게 들려왔다. 클로드 신부는 장교가 학생에게 이렇게 말하는 소리를 들었다.

"벼락 맞을! 빨리빨리 가자."

"왜 그래요, 페뷔스?"

"집시 계집애가 나를 볼까 걱정이다."

"집시 계집애라니요?"

"염소를 데리고 다니는 계집애 말이야."

"라 에스메랄다 말인가요?"

"맞았어, 장. 난 그 빌어먹을 놈의 이름을 늘 잊어버린단 말이야. 빨리 가자. 그 여자는 날 알아볼 거야. 그 여자가 거리에서 내게 말을 걸어오는 건 딱 질색이거든."

"그 여자를 알고 있나요, 페뷔스?"

그때 부주교는 페뷔스가 히죽히죽 웃으면서 장의 귀에 몸을 기울이고, 아주 나지막한 목소리로 몇 마디 소곤거리는 것을 보았다. 그런 뒤에 페뷔스는 깔깔 웃고 의기양양하게 고개를 끄덕거렸다.

"정말이요?" 장은 말했다.

"정말이다마다!" 페뷔스는 말했다.

"오늘 저녁에?"

"오늘 저녁에."

"틀림없이 그 여자가 올 거라고 생각해요?"

"아니, 자네 미쳤나, 장? 이런 일을 의심할 수야 있나?"

"페뷔스 중대장, 당신은 행복한 헌병이구려!"

부주교는 이러한 대화를 하나도 빠짐없이 들었다. 그는 이가 덜덜 떨렸다. 눈에 보일 만큼, 그의 온몸이 떨렸다. 그는 잠시 걸음을 멈추고, 술 취한 사람처럼 차량 통과 차단석에 몸을 기대었다가, 또다시 두 유쾌한 장난꾸러기의 뒤를 밟았다.

그가 다시 그들에게 따라붙었을 때, 그들은 이미 화제를 바꾼 뒤였다. 그는 그들이 목청이 찢어져라 옛 노랫가락을 부르는 소리를 들었다.

프티 카로의 어린애들은
송아지처럼 제 목을 매달게 하네.[43)]

---

43) 이 노래는 프티 카로 거리 주민들의 속담으로, 소발의 저서에 적혀 있는 것을 인용한 것이다.

7장

도사 귀신

유명한 술집 '폼 데브'는 대학에, 롱델 거리와 바토니에 거리 모퉁이에 있었다. 그것은 맨 아래층에 있는 방으로서, 매우 넓고 야트막하고, 둥근 천장 한가운데의 홍예 기점은 노랗게 칠한 굵은 나무 기둥에 의지하고 있고, 도처에 탁자가 놓였고, 번쩍거리는 주석 술병들이 벽에 걸려 있고, 언제나 술꾼들이 들끓고, 계집애들이 시끌시끌하고, 거리 쪽으로 유리창이 있고, 문 앞에 포도나무 한 그루가 서 있고, 이 문 위에는 사과 한 알과 여자 하나가 그려져 있고, 비에 녹슨 함석판 하나가 쇠꼬챙이 위에서 바람에 시끄러운 소리를 내며 돌았다. 포도를 바라보고 있는, 이런 식의 바람개비가 간판이었다.

밤이 내리고 있었다. 네거리는 어두웠다. 촛불이 가득 켜져 있는 술집은 멀리 어둠 속에서 대장간처럼 타오르고 있었다.

술잔 소리며 음식 먹는 소리, 욕설 소리, 싸우는 소리가 깨진 유리창으로 새어나왔다. 방 안의 훈김이 유리창 위에 퍼뜨리는 안개를 통해 수많은 사람들이 득실거리는 것이 어렴풋이 보였고, 때때로 우렁찬 웃음소리가 터져나오곤 했다. 제 볼일 보러 가는 행인들은 이 요란스러운 유리창을 거들떠보지도 않고 그 옆을 지나갔다. 다만 이따금 누더기를 걸친 어떤 꼬마둥이가 발끝으로 서서 진열창의 문지방까지 몸을 끌어올리고서, 당시 주정꾼들에게 퍼붓던 저 옛날부터의 야유를 술집 속에 던졌다. "뱅아 뱅아 주정뱅아, 뱅아 뱅아 주정뱅아!"

그러나 한 사나이가 소란스러운 주점 앞을 태연히 거닐면서 끊임없이 바라다보고, 파수 보는 창병처럼 그곳을 떠나지 않고 있었다. 그는 망토를 코까지 푹 뒤집어쓰고 있었다. 이 망토는 '폼 데브' 근처에 있는 헌 옷 가게에서 방금 산 것인데, 물론 3월 저녁의 추위를 막기 위해서였겠지만, 또한 자기 복장을 감추기 위해서였을지도 모른다. 때때로 그는 납 고리가 붙은 흐려진 유리창 앞에서 걸음을 멈추고 바라다보고 발을 구르고 하였다.

마침내 술집의 문이 열렸다. 바로 그것을 그는 기다리고 있었던 모양이다. 두 술꾼이 거기서 나왔다. 문에서 새어나온 불빛이 한순간 그들의 쾌활한 얼굴을 빨갛게 물들였다. 망토를 걸친 사나이는 거리 반대편의 어느 현관 밑으로 들어가서 지켜보았다.

"이런 벼락 맞을!" 하고 두 술꾼 중 하나가 말했다. "곧 7시를 치겠는걸. 그건 내 밀회 시간인데."

"나는 말이야," 그의 동반자가 혀 꼬부라진 소리로 말을 이었다. "악담 거리에 사는 사람, indignus qui inter mala verba habitat(악담 거리에 사는 건달)이 아니라 그 말이야. 나는 장 팽 몰레 거리, 즉 'in vico Johannis-Pain-Mollet'에 숙소가 있단 말이야. 한번 곰 위에 올라타본 사람은 결코 두려워하지 않는다는 건 누구나 다 아는 바이지만, 당신은 생자크 드 로피탈처럼 단것 쪽으로 코를 돌리고 있다 그 말이야."

"장, 이 친구야, 자넨 취했어." 하고 상대방은 말했다.

상대방은 비틀거리면서 대답했다. "당신은 그렇게 말하는 게 좋겠지, 페뷔스. 하지만 플라톤이 사냥개 같은 옆모습을 하고 있었다는 건 증명된 사실이라 그 말이야.44)"

독자는 아마 벌써부터 우리의 두 착한 친구, 중대장과 학생을 알아보았을 것이다. 어둠 속에서 그들을 엿보고 있는 사나이도 역시 그들을 알아본 모양이다. 왜냐하면 그는 학생이 중대장으로 하여금 걷게 하는 모든 갈지자걸음을 천천히 따라가고 있었기 때문인데, 중대장은 보다 익숙한 술꾼이어서 조금도 냉정을 잃지 않고 있었다. 망토 걸친 사나이는 그들의 이야기 소리에 유심히 귀를 기울여, 다음과 같이 흥미진진한 대화를 고스란히 들을 수 있었다.

"젠장맞을! 똑바로 좀 걸어봐, 기사 후보생 나리. 자네도 알다시피 난 자네와 작별을 해야 한단 말이야. 7시가 다 됐어. 어

44) 이런 사실은 『지옥 사전』의 「관상학」에서 따온 것임에 틀림없다. 권말의 판화 한 장에는 플라톤의 머리와 사냥개의 머리가 나란히 그려져 있다.

떤 여자와 만날 약속이 있다고."

"그러니까 날 내버려두고 가란 말이야! 난 눈에서 별과 화창(火槍)이 튀는데, 당신은 당마르탱 성(城)처럼 뱃가죽이 터지도록 웃는 거야?[45]"

"이거야 정말 헛소리가 너무 심하잖아, 장. 그런데 장, 돈 좀 안 남았는가?"

"총장 나리, 잘못이 없어, 그 작은 푸줏간은, parva boucheria (작은 푸줏간)."

"장, 이봐, 장! 자네도 알다시피, 생미셸 다리 끝에서 그 계집애와 만날 약속을 했는데, 그 다리의 갈보 팔루르델의 집으로밖에 그녀를 데리고 갈 수 없단 말이야. 방 값을 치러야만 해. 그 흰 콧수염이 난 늙은 화냥년이 내게 외상을 주지 않을 거야. 장! 제발 부탁이야. 우리가 사제의 전대를 다 둘러 마셔 버렸나? 이제 파리 주화 한 닢도 안 남았단 말야?"

"다른 시간들을 잘 소비했다는 의식은 정당하고 맛 좋은 식탁의 양념이야."[46]

"배라먹을! 부질없는 말은 제발 그만둬! 그리고 악마의 장, 돈이 좀 남았는지 어떤지나 말해 달라고. 어서 내놓으란 말이야, 제기랄! 그러지 않으면 네 주머니를 뒤질 테다. 네가 욥처럼 문둥이고 카이사르처럼 옴쟁이라 하더라도 말이야!"

"여보시오, 나리, 갈리아슈 거리는 한쪽 끝은 베르리 거리

45) 소발의 저서에 "그는 당마르탱 성이다. 그는 뱃가죽이 터지도록 웃는다."라는 말이 나온다.

46) 몽테뉴의 『수상록』 중 「경험에 관하여」에서 인용한 구절이다.

에 닿고 다른 쪽 끝은 틱스랑드리 거리에 닿는 거리로소이다."

"아, 그래그래, 착한 친구 장, 내 가엾은 친구야. 갈리아슈 거리는 바로 그래, 암 그렇고말고. 하지만 제발 정신 좀 차려. 난 파리 주화 한 푼밖에 필요치 않아. 7시가 약속 시간이란 말이야."

"사방팔방은 다 조용하라, 그리고 노랫가락에 귀 기울여라.

쥐들이 고양이를 잡아먹는 날에는
임금은 아라스의 영주가 되리.
크고 넓은 바다가
생장에서 어는 날에는,
사람들은 보리라, 아라스의 영주들이
제 자리에서 얼음 위로 나오는 것을."

"제기랄, 이런 반기독교적 학생 같으니, 네 어미의 창자로 모가지나 비끄러매라!" 하고 페뷔스가 외치고, 곤드레만드레가 된 학생을 와락 떼밀자, 그는 벽에 부딪쳐 미끄러져서 필리프 오귀스트의 포도 위에 힘없이 쓰러졌다. 술꾼의 마음을 결코 저버리는 법이 없는 저 우애 있는 연민의 정이 아직도 조금은 남아 있었던지라, 페뷔스는 장을 발길로 차서, 파리의 모든 차량 통과 차단석들 모퉁이에 하느님의 섭리가 늘 준비해 놓는, 부자들이 멸시하여 '쓰레기 더미'라는 이름으로 낙인을 찍는 저 가난뱅이의 베개 중 하나 위에 굴려 보냈다. 중대장이 양배추 응어리들의 경사면 위에 장의 머리를 올려놓자, 학생은 바리톤과 베이스의 화려한 중간 음으로 당장 코를 골기 시작했다. 그러는 동안에도 중대장의 마음에서 원한이 모두 사라져 버린 것은 아니었다. "악마의 수레가 지나가다가 너를 주워 가도 할 수 없다!" 하고 그는 잠든 가련한 학생에게 말했다.

망토를 뒤집어쓴 사나이는 끊임없이 그의 뒤를 따라가고 있었는데, 누워 있는 학생 앞에서 어떻게 할까 망설이며 결단을 내리지 못하는 듯 잠시 걸음을 멈추었다가, 깊은 한숨을 쉬고는 중대장의 뒤를 따라서 역시 그 자리를 떠났다.

독자가 좋다고 한다면, 나 역시 그들처럼 아름다운 별의 다정한 눈길 아래 장이 자도록 두고, 그들의 뒤를 따라가 보겠다.

생탕드레 데 자르크 거리로 나왔을 때, 페뷔스 중대장은 누가 자기 뒤를 따라오고 있는 것을 알아챘다. 우연히 눈을 돌렸다가, 그림자 같은 것이 자기 뒤에서 벽을 따라 기어오고 있는 것을 보았던 것이다. 그가 멈추자 그림자도 멈추었다. 그가 다시 걷기 시작하자 그림자도 다시 걷기 시작했다. 그러나 그는 조금밖에 걱정하지 않았다. '쳇!' 하고 그는 속으로 중얼거렸다. '난 한 푼도 없는걸.'

오툉 학교의 정면 앞에서 그는 멈추어 섰다. 그가 소위 그의 공부라고 하는 것을 하는 둥 마는 둥 한 것은 바로 이 학교에서였는데, 그에게는 아직도 짓궂은 학생의 버릇이 남아 있었는지라, 현관문 오른쪽에 새겨놓은 피에르 베르트랑[47] 추기

47) Pierre Bertrand, 1280~1348?. 1341년에 생탕드레 데 자르크 거리에 오툉 학교를 세웠다.

경의 조상에게, 호라티우스의 『풍자시』 속에서 프리아포스[48]가 "Olim truncus eram ficulnus.(옛날에 나는 무화과나무의 줄기였다.)"라고 그렇게도 고통스럽게 불평하고 있는 그런 종류의 모욕을 겪게 하지 않고서 그냥 그 정면을 지나치는 일은 결코 없었다. 그가 어찌나 맹렬히 싸댔던지 거기에 새겨져 있는 'Eduensis episcopus(오툉 주교)'라는 글씨가 거의 다 지워져 있었다. 그래서 그는 여느 때의 버릇대로 조상 앞에서 걸음을 멈추었다. 거리에는 개미 새끼 한 마리 얼씬거리지 않았다. 그가 얼굴을 쳐들고 태연스럽게 바지의 앞 구멍을 다시 잠그고 있을 때 천천히 그에게 다가오는 그림자가 보였는데, 하도 천천히 걸어오고 있어서 그림자가 망토를 걸치고 모자를 쓰고 있는 것을 살펴볼 충분한 여유가 있었다. 그의 옆에 이르자, 그 그림자는 걸음을 멈추고 베르트랑 추기경의 조상보다도 더 까딱 않고 서 있었다. 그러나 그림자는 밤중에 고양이 눈동자에서 나오는 저 희미한 빛과 같은 것으로 가득 찬 눈으로 페뷔스를 쏘아보고 있었다.

중대장은 용감해서, 도둑놈이 긴 칼을 손에 쥐고 있는 것을 보고도 별로 걱정하지 않았을 것이다. 그러나 이 걸어오는 조상은, 이 화석 같은 사람은 그를 오싹하게 하였다. 당시 세상에는 밤중에 파리의 거리에 나와서 얼쩡거린다는 무슨 도사 귀신 이야기가 떠돌고 있었는데, 그러한 이야기가 어렴풋

48) 프리아포스는 그리스신화에서 디오니소스와 아프로디테의 아들로, 정원, 풍요, 생식의 신이다. 이 신의 상징은 남근상이고, 로마 시대에는 음란한 성격의 신으로 취급되었다.

이 그의 기억 속에 떠올랐다.

그는 한참 동안 멍청하니 있다가, 이윽고 되도록 웃으려고 애쓰면서 침묵을 깼다.

"여보시오, 나는 당신이 도둑놈이기를 바라는데, 만약 그렇다면 당신은 호두 껍데기에 대드는 왜가리 같은 효과밖엔 내게 끼치지 못하오. 미안하지만 난 파산한 집안의 아들이오. 딴 데로 가보시오. 이 학교의 예배당 안에는 진짜 십자가의 나뭇조각이 있는데, 그게 은그릇 속에 있소."

그림자의 손이 망토 아래서 나와 독수리의 발톱처럼 묵직하게 페뷔스의 팔 위에 떨어졌다. 그와 동시에 그림자는 말했다. "페뷔스 드 샤토페르 중대장이오?"

"아니!" 페뷔스는 말했다. "내 이름을 알고 있군요!"

"나는 당신 이름만 알고 있는 게 아니오." 망토를 걸친 사나이는 그 무덤과 같은 목소리로 말을 이었다. "당신은 오늘 저녁에 밀회가 있소."

"그렇소." 페뷔스는 어리둥절하여 대답했다.

"7시에."

"15분 후지요."

"팔루르델의 집에서."

"바로 그렇소."

"생미셸 다리의 갈보 말이오."

"주기도문의 구절마따나, 천사장 성 미카엘의 갈보지요."

"불경스럽소!" 하고 유령은 중얼거렸다. "어떤 여자하고요?"

"Confiteor.(고백하지요.)"

"그 이름은……."

"라 스메랄다라고 하지요." 하고 페뷔스는 쾌활하게 말했다. 그는 차차 여느 때와 같은 태연스러움을 완전히 되찾고 있었다.

그 이름을 듣자, 그림자의 손톱이 페뷔스의 팔을 사정없이 흔들었다.

"페뷔스 드 샤토페르 중대장, 너는 거짓말을 한다!"

그때 중대장의 타는 듯한 붉은 얼굴을 보았더라면, 그의 몸을 사로잡고 있던 집게에서 빠져나올 만큼 그가 펄쩍 뛰어 뒤로 물러난 것을 보았더라면, 그가 용맹스러운 표정으로 자기의 긴 칼날 밑에 손을 던지는 것을, 그리고 그의 격분 앞에 망토를 걸친 사나이가 꿈쩍도 않고 음산하게 서 있는 것을 보았더라면, 만약 이러한 것을 보았더라면 누구나 놀랐으리라. 그것은 돈후안과 조상(彫像)의 싸움과도 같은 것이었다.[49]

"예수와 사탄이라!" 하고 중대장은 외쳤다. "그런 말은 이 샤토페르의 귀가 좀처럼 못 들어본 말이다! 너는 감히 두 번 다시 그런 말을 못 하리라."

"너는 거짓말을 하는 거다!" 하고 유령은 냉랭하게 말했다.

중대장은 이를 갈았다. 도사 귀신도, 망령도, 미신도, 그때

---

49) 중세부터 유럽 전역에 퍼져 있던 돈후안과 돌의 기사 전설에 따르면, 여성들을 농락하던 바람둥이 돈후안은 결투 끝에 기사를 죽인 후, 기사의 무덤에 세워진 돌 조각을 만찬에 초대한다. 기사의 조각상이 만찬에 나타나 돈후안을 지옥으로 데려간다. 호색한과 신벌(神罰)을 상징하는 이 전설은 몰리에르, 모차르트, 슈트라우스 등 여러 작가들에 의해 각색되었다.

그는 모든 것을 잊고 있었다. 그에게는 이제 한 사나이와 모욕밖에 보이지 않았다.

"오냐! 좋다!" 그는 분노에 숨이 막힌 목소리로 더듬거렸다. 그는 칼을 뺐다. 그리고 공포와 마찬가지로 분노로 몸을 떨면서 더듬더듬 외쳤다. "이리 나오너라! 당장에! 자, 덤벼라! 칼을 맞대자! 칼을 맞대자! 이 포도 위에 피를 흘리자!"

그러는 동안에 상대방은 꿈쩍도 않고 있었다. 그의 적대자가 수비 자세를 취하고 금세라도 쳐들어오려는 것을 보았을 때 그는 "페뷔스 중대장," 하고 말했는데, 그의 어조는 고통스럽게 떨리고 있었다. "당신은 밀회의 약속을 잊었군."

페뷔스와 같은 남자들의 흥분은 우유 수프와 같은 것이어서, 찬물 한 방울이면 끓다가도 식어버린다. 그 말 한마디에 중대장의 손에서 번쩍거리던 칼이 수그러졌다.

"중대장," 하고 사나이는 계속했다. "내일이고 모레고, 한 달이고 10년 뒤고, 당신의 목을 벨 준비가 되어 있는 나를 당신은 또 만날 수 있소. 그러나 우선은 밀회 장소로 가시오."

"사실," 하고 페뷔스는 마치 자기 자신과 타협할 것을 모색하는 사람처럼 말했다. "칼과 계집은 밀회 장소에서 만날 수 있는 두 개의 매력적인 것이오. 그런데 내가 왜 하나를 위해 다른 것을 버려야 하는지 모르겠소, 그 두 개를 다 가질 수 있는데 말이오."

그는 칼을 칼집에 도로 넣었다.

"당신의 밀회 장소로 가시오." 하고 미지의 사나이는 다시 말을 이었다.

"여보시오," 페뷔스는 약간 당황하여 대답했다. "당신의 그 정중한 태도에 대단히 감사하오. 사실 내일이라도 우리는 알몸뚱이를 베고 찌르고 할 수 있소. 내게 15분쯤 더 즐거운 시간을 보낼 수 있게 해주시니 고맙소이다. 나는 당신을 개골창에 쳐 누이고 제시간에 그 미인을 가서 만나려고 했소. 더구나 이런 경우엔 여자들을 좀 기다리게 하는 것이 멋이거든요. 하지만 내 보기에 당신은 호탕한 사람인 것 같으니, 승부를 내일로 미루는 것이 더 확실하겠소. 그럼, 난 내 밀회 장소로 갑니다. 당신도 아시다시피, 7시에 만나기로 돼 있으니까." 여기서 페뷔스는 귀를 긁적거렸다. "이런 젠장맞을! 깜박 잊고 있었구나! 그 다락방 값을 치를 돈이 한 푼도 없는데, 그 늙은 화냥년은 선불을 요구할 거야. 그년은 나를 믿지 않거든."

"돈은 여기 있소."

페뷔스는 미지의 사나이의 싸늘한 손이 자기 손에 커다란 동전 하나를 쥐여주는 것을 느꼈다. 그는 그 돈을 받고 그의 손을 꼭 쥐지 않을 수 없었다.

"아이고 고마워라!" 그는 외쳤다. "당신은 참으로 좋은 분이군요!"

"조건이 하나 있소." 사나이는 말했다. "내 말이 그르고 당신 말이 옳았다는 걸 내게 증명해 주시오. 그 여자가 정말로 아까 당신이 그 이름을 말한 여자인지 아닌지 내가 볼 수 있게 어디 한쪽 구석에 나를 숨겨 주시오."

"그런 건 정말 내겐 아무래도 상관없소." 페뷔스는 대답했다. "우리는 생트마르트에서 방을 잡을 테니까, 당신은 옆에 있는 오두막집에서 마음대로 보실 수 있겠지요.”

“그럼 갑시다.” 유령은 다시 말했다.

“좋습니다.” 중대장은 말했다. “당신이 ‘마귀 마마’의 화신인지 아닌지 모르겠군요. 그러나 오늘 저녁엔 의좋게 지냅시다. 내일이면 내가 빚진 것을 모조리, 지갑의 빚도 칼의 빚도 다 갚아드리죠.”

그들은 빠른 걸음으로 다시 걷기 시작했다. 몇 분 후에 냇물 소리가, 당시에는 집이 즐비했던 생미셸 다리 위에 그들이 당도했다는 것을 알려주었다. “먼저 당신을 안내해 드리겠습니다.” 하고 페뷔스는 동행인에게 말했다. “그런 다음에 나는 프티 샤틀레 근처에서 나를 기다리고 있을 그 미녀를 데리러 가렵니다.”

동행인은 아무 대답도 하지 않았다. 그들이 나란히 걷기 시작한 뒤로 그는 한마디 말도 하지 않았다. 페뷔스는 어느 나지막한 문 앞에서 걸음을 멈추고 사정없이 두드렸다. 불빛이 문틈으로 나타났다. “누구요?” 하고 이 빠진 목소리가 외쳤다. “빌어먹을! 젠장맞을! 벼락 맞을!” 하고 중대장은 대답했다. 문이 당장 열리고, 늙은 여자와 낡은 남포등이 둘 다 떨고 있는 것이 그들에게 보였다. 노파는 허리가 꼬부라지고, 남루한 옷을 입고, 머리를 근들거리고, 조그만 눈이 뚫리고, 머리에 걸레를 두르고, 어디고 다, 손도 얼굴도 목도 쪼글쪼글하였으며, 입술은 잇몸 아래 옴쏙 들어가고, 입 둘레에는 온통 솔처럼 흰 털이 나 있어서 꼭 어루만져 달래진 고양이 같은 몰골을 하고 있었다. 이 누옥의 내부도 그 여자 못지않게 황폐하였다.

사방 벽은 백악이고, 천장의 들보는 새카맣고, 벽토는 부서지고, 구석마다 거미줄이 걸리고, 한가운데는 한 떼의 절름발이 탁자와 걸상들이 비트적거리고, 재 속에는 꾀죄죄한 어린애 하나가 있었으며, 안쪽에는 층층대라기보다는 차라리 나무 사닥다리 하나가 천장의 뚜껑 문으로 통하고 있었다. 이 소굴 속으로 들어가면서, 페뷔스의 신비로운 동행인은 망토를 자기 눈 위까지 추켜올렸다. 그사이에 중대장은 마치 사라센 사람처럼 욕을 하면서, 저 경탄할 만한 레니에가 노래한 것처럼, 얼른 '한 닢의 에퀴 속에 태양이 반짝거리게 하였다.'[50]

노파는 그를 대감님처럼 떠받들고, 에퀴 금화를 서랍에 넣었다. 그것은 검은 망토를 입은 사나이가 페뷔스에게 주었던 돈이다. 노파가 등을 돌리고 있는 사이에, 재 속에서 놀고 있던, 누더기를 걸친 더벅머리 소년이 교묘하게 서랍에 접근하여 그 에퀴 금화를 훔쳐내고, 그 대신 한 단의 나뭇가지에서 뜯은 가랑잎 하나를 놓았다.

노파는 그들을 귀족이라고 부르면서 그들에게 자기를 따라오라고 신호하고, 그들보다 앞장서서 사닥다리를 올라갔다. 위층에 이르러 노파는 남폿불을 궤짝 위에 내려놓았고, 페뷔스는 이 집의 단골손님답게, 캄캄한 다락방으로 통하는 문 하나를 열었다. "이리로 들어가십시오." 그는 동행인에게 말했다. 망토의 사나이는 한마디도 대답하지 않고 시키는 대로 했다. 문은 그의 뒤에서 다시 닫혔다. 그는 페뷔스가 문의 빗장을 걸

---

50) 레니에의 『풍자시』 2권, 「고약한 숙소」 24행에서 인용했다.

어 잠그고 잠시 후 노파와 함께 층층대를 도로 내려가는 소리를 들었다. 불빛은 사라져버렸다.

제8장

강 쪽으로 난 창문의 쓸모

클로드 프롤로는(왜냐하면, 페뷔스보다 더 총명한 독자는 이 모든 사건 속에 부주교 외에 다른 도사 귀신은 보지 않았으리라고 나는 추측하기 때문인데,) 그 캄캄한 누실 안에서 한참 동안 더듬적거렸다. 그것은 때때로 건축가가 지붕과 옹벽의 접합점에다 마련해 놓는 것과 같은 그런 유의 구석이었다. 페뷔스는 그것을 개집이라는 적절한 이름으로 불렀거니와, 수직으로 잘린 이 개집 같은 방은 세모꼴로 되어 있었을 것이다. 게다가 창문도 채광창도 없었고, 지붕의 경사면으로 말미암아 그 안에서는 서 있을 수가 없었다. 그래서 클로드는 자기 밑에서 으스러지고 있는 먼지와 벽토 속에 웅크리고 앉았다. 그의 머리는 타는 듯했다. 그는 주위를 손으로 더듬어서 바닥에서 깨진 유리조각 하나를 찾아내 이마에 댔는데, 그 차가움으로 열이 좀 가라앉았다.

그 순간 부주교의 어두운 마음속에서는 무슨 일이 일어나고 있었을까? 그것은 오직 그와 하느님만이 알 것이다.

어떠한 숙명적인 순서에 따라, 그는 생각 속에서 라 에스메랄다를, 페뷔스를, 자크 샤르몰뤼를, 진흙 속에 버려두고 온 그토록 사랑하는 동생을, 자신의 부주교 법의를, 그리고 아마 팔루르델의 집까지 끌고 왔을 자기의 평판을, 이 모든 영상을, 이 모든 모험을 배열하고 있었을까? 나는 말할 수 없으리라. 하지만 그런 생각들이 그의 머릿속에서 끔찍스러운 덩어리를 이루고 있었던 것만은 확실하다.

그는 15분가량 기다렸는데, 자기가 100살이나 더 늙은 것 같이 여겨졌다. 갑자기 나무 층계의 널빤지가 삐걱거리는 소리가 들려왔다. 누군가 올라오고 있었다. 마룻바닥의 뚜껑 문이 다시 열리고 불빛이 다시 나타났다. 그가 있는 다락방의 벌레 먹은 문에는 꽤 넓은 틈 하나가 있었다. 그는 거기에 얼굴을 꼭 붙였다. 그렇게 하여 그는 옆방에서 일어나는 일을 다 볼 수 있었다. 고양이 상판을 한 노파가 먼저 뚜껑 문에서 남폿불을 손에 들고 나왔고, 그다음에 페뷔스가 콧수염을 쓰다듬어 올리면서 나왔고, 또 그다음에는 세 번째 사람이, 그 아름답고 어여쁜 라 에스메랄다가 나왔다. 신부는 그녀가 마치 눈부신 유령처럼 바닥에서 나오는 것을 보았다. 클로드는 떨었다. 구름 같은 것이 그의 눈 위에 퍼졌다. 그의 혈맥은 심하게 뛰었다. 모든 것이 그의 주위에서 윙윙거리고 빙빙 돌았다.

그가 제정신으로 돌아와 보니, 페뷔스와 라 에스메랄다만

이 나무 궤짝 위 남폿불 옆에 앉아 있었는데, 부주교의 눈에는 두 젊은이의 얼굴과 다락방 안쪽의 초라한 침대 하나가 불빛에 두드러져 보였다.

그 누추한 침대 옆에 창문이 있었는데, 비 맞은 거미줄처럼 그 구멍 뚫린 유리창 너머로 하늘 한 조각과 멀리 솜털처럼 부드러운 구름 위에 기운 달이 보였다.

처녀는 얼굴에 홍조를 띠고 어쩔 줄 몰라, 가슴을 두근거리고 있었다. 그녀의 기다란 눈썹이 주홍빛 뺨에 그늘을 드리웠다. 그녀가 감히 눈을 들어 쳐다보지도 못하는 장교는 환히 빛나고 있었다. 기계적으로, 그리고 귀엽고도 어색한 몸짓으로, 그녀는 벤치 위에 손가락 끝으로 갈피를 잡을 수 없는 선을 그으면서 자기 손가락을 바라보고 있었다. 그녀의 발은 보이지 않았다. 새끼 염소가 그 위에 쭈그려 앉아 있었다.

중대장은 매우 멋스러운 옷차림을 하고 있었다. 그의 목과 팔목에는 리본 술이 달려 있었는데, 그것은 당시로는 대단한 멋이었다.

클로드 신부는 관자놀이에서 끓어오르는 피가 윙윙거리는 바람에, 그들이 주고받는 말을 쉽사리 알아들을 수가 없었다.

(연인들의 대화란 꽤 진부한 것. 그것은 끝없이 반복되는 '당신을 사랑해요.'다. 그것이 어떤 '수식'으로 장식되지 않는 때는, 무관심한 사람들이 들으면 매우 꾸밈없고 따분한 음악적인 말이다. 그러나 클로드는 무관심한 사람처럼 듣고 있지 않았다.)

"오!" 하고 처녀는 눈을 들지 않고 말했다. "저를 멸시하지는 마세요, 페뷔스 도련님. 제가 하는 짓이 잘못된 것 같네요."

"당신을 멸시하다니, 아가씨!" 장교는 다시없이 다정한 표정으로 대답했다. "당신을 멸시하다니, 무슨 소리! 왜 그런 말을 하지?"

"제가 당신 뒤를 쫓아다녔으니 말이지요."

"그 점으로 말하자면, 아가씨, 우리는 오해를 하고 있어. 난 당신을 멸시할 것이 아니라 미워해야 할 거요."

처녀는 깜짝 놀라 그를 쳐다보았다. "저를 미워하다니요! 제가 대체 무슨 짓을 했다고요?"

"그토록 비싸게 굴었으니 말이오."

"아, 슬픈 일이지만……" 하고 그녀는 말했다. "그건 제가 서원을 저버리게 되기 때문이에요…… 그러면 저는 제 부모를 다시 만나지 못하게 돼요…… 이 부적이 효능을 잃게 되거든요. 하지만 그럼 어때요? 이제 무엇 때문에 제게 아버지와 어머니가 필요하겠어요?"

그렇게 말하면서, 그녀는 기쁨과 애정으로 눈물이 글썽거리는 커다란 검은 눈으로 중대장을 지그시 바라다보았다.

"무슨 말인지 통 못 알아듣겠는데!" 페뷔스는 외쳤다.

라 에스메랄다는 한동안 입을 다물고 있더니, 이윽고 눈에서 눈물이 흐르고 입술에서 한숨이 나왔다. 그리고 그녀는 말했다.

"오! 드런님, 당신은 사랑해요."

처녀의 주위에 하도 강렬한 순결의 향기와 정절의 매력이 감돌고 있어서, 페뷔스는 그녀 곁에서 완전히 마음이 편하지 않았다. 그러나 그 말은 그를 대담하게 했다. "나를 사랑한다고!" 그는 흥분하여 말하고, 이집트 아가씨의 허리를 팔로 감싸 안았다. 그는 그 기회만을 기다리고 있었던 것이다.

신부는 그를 보고, 품속에 감추고 있던 단도의 끝을 손가락 끝으로 찔러보았다.

"페뷔스," 보헤미아 아가씨는 자기 허리띠에서 중대장의 끈질긴 손을 살그머니 떼어내면서 말을 이었다. "당신은 친절하신 분이에요, 관대하신 분이에요, 아름다운 분이에요. 당신은 저를 살려내 주셨어요, 떠돌이 생활 속에 타락한 가련한 계집애에 불과한 저를 말이에요. 저는 오래전부터 제 목숨을 구해주는 장교를 꿈꾸고 있었어요. 당신을 알기도 전에 제가 꿈꾸고 있었던 것이 바로 당신이었어요, 나의 페뷔스. 제 꿈은 당신과 같은 아름다운 제복이었고, 늠름한 풍채였고, 긴 칼이었어요. 당신 이름은 페뷔스, 아름다운 이름이에요. 저는 당신의 이름을 사랑해요. 당신의 긴 칼을 사랑해요. 그러니까 페뷔스, 당신 칼을 빼서 제게 좀 보여주세요."

"어린애같이!" 하고 중대장은 말하고 빙그레 웃으면서 칼집에서 장검을 뺐다. 집시 아가씨는 칼자루를, 칼날을 바라보고, 사랑스러운 호기심을 가지고 날밑에 새긴 이름 첫 글자를 유심히 살펴보고, 칼에 입을 맞추면서 칼에게 말했다. "그대는 용사의 검이로다. 나는 나의 중대장님을 사랑한다."

페뷔스가 또 한 번 이 기회를 이용해 그녀의 구부린 아름다운 목덜미에 입을 맞추자, 처녀는 버찌처럼 얼굴이 새빨개져서 몸을 일으켰다. 신부는 캄캄한 방구석에서 이를 갈았다.

"페뷔스," 이집트 아가씨는 말을 이었다. "당신에게 제가 이야기하게 해주세요. 어디 좀 걸어보세요. 후리후리한 당신을 보여주세요. 그리고 당신의 박차가 울리는 소리를 들려주세요. 당신은 어쩌면 이리도 아름다우실까!"

중대장은 그녀의 환심을 사기 위해 일어나서 만족스러운 양 빙그레 웃으면서 그녀를 꾸짖었다. "당신도 참 어린애로군! 그런데 어여쁜 아가씨, 내 예식용 군복 차림을 봤나?"

"불행히도 아직 못 봤어요." 그녀가 대답했다.

"아름다운 건 바로 그건데!"

페뷔스는 다시 그녀 곁에 가서 앉았는데, 처음보다 훨씬 더 가까이 앉았다.

"내 말 들어봐, 내 사랑……."

이집트 아가씨는 마냥 즐거워서 어쩔 줄 모르는 귀여운 어린애 모양 고운 손으로 그의 입 위를 몇 번 잘싹잘싹 쳤다. "싫어요, 싫어, 당신 말 안 들을래요. 저를 사랑하세요? 저를 사랑하신다면 그렇다고 말해 주셔야 해요."

"암 사랑하고말고, 내 생명의 천사여!" 중대장은 반쯤 무릎을 꿇으면서 외쳤다. "내 몸도, 내 피도, 내 마음도, 모두가 당신 것이야, 모두가 당신을 위해서 있어. 난 당신을 사랑해. 그리고 당신밖에는 결코 사랑해 본 적이 없어."

중대장은 이 말을, 이와 비슷한 수많은 경우에, 하도 여러 번 되풀이했기 때문에, 단 하나의 기억의 오류도 범하지 않고 단숨에 지껄였다. 이러한 정열적인 언명을 듣고, 이집트 아가씨는 천국을 대신하고 있는 더러운 천장을 천사의 행복으로 가득 찬 눈으로 우러러보았다. "오!" 그녀는 중얼거렸다. "이 순간이야말로 죽어도 좋아!" 한편 페뷔스는 '이 순간'이야말로 그녀로부터 또 하나의 새로운 키스를 훔쳐내기에 좋은 때라고 생각했는데, 이 키스는 방구석에 있는 비참한 부주교에게 큰 고통을 주었다.

"죽다니!" 연정에 불타는 중대장이 외쳤다. "그게 무슨 소리야, 아름다운 천사여? 지금은 살아야 할 때인데, 그렇지 않다면 제우스는 장난꾸러기일 뿐이야! 이렇게도 달콤한 일이 시작될 때 죽다니! 젠장맞을, 무슨 농담을 그렇게 하는 거야! 그건 안 될 말. 내 말 들어봐, 사랑하는 시밀라르…… 에스메나르다…… 미안해, 하지만 당신 이름은 정말이지 사라센 사람의 이름 같아서 아무래도 잘 나오지가 않는군. 꼭 가시덤불에 걸려드는 것만 같아."

"어머나." 하고 가련한 아가씨는 말했다. "저는 이 이름이 기묘해서 예쁜 이름이라고만 생각하고 있었는데요! 그러나 당신 마음에 안 드신다니, 제 이름을 '창녀'라고 하고 싶군요."

"아! 그까짓 하찮은 일로 울지 마, 예쁜 사람! 이름이야 익숙해지면 될 걸 가지고 뭘 그래! 한 번만 기억하면 다 될 건데 뭐. 이봐요, 사랑하는 시밀라르, 난 당신을 열렬히 사랑해. 진정으로 사랑해. 그게 기적일 정도로. 그래서 내가 알고 있는 계집애 하나는 화가 나서 죽을 지경으로……."

질투가 난 처녀는 그의 말을 가로막았다. "그게 누구지요?"

"그게 우리에게 무슨 상관이지?" 하고 페뷔스는 말했다. "나를 사랑하나?"

"그럼요!" 그녀는 말했다.

"그렇다면 됐어! 나도 당신을 얼마나 사랑하고 있는지 당신은 알게 될 거야. 내가 만약 당신을 이 세상에서 가장 행복한 여자로 만들어주지 않는다면 대악마 넵투누스가 내 위에 올라타도 좋다. 우리 어디다 작고 예쁜 집을 얻자고. 내 부하 군인들을 당신 방 창 아래 늘어세워 놓겠어. 그들은 모두 말을 타고 있고, 미뇽 중대장의 부하들 따위는 깔보고 있지. 창병들도 있고 장포병도 있어. 그리고 뤼리 창고 앞에서 거행되는 파리 시민의 대행렬에도 데려가 줄게. 그건 참으로 장관이지. 8만 명의 무장병, 3만 개의 흰 갑옷, 동의(胴衣) 또는 쇠사슬 갑옷, 67개의 직장 단기(團旗), 고등재판소, 회계감사원, 조세국, 조폐국 등등의 깃발, 그리고 끝으로 어마어마한 대행렬! 또 대궐에 가서 야수인 사자들도 구경시켜 줄게. 여자들은 모두 그걸 좋아하거든."

조금 전부터 처녀는 매혹적인 생각에 빠져서, 그의 말뜻에는 귀를 기울이지 않고 그의 목소리만 꿈결처럼 듣고 있었다.

"오! 당신은 행복할 거야!" 중대장은 계속하면서, 동시에 이집트 아가씨의 허리띠를 사르르 풀었다.

"아니 뭘 하세요?" 그녀는 격하게 말했다. 그 '폭력 행위'가 그녀를 몽상에서 깨어나게 하였다.

"아무것도 아니야." 페뷔스는 대답했다. "난 다만 당신이 나와 같이 있을 때엔 이 모든 요란스러운 실서리 옷차림을 벗어던져야 할 거라고 말했을 뿐이야."

"제가 당신과 같이 있을 때엔, 나의 페뷔스!" 처녀는 정답게 말했다.

그녀는 다시 생각에 잠겨 침묵을 지켰다.

중대장은 그녀의 부드러운 태도에 힘을 얻어 그녀의 허리를 안았고, 그녀는 저항하지 않았다. 그런 뒤에 그는 가련한 소녀의 코르셋을 살살 끌러 깃 장식을 홱 젖혔고, 숨을 헐떡거리고 있던 신부는, 마치 지평선의 안개 속에서 솟아오르는 달과도 같이, 보헤미아 아가씨의 벌거벗은, 포동포동하고 아름다운 밤색 어깨가 엷은 천에서 드러나는 것을 보았다.

처녀는 페뷔스가 하는 대로 내버려두었다. 그녀는 그것을 알아차리지 못하는 듯했다. 대담한 중대장의 눈이 반짝거렸다.

갑자기 그녀가 그를 돌아보며, "페뷔스," 하고 무한한 사랑을 담은 표정으로 말했다. "당신의 종교를 제게 가르쳐주세요."

"내 종교를!" 중대장은 껄껄 웃으면서 외쳤다. "나더러 당신에게 내 종교를 가르쳐달라고! 벼락 맞을 소리! 내 종교를 가지고 뭘 하겠다는 거야?"

"우리가 결혼하기 위해서지요." 그녀는 대답했다.

중대장의 얼굴은 놀라움과 멸시와 태연스러움과 방종한 정열이 한데 뒤섞인 표정을 띠었다.

"쳇, 말도 안 되는 소리!" 그는 말했다. "누가 결혼을 한댔나?"

보헤미아 아가씨는 얼굴이 새파래져서 슬픈 듯이 고개를 가슴 위로 다시 떨어뜨렸다.

"아름다운 연인이여," 페뷔스는 정답게 말을 이었다. "그 미친 짓거리들이 다 뭐야? 결혼이 대수인가! 신부(神父)의 가게에서 라틴어를 내뱉지 않았다고 해서 사람들이 덜 사랑하는 것일까?"

더할 나위 없이 부드러운 목소리로 그렇게 말하면서, 그는 이집트 아가씨 곁으로 바싹 다가가고, 그의 어루만지는 손은 가늘고 나긋나긋한 허리를 다시 감아 안고, 그의 눈은 점점 더 불타오르고, 페뷔스 씨가 분명히, 제우스 자신이 그토록 많은 어리석은 짓거리를 하므로 착한 호메로스가 구름을 불러 도와달라고 하지 않을 수 없는 그런 순간[51]에 이르렀음을 모든 것이 알려주고 있었다.

클로드 신부는 그동안에 모든 것을 보고 있었다. 문은 다 썩은, 통을 짜는 널빤지로 만들어져서, 그 널빤지의 틈새가 그의 맹금 같은 눈에 널따란 통로를 열어주고 있었다. 이때까지 수도원의 엄격한 동정 생활을 해오지 않을 수 없었던, 살갗이 거무스름하고 어깨가 떡 벌어진 이 신부는 사랑과 밤과 쾌락의 장면 앞에서 몸이 떨리고 피가 끓어올랐다. 열렬한 청년에게 아무렇게나 몸을 내맡기고 있는 젊고 아름다운 아가씨는 그의 혈관 속에 녹인 납 물을 부어 넣고 있었다. 그의 내부에서는 비상한 움직임이 일었다. 그의 눈은 선정적인 질투심으로 그 풀어헤쳐진 옷핀 아래를 샅샅이 뒤져 보았다. 이때 벌레 먹은 문살에 꼭 붙이고 있는 이 불행한 사나이의 얼굴을 볼 수 있었던 사람이라면, 영양을 잡아먹는 자칼을 우리 안쪽에서 바라다보고 있는 호랑이의 낯짝을 보는 듯했으리라. 그의 눈동자는 문틈을 통해 촛불처럼 반짝였다.

---

51) 호메로스의 『일리아스』 14권 342~351행을 보면, 제우스는 이데산 정상에서 헤라와 사랑을 나누기 위해 주위를 '금빛 구름'으로 에워싼다.

갑자기 페뷔스는 날쌘 동작으로 이집트 아가씨의 깃 장식을 벗겨버렸다. 창백한 얼굴로 몽상에 잠겨 있던 가련한 소녀는 소스라치듯 깨어났다. 그녀는 대담한 장교의 곁에서 얼른 떨어져 나와, 자신의 발가벗겨진 가슴과 어깨를 흘끗 보고, 수치심에 얼굴이 새빨개지고 당황하여, 말없이, 그 아름다운 두 팔을 마주 끼어 젖가슴을 감추었다. 그녀의 뺨 위에 타오르는 불길이 아니었더라면, 말없이 까딱 않고 서 있는 그녀를 보면, 마치 수치심의 조상을 보는 것 같았으리라. 그녀의 눈은 내리깔려 있었다.

그동안에 중대장은 그녀가 목에 차고 있는 신비로운 부적을 드러내 놓았다. "이게 뭐지?" 하고 그는 말하면서 그것을 핑계 삼아 자기가 금방 놀라게 한 아름다운 여자에게 다시 다가갔다.

"만지지 마세요!" 그녀는 급히 대답했다. "이건 제 수호신이에요. 제가 만약 언제까지나 그 자격을 잃지 않는다면, 이것은 제가 가족을 다시 만나볼 수 있게 해줄 거예요. 아! 저를 놓아주세요, 중대장 나리! 어머니! 나의 가엾은 어머니! 어머니는 어디 계세요? 나를 도와주세요! 제발이에요, 페뷔스 씨! 제 깃 장식을 돌려주세요!"

페뷔스는 뒤로 물러나면서 쌀쌀한 어조로 말했다. "오! 아가씨! 당신이 나를 사랑하지 않는다는 걸 잘 알겠군!"

"제가 당신을 사랑하지 않는다고요!" 가련한 불행한 소녀는 이렇게 외치면서 동시에 자기 곁에 앉은 중대장에게 매달렸다. "제가 당신을 사랑하지 않는다고요, 나의 페뷔스! 그게 무슨 소리예요, 나쁜 사람, 제 가슴을 이렇게 찢어놓기예요? 아! 자, 저를 가지세요, 다 가지세요! 저를 마음대로 하세요. 저는 당신의 것이에요. 부적이 제게 무슨 소용이겠어요? 어머니가 제게 무슨 소용이겠어요? 당신이 제 어머니인걸요, 저는 당신을 사랑하니까! 페뷔스, 나의 사랑하는 페뷔스, 저를 보고 있나요? 이건 저예요, 저를 보세요. 이 계집애를 당신은 쫓아버리려 하지 않아요, 제 발로 걸어와서 당신을 찾고 있는 이 계집애를 말이에요. 제 마음도, 제 목숨도, 제 몸도, 제 육신도, 이 모든 것은 당신의 것이에요, 나의 중대장님. 그래요, 좋아요, 결혼하지 마요, 당신이 싫다니까. 그리고 제가 뭔데요? 저는 한낱 보잘것없는 개골창의 계집, 그런데 당신은, 나의 페뷔스, 당신은 귀족인걸요. 참으로 가관이죠! 춤추는 계집애가 장교와 결혼을 하다니! 제가 돌았어요. 안 될 말, 페뷔스, 그건 안 될 말이에요. 저는 당신의 정부가 될 거예요, 당신이 원할 때는 당신의 재미, 당신의 즐거움이 될 거예요. 저는 당신의 계집이 될 거예요, 저는 그렇게 되게 마련이에요, 더럽혀지고, 업신여김을 당하고, 정조를 빼앗기고. 하지만 그럼 어때요! 사랑만 받는다면. 저는 여자들 중에서 가장 자랑스럽고 가장 즐거운 여자가 될 거예요. 그런데 제가 늙거나 추해져도, 페뷔스, 제가 당신을 사랑하기에 어울리지 않게 되어도, 도련님, 당신은 제가 당신의 시중을 들어드리는 걸 용서해 주시겠지요. 다른 여자들은 당신 목도리에 수를 놓아주겠지요. 저는 하녀니까 그것을 손질해 드리겠어요. 당신은 제게 당신의 박차를 닦고, 당신의 군복을 손질하고, 당신의 승마용 장화의 먼지를 털게 해주시겠지요. 그만한 연민은 가져주시지 않겠어요, 페뷔스? 그때까지는, 저를 가져주세요! 자, 페뷔스, 이 모든 것은 당신 거예요. 다만 저를 사랑해 주세요! 저희 이집트 여자들에게 필요한 것은 오직 그것뿐이에요, 공기와 사랑뿐이에요."

그렇게 말하면서, 그녀는 팔을 던져 장교의 목을 감고 애원하듯이, 눈물로 가득 찬 아름다운 미소를 지으면서 그를 위아래로 훑어보았고, 그녀의 섬세한 젖가슴은 사나이의 나사 저고리와 딱딱한 장식들에 문질러지고 있었다. 그녀는 무릎 위에서 반발가숭이가 된 아름다운 육체를 비틀고 있었다. 중대장은 도취하여, 불타는 입술을 아프리카 아가씨의 아름다운 어깨에 꽉 붙였다. 처녀는 뒤로 젖혀져서 천장을 멀거니 쳐다보며, 그 키스 아래 가슴을 두근거리며 떨고 있었다.

별안간, 페뷔스의 머리 위로, 그녀는 또 하나의 머리를, 영벌을 받은 사나이의 눈을 한, 창백하고 새파란, 경련하는 얼굴 하나를 보았다. 그 얼굴 옆에는 단도를 쥔 손 하나가 있었다. 그것은 신부의 얼굴과 손이었다. 그는 문을 부수고 거기에 와 있었던 것이다. 페뷔스는 그를 보지 못했다. 처녀는 그 무시무시한 유령 아래 꼼짝 않고 얼어서 말도 못하고 있었다, 마치 흰꼬리수리가 동그란 눈으로 제 보금자리 속을 들여다볼 때 머리를 쳐드는 비둘기와도 같이.

그녀는 고함 한번 지르지도 못했다. 그녀는 단도가 페뷔스 위로 내려왔다가 김을 뿜으면서 다시 올라가는 것을 보았다.

"이런 망할 것 같으니!" 하고 중대장은 말하면서 쓰러졌다.

그녀는 까무러쳤다.

그녀의 눈이 감기고, 모든 감각이 그 여자 안에서 흩어져가고 있을 때, 그녀는 자기 입술에 불같이 뜨거운 것이 닿는 것을, 망나니의 불에 달군 쇠보다도 더 뜨거운 키스가 떨어지는 것을 느낀 것 같았다.

의식을 회복했을 때, 그녀는 야경 군인들에게 둘러싸여 있었고, 사람들은 자기가 흘린 피에 잠긴 중대장을 떠메어 갔고, 신부는 사라져버리고 없었고, 강 쪽으로 나 있는 방 안쪽의 창문은 활짝 열려 있었으며, 장교의 것으로 추측되는 망토 하나를 사람들이 주웠는데, 그녀는 자기 주위에서 이렇게 말하는 소리를 들었다. "중대장을 단도로 찌른 건 마녀다."

8부

1장

가랑잎으로 변한 에퀴 금화

그랭구아르와 모든 기적궁 사람들은 극도로 걱정하고 있었다. 한 달 전부터, 라 에스메랄다가 어찌 되었는지 몰라 이집트 공작과 그의 거지 친구들은 몹시 슬퍼하고 있었고, 그녀의 염소가 어찌 됐는지 몰라 그랭구아르의 고통은 더욱 배가되었던 것이다. 어느 날 저녁 이집트 아가씨가 자취를 감추었는데, 그 후로 아무런 소식도 없었던 것이다. 아무리 찾아보았지만 허사였다. 짓궂은 거품쟁이 몇 사람이 그랭구아르에게, 그날 저녁 생미셸 다리 근처에서 그녀가 어떤 장교와 같이 가는 것을 보았다고 말했지만, 이 보헤미아식 남편은 사람의 말을 잘 믿지 않는 철학자인 데다가, 자기 아내가 얼마나 순결한 여자인지 누구보다도 잘 알고 있는 터였다. 그는 그 부적과 이집트 여자로 결합된 두 개의 힘으로부터 얼마나 굳은 정절이 생겨나는지 판단할 수 있었으며, 제2의 힘에 대한 그 절개의 저항력을 수학적으로 계산해 두고 있었던 것이다. 그러므로 그는 그 면에서는 안심하고 있었다.

그런고로 그는 그 잠적을 이해할 수 없었다. 그것은 심각한 슬픔이었다. 그에게 만약 더 빠질 살이 있었다면, 그 때문에 살이 빠졌으리라. 그는 그 때문에 모든 것을 잊어버렸다. 그의 문학적인 취미에 이르기까지, 그리고 돈만 생겼다 하는 날에는 인쇄할 요량을 하고 있던 그의 대작 『규칙적 및 불규칙적 문채론(De figuris regularibus et irregularibus)』에 이르기까지도.(그는 뱅들랭 드 스피르의 저 유명한 활자로 인쇄된 위그 드 생빅토르[1]의 『디다스칼리콘(Didascalicon)』을 보고 난 뒤부터는 입버릇처럼 인쇄 이야기를 했던 것이다.)

어느 날 그는 슬픈 마음으로 형사 재판소 앞을 지나가다가 파리 재판소의 문 앞에 군중이 모여 있는 것을 보았다.

"뭡니까?" 그는 거기서 나오는 청년 하나에게 물었다.

"모르겠습니다." 청년은 대답했다. "헌병을 암살한 여자를 재판한다고들 합니다. 마술이 행해진 의혹이 있어서 주교와 종교 재판소 판사가 사건을 심리하니, 조자스의 부주교인 우리 형님도 이 일로 날을 보내고 있죠. 그래 형님을 만나 얘기하고 싶었지만 군중 때문에 형님한테까지 갈 수가 없었어요. 그래서 난 퍽 난처하답니다. 돈이 필요하기든요."

---

1) Hugues de Saint Victor, 1096?~1141. 플랑드르 또는 작센 출신의 신학자로, 생빅토르 수도원 학생들을 위해 『읽기 공부에 관한 연구(Didascalicon de studio legendi)』라는 책을 썼다. 최초의 독서법에 관한 책으로 알려져 있다.

“거참 안됐군요.” 그랭구아르는 말했다. “내가 당신에게 돈을 빌려드릴 수 있으면 좋겠습니다만, 내 짧은 바지에 구멍이 뚫린 것은 에퀴 금화로 그렇게 된 게 아니라서요.”

그는 자기도 청년의 형인 부주교를 안다고 청년에게 감히 말할 수가 없었다. 성당에서의 그 옥신각신이 있은 뒤로 그는 부주교에게 돌아가지 않았는데, 그렇게 무심했던 탓에 난처했던 것이다.

학생은 가던 길을 갔고, 그랭구아르는 대광실의 계단을 올라가는 군중의 뒤를 따르기 시작했다. 울적함을 푸는 데는 형사 소송 구경보다 더 좋은 것이 없다고 그는 생각하고 있었는데, 그토록 보통 판사들의 어리석음은 보는 사람을 즐겁게 해주는 것이었다. 그가 한데 섞여 있던 민중은 조용히 팔꿈치를 맞대고 걸어가고 있었다. 낡은 건물 내부의 배수구처럼 재판소 안에서 꾸불꾸불 통하는 어둡고 긴 복도를 따분하게 천천히 걸은 후 홀로 통하는 나지막한 문 옆에 당도했는데, 그는 키가 커서 물결치는 군중의 머리 위로 실내를 두루 살펴볼 수 있었다.

홀은 널따랗고 침침했는데, 그래서 더욱더 널따랗게 보였다. 해가 지고 있었다. 기다란 첨두형 창틀에서는 이제 희미한 햇살밖에는 스며들지 않았는데, 햇살은 둥근 천장에 이르기도 전에 스러져갔고, 조각한 골조들의 거대한 격자로 이루어진 천장의 수많은 조상들은 어둠 속에서 어수선하게 꿈틀거리는 것 같았다. 벌써 여기저기 탁자 위에는 촛불이 숱하게 밝혀져, 문서 더미 속에 파묻힌 서기들의 머리 위에서 반짝이고 있었다. 홀의 앞부분은 군중이 차지하고 있었고, 좌우측 탁자에는 법의를 입은 사람들이 있었으며, 안쪽 단 위에는 많은 판사들이 있었는데, 이 판사들의 마지막 줄은 어둠 속에 들어가 있어서, 그 꿈쩍도 하지 않는 얼굴들은 음산해 보였다. 사면의 벽은 무수한 나리꽃으로 장식되어 있었다. 판사들 위에는 커다란 예수의 십자가 상 하나가 어렴풋이 보이고, 도처에 창과 미늘창이 늘어서 있어 그 끝이 촛불 빛에 번득거렸다.

"여보시오," 그랭구아르는 옆 사람에게 물었다. "저기 공의회의 고위 성직자들처럼 줄줄이 앉아 있는 저분들은 대관절 웬 사람들이오?"

"오른쪽에 있는 건," 옆의 남자가 말했다. "대광실의 판사들이고, 왼쪽에 있는 건 심문관들이고, 검은 법의를 입은 건 공증인들이고, 붉은 법의는 변호사요."

"저기, 그들 위쪽에," 그랭구아르는 말을 이었다. "땀을 흘리고 있는, 저 얼굴이 붉은 뚱보는 뭐 하는 사람입니까?"

"저건 재판장이오."

"그리고 그 뒤에 있는 저 양들은요?" 그랭구아르는 계속했는데, 이미 말한 바와 같이, 그랭구아르는 법관을 좋아하지 않았다. 그것은 아마 파리 재판소에서 그의 희곡의 실패를 본 이래 그가 품고 있는 원한에 기인한 것이리라.

"상원의 심문관 나리들이죠."

"그리고 그 앞에 있는 저 멧돼지는?"

"고등 재판소의 서기 나리입니다."

"그리고 오른쪽의 저 악어는요?"

"국왕 특별 변호사 필리프 뢸리에 나리요."

"그리고 그 왼쪽의 저 뚱뚱한 검은 고양이는요?"

"성당 재판소의 국왕 검사 자크 샤르몰뤼 나리와 종교 재판소의 여러 나리들이죠."

"그런데 대관절 저 모든 갸륵한 양반들이 뭘 하고 있는 거요?" 그랭구아르는 말했다.

"재판을 하고 있지요."

"누구를 재판하는 거요? 피고인은 보이지 않는데."

"피고인은 여자인데, 당신에게는 보이지 않을 거요. 우리들에게 등을 돌리고 있는 데다가, 군중 때문에 우리들에겐 가려져 있으니까요. 저것 보시오, 그 여자가 저기 저 미늘창이 늘어서 있는 곳에 있어요."

"그 여자는 어떤 사람이오? 이름을 아십니까?" 그랭구아르는 물었다.

"아니요. 나는 방금 왔거든요. 종교 재판소 판사가 공판에 참석하는 것으로 보아, 나는 다만 마술에 관계된 것이라고 추측하고 있을 따름이오."

"좋았어! 우리는 저 모든 법의를 입은 양반들이 사람 고기를 먹는 걸 곧 구경할 수 있겠군요. 이것 역시 다른 것 못지않은 구경거리죠." 우리의 철학자는 말했다.

"그런데 여보시오, 자크 샤르몰뤼 나리는 모습이 매우 온화하다고 생각하지 않습니까?" 옆의 남자는 지적했다.

"흥!" 그랭구아르는 대답했다. "나는 코가 삐쭉하고 입술이 얄팍한 사람의 온화한 모습 같은 건 믿지 않습니다."

그때 옆에 있던 사람들이 두 대화자에게 조용히 하라고 했다. 사람들은 중요한 증언을 듣고 있었던 것이다.

"여러 나리들," 재판정 한복판에서 한 노파가 말하고 있었는데, 얼굴이 옷 아래 완전히 가려져 있어 마치 한 무더기의 누더기가 걷는 것 같았다. "여러 나리들, 이 일은 제가 바로 팔루르델임이 사실인 것과 마찬가지로 사실이온데, 저는 40년 전부터 생미셸 다리에 살면서 집세와 재산세와 토지세를 꼬박꼬박 납부하고 있는 사람으로, 우리 집 문은 강 상류 쪽에 있는 염색업자 타생카야르의 집 맞은편에 있습죠. 저도 지금은 이렇게 초라한 노파지만, 예전에는 어여쁜 처녀였지요, 나리들! 며칠 전부터 사람들은 제게 이런 말을 해왔어요. '팔루르델, 저녁에는 물레를 너무 잣지 마요. 악마는 제 뿔로 늙은 여자의 토리실 빗질하기를 좋아하니까요. 도사 귀신이 거년에는 탕플 쪽에 있었지만, 지금은 시테 안에서 얼쩡거리고 있는 게 확실해요. 팔루르델, 악마가 댁의 문을 두드리지 않도록 주의하세요.' 어느 날 저녁 제가 물레를 잣고 있었는데, 누가 문을 두드렸어요. 저는 누구냐고 물었어요. 밖에서 누가 욕을 했어요. 문을 열었지요. 두 남자가 들어왔어요. 검은 옷을 입은 남자와 늠름한 장교였어요. 검은 옷을 입은 사람은 잉걸불 같은 두 눈밖에 보이지 않았어요. 그 밖에는 망토와 모자가 전부였지요. 그 남자들은 제게 이렇게 말했어요. '생트마르트의 방을 주시오.' 그건 위층에 있는 제 방입니다, 나리들, 제 집에서 가장 깨끗한 방입지요. 그들은 제게 에퀴 금화 한 닢을 주었어요. 저는 그 에퀴 금화를 제 서랍 속에 넣고 말했어요. '이 돈으로 내일 글로리에트 박피장(剝皮場)에서 내장을 사야겠다.' 라고요. 우리들은 올라갔지요. 위층 방에 도착해서, 제가 등을 돌리고 있는 사이에 검은 옷을 입은 남자는 사라져버렸어요. 그래서 저는 좀 얼떨떨했지요. 대감처럼 늠름한 장교는 저와 함께 다시 내려왔어요. 그분은 밖으로 나갔어요. 실타래를 4분의 1쯤 자았을 때, 그분은 예쁜 처녀 하나를 데리고 돌아왔는데, 그 여자가 모자만 쓰고 있었다면 태양처럼 빛나는 인형 같았을 거예요. 그 여자는 염소 한 마리를 데리고 있었는데, 커다란 염소였지요. 그게 검은 것이었는지 흰 것이었는지는 지금은 잘 모르겠네요. 저는 이런 생각을 했어요. 계집애는 내게 아무 상관 없지만, 염소는! ……저는 그런 짐승들을 좋아하지 않아요. 그것들은 수염과 뿔이 있거든요. 그건 사람을 닮았어요. 그리고 또 토요일[2]의 냄새가 나고요. 그러나 저는 아무 말 안 했어요. 금화를 받았으니까요. 그건 정당한 일이 아니겠습니까요, 판사 나리? 처녀와 중대장을 위층 방으로 올려보내고, 그들만, 다시 말하자면 그 염소와 그들만 함께 두고, 저는 내려와서 다시 실을 잣기 시작했지요. 이것은 나리들께 말해 둬야겠는데요, 우리 집은 1층과 2층으로 돼 있는데, 다리 위에 있는 다른 집들과 마찬가지로, 우리 집도 뒤쪽은 강이어서, 1층의 창과 2층의 창은 강 쪽으로 나 있지요. 그래 저는 한창 실을 잣고 있었어요. 왜 제가 염소를 보고 머릿속에 떠올랐던 그 도사 귀신을 생각하고 있었는지 모르겠어요.

2) 마술사들과 마녀들의 야연은 토요일 저녁에 열린다고 믿었다.

게다가 그 예쁜 계집애도 좀 야하게 치장을 하고 있었지요. 그런데 별안간 위에서 고함 소리가 들리고, 뭔가가 타일 바닥 위에 떨어지고 창문이 열리는 소리가 들렸어요. 그 창 아래 있는 제 방 창문으로 달려갔더니, 시커먼 덩어리 하나가 제 눈앞을 지나 물속에 떨어지는 것이 보였어요. 그것은 신부의 옷차림을 한 유령이었어요. 달이 밝아서 똑똑히 봤거든요. 그것은 시테 쪽으로 헤엄쳐 가고 있었어요. 그때 저는 와들와들 떨면서 야경대원을 불렀어요. 12명의 순검 나리들이 들어오기에 처음에는 기고만장해 있었는데, 그들은 무슨 영문인지를 몰라 저를 때리기까지 했어요. 제가 그들에게 설명을 했지요. 우리들이 올라갔을 때, 뭘 발견했겠습니까? 제 방은 가엾게도 피투성이가 되어 있고, 중대장은 목에 칼이 꽂힌 채 쭉 뻗어 있고, 계집애는 죽은 시늉을 하고 있고, 염소는 질겁해 있었어요. “좋아.” 하고 저는 말했어요. ‘마룻바닥을 닦으려면 보름도 더 걸리겠는걸. 긁어내야겠는데, 큰일이네.’ 사람들은 장교를 떠메어 갔지요. 아, 불쌍한 젊은이! 그리고 계집애는 옷이 온통 흐트러져 있었어요. 잠깐 기다리세요. 무엇보다도 나쁜 것은, 이튿날 내장을 사려고 금화를 꺼내려니까, 그 자리에 가랑잎 하나가 있더라고요.”

노파는 입을 다물었다. 공포 어린 웅성거림이 청중 사이에서 일어났다. “그 유령이며 염소며 모두가 마술 냄새가 나는군.” 하고 그랭구아르 옆에 있는 남자가 말했다. “그리고 그 가랑잎도 그렇지!” 또 한 남자가 덧붙였다. “의심할 여지가 없어요.” 세 번째 남자가 말을 이었다. “그건 장교들을 털기 위해 마녀가 도사 귀신과 야합한 거죠." 그랭구아르 자신도 그 모든 것을 끔찍스럽고 있음 직한 일이라고 생각하지 않을 수 없었다.

"팔루르델 여인," 재판장이 위엄 있게 말했다. "더 이상 법정에 말할 것은 없소?"

"없습니다, 나리." 노파는 대답했다. "다만 한 가지, 보고서에서 제 집을 삐뚤어지고 악취 나는 누옥이라고 했는데, 그런 말은 모욕적인 언사입니다요. 물론 다리 위의 집들이 그다지 볼품은 없지요, 서민들이 잔뜩 살고 있으니까요. 그렇기는 하지만서도 푸주한들은 여전히 거기서 살고 있는데, 그들은 매우 깔끔한 미녀들과 결혼한 부자들이죠."

그랭구아르에게 악어 같은 인상을 주었던 법관이 일어섰다. "조용히!" 그는 말했다. "나는 여러분에게, 피고인의 몸에서 단도 하나가 발견되었다는 사실을 잊지 말아주시기를 당부합니다. 팔루르델 여인, 악마가 당신에게 준 금화가 변했다는 그 가랑잎을 가져왔소?"

"예, 나리." 노파는 대답했다. "그걸 다시 찾아냈지요. 여기 있습니다요."

집달리가 그 마른 잎을 악어에게 전달하자, 악어는 음울한 표정으로 고개를 끄덕거리고는 재판장에게 건네주었고, 재판장은 그것을 다시 성당 재판소의 국왕 검사에게 건네고 하여, 그것은 법정을 한 바퀴 빙 돌게 되었다. "이것은 자작나무 잎인데."라고 자크 샤르몰뤼 나리가 말했다. 마술의 새로운 증거였다.

판사 하나가 발언했다. “증인, 두 남자가 동시에 당신 방에 올라갔지요. 당신이 처음에 사라지는 것을 보고, 다음에는 신부의 옷을 입고 센강 속을 헤엄치는 걸 보았다는 그 검은 남자와, 장교 말이오. 그 두 남자 중 어느 쪽이 당신에게 금화를 주었소?”

노파는 한참 곰곰 생각하다가 말했다. “그건 장교예요.” 소음이 군중 사이에 돌았다.

‘아!’ 그랭구아르는 생각했다. ‘이건 내 확신을 흔들어놓는데.’

그사이에 국왕 특별 변호사 필리프 룔리에 나리가 다시 관여했다. “여러분께서도 기억하고 계시겠지만, 암살당한 장교는 그의 머리맡에서 받아 적은 진술서에서, 검은 남자가 자기에게 다가와서 말을 걸었을 때, 그것이 십상 도사 귀신일지도 모른다는 생각이 어렴풋이 들었다고 언명하면서, 그 유령이 자기더러 어서 가서 피고인과 어울리라고 성화같이 재촉했고, 그에게 돈이 없다는 말을 듣자 에퀴 금화를 주어서, 중대장인 이 장교는 그 금화로 팔루르델에게 값을 치렀다고 덧붙였습니다. 그런고로 그 금화는 지옥의 화폐인 것입니다.”

이러한 결론적인 지적은 그랭구아르를 비롯하여 방청석의 다른 모든 회의적인 사람들의 의심을 풀어주는 것 같았다.

“여러분께서는 서류를 가지고 계시므로,” 하고 국왕 변호사는 앉으면서 덧붙였다. “페뷔스 드 샤토페르의 말을 참고하실 수 있겠습니다.”

이 이름을 듣자 피고인은 일어섰다. 그녀의 머리는 군중 위로 솟아올랐다. 그랭구아르는 라 에스메랄다를 알아보고 깜짝 놀랐다.

그녀는 해쓱했고, 예전에는 그렇게도 아리땁게 땋아 금화 모양의 쇳조각으로 장식했던 머리털은 어수선하게 흘러내려 있고, 입술은 파랗고, 쑥 들어간 눈은 겁에 질려 있었다. 아, 슬프도다!

"페뷔스!" 그녀는 넋을 잃고 말했다. "그이는 어디 있어요? 오, 나리들! 저를 죽이기 전에, 제발 그이가 아직 살아 계시는지 어떤지 말해 주세요!"

"입 다물어, 여인." 재판장은 대답했다. "그것은 우리가 알 바 아니야."

"오! 불쌍히 여기시고, 그이가 살아 계시는지 어떤지 말해 주세요!" 그녀는 여윈 아름다운 손을 마주 잡으면서 말을 이었는데, 그녀의 옷을 따라 쇠사슬이 떨리는 소리가 들렸다.

"좋아!" 국왕 변호사가 무뚝뚝하게 말했다. "그는 죽어가고 있다. 그대는 기쁜가?"

불행한 여자는 말도 없고 눈물도 없이, 밀랍으로 된 조상처럼 새하얘져서, 심문석에 다시 쓰러졌다.

재판장은 자기 아래 자리 잡고 있는 한 남자 쪽으로 몸을 기울였는데, 그 남자는 금빛 모자를 쓰고 검은 법의를 입었고, 목에는 쇠사슬을 걸고 손에는 회초리를 들고 있었다.

"정리, 두 번째 피고인을 끌고 와."

모든 사람들의 눈이 작은 문이 열린 쪽을 돌아다보니, 거기서 뿔과 금빛 발이 달린 예쁜 염소 한 마리가 나왔는데, 그것을 본 그랭구아르는 몹시 가슴이 설레었다. 그 아리따운 짐승은 잠시 문 앞에서 걸음을 멈추고 서서 목을 쑥 뻗쳤는데, 그 모양이 마치 바위 끝에 서서 눈 아래 광막한 지평선을 내려다보는 것과도 같았다. 염소는 갑자기 보헤미아 아가씨를 보고, 어느 서기의 책상과 머리 위를 뛰어넘어, 그녀의 무릎 아래로 팔짝팔짝 뛰어갔다. 그런 뒤에 염소는 제 주인의 발 위에서 귀엽게 뒹굴면서 말 한마디 걸어주거나 한번 쓰다듬어주기를 간청했으나, 피고인은 꼼짝 않고 있을 뿐, 가엾은 잘리를 한 번도 거들떠보지 않았다.

"아, 이런…… 저게 그 끔찍한 짐승이야." 팔루르델 노파는 말했다. "저들을 둘 다 똑똑히 알아보겠는걸!"

자크 샤르몰뤼가 발언했다. "여러분께서 좋으시다면, 염소의 심문에 들어가겠습니다."

그것은 과연 두 번째 피고였다. 당시 동물에 대해서 제기된 마술 공판보다 더 간단한 것은 없었다. 갖가지 가운데서도 특히 1466년의 「재판소 보고서」[3]에는, '코르베유에서 그들의 죄과에 대하여 집행된', 질레술라르와 그의 돼지의 소송 비용에 관한 희귀한 세목이 있다. 거기에는 모든 것이 들어 있으니, 곧 돼지를 파묻기 위한 구덩이 비용, 모르상 항구[4]에서 훔친 100다발의 나뭇단, 3파인트의 포도주와 빵, 사형 집행인과 의좋게 나누어 먹은 사형수의 마지막 식대 등으로부터 일당 파리 주화 8드니에로 쳐서 11일분의 돼지 관리비와 먹이 값에

3) 이 돼지의 공판에 관한 세목은 소발의 저서 『재판소 보고서』 387쪽에 기록되어 있다.

4) 센강에 있는 항구.

이르기까지. 때로는 짐승 이상의 것에까지 미치는 수도 있었다. 샤를마뉴와 루이 르 데보네르의 법령집은 감히 공중에 나타난 도깨비불에 중형을 과하고 있다.

그러는 동안에 성당 재판소 검사는 이렇게 외쳤다. "만약 이 염소에 붙은 악마가 모든 구마(驅魔) 기도에도 불구하고 여전히 이 염소의 요술 속에 존속하여 이 법정을 놀라게 한다면, 우리는 부득이 그에 대하여 교수형 또는 화형을 요구하지 않을 수 없음을 예고해 두는 바입니다."

그랭구아르는 식은땀이 났다. 샤르몰뤼는 책상 위에서 보헤미아 아가씨의 탬버린을 집어서 염소에게 일정한 방법으로 내밀면서 물었다. "몇 시냐?"

염소는 영리한 눈으로 그것을 바라보고 금빛 발을 들어서 일곱 번을 쳤다. 과연 7시였다. 공포의 떨림이 군중 전체에 퍼졌다.

그랭구아르는 견딜 수가 없었다.

"염소는 뭐가 뭔지 몰라요!" 그는 큰 소리로 외쳤다. "잘 보시다시피 제가 무엇을 하고 있는지도 모른단 말이에요."

"법정 저쪽 끝에 있는 서민들은 조용히 하시오!" 정리는 얀정 없이 말했다.

자크 샤르몰뤼는 같은 식으로 탬버린을 다루어, 독자가 이미 목격한 바와 같이, 날짜나 달수 등등에 관해서 그 밖의 여러 가지 재주를 염소에게 시켰다. 그런데 네거리에서라면 잘리의 죄 없는 장난에 대해서 아마 여러 번 박수갈채를 보냈을지도 모를 이 똑같은 구경꾼들은, 법정 공판 특유의 착시로 말미암아, 파리 재판소의 궁륭 아래에서는 도리어 겁을 집어 먹었다. 염소는 확실히 악마였던 것이다.

그보다도 더 나빴던 것은, 국왕 검사가 잘리의 목에 매달려 있는, 글자 카드로 가득 찬 가죽 주머니 하나를 타일 바닥에 비웠을 때, 염소가 흩어져 있는 알파벳에서 저 숙명적인 'Phœbus(페뷔스)'라는 이름을 발로 추려내는 것을 사람들이 본 것이었다. 중대장이 희생양이 된 마술은 반박할 수 없이 증명된 것 같았고, 모든 사람들의 눈에, 그 아리따움으로 행인들을 그렇게도 여러 번 감탄케 했던 매혹적인 무희 보헤미아 아가씨는 이제 한낱 무서운 마녀로밖에 보이지 않았다.

게다가 그녀는 조금도 살아 있는 듯한 기색이 없었다. 잘리의 귀여운 동작도, 법관석에서의 위협도, 청중의 웅성거리는 저주도, 더 이상 아무것도 그녀의 생각에까지 이르지 못했다.

그녀를 깨우기 위해서는, 정리가 사정없이 그녀를 흔들고 재판장이 엄숙하게 고성을 질러야만 했다.

"소녀여, 그대는 마술에 종사한 보헤미아족이다. 그대는 지난 3월 29일 밤에 이 공판에 연루된, 마술에 홀린 염소와 공모하고, 주문과 의식을 통해 악마들의 협력을 얻어서, 친위헌병대의 중대장 페뷔스 드 샤토페르를 단도로 찔러 상해하였다. 그대는 계속 부인하겠는가?"

"아이고 끔찍해라!" 처녀는 두 손으로 얼굴을 가리면서 외쳤다. "나의 페뷔스! 오! 이건 지옥이에요!"

"그대는 계속 부인하겠는가?" 재판장은 차갑게 물었다.

"부인하고말고요!" 그녀는 무서운 어조로 말하면서 일어섰는데, 그녀의 눈이 번쩍거리고 있었다.

재판장은 퉁명스럽게 계속했다. "그렇다면 그대는 그대에 대한 공소 사실을 어떻게 설명하겠는가?"

그녀는 토막토막 끊기는 목소리로 대답했다.

"벌써 말했잖아요. 저는 몰라요, 그건 어떤 신부예요. 제가 모르는 신부예요. 제 뒤를 따라다니는 악마 같은 신부라고요!"

"바로 그거다!"라고 판사는 말을 이었다. "도사 귀신이다."

"오! 나리들! 가엾게 여겨주세요! 저는 한낱 불쌍한 계집애에 지나지 않아요……."

"이집트 계집애렷다." 판사는 말했다.

자크 샤르몰뤼 나리가 온화로운 표정으로 발언했다. "피고인이 끝끝내 고집을 부리는 고로, 심문할 것을 요구합니다."

"좋소." 재판장은 말했다.

불쌍한 처녀는 온몸을 떨었다. 그러나 그녀는 창병들의 명령을 따라 일어서서, 샤르몰뤼와 종교 재판소 성직자들의 뒤를 따라, 두 줄로 늘어선 미늘창 사이로 중간 문을 향해 꽤 확실한 발걸음으로 걸어갔는데, 그 문은 갑자기 열렸다가 그녀가 나간 뒤 다시 닫혀버려서, 슬픈 그랭구아르에게는 그것이 마치 그녀를 집어삼킨 무서운 아가리인 듯한 인상을 주었다.

그녀가 사라졌을 때, 염소의 구슬픈 울음소리가 들렸다. 그녀의 새끼 염소가 울고 있었던 것이다.

재판은 휴정에 들어갔다. 어느 판사가, 여러분들이 피곤하고 고문이 끝날 때까지 기다리기란 퍽 지루할 것이라고 지적하자, 재판장은, 법관은 자기 의무를 위해 스스로 희생할 줄 알아야 한다고 대답했다.

"저녁밥도 안 먹었는데," 어느 늙은 판사가 말했다. "기분 나쁘게 저 고얀 년이 심문을 하게 하다니 원!"

2장

가랑잎으로 변한 에퀴 금화의 계속

하도 침침해서 대낮에도 남폿불로 밝혀놓은 복도 안에서 몇 층계를 올라갔다 내려갔다 한 뒤에, 라 에스메랄다는 여전히 그 음산한 일행에 에워싸인 채, 재판소의 순검들에게 떠밀려 을씨년스러운 방 안으로 들어갔다. 원형으로 된 이 방은, 새로운 파리가 낡은 파리를 뒤덮은 우리 시대에도 여전히 현대적 건축물들의 층을 뚫고 솟아 있는 저 커다란 탑들 중 하나의 맨 아래층을 차지하고 있었다. 이 지하실에는 창도 없고, 커다란 철문을 단 나지막한 입구 외에 다른 구멍이라고는 없었다. 그러나 거기에 빛이 없었던 것은 아니다. 가마 하나가 두꺼운 벽 속에 붙어 있었다. 거기에 큰 불이 훨훨 타오르고 있어서, 그 붉은 반사광이 지하실을 가득 채워, 방 한쪽 구석에 켜놓은 한 자루의 초라한 초의 불빛을 깡그리 빼어버리고 있었다. 이때 올려져 있던, 가마를 여닫는 쇠살문은, 검은 벽 위의 타는 듯한 환기창 구멍에서 듬성듬성한 날카로운 검은 잇바디 같은 창살의 아래쪽 끝밖에는 보여주지 않아서, 가마는 마치 전설 속에서 불꽃을 뿜는 용의 입을 방불케 했다. 거기서 나오는 불빛으로 여죄수는 방 주위의, 무엇에 쓰는지도 알 수 없는 무시무시한 연장들을 보았다. 방 한가운데에는 가죽 매트 하나가 땅바닥에 닿을락 말락 놓여 있었는데, 그 위에는 궁륭의 종석에 새겨놓은 들창코 괴물이 물고 있는 구리 고리에 비끄러맨, 버클 달린 가죽끈 하나가 드리워져 있었다. 집게며 노루발이며 널찍널찍한 보습들이 가마 안에 가득 차서 잉걸불 위에서 뒤범벅이 되어 새빨갛게 달고 있었다. 가마의 핏빛 불빛은 온 방 안에서 끔찍한 것들의 더미만을 비췄다.

이 지옥은 단순히 '심문실'로만 불렸다.

침대 위에는 고문관 피에라 토르트뤼가 태연히 앉아 있었다. 네모진 상판에, 가죽 앞치마를 두르고, 삼밧줄을 가진 그의 두 난쟁이 하인이 숯불 위에서 쇠붙이를 뒤적거렸다.

가엾은 처녀가 아무리 기운을 내보아도 소용없었다. 이 방 안에 들어오자 그녀는 겁이 났다.

재판소의 순검들이 한쪽으로 늘어서고, 다른 한쪽으로는 종교 재판소의 성직자들이 늘어섰다. 한 명의 서기와 문구 상자와 책상 하나가 한쪽 구석에 있었다. 자크 샤르몰뤼는 매우 상냥한 미소를 지으면서 이집트 아가씨에게 다가왔다. "귀여운 아가씨," 그는 말했다. "그래, 계속해서 부인하는 거야?"

"예." 그녀는 이미 꺼져버린 목소리로 대답했다.

"그렇다면," 하고 샤르몰뤼는 말을 이었다. "우리로서는 매우 고통스러운 일이지만, 우리가 원하는 것보다도 더 집요하게 심문을 해야겠군. 수고스럽지만 저 침대 위에 앉아주실까? 피에라 나리, 아가씨에게 자리를 내주시오. 그리고 문을 닫구려."

피에라는 투덜거리면서 일어섰다. "문을 닫으면," 그는 중얼거렸다. "불이 꺼지겠는데요."

"그렇다면 좋아," 샤르몰뤼는 즉답했다. "열어두구려."

그동안 라 에스메랄다는 서 있었다. 수많은 불쌍한 사람들이 거기서 몸을 비틀어 꼬았던 그 가죽 침대가 그녀는 무서웠다. 공포감은 그녀의 뼛골을 오싹하게 만들었다. 그녀는 겁이 나서 거기에 멍청히 서 있었다. 샤르몰뤼의 신호에, 두 하인이 그녀를 잡아다가 침대 위에 앉혔다. 그들이 그녀를 아프게 하지는 않았으나, 그 사내들이 그녀의 몸에 손을 댔을 때, 그 가죽에 그녀의 몸이 닿았을 때, 그녀는 피가 온통 심장으로 쏟아져 들어오는 것만 같았다. 그녀는 겁에 질린 눈으로 방 안을 둘러보았다. 그녀는 그 모든 흉측한 고문 도구들이 여태껏 본 모든 종류의 연장들 사이에서, 마치 벌레와 새들 사이에 있는 박쥐와 다족류와 거미들처럼, 자기 몸 위로 기어올라 물어뜯고 꼬집어 뜯으려고, 사방에서 자기를 향해 움직여 오고 걸어오는 것을 보는 듯싶었다.

"의사는 어디 있나?" 샤르몰뤼는 물었다.

"여기 있습니다." 그녀의 눈에 아직 띄지 않았던 검은 법의 차림의 사나이가 대답했다.

그녀는 떨었다.

"아가씨," 성당 재판소 검사의 간사한 목소리가 말을 이었다. "세 번째로 묻겠는데, 아가씨에 대한 기소 사실을 계속 부인하는가?"

이번에는 그녀는 머리를 흔들 수밖에 없었다. 목소리가 나오지 않았다.

"계속 부인하는 거야?" 자크 샤르몰뤼는 말했다. "그렇다면 실망이지만, 나는 내 직무를 수행하지 않을 수 없겠다."

"국왕 검사 나리," 피에라가 불쑥 말했다. "어디서부터 시작할까요?"

샤르몰뤼는 적당한 운(韻)을 찾는 시인처럼 애매하게 얼굴을 찌푸리고서 한참 망설이다가 이윽고 "반장화부터."라고 말했다.

이 불운한 아가씨는 하느님과 인간들에게 버림을 받았다는 생각이 너무도 사무쳐서, 마치 자체 속에 힘이 없는 무기력한 사물처럼 가슴 위로 머리를 떨어뜨렸다.

고문관과 의사는 한꺼번에 그녀에게 다가왔다. 그와 동시에 두 하인은 그들의 끔찍한 무기고 속을 뒤지기 시작했다.

그 무시무시한 쇠붙이들이 부딪치는 소리에 불쌍한 소녀는 전기를 흘려 넣어 죽은 개구리처럼 몸을 떨었다. "오!" 하고 그녀는 중얼거렸지만, 아주 나지막한 소리여서 아무에게도 들리지 않았다. "오, 나의 페뷔스!" 그런 뒤에 그녀는 또다시 대리석 같은 침묵과 부동자세로 돌아갔다. 판사들이 아니라면 어떠한 사람이든 이 광경을 보고 가슴이 찢어졌으리라. 그것은 지옥의 진홍빛 창 아래서 사탄의 심문을 받는 가엾은 죄인의 넋과도 같았다. 무서운 톱니며 바퀴며 목마의 고문 도구 더미가 이제 바야흐로 가서 달라붙으려는 가련한 육체, 가혹한 망나니와 집게의 손이 이제 바야흐로 다루려는 인간, 그것은 바로 그 부드럽고 희고 연약한 여인이었던 것이다. 인류의 정의가 고문의 무서운 맷돌에 넣어 빻으려는 가엾은 좁쌀 알!

그사이에 피에라 토르트뤼의 하인들의 투박한 손은 그 아리따운 다리를, 파리의 네거리에서 그 귀여움과 아름다움으로 그토록 여러 번 행인들을 감탄케 했던 그 조그만 발을 난폭하게도 발가벗겨 놓았다.

"참 유감이로군!" 고문관은 그렇게도 아리땁고 섬세한 자태를 바라보면서 중얼거렸다. "만약에 부주교님께서 이 자리에 계셨더라면, 틀림없이 이 순간 그 거미와 파리의 상징을 회상하셨을 텐데." 이내 불쌍한 아가씨는 자기 눈 위에 퍼지는 구름 너머로 '반장화'가 다가오는 것을 보았다. 이내 그녀는 자기의 발이 쇠를 붙인 널빤지 사이에 끼여 그 무시무시한 기계 아래로 사라지는 것을 보았다. 그러자 공포심이 그녀에게 기운을 돌려주었다. "제발 이걸 벗겨주세요!" 그녀는 흥분하여 외쳤다. 그리고 머리털이 헝클어진 채 벌떡 일어서면서, "제발!"

그녀는 국왕 검사의 발아래로 몸을 던지려고 침대 밖으로 내달았으나, 다리가 무거운 쇠사슬과 철구(鐵具) 속에 끼여 있어서, 날개에 총알을 맞은 벌보다 더 기진하여 반장화 위에 쓰러져버렸다.

샤르몰뤼의 신호로, 그녀는 침대 위에 다시 앉혀지고, 두

큼직한 손이 그녀의 가느다란 허리에 천장에서 드리워진 가죽 끈을 비끄러맸다.

"이제 마지막으로 묻거니와, 기소 사실을 시인하는가?" 샤르몰뤼는 여전히 태연하고 관대한 듯한 표정으로 물었다.

"저는 무고합니다."

"그렇다면, 아가씨, 그대의 기소 사실에 대한 상황을 어떻게 설명하지?"

"아아, 나리! 저는 모릅니다."

"그럼, 그대는 부인하는 건가?"

"모두 부인해요!"

"해!" 샤르몰뤼는 피에라에게 말했다.

피에라가 권양기의 손잡이를 돌리자, 반장화는 죄어들고, 가엾은 아가씨는 인간의 어떠한 언어로도 옮겨 적을 수 없는 끔찍한 고함을 질렀다.

"멈춰." 샤르몰뤼는 피에라에게 말했다. "시인하는가?" 그는 이집트 아가씨에게 말했다.

"다 시인해요!" 불쌍한 처녀는 외쳤다. "시인해요! 시인해요! 제발 용서를!"

그녀는 심문에 직면했을 때 자신의 힘을 계산하지 않았다. 이제까지의 생활이 그렇게도 즐겁고 그렇게도 감미롭고 그렇게도 유쾌하기만 했던 가엾은 소녀, 첫 고통에 이 소녀는 그만 굴복하고 만 것이다.

"인정상 나는 말하지 않을 수 없거니와," 국왕 검사는 주의를 주었다. "시인을 하면 그대는 죽음을 기다려야만 한다."

"제발 그랬으면 좋겠어요." 그녀는 말했다. 그러면서 죽어가는 사람처럼 허리가 꺾여 가슴에 고리로 매어놓은 가죽끈에 매달린 채, 가죽 침대 위에 다시 쓰러졌다.

"자, 아가씨, 몸을 좀 가눠요." 피에라 나리는 그녀를 일으키면서 말했다. "당신은 부르고뉴 전하의 목에 걸린 황금 양털 목걸이[5] 같구먼."

자크 샤르몰뤼가 소리를 질렀다.

"서기, 적게. 보헤미아 아가씨, 그대는 원령, 마귀, 마녀 들과 더불어 지옥의 회식, 야연, 마술에 참석하였음을 시인하는가? 대답하라."

"예," 하고 그녀는 말했는데, 말소리가 하도 나지막하여 그녀의 숨소리 속에 꺼져버렸다.

"그대는 바알세붑이 야연을 벌이기 위하여 구름 속에 출현케 하는 숫양을, 마술사의 눈에만 보이는 그 숫양을 보았음을 시인하는가?"

"예."

"그대는 성전 기사단원들의 저 가증할 우상인 바포메트의 머리들[6]에 예배했음을 자백하는가?"

"예."

"이 공판에 연루된 저 염소의 탈을 쓴 악마와 늘 교섭을 가지고 있었음을 자백하는가?"

---

5) 1420년에 창설된 기사단의 목걸이 또는 훈장.

6) 『지옥 사전』의 「성전 기사단(Templiers)」 항목에서 인용했다.

"예."

"끝으로, 그대는 지난 3월 29일 밤에, 통속적으로 도사 귀신이라고 불리는 그 유령과 마귀의 도움을 얻어, 페뷔스 드 샤토페르라는 중대장을 살해하였음을 고백하고 자백하는가?"

그녀는 커다란 눈을 들어 법관을 물끄러미 쳐다보며, 경련도 전율도 없이, 그저 기계적으로 대답했다. "예." 분명 그녀 안에서는 모든 것이 부서져버린 것이다.

"적게, 서기." 샤르몰뤼는 말했다. 그러고는 고문하는 사람들을 향하여, "죄수를 풀어 재판정으로 끌고 가라."

여죄수의 발에서 '반장화를 벗겼을' 때, 성당 재판소 검사는 고통으로 여전히 마비되어 있는 그녀의 발을 살펴보았다.

"자, 자!" 그는 말했다. "별것 없다. 그대는 마침맞게 소리를 질렀다. 아직도 춤을 출 수 있겠다, 미녀여!"

그런 뒤에 그는 종교 재판소의 자기 시종들을 돌아보았다. "이젠 마침내 정의가 밝혀졌소! 이로써 마음이 놓이는군, 여러분! 우리가 최대한으로 부드럽게 다루었다는 것은 이 아가씨가 입증해 줄 것이오."

3장

가랑잎으로 변한 에퀴 금화의 끝

그녀가 창백한 얼굴로 절름거리면서 재판정에 돌아왔을 때, 기쁨의 중얼거림이 온 방 안에 퍼졌다. 청중들에게 그것은 극장에서 연극의 마지막 막간이 끝나 막이 다시 오르고 바야흐로 끝이 시작되려고 할 때 사람들이 느끼는 것과 같은 그런 흐뭇한 감정이었다. 또 판사들에게는 이제 곧 저녁밥을 먹겠구나 하는 희망이었다. 새끼 염소 역시 기뻐서 울었다. 염소는 주인 쪽으로 달려가려 했으나 이미 벤치에 비끄러매여 있었다.

완전히 캄캄한 밤이 되었다. 그래도 촛불을 더 켜놓지 않아 불빛이 퍽 희미하여, 실내의 벽은 보이지 않았다. 어둠은 모든 물긴들을 안개 같은 것으로 싸놓고 있었다. 판사들의 냉정한 얼굴 몇몇만이 어둠 속에 겨우 보일 정도였다. 그들의 맞은편,

기다란 법정의 끝 쪽에, 하나의 희미한 흰 점이 어두운 배경 위에 부각되는 것을 판사들은 볼 수 있었다. 그것은 피고인이었다.

그녀는 제자리로 기운 없이 걸어갔다. 샤르몰뤼는 자기 자리에 의젓하게 자리 잡고, 앉았다가 다시 일어나서, 자기의 성공을 과히 자랑하는 티를 내지 않고 말했다. "피고인이 모두 시인했습니다."

"보헤미아 처녀," 하고 재판장이 말을 이었다. "그대의 마술과 매춘과 페뷔스 드 샤토페르의 암살에 관한 모든 사실을 시인하였는가?" 그녀는 가슴이 찢어질 것만 같았다. 어둠 속에서 그녀의 흐느끼는 소리가 들렸다.

"원하시는 대로 뭐든지 다." 그녀는 가냘프게 대답했다. "하지만 빨리 죽여주세요!"

"성당 재판소 국왕 검사 나리," 재판장은 말했다. "법정은 당신의 논고를 듣겠습니다."

샤르몰뤼 나리는 무시무시한 공책을 펴 들고, 줄곧 몸짓을 하고 변론술의 과장된 억양을 쓰면서 라틴어로 된 연설문을 읽기 시작했는데, 그 연설에서는 모든 공소사실의 증거가 그가 좋아하는 희극 시인 플라우투스에서 따온 인용문을 곁들인 키케로식의 완곡한 표현법으로 꾸며져 있었다. 그 훌륭한 작품을 독자 여러분께 제공하지 못하는 것을 나는 섭섭하게 여기는 바이다. 변사는 굉장한 몸짓을 하면서 그것을 낭독했다. 미처 서두도 다 끝내지 않았는데, 벌써 그의 이마에서 땀이 솟았고 눈이 얼굴에서 튀어나왔다. 그러더니 느닷없이, 긴 문장을 한창 읽어 내려가다 뚝 끊었는데, 평소에는 꽤 부드럽고 바보스럽기까지 한 그의 눈에서 벼락이 떨어지는 것 같았다. "여러분," 하고 그는 외쳤다.(이번에는 프랑스어로 말했다. 왜냐하면 그것은 공책 속에 있는 것이 아니었으니까.) "이 사건에는 분명히 악마가 끼어들어 있을 것이, 저것 보시오, 악마가 우리들의 공판에 참석하여 저기서 사탄의 연극을 하고 있지 않습니까. 저것 보시오!"

그렇게 말하면서 그는 새끼 염소를 손가락으로 가리켰는데, 염소는 샤르몰뤼가 몸짓을 하고 있는 것을 보고, 사실 저도 그렇게 하는 것이 마땅하다고 생각하고 궁둥이를 땅에 대고 앉아서, 앞발과 수염 달린 머리를 놀려, 성당 재판소 국왕 검사의 그 감동적인 무언극을 최선을 다해 재현하고 있었다. 그것은, 독자도 기억하고 있겠지만, 그 염소의 가장 뛰어난 재주 중 하나였던 것이다. 이 사건은, 이 마지막 '증거'는 커다란 효과를 냈다. 사람들은 염소의 발을 묶었고, 국왕 검사는 웅변을 계속했다.

그것은 매우 길었으나, 결론은 훌륭했다. 아래에 마지막 문장을 적겠다. 거기다 샤르몰뤼 나리의 목쉰 소리와 숨찬 몸짓을 덧붙여보라. "Ideo, Domni, coram stryga demonstrata, crimine patente, intentione criminis existente, in nomine sanctæ ecclesiæ Nostræ-Dominæ Parisiensis, quæ est in saisina habendi omnimodam altam et bassam justitiam in illa hac intemerata Civitatis insula, tenore præsentium declaramus nos requirere, primo, aliquandam pecuniariam indemnitatem;

secundo, amendationem honorabilem ante portalium maximum Nostræ-Dominæ, ecclesiæ cathedralis; tertio, sententiam in virtute cujus ista stryga cum sua capella, seu in trivio vulgariter dicto la Grève, seu in insula exeunte in fluvio Sequanæ, juxta pointam jardini regalis, executatæ sint!(그런고로, 여러분, 진실이 확인된 한 마녀 앞에서 그 범죄가 명백하고 범의가 실재하였던 까닭에 이 시테의 순결한 섬 안에서, 높고 낮은 온갖 종류의 사법권을 소유하고 있는 파리의 노트르담 성당의 이름으로, 현 재판의 내용에 따라 본관은, 첫째 약간의 벌금을, 둘째 노트르담 대성당의 정문 앞에서의 공개 사과를, 셋째 이 마녀와 그녀의 염소를 속칭 '라 그레브'라고 일컫는 광장이나 왕실 정원의 첨단 근처인 센강의 섬 출구에서 처형하는 선고를 내릴 것을 요구하는 바입니다!)"

그는 다시 모자를 쓰고 앉았다.

"Eheu!(아, 슬프다!)" 그랭구아르는 비탄에 잠겨 한숨을 지었다. "Bassa latinitas!(지독한 후기 라틴어로다!)"

검은 법의를 입은 다른 사나이 하나가 피고인 옆에서 일어났다. 그것은 그녀의 변호사였다. 시장한 판사들은 투덜거리기 시작했다.

"변호사, 간단히 하시오." 재판장이 말했다.

"재판장 나리," 변호사는 대답했다. "피고인이 죄를 자백한 이상, 본인은 이제 여러분들에게 한마디밖에는 할 말이 없습니다. 살리카 법전의 조문에는 이렇게 돼 있습니다. '마녀가 사람을 잡아먹고 그것을 시인하는 경우, 마녀는 8,000드니에,

즉 금화 200수에 해당하는 벌금을 지불해야 한다.'[7] 그러므로 법정은 본인의 의뢰인에게 벌금을 과해 주었으면 하는 바입니다."

"폐기된 법조문이오."라고 국왕 특별 변호사가 말했다.

"Nego.(나는 부인합니다.)" 변호사는 응수했다.

"투표합시다!" 배심 판사 하나가 말했다. "죄는 명백한데, 시간이 늦었습니다."

사람들은 법정을 떠나지 않고 투표에 들어갔다. 판사들은 '탈모 투표'를 건의했다. 서두르고 있었던 것이다. 재판장이 그들에게 아주 나지막한 목소리로 묻는 음산한 질문을 받고, 그들 머리에 쓰고 있던 모자가 어둠 속에서 하나씩 하나씩 벗겨지는 것이 보였다. 가련한 피고인은 그들을 바라보는 것 같았으나, 그녀의 흐린 눈에는 더 이상 아무것도 보이지 않았다.

이어서 서기가 쓰기 시작했다. 그런 뒤에 그는 재판장에게 기다란 양피지 한 장을 건네주었다.

그러자 불쌍한 여자는 민중이 움직이고 창들이 서로 부딪치고 싸늘한 목소리가 이렇게 말하는 것을 들었다.

"보헤미아 처녀여, 왕께서 정하시는 날, 정오의 시간에, 그대는 셔츠 바람에 맨발로, 목을 끈으로 맨 채 수레를 타고, 노트르담의 대문 앞에 끌려가서, 2파운드 무게의 양초 한 자루를 손에 켜 들고 공개 사죄를 하고, 거기서 다시 그레브 광장으로 끌려가, 시의 교수대에서 목이 매달려 교수형에 처해질

---

7) 이 살리카 법전의 법조문은 『지옥 사전』의 「마녀」 항목에서 인용했다.

것이며, 그대의 저 염소 역시 매일반이며, 또 그대가 페뷔스 드 샤토페르 씨의 신체에 가한, 그리고 그대가 자백한 마술과 마법, 음란 및 상해의 죄에 대한 배상으로 사자 금화 세 닢을 종교 재판소에 지불하여야 한다. 하느님은 그대의 영혼을 가져가시리라!"

"오! 이건 꿈이야!" 그녀는 중얼거렸다. 그리고 거친 손이 자기를 움켜잡고 가는 것을 느꼈다.

4장

LASCIATE OGNI SPERANZA[8]
모든 희망을 버려라

중세에는 하나의 건물이 완전한 경우에는, 땅속에도 바깥과 거의 같은 정도의 건물이 있었다. 노트르담처럼 말뚝 위에 세워져 있지 않다면, 궁궐이나 요새나 성당은 으레 이중의 토대가 있게 마련이었다. 대성당에는 밤낮으로 파이프오르간과 종소리가 울리고 불빛으로 넘쳐흐르는 지상의 홀 아래에, 낮고 캄캄하고 신비롭고 빛 없고 소리 없는, 말하자면 또 하나의 지하 대성당이 있었다. 궁궐이나 성에는 감옥이 있었고, 때로는 분묘가 있었으며, 또 때로는 그 두 가지가 다 있었다. 내가 딴 곳에서 그 형성과 '생장'의 방식을 설명한 바 있는 저 강

8) 단테에 따르면, 지옥의 문에 새겨져 있다는 구절.(단테, 『신곡』, 지옥편, III, 9)

대한 성들은 기초만 있었던 것이 아니라, 말하자면, 상부의 건축과 마찬가지로, 땅속에 방과 회랑과 계단 같은 형태로 뻗어 가는 뿌리가 있었던 셈이다. 그리하여 성당과 궁궐과 성 들은 하반신이 땅속에 들어가 있었던 것이다. 한 건물의 지하실은 사람들이 그리로 올라가는 것이 아니라 내려가는 또 하나의 건물이었으며, 그것은 대건축물 외부 층의 산더미 아래 지하층을 붙여놓았던 것이니, 그것은 마치 호숫가의 숲과 산 아래 호수의 물속에 거꾸로 비쳐 보이는 저 숲과 산과도 같은 것이었다.

생탕투안 성이나 파리 재판소, 그리고 루브르 궁에서는, 그러한 지하 건물은 감옥이었다. 이 감옥들의 층은 땅속으로 깊이 들어감에 따라 더욱더 좁아지고 어두워졌다. 그것은 모두 온갖 종류의 공포가 펼쳐져 있는 지대였다. 단테는 그의 감옥을 위해 이보다 더 좋은 것은 발견할 수 없었다. 이 깔때기 모양 지하 감옥의 맨 끝은, 보통, 단테가 사탄을 넣어놓았고 사회가 사형수를 넣어놓았던, 밑바닥이 물통 같은 지하 감방이었다. 어떤 가련한 인생이 한번 거기에 들어가는 날에는, 햇빛도 공기도 생명도, ogni speranza(모든 희망)도 모두 영영 이별이다. 그가 거기서 나오는 것은 다만 교수대나 화형장으로 가기 위해서였다. 때로 그는 거기서 썩는 수도 있었다. 인간의 정의는 그것을 '잊음'[9]이라고 불렀다. 인간들과 자기 사이에서,

9) 원어는 'oublier'. 이 말에서 'oubliette', 즉 옛날 종신형을 받은 죄수를 감금하던 '지하 감옥'이라는 말이 유래하였다.

사형수는 돌과 간수들의 더미와 감옥 전체가 머리 위를 짓누르는 것을 느꼈으며, 그 육중한 성은 살아 있는 인간들의 세계 밖으로 자기를 몰아내놓고 잠가버리는 하나의 거대한 자물쇠에 불과했다.

교수형 선고를 받은 라 에스메랄다를 갖다 넣은 곳은, 물론 탈주할까 봐서였겠지만, 그런 종류의 물통 밑바닥, 성 루이 왕이 파놓은 지하 감방 속, 투르넬의 '지하 감옥' 속, 저 거대한 파리 재판소의 건물 아래였다. 그 감방의 가장 작은 석재도 움직이지 못했을 가엾은 파리!

확실히 하느님의 섭리와 인간 사회가 다 같이 옳지 못했을 것이, 그토록 연약한 여자를 부서뜨리는 데는 그다지도 엄청난 불행과 고문이 필요 없었던 것이다.

그녀는 거기, 어둠 속에 외로이 파묻히고 갇혀 있었다. 그녀가 햇빛 아래서 웃고 춤추는 것을 본 뒤에 그런 상태에 처해 있는 것을 보았다면 누구나 소름이 끼쳤으리라. 밤처럼 춥고, 죽음처럼 춥고, 그녀의 머리털 속에는 바람 한 점 통하지 않고, 귀에는 인기척 하나 들리지 않고, 눈 속에는 햇빛 한줄기 스며들지 않고, 허리가 꼬부라지고, 쇠사슬에 으스러지고, 물병과 빵 한 조각 옆에서, 지하 감방의 벽에서 물이 배어 나와 그녀 아래에 흥건히 괴어 있는 웅덩이 위에 짚을 조금 깔고 웅크리고 앉아서, 몸 하나 까딱하지 않고, 거의 숨도 쉬지 않고 있던 그녀는 더 이상 고통조차 느끼지 않았다. 페뷔스며 태양, 대낮, 대기, 파리의 거리, 박수갈채를 받던 춤, 그 장교와의 달콤한 사랑의 속삭임, 그다음엔 신부, 노파, 단도, 피, 고문, 교수대, 이러한 모든 것들이 물론 그녀의 머릿속을, 때로는 노래를 부르는 금빛 환영처럼, 또 때로는 무서운 악몽처럼 때때로 스쳐가곤 한 것은 사실이었으나, 그것은 이제 어둠 속에 스러져가는 끔찍하고 막연한 싸움에 지나지 않거나, 저 위 지상에서 연주하는, 이 불행한 여자가 떨어진 그 깊은 구렁텅이 속에서는 더 이상 들리지 않는 먼 음악에 불과했다.

그녀는 여기 온 뒤로 밤을 새우지도, 잠을 자지도 않았다. 이 불행 속에서, 이 지하 감방 속에서, 그녀는 낮과 밤을 구별하지 못하는 것과 마찬가지로, 밤샘과 잠을, 꿈과 생시를 구별할 수 없었다. 그 모든 것은 그녀의 생각 속에서 어렴풋이 뒤섞였고, 부서져 나부끼고, 흩어졌다. 그녀는 감각도 없었고 지각도 없었고 생각도 없었다. 몽상에 잠기는 게 고작이었다. 살아 있는 인간이 이토록 허무 속에 깊이 빠져본 일은 일찍이 없었다.

그렇게 마비되고, 얼고, 화석이 된 그녀는, 머리 위 어딘가에 트여 있는 천장의 뚜껑 문이 하루에 두세 번씩 여닫히는 소리도 제대로 알아챌까 말까 했는데, 그럴 때면 뚜껑 문으로 사람의 손이 그녀에게 검은 빵 한 덩어리씩을 던져주는 것이었으나, 햇빛이라고는 한줄기도 들어오지 않았다. 그러나 이 간수의 정기적인 방문은 그녀와 인간들 사이에 남아 있던 유일한 연락이었다.

또한 단 한 가지 것이 기계적으로 그녀의 귀를 차지하고 있었다. 그녀의 머리 위에서 습기가 천장의 곰팡이 슨 돌을 통해 스며 나와, 고른 간격으로 한 방울씩 떨어지는 것이었다.

그녀는 그 물방울이 자기 곁의 늪으로 떨어지는 소리를 멍청히 듣고 있었다.

늪 속으로 떨어지는 이 물방울이야말로 그녀의 주위에서 아직도 움직이고 있는 유일한 운동이요, 시간을 새기고 있는 유일한 시계요, 지상에서 일어나는 모든 소리 중에서 그녀에게까지 미치는 유일한 소리였다.

한마디로 말해서, 그녀 역시 때때로, 그 진흙과 어둠의 시궁창 속에서, 여기저기 자기의 발이나 팔 위를 스쳐가는 싸늘한 것을 느끼고 떨고 있었던 것이다.

거기에 와 있은 지 얼마나 되었을까, 그녀는 모르고 있었다. 다만 어디선가 누군가에 대해 사형 판결이 내려졌다는 것과 그런 뒤에 사람들에게 자기가 끌려갔다는 것과 어둠과 고요 속에서 언 채로 정신이 깨어났다는 것만은 기억에 남아 있었다. 그녀는 손을 짚고 기었는데, 그때 쇠고리가 발목을 자르는 듯했고 사슬이 울렸다. 그녀는 자기의 주위가 온통 벽으로 둘러싸여 있고, 자기 밑에는 물로 덮인 타일 바닥과 한 다발의 짚이 있는 것을 알아보았다. 그러나 등불도 환기창도 없었다. 그러자 그녀는 그 짚 위에 앉았고, 때때로 자세를 바꾸기 위해, 그 감방 안에 있는 돌계단의 마지막 층계 위에도 앉았다. 한동안 그녀는 물방울이 측정해 주는 캄캄한 시각을 세어 보았으나, 오래지 않아, 병든 두뇌의 그 서글픈 작업은 머릿속에서 저절로 중단되어 그녀를 혼미 상태 속에 남겨놓았다.

마침내 어느 날인지 어느 밤에(왜냐하면 한밤과 한낮이 이 무덤 속에서는 똑같은 빛깔이었으니까), 그녀는 보통 간수가 빵과 물병을 가져다줄 때 내는 것보다 더 큰 소리가 위에서 나는 것을 들었다. 머리를 들고 보니, 지하 감옥의 천장에 난 일종의 문이랄까 뚜껑 문 같은 것의 틈바귀로 한줄기 불그스름한 빛이 보였다. 동시에 육중한 쇠가 소리를 내고 뚜껑 문이 녹슨 돌쩌귀 위에서 삐걱거리며 돌아가더니, 초롱불과 손 하나와 두 남자의 하반신이 보였다. 문이 하도 낮아서 그들의 머리는 보이지 않았다. 불빛이 너무 부셔서 그녀는 눈을 감았다.

그녀가 다시 눈을 떴을 때, 문은 도로 닫혀 있었고, 초롱불은 층계 위에 놓여 있고, 남자 하나가 홀로 그녀 앞에 서 있었다. 검은 겉옷이 발까지 내려져 있었고, 같은 빛깔의 카파르둠[10]이 얼굴을 가리고 있었다. 그의 육신은 아무것도, 얼굴도 손도 보이지 않았다. 그것은 서 있는 기다란 검은 수의 같았는데, 그 아래에서 무언가가 움직이는 것을 느낄 수 있었다. 그녀는 이 유령 같은 것을 한참 응시했다. 그러나 그녀도 그도 말을 하지 않았다. 그것은 마치 마주 바라보고 있는 두 조상과도 같았다. 오직 두 개의 것만이 지하실 안에 살아 있는 것 같았으니, 습한 공기 때문에 타닥타닥 소리를 내면서 타는 초롱불의 심지와, 고르지 않게 타닥거리는 심지 소리 사이사이로 천장에서 톰방톰방 단조롭게 떨어져, 늪의 기름기 있는 물 위에 비친 등불 빛이 동그란 무늬를 그리며 떨리게 하는 물방울이었다.

이윽고 죄수가 침묵을 깼다. "누구세요?"

10) Caffardum. 14세기에 대학에서 입던 두건 달린 의복의 일종이다.

"신부요."

그 말이며 말투며 목소리가 그녀를 떨게 했다.

신부는 희미한 목소리로 계속했다. "준비는 다 됐소?"

"무슨 준비요?"

"죽을 준비 말이오."

"오!" 그녀는 말했다. "곧 죽게 되나요?"

"내일이오."

기쁘게 쳐들었던 그녀의 머리는 도로 떨어져서 그녀의 가슴을 쳤다. "아직도 대단히 멀군요!" 하고 그녀는 중얼거렸다. "오늘은 왜 안 되나요?"

"그래 당신은 퍽 불행한 모양이군?" 하고 신부는 잠시 침묵을 지키다가 물었다.

"너무 추워요." 그녀는 대답했다.

그녀는 손으로 자기의 두 발을 쥐었는데, 그것은 추위를 느끼는 불행한 사람들이 예사로 하는 동작으로서, 투르 롤랑의 은자도 그러한 몸짓을 하는 것을 우리는 이미 보았다. 그리고 그녀는 이를 떨고 있었다.

신부는 그의 두건 아래로 감방 안을 두루 살펴보는 것 같았다.

"햇빛도 없고! 불도 없이! 물속에서! 참 끔찍한 일이오!"

"그래요," 그녀는 불행에서 얻은 놀란 표정으로 대답했다. "햇빛은 모든 사람들의 것이에요. 그런데 왜 제게는 어둠밖에 주지 않나요?"

"아시겠소," 신부는 또 잠깐 침묵을 지키다가 다시 말을 이었다. "왜 당신이 여기에 있는지?"

"한때는 알았던 것 같았는데," 그녀는 마치 기억을 더듬기라도 하는 듯 여윈 손가락으로 눈썹을 쓸면서 말했다. "지금은 모르겠어요."

그러더니 갑자기 그녀는 어린애처럼 울기 시작했다. "여기서 나가고 싶어요. 춥고 무서워요. 그리고 벌레들이 내 몸으로 기어올라와요."

"그럼 나를 따라와요."

그렇게 말하면서 신부는 그녀의 팔을 잡았다. 이 불쌍한 여자는 뼛속까지 얼어 있었는데도, 그 손은 그녀에게 차가운 느낌을 주었다.

"에구머니!" 하고 그녀는 중얼거렸다. "이건 죽은 사람의 찬 손이네. 대체 당신은 누구지요?"

신부는 두건을 걷어 올렸다. 그녀는 바라보았다. 그것은 그토록 오래전부터 자기의 뒤를 따라다니던 그 음흉한 얼굴이었다. 팔루르델 할멈 집에서, 사랑하는 페뷔스의 머리 위에 나타났던 그 악마의 머리였다. 마지막으로 단도 옆에서 번쩍이는 것을 보았던 그 눈이었다.

그녀에게는 언제나 그다지도 숙명적이었던 이 출현은, 이처럼 그녀를 사형에 이르도록 불행에서 불행으로 몰아넣은 이 출현은, 그녀를 마비 상태에서 끌어냈다. 그녀는 자기의 기억 위에 짙게 드리워져 있던 장막이 찢어지는 듯했다. 그녀의 서글픈 사건의 온갖 세부가, 팔루르델 할멈 집에서의 밤 장면으로부터 투르넬에서의 사형선고에 이르기까지, 그녀의 머릿속에 한꺼번에 떠올랐는데, 그것도 그때까지처럼 막연하고 어렴풋이가 아니라, 뚜렷하고 생생하고 분명하고 생동하는 듯 무시무시하게 떠올랐던 것이다. 극도의 고통으로 말미암아 절반은 지워져가고 거의 다 흐려져 있던 그 기억들을, 그녀 앞에 서 있는 그 음산한 얼굴이 되살아나게 하였다. 마치 불의 접근이 은현 잉크로 적은 보이지 않는 글씨를 흰 종이 위에 선명하게 떠오르게 하듯이, 그녀는 가슴의 모든 상처가 다시 벌어져 한꺼번에 피가 흘러내리는 것만 같았다.

"아!" 그녀는 두 손으로 눈을 가리고 와들와들 떨면서 소리 질렀다. "그 신부야!"

그러고는 맥없이 팔을 떨어뜨리고 앉아 있었다. 고개 숙여 땅바닥을 바라보며, 입을 꾹 다물고, 줄곧 몸을 떨면서.

신부는 그녀를 바라보고 있었다. 마치 밀밭에 쪼그리고 앉아 있는 가엾은 종달새의 주위를 하늘 높이 오래오래 빙빙 돌면서 소리 없이 그 무서운 비상의 원을 차츰차츰 좁혀가다가, 별안간 번개의 화살같이 먹이 위에 내려와, 헐떡거리는 새를 발톱으로 낚아채는, 솔개의 눈을 하고서.

그녀는 아주 낮은 목소리로 중얼거리기 시작했다. "마저 해치우세요! 마저 해치우세요! 마지막 타격을 가하세요!" 그러면서 그녀는 마치 푸주한의 망치가 떨어지기를 기다리는 양처럼, 겁에 질려 머리를 어깨 속에 움츠렸다.

"그래 내가 무섭소?" 그는 이윽고 말했다.

그녀는 대답하지 않았다.

"내가 무서운가?" 하고 그는 되풀이했다.

그녀의 입술은 마치 빙그레 웃는 듯이 오므라졌다. "그래요." 그녀는 말했다. "사형 집행인이 사형수를 비웃고 있어. 벌써 몇 달 전부터 저 사람은 날 쫓아다니고, 나를 위협하고, 내게 공포를 주고 있어! 저 사람만 없었던들, 아, 나는 얼마나 행복했을까! 나를 이 지옥에 떨어뜨린 건 저 사람이야! 오, 하늘이여! 저자가 죽였어…… 그이를 죽인 건 저자야! 나의 페뷔스를 죽인 건!"

여기서, 그녀는 흐느끼기 시작하고 신부를 쳐다보면서, "오! 몹쓸 사람 같으니! 당신은 누구죠? 내가 당신에게 무슨 짓을 했나요? 그래 나를 그렇게도 미워한단 말인가요? 아! 내게 무슨 원한이 있나요?"

"나는 당신을 사랑해!" 신부는 외쳤다.

그녀의 눈물이 뚝 멎었다. 그녀는 백치 같은 눈으로 그를 바라보았다. 그는 무릎을 꿇고 불꽃 같은 눈으로 그녀를 지그시 바라보았다.

"알겠어? 난 당신을 사랑해!" 그는 또 외쳤다.

"무슨 사랑이 그럴까!" 하고 불행한 여인은 떨면서 말했다.

그는 말을 이었다. "영벌 받은 자의 사랑이야."

두 사람은 다 같이 잠시 말이 없었다. 무거운 감동에 압도되어, 그는 얼빠진 듯이, 그녀는 멍하니 선 채.

"내 말을 들어봐." 이윽고 신부는 말했는데, 이상하게도 침착성을 되찾고 있었다. "당신은 곧 다 알게 돼. 주님께서도 더 이상 우리를 보시지 못할 듯싶은 칠흑 같은 밤의 저 이슥한 시간에 은밀히 내 양심에게 물었을 때, 나 자신에게도 차마 말할 수 없었던 것을 당신에게 말하겠어. 들어봐. 당신을 만나기 전엔, 아가씨, 난 행복했어……."

"나도 그랬어요!" 그녀는 힘없이 한숨지었다.

"내 말을 막지 마. 그래, 난 행복했어, 적어도 그렇게 믿고 있었지. 난 순수했고, 내 마음은 투명한 빛으로 가득 차 있었어. 이 세상에 내 머리보다 더 당당하게 쳐든, 더 빛나는 머리는 없었어. 신부들은 순결에 관해 내게 물었고 박사들은 학설에 관해 내게 물었어. 그래, 학문은 내게 전부였어. 그것은 누이였고, 누이만으로 내게는 충분했어. 그렇다고 해서 나이를 먹어가면서 다른 관념들이 내게 떠오르지 않은 건 아니야. 내 육신은 여자의 모습이 지나가는 걸 보고 흥분했던 적이 한두 번이 아니었어. 정열적인 사춘기에 내가 영원히 억눌러버린 줄 알았던 저 사내의 성(性)과 피의 힘이, 비참하게도 나를 싸늘한 제단의 돌에 잡아매놓고 있는 철석같은 서원(誓願)의 사슬을 발작적으로 들어올렸던 적이 한두 번이 아니었어. 그러나 단식과 기도, 연구, 그리고 수도원의 고행은 다시 영혼이 육체를 지배할 수 있게 해주었어. 그리고 나는 여자들을 피했어. 뿐만 아니라 내 두뇌의 모든 불순한 연기가 학문의 찬란한 빛 앞에서 스러지게 하기 위해서는 책을 펴기만 하면 됐어. 몇 분도 안 가서, 나는 지상의 짙은 것들이 멀어지는 것을 느꼈고, 영원한 진리의 고요한 광휘 앞에서 다시금 침착해지고 매혹되고 평온해졌어. 악마가 나를 공격하기 위해, 성당에, 거리에, 목장에, 내 눈 아래 여기저기 흩어져서 지나가는 여자들, 그리고 내 꿈속에 거의 다시 나타나지도 않는 그런 희미한 여자들의 그림자밖에 보내지 않는 한, 나는 악마를 쉽사리 무찔렀어. 아! 그렇지만, 승리가 내게 남아 있지 않은 건 주님의 잘못이야. 주님은 인간과 악마를 똑같은 힘으로 만들어놓지 않았으니까 말이야. 들어봐. 어느 날……."

여기서 신부는 멈추었는데, 여죄수는 그의 가슴에서, 단말마의 고통과도 같은 한숨 소리가 새어 나오는 것을 들었다.

그는 말을 이었다.

"……어느 날, 나는 내 독방의 창에 기대어 있었지…… 그래 내가 무슨 책을 읽고 있었던가? 오! 그 모든 것이 내 머릿속에서 소용돌이치고 있어. 나는 책을 읽고 있었지. 창문은 광장 쪽으로 나 있었어. 난 탬버린과 음악 소리를 들었어. 몽상에 잠겨 있다가 그렇게 방해를 받은 나는 화가 나서 광장을 내려다봤어. 내가 본 것을 보고 있던 사람은 나 말고 다른 사람들도 있었지만, 그러나 그것은 사람의 눈을 위해 이루어진 광경이 아니었어. 거기, 포석 바닥 한복판에, 때는 한낮이었어, 커다란 태양이, 한 여자가 춤을 추고 있었어. 어찌나 아름다운 여자였던지, 주님이 인간이 되셨을 때 만약 그녀가 존재했다면, 주님은 성모마리아보다도 그녀를 더 좋아하고, 당신의 어머니로 그녀를 택하여 그녀에게서 태어나기를 바랐으리라 싶을 지경이었어! 그녀의 눈은 새카맣고 반짝거렸고, 그녀의 검은 머리에서 어떤 머리카락들은 햇볕이 스며들어 금실처럼 황금빛으로 번쩍이고 있었어. 그녀의 발은 빨리 돌아가는 수레바퀴의 살 모양 발의 움직임 속으로 사라져버려 보이지 않았어. 머리의 주위에는, 땋아 늘인 검은 머리채에는, 금속편이 햇빛에 번쩍거려 이마에 별의 관을 쓰고 있는 것 같았어. 여기저기 쇠붙이를 단 그녀의 드레스는 여름밤처럼 파랗게 반짝이고 있었어. 그 나긋나긋한 갈색 팔은 두 개의 솔처럼 그녀의 허리 주위에서 서로 마주쳤다 떨어졌다 하고 있었어. 그녀의 몸매는 놀라우리만큼 아름다웠어. 오! 햇빛 속에서마저도 그 어떤 빛나는 것처럼 부각되는 찬란한 모습……! 아! 아가씨여! 그것은 바로 당신이었어. 깜짝 놀라고 도취되고 매혹되어, 나는 나도 모르게 당신을 바라보았지. 그렇게 당신을 바라보다가 나는 갑자기 놀라서 몸을 떨고, 운명이 나를 사로잡는 것을 느꼈어."

신부는 숨이 막혀 또 잠시 말을 끊었다. 그러고 나서 계속했다.

"벌써 반쯤 홀린 나는 무엇엔가 매달려서 추락을 막으려고 해봤어. 나는 사탄이 이미 내 앞에 파놓은 함정을 생각했어. 내 눈 아래 있던 여자는 하늘이 아니면 지옥에서밖에 올 수 없는 그런 초인적인 미인이었어. 거기에 있는 것은 약간의 우리 흙으로 만들어진, 그리고 내면에서 여자의 넋의 가물거리는 빛으로 희미하게 밝혀진 하잘것없는 처녀가 아니었어. 그것은 천사였어! 그러나 암흑의 천사, 불꽃의 천사였어, 광명의 천사는 아니었어. 그런 생각을 하고 있을 때, 나는 당신 옆에서 염소 한 마리가, 마술사의 야연의 짐승 한 마리가 웃으면서 나를 바라보고 있는 것을 보았어. 한낮의 태양은 그 염소의 뿔을 새빨갛게 만들어주고 있었어. 그때 나는 악마의 함정을 보는 듯했고, 당신이 지옥에서 왔다는 것을, 당신이 지옥에서 온 것은 오직 내 영혼을 멸망시키기 위해서라는 것을, 나는 믿어 의심치 않았어. 나는 그렇게만 믿었어."

여기서 신부는 여죄수를 똑바로 바라보고 쌀쌀하게 덧붙였다.

"나는 지금도 그렇게 믿고 있어. 그사이에 마력은 시나브로 작용을 했고, 당신의 춤은 내 머릿속에서 소용돌이치고 있었으며, 나는 신비로운 마술이 내 안에서 이루어져가는 것을 느꼈고, 내 마음속에 깨어 있어야 했을 것이 잠들어 있었는데, 눈 속에서 죽어가는 사람들 모양으로 나는 그렇게 잠들어가는 것에 쾌감을 느꼈어. 갑자기 당신은 노래를 부르기 시작했어. 나더러 어떻게 하라는 거야, 잔인한 사람아? 당신의 노래는 당신의 춤보다도 더 매력적이었어. 나는 달아나려고 했어. 그러나 불가능했어. 나는 땅바닥에 못 박혀 있었어, 뿌리박혀 있었어. 타일 바닥의 대리석이 내 무릎 위까지 올라와 있는 것만 같았어. 끝까지 그냥 있어야만 했어. 내 발은 얼음같이 싸늘했고, 내 머리는 끓어올랐어. 마침내 당신은 아마 나를 가엾게 여겼던 것인지, 노래를 그치고 사라져버렸어. 눈부신 환영의 반짝임은, 황홀한 음악의 울림은 내 눈과 귀 속에서 차츰차츰 스러져갔어. 그러자 나는 뿌리 뽑힌 조상보다도 더 뻣뻣하고 더 힘없이 창 구석에 쓰러졌어. 만과의 종소리에 나는 깨어났어. 나는 다시 일어나 도망쳤어. 그러나 아! 내 안에는 무엇인가 다시 일어날 수 없는, 넘어진 것이 있었고 피할 수 없는 무엇인가 엄습해 오는 것이 있었어."

그는 또 잠시 쉬었다가 계속했다.

"그래, 그날부터, 내 안에는 내가 모르는 한 사나이가 들어앉았어. 나는 모든 구제책을 써보려고 했어, 수도원도, 제단도, 연구도, 책도. 참 미쳤지! 오! 정열로 가득 찬 머리를 가지고 절망적으로 학문을 대할 때, 학문은 얼마나 공허한가! 그 후 내가 책과 나 사이에서 늘 무엇을 보고 있었는지 알겠나, 아가씨? 당신이었어, 당신의 그림자였어, 어느 날 내 앞의 공간을 지나갔던 그 빛나는 환영의 모습이었어. 그러나 그 모습은 더 이상 같은 빛깔이 아니었어. 그것은 태양을 응시한 경솔한 자의 시각에서 오래도록 떠나지 않는 저 검은 동그라미처럼, 어둡고, 침침하고, 캄캄한 것이었어.

그 모습을 내게서 뿌리쳐버릴 수가 없고, 당신의 노랫소리가 줄곧 내 머릿속에서 울리는 것이 들리고, 당신의 발이 줄곧 내 성무일과서 위에서 춤추는 것이 보이고, 몽상으로 지새는 밤에 당신의 자태가 줄곧 내 육신 위를 스쳐가는 것을 느끼던 나는 당신을 다시 보고 싶었고, 당신 몸을 만져보고 싶었고, 당신이 누구인지 알고 싶었고, 당신을 다시 보았을 때, 내게 남아 있는 그 이상적인 모습과 여전히 같은지 어떤지 알아보고 싶었고, 또 어쩌면 현실로써 내 꿈을 깨뜨리고 싶었어. 어쨌든 나는 새로운 인상이 첫인상을 지워주기를 바랐고, 첫인상에 견딜 수가 없게 됐던 거야. 나는 당신을 찾았어. 당신을 다시 봤어. 그런데 이런 불행이! 당신을 두 번 보았을 때 나는 천 번을 보고 싶었고, 항상 보고 싶었어. 그러니 어떻게 이 지옥의 비탈에서 제동을 걸 수 있겠어? 나는 나 자신을 마음대로 할 수가 없었어. 악마가 내 날개에 매놓은 줄의 다른 쪽 끝을, 당신의 발에 비끄러매 놓은 거야. 나는 흐리멍덩해지고 당신처럼 떠돌아다니게 됐어. 나는 이 집 저 집 현관 아래서 당신을 기다리고, 길모퉁이에서 당신을 지켜보고, 내 종탑 위에서 당신을 엿보았어. 저녁마다, 나는 더 매혹되고, 더 실망하고, 더 홀리고, 더 타락한 나 자신을 반성했어!

나는 당신이 누구인지를, 이집트 여자라는 걸, 보헤미아 여자라는 걸, 집시 여자라는 걸 알았어. 그러니 어떻게 마술을 믿지 않을 수 있었겠어? 들어봐. 난 소송이 나를 마력에서 벗어나게 해줄 줄 알았어. 브루노 다스티[11]는 한 마녀에게 홀렸었는데, 그녀를 화형에 처하게 한 뒤에 나았어. 난 그걸 알고 있었어. 나는 구제책을 시험해 봤어. 처음에는 당신을 노트르담 앞뜰에 나타나지 못하게 해봤지. 당신이 더 이상 오지 않으면 당신을 잊어버리게 되리라 기대하고. 당신은 그걸 무시했어. 당신은 다시 왔어. 그 후 나는 당신을 겁탈할 마음을 먹었어. 어느 날 밤 시도했어. 우리는 둘이었어. 우리가 벌써 당신을 붙잡고 있었는데, 그때 저 고약한 장교가 뜻밖에 덤벼들었던 거야. 그는 당신을 해방시켰어. 그렇게 해서 그는 당신의 불행과 내 불행 그리고 제 불행을 초래한 거야. 그래서 마침내, 어찌 할 바를 모르고, 어찌 될지도 모르고, 나는 당신을 종교재판소에 고발했어. 나는 브루노 다스티처럼 나을 줄 알았어. 그리고 또 어렴풋이나마, 공판으로 당신이 내게 넘어오게 되

11) Saint Bruno d'Asti. 이탈리아인으로 세니의 주교였던 부르노(Bruno di Segni, 1040?~1123) 성인을 가리킨다. 여러 교황들과 절친했으며, 성서 주석과 수도원 신학에 있어 당대를 대표한 인물이다.

리라고, 감옥에서 당신을 내 손아귀에 넣고 차지하게 되리라고, 감옥에서는 당신이 내게서 빠져나갈 수 없으리라고, 당신은 꽤 오래전부터 나를 사로잡고 있었으니 이제는 내가 당신을 사로잡을 차례라고, 그렇게 생각하고 있었어. 사람이 악을 행하는 때에는 모든 악을 행하지 않으면 안 되는 거야. 흉악한 일을 하다가 중간에 멈추는 건 어리석은 일이지! 죄악의 극단엔 기쁨의 열광이 있는 거야. 신부와 마녀는 지하 감방의 짚다발 위에서 황홀경 속에 서로 녹아들 수가 있는 거야!

그래서 나는 당신을 고발했어. 당신은 만날 때마다 내게 겁을 먹었어. 내가 당신에 대해 꾸미고 있던 음모, 내가 당신의 머리 위로 몰아 보내고 있던 폭풍우, 그것이 위협과 번갯불로 내게서 발산되고 있었던 거야. 그러나 나는 여전히 망설이고 있었어. 내 계획의 무서운 면이 나로 하여금 뒷걸음치게 했던 거야.

어쩌면 난 이 계획을 포기했을지도 몰라, 어쩌면 내 끔찍한 생각은 열매를 맺지 못하고 머릿속에서 말라비틀어져 버렸을지도 몰라. 이 소송을 계속하느냐 중단하느냐 하는 것은 여전히 내게 달렸으리라고 생각했어. 그러나 모든 사악한 생각이란 냉혹한 법이어서 하나의 사실이 되기를 바라는 거야. 그러나 나 자신이 절대적인 힘을 가지고 있다고 믿고 있었던 곳에, 숙명은 나보다 더 강력한 힘을 가지고 있었어. 아! 참으로 슬픈 일이야! 당신을 사로잡아, 내가 암암리에 꾸며놓은 흉계의 무서운 톱니바퀴에 당신을 넘겨준 것은 바로 숙명이야. 내 말을 들어. 다 끝나가니까.

어느 날, 다른 어떤 화창한 날에, 내 앞에 한 사나이가 지나가면서 당신 이름을 말하며 웃는 것을 보았는데, 그의 눈에는 음란한 빛이 있었어. 빌어먹을 것! 난 그 녀석의 뒤를 따랐어. 그다음은 당신도 알지."

그는 입을 다물었다. 처녀의 입에서는 "오, 나의 페뷔스!"라는 한마디밖에 나오지 않았다.

"그 이름 입에 올리지 마!"라고 신부는 말하면서, 그녀의 팔을 덥석 잡았다. "그 이름을 입 밖에 내선 안 돼! 아! 비참하게도 우리들을 파멸시킨 건 바로 그 이름이 아닌가! 아니, 오히려 우리는 모두 숙명의 헤아릴 수 없는 장난으로 말미암아 파멸한 거야! 당신은 고통스러워하고 있겠지? 당신은 춥고, 어둠이 당신을 소경으로 만들었고, 지하 감방이 당신을 둘러싸고 있지만, 그래도 아마 당신은 아직도 마음속 밑바닥에 어떤 햇빛을 가지고 있을 거야, 비록 그것이 당신의 애정을 가지고 놀았던 그 허랑방탕한 사내에 대한 당신의 어린애 같은 사랑에 지나지 않는다 할지라도 말이야! 그런데 나는 어떠냐 하면, 내 안에 지하 감방을 지니고 있어. 내 안은 겨울이고, 얼음이고, 절망이야. 나는 내 마음속에 어둠을 갖고 있어. 내가 얼마나 고통받고 있는지 당신이 알겠어? 나는 당신의 공판에 참석했어. 종교 재판소의 벤치에 앉아 있었지. 그래, 그 성지자들의 두건들 중 하나 아래엔, 영벌 받은 사나이의 몸부림이 있었어. 당신이 끌려왔을 때 난 거기 있었어. 당신이 심문을 당할 때 난 거기 있었어. 그 이리들의 소굴에! 나의 범죄가, 나의 교수대가 당신의 이마 위에 서서히 세워지는 걸 나는 보고 있었어. 증인이 나설 때마다, 증거가 나올 때마다, 변론이 있을 때마다, 나는 거기에 있었어. 나는 당신이 고통스러운 길을 갈 때 당신의 발걸음 하나하나를 셀 수 있었어. 그리고 내가 보는 앞에서 그 흉악한 짐승 같은 놈이…… 오! 그렇게 고문을 받게 되리라고는 예견하지 못했어! 내 말을 들어. 나는 고문실까지 당신 뒤를 따라갔어. 나는 고문관의 더러운 손이 당신의 옷을 벗기고 반나체가 된 당신을 다루는 것을 봤어. 나는 당신의 발을 봤어. 하나의 제국을 바치고서라도 단 한 번의 키스를 하고 죽고 싶었을 그 발, 그 아래서 내 머리가 으스러지는 것마저도 무한한 기쁨으로 느꼈을 그 발, 나는 그 발이, 살아 있는 인간의 팔다리를 피의 진창으로 만드는 무서운 반장화 속에 끼워지는 걸 봤어. 오! 불쌍한 놈! 그것을 보는 동안, 나는 내 수의(壽衣) 아래 단도를 품고 있다가 그것으로 내 가슴을 파고 있었어. 당신이 고함을 질렀을 때, 나는 그걸로 내 살을 찔렀어. 당신이 두 번째로 고함을 질렀을 때, 그것은 내 염통 속까지 들어갔어. 이것 봐. 아직도 피가 흐르고 있을 거야."

그는 자기의 법의를 열어 보였다. 과연 그의 가슴은 호랑이 발톱에 긁힌 것처럼 째져 있었고, 옆구리에는 꽤 넓은 상처 하나가 아직도 채 아물지 않고 있었다.

여죄수는 무서워서 뒷걸음쳤다.

"오!" 신부는 말했다. "아가씨, 날 가엾게 여겨주오! 당신은 스스로 불행하다고 믿고 있지만, 아! 슬프다! 당신은 불행이 무엇인지 몰라. 오! 한 여인을 사랑하는 것! 성직자라는 것!

미움을 받고 있다는 것! 발광적으로 그녀를 사랑하는 것, 그녀의 사소한 미소 하나를 위해 자기의 피를, 오장육부를, 명성을, 영원한 구원을, 불멸성과 영원성을, 이승과 저승을 바쳐도 좋다고 느끼는 것, 그녀의 발아래 더 위대한 노예 하나를 놓아주기 위해, 왕이 되지 못함을, 천재가 되지 못함을, 황제가 되지 못함을, 천사장이 되지 못함을, 신이 되지 못함을 안타깝게 여기는 것, 밤낮으로 자기의 꿈과 생각으로 그녀를 껴안는 것, 그리고 그녀가 군인의 제복에 반해 있는 걸 보는 것, 그런데 자신에겐, 그녀가 두려워하고 싫어할 신부의 꾀죄죄한 법의 하나밖엔 그녀에게 바칠 것이 없다는 것! 어떤 보잘것없고 어리석은 허풍선이에게는 그녀가 사랑과 아름다움의 보화를 아낌없이 뿌려주는 동안, 자기는 질투심과 분노를 품고 있는 것! 자태로 간장을 녹이는 그 육체를, 감미롭기 그지없는 그 젖가슴을, 딴 사내의 키스 아래 팔딱거리고 붉어지는 그 육신을 보는 것! 오, 하늘이여! 그녀의 발을, 팔을, 어깨를 사랑하는 것, 그녀의 푸른 혈관을, 검붉은 살갗을 생각하면서, 자기 독방의 포석 위에서 수많은 밤을 지새우며 몸부림치는 것, 그리고 그녀를 위해 꿈꾸었던 모든 애무가 결국 고문으로 끝나는 것을 보는 것! 그녀를 가죽 침대에 누이는 데밖에는 성공하지 못했다는 것! 오! 이것이야말로 지옥의 불에 새빨갛게 단 긴 집게가 아니고 무엇이겠는가! 오! 두 널빤지 사이에서 톱질을 당하는 자는, 그리고 네 마리 말로 능지처참을 당하는 자는 오히려 행복하도다! 당신은 아는가, 수없는 기나긴 밤에, 끓어오르는 혈관이, 찢어지는 가슴이, 끊어지는 머리가, 제 손을 물어뜯는 이빨이 사람에게 겪게 하는 고통이 무엇인지를, 사람을 쉴 새 없이, 마치 작열하는 석쇠 위에서 돌리듯, 사랑과 질투와 절망의 생각 위에서 돌리는 악착스러운 고문이 무엇인지를! 아가씨, 제발 살려주오! 잠시 중지하오! 이 잉걸불 위에 재를 좀 끼얹어 주오! 제발 적선, 내 이마 위에 철철 흘러내리는 이 굵은 땀방울을 씻어주오! 소녀여, 한 손으로 나를 고문하더라도, 다른 손으로는 나를 어루만져주오! 가엾게 여겨주오, 아가씨! 날 측은하게 여겨주오!"

신부는 타일 바닥의 물속에서 뒹굴면서, 돌층계의 모서리에 머리를 짓찧고 있었다. 처녀는 그의 말을 들으면서 바라다보고 있었다. 그가 지치고 숨이 차서 입을 다물었을 때, 그녀는 나직한 목소리로 되뇌었다. "오, 나의 페뷔스!"

신부는 그녀 쪽으로 무릎을 꿇고 기어갔다.

"이렇게 애원해," 하고 그는 외쳤다. "당신이 인정이 있다면 날 거절하지 마! 오! 난 당신을 사랑해! 난 불쌍한 놈이야! 당신이 불행하게도 그 이름을 입 밖에 내면, 당신이 내 염통을 갈가리 찢어 씹어 먹는 것만 같아! 제발 살려줘! 당신이 지옥에서 왔다면, 나도 당신과 함께 지옥으로 가겠어. 난 그만한 일은 다 했으니까. 당신이 있다면 지옥도 내게는 천국이야. 당신을 보는 것은 주님을 보는 것보다도 더 즐거워. 오! 말해 봐! 당신은 내가 싫단 말인가? 한 여자가 이 같은 사랑을 거절하는 날에는, 난 산이 움직인다고 믿어야 할 거야. 오, 만약 당신이 원한다면! ……오! 우리는 얼마나 행복할 수 있을까! 그렇다면 우리는 달아날 텐데, 내가 당신을 달아나게 해줄 텐데,

우리는 어딘가로 가서, 이 세상에서 가장 햇볕 많고, 가장 나무 많고, 푸른 하늘이 가장 많은 곳을 찾을 텐데. 우리는 서로 사랑하고, 우리 두 마음을 서로의 마음속에 쏟아붓고, 우리들 자신의 가시지 않는 목마름을, 이 마를 줄 모르는 사랑의 잔으로, 둘이서 함께, 끊임없이 풀 수 있을 텐데!"

그녀는 굉장한 폭소를 터뜨려 그의 말을 중단시켰다. "이봐요, 신부님! 당신에겐 손톱만 있는 줄 알았더니 피도 있군요!"

신부는 한동안 화석이 된 것처럼 자기의 손을 응시했다.

"그래, 좋아!" 이윽고 그는 매우 부드러운 어조로 말을 이었다. "날 모욕해도 좋고, 비웃어도 좋고, 낙심시켜도 좋아! 그러나 어서 와, 빨리 가자고. 내일이란 말이야, 그레브의 교수대는. 알겠어? 교수대는 언제나 준비돼 있어. 그건 끔찍한 일이야! 당신이 그 수레를 타고 가는 걸 본다는 것은! 오! 제발! 내가 얼마나 당신을 사랑하고 있었는지 지금처럼 느껴본 적은 한 번도 없었어. 오! 날 따라와. 당신이 날 사랑하는 건 내가 당신을 살려낸 뒤에도 할 수 있어. 또 당신이 그러고 싶다면 언제까지라도 날 미워해도 좋아. 그러나 어서 와. 내일이야! 내일! 교수대는! 처형은! 오! 어서 달아나! 날 좀 생각해 주오!"

그는 그녀의 팔을 잡았다. 그는 정신이 없었다. 그는 그녀를 끌고 가려고 했다.

그녀는 그를 똑바로 바라보았다.

"나의 페뷔스는 어떻게 됐나요?"

"아!" 신부는 그녀의 팔을 놓으면서 말했다. "당신은 매정하구려!"

"페뷔스는 어떻게 됐나요?" 그녀는 차갑게 되풀이했다.

"그는 죽었어!" 신부는 외쳤다.

"죽었다고!" 그녀는 여전히 차갑게 꼼짝도 않고 말했다. "그렇다면 왜 나더러 살라는 거죠?"

그는 그녀의 말을 듣고 있지 않았다. "암, 그렇지." 그는 자기 자신에게 혼잣말하듯 말하고 있었다. "그는 정녕코 죽었을 거야. 칼날이 아주 깊이 들어갔으니까. 난 칼끝으로 그의 심장을 만진 것만 같아. 오! 나는 단도의 끝까지 살아 있었어!"

처녀는 성난 호랑이처럼 그에게 덤벼들어, 비상한 힘으로 그를 층계 위로 떼밀었다. "꺼져라, 괴물아! 꺼져라, 살인자야! 나도 죽을 테다! 우리 두 사람의 피로 네 이마를 영원히 얼룩지게 하련다! 나더러 네 사람이 되라고, 신부! 천만에! 천만에! 아무것도 우리를 결합시키지 못할 것이다. 지옥마저도! 이 영벌을 받을 놈아! 결코 있을 수 없는 일이다!"

신부는 계단에서 비트적거렸다. 그는 말없이 법의의 주름 속에서 발을 빼내어, 초롱불을 다시 집어 들고, 천천히, 문으로 통하는 층계를 오르기 시작했다. 그는 그 문을 다시 열고 나갔다.

갑자기 처녀는 그의 머리가 다시 나타나는 것을 보았다. 그 얼굴은 무서운 표정을 하고 있었다. 그는 격분과 절망으로 숨을 헐떡거리면서 그녀에게 외쳤다. "그는 죽었단 말이야!"

그녀는 땅바닥에 엎어졌다. 그리고 이 지하 감방 안에서는, 어둠 속에서 늪으로 떨어지는 물방울의 한숨 소리밖에는 아무 소리도 들리지 않았다

5장

어머니

자기 아기의 조그만 신을 보고 어머니의 마음속에서 눈뜨는 생각들보다 더 즐거운 것이 이 세상에 있으리라고 나는 생각지 않는다. 특히 그것이 생일이나 주일이나 영세를 받을 때 신긴 신이라면, 바닥 밑까지 수를 놓은 신이라면, 그 신을 신고 아기가 아직 한 걸음도 걷지 않았다면 더더욱 그렇다. 그 신이 몹시도 곱고 조그마하고, 아기가 그 신을 신고 걸을 수가 없으므로, 어머니는 그 신을 보면 마치 자기 아기를 보는 것과 같다. 어머니는 그 신에 미소를 짓고, 입을 맞추고, 이야기를 한다. 어머니는, 정말 발이 이렇게도 작을 수 있을까 생각하면, 비록 어린애가 없더라도, 그 예쁜 신만 있으면 눈앞에 그 보드랍고 야들야들한 아기를 보는 듯하다. 어머니는 아기가 보이는 것만 같다. 아기가 보인다, 온전히, 발랄하고 즐거운 아기가, 그 가냘픈 손이, 그 동그란 머리가, 그 순결한 입술이, 흰자가 파란 그 맑은 눈이. 때가 겨울이라면, 아기는 거기, 양탄자 위를 기어다니고, 힘들여 걸상 위로 기어오르고, 어머니는 아기가 행여 불 옆에 갈까 걱정한다. 때가 여름이라면, 아기는 마당에서, 정원에서 기어다니고, 포석 틈바귀에서 풀을 뽑아내고, 순진한 눈으로, 무서워할 줄도 모르고, 커다란 개들을, 커다란 말들을 바라다보고, 조개껍질이며 꽃들을 가지고 놀고, 꽃밭에 모래가 있고 통로에 흙이 있게 만들어 정원사로 하여금 투덜거리게 한다. 아기의 주위에서는 그처럼 모든 것이 웃고 빛나고 뛰논다, 아기의 곱슬곱슬한 흩어진 머리털 속에서 뛰노는 바람결과 햇살에 이르기까지. 아기의 신은 그 모든 것을 어머니에게 보여주고, 마치 불이 양초를 녹이듯 어머니의 마음을 녹여준다.

그러나 아기가 없어졌을 때, 그 조그만 신 주위로 몰려드는 그 기쁨과 매력과 애정의 오만 가지 영상들은 그만큼 끔찍스러운 것이 된다. 그 수놓은 예쁜 신은 이제는 영원히 어머니의 가슴을 찢는 고문의 도구밖에 되지 않는다. 그것은 언제나 똑같은 심금, 가장 깊고 예민한 심금이지만, 천사가 어루만져주는 것이 아니라, 악마가 꼬집어 뜯는 것이다.

어느 날 아침, 가로팔로[12]가 그의 「그리스도의 십자가 강하도(降下圖)」의 배경으로 삼기를 좋아하는 저 짙은 푸른 하늘에 5월의 태양이 떠오르고 있을 때, 투르 롤랑의 수녀는 그레

12) 이탈리아 화가 벤베누토 티시(Benvenuto Tisi, 1481~1559)를 가리킨다.

브 광장에서 들려오는 수레바퀴와 말과 쇠붙이 소리를 들었다. 그녀는 그 소리로 좀 잠이 깨서, 소음을 줄이려고 귀 위로 머리카락을 잡아매고, 15년 전부터 그녀가 그렇게 열렬히 사랑하고 있는 생명 없는 물건을 무릎을 꿇고 바라보기 시작했다. 이 조그만 신은, 내가 이미 말한 바와 같이, 그녀에게는 우주였다. 그녀의 생각은 그 속에 갇혀 있었고, 죽어서밖에는 거기에서 나오지 못할 것이었다. 이 귀여운 분홍색 새틴 장난감을 앞에 놓고, 그녀가 하늘을 향해 던진 고통스러운 저주며 서글픈 한탄, 기도, 그리고 흐느낌은 오직 투르 롤랑의 어두컴컴한 지하실만이 알고 있었다. 이보다 더 많은 절망이 이보다 더 곱고 예쁜 것 위에 흩어진 일은 일찍이 없었다.

그날 아침, 그녀의 고통은 여느 때보다 한결 더 격렬히 쏟아져나오는 것 같았고, 가슴을 에는 듯한 단조로운 높은 목소리로 그녀가 한탄하는 것이 바깥에서도 들렸다.

"오, 내 딸아!" 하고 그녀는 말하는 것이었다. "내 딸아! 내 가엾은 귀여운 아가! 그래 다시는 너를 못 보게 된단 말이냐! 그래 다 끝났단 말이냐! 언제나 꼭 어제 일만 같구나! 오, 하느님이여, 하느님이여, 그렇게도 빨리 제게서 그 애를 뺏어 가실 양이었으면 차라리 제게 주시지 않은 것이 더 좋았을 것을. 그래 당신은 모르시나요, 우리 아기들은 우리들의 배에서 나온다는 것을, 그리고 자기 어린애를 잃은 어머니는 하느님을 믿지 않게 된다는 것을? 아! 내가 몹쓸 년이지, 그날 외출을 하다니! 주여! 주여! 그 애를 그렇게 제게서 뺏어 가시다니, 그 애가 저와 같이 있는 것을 그래 보시지도 않았던가요, 그렇게도 즐거워하는 그 애에게 제가 불을 쪼여주고 있던 것을, 그 애가 제 젖을 빨면서, 제게 웃어주던 모습을, 그 애의 발을 제 가슴 위에, 제 입술에까지 올려놓곤 하던 것을? 오, 하느님이여, 만약 보셨더라면, 당신은 저의 기쁨을 가엾게 여기시고, 제 가슴속에 남아 있던 단 하나의 사랑을 제게서 뺏어 가시진 않았을 것을! 주여, 저에게 선고를 내리기 전에 저를 바라봐주실 수도 없었을 만큼, 제가 그렇게도 몹쓸 년이었던가요? 아, 슬프다! 아, 슬프다! 그 신은 여기 있는데, 그 발은 어디 있는가? 그 나머지는 어디 있는가? 아기는 어디 있는가? 내 딸아, 내 딸아! 그네들은 너를 어떻게 했느냐? 주여, 그 애를 제게 돌려주소서. 하느님이여, 저는 당신에게 15년 동안이나 기도를 드리느라 무릎 껍질이 벗겨졌는데, 그래도 충분치가 않나요? 그 애를 제게 돌려주소서, 하루만이라도, 한 시간만이라도, 1분만이라도, 단 1분만이라도 좋아요, 주여! 그런 뒤에는 저를 영원히 악마에게 던져주소서! 오! 만약 당신의 옷자락이 어디에 드리워져 있는지 안다면, 이 두 손으로 매달릴 텐데, 그러면 당신은 제 아기를 돌려주시지 않을 수 없을 텐데! 그 애의 예쁜 조그만 신이 당신은 가엾지도 않으신가요, 주여? 당신은 한 가련한 어미에게 이렇게 15년의 고통을 선고할 수가 있나이까? 선한 마리아시여! 하늘에 계시는 선한 마리아시여! 제 아기, 제 귀염둥이를 돌려주소서. 누가 제게서 그 애를 뺏어 갔나이다, 그 애를 훔쳐 갔나이다, 히스가 우거진 황야에서 그 애를 잡아먹었나이다, 그 애의 피를 마셨나이다, 그 애의 뼈를 깨물어 먹었나이다! 선한 마리아시여, 저를 가엾게 여겨주소서! 제 딸을 주소서! 저는 제 딸이 있어야만 하겠나이다! 그 애가 천국에 있은들 그게 제게 무슨 소용이겠습니까? 저는 당신의 천사는 원치 않나이다. 저는 제 아기를 원하나이다! 저는 암사자, 저는 제 새끼 사자를 원하는 겁니다. 오! 저는 땅바닥에서 몸을 비틀고, 제 이마로 돌을 깨고, 그리고 지옥에 떨어지겠나이다, 그리고 주여, 당신을 저주하겠나이다, 만약 당신이 제 아기를 끝내 데리고 계신다면! 당신도 보시다시피, 제 팔은 이렇게 물어뜯겨 있지 않습니까, 주여! 하느님은 측은한 마음도 없나이까? 오! 제 딸만 있다면, 제 딸이 저를 태양처럼 따습게만 해준다면, 저에게 소금과 검은 빵밖에는 아무것도 주지 마소서! 아! 천주이신 하느님이여, 저는 죄 많은 천한 계집에 불과하지만, 제 딸은 제게 두터운 신앙심을 갖게 해주었나이다. 저는 딸을 사랑하는 까닭에 독실한 믿음을 가지고 있었나이다. 그리고 저는 마치 하늘에 열린 구멍을 통해서 보듯 제 딸의 미소를 통하여 당신을 보고 있었나이다. 오! 꼭 한 번만, 다시 한 번만, 단 한 번만, 그 예쁜 장밋빛의 조그만 발에 이 신을 신겨줄 수 있게 해주소서. 그러면, 선한 마리아시여, 저는 당신을 축복하면서 죽겠나이다! 아! 15년이라! 그 애는 지금은 큰아기가 됐을 텐데! 불쌍한 아기! 그래 이게 정말 사실일까, 다시는 그 애를 볼 수 없다는 것이, 하늘에서조차도! 나는 하늘에 가지 않을 테니까. 오! 얼마나 비참한 일이냐! 여기 그 애의 신은 있는데, 오직 그것뿐이라니!"

이 불행한 여인은, 그토록 여러 해 전부터 자기의 위안이자 절망인 그 신 위에 몸을 던졌고, 그녀의 가슴속은 첫날과 같이 흐느낌으로 갈기갈기 찢기고 있었다. 왜냐하면 어린애를 잃은 어머니에게는 항상 첫날이기 때문이다. 그 고통은 늙지 않는다. 검은 상복은 아무리 헐어빠져 희어져도 가슴은 여전히 검다.

그때, 어린이들의 낭랑하고 즐거운 목소리가 독방 앞을 지나갔다. 어린애들의 모습이나 목소리가 눈에 띄고 귀에 들려올 때마다 이 가엾은 어머니는 으레 그 무덤 같은 방의 가장 캄캄한 구석으로 뛰어들어가, 마치 어린애들의 목소리를 듣지 않으려고 돌 속에 머리를 처박기라도 하는 것 같았다. 그런데 이번에는 반대로, 그녀는 소스라치듯 몸을 일으켜 열심히 귀를 기울였다. 소년 하나가 방금 이렇게 말했던 것이다. "그건 오늘 집시 계집애의 목을 매달기 때문이야."

우리가 앞서 보았듯이 거미줄이 흔들릴 때 파리에게 달려드는 저 거미처럼 별안간 펄쩍 뛰어서, 그녀는, 다 알다시피, 그레브 광장 쪽으로 나 있는 채광창으로 달려갔다. 아닌 게 아니라, 상설 교수대 옆에는 사다리 하나가 세워져 있었고, 사형집행인이 비로 녹이 슨 쇠사슬을 한창 손질하고 있었다. 그 주위에는 약간의 군중이 있었다.

희희낙락하는 아이들의 무리는 이미 멀리 가 있었다. 자루 수녀는 말을 물어볼 수 있을 만한 행인을 눈으로 찾았다. 그녀는 자기 방 바로 옆에 신부 하나가 있는 것을 보았는데, 신부는 공중을 위한 성무일과서를 읽는 체하고 있었으나, 쇠 격자 안의 책상보다는 교수대에 더 정신이 팔려 있어서, 우울하고 사나운 눈초리로 때때로 교수대 쪽을 바라보곤 하였다. 그녀는 그것이 성자인 조자스 부주교임을 알아보았다.

"신부님," 그녀는 물었다. "저기서 교수형에 처하려는 건 누구인가요?"

신부는 그녀를 바라보았으나 대답하지 않았다. 그녀는 질문을 되풀이했다. 그러자 그는 말했다. "나도 모르오."

"아까 어린애들 말로는 집시 계집애라고 하던데요." 하고 은자는 다시 말을 이었다.

"그런 것 같소." 신부는 말했다.

그러자 파케트 라 샹트플뢰리는 잔인한 여자처럼 깔깔 웃어댔다.

"수녀님," 부주교는 말했다. "당신은 집시 여자들을 정말 미워하오?"

"제가 그들을 미워하느냐고요?" 은자는 외쳤다. "그들은 마녀예요, 어린애 도둑년들이라고요! 그년들은 제 어린 딸을 잡아먹었어요, 제 아기를, 단 하나밖에 없는 제 아기를요! 저도 심장이 없어졌어요. 그년들이 제 심장을 먹어버렸거든요!"

그녀는 무서웠다. 신부는 그녀를 싸늘한 눈으로 바라보고 있었다.

"특히 제가 미워하고 저주한 계집애가 하나 있어요." 하고 그녀는 말을 이었다. "그건 젊은 계집앤데, 만약 그년의 어미가 제 딸을 잡아먹지 않았더라면, 그년은 제 딸과 동갑일 거예요. 그 독사 같은 계집애가 제 독방 앞을 지나갈 때마다 저는 피가 끓어올라요!"

"그렇다면 수녀님, 기뻐하구려." 묘지의 석상처럼 차가운 신부는 말했다. “바로 그 여자가 죽게 되는 걸 당신은 곧 보게 될 테니까.”

그는 고개를 가슴 위로 떨어뜨리고, 천천히 그 자리를 떠났다.

은자는 기뻐서 자기 팔을 꼬집었다. “내가 진작 그년에게 그렇게 예언을 했었지, 그년은 저 교수대에 오르게 될 거라고. 고마워요, 신부님!” 그녀는 외쳤다.

그러고는 그녀는 채광창의 쇠살 앞을 성큼성큼 거닐기 시작했다. 머리는 풀어헤친 채, 눈은 이글이글 타오르고, 벽에 어깨를 부딪치면서, 오래전부터 배가 고픈 우리 안의 이리가 식사 시간이 다가옴을 느낄 때 짓는 그런 짐승 같은 표정을 하고서.

6장

제각기 달리 생긴 세 사나이의 마음

페뷔스는 그러나 죽지 않았다. 이런 종류의 사람들이란 목숨도 질긴 것이다. 국왕 특별 변호사 필리프 뢸리에 나리가 가엾은 라 에스메랄다에게 "그는 죽어가고 있다."라고 말한 것은, 잘못 알았거나 아니면 농담으로 그랬던 것이다. 부주교가 이 사형수에게 "그는 죽었다."라고 되풀이하여 말한 것은, 사실은 아무것도 모르고 그랬던 것이지만, 그는 그렇게 믿고 있었고, 그것을 의심하지 않았으며, 제발 그렇기를 바라고 있었던 것이다. 사랑하는 여자에게 자기의 연적에 관해 좋은 소식을 준다는 것은 그에게는 너무나도 고통스러운 일이었으리라. 누구나 그의 처지에서는 그렇게 했으리라.

페뷔스의 상처가 위독하지 않았던 것은 아니지만, 부주교가 기뻐하리만큼 그렇게 위독했던 것은 아니다. 순찰병들은 처음에 그를 의사에게 떠메어 갔는데, 의사는 일주일간은 그의 생명이 위험하다고 생각했고, 그런 말을 라틴어로 그에게 말하기까지 했다. 그러나 젊음은 병을 이겨냈고, 이런 것은 흔히 있는 일이거니와, 그러한 예언과 진단에도 불구하고, 자연의 힘은 의사를 조롱하듯 이 환자의 목숨을 살려냈다. 그가 필리프 륄리에와 종교 재판소 조사관들의 첫 심문을 받은 것은 아직 의사의 집 침대에 누워 있을 때였는데, 그는 그것을 퍽 귀찮게 여겼다. 그래서 어느 날 아침, 병이 좀 나았다고 생각했을 때, 그는 의사에게 치료비로 자기의 황금 박차를 벗어 놓고 줄행랑을 쳐버렸다. 그러나 그것은 이 사건의 심리에는 조금도 지장을 주지 않았다. 당시의 재판은 죄인에 대한 소송의 결백 같은 것은 추호도 개의치 않았다. 피고인의 목을 매달 수만 있게 되면, 소송은 그것으로 충분했다. 그런데 판사들은 라 에스메랄다에 대해 충분한 증거를 가지고 있었다. 그들은 페뷔스가 죽은 줄 알았고, 모든 것은 결정되었던 것이다.

한편 페뷔스는 멀리 도주한 것이 아니었다. 그는 파리에서 몇 파발 떨어진 곳인 일드프랑스의 쾨 앙 브리에 주둔하고 있는 자기의 부대로 갔을 뿐이었다.

어쨌든 그는 이 공판에 몸소 출두하고 싶은 생각이 추호도 없었다. 그는 자기가 이 공판정에 나가면 우스운 꼴이 되리라는 것을 막연하게나마 느끼고 있었던 것이다. 사실 말해서, 그는 이 사건을 어떻게 생각해야 좋을지 전혀 알 수 없었다. 군인에 불과한 군인이라면 모두가 그러하듯이, 믿음이 없고 미신적이었던 그는 스스로 이 사건을 생각해 볼 때, 그 염소에 관해서나, 자기가 라 에스메랄다를 만나게 된 해괴한 경위에 관해서나, 그녀가 자기에게 사랑을 암시하던 그 이상한 태도에 관해서나, 그녀가 집시라는 점에서나, 그리고 끝으로 그 도사 귀신에 관해서나, 모두 안심이 되지 않았다. 그는 이 이야기 속에서 사랑보다는 훨씬 더 많은 마술을, 아마도 마녀를, 어쩌면 악마를 보는 듯했다. 요컨대 한 편의 연극을, 당시 사람들의 용어로 말한다면 성극(聖劇)을 보는 듯했는데, 자기는 거기서 매우 서투른 역을, 칼부림과 웃음거리가 되는 역을 하고 있는 것만 같아서 퍽 불쾌한 느낌이 들었다. 그래서 중대장은 무척 부끄러웠다. 그가 느낀 부끄러움은, 우리의 라퐁텐이 다음과 같은 시구에서 훌륭하게 표현한 그런 종류의 수치감이었다.

> 닭에게 사로잡힌 여우처럼 부끄러워.[13]

게다가 그는 이 사건이 세상에 알려지지 않기를, 자기가 행방을 감춤으로써 자기 이름이 사람들 입에 오르내리지 않기를, 어쨌든 투르넬의 법정 밖으로는 울려 나오지 않기를 바랐다. 이 점에서 그는 잘못 생각하지 않았다. 당시에는《법정 신문》이 없었고, 뜨거운 물에 담금질한 사전꾼이나, 교수형에 처한 마녀나, 파리의 무수한 사형대에서 화형에 처한 이단자가 없는 주라고는 거의 없었던 까닭에, 사람들은 파리의 모든 네

13) 라퐁텐의 우화「여우와 황새」에서 인용했다.

거리에서, 소매를 걷어올린 맨팔의 늙은 테미스[14]가, 작살과 사닥다리와 죄인 공시대에서 자기 일을 하는 것을 보는 데 너무 익숙해져 있었으므로, 그런 것에는 거의 주의도 하지 않았다. 이 시대의 상류 인사들은 길모퉁이를 지나가는 수형자의 이름도 거의 알지 못했고, 고작 천민들만이 그러한 망측한 요리를 즐겨 먹었을 뿐이다. 사형 집행은 빵 장수의 잉걸불 냄비나 백정의 도살과 마찬가지로, 바깥 거리의 예사로운 사건이었다. 사형 집행인은 보통의 푸주한보다 약간 정도가 높은 일종의 푸주한에 불과했던 것이다.

그래서 페뷔스는 마녀 라 에스메랄다, 또는 그가 말하던 대로 시밀라르에 관해서, 이 집시 계집애 또는 도사 귀신(어느 것이든 그에겐 별로 상관이 없었다.)의 단도질에 관해서, 그리고 공판 결과에 관해서 이내 마음의 평온을 얻었다. 그러나 그의 마음이 그런 면에서 비워지자마자, 거기에는 플뢰르드리스의 모습이 되돌아왔다. 페뷔스 중대장의 마음은, 그때의 육체와 마찬가지로, 공허를 싫어했다.

게다가 쾨 앙 브리란 참으로 무미건조한 체류지였으니, 그것은 제철공과 손이 튼 소 치는 여자들이 살고 있는 마을, 5리에 걸쳐서 신작로 양쪽에 오막살이와 초가집 들이 기다랗게 늘어서 있는, 요컨대 하나의 '꼬리'[15]였다.

플뢰르드리스는 그가 품은, 마지막에서 두 번째의 정열로

14) 그리스신화에서 정의의 여신.
15) 이곳의 지명인 쾨 앙 브리(Queue-en-Brie)의 '쾨'는 '꼬리'라는 뜻이다.

서, 매혹적인 지참금을 가진 예쁜 처녀였다. 그러므로 어느 날 아침, 완쾌한 그는 두 달이나 지났으니 집시 계집애의 사건도 이제 다 끝나고 잊혔으리라고만 추측하고, 이 연정을 품은 기사는 의기양양하게 공들로리에 댁의 문 앞에 도착했다.

그는 노트르담의 정면 현관 앞 광장에 모여 있는 꽤 많은 군중에 별로 주의하지 않았다. 그는 지금이 5월이라는 것을 생각하고, 무슨 종교 행렬이, 무슨 성신강림 첨례나 축제가 있는 거라고 짐작하고, 현관 문고리에 말을 매고, 즐거운 마음으로 아리따운 약혼녀 방으로 올라갔다.

그녀는 어머니와 단둘이 있었다.

플뢰르드리스는 마녀의 장면을, 그녀의 염소와 저주스러운 알파벳과 페뷔스의 오랜 잠적을 늘 원망스럽게 여기고 있었다. 그러나 자기의 중대장이 들어오는 것을 보았을 때, 그녀는 그가 신색이 퍽 좋고, 새 군복을 입고, 번쩍번쩍 반짝이는 멜빵을 하고 있고, 매우 정열적인 표정인 것을 보고, 너무도 기쁜 나머지 얼굴이 홍당무가 되었다. 이 귀족 아가씨 자신도 전에 없이 아리따웠다. 그녀의 땋아 늘인 아름다운 금발은 참으로 매혹적이었고, 백인 여자들에게 그렇게도 잘 어울리는 하늘색 옷으로 온몸을 휘감고 있었는데, 그것은 콜롱브에게서 배운 교태였으며, 그녀들에게 더욱더 잘 어울리는 저 사랑의 우수에 젖은 눈을 하고 있었다.

페뷔스는 사실 쾨 앙 브리의 수다스러운 여자들 이후로 미인이라곤 하나도 보지 못했으므로, 플뢰르드리스에게 매혹되어 버렸다. 그래서 우리 장교의 태도가 하도 은근하고 다정스러워졌는지라, 그의 화해는 이내 이루어졌다. 공들로리에 부인 자신은 여전히 그 큰 안락의자에 자애로운 어머니답게 앉아 있었으나 그를 꾸짖을 힘이 없었다. 플뢰르드리스의 비난으로 말하자면, 그것은 부드러운 사랑의 속삭임으로 변해 버렸다.

이 처녀는 창가에 앉아서 여전히 그 넵투누스의 동굴 자수를 놓고 있었다. 중대장은 그녀의 의자 등받이에 기대어 서 있었고, 그녀는 그에게 나직한 목소리로 애무하는 듯한 꾸지람을 던지고 있었다.

"아니, 그래 꼬박 두 달 동안이나 당신은 어떻게 된 거예요, 나쁜 사람?"

"맹세코 말이야." 페뷔스는 그 질문에 조금 난처해져서 대답했다. "당신은 대주교 같은 사람도 꿈을 꾸게 할 만큼 아름다워."

그녀는 생끗 웃지 않을 수 없었다.

"좋아요, 좋아요, 도련님. 제가 아름답다는 말은 그만두고, 제가 물은 말에 대답이나 하세요. 진정한 미남님이여!"

"그건 말이야! 사랑하는 사촌 누이, 난 말이야, 수비대에 주둔하도록 소집돼 갔댔어."

"어디로 가셨댔죠? 그런데 왜 제게 작별 인사를 하러 오시지 않았나요?"

"쾨 앙 브리에 가 있었지."

페뷔스는 첫 번째 질문이 두 번째 질문을 피하도록 도와준 것을 기뻐했다.

"그렇다면 퍽 가까운 데구려, 도련님. 어떻게 단 한 번도 저를 만나보러 오시지 않았나요?"

여기서 페뷔스는 대단히 곤란했다. "그건 말이야…… 근무 때문에…… 그리고 또, 아리따운 사촌 누이, 내가 아팠어."

"아프셨다고요!" 하고 그녀는 놀라 말했다.

"응, 그래…… 상처를 입었어."

가엾게도 소녀는 놀라 어쩔 줄을 몰랐다.

"아니! 그렇게 질겁을 하지는 마." 하고 페뷔스는 대수롭지 않다는 듯이 말했다. "아무것도 아냐. 싸움 한번, 칼부림 한번 한 건데, 뭐가 어떻다고 그래?"

"뭐가 어떻다고 그러느냐고요?" 하고 플뢰르드리스는 눈물로 가득 찬 아름다운 눈을 쳐들면서 외쳤다. "아! 당신은 그런 말을 하면서 무슨 생각을 하고 있는지 말씀하시지 않는군요. 그 칼부림이란 게 뭐예요? 저는 속속들이 알고 싶어요."

"그건 말이야, 사랑하는 미인, 마에 페디와 싸운 거야, 알겠어? 생제르맹 앙 레의 소대장 말이야. 그래서 우리는 모두 살가죽을 몇 치씩 쨌던 거야."

이 거짓말쟁이 중대장은 결투란 언제나 여자의 눈에 사나이를 두드러져 보이게 한다는 것을 너무도 잘 알고 있었다. 과연 플뢰르드리스는 두려움과 기쁨과 찬탄의 눈으로 그를 똑바로 바라보고 있었다. 그러나 그녀는 완전히 안심이 되지는 않았다.

"당신이 완쾌됐으면 좋겠는데요, 나의 페뷔스!" 하고 그녀는 말했다. "저는 그 마에 페디라는 사람을 모르지만, 참 비열한 남자로군요. 그런데 어째서 싸우게 되셨나요?"

페뷔스의 상상력은 퍽 보잘것없었으므로, 여기서 그는 어떻게 자기의 무용담을 끝마쳐야 좋을지 알 수 없었다.

"아! 뭐더라? ……아무것도 아니야, 말 한마디 때문에, 말 한마디 때문에! 한데 아름다운 사촌 누이," 하고 그는 화제를 바꾸기 위해 외쳤다. "대체 저 성당 앞뜰에서 들려오는 소리는 뭐지?"

그는 창께로 다가갔다. "아이고! 세상에, 아름다운 사촌 누이, 저것 좀 봐. 광장에 많은 사람들이 모여 있어!"

"저도 잘 모르겠어요." 하고 플뢰르드리스는 말했다. "마녀 하나가 교수형을 받기 전에, 성당 앞에서 오늘 아침 공개 사죄를 하려는 모양이에요."

중대장은 라 에스메랄다의 사건이 꼭 끝나버린 줄로만 믿고 있었기 때문에, 플뢰르드리스의 말을 듣고도 별로 놀라지 않았다. 그런데도 그는 그녀에게 한두 가지 질문을 해보았다.

"그 마녀의 이름이 뭐지?"

"저도 몰라요." 그녀는 대답했다.

"그래 그 여자가 무슨 짓을 했다는 거야?"

그녀는 이번에도 하얀 어깨를 들먹였다.

"저도 몰라요."

"아이고! 하느님 맙소사!" 어머니는 말했다. "지금은 마술사가 어찌나 많던지, 그들을 태워 죽이면서도 사람들은 그 이름조차 모르는 것 같아. 그건 하늘에 있는 숱한 구름의 이름을 하나하나 알려고 애쓰는 것과 다를 게 없거든. 그야 어쨌든, 우리는 걱정할 필요가 없어. 하느님께서 그 장부를 가지고 계시니까 말이야.” 여기서 이 존경스러운 부인은 일어나서 창께로 갔다. “대감!” 하고 그녀는 말했다. “자네 말이 옳네, 페뷔스. 서민들이 무척 많이 모여 있구먼. 아이고, 저런! 지붕 위까지 사람들이 올라가 있네. 여보게, 페뷔스. 저걸 보니 내 소싯적이 생각나네. 샤를 7세 나라님이 입성하시던 날도 엄청나게 사람들이 모였댔어. 어느 해였는지 지금은 잊어버렸지만 말이야. 자네에게 이런 얘기를 하면 낡아빠진 일처럼 느껴지겠지, 안 그런가? 그렇지만 말이야, 난 새로운 일같이 느껴지거든. 오! 그때는 지금보다도 훨씬 더 많은 사람들이 모여들었어. 생탕투안 성문의 돌출 회랑 위까지 사람들이 올라가 있었지. 나라님은 당신의 말 궁둥이에 왕비를 태우고 계셨고, 왕자들 뒤로는 모든 영주님들의 부인들이 역시 말 궁둥이 위에 타고 오고 있었어. 사람들이 무척 웃었던 일이 생각나는구먼. 왜냐하면, 키가 아주 작은 아마농 드 가를랑드 옆에, 신장이 거대한 기사 마트플롱 나리가 있었거든. 이 거인은 영국군을 수없이 죽인 사람이지. 참으로 장관이었어. 프랑스의 모든 귀족들이 빨갛게 보이는 그들의 정기(旌旗)를 들고 행렬하고 있었어. 가문기를 든 귀족들이 있는가 하면 군기를 든 귀족들도 있었고. 내가 뭘 알겠냐만, 칼랑 나리는 가문기를 들었고, 장 드 샤토모랑은 군기를 들었고, 쿠시 나리도 군기를 들었는데, 이분은 부르봉 공작을 제외하고는 다른 어떤 사람보다도 더 화려하게 차리고 있었지…… 아! 이러한 것이 옛날엔 있었지만, 오늘날엔 다 없어져버렸다는 걸 생각하면 얼마나 슬픈지!”

두 연인은 이 존귀한 노과부의 이야기를 듣고 있지 않았다.

페뷔스는 다시 돌아와서, 약혼녀의 의자 등받이에 기대어 서 있었는데, 그곳은 그의 방탕한 눈이 플뢰르드리스의 열린 장식 깃 속을 다 들여다보기에 안성맞춤인 자리였다. 그 깃 장식이 적당히 하품을 할 때마다 그에게는 갖가지 근사한 것들이 보이고 그 밖의 수많은 것들을 상상할 수 있게 해주므로, 페뷔스는 새틴의 광택과 같은 그 살갗에 눈이 부시어, 혼자 속으로 중얼거렸다. '어떻게 백인 여자 이외의 것을 사랑할 수 있을까?' 두 남녀는 침묵을 지키고 있었다. 아가씨는 때때로 황홀하고 정다운 눈으로 그를 쳐다보았으며, 그들의 머리털은 봄날의 햇살 속에 섞여 들고 있었다.

"페뷔스," 갑자기 플뢰르드리스가 나지막한 목소리로 말했다. "우리는 석 달 후면 결혼해요. 당신은 저 외에는 어떤 여자도 결코 사랑하지 않았다는 걸 맹세해 주세요."

"암 맹세하고말고, 아름다운 천사여!" 하고 페뷔스는 대답했는데, 그의 정열적인 눈은 플뢰르드리스에게 확신을 주기 위해, 그의 목소리의 진지한 어조와 합세하고 있었다. 그 자신도 아마 이 순간에는 자기 말을 진실로 믿었으리라.

그러는 동안에 착한 어머니는 약혼자들이 그렇게 의가 좋은 것을 보고 무척 기뻐하면서, 무슨 사소한 집안일을 처리하기 위해 막 방에서 나간 참이었다. 페뷔스는 그것을 알아채고, 그렇게 단둘이만 있게 된 것을 기화로, 이 모험을 좋아하는 중대장은 자못 대담해져서, 머릿속에 퍽 이상한 생각을 품었다. 플뢰르드리스는 나를 사랑하고 있다, 나는 그녀의 약혼자다, 그녀는 나와 단둘이 있다, 그녀에 대한 나의 옛 맛은, 완전히 싱싱하지는 못하지만, 완전히 격렬하게 되살아났다. 어쨌든, 장래 내 것이 될 과실을 미리 좀 따 먹은들 큰 죄가 되지는 않을 것이다. 이러한 생각이 그의 머릿속을 스쳐갔는지 어떤지 나는 모르지만, 확실한 것은, 플뢰르드리스가 그의 눈에 갑자기 겁을 집어먹었다는 것이다. 그녀는 주위를 둘러보았으나 어머니가 보이지 않았다.

"어머나!" 그녀는 얼굴이 새빨개지고 불안해져서 말했다. "몹시 덥네요!"

"아닌 게 아니라," 페뷔스는 대답했다. "정오가 멀지 않은 것 같군. 햇볕이 따갑지. 휘장을 닫기만 하면 될 거야."

"아니에요, 아니에요." 하고 가련한 소녀는 외쳤다. "전 오히려 바람을 쐬고 싶은걸요."

그러면서 마치 사냥개 떼의 숨결을 느끼는 암사슴처럼, 그녀는 일어나서 창으로 달려가 창을 열고, 발코니로 뛰어나갔다.

페뷔스는 적이 화가 나서 그녀의 뒤를 따라 나갔다.

다 알다시피, 이 발코니는 노트르담 광장 쪽을 향해 있었는데, 그때 성당 앞뜰 광장은 음산하고 이상한 광경을 보여주고 있어서, 소심한 플뢰르드리스의 공포는 갑자기 성질이 바뀌어 버렸다.

인접한 모든 거리들로 밀려드는 엄청난 군중은 본래의 광장을 가득 메우고 있었다. 성당 앞뜰을 둘러싸고 있는, 김들 높이의 조그만 벽이 만약에 장포를 손에 든 화승총병과 순검들의 두꺼운 담으로 다시 둘러싸여 있지 않았더라면, 그 벽은 성당 앞뜰을 비워놓게 하기엔 충분치 못했으리라. 그 숲처럼 에워싼 창과 화승총 덕택에 성당 앞뜰은 텅 비어 있었다. 그 입구는 주교의 가문(家紋)을 단 미늘창병의 주력이 지키고 있었다. 성당의 널따란 문들은 닫혀 있었는데, 그것은 광장 주변의 수많은 창들과 대조를 이뤘으니, 이 창들은 합각머리에 이르기까지 활짝활짝 열려 있어, 마치 포병 기지의 포탄 더미와도 같이 포개져 있는 숱한 사람들의 머리가 보였다.

이 군중의 표면은 회색 흙빛이고 더러웠다. 그들이 기다리고 있는 구경거리는, 주민 중에서 가장 더러운 사람들을 끌어모으고 불러모으는 특전을 가진 그러한 구경거리의 하나임이 분명했다. 그 누런 머리쓰개와 더러운 머리털을 가진 군집으로부터 일어나는 소음처럼 불쾌한 것은 아무것도 없었다. 이 군중 속에는 고함보다 웃음소리가, 남자보다 여자가 더 많았다.

때때로 날카롭게 떨리는 목소리가 전체의 소음 속에서 솟아오르곤 하였다.

....

"어어이, 마예 발리프르! 저기서 그 여자의 목을 달아맬 거야?"

"이 바보야! 여기선 셔츠 바람으로 공개 사죄를 하는 거야! 하느님은 그 여자의 얼굴에 라틴어로 기침을 하실 거라고! 그건 언제나 여기서 정오에 거행되는 거지. 네가 보고 싶은 게 교수형이라면 그레브로 가라."

"나중에 가지."

....

“여봐, 부캉드리, 그 여자가 고해 신부를 거절했다는 게 정말이우?”

“그런 모양입디다, 베셰뉴.”

“거봐요, 그년은 이교도예요!”

....

“나으리, 그건 관례입니다. 법원장은 형의 집행을 위해, 속인이라면 재판을 받은 악인을 파리 시장에게 넘기고, 성직자라면 주교의 종교 재판소로 넘기도록 돼 있지요.”

“고맙습니다, 나으리.”

....

“원 세상에!” 하고 플뢰르드리스는 말했다. “참으로 불쌍한 여자로군!”

이런 생각은 군중을 둘러보고 있는 그녀의 눈을 고통으로 가득 채웠다. 그 천민들 떼거리보다는 그녀에게 더 정신이 팔려 있는 중대장은 연정을 품고 그녀의 허리띠를 뒤에서 구기적거리고 있었다. 그녀는 애원하듯이 미소를 지으면서 돌아보았다. “제발 그러지 마세요, 페뷔스! 어머니가 돌아오시면 당신 손을 보실 거예요!”

그때 노트르담의 큰 시계가 천천히 정오를 쳤다. 기쁨의 함성이 군중 속에서 터졌다. 열두 번째 치는 마지막 종의 울림이 다 끝나기도 전에, 모든 사람들의 머리들이 바람 아래 물결처럼 흔들리고, 커다란 고함 소리가 포도와 창문과 지붕에서 일었다. “저기 그 여자가 온다!”

플뢰르드리스는 보지 않으려고 두 손으로 눈을 가렸다.

"사랑스러운 아가씨," 페뷔스가 그녀에게 말했다. "들어가실까요?"

"아니요." 그녀는 대답했다. 그리고 두려운 나머지 방금 감았던 눈을 호기심에서 다시 떴다.

한 대의 죄수 호송차가 한 마리의 실팍진 노르망디 말에 끌리고, 흰 십자를 그린 보랏빛 제복을 입은 기병대에 빙 둘러 싸여서, 생피에 로 뵈 거리에서 방금 광장으로 들어선 것이다. 순검들이 회초리를 휘둘러 수레를 위해 군중 사이에 길을 열어주고 있었다. 죄수의 수레 옆에는 재판소와 경찰의 관리 몇 명이 말을 타고 오고 있었는데, 그것은 그들의 검은 복장과 서투르게 안장 위에 걸터앉아 있는 태도로 알 수 있었다. 자크 샤르몰뤼 나리가 그들의 선두에서 뻐기고 있었다.

이 숙명적인 수레 안에는 처녀 하나가 앉아 있었는데, 두 팔이 등 뒤로 묶여 있고, 그 여자 옆에는 신부도 없었다. 그 여자는 셔츠를 입고 있었고, 기다란 검은 머리(당시의 관습은 교수대 아래서 비로소 머리를 자르게 되어 있었다.)는 절반쯤 속살이 드러난 젖가슴과 어깨 위로 헝클어진 채 드리워져 있었다.

까마귀의 깃털보다 더 윤이 나는 물결치는 머리털 사이로, 까칠까칠한 굵은 회색 밧줄 하나가 비끄러매여 있어, 그녀 쇄골의 껍질을 벗기고, 꽃 위의 땅벌레처럼 가련한 처녀의 사랑스러운 목 주위를 감고 있는 게 보였다. 그 밧줄 아래에는 초록빛 유리 세공품으로 장식된 조그만 부적 하나가 반짝이고 있었는데, 죽어가는 사람들에게는 아무것도 거절할 수 없는 까닭에 그것을 그냥 달고 있게 내버려 두었으리라. 창문에 자리 잡고 있는 구경꾼들은, 수레 안쪽에서 그 여자가 마치 여성의 마지막 본능에서 그러듯, 벌거벗은 다리를 열심히 감추려고 하는 것을 볼 수 있었으리라. 그 여자의 발아래에는 결박당한 새끼 염소 한 마리가 있었다. 여자 사형수는 자기의 풀어헤쳐진 셔츠를 이로 붙잡아 매고 있었다. 그녀는 이런 비참한 처지에서도 그렇게 발가벗은 알몸을 모든 사람들의 눈앞에 내놓고 있는 것이 괴로운 것 같았다. 아! 수치심이란 그렇게 떨기 위해 만들어진 것이 아니다.

"어머나!" 플뢰르드리스는 중대장에게 격하게 말했다. "저걸 보세요, 사촌 오빠! 저건 염소를 데리고 다니는 그 천한 집시 계집애예요!"

그렇게 말하면서 그녀는 페뷔스를 돌아보았다. 그는 죄인의 수레를 뚫어지게 바라보았다. 그는 새파랗게 질려 있었다.

"염소를 데리고 다니는 집시 계집애라니?" 그는 더듬거리면서 말했다.

"아니!" 플뢰르드리스는 말을 이었다. "그래 생각이 안 나세요?"

페뷔스는 그녀의 말을 가로막았다. "당신이 무슨 말을 하고 있는지 모르겠는데."

그는 돌아가려고 한 걸음 옮겼다. 그러나 플뢰르드리스의 질투심이 일전에 바로 그 집시 여자로 말미암아 심히 자극을 받았었는데, 이제 그것이 되살아났는지라, 플뢰르드리스는 꿰뚫어보는 듯한 불신의 눈초리로 그를 흘끗 바라보았다. 이때 그녀는 이 마녀의 소송에 어떤 중대장이 관련되어 있다는 이야기를 들은 일이 어렴풋이나마 생각났던 것이다.

"왜 그러세요?" 그녀는 페뷔스에게 말했다. "저 계집애 때문에 당신 마음이 흔들리는 것 같네요."

페뷔스는 히죽히죽 웃으려고 애썼다.

"내가! 천만에, 추호도! 암 그렇고말고!"

"그렇다면 그냥 계시라고요." 하고 그녀는 명령조로 말을 이었다. "그리고 끝까지 보자고요."

이 운 나쁜 중대장은 부득불 머물러 있을 수밖에 없었다. 그러나 사형수가 수레 바닥에서 눈을 떼지 않고 있었던 까닭에 그는 조금 마음을 놓을 수 있었다. 그것은 틀림없는 라 에스메랄다였다. 치욕과 불행의 마지막 단계에서도 그녀는 여전히 아름다웠고, 커다란 검은 눈은 그녀의 볼이 수척한 탓에 한결 더 커 보였고, 창백한 옆모습은 순결하고 숭고하였다. 그녀는 마치 마사초의 성모상이 라파엘로의 성모상을 닮은 것과 같이[16] 예전 그녀의 모습을 닮았으니, 즉 예전의 그녀보다도 더 여위고 더 가녀리고 더 쇠약해져 있었다.

게다가 그녀 안에 말하자면 뒤흔들리지 않은 것이라고는 아무것도 없었고, 정숙함을 제외하고는, 그녀가 아무렇게나 되는 대로 내버려두지 않은 것이라고는 아무것도 없었으니, 그만큼 그녀는 망연자실과 절망 속에 깊이 빠져 있었던 것이다. 그녀의 육체는 죽은 물건이나 깨진 물건처럼, 수레가 흔들리

---

16) 이탈리아의 화가 마사초(Masaccio, 즉 Tommaso di Giovanni di Simone Guidi, 1401~1428)가 그린 인물들, 특히 성모상은 라파엘로가 그린 인물들보다 더 억세고 덜 부드럽다.

는 대로 까불리고 있었다. 그녀의 눈은 멍청하고 흐리멍덩하였다. 그녀의 눈동자에는 아직도 눈물이 괴어 있는 것이 보였으나, 마치 얼어붙은 듯 움직이지 않았다.

그러는 동안 이 음산한 기마행렬은 기쁨의 함성과 호기심으로 가득 찬 사람들 속을 통과했다. 그러나 나는 충실한 역사가가 되기 위해 말해 두지 않을 수 없거니와, 그렇게도 아름답고 압도된 그녀를 보고 측은해하는 사람들도 많았는데, 가장 냉혹한 사람들까지도 그러했다. 죄수의 수레는 성당 앞뜰 안으로 들어갔다.

중앙 현관문 앞에서 수레는 멎었다. 호위병은 양쪽에 전투대형으로 늘어섰다. 군중은 침묵을 지키고 있었고, 엄숙과 불안으로 가득 찬 침묵 속에, 대문의 두 문짝이, 피리 소리를 내며 삐걱거리는 돌쩌귀 위에서, 저절로 돌듯이 돌았다. 그러자 깊숙한 성당이 저 안쪽까지 다 보였는데, 성당은 어두컴컴하고, 상포(喪布)를 둘러쳐놓고 있었고, 멀리 주 제단 위에서 반짝거리는 몇 개의 촛불로 희미하게 밝혀져 있었는데, 그것은 햇빛으로 눈부신 광장의 한복판에 동굴의 아가리처럼 열려 있었다. 맨 안쪽으로, 성당 뒤쪽의 어둠 속에, 거대한 은 십자가 하나가, 궁륭에서 포석 바닥으로 드리워져 있는 검은 나사(羅紗) 위에 뻗쳐 있었다. 교회당의 중앙 홀에는 사람 하나 없었다. 그러는 동안 멀리 성가대석에서 몇몇 신부들의 머리가 움직이는 것이 어렴풋이 보였고, 대문이 열렸을 때, 성당에서 장엄하고 우렁차고 단조로운 노랫소리가 흘러나와서, 사형수의 머리 위로 음산한 성가의 단편을 던지는 것 같았다.

"……Non timebo millia populi circumdantis me; exsurge, Domine; salvum me fac, Deus!(천만인이 나를 에워싸 진을 친다 하여도 나는 두려워하지 아니하리이다. 여호와여 일어나소서 나의 하나님이여 나를 구원하소서!)"[17]

"……Salvum me fac, Deus, quoniam intraverunt aquæ usque ad animam meam.(주여, 나를 구하소서, 물이 나의 넋에까지 스며들었으니.)"

"……Infixus sum in limo profundi; et non est substantia.(나는 구렁의 진흙 속에 처박혔다. 그리하여 의지할 곳이 없노라.)"[18]

동시에 또 다른 목소리가 성가대와는 달리, 주 제단의 계단 위에서 다음과 같은 우울한 봉헌문을 읊고 있었다.

"……Qui verbum meum audit, et credit ei qui misit me, habet vitam æternam et in judicium non venit; sed transit a morte in vitam.(내 말을 듣고 또 나를 보내신 이를 믿는 자는 영생을 얻고 심판에 들지 아니하리니, 죽음에서 생명으로 옮겼느니라.)"[19]

어둠 속에 파묻혀 있는 몇몇 노인들이 멀리서 그 아름다운 여인, 젊음과 생명으로 가득 차고, 봄철의 따스한 공기의 애무를 받고, 햇빛이 넘쳐흐르는 그 아름다운 여인을 향해 부르고 있는 이 노래는 죽은 자들의 미사였다.

민중은 명상에 잠겨 듣고 있었다.

불쌍한 처녀는 잔뜩 겁을 먹고 있었는데, 그녀의 시선도 생

---

17) 「시편」 3장 6~7절.

18) 「시편」 68장 2~3절.

19) 「요한복음」 5장 24절.

각도 캄캄한 성당의 내부를 헤매는 것 같았다. 그녀의 하얀 입술은 마치 기도라도 드리듯이 움직였는데, 사형 집행인의 하인이 그녀를 거들어 수레에서 내려오게 하려고 그녀 옆에 갔을 때, 그는 그녀가 나지막한 목소리로 다음과 같은 말을 되뇌는 것을 들었다. "페뷔스."

그녀의 결박 지은 손을 풀어주고, 역시 결박에서 풀려나 자유의 몸이 된 것을 느끼고 기뻐서 매매 울고 있는 그녀의 염소와 함께 수레에서 내리게 하여, 단단한 포석 위를 맨발로 대문의 계단 아래까지 걷게 했다. 그녀의 목에 매여 있는 밧줄이 그녀의 뒤에 질질 끌려 마치 그녀의 뒤를 따라가는 한 마리의 뱀 같았다.

그때 노랫소리가 성당 안에서 그쳤다. 하나의 커다란 금 십자가와 한 줄의 촛불들이 어둠 속에서 움직이기 시작했다. 얼룩덜룩한 예복 차림의 순경들의 미늘창이 울리는 소리가 들리고, 잠시 후에, 제의(祭衣)를 입은 신부들과 법의를 입은 부제들의 기다란 행렬이 성가를 읊조리면서 사형수를 향해 장엄하게 오고 있는 것이 죄수와 군중의 눈에 보였다. 그러나 그녀의 시선은, 십자가를 든 사람 바로 뒤, 행렬의 선두에 서서 걸어오고 있는 사람에게서 멎었다. "오!" 하고 그녀는 아주 나지막한 목소리로 떨면서 말했다. "또 그 사람이구나! 그 신부로구나!" 그것은 과연 부주교였다. 그는 왼쪽에는 성가대장 조수를, 오른쪽에는 자기 직책을 상징하는 단장을 든 성가대원을 각각 거느리고 있었다. 그는 머리를 뒤로 젖히고 눈을 똑바로 뜨고, 굳센 목소리로 다음과 같이 노래하면서 걸어나왔다.

“De ventre inferi clamavi, et exaudisti vocem meam, Et projecisti me in profundum in corde maris, et flumen circumdedit me.(내가 스올의 뱃속에서 부르짖었더니 주께서 내 음성을 들으셨나이다. 주께서 나를 깊음 속 바다 가운데에 던지셨으므로 큰 물이 나를 둘렀고 주의 파도와 큰 물결이 다 내 위에 넘쳤나이다.)”[20]

그가 검은 십자가 줄무늬가 있는 펑퍼짐한 은빛 제복으로 몸을 휘감고, 대낮에 첨두형의 높다란 정문 아래 나타났을 때 어찌나 창백하였던지, 성가대석의 묘석 위에 무릎을 꿇고 있는 대리석 주교 상 하나가 일어나서, 무덤의 입구에서 죽어가는 여인을 마중하러 온 것이 아닌가 하고 생각한 사람이 군중 속에는 한둘이 아니었다.

그녀도 그 못지않게 창백하고 그 못지않게 조상 같았는데, 불을 붙인 묵직한 양초 한 자루를 자기 손에 쥐여준 것도 그녀는 잘 알아채지 못했고, 그 숙명적인 공개 사죄문을 읽고 있는 서기의 날카로운 음성도 잘 듣지 못했다. 그녀는 “아멘.”이라고 대답하라고 옆에서 말했을 때 “아멘.”이라고 대답했다. 신부가 자신의 호위자들에게 자리를 비키라고 신호하고 홀로 그녀 쪽으로 걸어나오는 것을 보았을 때야 비로소 그녀는 얼마간의 생명과 힘을 되찾았다.

그러자 그녀는 머릿속에 피가 끓어오르는 것을 느꼈고, 마비되어 식어버린 넋 속에 남은 분노가 다시 타올랐다.

---

20) 「요나서」 2장 3~4절.

부주교는 천천히 그녀에게 다가왔다. 이 극단적인 상황에 처해서도, 그가 자기의 발가숭이 몸을 음란과 질투와 정욕으로 번쩍거리는 눈으로 훑어보는 것을 그녀는 보았다. 그런 뒤에 그는 그녀에게 큰 소리로 말했다. "아가씨, 그대는 그대의 잘못과 무신앙에 관해 하느님께 용서를 빌었는가?" 그는 그녀의 귀에 몸을 기울이고 덧붙였다.(구경꾼들은 그가 그녀의 마지막 참회를 받는 줄 알고 있었다.) "넌 나를 원하느냐? 난 아직도 너를 살려낼 수 있다!"

그녀는 그를 쏘아보았다. "가라, 악마야! 그러지 않으면 널 고발하겠다."

그는 소름 끼치는 미소를 지었다. "아무도 네 말을 곧이듣지 않을 거다. 그건 하나의 범죄에 하나의 추문을 덧붙이는 결과밖에 되지 않을 거다. 빨리 대답해라! 넌 나를 원하느냐?"

"넌 내 페뷔스를 어떻게 했느냐?"

"그는 죽었다." 신부는 말했다.

그 순간 파렴치한 부주교는 기계적으로 머리를 들었다가 광장 반대쪽 끝에, 공들로리에 댁의 발코니에, 플뢰르드리스 옆에 중대장이 서 있는 것을 보았다. 그는 비틀거리고, 손으로 눈을 가렸다가, 다시 바라보고는 입속으로 저주를 했고, 그의 표정에는 격렬한 경련이 일어났다.

"그렇다면, 죽어라, 너는!" 그는 입속으로 중얼거렸다. "아무도 너를 갖지 못하리라."

그러고 나서 그는 집시 여자 쪽으로 손을 올리고, 침통한 목소리로 외쳤다. "I nunc, anima anceps, et sit tibi Deus misericors!(가라, 이제, 흔들리는 넋이여, 천주님께서 그대에게 자비를 베푸시기를!)"

그것은 이 음산한 의식을 끝마칠 때 으레 쓰던 무서운 상투어였다. 그것은 사형 집행인에게 하는 신부의 관례적인 신호였다.

민중은 무릎을 꿇었다.

"Kyrie Eleïson.(주여, 가엾게 여기소서.)"[21] 현관문의 첨두홍예 아래 머물러 있는 신부들이 말했다.

"Kyrie Eleïson.(주여, 가엾게 여기소서.)" 군중은 되풀이했는데, 그것은 마치 파고 높은 바닷물의 찰랑거림처럼 모든 사람들의 머리 위에 중얼중얼 떠돌았다.

"아멘." 하고 부주교는 말했다.

그는 사형수에게 등을 돌리고, 머리를 가슴 위로 다시 떨어뜨리고, 손을 마주 잡고, 성직자들의 행렬로 되돌아갔는데, 잠시 후 십자가와 촛불, 그리고 여러 제복들과 더불어, 그가 대성당의 침침한 둥근 천장 아래로 사라져가는 것이 보였고, 그의 우렁찬 목소리는 다음과 같은 절망적인 시구를 노래하면서, 차츰차츰 성가대의 합창 속에 꺼져 들어갔다.

"Omnes gurgites tui et fluctus tui super me transierunt!(그대의 모든 소용돌이가, 그대의 모든 파도가 내 위로 지나갔다!)"[22]

동시에 교회당 중앙 홀의 기둥 사이로 시나브로 스러져가

---

21) 그리스어 미사 문구.

22) 「요나서」 2장 4절.

는 예장 순경들의 미늘창 쇠자루의 간헐적인 울림은 사형수의 마지막 시간을 치는 큰 시계의 망치 소리 같은 인상을 빚어내고 있었다.

그러는 동안 노트르담의 문들은 여전히 열려 있어, 촛불도 사람의 목소리도 없이, 쓸쓸하고 적적한 텅 빈 성당을 보여주었다.

사형수는 제자리에 우두커니 선 채 처분만 기다리고 있었다. 권표장을 든 순경 하나가 샤르몰뤼 나리에게 그것을 알려야만 했는데, 샤르몰뤼는 이 모든 장면이 벌어지는 동안, 현관 대문의 음각을 연구하기 시작했었는데, 어떤 사람들은 그것이 아브라함의 희생을 상징한다고 하고, 다른 사람들은 연금술의 실행을 표하는 것이라고 하는데, 천사로 태양을, 장작으로 불을, 아브라함으로 장인(匠人)을 나타내고 있다고 한다.

그러한 명상으로부터 그를 끌어내는 데는 꽤 힘이 들었지만, 마침내 그가 돌아서서 신호를 하자, 사형 집행인의 하인인 노란 옷을 입은 두 사나이가 이집트 아가씨의 손을 다시 결박하기 위해 그녀에게 다가갔다.

불쌍한 아가씨는 숙명적인 죄수 호송 차에 올라타고 마지막 대기소를 향해 갈 때, 아마도 가슴이 에는 듯한 인생의 미련을 사무치게 느꼈으리라. 그녀는 메마른 붉은 눈을 쳐들고, 하늘을, 태양을, 여기저기 푸른 사다리꼴과 세모꼴로 잘린 은빛 구름을 우러러보고, 다시 주위로 눈을 떨어뜨려, 지상을, 군중을, 집들을 둘러보았다…… 그러다 별안간, 누런 옷을 입은 사나이가 자신의 팔꿈치를 묶고 있을 때, 그녀는 무시무시한 고함을, 기쁨의 고함을 질렀다. 저 아래, 광장 모퉁이의 그 발코니에서 그를 보았던 것이다, 그이를, 자기의 애인을, 자기의 주인 양반을, 페뷔스를, 자기 생명의 또 다른 출현을! 판사는 거짓말을 했던 것이다! 신부는 거짓말을 했던 것이다! 그건 바로 그이였다. 그녀는 그것을 의심할 수 없었다. 그이는 거기에 있었다. 아름답고, 생기 있고, 번쩍이는 군복을 입고, 머리에 깃털 장식을 꽂고, 칼을 옆구리에 차고서!

"페뷔스!" 하고 그녀는 외쳤다. "나의 페뷔스!"

그러면서 그녀는 연정과 희열로 떨리는 팔을 그에게 내뻗치려 했으나 팔은 묶여 있었다.

그때 그녀는 중대장이 눈살을 찌푸리고, 그에게 몸을 기대고 서 있는 아름다운 처녀 하나가 경멸적인 입술과 성난 눈으로 그를 바라보는 것을 보았는데, 조금 후 페뷔스는 몇 마디 말을 했으나 그것은 그녀에게까지 들려오지 않았고, 두 남녀는 얼른 발코니의 유리창 뒤로 사라지고 창이 다시 닫혀 버렸다.

"페뷔스!" 하고 그녀는 미친 듯이 외쳤다. "당신도 그런 줄 알고 있나요?"

끔찍한 생각 하나가 그녀의 머리에 떠올랐던 것이다. 자기가 페뷔스 드 샤토페르의 몸에 상해를 입힌 죄로 사형 언도를 받았다는 생각이 났던 것이다.

그녀는 이때까지는 모든 것을 참아왔다. 그러나 이 마지막 타격은 너무도 가혹했다. 그녀는 포석 위에 쓰러져 꼼짝 않고 있었다.

"자," 하고 샤르몰뤼는 말했다. "저 여자를 수레로 떠메어 가라, 그리고 어서 해치워라!"

현관문의 첨두홍예 바로 위에 새겨놓은 역대 왕의 조상들이 있는 회랑 안에서, 이상한 구경꾼 하나가 그때까지 모든 것을 지켜보고 있는 것을 알아본 사람은 여태껏 한 사람도 없었는데, 그가 어찌나 태연스럽고, 목을 어찌나 길게 늘어뜨리고, 얼굴이 어찌나 추했던지, 그가 만약 빨강과 자주의 두 빛깔로 된 옷을 입고 있지 않았다면, 이 대성당의 기다란 빗물받이 홈통들이 600년 전부터 그 아가리로 흘러드는 저 돌로 된 괴물들 중 하나로 사람들은 잘못 알았으리라. 이 구경꾼은 노트르담의 현관문 앞에서 정오 이후 일어났던 일을 무엇 하나 놓치지 않고 보고 있었던 것이다. 그리고 이미 첫 순간에, 아무도 그의 거동을 살펴볼 생각조차 못했을 때, 그는 회랑의 원기둥 하나에다, 그 끝이 아래쪽 돌층계 위에 가서 닿을 만한 굵직한 밧줄 하나를 단단히 비끄러매 놓았다. 그러고 나서 그는 태연스럽게 바라다보기 시작하고, 티티새가 자기 앞을 지나갈 적에는 때때로 휘파람도 불었다. 그러고 있다가 갑자기, 사형 집행인의 하인들이 샤르몰뤼의 냉정한 명령을 집행할 채비를 차리는 순간, 그는 회랑 난간을 뛰어넘고, 발과 무릎과 손으로 밧줄을 붙잡더니, 창문 유리를 따라 흘러내리는 빗물 방울처럼, 성당의 정면 위를 미끄러져 내려, 지붕에서 떨어진 고양이처럼 날쌔게 두 망나니 쪽으로 뛰어가서 거대한 두 주먹으로 그들을 때려누이고, 어린아이가 제 인형을 집어 들듯, 한 손으로 이집트 아가씨를 집어서 머리 위로 들어올리고, 단 한 번

펄쩍 뛰어 성당 안으로 들어가면서 무시무시한 목소리로, "성역(聖域)이다!" 하고 외쳤다.

그것은 어찌나 신속하게 행해졌던지, 만약 밤이었다면 단 한 번의 번개 불빛으로도 사람들은 모든 것을 볼 수 있었으리라.

"성역이다! 성역이다!"라고 군중은 되풀이했고, 수만의 박수 소리가 카지모도의 외눈을 기쁨과 자랑으로 반짝이게 하였다.

이 요란스러운 진동에 사형수는 제정신으로 돌아왔다. 그 여자는 눈을 뜨고 카지모도를 바라보다가, 다시 얼른 감아버렸다, 마치 자기의 구원자에게 겁이라도 난 것처럼.

샤르몰뤼는 어리둥절해 있었다. 그리고 사형 집행인들도, 또 모든 수행원들도. 사실, 노트르담의 울타리 안에서는, 유죄 선고를 받은 사람도 침범할 수 없었다. 대성당은 피신처였다. 인간의 모든 법은 문턱에서 소멸되는 것이었다.

카지모도는 현관 대문 아래서 발을 멈추었다. 그의 널따란 발은 육중한 로마네스크의 원기둥처럼 성당의 포석 위에 단단히 버티고 서 있었다. 머리털이 더부룩한 그의 커다란 머리는 갈기만 있고 목은 없는 사자 머리처럼 어깨 속에 쑥 들어가 있었다. 그는 팔딱거리는 처녀를 하얀 휘장처럼 손에 드리워 쥐고 있었으나, 매우 조심스러워서, 행여나 그녀를 부서뜨릴까 봐 또는 시들게 할까봐 두려워하는 것 같았다. 마치 그것이 섬세하고 미묘하고 소중한 것이어서, 자신의 손이 아닌 다른 손을 위해 만들어진 것이라고 그는 느끼고 있는 것 같았다. 때때로 그는 그녀에게 감히 손을 대지 못하는 듯한, 숨결만으로도 접촉하지 못하는 듯한 표정을 짓곤 하였다. 그러더니 느닷없이 그는 그녀를 품 안에, 그 울룩불룩한 가슴에 꼭 껴안았다. 자기의 재산처럼, 자기의 보물처럼, 마치 이 소녀의 어머니가 그렇게 했을 것 같이. 그의 난쟁이 눈으로 그는 그녀를 내려다보고, 애정과 고통과 연민으로 그녀를 담뿍 적시고, 갑자기 그 번쩍이는 눈을 쳐들었다. 그러자 여자들은 웃고 울고 하였고, 군중은 열광하여 발을 동동 굴렀다. 왜냐하면 그 순간 카지모도는 진정 아름다워 보였으니까. 그는 아름다웠다, 그는, 이 고아는, 이 업둥이는, 이 허섭스레기는. 그는 자신이 존엄하고 굳세다는 것을 느끼고 있었다. 그는 자기가 쫓겨나 있는, 그리고 지금 자기가 강력하게 개입하고 있는 그 사회를, 자기가 그 먹이를 빼앗은 인류의 법을, 공연히 헛다리만 짚게 된 그 모든 잔인한 인간들을, 그 경관들을, 그 법관들을, 그 망나니들을, 자기가, 미미한 자기가 하느님의 힘으로 방금 분쇄해 놓은 그 모든 국왕의 힘을, 자기 앞에 똑바로 바라보고 있었다.

그리고 그것은 실로 감격적인 것이었다, 그토록 추악한 인간으로부터 그토록 불행한 인간 위에 떨어진 그 보호는, 카지모도에게 구출된 여사형수는. 그것은 자연과 사회의 두 극단적 비참이 상통하고 상조하고 있었던 것이다.

그사이, 한참 열렬한 갈채를 받고 난 다음, 카지모도는 그의 짐을 가지고 후다닥 성당 안으로 들어가버렸다. 영웅적인 행위라면 무엇이고 사랑하는 민중은, 그가 그토록 빨리 자기네들의 박수갈채에서 도망쳐 가버린 것을 아쉬워하면서, 어두컴컴한 성당의 홀 안에서 그를 눈으로 찾았다. 갑자기 그가 프랑스 역대 왕들의 조상이 있는 회랑의 한쪽 끝에 다시 나타나는 것이 보였다. 그는 미친 사람처럼 달려서 그 회랑 끝을 넘고, 자신의 획득물을 양팔로 들어 올리면서, "성역이다!" 하고 외쳤다. 군중은 또다시 환호성을 질렀다. 회랑을 다 지나서 그는 다시 성당의 안쪽으로 들어갔다. 잠시 후 그는 맨 위의 옥상에 나타났다, 여전히 보헤미아 아가씨를 양팔로 안고, 여전히 미친 듯이 뛰면서, 여전히 "성역이다!"라고 외치면서. 그리고 군중은 갈채를 보냈다. 끝으로 그는 큰 종탑 꼭대기에 세번째로 나타났다. 거기서 그는 온 도시에 자기가 살려낸 여인을 자랑스럽게 보여주는 것 같았으며, 그의 우렁찬 목소리는, 사람들이 좀처럼 들을 수 없고 자기 자신도 한번도 들어본 적 없었던 그 목소리는, 미친 듯이 구름까지 울리도록 세 번 "성역이다! 성역이다! 성역이다!" 하고 되풀이했다.

"얼씨구 좋다! 얼씨구 좋다!" 하고 민중도 부르짖었으며, 이 커다란 환호성은 강 건너편까지 울려서, 그레브 광장의 군중을 놀래고, 교수대를 응시한 채 여전히 기다리고만 있는 그 자루 수녀를 놀래주었다.

9부

1장

신열

클로드 프롤로가 이집트 아가씨를 사로잡고 자기 자신도 사로잡혔던 올가미의 매듭을 그의 양아들이 느닷없이 절단하는 동안, 이 불행한 부주교는 노트르담 안에 있지 않았다. 제의실로 돌아와서, 그는 장백의와 제복과 영대를 홱홱 벗어, 어리둥절한 성당지기에게 모조리 던져버리고, 수도원의 비밀 문으로 빠져나가, 테랭[1]의 뱃사공에게 명령하여 센강의 좌안으로 실어 가달라고 하고, 대학의 기복이 심한 거리로 들어가, 정처 없이 걸어가면서, 마녀의 목을 달아매는 것을 구경하는데 '아직은 늦지 않았겠지.' 하는 희망에서 생미셸 다리를 향해 즐겁게 몰려가는 남녀 무리들을 걸음마다 만났는데, 그의

1) 현재의 위치는 다르스베셰 공원에 해당한다.

얼굴은 창백하고, 넋이 나간 듯하고, 대낮에 한 떼의 어린이들에게 쫓기는, 밤에 풀어놓은 새보다도 더 당황하고, 더 눈앞이 캄캄하고, 더 사나운 모습을 하고 있었다. 그는 자기가 어디에 있는지, 무엇을 생각하고 있는지, 꿈을 꾸고 있는지 어떤지 알지 못했다. 그는 그저 가고 있었다, 걷고 있었다, 달리고 있었다, 어느 길이든 가리지 않고 그저 닥치는 대로, 다만 언제나 그레브에, 자기 뒤에 있다는 것을 어렴풋이 느끼고 있는 그 무서운 그레브에 떼밀리어 전진할 뿐이었다.

그는 그렇게 생트주느비에브산을 따라서 가다가, 이윽고 생빅토르 문으로 해서 시내를 벗어났다. 그는 계속 달아났다, 돌아보았을 때 대학의 탑들이 솟아 있는 성벽과 교외의 드문드문한 집들이 보이는 한. 그러나 마침내 지층의 습곡 하나가 그 추악한 파리를 그의 눈에서 깡그리 가려주었을 때, 파리에서 1,000리나 떨어져서 들판에, 사막에 와 있다고 믿을 수 있었을 때, 그는 걸음을 멈추고, 비로소 숨을 쉬는 듯했다.

그러자 무서운 생각들이 그의 머릿속에 밀어닥쳤다. 그는 자신의 마음속을 다시 똑똑히 보았다. 그리고 떨었다. 그는 자기를 파멸시켰고 자기가 파멸시킨 그 불행한 처녀를 생각했다. 그는 숙명이 그들 두 운명을 서로 부딪치게 하여 무자비하게 부서뜨려버린 그 교차점에 이르기까지 그들로 하여금 걸어오게 하였던 그 두 길대의 꼬불꼬불한 길을 사나운 눈으로 돌아보았다. 그는 영원한 서원의 어리석음을, 정결과 학문과 종교와 미덕의 허무함을, 하느님의 무용함을 생각했다. 그는 마음껏 나쁜 생각들 속에 빠져들었고, 더욱 깊이 그 속에 잠겨듦에 따라, 그는 자기 자신 속에서 악마의 웃음이 터지는 것을 느끼고 있었다.

그리고 그렇게 자신의 마음속을 파고들어가면서, 자연이 거기에 얼마나 널따란 자리를 정열에게 준비해 놓았는지 보았을 때, 그는 한결 더 고통스럽게 비웃었다. 그는 자기 마음의 밑바닥에서 자신의 모든 증오를, 자신의 모든 악의를 휘저어보고, 환자를 진찰하는 의사와 같은 냉철한 눈으로 그 증오는, 그 악의는 부패한 사랑에 불과하다는 것을, 인간의 모든 미덕의 원천인 이 사랑은 신부의 가슴속에서는 끔찍한 것으로 변한다는 것을, 그리고 자기와 같이 생긴 인간은 신부가 됨으로써 악마가 된다는 것을 인식했다. 그리고 그는 소름 끼치게 웃었다. 그러다가 갑자기 그는, 자신의 숙명적인 정열, 결국 한 여자에게는 교수대를, 한 남자에게는 지옥을 가져다주어 그 여자는 사형수가 되고 자기는 영벌 받은 사나이가 되는 결과밖에 초래하지 못한 그 부식적이고 유독하고 증오에 넘친, 빙탄 같은 사랑의 가장 끔찍한 면을 생각하고는 다시 창백해졌다.

그런 뒤에, 페뷔스는 아직도 살아 있다, 결국 중대장은 살아가고 있다, 쾌활하고 즐거워하고 있다, 여느 때보다 더 호화로운 군복을 입고 있고, 새로운 정부가 생겨서 옛 정부가 교수형을 당하는 것을 구경하러 같이 데리고 다닌다, 하는 생각을 하고, 그는 또다시 웃었다. 자기가 죽기를 바랐던 살아 있는 사람들 중에서, 자기가 미워하지 않는 유일한 인간인 이집트 아가씨만이 오직 자기가 과녁을 맞힌 단 하나의 여인이라는 것을 생각했을 때, 그는 더욱더 쓴웃음을 지었다.

그러자 그의 생각은 중대장으로부터 민중으로 옮아가, 그는 엄청난 질투심에 사로잡혔다. 그는 민중 또한, 전체의 민중이, 자기가 사랑하는 여자를, 셔츠 바람의, 거의 발가벗은 그녀를 눈 아래 보고 있었다는 생각을 했다. 자기 혼자 그늘 속에서 그녀의 자태를 어렴풋이 보았을 때, 그녀는 자기에게 최고의 행복이 되어주었는데, 그녀가 향락의 밤과 같은 옷차림으로, 대낮에, 한낮에, 한 떼의 군중에게 내맡겨졌었다는 생각을 하면서, 그는 팔을 비비 꼬았다. 영원히 모독당하고, 오욕당하고, 노출되고, 모욕당한, 사랑의 모든 비밀을 생각하고 그는 분해서 울었다. 그는 또 분해서 울었다, 얼마나 많은 추잡한 눈들이 그 풀어헤쳐진 셔츠에서 즐거움을 느꼈을까 상상하면서, 그리고 또 이 아름다운 아가씨가, 이 순결한 백합꽃이, 자기가 떨면서밖에는 감히 입술도 가까이 대지 못했던 이 정숙하고 감미로운 술잔이 어중이떠중이의 밥그릇 같은 것이 되어서, 파리의 가장 추악한 천민들이, 도둑놈들이, 거지들이, 하인배들이 거기에 함께 몰려들어서 파렴치하고 불순하고 타락한 쾌락을 마셨다는 것을 상상하면서.

그리고 만약 그녀가 보헤미아 여자가 아니고 자신이 신부가 아니었다면, 만약 페뷔스가 존재하지 않았고 그녀가 자기를 사랑했다면 그가 이 지상에서 발견할 수도 있었을 행복이란 어떤 것이었을까 생각해 보았을 때, 평온과 사랑의 생활은 자신에게도 역시 가능했으리라, 바로 이 순간에도 이 지상 여기저기에, 오렌지나무 아래서, 시냇가에서, 저물어가는 석양 앞에서, 별이 총총 뜬 밤하늘 아래서, 끝없는 이야기에 잠겨 있는 행복한 남녀의 쌍들이 있으리라, 그리고 만약 하느님께서 바라셨더라면, 자신도 그녀와 함께 그 축복받은 쌍들 중 한 쌍을 이룰 수도 있었으리라고 상상하자, 그의 가슴은 애정과 절망 속에 녹아드는 것이었다.

오! 그녀! 그녀다! 그것은 이 고정관념이다, 끊임없이 되돌아와 그를 괴롭히고, 그의 머릿골을 물어뜯고, 그의 오장육부를 갈기갈기 찢는 것은! 그는 뉘우치지 않았다, 후회하지 않았다. 자기가 이미 저지른 짓은 무엇이든 또다시 할 용의가 있었다. 그는 그녀가 중대장의 손안에 들어가 있는 것보다는 망나니들의 손안에 들어가 있는 것을 보는 게 차라리 나았다. 그러나 그는 괴로워하고 있었다. 어찌나 괴로워하고 있었던지, 때때로 자신의 머리카락을 한 줌씩 뽑아 하얗게 세지 않았는지 보곤 하였다.

가지가지 순간들 중에서도 특히 그가 아침에 보았던 끔찍한 쇠사슬이 그렇게도 연약하고 그렇게도 아리따운 목 주위를 그 쇠고리 매듭으로 지금쯤 아마 죄어대고 있지 않을까 하는 생각이 그의 머릿속에 떠오르는 순간이 있었다. 이런 생각을 하면 그는 모든 털구멍에서 땀이 솟아오르는 것이었다.

또 때로는 악마처럼 자기 자신을 비웃으면서도, 자기가 첫날에 보았던 그대로의 라 에스메랄다, 즉 발랄하고, 활달하고, 쾌활하고, 패물로 장식하고, 춤을 추고, 경쾌하고, 조화로운 라 에스메랄다와 동시에, 마지막 날의 라 에스메랄다, 즉 셔츠 바람으로, 밧줄을 목에 감고, 맨발로 교수대의 모난 사닥다리를 천천히 올라가고 있는 라 에스메랄다를 한꺼번에 상상해 보는 때도 있었다. 그는 이 두 가지 그림을 그렇게 머릿속에 떠올리다가 끔찍한 비명을 지르기까지 했다.

이 절망의 폭풍우가 그의 마음속에서 모든 것을 부서뜨리고, 찢고, 휘어뜨리고, 뽑아내는 동안, 그는 자기 주위의 자연을 바라보았다. 그의 발아래서는 닭 몇 마리가 덤불 속을 뒤져 부리로 쪼아 먹고, 알롱달롱한 풍뎅이들이 햇볕에 뛰어다니고, 그의 머리 위로는 몇 무더기의 잿빛 양떼구름이 푸른 하늘에 지나가고, 지평선에는 생빅토르 수도원의 첨탑이 언덕의 곡선 위로 그 슬레이트 탑 꼭대기를 우뚝 솟아올리고, 코포 언덕의 방앗간 주인은 자기네 풍차 날개가 부지런히 돌아가는 것을 휘파람을 불면서 바라보고 있었다. 그의 주위에서 오만 가지 형태로 나타난, 그 모든 부지런하고 짜임새 있고 조용한 삶은 그의 마음을 아프게 했다. 그는 다시 달아나기 시작했다.

그는 그렇게 저녁때까지 정처 없이 달렸다. 이러한 도주, 자연에서, 삶에서, 자기 자신에게서, 인간에게서, 신에게서, 모든 것으로부터의 이러한 도주는 하루 종일 계속되었다. 때때로 그는 얼굴을 땅에 처박고, 손톱으로 밀 싹을 쥐어뜯곤 하였다. 또 때로는 한산한 마을 길에서 걸음을 멈추고, 갖가지 생각에 견딜 수 없어, 두 손으로 머리를 움켜잡고, 애써 어깨에서 머리를 뽑아 길바닥 포석에 내동댕이치려 해보기도 했다.

해가 뉘엿뉘엿 기울어질 무렵, 그는 다시금 자신을 살펴보고, 거의 미칠 지경에 이른 자신을 발견했다. 이집트 아가씨의 목숨을 살려내려는 희망과 의지를 잃었을 때부터 그의 안에서 계속되던 폭풍우, 이 폭풍우는 그의 의식 속에 단 하나의 생각도, 단 하나의 관념도 온전하고 조리가 서 있게 해두지 않았다. 그의 이성은 의식 속에서 거의 완전히 부서져 쓰러졌다. 그의 머릿속에는 이제 두 개의 뚜렷한 영상밖에는 남아 있지 않았다. 라 에스메랄다와 교수대. 그 밖의 것은 모두 새카맸다. 이 두 개의 영상이 접근하니 그의 머릿속에는 한 덩어리의 무서운 모습이 떠올랐는데, 그에게 남은 주의력과 상념을 그 영상에 고정시키면 고정시킬수록, 환상적 점진에 의해, 그 영상은 더욱더 두드러져 보여서, 하나의 영상은 우아함과 매력과 아름다움과 빛을 더해 가는 것 같고, 또 하나의 영상은 끔찍함을 더해 가는 것 같았다. 그 결과, 마침내 라 에스메랄다는 그에게 하나의 별처럼 나타나 보이고, 교수대는 뼈만 앙상한 하나의 거대한 팔처럼 나타나 보이는 것이었다.

한 가지 주목할 점은, 그 모든 고통을 겪는 동안에도, 진정 죽고 싶은 생각은 그에게 떠오르지 않았다는 것이다. 이 비열한 사나이는 그런 사나이였던 것이다. 그는 삶에 집착하고 있었다. 어쩌면 그는 실제로 뒤에 지옥을 보고 있었는지도 모른다.

그러는 동안에도 해는 계속 떨어지고 있었다. 그의 안에 아직도 존재하는 산 생명은 어렴풋이 돌아갈 것을 생각했다. 그는 자기가 파리에서 멀리 와 있는 줄 알고 있었다. 그러나 자기가 있는 자리의 위치를 분간해 보니, 여태껏 대학의 성벽을 돌았을 뿐이라는 것을 깨달았다. 생쉴피스의 첨탑과 생제르맹데 프레의 높다란 세 뾰족탑이 오른쪽 수평선 위로 솟아 있었다. 그는 그쪽을 향해 걸어갔다. 생제르맹의 총안 뚫린 참호 주위에서 그 수도원의 무장 경비원이 누구얏 하고 외치는 소리를 듣고, 그는 돌아서서, 수도원의 방앗간과 읍내의 나병원 사이로 통하는 작은 길로 들어가, 잠시 후에 프레 오 클레르 목장의 가장자리로 나왔다. 이 목장은 밤낮으로 일어나는 법석으로 유명했다. 그것은 생제르맹의 가엾은 수도사들의 히드라였다. quod monachis Sancti-Germani pratensis hydra fuit, clericis nova semper dissidiorum capita suscitantibus.(그것은 생제르맹 데 프레의 수도사들에게 하나의 히드라였다. 성직자들이 항상 새로운 토론 거리를 일으켰으므로.)[2] 부주교는 거기서 누구를 만날까봐 두려웠다. 그는 모든 사람의 얼굴을 무서워하고 있었다. 그는 조금 전에도 대학과 생제르맹의 마을을 피해 왔다. 그는 될수록 늦게 시내로 돌아가고 싶었다. 그래서 프레 오 클레르 목장을 따라, 디외 뇌프와 목장 사이의 쓸쓸한 오솔길을 걸어서 마침내 강가에 이르렀다. 거기서 클로드 신부가 뱃사공 하나를 발견하고 그에게 파리 주화 몇 드니에를 주니, 뱃사공은 시테섬 끝까지 센강을 거슬러 올라가 가느다란 반도 위에 그를 내려놓았는데, 이 반도는 이미 독자들이 그랭구아르가 거기서 몽상에 잠겨 있던 것을 보았던 버려진 땅으로서, 파쇠 로 바슈섬과 나란히 왕실 정원의 저쪽까지 뻗어 있었다.

---

2) 이 라틴어 문장은 'Capita'라는 낱말을 가지고 재담을 하고 있는 것인데, 'capita'는 '……거리', 즉 '주제'라는 뜻을 가진 동시에 히드라의 '머리'를 환기시킨다. 히드라는 머리 하나가 잘리면 두 개가 생겨난다는 그리스신화의 괴물이다.

배의 단조로운 흔들림과 살랑거리는 물소리는 불행한 클로드를 어느 정도 마비시켜 놓았다. 뱃사공이 떠나자, 그는 멍청히 모래밭 위에 서서 앞을 바라다보고 있었으나, 그의 눈에 비치는 모든 물건은 자꾸만 커져가는 동요 속에 그에게는 일종의 환영처럼 보일 뿐이었다. 커다란 고통에서 오는 피로가 사람의 정신에 그러한 효과를 빚어내는 것은 드문 일이 아니다.

해는 높다란 네슬 탑 뒤로 지고 있었다. 때는 황혼이었다. 하늘은 희고, 강물도 희었다. 그 두 흰빛 사이로 그가 응시하고 있는 센강의 좌안은 그 검은 덩치를 투사하고 있었는데, 그것은 원근법에 의해 멀어질수록 더욱더 가느다래져서, 흡사 새카만 첨탑처럼 지평선의 안개 속 깊이 들어가 있었다. 그것은 집들로 들어차 있었는데, 그 집들은 하늘과 물의 밝은 배경 속에 새카맣게 두드러져 보이는 검은 그림자로밖에 분간할 수 없었다. 거기에서는 여기저기 창들이 잉걸불의 구멍처럼 반짝거리기 시작하고 있었다. 하늘과 강물의 두 널따란 면 사이에 그처럼 분리되어 있는 그 거대한 검은 첨탑은, 물론 강쪽에서는 매우 널따랗지만, 클로드 신부에게 이상야릇한 인상을 빚어주었는데, 그것은 스트라스부르의 종탑 아래 땅바닥에 번듯이 드러누워서 그 거대한 첨탑이 자기 머리 위로 황혼의 어슴푸레한 빛 속에 높이 솟아오르는 것을 바라보는 사람이 느낄지도 모를 그런 인상과 견줄 만한 것이었다. 다만 여기서는 서 있는 것이 클로드이고 누워 있는 것이 첨탑이었다. 그러나 강물이 하늘을 비추어 그 아래에 심연을 더 연장하고 있는 까닭에, 이 거대한 곶은 어떠한 대성당의 첨탑과도 같이 허공에 대담스레 솟아올라 있는 것 같아서, 인상이 똑같았다. 그 인상은 더구나 신기하고 감명 깊은 것이어서, 이것이 바로 스트라스부르의 종탑이다, 그러나 20리 높이를 가진 스트라스부르의 종탑이다, 무엇인가 전대미문의 거창하고 막대한 것이다, 어떠한 인간의 눈도 본 적이 없는 건축물이다, 일종의 바벨탑이다, 라는 인상까지 주는 것이었다. 집집의 굴뚝, 성벽의 총안, 지붕의 깎아지른 듯한 합각머리, 오귀스탱의 첨탑, 네슬탑, 거대한 방첨탑의 옆모습을 들쭉날쭉하게 만드는 그 모든 돌기물(突起物)들은 얼핏 보아 이상야릇하게도, 복잡하고 환상적인 조각물의 투조(透彫) 구실을 함으로써, 더욱더 환상을 북돋워주고 있었다. 환각 상태에 빠져 있던 클로드는 지옥의 종탑을 보는 줄, 자신의 살아 있는 눈으로 보는 줄 알았다. 이 무시무시한 종탑의 전면에 흩어져 있는 수천의 불빛은, 그에게는 모두 거대한 안쪽 가마의 문같이 보였다. 거기서 들려오는 목소리와 소음도 모두 고함 소리와 단말마의 헐떡거림 같았다. 그러자 그는 두려웠다. 그는 다시는 듣지 않으려고 손으로 귀를 막고, 다시는 보지 않으려고 등을 돌리고 그 무시무시한 환영으로부터 성큼성큼 떠나갔다.

그러나 그 환영은 그의 안에 있었다.

그가 거리로 돌아갔을 때, 가게의 진열창 불빛에 서로 떼밀고 있는 행인들이, 그에게는 자기 주위에서 영원히 오락가락하는 유령들 같은 인상을 주었다. 그의 귀에는 괴상한 소리가 들리고 있었다. 이상한 환상들이 그의 머리를 어지럽혔다. 그의 눈에는 집도, 포도도, 수레도, 남녀도 보이지 않고, 그 가장자리가 서로 섞여 한데 녹아든 불분명한 물건들의 혼합체만이 보일 뿐이었다. 바리유리 거리 모퉁이에 식료품 가게 하나가 있었는데, 그 처마에는, 아득한 옛날부터의 관습으로, 둘레에 양철 테가 붙어 있고, 그 테에 둥그렇게 나무 촛불이 매달려 있어, 바람에 마치 캐스터네츠처럼 딸가닥거리면서 서로 부딪쳤다. 어둠 속에서 그는 몽포콩의 해골 묶음이 서로 부딪치는 소리를 듣는 것만 같았다.

"오!" 그는 중얼거렸다. "밤바람이 그들을 불러 서로 부딪치게 하는구나. 그리고 그들이 쇠사슬 소리를 그들의 뼈 소리에 섞어주고 있구나! 그녀도 아마 거기에, 그들 사이에 있겠지!"

얼이 빠져서, 그는 자기가 어디로 가고 있는지도 몰랐다. 몇 걸음 걸은 끝에 그는 생미셸 다리 위에 와 있었다. 어느 집 아래층 창에 불빛이 있었다. 그는 다가갔다. 갈라진 창문 틈으로 더러운 방 하나가 보였는데, 그것은 그의 머릿속에 어렴풋한 추억을 불러일으켰다. 기름이 밭은 남폿불에 희미하게 밝혀진 그 방에는 즐거운 얼굴을 한 금발의 싱싱한 젊은이 하나가 큰 소리로 깔깔 웃으면서 매우 뻔뻔스럽게 몸치장을 한 계집애 하나를 껴안고 있었다. 그리고 남폿불 옆에서는 노파 하나가 실을 자으면서 떨리는 목소리로 노래하고 있었다. 젊은이가 줄곧 웃고 있는 것이 아니어서, 늙은이의 노래는 신부에게까지 단편적으로 들려왔다. 그것은 무엇인가 뜻을 알 수 없는 끔찍스러운 것이었다.

그레브야, 짖어라, 그레브야, 우글거려라!

자아라, 자아라, 내 토리 대야,
안마당에서 휘파람 불고 있는
망나니에게 밧줄을 자아주어라.
그레브야, 짖어라, 그레브야, 우글거려라!

아름다운 삼밧줄을!
이시에서 방브르까지 씨를 뿌려라,
밀 씨는 말고 삼씨를 뿌려라.
도둑놈은 훔치지 않았네,
아름다운 삼밧줄을!

그레브야, 우글거려라, 그레브야, 짖어라!
눈곱 낀 교수대에 목을 매다는
갈보를 보기 위해선
창문이 눈이라네.
그레브야, 우글거려라, 그레브야, 짖어라!

이때 젊은 사내는 웃으면서 계집애를 애무하고 있었다. 노파는 팔루르델이고, 계집애는 창녀고, 젊은이는 그의 아우 장이었다.

그는 계속 바라보았다. 그것도 꽤 구경거리가 되었던 것이다.

그는 장이 방 안쪽에 있는 창으로 가서 창문을 열고, 멀리 숱한 유리창들에 불빛이 반짝거리는 것을 흘끗 보는 것을 보았고, 그가 창문을 도로 닫으면서 다음과 같이 말하는 소리를 들었다. "제기랄! 벌써 밤이 됐잖아. 시민들은 촛불을 켜고 하느님은 별을 켜는군."

그런 뒤에 장은 매춘부에게 돌아와서, 탁자 위에 있는 술병 하나를 깨뜨리며 외쳤다.

"벌써 비었잖아, 빌어먹을! 돈이 다 떨어졌는데! 이봐, 이자보, 제우스가 네 두 개의 하얀 젖퉁이를 두 개의 새카만 술병으로 바꿔놓지 않는 한, 난 제우스에게 만족하지 못하겠다. 그러면 그 술병에서 밤낮으로 본 포도주를 빨아 먹겠는데 말이야."

이 멋진 농담은 창녀를 웃겼고, 장은 나갔다.

클로드 신부는 동생이 자기를 만나 정면으로 마주 보고 알아보지 못하도록 겨우 땅바닥에 엎드릴 겨를밖에 없었다. 다행히 거리는 어두웠고, 학생은 취해 있었다. 그런데도 그는 부주교가 포도의 진흙 속에 누워 있는 것을 발견했다.

"어럽쇼!" 그는 말했다. "이 친구 오늘 재미 톡톡히 봤나 보군."

그는 클로드 신부를 발길로 흔들었으나, 클로드 신부는 숨을 죽이고 있었다.

"취해 뻗었어." 하고 장은 말을 이었다. "제기랄, 만취했는걸. 이건 술통에서 떨어진 진짜 거머리일세. 대머리로구나." 그는 내려다보면서 덧붙였다. "늙은이로군! Fortunate senex!(행복한 노인이로다!)[3]"

---

3) 티티루스의 행복 앞에서 멜리보이오스가 한 감탄. 베르길리우스의 『전원시』 I, 49.

그런 뒤에 클로드 신부는 그가 떠나가면서 이렇게 말하는 소리를 들었다. "그야 어쨌든, 이유야 별거 아니야. 내 형님 부주교는 현명하고 돈이 있으니 매우 행복한 사람이야."

그러자 부주교는 다시 일어나 노트르담 쪽으로 단숨에 달려갔는데, 그 거대한 종탑들이 어둠 속에서 집들 위로 솟아 있는 것이 보였다.

숨을 헐떡거리면서 성당 앞뜰 광장에 도착한 순간, 그는 뒷걸음치고 감히 그 불길한 건물을 쳐다보지 못했다. "오!" 하고 그는 나직한 목소리로 말했다. "그런 일이 여기서, 오늘, 바로 오늘 아침에 일어났다는 게 그래 정말 사실이란 말인가!"

그러나 그는 용기를 내어 성당을 바라보았다. 정면은 검었다. 그 뒤에서 하늘은 별들로 반짝거리고 있었다. 지평선에서 막 떠오른 초승달이 그때 오른쪽 종탑 꼭대기에 멎어 있어, 가장자리가 검은 클로버 잎 모양으로 된 난간 가에 마치 한 마리의 빛나는 새처럼 앉아 있는 것 같았다.

수도원의 문은 닫혀 있었다. 그러나 부주교는 자기의 실험실이 있는 종탑의 열쇠를 항상 몸에 지니고 있었다. 그는 그것을 사용하여 성당 안으로 들어갔다.

그는 성당 안에서 동굴 같은 어둠과 고요를 발견했다. 사방에서 널따랗게 떨어지는 커다란 그림자들 속에, 그는 이날 아침의 의식의 장막들이 아직도 철거되지 않고 있는 것을 일이 보았다. 커다란 은 십자가는 무덤 같은 이 밤의 은하수처럼, 군데군데 유난히도 반짝거리면서 암흑 속에서 빛나고 있었다. 성가대석의 기다란 창들은, 검은 휘장 위에 첨두홍예의 위쪽 끝을 보여주고 있었는데, 달빛이 스며들고 있는 그 창유리는 밤의 희미한 빛깔, 죽은 사람의 얼굴에서 말고는 볼 수 없는 일종의 자줏빛과 흰빛과 푸른빛밖에 나타내지 않고 있었다. 부주교는 성가대석 주위로 그 첨두홍예의 창백한 첨단들을 보고서, 지옥에 떨어진 주교들의 관(冠)을 보는 것만 같았다. 그가 눈을 감았다가 다시 떴을 때, 창백한 얼굴들이 빙 둘러서서 자기를 바라보고 있다고 생각했다.

그는 성당을 지나서 달아나기 시작했다. 그러자 성당 역시 흔들리고, 움직이고, 생기를 띠고, 생명을 갖는 듯했고, 퉁퉁한 원기둥 하나하나가 거대한 다리가 되어, 널따란 돌로 된 발로 땅바닥을 치는 것 같았으며, 거대한 대성당이 일종의 어마어마한 코끼리가 되어, 숨을 내뿜고, 그 원기둥이 발이 되고 그 두 종탑이 코가 되고 그 거대한 검은 장막이 코끼리 옷이 되어서 걷고 있는 것 같았다.

이처럼 신열이랄까 정신착란이 극도에 달했는지라, 이 불행한 사나이에게 외계는 이제 눈에 보이고 손에 만져지는 무시무시한 일종의 계시록일 뿐이었다.

그는 잠시 진정이 되었다. 측랑 아래로 들어갔을 때, 그는 육중한 원기둥들 뒤에서 불그스름한 불빛을 보았다. 그는 별을 본 듯 거기로 달려갔다. 그것은 쇠 격자 아래 놓아둔, 노트르담의 공중용 성무일과서를 밤낮으로 밝혀주는 희미한 남폿불이었다. 그는 거기서 무슨 위안이나 격려를 발견할 수도 있지 않을까 하는 희망에서, 성서를 향해 정신없이 달려갔다. 책은 아래와 같은 「욥기」의 구절이 나오는 대목에서 펼쳐져 있어, 그는 멍하니 크게 뜬 눈으로 그것을 훑어보았다. '그리고 하나의 정령이 내 얼굴 앞을 지나갔고, 나는 작은 숨소리를 들었고, 내 살갗의 털은 곤두섰다.'[4]

이런 음산한 글을 읽었을 때, 그는 마치 장님이 자기가 주운 지팡이에 찔리는 것을 느낄 때와 같은 느낌을 받았다. 무릎에서 기운이 쑥 빠져나갔고, 그는 포석 위에 쓰러져 이날 낮에 죽은 그 여인을 생각했다. 그는 자기의 머릿골 속에 괴이한 연기가 담뿍 흘러들고 스쳐가는 것을 느끼고, 자기의 머리가 지옥의 굴뚝이 된 것이 아닌가 싶었다.

그는 이제 아무런 생각도 없이 악마의 손아귀에 빠져서 꼼짝도 못한 채, 오랫동안 그런 자세로 있었던 것 같다. 이윽고 얼마간 기운을 되찾은 그는 충복인 카지모도가 있는 종탑 안으로 도망쳐 갈 생각을 했다. 그는 일어났다. 그리고 무서웠으므로, 앞을 밝히기 위해 성무일과서의 남폿불을 집었다. 그것은 신성모독이었지만, 그는 더 이상 그런 하찮은 일에 신경 쓸 처지가 아니었다.

그는 남모를 공포심에 가득 차서, 종탑의 계단을 천천히 기어 올라갔는데, 그렇게 밤늦게 총안을 하나씩 하나씩 거쳐 종탑 꼭대기로 올라가고 있는 남폿불의 신비로운 불빛은, 드문드문 지나가는 성당 앞뜰의 행인들에게까지도 그의 공포감을 퍼뜨려주고 있었음에 틀림없다.

---

4) 「욥기」 4장 12, 15절을 자유롭게 인용한 것이다. '어떤 말씀이 내게 가만히 이르고 그 가느다란 소리가 내 귀에 들렸었나니…… 그때에 영이 내 앞으로 지나매 내 몸에 털이 쭈뼛하였느니라.'

갑자기 그는 얼굴 위가 조금 서늘함을 느꼈고, 자기가 가장 높은 회랑의 문 아래 와 있는 것을 알아차렸다. 공기는 차가웠고, 하늘에는 구름이 흘러가는데, 그 널따란 흰 구름 조각들이 서로 겹쳐 들면서 모서리가 부서지는 꼴은, 마치 겨울에 강물이 얼음에서 풀리는 모양과도 같았다. 구름 한복판에 걸려 있는 초승달은 공중의 그 얼음 조각들 속에 좌초된 한 척의 하늘 배와 같았다.

그는 눈길을 떨어뜨리고, 두 종탑을 연결하는 난간의 작은 기둥들 사이에 서서, 멀리 안개와 연기의 엷은 장막을 통해, 뾰쪽뾰쪽하고, 수를 헤아릴 수 없이 밀집한, 그리고 여름밤의 잔잔한 바다 물결처럼 조그마한, 파리의 고요한 지붕들을 잠시 바라보았다.

달은 희미한 빛을 던져 하늘과 땅을 잿빛으로 물들이고 있었다.

그때 큰 시계가 가냘프고 칼칼한 목소리를 냈다. 자정을 친 것이다. 신부는 정오를 생각했다. 12시간이 흐른 것이다. "오!" 그는 나직한 목소리로 중얼거렸다. "그녀는 지금쯤 틀림없이 싸늘해져 있겠지!"

별안간 한 무더기의 바람이 그의 남폿불을 끄고, 그와 거의 동시에, 종탑 반대쪽 모퉁이에 하나의 그림자가, 하나의 흰 빛이, 하나의 형체가, 하나의 여인이 나타나는 것이 보였다. 그는 몸을 떨었다. 그녀 곁에 조그만 염소 한 마리가 있어, 마지막 점을 치는 큰 시계의 소리에 그의 울음소리를 섞고 있었다.

그는 힘을 내어 바라보았다. 그녀였다.

그녀는 창백하고 침울했다. 그녀의 머리는 아침때와 같이 어깨 위에 드리워져 있었다. 그러나 이제 목에는 밧줄이 없었고, 손도 묶여 있지 않았다. 그녀는 풀려 있었고 죽어 있었다.

그녀는 흰옷을 입었고 머리에 흰 베일을 쓰고 있었다.

그녀는 그를 향해 오고 있었다. 천천히, 하늘을 우러러보면서. 신비로운 염소는 그녀의 뒤를 따르고 있었다. 그는 자기가 돌로 변한 것 같고 너무도 무거운 것같이 느껴져 달아나지 못했다. 그녀가 한 걸음 한 걸음씩 걸어 나올 때마다, 그는 한 걸음씩 뒤로 물러났는데, 그것이 고작이었다. 그렇게 하여 그는 계단의 캄캄한 궁륭 아래로 다시 들어갔다. 그는 아마 그녀도 거기로 들어오리라는 생각으로 얼어붙어 있었다. 만약 그녀가 그렇게 했더라면, 그는 무서워서 죽어버렸으리라.

그녀는 과연 층계의 문 앞으로 와서 잠시 걸음을 멈추고, 어둠 속을 응시했으나, 거기에 신부가 있는 것을 보지는 못한 듯, 그냥 지나가버렸다. 그에게 그녀는 살아 있던 때보다 더 키가 커 보였다. 그는 그녀의 흰 드레스를 통해 달을 보았고, 그녀의 숨소리를 들었다.

그녀가 지나가버린 후, 그는 계단을 도로 내려가기 시작했다. 그가 유령에게서 본 것과 같은 느린 걸음걸이로, 자기 자신도 유령이 된 거라고만 생각하면서, 시퍼런 얼굴로, 머리털을 곤두세우고, 꺼진 남폿불을 여전히 손에 든 채. 나선계단을 내려가면서, 그는 자신의 귓속에서 어떤 목소리가 웃으면서 이렇게 되풀이하는 것을 똑똑히 들었다.

"……하나의 정령이 내 얼굴 앞을 지나갔고, 나는 작은 숨소리를 들었고, 내 살갗의 털은 곤두섰다."

2장

곱사등이, 애꾸눈이, 절름발이

중세에는, 그리고 루이 12세 때까지는 모든 도시가, 프랑스의 모든 도시가 저마다 피신처를 가지고 있었다. 이 피신처들은 도시에 범람하던 형법과 야만적 사법권의 홍수 속에서 인간의 사법 수준 위에 우뚝 솟은 일종의 섬들과도 같았다. 거기에 닿는 죄인은 누구나 구제되었다. 교외에는 교형장과 거의 같은 수효의 피신처가 있었다. 그것은 형벌의 남용에 대한 면죄의 남용인바, 이 두 가지 폐단은 서로 견제하려 애쓰고 있었다. 임금의 궁전과 제후의 저택, 그리고 특히 성당들은 면죄권이 있었다. 때로는 인구를 불릴 필요가 있었던 어떤 도시는 그 도시 전체를 임시로 은신처로 만드는 수도 있었다. 루이 11세는 1467년에 파리를 피신처로 만들었다.

일단 피신처 안에 발을 들여놓기만 하면 죄인은 불가침이었다. 그러나 거기서 나오지 않도록 조심하지 않으면 안 되었다. 한 걸음만 성역 밖으로 내디디면, 그는 다시 물결 속에 떨어지는 것이었다. 차형과 교수대와 추락형이 은신처 주위에서 엄중히 감시하고 있었고, 배 주위의 상어들처럼 끊임없이 그들의 먹이를 지켜보았다. 그리하여 죄수들이 수도원에서, 궁전의 계단에서, 수도원의 경작지에서, 성당의 문 아래서 백발이 되는 것을 사람들은 볼 수 있었다. 이처럼 피신처 역시 일종의 감옥이었다. 때로 최고재판소의 엄숙한 판결이 피신처를 침범하여 죄수를 사형 집행인에게 돌려주는 수도 있었다. 최고재판소는 주교들을 경원(敬遠)하였고, 이 두 개의 법의가 서로 감정이 뒤틀리는 날에는 법복은 사제복과 더불어 수월스레 일을 보지 못했다. 그러나 때로는 파리의 사형 집행인 프티 장의 살인 사건과 장 발르레의 살해자 에므리 루소 사건에서, 재판소는 성당의 벽을 뛰어넘었고, 제 판결의 집행을 무시한 일도 있었다. 그러나 최고재판소의 판결이 없다면, 흉기를 들고 피신처를 침범한 자는 화를 입었다! 프랑스 원수(元帥) 로베르 드 클레르몽의 죽음과 샹파뉴 원수 장 드 샬롱의 죽음[5]이 무엇이었는지는 누구나 다 아는 바다. 그러나 문제가 된 것

5) 1358년 1월 24일 페랭 마르크(Perin Marc)는 노르망디 공작(장래의 샤를 5세)의 출납관을 죽였다. 바로 그날 저녁, 노르망디 원수와 장 드 샬롱(Jean de Châlons, 위고는 이 장 드 샬롱을 샹파뉴 원수 장 드 콩플랑(Jean de Conflans)과 혼동하고 있다.)은 생메리 성당 안으로 침입하여 페랭 마르크를 강탈해다 교수했다. 이 두 인물은 1358년 2월 22일, 마르셀(E. Marcel)의 명령에 의해 암살당하였지만 그들의 죽음은 면죄권 침범과는 매우 간접적인 관계밖에 없다.

은 한 보잘것없는 살인자 페랭 마르크라는 환전꾼의 사동(使童)에 불과했다. 하지만 그 두 원수는 생메리의 문을 부쉈다. 거기에 큰 실수가 있었던 것이다.

피신처의 주위에는 대단한 경의가 감돌고 있었으므로, 전설에서 말하는 것을 들어보면, 심지어 짐승에 이르기까지도 경의를 품었다고 한다. 에무앵[6]의 이야기에 따르면, 다고베르에게 쫓긴 사슴 한 마리가 성 드니의 무덤 옆으로 달아났을 때, 사냥개 떼가 걸음을 멈추고 짖기만 했다는 것이다.

성당들은 보통 애원하는 사람들을 맞아들이기 위해 준비된 조그만 방 하나씩을 가지고 있었다. 1407년에 니콜라 플라멜은 생자크 드 라 부슈리의 궁륭 위에 애원자들을 위해 방 하나를 짓게 했는데, 그 비용으로 파리 주화 4리브르 6솔 16드니에가 들었다.

노트르담에서 그것은 수도원 맞은편, 공중 부벽 아래 측랑의 지붕 틀 위에 세운 하나의 독방으로서, 현재의 종탑 문지기 아내가 정원을 꾸며놓은 바로 그 장소에 있었는데, 이 정원은 바빌론의 공중 정원들에 비하면, 한 그루의 종려나무에 대한 한 포기 상추요, 삼무 라마트[7]에 대한 문지기 아줌마 격이다.

종탑과 회랑 위를 미친 듯이 의기양양하게 달린 뒤에, 카지모도가 라 에스메랄다를 내려놓은 곳이 바로 거기였다. 그렇게 달음박질치는 동안, 처녀는 제정신을 차릴 수가 없었다,

---

6) 플뢰리(현재의 생브누아 쉬르 루아르)의 수도사. 889년에 사망. 성 브누아의 기적에 관한 저서를 남겼다.

7) 그리스 전설에 나오는 아시리아의 여왕.

반쯤 조는 듯 마는 듯, 깨는 듯 마는 듯, 아무것도 느끼지 못했으나, 다만 자기가 공중으로 올라가고, 공중에서 둥둥 뜨고, 공중을 날고, 무엇이 자기를 지상에서 휘몰아가고 있는 성만 싶었다. 때때로 그녀는 카지모도의 폭소와 요란스러운 목소리를 들었고, 방긋이 눈을 뜨고 하였는데, 그럴 때면 자기 아래에, 붉고 푸른 모자이크처럼 슬레이트와 기와의 무수한 지붕들로 얼룩진 파리가 어렴풋이 보이고, 자기 머리 위에는 카지모도의 무시무시하고도 즐거운 듯한 얼굴이 보이는 것이었다. 그러자 그녀의 눈까풀은 다시 감기고, 그녀는, 모든 것은 끝났다, 자기가 까무러져 있는 동안 자기에게 사형이 집행된 것이다, 자기의 운명을 주재하였던 기괴한 정령이 자기를 다시 잡아가고 있는 것이라고만 믿곤 하였다. 그녀는 감히 그 정령을 바라보지도 못하고 그가 하는 대로 내버려두고 있었던 것이다.

그러나 머리가 헝클어지고 헐떡거리는 종지기가 은신의 독방에 자기를 내려놓았을 때, 그의 투박한 손이 자기의 팔에 상처를 입힌 밧줄을 살살 풀어주는 것을 느꼈을 때, 그녀는 캄캄한 한밤중에 뭍에 닿는 배의 손님들을 깜짝 깨워 일어나게 하는 그런 종류의 동요를 느꼈다. 그녀의 생각도 역시 깨어나 하나씩 하나씩 되돌아왔다. 그녀는 자기가 노트르담에 있는 것을 보았다. 그리고 생각났다, 자기가 망나니의 손에서 탈취되었다는 것이, 페뷔스가 살아 있다는 것이, 페뷔스는 더 이상 자기를 사랑하고 있지 않다는 것이. 그리고 그중 한 가지 생각은 다른 또 한 가지 생각 위에 말할 수 없는 고통을 던져

주었는데, 그 두 가지 생각이 이 가련한 사형수에게 한꺼번에 떠올랐을 때, 그녀는 자기 앞에 서 있는 카지모도를 돌아보았는데, 그는 그녀에게 공포감을 주었다. 그녀는 그에게 말했다. "왜 나를 살려냈나요?"

그는 마치 그녀가 자기에게 무슨 말을 하고 있는지 알아내려고 애쓰듯 걱정스러운 눈으로 그녀를 바라보았다. 그녀는 같은 질문을 되풀이했다. 그러자 그는 몹시 슬픈 눈으로 그녀를 흘끗 보고는 달아나버렸다.

그녀는 놀라서 멍하니 있었다.

잠시 후 그는 꾸러미 하나를 가지고 돌아와서 그녀의 발아래 던졌다. 그것은 자비로운 부인네들이 그녀를 위해 성당 문 앞에 놓고 간 의복이었다. 그때서야 그녀는 자기 몸을 내려다보고, 거의 발가벗고 있는 것을 깨닫고 새빨개졌다. 생명이 되돌아오고 있었던 것이다.

카지모도도 뭔가 그 수치심 같은 것을 느끼는 듯했다. 그는 그 널따란 손으로 눈을 가리고 다시 한 번 그 자리를 떠났으나, 이번에는 느릿느릿 걸어갔다.

그녀는 얼른 옷을 입었다. 그것은 흰 베일이 달린 흰 드레스였다. 시립 병원의 수련수녀복이었다.

그녀는 미처 다 갈아입기도 전에 카지모도가 돌아오는 것을 보았다. 그는 한쪽 팔 아래엔 바구니를, 다른 쪽 팔 아래엔 보료를 하나씩 끼고 있었다. 바구니 속에는 병 하나와 빵과 몇 가지 먹을 것이 들어 있었다. 그는 바구니를 땅바닥에 내려놓고, "잡수쇼." 하고 말했다. 그리고 보료를 타일 바닥에 펴놓고, "주무쇼." 하고 말했다. 이 종지기가 가서 가져온 것은 그녀의 식사였고 그녀의 잠자리였다.

이집트 아가씨는 그에게 감사하려고 그를 쳐다보았으나, 한마디 말도 할 수 없었다. 이 불쌍한 사나이는 정말로 보기 흉했다. 그녀는 무서워 떨면서 고개를 수그렸다.

그러자 그는 그녀에게 말했다. "제가 무섭죠? 정말 추하지요? 저를 보지 마세요. 제 말을 듣기만 하세요. 낮엔 여기에만 계세요. 밤엔 성당 안을 죄 돌아다녀도 좋아요. 그러나 낮이고 밤이고 성당에서 나가지 마세요. 그런 날엔 파멸하실 테니까요. 아가씨를 잡아 죽일 것이고 저도 죽을 거예요."

감동하여 그녀는 대답하려고 고개를 들었다. 그는 이미 사라져버리고 없었다. 그녀는 또다시 홀로 남아서, 거의 괴물 같은 그 사나이의 괴상한 말소리를 생각하고, 그렇게도 목이 쉰 그러나 그렇게도 부드러운 그의 음성에 놀라고 있었다.

그런 뒤에, 그녀는 자기의 독방을 살펴보았다. 그것은 사방이 여섯 자쯤 되는 방으로서, 납작납작한 돌 지붕의 느슨한 경사면에 조그만 채광창 하나와 문 하나가 달려 있었다. 동물의 형상이 붙은 숱한 홈통이 그녀의 주위에 몸을 구부리고 채광창으로 그녀를 들여다보려고 목을 빼고 있는 것 같았다. 그 지붕의 가장자리에서는 그녀의 눈 아래로 파리의 모든 불의 연기를 올려 보내는 무수한 굴뚝들의 꽉대기가 보였다. 서글픈 광경이었다, 이 가엾은 이집트 아가씨에게는, 조국도 없고, 가족도 없고, 집도 절도 없는 이 업둥이, 사형수, 이 불행한 여자에게는.

그렇게 자기의 외로운 신세를 여느 때보다도 더 가슴 아프게 생각하고 있을 때, 그녀는 복슬복슬한 털과 수염이 달린 머리 하나가 자기의 손 안으로, 자기의 무릎 위로 슬그머니 들어오는 것을 느꼈다. 그녀는 몸을 떨고(지금 그녀는 모든 것에 놀라고 있었다.) 바라보았다. 그것은 그 가엾은 염소, 그 날쌘 잘리였는데, 카지모도가 샤르몰뤼 일당을 흐트러뜨렸을 때, 그녀의 뒤를 따라 도망쳐 와서, 근 한 시간 전부터 그녀의 발아래서 애무를 퍼붓고 있었으나, 주인은 한번 거들떠봐 주지도 않았던 것이다. 이집트 아가씨는 염소에게 마구 입을 맞추었다. "오! 잘리." 하고 그녀는 말했다. "내가 너를 잊고 있었구나! 그래 넌 나를 항상 생각하고 있구나! 오! 너는, 너는 매정한 놈이 아니구나!" 그와 동시에 마치 눈에 보이지 않는 하나의 손이 그토록 오래전부터 그녀의 가슴속에서 눈물을 억누르고 있던 중압을 들어내 버리기라도 한 듯이, 그녀는 울기 시작했다. 그리고 눈물이 흐름에 따라, 자기의 고통 속에 있는 가장 아프고도 쓰라린 것이 눈물과 더불어 스러져가는 것을 느꼈다.

저녁이 되었을 때, 그녀는 밤이 하도 아름답고 달이 하도 다정스러워 보여서, 성당을 빙 두르고 있는 높은 회랑을 한 바퀴 돌았다. 그러자 그녀는 고통이 좀 가라앉았는데, 그 높은 곳에서 본 때, 지상은 그토록 고요해 보였다.

3장

귀머거리

이튿날 아침 잠을 깼을 때 그녀는 자기가 잠을 잤다는 것을 알아차렸다. 그런 이상한 사실에 그녀는 놀랐다. 그녀가 잠자는 버릇을 잃은 지 퍽 오래였던 것이다. 떠오르는 태양의 즐거운 햇살 한줄기가 채광창으로 들어와 그녀의 얼굴을 어루만져주고 있었다. 햇빛과 동시에 그녀는 그 채광창에서 물체 하나를 보고 놀랐는데, 그것은 불쌍한 카지모도의 낯바닥이었다. 본의 아니게도 그녀는 다시 눈을 감아버렸으나 소용없었다. 자기의 볼그레한 눈꺼풀을 통하여, 애꾸눈이자 앞니가 빠진 그 난쟁이의 상판대기가 여전히 보이는 것만 같았다. 그러자 여전히 눈을 감고 있던 그 여자는 하나의 거친 목소리가 다음과 같이 조용조용 말하는 것을 들었다. "무서워하지 마세요. 저는 아가씨의 친구니까요. 전 아가씨가 주무시는 걸 보러

와 있었어요. 아가씨가 주무시는 걸 보러 와도 아가씨는 아무렇지도 않잖아요? 아가씨가 눈을 감고 계실 때 제가 여기에 있은들 어때요? 이젠 가겠어요. 봐요, 벽 뒤로 들어갔어요. 이젠 눈을 떠도 좋아요."

이러한 말보다 더 애처로운 것이 있었으니, 그것은 곧 그 말을 할 때의 어조였다. 이집트 아가씨는 감동하여 눈을 떴다. 아닌 게 아니라 그는 이제 채광창에 있지 않았다. 그녀가 채광창으로 가서 보니, 가련한 꼽추는 벽 모퉁이에, 고통스럽고 체념한 듯한 태도로 웅크리고 있었다. 그녀는 그가 자기에게 자아내는 불쾌감을 억제하려고 애를 썼다. "이리 와요." 하고 그녀는 그에게 조용히 말했다. 이집트 아가씨의 입술이 움직이는 것을 보고 카지모도는 그녀가 자기를 쫓아내는 줄 알았다. 그러자 그는 일어나서 물러갔다, 절뚝거리면서, 천천히, 고개를 수그리고, 절망으로 가득 찬 눈을 처녀를 향해 감히 쳐들지도 못하고. "이리 오라니깐." 하고 그녀는 외쳤다. 그러나 그는 계속 떠나갔다. 그러자 그녀는 독방에서 뛰어나가 그에게로 달려가 그의 팔을 잡았다. 그녀의 손이 자기 몸에 닿은 것을 느끼고, 카지모도는 사지를 떨었다. 그는 애원하는 듯한 눈을 들어 그녀가 자기를 그녀 곁으로 도로 데리고 가는 것을 보고, 얼굴이 기쁨과 애정으로 온통 반짝였다. 그녀는 그를 자기의 독방 안으로 들어오게 하려 했으나 그는 끝내 문턱 위에 서 있었다. "안 돼요, 안 돼요." 그는 말했다. "부엉이는 종달새의 보금자리에 들어가지 않는 법이에요."

그러자 그녀는 잠든 염소를 발 옆에 두고 자기 잠자리에 아리땁게 쭈그리고 앉았다. 두 사람은 한참 동안 꼼짝도 않고 말없이 서로 들여다보고 있었는데, 그는 아리땁기 그지없는 것을, 그녀는 추하기 그지없는 것을 보고 있었던 셈이다. 시시각각으로 그녀는 카지모도에게서 보기 흉한 것을 자꾸만 더 발견했다. 그녀의 시선은 다리가 안쪽으로 휜 무릎에서 곱사등으로, 곱사등에서 외눈으로 옮아갔다. 그녀는 세상에 이렇게도 서투르게 그려지다 만 인간이 존재하리라고는 생각할 수조차 없었다. 그러나 그 모든 것 위에는 슬픔과 부드러움이 담뿍 퍼져 있었으므로 그녀는 그것에 예사로워지기 시작했다.

그가 먼저 침묵을 깼다. "그래 저더러 돌아오라고 하셨어요?"

그녀는 고개를 끄덕거리면서, "그래." 하고 말했다.

그는 고갯짓의 뜻을 알아챘다. "아!" 하고 그는 말을 끝마치기를 망설이듯 말했다. "사실은…… 저는 귀머거리거든요."

"가련한 사람!" 보헤미아 아가씨는 호의와 연민의 표정을 지으며 외쳤다.

그는 고통스러운 듯이 미소를 짓기 시작했다. "제가 설상가상으로 그런 병신이기까지 하냐고 생각하시겠죠? 그래요, 저는 귀머거리예요. 전 그렇게 생겼답니다. 끔찍하지요, 안 그래요? 아가씨는 참으로 아름다운데, 아가씨는요!"

이 불쌍한 사나이의 어조에는 자기의 비참한 처지에 대한 하도 깊은 자각이 깃들어 있어서, 그녀는 한마디 말을 할 힘도 없었다. 게다가 무슨 말을 했더라도 그에게는 들리지 않았으리라. 그는 계속했다.

"저는 지금처럼 제 추함을 본 적이 한 번도 없었어요. 저는 저 자신을 아가씨에게 견주어볼 때, 제가 무척 가엾어요, 저는 참으로 가련하고 불쌍한 괴물이에요! 저는 틀림없이 아가씨에게 짐승같이 보일 거예요, 그렇죠. 그런데 아가씨는 한줄기 햇살이에요, 한 방울 이슬이에요. 새의 노랫소리예요! 저는, 저는 그 어떤 끔찍스러운 것, 사람도 아니고 짐승도 아니고, 조약돌보다도 더 단단하고 발아래 더 짓밟히고 더 보기 흉한, 뭔지 알 수 없는 것이에요!"

그러고는 웃기 시작했는데, 그 웃음소리는 이 세상에서 가장 비통한 것이었다. 그는 계속했다.

"그래요, 저는 귀머거리예요. 그러나 아가씨는 제게 몸짓으로, 신호로 얘기하면 돼요. 제겐 주인 한 분이 계시는데, 그분은 저하고 그렇게 얘기를 하시거든요. 그리고 또 저는 아가씨의 입술이 움직이는 걸 보고, 아가씨의 눈을 보고, 이내 아가씨의 뜻을 알게 될 거예요."

"그런데!" 그녀는 빙그레 웃으면서 말을 이었다. "말해 봐요, 왜 당신은 나를 살려냈는지."

그는 그녀가 말하는 동안 그녀를 유심히 바라보았다.

"알았어요." 그는 대답했다. "아가씨는 저더러, 왜 제가 아가씨를 살려냈느냐고 묻고 계시죠. 아가씨는 잊어버리셨어요, 어느 날 밤 아가씨를 강탈하려고 했던 악당을. 그런데 아가씨는 바로 그 이튿날 그 수치스러운 죄인 공시대 위에서 그 악당에게 구원의 손길을 뻗쳐주셨어요. 한 방울의 물과 약간의 동정, 그것은 제 목숨으로도 다 갚을 수 없을 거예요. 아가씨는 그 악당을 잊어버리셨어요. 그는 그것을 기억하고 있었는데."

그녀는 몹시 감동하여 그의 말을 듣고 있었다. 한 방울의 눈물이 종지기의 눈 속에 감돌고 있었으나 떨어지지는 않았다. 그는 눈물을 삼키는 데 일종의 명예를 걸고 있는 것 같았다.

"들어보세요." 그는 눈물이 떨어질 염려가 없어지자 말을 이었다. "저기 썩 높은 종탑들이 있지요. 만약 거기서 떨어지는 사람은 미처 포도에 닿기도 전에 죽어버릴 거예요. 제가 저기서 떨어져주었으면 싶으실 때엔, 한마디 말도 하실 필요 없어요. 눈짓 한 번만 하시면 충분해요."

그러고 나서 그는 일어섰다. 보헤미아 아가씨는 몹시 불행하기는 했지만, 이 괴이한 사나이는 그녀의 마음속에 또 약간의 동정심을 불러일으켰다. 그녀는 그에게 더 머물러 있으라는 신호를 했다.

"안 돼요, 안 돼요." 그는 말했다. "저는 너무 오래 머물러 있어서는 안 돼요. 아가씨가 저를 바라보고 계시면 전 마음이 편치 않아요. 아가씨가 눈을 돌리지 않는 건 측은지심에서 그러시는 거거든요. 아가씨가 저를 보시지 않고서 제가 아가씨를 볼 수 있는 곳으로 가겠어요. 그게 더 좋을 거예요."

그는 자기 호주머니에서 금속으로 된 조그만 호각 하나를 꺼냈다.

"자요," 하고 그는 말했다. "제가 필요하실 때엔, 제가 와주길 바라실 때엔, 저를 보시는 것이 그다지 무섭지 않을 때엔, 이걸로 호각을 부셔요. 그 소리는 제게도 들리니까요."

그는 호각을 땅바닥에 내려놓고 달아나버렸다.

4장

질그릇과 수정 그릇

날들은 가고 또 왔다.

라 에스메랄다의 마음속에 시나브로 평온이 되돌아오고 있었다. 극도의 고통은 극도의 기쁨과 마찬가지로 잠깐밖에 계속되지 않는 격렬한 것이다. 사람의 심정이란 극단 속에 오래 머물러 있을 수 없는 법이다. 보헤미아 아가씨는 극심한 고통을 겪었는지라, 이제 그녀에겐 놀라움밖에 남아 있지 않았다.

안전과 함께 그녀에게는 희망도 되살아났다. 그녀는 사회 밖으로, 생활 밖으로 쫓겨 나와 있었으나, 거기로 되돌아가는 것이 아마 불가능하지는 않으리라는 것을 어렴풋이 느꼈다. 그녀는 자기 무덤의 열쇠를 따로 가지고 있는 그런 죽은 여자 같았다.

그녀는 그토록 오랫동안 자기를 괴롭혀왔던 그 무서운 영상들이 시나브로 자기에게서 멀어져가는 것을 느꼈다. 그 모든 끔찍한 곡두들, 피에라 토르트뤼도, 자크 샤르몰뤼도, 그녀의 머릿속에서 스러져갔다. 모두가, 그 신부마저도.

그런데다가 페뷔스는 살아 있었다. 그녀는 그것을 확신했다. 그를 보았으니까. 페뷔스의 삶, 그것이 중요한 것이었다. 그녀 안에서 모든 것을 허물어뜨려버린 일련의 숙명적 충격들이 지나간 뒤, 그녀는 자기의 마음속에 단 한 가지만이, 하나의 감정만이, 중대장에 대한 사랑만이 끄떡없는 것을 보았다. 사랑이란 나무 같은 것이기 때문인데, 그것은 저절로 자라나고, 우리의 온 생명 속에 깊이 뿌리를 내리고, 폐허가 된 가슴 위에서도 흔히 계속 푸르러지는 것이다.

그리고 설명하기 어려운 것은, 이 정열이 맹목적이면 맹목적일수록 그것은 더 끈질기다는 것이다. 그것은 그 자체 속에 근거가 없을 때보다 더 강인할 수는 결코 없는 것이다.

아마 라 에스메랄다는 고통 없이 중대장을 생각하지는 못했으리라. 아마 그 역시 배신당했다고 생각했다면, 그가 이 불가능한 일을 사실이라고 믿었다면, 그를 위해서라면 천 번이라도 죽어주었을 그녀로부터 단도의 타격이 온 것이라고 그가 생각했다면, 그것은 소름끼치는 일이었으리라. 그러나 결국, 그를 너무 원망해서는 안 되었다. 그녀는 '자기의 범죄'를 고백하지 않았던가? 그녀는, 약한 여자인 그녀는 고문에 굴복하지 않았던가? 모든 잘못은 그녀에게 있었다. 그녀는 제 손톱이 뽑히는 한이 있더라도 차라리 그런 말을 하지 말았어야 했을 것이다. 어쨌든 그녀가 페뷔스를 꼭 한 번만, 꼭 1분만 다시 만나본다면, 그의 잘못된 생각을 깨우쳐주고 그를 돌아오게 하는 데는, 한마디만으로, 한 번의 눈짓만으로 족하리라. 그녀는 그것을 의심하지 않았다. 그녀는 또한 여러 가지 해괴한 일들에 관해서, 공개 사죄를 하던 날 공교롭게도 페뷔스가 나타났던 일이며, 그가 함께 있던 처녀에 관해서 눈감으려 하였다. 그것은 아마 그의 누이동생이었겠지. 조리가 닿지 않는 설명이지만, 그녀는 그것으로 만족했다. 왜냐하면 그녀는 페뷔스가 여전히 자기를 사랑하고 있고 자기밖에는 사랑하지 않는다고 믿을 필요가 있었기 때문이다. 그가 그녀에게 그것을 맹세하지 않았던가? 그녀에게 무엇이 더 필요했겠는가, 순진하고 남의 말을 쉽게 곧이듣는 그녀에게? 게다가 또 이 사건은 피상적으로 볼 때, 그보다는 그녀에게 훨씬 더 불리하지 않았던가? 그녀는 그러므로 기다리고 있었다. 희망을 품고 있었다.

한마디 덧붙여 두거니와 성당은, 그녀를 사방에서 둘러싸 지키고 그녀의 목숨을 구하고 있는 이 거대한 성당은 그 자체가 최고의 진정제였다. 이 건축물의 엄숙한 겉모양, 처녀를 둘러싼 모든 물체들의 경건한 겉모양, 말하자면 그 돌의 모든 털구멍에서 배어나오는 종교적 고요한 상념들, 이러한 것들이 그녀에게 부지불식간에 작용하고 있었다. 건물은 또한 축복에 넘치는, 장엄하기 이를 데 없는 소음으로 가득 차 있어, 그 병든 마음을 누그러뜨려 주었다. 집전하는 성직자들의 단조로운 노랫소리, 때로는 흐릿하고 때로는 우렁찬 목소리로 신부들에게 대답하는 민중의 목소리, 스테인드글라스 창들의 조화로운 떨림, 수백 개의 나팔처럼 터지는 파이프오르간, 왕벌들의 벌집처럼 윙윙거리는 세 개의 종탑, 이 모든 교향곡, 군중에서 종탑으로 끊임없이 올라갔다 내려갔다 하는 거대한 음계가 그 위에서 뛰노는 이 모든 교향곡이 그녀의 기억을, 상상력을, 고통을 무디게 해주었다. 특히 종소리들이 그녀를 흔들어 재워주고 있었다. 그것은 마치 그 거대한 기계들이 그녀 위에 강력한 최면술을 듬뿍 퍼뜨리는 것과 같았다.

그러므로 아침마다 떠오르는 해는 그녀가 한결 진정되고, 더 잘 숨 쉬고, 덜 창백한 것을 느꼈다. 마음속 상처가 아물어 감에 따라 그녀의 아리따움과 아름다움이 얼굴 위에 다시 피어올랐는데, 그것은 한층 고요하고 차분한 아름다움, 아리따움이었다. 그녀의 예전 성격도 되돌아왔다. 그녀의 쾌활한 어떤 면까지도, 입술을 삐쭉거리는 그 예쁜 모습도, 염소에 대한 사랑도, 노래를 부르는 취미도, 그 수줍어하는 태도도. 이웃 다락방에 사는 사람이 행여나 채광창으로 자기를 들여다보지나 않을까 두려워서, 그녀는 아침에 자기 방구석에서 옷을 입을 때도 조심했다.

페뷔스에 대해 생각하다 틈이 날 적에는, 이집트 아가씨는 때때로 카지모도를 생각하는 수도 있었다. 그것은 인간들과 살아 있는 사람들과 그녀 사이에 남은 유일한 유대, 유일한 관계, 유일한 교섭이었다. 불쌍한 여인! 그녀는 카지모도보다도 더 세상 밖으로 밀려나 있었던 것이다! 그녀는 우연히 얻게 된 그 이상한 친구를 조금도 이해하지 못하고 있었다. 종종 그녀는 눈을 감아버리고 감사를 표하지 않은 것을 스스로 뉘우

치곤 했으나, 아무래도 그 가엾은 종지기에게 익숙해질 수가 없었다. 그는 너무도 추악했던 것이다.

그녀는 그가 자기에게 준 호각을 땅바닥에 그냥 내버려두었다. 그런데도 카지모도는 처음 며칠은 때때로 나타났다. 그가 먹을 것을 담은 바구니나 물병을 가지고 오는 때면, 그녀는 너무 불쾌하게 외면하지 않으려고 무진 애를 썼지만, 그는 언제나 그런 따위의 몸짓을 아무리 하찮은 것이라도 알아차리고는 쓸쓸히 돌아가곤 하였다.

한번은 그녀가 잘리를 쓰다듬고 있을 때 그가 불쑥 찾아왔다. 그는 염소와 이집트 아가씨의 아리따운 군상 앞에 한참 동안 생각에 잠겨 서 있었다. 이윽고 그는 그 못생긴 둔중한 머리를 흔들면서 말했다. "제 불행은, 제가 아직도 너무 인간을 닮았다는 거예요. 차라리 제가 짐승이었으면 좋겠어요. 저 염소처럼 말이에요."

그녀는 놀란 눈으로 그를 쳐다보았다.

그는 그 시선에 대답했다. "오! 전 왜 그런지 잘 알고 있어요." 그러고는 가버렸다.

또 한번은, 라 에스메랄다가 스페인의 옛 민요 하나를 부르고 있을 때, 그가 독방 문 앞에 나타났다.(그는 문 안으로 결코 들어오지 않았다.) 그 민요의 가사가 무슨 뜻인지 그녀는 모르고 있었으나, 아주 어렸을 적에 보헤미아 여자들이 그 노래를 부르면서 흔들어 재워주어서 귓속에 남아 있었던 것이다. 한창 노래를 부르고 있는 판에 느닷없이 나타난 그 흉측한 낯바닥을 보고, 처녀는 본의 아니게 깜짝 놀라 노래를 멈춰버렸다.

불쌍한 종지기는 문턱 위에 무릎을 꿇고 앉아서 애원하듯이 그 보기 흉한 투박한 손을 마주 잡았다. “오!” 하고 그는 고통스러운 듯이 말했다. “제발 애걸합니다. 계속해 주세요. 저를 쫓아내지 마시고.” 그녀는 그에게 고통을 주고 싶지 않아서, 부들부들 떨면서 그 연가를 다시 부르기 시작했다. 하지만 차츰차츰 두려움은 스러져가고, 그녀는 자기가 부르는 우울하고 단조로운 노랫가락의 인상에 고스란히 몸을 맡겨버렸다. 한편 그는 마치 기도라도 드리듯이, 여전히 무릎을 꿇고 두 손을 마주 잡은 채, 주의 깊게, 숨도 제대로 쉬지 않고, 보헤미아 아가씨의 타는 듯한 눈동자를 응시하고 있었다. 흡사 그는 그녀의 노래를 그녀의 눈 속에서 듣고 있는 것 같았다.

또 언젠가 한번은, 그가 주저하는 어색한 태도로 그녀에게 왔다. “제 말을 들어주세요.” 하고 그는 힘들여 말했다. “아가씨에게 할 말이 있어요.” 그녀는 그에게 듣겠다는 신호를 했다. 그러자 그는 한숨을 짓기 시작하고, 입술을 반쯤 열고, 한때 말을 하려는 것 같더니, 조금 있다가 그녀를 바라보고는, 아니라는 듯이 머리를 살래살래 흔들면서 손으로 이마를 감싸고 천천히 물러가버려, 이집트 아가씨는 어리둥절했다.

벽에 새겨져 있는 기괴망측한 인물들 가운데, 그가 유난히 사랑하는 인물 하나가 있었는데, 그와 더불어 그는 종종 우정 어린 시선을 교환하는 듯했다. 한번은 그가 그 벽의 인물에게 이렇게 말하는 것을 이집트 아가씨는 들었다. “오! 어째서 나는 너처럼 돌로 생기지 않았을까!”

마침내 어느 날 아침, 라 에스메랄다는 지붕의 가장자리까지 걸어나가, 생장 르 롱의 뾰족한 지붕 너머로 광장을 내려다보았다. 카지모도도 거기에, 그녀 뒤에 있었다. 그녀에게 자기를 보는 불쾌감을 되도록 주지 않으려고 그는 자진해서 그렇게 자리를 잡는 것이었다. 갑자기 보헤미아 아가씨가 떨었다. 눈물과 기쁨의 빛이 한꺼번에 그녀의 눈 속에서 반짝였다. 그녀는 지붕 가에 무릎을 꿇고, 고통스럽게 광장 쪽으로 두 팔을 뻗치면서 외쳤다. "페뷔스! 이리 오세요! 이리 오세요! 한마디만, 꼭 한마디만, 제발! 페뷔스! 페뷔스!" 그녀의 목소리며 얼굴, 몸짓, 온몸이, 멀리 수평선에서 햇빛 속을 지나가는 즐거운 배에게 구조 신호를 하는 조난자 같은 비통한 표정을 하고 있었다.

카지모도가 광장 위를 굽어보니, 그 애정 어린 미칠 듯한 기도의 대상은 한 청년, 무기와 패물로 전신이 반짝거리는 중대장, 미모의 기사였는데, 그는 말을 타고 깡충깡충 뛰어 광장의 안쪽을 지나가면서, 발코니에서 상글상글 웃고 있는 어느 미녀에게 군모의 깃털 장식으로 인사를 하고 있었다. 그런데 그 장교는 자기를 부르는 그 가련한 여자의 소리를 듣지 못하고 있었다. 그는 너무도 멀리 있었던 것이다.

그러나 가엾은 귀머거리는 그 소리를 들었다. 긴 한숨이 그의 가슴에서 새어나왔다. 그는 고개를 돌려버렸다. 그의 가슴은 그가 깊이 삼키고 있는 눈물로 부풀어올랐다. 그의 경련하는 두 주먹이 머리에 부딪쳤는데, 그가 머리에서 주먹을 뗐을 때에는 양쪽 손에 한 줌씩의 붉은 머리털이 쥐여 있었다.

이집트 아가씨는 그에게 아무런 주의도 하지 않았다. 그는 이를 갈면서 나지막한 목소리로 말했다. "빌어먹을! 저렇게 생겨야만 된단 말이야! 겉으로 보기에 미남이기만 하면 된단 말이야!"

그러는 동안 그녀는 여전히 무릎을 꿇고 앉은 채, 비상한 흥분 속에 외치고 있었다. "오! 그이가 말에서 내리신다! 저 집으로 들어가시려고 하네! 페뷔스! 내 소리가 안 들리는 거야! 페뷔스! 나와 동시에 그분에게 말을 하다니 참 고약한 여자로군! 페뷔스! 페뷔스!"

귀머거리는 그녀를 바라보았다. 그는 그 무언극의 뜻을 이해했다. 가련한 종지기의 눈은 눈물로 가득 찼으나, 한 방울도 떨어뜨리지는 않았다. 갑자기 그는 그녀의 소맷자락을 가만히 끌어당겼다. 그녀가 돌아보았다. 그는 침착한 표정을 되찾아 가지고 있었다. 그가 그녀에게 말했다. "제가 가서 저분을 데리고 올까요?"

그녀는 기쁨의 함성을 질렀다. "아이고 좋아! 어서 가! 자, 어서! 뛰어가! 빨리빨리! 저 중대장을! 저 중대장을! 저분을 내게 데려다줘요! 그럼 난 당신을 사랑할 거야!" 그녀는 그의 무릎을 얼싸안았다. 그는 고통스러운 듯이 머리를 끄덕거리지 않을 수 없었다. "지금 가서 저분을 데려다드릴게요." 하고 그는 약한 목소리로 말했다. 그런 뒤에 그는 고개를 돌리고, 계단 아래로 성큼성큼 뛰어갔다, 흐느낌에 숨이 막혀서.

그가 광장에 도착해 보니, 공들로리에 댁의 문에 비끄러매 놓은 아름다운 말밖에는 더 이상 아무것도 보이지 않았다. 중대장은 방금 문 안으로 들어갔던 것이다.

그는 성당의 지붕 쪽을 쳐다보았다. 라 에스메랄다는 여전히 같은 자리에, 같은 자세로 있었다. 그는 그녀에게 쓸쓸히 머리를 끄덕거려 보였다. 그런 뒤에 중대장이 나오는 것을 기다리기로 마음먹고, 공들로리에 댁 현관의 차량 통과 차단석에 등을 기댔다.

공들로리에 댁에서는, 결혼식 전에 베푸는 연회가 벌어지고 있었다. 카지모도는 많은 사람들이 들어가는 것을 보았으나, 누구 하나 나오는 것은 보지 못했다. 때때로 그는 지붕 쪽을 바라보았다. 이집트 아가씨도 그와 마찬가지로 꼼짝도 않고 있었다. 마부가 나와서 말을 풀어 주택의 마구간으로 들여보냈다.

그날 하루가 꼬빡 그렇게 지나갔다, 카지모도는 차단석 위에서, 라 에스메랄다는 지붕 위에서, 페뷔스는 아마도 플뢰르드리스의 발치에서.

마침내 밤이 되었다. 달도 없는 밤이, 캄캄한 밤이. 카지모도는 아무리 라 에스메랄다를 응시해도 소용없었다. 이내 그것은 황혼 속에 하나의 흰 점에 불과해지더니, 곧 아무것도 보이지 않게 되었다. 모든 것이 스러지고, 모든 것이 새카맸다.

카지모도는 정면의 꼭대기에서 아래까지 공들로리에 댁의 창문들에 불이 밝혀지는 것을 보았다. 그는 광장의 다른 유리창들에도 하나씩 하나씩 불이 꺼지는 것을 보았다. 또한 그 창들의 마지막 하나에 이르기까지 불이 꺼지는 것도 보았다. 저녁내 제자리에 머물러 있었으니까. 그래도 장교는 나오지 않았다. 마지막 행인들이 집으로 돌아갔을 때, 다른 집들의 모든 유리창에 불빛이 꺼졌을 때, 카지모도는 완전히 홀로, 완전히 어둠 속에 남아 있었다. 그때 노트르담 앞뜰에는 등불이 없었다.

그러나 공들로리에 댁의 창들은 자정이 지난 뒤까지도 여전히 불이 밝혀져 있었다. 꼼짝도 않고 주의를 기울이고 있는 카지모도는 오만 가지 빛깔의 스테인드글라스 창 위에 경쾌하게 춤추는 그림자들의 무리가 지나가는 것을 보았다. 만약 그가 귀머거리가 아니었더라면, 잠든 파리의 소음이 꺼져감에 따라 공들로리에 댁의 집 안에서 나는 잔치와 웃음과 음악 소리를 더욱더 또렷이 들었으리라.

새벽 1시경에 손님들이 물러가기 시작하였다. 카지모도는 어둠에 싸여서, 그들이 모두 횃불로 밝혀진 현관문 아래로 지나가는 것을 바라보았다. 그러나 그중에 중대장은 보이지 않았다.

그는 슬픈 생각으로 가득 차 있었다. 때때로 싫증이 난 사람 모양으로 공중을 쳐다보았다. 검고, 무겁고, 찢어지고, 금이 간, 큼직큼직한 구름들이 별이 총총한 밤의 궁륭 아래 주름진 비단 해먹처럼 매달려 있었다. 그것은 마치 하늘의 둥근 천장에 매달린 거미줄 같았다.

그러던 중 그는 별안간 발코니의 창문이 살그머니 열리는 것을 보았는데, 그 발코니의 돌난간은 그의 머리 위에 뚜렷이 드러나 있었다. 그 약한 유리문에서 두 사람이 나오더니 문은 소리 없이 닫혔다. 한 남자와 한 여자였다. 남자는 그 미남 중대장이고, 여자는 아침에 바로 그 발코니 위에서 장교에게 환영의 뜻을 표했던 그 젊은 아가씨라는 것을 알아보기에 이르렀을 때, 카지모도는 마음이 아팠다. 광장은 완전히 캄캄했고, 유리문이 닫혔을 때, 그 문 뒤에 다시 내려진 두 겹의 진홍빛 휘장은, 발코니 위로 방 안의 불빛을 거의 내보내지 않았다.

젊은이와 처녀는, 그들의 말소리라고는 한마디도 듣지 못하는 우리의 귀머거리가 판단할 수 있는 한, 매우 정다운 대담을 나누고 있는 것 같았다. 처녀는 장교에게 팔로 자기의 허리를 감는 것을 허락한 것 같았으며, 키스는 살살 피하고 있었다.

카지모도는 아래에서 그 장면을 구경하고 있었는데, 그것은 사람들에게 보이기 위해 꾸며진 것이 아니어서 그만큼 더 보기에 사랑스러웠다. 그는 이 행복을, 이 아름다움을 고통스러운 마음으로 바라보고 있었다. 요컨대 본능은 이 불쌍한 사나이에게도 벙어리가 아니었으며, 그의 등뼈는 아무리 고약하게 배틀어지기는 하였지만 다른 사람들의 등뼈 못지않게 떨리고 있었다. 그는 하느님의 섭리가 자기에게 나누어준 그 보잘것없는 몫을 생각하고, 여자와 사랑과 육체적 향락은 영원히 자기의 눈 아래로 지나가버리고, 자기는 언제까지나 남들의 행복을 보고만 있어야 할 신세라는 것을 생각하고 있었다. 그러나 그 광경을 두고 가장 가슴이 아픈 것은, 원통하게 이울러 분노를 자아내게 하는 것은, 만약 이집트 아가씨가 본다면 얼마나 괴로워할까 하는 것을 생각하는 것이었다. 그런데 사실은, 밤이 썩 캄캄했고, 라 에스메랄다가 만약 여전히 그

자리에 있다 하더라도(그는 그것을 의심하지 않았다.) 퍽 멀리 떨어져 있었고, 고작 그 자신만이 발코니의 연인들을 알아볼 수 있었을 따름이다. 이런 것이 그를 위로해 주었었다.

그러는 동안 그들의 대화는 더욱더 활기를 띠어갔다. 젊은 아가씨는 장교에게, 더 이상 아무것도 자기에게 요구하지 말아달라고 애원하는 것 같았다. 카지모도는 그 모든 것 중에서, 아가씨의 마주 잡은 아름다운 두 손과 눈물 섞인 미소, 별을 우러러보는 눈길, 그리고 그녀를 열렬히 내려다보는 중대장의 눈밖에는 알아볼 수 없었다.

다행히, 왜냐하면 처녀의 저항이 이제 힘을 잃어가기 시작했으므로, 발코니의 문이 느닷없이 열리고 늙은 부인 하나가 나타나, 미녀는 당황한 듯했고 장교는 분해하는 것 같았으며, 셋이 다 도로 들어가버렸다.

잠시 후 말 한 마리가 대문 아래서 땅을 차고, 밤의 망토로 몸을 감싼 화려한 장교가 카지모도의 앞을 재빨리 지나갔다.

종지기는 그가 거리 모퉁이를 돌아가게 내버려둔 뒤에, 원숭이처럼 날쌔게 그의 뒤를 쫓아가기 시작하면서 외쳤다. "여보시오! 중대장님!"

중대장은 말을 멈추었다.

"왜 그러는 거야, 저 악당이?" 하고 그는, 흔들거리면서 자기 쪽으로 뛰어오는, 허리뼈를 삔 것같이 생긴 그 형상을 어둠 속에서 보고 말했다.

그사이에 카지모도는 그에게 따라붙어, 그의 말고삐를 대담하게 잡았다. "저를 따라오세요, 중대장님. 저기 나리께 얘기하고 싶어 하는 분이 있어요.”

“이런 젠장맞을!” 페뷔스는 중얼거렸다. “이 더벅머리 추남은 어디선가 본 것 같은데. 이 녀석아! 내 말고삐를 놓지 못하겠느냐?”

“중대장님,” 귀머거리는 대답했다. “그게 누구냐고 제게 물어보지도 않으세요?”

“내 말이나 놓으란 말이다.” 초조해진 페뷔스는 대꾸했다. “이 불한당이 내 군마의 이마에 매달려서 어쩌자는 거야? 내 말을 교수대로 아느냐?”

카지모도는 말고삐를 놓기는커녕 그에게 가던 길을 돌아서게 하려고 들었다. 중대장이 저항하는 것을 이해하지 못하고 카지모도는 그에게 황급히 말했다. “오세요. 중대장님, 여자 한 분이 기다리고 계십니다.” 그는 애써 이렇게 덧붙였다. “중대장님을 사랑하는 여자예요.”

“별놈도 다 보겠네!” 하고 중대장은 말했다. “날 사랑하거나 사랑한다고 말하는 계집들이라면 다 가봐야 된다는 거냐! 만약 그 계집애가 혹시 네 상판을 닮았다면, 이 부엉이 같은 놈아? 널 보낸 계집애에게 가서 일러라, 난 곧 결혼을 한다고, 그리고 그년은 꺼져버리라고 말이다!”

“여보세요,” 카지모도는 한마디로 그의 망설임을 꺾을 수 있으리라 생각하고 외쳤다. “갑시다, 나리! 중대장님이 잘 아시는 그 이집트 아가씨예요!”

그 한마디는 과연 페뷔스에게 커다란 감명을 주었으나, 귀머거리가 기다리던 감명은 아니었다. 카지모도가 샤르몰뤼의 손에서 그 사형수를 살려내기 조금 전에 우리의 멋쟁이 장교가 플뢰르드리스와 함께 자리를 떴다는 것을 사람들은 기억하고 있다. 그 후 공들로리에의 저택을 방문할 때마다 그는 그 여자의 이야기를 다시는 하지 않도록 무척 조심했는데, 그 여자에 대한 추억은 뭐니 뭐니 해도 그에게는 고통스러운 것이었고, 한편으로 플뢰르드리스 쪽에서도 정략적인 판단에서 이집트 여자가 살아 있다는 말을 그에게 하지 않았던 것이다. 그러므로 페뷔스는 가엾은 '시밀라르'가 죽은 줄 알았고, 그것도 벌써 한두 달 전의 일이라고 믿고 있었다. 또 한 가지 덧붙여 두거니와, 조금 전부터 중대장은 이 밤의 칠흑 같은 어둠을, 그 이상한 심부름꾼의 비상한 추악함을, 그 음울한 목소리를 생각하고 있었고, 때는 자정이 지났고, 도사 귀신이 그에게 와서 말을 걸었던 그날 밤처럼 거리는 적적했고, 그의 말이 카지모도를 보면서 숨을 몰아쉬고 있었다는 것이다.

"이집트 아가씨라고!" 그는 질겁하다시피 외쳤다. "그렇다면 넌 저승에서 왔느냐?"

그러면서 그는 단검의 손잡이에 손을 올려놓았다.

"빨리 빨리," 귀머거리는 말하면서 말을 끌어가려고 하였다. "자, 이리로!"

페뷔스는 그의 가슴팍에 장화 발을 한 대 호되게 먹였다.

카지모도의 눈에 불꽃이 일었다. 그는 중대장에게 덤벼들려고 움찍했다. 그러다 말고 몸을 움츠리면서 말했다. "오! 당신은 참으로 행복한 사람이오, 사랑해 주는 사람이 있으니!"

그는 '사랑'이라는 말에 힘을 주었다. 그리고 말고삐를 놓으면서 말했다. “어서 가버리시오.”

페뷔스는 욕을 하면서 황급히 떠나갔다. 카지모도는 그가 거리의 안개 속으로 들어가는 것을 바라보았다. “오!” 가련한 귀머거리는 아주 나지막한 목소리로 말했다. “그걸 거절하다니!”

그는 노트르담으로 돌아가, 남포등에 불을 켜고 종탑으로 올라갔다. 그가 생각했던 것처럼 보헤미아 아가씨는 여전히 똑같은 자리에 있었다.

멀리서부터 그가 눈에 띄자마자 그녀는 그에게 달려왔다. “혼자잖아!” 그녀는 고통스러운 듯이 아름다운 두 손을 맞잡으면서 외쳤다.

“그분을 다시 찾을 수가 없었어요.” 카지모도는 쌀쌀하게 말했다.

“밤새도록이라도 기다렸어야지!” 그녀는 흥분하여 말을 이었다.

그는 그녀의 성난 몸짓을 보고 꾸짖는 뜻을 알았다. “다음번엔 더 잘 지켜보겠어요.”

“꺼져!” 그녀는 그에게 말했다.

그는 그녀의 곁을 떠났다. 그녀는 그에게 불만이었다. 그는 그녀에게 고통을 주느니보다 구박을 받는 게 더 좋았다. 그는 모든 괴로움을 자기 혼자 도맡았다.

그날부터 이집트 아가씨는 더 이상 그를 보지 못했다. 그는 그녀의 독방에 발길을 끊었다. 고작 그녀는 종탑의 꼭대기에서 자기를 침울하게 바라보는 종지기의 얼굴을 이따금 볼 뿐이었다. 그러나 그녀의 눈에 띄자마자 그는 자취를 감췄다.

그녀는 가련한 꼽추의 이 고의적인 부재를 그다지 괴로워하지 않고 있었다는 것을 나는 말해 두어야겠다. 마음속으로 그녀는 그를 고맙게 여기고 있었다. 게다가 카지모도도 그 점에 대해서는 착각하지 않았다.

그녀는 더 이상 그를 보지 못했지만, 자기 주위에 한 착한 사람의 현존을 느끼고 있었다. 생활필수품은 그녀가 자고 있는 사이에 보이지 않는 손에 의하여 새로이 보급되었다. 어느 날 아침, 그녀는 자기 창 위에서 새장 하나를 발견했다. 그녀의 독방 위에는 그녀가 무서워하는 조각물 하나가 있었다. 그녀가 카지모도 앞에서 그런 내색을 한 것은 한두 번이 아니었다. 어느 날 아침(왜냐하면 이런 일은 모두 밤중에 이루어졌으므로), 그녀에게 그것이 보이지 않았다. 누가 그것을 깨뜨려 버린 것이다. 그 조각물까지 기어올라간 사람은 목숨을 걸지 않으면 안 되었을 것이다.

때때로 저녁에 그녀는, 종탑의 차양 아래 숨은 목소리가 마치 자기를 재우려는 듯이, 이상한 슬픈 노래를 부르는 것을 들었다. 그것은 운이 없는 시구로서, 귀머거리 같은 사람이나 지을 수 있는 그런 시였다.

얼굴을 보지 마세요,
아가씨, 마음을 보세요.
잘생긴 젊은이의 마음은 흔히 흉하답니다
사랑이 오래가지 못하는 마음들이 있답니다.

아가씨, 전나무는 아름답지 않지만,
백양처럼 아름답진 않지만,
겨울에도 그 잎을 간직한다오.

아! 그런 말은 하여서 무슨 소용?
아름답지 않은 것은 사는 것이 잘못인 것을,
아름다움은 아름다움밖에 사랑하지 않는 것을,
4월은 1월에 등을 돌리는 것을.

아름다움은 완전한 것,
아름다움은 전능한 것,
아름다움은 반 조각으론 존재하지 않는 유일한 것.

까마귀는 낮에만 날고,
부엉이는 밤에만 날지만,
백조는 밤낮으로 날아다니죠.

어느 날 아침 그녀가 잠을 깼을 때, 창 위에서 꽃이 가득 찬 두 개의 꽃병을 보았다. 하나는 매우 아름답고 반짝이는 수정 꽃병이었으나 금이 가 있었다. 거기에 가득 채워놓았던 물은 새어버려 꽂혀 있던 꽃들이 시들어 있었다. 또 하나는 질그릇 단지로서, 허름하고 평범한 것이었으나 물을 고스란히 간직하고 있어서, 꽃들이 여전히 싱싱하고 새빨간 그대로였다.

고의로 그렇게 한 것인지 어떤지 나는 알 수 없으나, 라 에스메랄다는 그 시든 꽃다발을 집어서 하루 종일 가슴에 안고 있었다.

그날, 그녀는 종탑의 목소리를 듣지 못했다.

그녀는 그런 것에는 별로 개의치 않았다. 그녀는 잘리를 애무하고, 공들로리에 댁의 문을 엿보고, 자신에게 나직이 페뷔스의 이야기를 하고, 빵 조각을 부스러뜨려 제비들에게 던져 주면서 날을 보냈다.

게다가 그녀는 카지모도를 전혀 보지도 듣지도 못했다. 가련한 종지기는 성당에서 사라져버린 것 같았다. 그러나 어느 날 밤 잠을 이루지 못하고 자기의 미남 중대장을 생각하고 있을 때, 그녀는 자기의 독방 옆에서 한숨 소리가 나는 것을 들었다. 질겁하고 일어나서 보니 몰골 사나운 덩치 하나가 자기 방 문 앞에 가로 누워 있는 것이 달빛에 보였다. 카지모도가 거기 돌 위에서 자고 있었던 것이다.

5장

포르트 루주의 열쇠

그동안 세상 사람들의 이야기로 부주교는 어떻게 기적적으로 이집트 아가씨가 구출되었는지 알게 되었다. 그것을 알았을 때, 그가 어떤 감상을 느꼈는지 자기 자신도 몰랐다. 그는 라 에스메랄다의 죽음에 만족했었다. 그리하여 그는 평온했으며, 가능한 고통의 밑바닥에 닿았던 것이다. 인간의 마음(클로드 신부는 이에 관해 숙고해 본 적이 있었다.)은 어느 정도의 절망밖에는 담을 수 없는 것이다. 해면이 흠뻑 물을 빨아들였을 때는 그 위로 바다가 지나가도 한 방울도 더 빨아들일 수 없는 것이다.

그런데 라 에스메랄다가 죽었을 때, 해면은 흠뻑 젖어 있었고, 클로드 신부로서는 이 지상에서 모든 것이 끝장나 버렸던 것이다. 그러나 그녀가, 그리고 페뷔스 역시 살아 있음을 의식하는 것, 그것은 다시 시작되는 고통이었다, 그리고 동요도, 진퇴유곡도, 생명도. 그래서 클로드는 그 모든 것에 지쳐 있었다.

그는 그런 소식을 알았을 때, 수도원의 자기 독방 안에 틀어박혀 버렸다. 그는 참사회에도, 제식에도 나타나지 않았다. 그는 모든 사람들에게, 심지어 주교에게마저도 문을 잠그고 열어주지 않았다. 그는 몇 주일간을 그렇게 갇혀 있었다. 사람들은 그가 병이 난 줄 알았다. 아닌 게 아니라 그는 병이 나 있었던 것이다.

그렇게 틀어박혀서 그는 무엇을 하고 있었을까? 어떤 생각들 아래 이 불행한 사나이는 몸부림치고 있었을까? 그는 자기의 무서운 정열과 마지막 싸움을 하고 있었을까? 그녀에게는 죽음을, 자신에게는 영벌을 줄 마지막 계획을 꾸미고 있었을까?

그의 사랑하는 동생, 그의 응석둥이 장이 한번은 그의 문밖에 와서 문을 두드리고, 욕설을 퍼붓고, 애걸복걸하고, 여남은 번이나 제 이름을 대었다. 클로드는 열지 않았다.

그는 자기 방의 유리창에 얼굴을 꼭 붙이고서 꼬박 며칠을 보냈다. 수도원 안에 있는 그 창에서 그는 라 에스메랄다의 작은 방을 보고 있었다. 흔히 그녀 자신과 함께 그녀의 염소를, 때로는 카지모도를 보았다. 그는 그 못생긴 귀머거리의 이집트 아가씨에 대한 자질구레한 보살핌이며, 순종이며, 세심하고 고분고분한 태도를 알아보았다. 그는 어느 날 저녁 이 춤추는 아가씨를 바라보는 종지기의 이상한 눈이 생각났는데, 이는 그가 기억력이 좋았기 때문이며, 기억력은 질투하는 사람들을 괴롭히는 것이다. 그는 카지모도가 무슨 동기에서 그녀를 구출하게 되었을까 생각해 보았다. 그는 보헤미아 아가씨와 귀머거리 사이에 있었던 가지가지의 자질구레한 장면들을 목격했는데, 귀머거리의 무언극은, 멀리서 보았을 때 그리고 자기의 정열에서 해석했을 때, 그에게는 무척 정다워 보였다. 그는 여자들의 기이함을 경계하고 있었다. 그때 그는 한번도 예상하지 못했던 질투심이 마음속에서 고개를 쳐드는 것을 어렴풋이 느끼고, 수치와 분노로 얼굴이 새빨개졌다. '중대장하고라면 또 좋다고 치자. 하지만 저런 놈하고!' 이런 생각에 그는 정신이 아찔했다.

그는 날마다 무서운 밤을 보냈다. 이집트 아가씨가 살아 있다는 것을 알게 된 뒤로, 어느 날 하루 종일 그를 괴롭혔던 싸늘한 유령과 무덤의 생각들은 사라져버리고, 육욕이 되돌아와서 그를 자극하고 있었다. 그는 그 거무스름한 처녀가 바로 자기 옆에 있음을 의식하고 잠자리에서 몸을 비틀었다.

밤마다 그의 광적인 상상력은 라 에스메랄다의 온갖 자태를 그에게 그려 보여주어 그의 피를 마냥 끓어오르게 하는 것이었다. 단도에 찔린 중대장의 몸 위에 그녀가 눈을 감고, 그 아름다운 젖가슴이 페뷔스의 피로 흠뻑 젖어 누워 있던 모습이 그의 눈앞에 선했는데, 그때, 부주교가 그녀의 파리한 입술에 감미로운 키스를 했을 때, 불쌍한 그녀는 절반 죽어 있었으면서도 그의 키스의 뜨거움을 느꼈었다. 그의 눈앞에는 그녀가 고문자들의 거친 손으로 발가벗겨진 채, 그 작은 발과 포동포동한 미끈한 다리와 몰랑몰랑한 흰 무릎을 쇠나사 붙은 반장화 차꼬 속에 끼워 넣고 있던 모습도 떠올랐다. 그의 눈에는 또 토르트뤼의 그 무서운 형구 밖에 홀로 남아 있던 그 상아 같은 무릎도 떠올랐다. 끝으로 그는 마지막 날 보았던 것처럼, 어깨도 발가숭이요, 발도 발가숭이요, 온몸이 거의 발가숭이가 되어서, 목에 밧줄을 매고, 셔츠만 걸치고 있던 처녀를 상상해 보았다. 이러한 관능적인 영상들은 그의 두 주먹에 경련을 일으키고, 그의 등뼈에 전율을 일게 하였다.

그러한 밤들 중에서도 특히 어느 날 밤은, 그러한 영상들이 그의 혈관 속에 그의 동정(童貞)과 신부의 피를 너무도 무자비하게 끓어오르게 한 나머지, 그는 베개를 물어뜯고, 침대 밖으로 뛰어내려, 셔츠 위에 중백의를 걸치고, 남폿불을 손에 들고 독방에서 나왔다. 반쯤 벌거벗은 몸으로, 얼굴은 얼이 빠진 듯하고, 눈은 이글이글 타오르면서.

그는 수도원에서 성당으로 통하는 포르트 루주의 열쇠가 어디에 있는지 알았고, 다 아다시피, 종탑의 계단 열쇠는 늘 몸에 지니고 있었다.

6장

포르트 루주의 열쇠의 계속

그날 밤, 라 에스메랄다는 망각과 희망과 달콤한 생각에 가득 차 자기 방에서 잠들어 있었다. 그녀는 얼마 전부터 여느 때와 같이, 페뷔스의 꿈을 꾸면서 자고 있었는데, 그때 주위에서 무슨 소리가 들리는 것 같았다. 그녀는 불안한 선잠을, 새와 같은 잠을 자고 있었다. 하찮은 소리에도 깨는 것이었다. 그녀는 눈을 떴다. 밤은 매우 캄캄했다. 그러나 그녀는 채광창에서 어떤 얼굴이 자기를 바라보고 있는 것을 보았다. 거기에는 남폿불이 있어서 그 환영을 밝혀주고 있었다. 그 얼굴은 라 에스메랄다의 눈에 띈 것을 알고는 남폿불을 불어서 꺼버렸다. 그래도 처녀는 그 얼굴을 얼른 볼 겨를이 있었다. 그녀는 질겁하고 눈을 도로 감았다. “오!” 그녀는 가물가물한 목소리로 말했다. “그 신부야!”

지난날의 모든 불행이 번개처럼 그녀에게 떠올랐다. 그녀는 소름이 끼쳐 침대 위에 쓰러졌다.

잠시 후, 그녀는 자기의 몸 주위에 무엇이 닿는 것을 느끼고 소스라치게 놀라, 잠을 깨어 미친 듯이 벌떡 일어나 앉았다.

신부가 그녀 곁에 슬그머니 와 있었던 것이다. 그는 두 팔로 그녀를 안았다.

그녀는 고함을 지르고 싶었으나 그럴 수가 없었다.

"나가라, 이 못된 놈아! 나가라, 이 살인자야!" 그녀는 분노와 공포에 질려 떨리는 나지막한 목소리로 말했다.

"용서해 주오! 용서해 주오!" 신부는 그녀의 어깨 위에 입술을 누르면서 중얼거렸다.

그녀는 그의 대머리에 남아 있는 머리카락을 잡고, 그의 입맞춤을 그것이 마치 물어뜯음인 것처럼 물리치려고 애썼다.

"제발 용서해 주오!" 불행한 사나이는 되풀이했다. "네게 대한 내 사랑이 어떻다는 걸 알아줬으면! 그것은 내 가슴속의 불과 같고, 녹은 납과 같고, 수천의 칼과 같은 거야!"

그러면서 그는 무지무지한 힘으로 그녀의 두 팔을 잡았다. 그녀는 미친 듯이 날뛰며, "나를 놓아라, 안 그러면 네 낯에 침을 뱉겠다!" 하고 말했다.

그는 그녀를 놓았다. "나를 모욕해도 좋고, 쳐도 좋고, 악담을 해도 좋고, 하고 싶은 대로 해라! 그러나 제발 용서해 다오! 날 사랑해 다오!"

그러자 그녀는 격분한 어린이처럼 그를 쳤다. 그녀는 그 아름다운 손에 단단히 힘을 주어 그의 얼굴을 후려쳤다. "꺼져버려, 악마야!”

“날 사랑해 주오! 날 사랑해 주오! 가엾게 여겨주오!” 하고 가련한 신부는 외치면서, 그녀의 몸에 자기 몸을 감고, 그녀가 칠 때마다 애무를 퍼부었다.

갑자기 그녀는 자기가 그의 힘에 미치지 못함을 느꼈다. “끝장을 내야겠군!” 하고 그는 이를 갈면서 말했다.

그녀는 정복당하고, 가슴이 두근거리고, 기진맥진하여, 그의 품 안에 들어가고, 그의 손아귀에 쥐여져 있었다. 그녀는 자기의 몸 위를 음란한 손이 헤매는 것을 느꼈다. 그녀는 마지막 안간힘을 다해 고함을 지르기 시작했다. “사람 살려! 나 살려! 흡혈귀야! 흡혈귀!”

아무것도 오지 않았다. 잘리만이 잠이 깨어 고통스럽게 울고 있었다.

“조용히 해!” 신부는 헐떡거리면서 말했다.

이집트 아가씨가 몸부림치며 땅바닥을 기고 있을 때, 불현듯 그녀의 손에 싸늘한 쇠붙이 같은 것이 닿았다. 카지모도의 호각이었다. 그녀는 희망에 떨면서 그것을 집어서 입술로 가져가, 남아 있는 힘을 다해 불었다. 호각은 맑고 날카로운 소리를 냈다.

“그게 뭐야?” 신부는 말했다.

그와 거의 동시에 그는 자기의 몸이 억센 팔로 들어올려지는 것을 느꼈다. 독방은 어두워서 누가 그렇게 자기를 잡고 있는지는 똑똑히 알아볼 수 없었으나, 분노로 이를 가는 소리가 들렸으며, 어둠 속에는 흩뿌려진 희미한 빛이 있어서, 자기의 머리 위에 식칼의 널따란 날이 번쩍이는 것이 충분히 보였다.

신부는 카지모도의 형상을 언뜻 본 것 같았다. 그는 그것이 그일 수밖에 없다고 생각했다. 그는 들어올 때 문밖에 가로 뻗어 있던 하나의 꾸러미 같은 것에 발부리가 부딪친 일이 생각났다. 그러나 새로 들어온 사람이 한마디 말도 하지 않아, 그는 어떻게 생각해야 좋을지 몰랐다. 그는 식칼을 쥐고 있는 팔에 달려들면서 외쳤다. "카지모도!" 그는 이 비통한 순간에, 카지모도가 귀머거리라는 것을 잊고 있었다.

눈 깜짝할 사이에 신부는 땅바닥에 쓰러뜨려지고, 묵직한 무릎 하나가 자기의 가슴을 누르는 것을 느꼈다. 그 무릎의 모난 자국으로 그는 그것이 카지모도라는 것을 알아차렸다. 그러나 어찌하랴? 어떻게 하면 그에게 자기를 알아보게 할 수 있단 말인가? 어두운 밤은 이 귀머거리를 장님으로 만들어놓고 있었다.

그는 파멸이었다. 처녀는 매정하게도 성난 호랑이 같아서, 그의 목숨을 구하기 위해 개입하지 않았다. 식칼이 그의 머리에 다가오고 있었다. 위험한 순간이었다. 갑자기 상대방은 주저하는 것 같았다. "그녀에게 피를 뿌려선 안 돼!" 하고 상대방은 희미한 목소리로 말했다.

그것은 과연 카지모도의 목소리였다.

그러자 신부는 그 투박한 손이 자기의 발을 잡고 독방 밖으로 끌어가는 것을 느꼈다. 거기서야말로 그는 죽게 될 것이었다. 그로서는 다행히도 달이 조금 전부터 떠올라 있었다.

그들이 작은 방 문을 넘어서자, 희멀건 달빛이 신부의 얼굴

위에 떨어졌다. 카지모도는 그를 마주 보고 떨기 시작하더니, 신부를 놓고 물러났다.

독방의 문턱 위에 나가 있던 이집트 아가씨는 두 사람의 역할이 갑자기 바뀌는 것을 보고 놀랐다. 이제 으르대는 것은 신부였고, 애원하는 것은 카지모도였다.

귀머거리에게 노여움과 꾸지람의 몸짓을 퍼붓고 있는 신부는 그에게 물러가라는 신호를 거칠게 했다.

귀머거리는 머리를 수그리고, 그런 뒤에 이집트 아가씨의 문 앞에 가서 무릎을 꿇었다. "나리," 하고 그는 엄숙하고 체념한 목소리로 말했다. "나중엔 뭐든지 마음대로 하세요. 그러나 먼저 저를 죽여주세요."

그렇게 말하면서 그는 신부에게 자기의 식칼을 내주었다. 제정신을 잃은 신부는 그것에 달려들었으나, 처녀는 그보다도 날쌨다. 그녀는 카지모도의 두 손에서 칼을 뽑아 들고, 미친 듯이 웃음을 터뜨렸다. "다가오라!" 하고 그녀는 신부에게 말했다.

그녀는 칼날을 높이 쳐들었다. 신부는 망설이고 있었다. 그녀는 후려치고도 남았으리라. "넌 이제 감히 다가오질 못하겠지, 비겁한 놈 같으니!" 하고 그녀는 그에게 호통을 쳤다. 그런 다음에 냉혹한 표정으로, 자기의 말이 신부의 가슴을 작열하는 수천 개의 쇠 젓가락처럼 꿰뚫으리라는 것을 잘 알면서 이렇게 덧붙였다. "아! 나는 페뷔스가 죽지 않은 걸 알고 있어!"

신부는 카지모도를 한 번 걷어차 땅바닥에 쓰러뜨리고, 분노로 몸을 떨면서 계단의 궁륭 아래로 들어가버렸다.

신부가 떠났을 때, 카지모도는 방금 이집트 아가씨를 구해 준 그 호각을 주웠다. "녹이 슬고 있군요." 하고 그는 말하면서 그것을 그녀에게 돌려주었다. 그런 뒤에 그녀를 홀로 두고 나가버렸다.

처녀는 그 격렬한 장면에 대경실색하여 잠자리 위에 기진해서 쓰러져, 흐느껴 울기 시작했다. 그녀의 앞날은 또다시 음울해지고 있었다.

한편 신부는 더듬더듬 자기의 독방으로 돌아갔다.

끝장이었다. 클로드 신부는 카지모도를 질투하고 있었다!

그는 생각에 잠긴 얼굴로 자신의 숙명인 그 말을 되풀이했다. "아무도 그녀를 갖지 못하리라!"

10부

1장

그랭구아르는 베르나르댕 거리에서 여러 가지 좋은 생각이 연방 떠오른다

그 모든 사건이 어떻게 돌아가고 있고, 그 연극의 주요 인물들이 결국은 교수(絞首)나 그 밖의 불쾌한 일을 당하리라는 것을 알게 된 뒤로, 피에르 그랭구아르는 그 일에 더 이상 개입할 생각을 하지 않았다. 그는 거지들을 결론적으로 파리의 최선의 극단이라고 생각하고 그들 속에 머물러 있었는데, 이 거지들은 이집트 아가씨에게 계속 관심을 가지고 있었다. 그녀와 마찬가지로, 샤르몰뤼와 토르트뤼밖에는 다른 전망이 없고, 자기처럼 페가수스[1]의 두 날개 사이에 걸터타고 상상의 세계를 날아다니지 않는 사람들에게는 그것이 매우 간단한 일이라고 그는 생각했던 것이다. 그는 단지를 깨뜨리고 혼인한

---

1) 그리스신화에 나오는 날개 달린 천마(天馬)로서 시적 감흥의 상징이다.

자기의 아내가 노트르담에 피신한 것을 그들의 이야기로 알았으며, 그것을 퍽 기뻐하고 있었다. 그러나 거기에 가서 보고 싶은 생각은 아예 없었다. 그는 때때로 그 새끼 염소를 생각했지만, 그뿐이었다. 게다가 낮에는 살기 위해 곡예를 하고, 밤에는 파리의 주교를 공격하는 논문을 서술하고 있었다. 왜냐하면 그는 주교의 방앗간 물레바퀴에 흠뻑 젖었던 일을 잊지 않고 그에게 원망을 품고 있었기 때문이다. 그는 또한 누아용과 투르네의 주교 보드리 르 루주의 훌륭한 저서 『석재 절단론(de Cupa Petrarum)』을 주해하는 데 골몰하고 있었는데, 그것은 그에게 건축술에 대해 열렬한 취미를 가져다주었던 것이다. 이 기호(嗜好)는 그의 마음속에서 연금술에 대한 정열과 바뀌었던 것인데, 연금술과 석공술 사이에는 밀접한 관련이 있는 것이므로, 그것은 연금술에서 오는 필연적 귀결에 불과했다. 그랭구아르는 하나의 관념에 대한 애호로부터 그 관념의 형식에 대한 애호로 옮아갔던 것이다.

어느 날 그는 생제르맹 록세루아 근처, '포르 레베크'라고 불리는 저택 모퉁이에서 걸음을 멈추었다. 그 저택은 '포르 르 루아'라고 불리는 다른 주택과 마주 보고 있었다. 포르 레베크에는 14세기의 아름다운 예배당 하나가 있었는데, 그 후면이 거리 쪽을 향해 있었다. 그랭구아르는 그 외부의 조각물들을 경건하게 관찰했다. 그때 그는 예술가가 세계 속에서 예술밖에 보지 않고 예술 속에서 세계를 보는 그러한 순간, 이기적이고 배타적인 최고의 향락의 순간에 잠겨 있었던 것이다. 그러던 차에 갑자기 그는 어떤 손이 자기의 어깨 위에 묵직하게 놓이는 것을 느꼈다. 그는 홱 돌아보았다. 그것은 옛 친구이자 옛 스승인 부주교님이었다.

그는 어리둥절해 있었다. 그가 부주교를 본 지 오래되었는데, 클로드 신부는 엄숙하고 정열적인 사람들 중의 하나로서, 그런 사람들과의 상봉은 언제나 회의적인 철학자의 균형을 깨뜨리게 마련인 것이다.

부주교는 한참 침묵을 지키고 있었는데, 그러는 동안에 그랭구아르는 유유히 그를 살펴보았다. 그는 클로드 신부가 많이 변한 것을, 겨울 아침처럼 희멀겋고, 눈은 쑥 들어가고, 머리는 거의 백발이 다 된 것을 발견했다. 이윽고 신부가 먼저 침묵을 깨뜨리고, 침착하면서도 냉정한 어조로 말했다. "어떠한가, 피에르 군?"

"제 건강 말씀인가요?" 하고 그랭구아르는 대답했다. "글쎄올시다! 그야 이렇게도 말할 수 있고 저렇게도 말할 수 있죠. 그러나 총체적으로 좋은 편입니다. 저는 아무것도 과도히 취하는 일이 없거든요. 선생님도 아시겠죠? 건강의 비결은, 히포크라테스에 따르면, 'id est cibi, potus, somni, Venus, omnia moderata sint.(그것은 곧 먹을 것도, 마실 것도, 잠도, 베누스도, 모든 것에 절제가 있어야 한다.)'이지요."

"그래 자네는 아무런 걱정도 없단 말이지, 피에르 군?" 부주교는 그랭구아르를 뚫어지게 바라보면서 말을 이었다.

"암, 없고말고요."

"그런데 지금은 뭘 하고 있나?"

"선생님께서 보시는 대로입니다. 저 돌들의 절단과 저 돌을 새김의 홈이 어떻게 패어 있는가를 관찰하고 있지요."

신부는 씽긋 웃기 시작했다. 입의 한쪽 끝만을 올리는 씁쓸한 미소였다. "그래 그건 재미가 있나?"

"그야말로 천국이죠!" 하고 그랭구아르는 외쳤다. 그러고는 생생한 현상들의 증명자와 같은 빛나는 얼굴로 조각물들을 굽어보면서 "이를테면 말입니다, 저렇게도 교묘하고 우아하고 참을성 있게 시공된 저 돋을새김의 변모를 보시지 않습니까? 어떤 기둥머리의 주위에서 이보다 더 부드럽고 이보다 더 잘 끌로 어루만져진 잎사귀들을 보셨습니까? 여기에 장 마유뱅의 세 환조가 있어요. 이건 그 위대한 천재의 가장 아름다운 작품은 아닙니다. 하지만 얼굴의 순진함과 부드러움, 태도와 주름 장식의 유쾌함, 그리고 모든 결점 속에 섞여 있는 설명할 수 없는 매력은 이 작은 상들을 무척, 아니 어쩌면 지나칠 정도로까지 쾌활하고 우아하게 만들어주고 있어요. 이런 게 재미있는 일이 아니라고 생각하세요?"

"암 그렇고말고!" 신부는 말했다.

"그리고 만약 예배당의 내부를 보신다면!" 시인은 수다스럽고 열광적으로 말을 이었다. "도처에 조각물이 있어요. 양배추 속처럼 빽빽하지요! 이 예배당의 후진은 매우 종교적이고 특이해서, 어디에서도 이와 같은 걸 저는 본 일이 없답니다!"

클로드 신부는 그의 말을 가로막았다. "그래 자네는 행복하겠구먼?"

그랭구아르는 열정적으로 대답했다.

"그렇고말고요! 저는 처음에 여자를, 다음엔 짐승을 사랑했지요. 그런데 지금은 돌을 사랑하고 있어요. 이건 짐승과 여자들과 꼭 마찬가지로 재미가 있으면서도, 그것들보다는 덜 배신하지요."

신부는 자기의 이마 위에 손을 얹었다. 그것은 그의 버릇이었다. "사실 그래!"

"오라! 참 즐거운 게 있어요!" 하고 그랭구아르는 말했다. 그는 신부의 팔을 잡고 끌고 가서, 포르 레베크의 계단의 소탑 아래로 들어가게 했다. "여기에 계단이 있어요! 저는 이걸 볼 때마다 기뻐요. 파리에서 제일 단순하고 희귀한 양식으로 된 계단이죠. 모든 층계는 아래서 모서리가 깎여 있어요. 이 계단의 아름다움과 단순함은 그 너비가 약 한 자가량이나 되는 디딤판 하나하나에 있는데, 이 디딤판은 서로 얽히고, 끼워지고, 박혀서, 정말 견고하고 아름답게 연결되어 있지요!"

"그래 자네는 아무런 욕망도 없나?"

"예."

"아무런 미련도 없고?"

"아무런 미련도 욕망도 없어요. 저는 생활을 정리했습니다."

"인간들이 정리해 놓은 것을," 클로드는 말했다. "사물들이 어질러놓지."

"저는 회의주의 철학자여서," 그랭구아르는 대답했다. "모든 것에 균형을 주고 있지요."

"그런데 생활비는 어떻게 벌고 있나?"

"여전히 여기저기서 서사시와 비극을 짓고 있는데, 그래도 가장 수입이 좋은 건 선생님도 잘 아시는 제 직업이지요. 이빨

위에 의자 피라미드를 쌓아올리는 재주 말입니다."

"철학자에겐 천한 직업인걸."

"그것 역시 균형인걸요." 그랭구아르는 말했다. "사람은 어떤 생각을 갖고 있을 때엔, 그것을 모든 것 속에서 찾아내거든요."

"그건 나도 알아." 부주교는 대답했다.

잠시 침묵을 지킨 뒤에 신부는 말을 이었다. "자네는 그래도 꽤 가난하지?"

"가난하긴 하지만, 불행하진 않습니다."

그때 말들이 달리는 소리가 들려 우리의 두 대화자가 보니, 거리의 저쪽 끝에서, 친위헌병대의 한 중대가 창을 높이 쳐들고, 장교를 선두에 세우고서 줄을 지어 지나가는 것이 보였다. 기마행렬은 현란했고 포도 위를 요란스럽게 울리고 있었다.

"선생님은 저 장교를 유심히도 바라보시는군요!" 그랭구아르는 부주교에게 말했다.

"누군지 알 것 같아서 그러네."

"이름이 뭔데요?"

"페뷔스 드 샤토페르인 것 같은데."

"페뷔스! 이상한 이름이에요! 푸아 백작 페뷔스라는 사람도 있거든요. 제가 안 계집애 하나는 맹세를 할 때면 으레 페뷔스라는 이름을 내걸던 일이 생각나네요."

"이리 오게나." 신부는 말했다. "자네에게 할 얘기가 있네."

그 기마대가 지나간 뒤로, 약간의 흥분이 부주교의 냉정한 외관에 내비쳤다. 그는 걷기 시작했다. 지배력이 넘쳐흐르는 이 사나이에게 한번 접근한 자라면 누구나 그러하듯이, 그에게 복종하는 것이 습관이 되어 있던 그랭구아르는 그의 뒤를 따라가고 있었다. 그들은 꽤 한산했던 베르나르댕 거리까지 말없이 갔다. 클로드 신부는 거기서 걸음을 멈추었다.

"제게 하실 말씀이 무엇입니까, 선생님?" 하고 그랭구아르는 그에게 물었다.

"아까 우리가 본 그 기병들의 옷이," 하고 부주교는 깊은 생각에 잠긴 듯한 얼굴로 대답했다. "자네 옷이나 내 옷보다 더 아름답다고 생각하지 않나?"

그랭구아르는 고개를 흔들었다. "천만에요! 저는 그 쇠와 강철의 비늘보다 제 이 붉고 노란 긴 옷이 더 좋아요. 걸어갈 때 땅을 흔들면서 페라유[2] 둑과 똑같은 소리를 내는 건 참 재미있겠네요!"

"그렇다면 그랭구아르, 자네는 저 군복을 입고 있는 아름다운 머슴애들을 부러워해 본 적이 한 번도 없었나?"

"뭘 부러워합니까, 부주교님? 그들의 힘을 말인가요, 갑옷을 말인가요, 규율을 말인가요? 누더기를 입고 있는 철학과 자유가 더 낫지요. 저는 사자의 꼬리가 되기보다는 파리의 머리가 되는 것이 더 좋아요."

"거 이상하군." 하고 신부는 몽상에 잠겨 말했다. "그래도 아름다운 제복이란 아름다운 것인데."

그랭구아르는 그가 생각에 잠겨 있는 것을 보고, 그의 곁을

---

2) 프랑스어로 '파쇠, 고철'이라는 뜻이다.

떠나 옆집의 현관문을 감상하러 갔다. 그는 손뼉을 치면서 돌아왔다. "부주교님께서 군인들의 아름다운 옷에 그렇게까지 몰두하고 계시지 않는다면, 가서 저 문을 보자고 청하겠습니다만. 늘 말씀드렸지만, 오브리 나리의 집은 이 세상에서 가장 호화로운 문을 가지고 있지요."

"피에르 그랭구아르," 부주교는 말했다. "자넨 그 춤추는 이집트 소녀를 어떻게 했는가?"

"라 에스메랄다 말씀인가요? 선생님은 참으로 느닷없이 화제를 바꾸십니다그려."

"그건 자네 안사람이 아니었던가?"

"그렇습니다. 단지를 깨뜨리고 얻었지요. 4년 동안만요. 그런데," 하고 그랭구아르는 반 조롱조로 부주교를 바라다보면서 덧붙였다. "선생님은 항상 그 생각을 하고 계시는군요?"

"그럼 자넨, 자네는 이제 생각하지 않나?"

"별로. 전 할 일이 너무 많거든요…… 그 새끼 염소는 참으로 예뻤는데!"

"그 이집트 아가씨는 자네 목숨을 살려주지 않았나?"

"그건 정말 사실이지요."

"그런데! 그 여잔 어떻게 됐나? 자네가 어떻게 했느냔 말이야?"

"말하고 싶지 않았는데. 그 여자는 교수형을 당한 걸로 알고 있습니다."

"그래?"

"확실하지는 않아요. 그들이 교수형에 처하려는 걸 보았을 때 저는 관계를 끊어버렸으니까요."

"자네가 알고 있는 건 그뿐인가?"

"잠깐만요. 사람들 말이, 그 여자는 노트르담에 피신해서 안전하게 있다더군요. 전 그걸 기쁘게 여기고 있지요. 그런데 염소도 그 여자와 함께 달아났는지 어떤지 저는 아직 밝혀내질 못했어요. 제가 알고 있는 건 그뿐입니다."

"내가 그 이상의 것을 자네에게 알려줌세." 하고 클로드 신부는 외쳤는데, 이때까지 나지막하고 느릿느릿하고 거의 흐릿하였던 그의 목소리는 우렁차졌다. "그 여자는 사실 노트르담 안에서 은신하고 있네. 그래 사흘 후에 재판소는 그 여자를 거기서 다시 체포하여 그레브에서 교수형에 처하기로 돼 있어. 최고법원의 판결이 내려졌지."

"그것 유감인데요." 그랭구아르는 말했다.

신부는 삽시간에 다시 냉정하고 침착해졌다.

"그런데 대관절 어떤 망할 놈이," 하고 시인은 말을 이었다. "그런 점유(占有) 회복 판결을 청원했을까요, 그게 뭐 신나는 일이라고? 그 녀석은 그래 최고법원을 귀찮게 하지 않고 그냥 둘 수가 없었던가요? 한 가련한 아가씨가 노트르담의 공중 부벽 아래 제비집 곁에서 몸을 좀 감추고 있은들 그게 어떻다는 거예요?"

"세상에는 악마들이 있는 법이야." 부주교는 대답했다.

"그것 참 되게 꼬였네요." 그랭구아르는 지적했다.

부주교는 잠시 침묵을 지키다가 다시 말을 이었다. "그래, 그녀가 자네의 목숨을 구했것다?"

"제 친구들인 거지들의 소굴에서 구해 줬었죠. 위기일발, 하마터면 저는 목이 졸릴 뻔했어요. 그랬더라면 그들은 오늘날 유감스럽게 생각했을 거예요."

"그 여자를 위해 자네는 아무것도 해주고 싶지 않은가?"

"그러면 오죽이나 좋겠습니까, 클로드 신부님. 하지만 제가 그런 고약한 일에 얽혀들어도 좋을까요?"

"그럼 어떤가!"

"칫, 그럼 어떠냐고요! 선생님은 참 인자하신 분이로군요, 선생님은! 저는 이미 두 개의 커다란 저작을 시작했답니다."

신부는 자기의 이마를 탁 쳤다. 겉으로 꾸미고 있는 침착에도 불구하고, 때때로 격렬한 동작이 그의 내부의 경련을 드러내 보였다. "어떻게 그 여자를 구출할 수 있을까?"

그랭구아르는 그에게 말했다. "선생님, 저는 이렇게 대답하겠어요. 'Il padelt.' 이건 튀르크어인데 이런 뜻이죠, '하느님은 우리의 희망이니라.'"

"어떻게 그 여자를 구출할 수 있을까?" 하고 클로드는 몽상에 잠겨 되풀이했다.

이번에는 그랭구아르가 자기의 이마를 쳤다.

"들어보세요, 선생님. 제겐 상상력이 있지요. 제가 방편을 찾아드리겠습니다. 임금님께 특사(特赦)를 청원하면 어때요?"

"루이 11세에게? 특사를?"

"왜 안 됩니까?"

"차라리 호랑이한테 가서 그의 뼈를 뺏어 와라!"

그랭구아르는 새로운 해결책을 모색하기 시작했다.

"그럼 이건 어때요? 이 처녀가 임신을 했다고 신고하면서 제가 낙태 전문 산파에게 청원서를 제출할까요?"

그러자 신부의 움푹 들어간 눈동자가 반짝였다.

"임신이라니! 이 악당 놈아, 너는 그것에 대해 뭘 아느냐?"

그랭구아르는 그의 태도에 질겁했다. 그는 황급히 말했다. "오! 저는 아니에요! 우리의 결혼은 진짜 forismaritagium(바깥 사람과의 결혼)[3]이었어요. 저는 바깥에 머물러 있었거든요. 그러나 결국 그렇게 하면 집행유예는 얻게 되겠죠."

"미친 소리! 수치스럽다! 입 닥쳐라!"

"그렇게 역정을 내시는 건 잘못입니다." 그랭구아르는 중얼거렸다. "집행유예를 받는다 해도 아무에게도 해로울 건 없어요. 또 그렇게 되면 가난한 산파들은 파리 주화 40드니에를 벌게 되지 않습니까."

신부는 그의 이야기를 듣고 있지 않았다. "하지만 그 여자는 거기서 나가야만 해!"라고 그는 혼자 중얼거렸다. "체포는 사흘 이내에 집행된다! 게다가 그 카지모도란 녀석은 체포되지 않을 것이다! 계집들이란 참으로 퇴폐적인 취미를 갖고 있단 말이야!" 그는 목소리를 높였다. "피에르 군, 내가 심사숙고해 봤는데, 그 여자를 위해선 구제 수단이 한 가지밖에 없네."

"뭔데요? 저는 이제 방도가 생각나지 않습니다."

---

3) 위고는 이 낱말을 뒤 브뢸의 저서에서 발견한 것 같은데, 뒤 브뢸은 그것을 이렇게 설명하고 있다. '바깥 사람들, 즉 다른 사법권과 지역권에 속하는 사람들과의 사이에 이루어진 결혼.' 그랭구아르는 이 낱말의 법률상의 뜻을 익살스럽게 돌려 쓴 것이다.

"이봐, 피에르 군, 그 여자는 자네 생명의 은인이라는 걸 잊지 말게. 내 자네에게 솔직하게 내 생각을 말하겠네. 성당은 밤낮으로 지켜지고 있고, 거기에 들어가는 것을 본 자들만 내보내지. 그러므로 자네는 들어갈 수 있어. 자네가 오면, 내가 그 여자 옆으로 자네를 인도하겠네. 자네는 그 여자와 옷을 바꾸어 입는 거야. 그 여자는 자네 저고리를 입고 자네는 그 여자 치마를 입는 거지."

"거기까지는 좋습니다." 철학자는 지적했다. "그다음엔요?"

"그다음엔? 그 여자는 자네 옷을 입고 나가고, 자네는 그 여자 옷을 입고 남아 있는 거야. 자네는 아마 교수를 당하겠지만, 그 여자는 구출되겠지."

그랭구아르는 매우 심각한 표정으로 귀를 긁적거렸다.

"저런!" 그는 말했다. "그런 생각은 저 혼자라면 결코 저절로 떠오르지 않았을 겁니다."

클로드 신부의 뜻밖의 제의에, 시인의 명랑하고 온화한 얼굴이 갑자기 흐려졌다, 마치 한 무더기의 바람이 공교롭게도 느닷없이 불어와서 구름을 태양 위에 부스러뜨렸을 때 이탈리아의 아름다운 경치가 그러하듯이.

"어떤가, 그랭구아르! 이 방법을 어떻게 생각하나?"

"제 생각에는요, 선생님, 어쩌면 제가 교수를 당하지 않을지도 모르지만, 제가 교수를 당하리라는 것은 의심할 여지가 없을 성싶습니다."

"그런 건 우리에게 상관없어."

"어이구!" 그랭구아르는 말했다.

“그 여자는 자네의 목숨을 구했어. 자네는 그 빚을 갚는 거야.”

“제가 갚지 않은 빚은 그 밖에도 수두룩합니다!”

“피에르 군, 절대적으로 그래야만 해.”

부주교는 위압적으로 말하고 있었다.

“이보세요, 클로드 신부님.” 시인은 풀이 다 죽어서 대답했다. “선생님은 그 생각을 고집하시는데 그건 잘못된 생각입니다. 왜 제가 남 대신에 교수를 당해야 하는지 모르겠습니다.”

“대관절 뭣 때문에 자네는 그렇게도 생명에 애착을 갖고 있나?”

“아! 그 이유야 얼마든지 있지요!”

“뭔지 말해 보게.”

“뭐냐고요? 공기도 그렇고, 하늘도, 아침도, 저녁도, 달빛도, 제 좋은 거지 친구들도, 창녀들과 함께 맛 좋은 음식을 먹는 것도, 파리의 아름다운 건축술의 연구도, 방대한 세 권의 저술도, 그중 한 권은 주교와 그의 방앗간에 대한 공격인데요. 그 밖에 또 뭐가 있더라? 아낙사고라스[4]는 자기가 이 세상에 있는 것은 태양을 찬미하기 위해서라고 말했지요. 그리고 또, 저는 날마다 아침부터 저녁까지 온종일 나라는 천재와 더불어 지내는 행복을 누리고 있는데, 그것은 참으로 유쾌한 일이죠.”

“방울같이 텅 빈 머리를 갖고 뭘 그래!” 하고 부주교는 투덜

---

4) Anaxagoras, 기원전 500~428. 이오니아 학파의 철학자로, 철학과 천문학만이 오직 슬기로운 정신에 알맞은 지식이라고 공언했다.

거렸다. "이봐, 말해 봐, 그렇게 즐겁게 살아가는 그 목숨을 누가 자네에게 붙어 있게 해줬나? 누구의 덕택으로 자네가 이 공기를 들이마시고, 저 하늘을 보고, 자네의 그 종달새 같은 정신을, 그 부질없고 주책없는 정신을 아직도 즐겁게 해줄 수가 있는 거지? 그 여자가 없었더라면 자네가 지금 어디에 있겠는가? 그래 자네는 그 여자가 죽기를 바라나, 자네가 살아 있는 건 그 여자로 말미암은 것인데? 그 여자가, 그 아름답고 부드럽고 사랑스러운 그 여자가, 이 세상의 광명에 필요한 그 여자가, 하느님보다도 더 거룩한 그 여자가 말이다! 그러는 반면 자네는, 반은 현명하고 반은 미치광이 같은 자네는, 어떤 것이 되다 만 자네는, 스스로 걷고 있고 생각하고 있는 줄 아는 초목 같은 존재인 자네는, 그 여자한테서 훔친, 대낮의 촛불같이 무용한 목숨을 가지고 계속 살고 말이다! 자, 다소나마 측은지심을 갖게나, 그랭구아르! 이번에는 자네가 아량을 갖게. 먼저 시작한 것은 그 여자니까."

신부는 격렬하였다. 그랭구아르는 처음에는 결심이 서지 않는 듯이 그의 말을 듣고 있었으나, 이윽고 감동하여, 마침내 비통한 표정을 지어, 마치 배앓이를 하는 갓난아기 같은 해쓱한 얼굴을 하기에 이르렀다.

"선생님은 비장하십니다." 그는 눈물을 씻으면서 말했다. "그럼 저도 잘 생각해 보겠습니다. 선생님은 참으로 괴상한 생각을 하셨습니다그려. 그러나 결국," 하고 그는 잠시 침묵을 지키다가 계속했다. "누가 압니까? 어쩌면 그들은 저를 교수형에 처하지 않을지도 몰라요. 약혼한다 해서 반드시 결혼하게 되는 건 아니거든요.[5] 제가 그 방 안에서 치마에 여자의 머리쓰개라는 그런 괴상한 옷차림을 하고 있는 걸 본다면, 그들은 아마 폭소를 터뜨릴 겁니다. 또 그들이 제 목을 달아맨다면, 좋아요! 교수도 역시 다른 죽음과 다름없는 죽음이랄까, 아니 오히려 다른 죽음과는 다른 죽음이라고 말하는 것이 더 낫겠군요. 그것은 평생을 동요했던 현인에 어울리는 죽음, 진정한 회의주의자의 정신처럼, 죽도 밥도 아닌 죽음, 회의주의와 망설임의 자국이 찍힌 죽음, 하늘과 땅 사이에 중간을 차지하는 사람을 허공에 매달아놓는 그러한 죽음이지요. 그것은 철학자의 죽음으로서, 저는 아마 전생부터 그런 팔자를 타고났는지도 몰라요. 사람이 살았던 것처럼 죽는다는 건 훌륭한 일이죠."

신부는 그의 말을 가로막았다. "그럼 결정됐나?"

"결국 따져보면 죽음이란 뭡니까?" 하고 그랭구아르는 흥분하여 계속했다. "그건 하나의 나쁜 순간, 일종의 통행세, 하찮은 것에서 무로의 통과가 아니겠습니까? 어떤 사람이 메갈로폴리스[6] 사람인 케르키다스에게, 당신은 기꺼이 죽겠소? 하고 물으니, '왜 그러지 못하겠는가?'라고 대답했어요. '왜냐하면 나는 죽은 뒤에, 철학자들 중에서는 특히 피타고라스, 역사가들 중에서는 특히 헤카테우스, 시인들 중에서는 특히 호메로스, 음악가들 중에서는 특히 올림포스와 같은 위대한 인물들

---

5) 기도(企圖)한다고 해서 반드시 성취되는 것은 아니라는 뜻이다.
6) 한때 라케다이몬(스파르타)의 적대 도시였던 펠로폰네소스반도의 옛 도시이다.

을 만나보게 될 테니까 말이오.'"

부주교는 그에게 손을 내밀었다. "그럼 다 결정됐지? 내일 오게나."

이런 몸짓을 보고 그랭구아르는 현실의 세계로 되돌아왔다.

"아니! 천만의 말씀입니다!" 하고 그는 잠에서 깨어나는 사람과 같은 어조로 말했다. "교수를 당하다니! 그건 너무도 어처구니없는 일입니다. 싫어요."

"그럼 잘 있게나." 그러고는 부주교는 입속말로 덧붙였다. "어디 두고 보자!"

'저 악마 같은 사나이가 나를 두고 봐서야 되겠나.' 하고 그랭구아르는 생각했다. 그러고는 클로드 신부의 뒤를 쫓아갔다. "여보세요, 부주교님, 오랜 친구 사이에 의가 상해서야 되겠습니까! 선생님은 그 아가씨에게, 아니 제 아내에게 관심이 많으신데, 그건 좋습니다. 선생님은 그 여자를 노트르담에서 무사히 내보내기 위해 계략을 궁리하셨으나, 선생님의 방법은 제게는, 이 그랭구아르에게는 지극히 불쾌합니다. 만약 제게 다른 방법이 있다면! 방금 제게 썩 좋은 생각 하나가 떠올랐는데, 만약 고리 매듭 밧줄로 제 목을 위태롭게 하지 않고도 그 여자를 이 곤경에서 끌어낼 수 있는 적절한 생각이 제게 있다면? 그렇다면 뭐라고 말씀하시겠습니까? 그렇다면 되지 않겠습니까? 선생님께서 만족하시려면 꼭 제가 교수를 당해야만 하겠습니까?"

신부는 초조하게 자기 법의의 단추를 잡아 뜯고 있었다.

"말이 청산유수 같구나! 네 방법이란 뭐냐?"

“옳지.” 하고 그는 곰곰 생각하는 표시로 검지를 코에 대고 혼잣말로 말을 이었다. “그렇지, 그래! 거지들은 용감한 자식들입니다. 이집트족은 그 여자를 사랑합니다. 그들은 한마디 말만 떨어지면 일어설 겁니다. 그보다 더 쉬운 일은 없지요. 습격을 하는 겁니다. 혼란을 틈타 쉽사리 그 여자를 탈취할 수 있을 겁니다. 바로 내일 저녁이라도…… 그들은 더없이 좋아할 겁니다.”

“어떻게 한다는 거야! 말해 봐.” 하고 신부는 그를 잡아 흔들면서 말했다.

그랭구아르는 위엄차게 그를 돌아보았다. “가만 좀 계세요! 저도 지금 궁리하는 중 아닙니까.” 그는 또 잠시 생각했다. 그런 뒤에 자기 생각에 손뼉을 치기 시작하면서 외쳤다. “기가 막힌다! 성공은 틀림없어!”

“어떻게 한다는 거야!” 하고 클로드는 성이 나서 되물었다.

그랭구아르는 만면에 희색을 띠었다.

“이리 오세요, 귀엣말로 해야겠으니까요. 이건 정말 유쾌한 대항책이어서, 이로써 우리는 모두 곤경을 타개할 수 있습니다. 정말이지 저도 바보가 아니라는 걸 알아주셔야 합니다.”

그는 말을 멈추었다. “아 참! 그 새끼 염소도 아가씨와 함께 있나요?”

“그래, 이 녀석아!”

“그놈도 영락없이 교수를 당할 게 아닙니까?”

“그게 내게 무슨 상관이냐?”

“그래요, 그놈도 영락없이 교수를 당할 겁니다. 지난달에 그들은 돼지 한 마리를 교수했지요. 망나니는 그걸 좋아하죠. 그런 뒤에 그는 짐승을 잡아먹거든요. 내 예쁜 잘리의 목을 매달다니! 가련한 새끼 염소!"

"이런 망할 녀석 같으니!" 하고 클로드 신부는 외쳤다. "망나니는 바로 너다. 그래 무슨 구제책을 발견했느냐 말이다, 이 악당아? 네 생각을 핀셋으로 끄집어내야만 되겠느냐?"

"썩 좋은 방법입니다. 선생님! 들어보세요."

그랭구아르는 부주교의 귀에 몸을 기울이고, 아무도 지나다니지 않는 거리를 불안스러운 눈으로 샅샅이 훑어보면서 매우 낮게 속삭였다. 그가 말을 끝내자, 클로드 신부는 그의 손을 잡고 냉랭하게 말했다.

"좋아, 내일 보세."

"내일 뵙겠습니다." 하고 그랭구아르는 되풀이했다. 그리고 부주교가 한쪽으로 떠나가는 동안 그는 다른 쪽으로 가면서 나지막이 혼자 중얼거렸다. "이건 굉장한 사업이야, 피에르 그랭구아르 씨. 아무렴 어때, 사람이 키가 작다고 해서, 대사업에 놀라리라고 말해서는 안 되지. 비톤[7]은 커다란 황소 한 마리를 어깨에 짊어졌다. 할미새와 꾀꼬리와 딱새는 대양을 건넌다."

---

7) 그리스신화에서 헤라 신전의 여사제인 키디페의 아들로, 효심으로 유명하다. 어머니가 신전에 타고 갈 수레를 끌 두 마리의 황소가 하루 종일 기다려도 오지 않자, 형 클레오비스와 함께 신전까지 수레를 끌고 갔다.

2장

거지가 되려무나

부주교가 수도원으로 돌아와 보니, 자기의 독방 앞에서 아우 장 뒤 물랭이 기다리고 있었는데, 장은 기다리는 무료함을 풀기 위해 숯으로 벽 위에 어마어마하게 큰 코가 달린 형의 옆모습을 그리고 있었다.

클로드 신부는 동생을 제대로 거들떠보지도 않았다. 그는 딴생각을 하고 있었던 것이다. 이 건달의 유쾌한 얼굴이 반짝이는 것을 보고 신부의 침울한 낯이 명랑해진 일이 여태껏 한두 번이 아니었건만, 그러했던 동생의 얼굴도, 이 썩고 괴어 독기를 풍기는 영혼 위에 날마다 더욱더 짙어져가는 안개를 녹이기에는 이제 무능하였다.

"형님," 하고 장은 주저하며 말했다. "형님을 뵈러 왔습니다."

부주교는 그를 쳐다보지도 않았다. "그래서?"

“형님,” 하고 이 위선자는 말했다. “형님은 제게 하도 잘해 주시고, 퍽 좋은 충고를 해주시기 때문에, 저는 늘 형님에게로 돌아오곤 합니다.”

“그런데?”

“아! 형님, 형님이 저더러 늘 이렇게 말씀하신 건 참으로 옳은 말씀이었어요. ‘장! 장! cessat doctorum doctrina, discipulorum disciplina.(학자의 교학이, 학생의 학문이 해이해지고 있다.)[8] 장, 얌전하여라. 장, 박식하여라. 장, 정당한 이유 없이, 선생님의 허가 없이, 학교 바깥을 밤중에 쏘다니지 마라. noli, Joannes, verberare picardos.(피카르디 사람들을 때리지 마라.) quasi asinus illiteratus(학교의 교실 바닥에 깔린 짚 위에서 무식한 나귀처럼) 썩지 마라. 장, 선생님이 벌을 주시는 대로 가만히 받아라. 장, 저녁마다 예배당에 가서 영광스러운 성모마리아에게 기도를 드리고 찬송가를 불러라.’ 아! 이런 것들은 참으로 훌륭한 주의들이었지요!”

“그리고 또?”

“형님, 형님이 지금 보고 계시는 것은, 하나의 죄인, 하나의 범인, 하나의 악한, 하나의 난봉꾼, 하나의 지독한 사나이올시다. 사랑하는 형님, 장은 형님의 친절하신 충고를 짚과 두엄처럼 발아래 짓밟았나이다. 그래서 저는 그 징벌을 톡톡히 받았지요. 하느님은 지극히 정당하십니다. 돈이 있는 한, 저는 잘 먹고, 잘 놀아나고, 즐겁게 지냈습니다. 오! 방탕이란, 그 앞면

---

8) Du Breul, 460.

은 그렇게도 매력적인데, 그 뒤는 얼마나 추악하고 흉악한 것이겠어요! 저는 지금 엽전 한 푼 없어요. 저는 제 상보도 셔츠도 수건도 팔아버렸고, 즐거운 생활도 다 가버렸어요. 아름다운 촛불은 꺼지고, 이제 제게 남아 있는 것이라고는 콧속으로 연기가 올라오는, 시시한 짐승 기름의 초심지뿐이에요. 계집애들은 저를 깔보고 있어요. 저는 물을 먹고 있어요. 저는 후회와 빚쟁이들에 시달리고 있어요."

"그 밖에는?" 부주교는 말했다.

"아! 매우 사랑하는 형님, 저는 이제 더 착실한 생활을 하겠어요. 저는 회개심에 가득 차서 형님에게 왔어요. 저는 속죄하고 있어요. 고해하겠어요. 저는 큰 주먹으로 가슴을 치고 있어요. 형님이 제가 장래 토르시 학교의 학사가 되고 조교보가 되기를 바라고 계시는 건 참으로 옳은 생각이에요. 저는 이제 그 직업에 대단히 소질이 있다는 걸 느끼게 됐어요. 그런데 잉크가 떨어져서 다시 사야겠어요. 펜도 떨어져서 다시 사야만 하겠어요. 종이도 떨어지고 책도 떨어졌으니, 그것도 다시 사야겠어요. 그러기 위해서는 조금의 돈이 많이 필요해요. 그래서 형님한테 온 거예요, 형님, 가슴은 회개심으로 가득 차서요."

"그뿐이냐?"

"예." 학생은 말했다. "돈을 조금 주세요."

"돈이 없다."

학생은 그러자 엄숙하고도 단호한 태도로 말했다. "그렇다면 형님, 이런 말씀 드리기 섭섭한 일이지만, 다른 한편에서 사람들이 제게 매우 훌륭한 요청과 제의를 해오고 있다는 걸 알려 드려야겠어요. 형님은 제게 돈을 주고 싶지 않다는 거죠? 그렇죠? 그렇다면 저는 거지가 되겠어요."

그런 끔찍한 소리를 하면서, 그는 아이아스[9] 같은 얼굴을 하고서, 자기 머리 위에 벼락이 떨어지는 것을 보게 되리라 기대하고 있었다.

부주교는 그에게 쌀쌀하게 말했다. "거지가 되려무나."

장은 그에게 코가 땅에 닿게 절을 하고 휘파람을 불면서 수도원의 계단을 다시 내려갔다.

그가 형님의 독방 창문 아래 수도원의 마당을 지나가다 그 창문이 열리는 소리가 들려 코를 쳐들고 보니, 창 구멍으로 부주교의 준엄한 머리가 나오는 것이 보였다. "어서 꺼져라!" 하고 클로드 신부는 말했다. "이게 네가 내게서 받게 될 마지막 돈이다."

그와 동시에 신부는 장에게 지갑 하나를 던져 이 학생의 이마에 커다란 혹을 만들어주었는데, 장은 마치 골이 든 뼈로 얻어맞은 개처럼, 화가 나면서도 기뻐하며 그것을 가지고 사라져버렸다.

---

9) 그리스의 장수로, 아킬레우스가 죽었을 때 그의 갑옷을 얻기 위해 오디세우스와 결투하였으나 패배하자 화가 나서 죽고 말았다. 여기서는 원한의 상징으로 해석된다.

3장

기쁨이여, 만세!

독자는 아마도, 기적궁의 일부는 도시의 옛 성벽에 의해 닫혀 있었다는 것을 잊지 않고 있을 줄 아는데, 그 성벽의 탑들은 대부분이 벌써 이 시대부터 허물어지기 시작하고 있었다. 이러한 탑들 중의 하나는 거지들에 의해 유흥장으로 바뀌어 있었다. 낮은 층 방에는 술집이 있었고, 그 밖의 것들은 위층에 있었다. 이 탑은 거지 왕국의 가장 활기 띤 장소, 따라서 가장 추악한 장소였다. 그것은 밤낮으로 웡웡거리는 일종의 끔찍한 벌집이었다. 밤에 거지 왕국 전체가 잠들었을 때, 광장의 흙빛 정면들에 불 켜진 창문 하나 남아 있지 않을 때, 그 수많은 집들로부터, 도둑놈들이며 창녀들, 훔친 아이들 또는 사생아들이 득실거리는 그 소굴로부터 큰 소리 하나 들려 나오지 않을 때, 사람들은 언제나 그 즐거운 탑을, 거기서 들려오는 소음으로, 환기창이며 창문이며 갈라진 벽 틈에서 동시에, 마치 털구멍에서 새어나오듯 새어나오는 새빨간 불빛으로 알아볼 수 있었다.

그래서 지하실은 술집이었다. 거기에는 나지막한 문 하나와 고전주의의 알렉산더격 시구[10]처럼 가파른 계단으로 내려가게 되어 있었다. 문 위에는 간판 대신에 새 솔 동전과 죽인 닭들을 나타내는 그림 하나가 희한하게 휘갈겨져 있고, 그 아래에는, '죽은 이들을 위해 조종을 치는 사람들에게'[11]라는 희문(戱文)이 적혀 있었다.

어느 날 저녁, 파리의 모든 망루에서 소등의 종소리가 울렸을 때, 야경원들이 만약 이 무시무시한 기적궁에 들어갈 수가 있었더라면, 이 거지들의 술집이 평소보다 더 소란스럽고 사람들이 거기서 더 많은 술을 마시고 있고 더 요란스럽게 욕설을 퍼붓고 있는 것을 볼 수 있었으리라. 바깥에서는 광장에 수많은 사람들이 군데군데 모여서 마치 무슨 커다란 계획이라도 꾸미고 있는 듯이 나지막한 목소리로 쑥덕거렸고, 여기저기에는 불량배가 쭈그리고 앉아 포석 위에서 흉기의 날을 갈고 있었다.

그동안에 바로 이 술집에서는 포도주와 노름이 이날 저녁 거지 패들의 머릿속을 차지하고 있는 생각들에 아주 강력한 기분 전환이 되어주고 있었으므로, 술꾼들이 무엇에 관해서

---

10) 한 줄이 12음절로 된 시구.

11) '죽은 이들'은 '죽인 닭들'을, '조종을 치는 사람들'은 '새 솔 동전'을 각각 암시하고 있다.

이야기하고 있는지 그들의 말소리로는 짐작하기 어려웠으리라. 다만 그들은 평상시보다도 더 유쾌해 보였고, 그들 모두의 다리 사이로는 낫 도끼라거나, 도끼, 커다란 쌍날 장검, 또는 낡은 화승총의 갈고리 같은 무기가 번쩍거리는 것이 보였다.

방은 동그랗고 매우 넓지만, 탁자들이 하도 촘촘히 놓여 있고 술꾼들이 하도 많아서, 이 술집 안에 있는 것은, 남자, 여자, 벤치, 맥주병, 술을 마시고 있는 것, 잠을 자고 있는 것, 노름을 하고 있는 것, 몸이 성한 자, 병신 할 것 없이 모든 것이 한 더미의 굴 껍데기들만큼 질서와 조화를 이루어 뒤죽박죽 포개져 있는 것 같았다. 탁자들 위에는 짐승 기름에 불이 켜져 있었으나, 이 술집의 진짜 등불은, 이 술집 안에서 오페라 극장의 샹들리에 구실을 하고 있는 것은 장작불이었다. 이 지하실은 하도 습해서 한여름마저도 벽로에 불이 꺼지게 두는 일이 결코 없었는데, 맨틀피스에 조각을 한 이 거대한 벽로에는 묵직한 장작 받침쇠와 취사 도구가 잔뜩 놓여 있었고, 밤에 마을의 거리에서, 대장간의 유령 같은 창문의 그림자를 맞은편 벽에 새빨갛게 비추어주는, 그러한 장작과 이탄의 큰 불이 훨훨 타오르고 있었다. 키 큰 똘마니 하나가 재 속에 의젓하게 앉아, 잉걸불 앞에서 고기를 꿴 쇠꼬챙이를 돌리고 있었다.

아무리 혼란하긴 했지만, 한 번만 쭉 둘러보면, 이 군중 속에서 세 개의 주요 집단을 식별할 수 있었는데, 그들은 독자가 이미 알고 있는 세 인물의 주위에 모여 있었다. 그 인물들 중 하나는 온몸을 동양식 의복으로 이상야릇하게 휘감고 있었는데, 이집트와 보헤미아의 공작 마티아스 운가디 스피칼리였다. 이 악한은 탁자 위에 두 다리를 엇걸고 앉아, 손가락을 공중에 쳐들고서, 입을 떡 벌리고 있는 제 주위의 숱한 얼굴들에게 큰 소리로 요술과 마술의 지식을 나누어주고 있었다. 또 하나의 군집은 완전무장을 하고 있는, 우리의 옛 친구인 저 용감한 튄 왕을 중심으로 모여 있었다. 클로팽 트루유푸는 매우 진지한 태도로, 그리고 나지막한 목소리로, 약탈해 온 무기로 가득 찬 커다란 통 하나를 처리하고 있었는데, 그 앞의 크게 구멍이 뚫린 통에서는 도끼며 검, 철모, 쇠사슬 갑옷, 창촉과 쇠뇌의 화살촉, 화살과 회전 화살 같은 것이, 풍요의 뿔[12)]에서 쏟아져 나오는 사과와 포도송이처럼 담뿍 쏟아져 나오고 있었다. 그 무더기에서 어떤 사람은 투구를, 어떤 사람은 장검을, 또 어떤 사람은 십자가 모양의 손잡이가 달린 단검을 저마다 집어 들었다. 어린애들마저도 무장을 하고 있었으며, 심지어 앉은뱅이들에 이르기까지도 갑옷이며 흉갑을 입고 술꾼들의 다리 사이를 풍뎅이처럼 지나다녔다.

끝으로 가장 소란스럽고 가장 쾌활하고 가장 수효도 많은 세 번째 회중은 벤치와 탁자 들을 가득 메우고 있었는데, 그 한복판에서 투구에서 박차에 이르기까지 완전 중무장을 한 무구(武具) 아래서 피리 소리처럼 새어나오는 하나의 목소리가 장광설과 상말을 마구 지껄이고 있었다. 이렇게 갑주를 몸 위에 죄어 박고 있는 사나이는 전투복 아래 완전히 가려질 지

12) 과실이며 꽃이 쏟아져 나온다는 그리스신화의 뿔로서 풍요의 상징이다.

경이어서, 그의 신체라고는 뻔뻔스럽게 생긴 뻘건 들창코와 곱슬곱슬한 금발과 불그스름한 입과 대담한 눈밖에는 보이지 않았다. 그의 허리띠에는 단검과 단도가 주렁주렁 달려 있고, 옆구리에는 한 자루의 장검을 차고, 왼쪽에는 녹슨 쇠뇌 하나를, 앞에는 커다란 포도주 병 하나를 각각 놓았고, 오른쪽에는 옷을 풀어헤친 뚱뚱한 계집애 하나가 있었다. 그를 둘러싼 입들은 모두 시시덕거리고, 육담을 퍼붓고, 술을 마시고들 있었다.

그 밖에도 그만 못한 수많은 집단들이 있었는데, 술병을 갖고 뛰어다니는 남녀 심부름꾼들을 비롯하여, 한쪽 구석에는 몸을 웅크리고 당구며 공기놀이, 주사위 던지기, 열렬한 고리놀이를 하는 노름꾼들과 난장패들이 있는가 하면, 다른 쪽 구석에서는 키스 판이 벌어졌고, 술집 벽 위에 어마어마하게 큰 기괴망측한 숱한 그림자들을 너울거리게 하는 성화(盛火)의 훨훨 타오르는 불빛이 그 모든 것 위에 흔들거리고 있었으니, 이만하면 전체의 광경을 대충 상상할 수 있으리라.

소음으로 말하자면, 그것은 난타하는 인경의 내부와도 같았다.

불고기의 기름 받는 그릇 속에, 비처럼 떨어지는 기름이 계속 토닥토닥 튀는 소리가, 방 안 구석구석에서 주고받는 그 무수한 대화들 사이사이를 메우고 있었다.

이러한 법석판에 술집의 안쪽, 벽로의 안쪽 벤치 위에 철학자 하나가 앉아서 재 속에 발을 뻗고 깜부기불을 바라보면서 사색에 잠겨 있었다. 그것은 피에르 그랭구아르였다.

"자, 빨리빨리! 어서 무장을 하라! 한 시간 후면 출발이다!" 클로팽 트루유푸가 제 결말 패들에게 말했다.

계집애 하나가 입속으로 노래를 불렀다.

안녕히 주무셔요, 엄마 아빠는!

마지막 남은 이들이 불은 끌게요.

두 카드 노름꾼들이 다투고 있었다. "잭이다!" 하고 두 사람 중 가장 얼굴을 붉힌 자가 상대방에게 주먹을 보이면서 외쳤다. "클로버에선 널 엄중히 감시할 테다. 넌 임금님과의 카드놀이에서도 클로버의 잭을 바꿔칠 놈이거든."

"아이고!" 한 사나이가 부르짖었는데, 그의 콧소리로 보아 그가 노르망디 사람이라는 것을 알 수 있었다. "여긴 카유빌의 성자들처럼 콩나물시루 속이구나!"[13)]

"얘들아," 이집트 공작이 가성으로 청중에게 말했다. "프랑스의 마녀들은 그들의 야연에 빗자루도, 비계도, 탈 것도 없이 몇 마디 주문만 갖고 간다. 이탈리아의 마녀들에겐 으레 염소 한 마리가 있는데, 염소는 그들의 문 앞에서 그들을 기다리고 있다. 마녀들은 모두 굴뚝으로 나가는 것으로 알려져 있다."

발끝에서 머리끝까지 무장한 젊은 건달의 목소리가 그 와글와글 떠드는 판 속에서도 가장 압도적이었다. "얼씨구 좋

---

13) 카유빌의 노트르담 예배당 안에는 프랑스 대혁명 때까지 400~500개의 성자 상이 있었다.

다!" 하고 그는 외쳤다. "오늘은 내 첫 출전이다! 거지다! 나는 거지다, 제기랄 예수 배때기 같으니! 내게 술을 따라라! 내 친구들아, 내 이름은 장 프롤로 뒤 물랭이고, 나는 귀족이다. 내 생각으로는 만약 하느님이 헌병이라면, 그는 약탈자가 될 거다. 형제들아, 우리는 지금 바야흐로 근사한 원정을 나가려 한다. 우리는 용맹한 사람들이다. 성당을 포위하고, 문을 부수고, 거기서 그 미녀를 끌어내고, 그 여자를 판사들에게서 구출하고, 신부들에게서 구출하고, 수도원을 파괴하고, 주교관에서 주교를 태워 죽이고, 이러한 모든 일을 우리는 시장이 수프 한 숟갈을 떠먹는 것보다 더 짧은 시간 내에 해치울 것이다. 우리의 명분은 정당하다. 노트르담을 약탈하자. 그러면 모든 것은 끝장이 난다. 카지모도의 모가지를 매달자. 여러 부인들께선 카지모도를 아시나이까? 성신강림 첨례 날 그가 인경 위에서 헐떡거리고 있는 꼴을 보셨소? 말 마쇼! 참으로 볼만하오! 마치 악마가 아가리 위에 걸터타고 있는 것 같죠. 친구들아, 내 말을 들어보소, 나는 진심에서 거지다. 나는 영혼 속에서 겉말 패다. 나는 문둥이로 태어났다. 나는 매우 부자였는데, 내 재산을 다 먹어버렸다. 우리 어머니는 나를 장교로 만들려 했고, 우리 아버지는 차부제(次副祭)로 만들려 했고, 우리 아저씨는 사문회의 참사로 만들려 했고, 우리 할머니는 국왕의 대법관으로 만들려 했고, 우리 대고모는 짧은 법의의 재무관으로 만들려 했다. 그런데 나는 거지가 됐다. 그 말을 아버지께 여쭈었더니, 아버지는 내 낯바닥에 저주를 뱉었고, 어머니께 여쭈었더니, 이 노부인께서는 울기 시작하면서 저 벽로 받침쇠 위의 저 장작처럼 거품을 내뿜으셨다. 기쁨이여, 만세! 나는 진짜 엉터리다! 주모 아줌마, 포도주 한 병 더 주오! 아직도 돈이 있소. 이젠 쉬렌 포도주는 싫어. 그걸 마시면 내 목구멍이 짜증을 내거든. 그런 걸 마실 테면 젠장맞을! 차라리 바구니로 목구멍을 헹구겠다!"

그러는 동안 어중이떠중이들은 너털웃음을 웃으면서 박수갈채를 하고 있었는데, 자기의 주위에서 한결 더 와글와글 떠들어대는 것을 보고, 학생은 외쳤다. "오! 아름다운 소음이여! Populi debacchantis populosa debacchatio!(격분하는 민중의 대중적 흥분이여!)" 그때 그는 황홀경에 빠진 듯한 눈으로, 만과를 영창하는 참사원 같은 어조로 노래를 부르기 시작했다. "Quæ cantica! quæ organa! quæ cantilenæ! quæ melodiæ hic sine fine decantantur! sonant melliflua hymnorum organa, suavissima angelorum melodia, cantica canticorum mira!(무슨 성가를! 무슨 악기를! 무슨 노래를! 무슨 곡조를 여기서 사람들은 끝없이 노래하고 있는가! 꿀처럼 달콤하게 울려 퍼지누나, 찬가의 악기 소리, 천사들의 다시없이 감미로운 노랫가락, 희한한 아가(雅歌)!)"[14] 그는 노래를 멈추었다. "제기랄, 주모, 저녁밥 좀 달라고."

잠시 침묵 비슷한 것이 흘렀는데, 그사이에 이번에는 또 집시들에게 교육을 하는 이집트 공작의 날카로운 목소리가 솟

---

14) 이것은 천국에 관한 성 아우구스티누스의 인용문인데, 생방드리유 예배당의 노래하는 천사들을 묘사하는 랑글루아의 『수상록』에서 빌려왔다.

아올랐다. "……족제비는 아뒨이라 불리고, 여우는 피에블뢰 또는 쿠뢰르데부아라 불리고, 이리는 피에그리 또는 피에도레[15]라 불리고, 곰은 늙은이 또는 할아버지라 불린다. 난쟁이의 모자는 보이는 것을 안 보이게 만들고, 안 보이는 것을 보이게 한다. 영세를 주는 두꺼비에게는 모두 붉은 비로드나 검은 비로드의 옷을 입히고, 목에 방울 하나, 발에 방울 하나씩 달아야 한다. 대부는 머리를 붙잡고 대모는 궁둥이를 붙잡는다. 빨가벗은 계집애들이 춤추게 하는 힘을 갖고 있는 건 악마 시드라가숨[16]이다."

"염병할 것!" 장이 말을 가로막았다. "나도 그 악마 시드라가숨이 됐으면 좋겠다."

그러는 동안 거지들은 술집의 저쪽 끝에서 쑤군거리면서 계속 무장을 갖추고 있었다.

"가엾은 라 에스메랄다!" 집시 하나가 말했다. "그는 우리 누이동생이야. 그 여잘 거기서 꺼내 와야만 해."

"그럼 그 여잔 내내 노트르담에 있나?" 유대인 같은 얼굴의 장사치 거지가 말을 이었다.

"그렇다니깐 글쎄!"

"그렇다면 친구들!" 그 장사치 거지가 외쳤다. "노트르담으로 가자! 더구나 그럴 것이, 페레올과 페뤼시옹 성자의 예배당에는 두 개의 조상이 있거든. 하나는 성 장바티스트의 상이고

---

15) '피에블뢰'는 '푸른 발', '쿠뢰르데부아'는 '숲의 달음박질꾼', '피에그리'는 '회색 발', '피에도레'는 '금빛 발'이라는 뜻이다.
16) 이집트 공작의 마술에 관한 이 연설은 『지옥 사전』에서 인용한 것이다.

또 하나는 성 앙투안의 상인데, 모두가 금이고, 도합 금의 무게가 17마르크[17]에 15에스텔랭[18]이며 게다가 또 발밑에 도금한 은이 17마르크 5온스나 된다. 내 알지. 난 금은 세공사니까."

그때 장에게 저녁밥이 차려져 나왔다. 그는 자기 옆에 있는 계집애의 젖통이에 대하여 장광설을 늘어놓으면서 고래고래 소리를 질렀다.

"민간에선 성 고글뤼라고 부르는 성 불드뤼크에 걸고 맹세하거니와, 나는 완전히 행복하다. 거기 내 앞에서 숙맥 하나가 대공 같은 매끈매끈한 얼굴로 나를 바라보고 있구나. 거기 내 왼쪽에 있는 숙맥 하나는 이빨이 하도 길어서 턱을 가리고 있고. 그리고 나는 퐁투아즈 포위전 때의 지에 원수[19]처럼 내 오른손으로 젖꼭지 하나를 누르고 있다. 육시랄 것! 이봐, 친구! 넌 공 장수같이 보이는데, 내 옆에 와서 앉는구나! 난 귀족일세, 친구. 장사는 귀족과 양립할 수 없는 거야. 거기서 꺼져버려. 어어이! 얘들아! 싸우지 마! 바티스트 크로쿠아종, 넌 그렇게도 코가 아름다운데, 어찌해서 저 우악스러운 놈의 투박한 주먹에다 그 코를 다치려고 드느냐! 이 숙맥아! Non cuiquam datum est habere nasum.(아무나 코를 가질 수 있는 것은 아니다.)[20] 넌 정말 거룩하구나, 자클린 롱조레유! 네

---

17) 금은의 옛 중량 단위로, 244.5그램.

18) 중세 프랑스에 통용된 옛 영국의 화폐.

19) Pierre de Rohan, maréchal de Gié, 1451~1513. 루이 2세와 샤를 8세의 명장이다.

20) 『지옥 사전』에서 인용한 것이다.

게 머리털이 없는 게 유감이로다. 여봐라! 내 이름은 장 프롤로이고, 우리 형님은 부주교다. 제발 귀신이 우리 형님을 채어가버렸으면 좋겠다! 내가 너희들에게 말하는 건 모두 진실이다. 난 스스로 거지가 됨으로써, 내 형님이 내게 약속해 준 천국에 있는 집의 절반을 기꺼이 포기했다. Dimidiam domum in paradiso.(천국에 있는 집 한 채의 절반을.)[21] 난 원문을 인용하고 있는 거야. 난 티르샤프 거리에 봉토를 갖고 있고, 모든 여자들이 내게 반해 있는데, 그것은 성 엘루아가 우수한 금은 세공사였음이 사실인 것처럼 사실이고, 좋은 파리의 다섯 개 직업이 무두장이와 피혁공, 멜빵 제조공, 지갑 제조공, 그리고 가죽 갈무리공[22]이라는 것이 사실인 것처럼 사실이고, 또 성 로랑이 달걀 껍질로 타 죽은 것이 사실인 것처럼 사실이다. 동무들, 나는 너희들에게 맹세한다.

> 내 여기서 거짓말을 한다면,
> 일 년이 가기 전엔 술을 아니 마시리![23]

내 예쁜아, 달빛이 밝구나. 환기창 너머로 저기를 보아라, 바람이 얼마나 구름을 구기고 있는지! 그렇게 나도 네 깃 장식을 만들리라. 계집애들아! 어린애들의 코를 풀어주고 양초의 심지를 잘라라. 염병할 것! 내가 지금 뭘 먹고 있담, 제기랄!

---

21) Du Breul, 41.
22) Sauval III, 495.
23) Sauval II, 643.

어이, 갈보! 너의 집 매춘부들의 대가리에선 보이지 않는 머리칼이 너의 집 오믈렛 속에서는 보이는구나. 할망구! 난 대머리 오믈렛을 좋아하지. 제발 악마가 자네 코를 납작하게 만들어줬으면 좋겠다! 이 갸륵한 바알세붑의 주막집에선 매음부들이 포크로 머리를 빗는군그래!"

그렇게 말하고 나서 그는 제 접시를 포석 바닥 위에 던져 박살을 내버리고 목청이 찢어져라 노래를 부르기 시작했다.

그런데 나는 없네,
배라먹을!
신앙도, 법도,
집도, 절도,
임금님도,
하느님도!

그러는 동안 클로팽 트루유푸는 무기의 배급을 끝마쳤다. 그는 벽로의 장작 받침쇠 위에 발을 뻗고 깊은 몽상에 빠져 있는 듯한 그랭구아르에게 다가갔다. "피에르 친구," 하고 튄 왕은 말했다. "넌 대관절 뭘 생각하고 있느냐?"

그랭구아르는 우울한 미소를 지으면서 그를 돌아보았다. "저는 불을 좋아합니다, 왕초 마마. 불은 우리의 발을 녹여주고 우리의 저녁밥을 익혀 준다는 그런 진부한 이유에서가 아니라, 불엔 불똥이 있기 때문이죠. 이따금 저는 몇 시간이고 불똥을 바라보면서 지냅니다. 새카만 아궁이 속에서 총총히 반짝거리는 저 별들 속에서 저는 별의별 것을 다 발견합니다. 저 별들도 역시 우주이지요."

"무슨 말을 하고 있는지 모르겠다. 염병할!" 하고 거지는 말했다. "몇 시인지 알겠느냐?"

"모르겠습니다." 하고 그랭구아르는 대답했다.

그러자 클로팽은 이집트 공작에게 다가갔다.

"마티아스 동료, 마지막 고비가 좋지 않구려. 루이 11세 왕이 파리에 와 있다는 말이 있는데."

"그러니깐 더군다나 그의 발톱에서 우리 누이동생을 꺼내 와야지." 하고 그 늙은 집시는 대답했다.

"사내답게 말하는군, 마티아스." 하고 튄 왕은 말했다. "게다가 우리는 민첩하게 해치울 테니까. 성당 안에서 저항할 염려는 없어. 참사원들은 토끼 같은 놈들이고, 우리는 대거 출동이거든. 법원 놈들은 내일 그 여자를 잡으러 와서 감쪽같이 속은 걸 알게 될 거야! 정말이지, 그 예쁜 아가씨의 목을 매달다니 언어도단이야!"

클로팽은 술집에서 나갔다.

그동안 장은 목쉰 소리로 외치고 있었다. "난 마신다, 난 먹는다, 난 취한다, 난 제우스다! 얘! 피에르 라소뫼르, 네가 또 날 그런 눈으로 쳐다보면 손가락으로 네 코를 튕겨줄 테다."

한편 그랭구아르는 명상에서 깨어나, 주위의 격앙되고 떠들썩한 광경을 바라보기 시작하면서 입속으로 중얼거렸다. "Luxuriosa res vinum et tumultuosa ebrietas.(포도주와 소란스러운 주점은 음란한 것이다.)[24] 아! 내가 마시지 않은 건 잘

한 일이야. 그리고 성 브누아가 'Vinum apostatare facit etiam sapientes.(포도주는 현인들마저도 변절하게 한다.)'[25]라고 말한 건 참으로 명언이지."

그때 클로팽이 되돌아와 벼락같은 목소리로 외쳤다. "자정이다!"

휴식 중의 연대에 대한 전투 신호와도 같은 그 말이 떨어지자, 남자 여자 어린애 할 것 없이 모든 거지들이 무기와 고철들을 요란스럽게 흔들면서 술집 밖으로 와그르르 뛰어나갔다.

달은 구름에 가려져 있었다.

기적궁은 칠흑같이 캄캄했다. 불빛 하나 없었다. 그러나 적막하지는 않았다. 거기에 한 떼의 남녀들이 나직한 목소리로 이야기하고 있는 것을 알아볼 수 있었다. 그들이 웅성거리는 소리가 들리고, 어둠 속에서 온갖 무기가 번쩍거리는 것이 보였다. 클로팽은 커다란 돌 위로 올라갔다. "겯말 패들아, 줄을 서라!" 하고 그는 외쳤다. "이집트 패들아, 줄을 서라! 갈릴레 패들아, 줄을 서라!" 어둠 속에 움직임이 일어났다. 거대한 군중이 종대로 늘어서는 것 같았다. 잠시 후 튄 왕은 또다시 목소리를 높였다. "이제, 파리를 통과하기 위해 정숙을 지켜라. 암호는 '어슬렁 불꽃!'이다. 노트르담에서만 횃불을 켜라! 전진!"

10분 후에, 집이 촘촘히 들어선 중앙 시장 지대를 사방팔방

24) 잠언 20장 1절, 랑글루아의 『수상록』 96쪽에서 인용했다.

25) 「성 브누아의 제율」, XL, 랑글루아의 위의 책에서 인용했다.

으로 꿰뚫고 있는 꼬불꼬불한 거리들을 지나 퐁 토 샹주 쪽으로 내려가는 조용한 검은 사람들의 긴 행렬을 만난 야경 기마대원들은 질겁을 하여 줄행랑을 쳤다.

4장

서투른 친구

바로 그날 밤, 카지모도는 자고 있지 않았다. 그는 성당 안에서 지금 막 마지막 순시를 돌고 난 참이었다. 그가 성당의 문을 잠그고 있을 때, 부주교가 자기 옆을 지나가다가, 그 널따란 문짝들을 성벽처럼 견고하게 해주는 거대한 철골에 자기가 조심스럽게 빗장을 걸고 맹꽁이자물쇠를 채우는 것을 보고 불쾌한 기색을 한 것을 그는 알아채지 못했다. 클로드 신부는 여느 때보다도 한결 더 딴 데 정신이 팔려 있는 것 같았다. 뿐만 아니라 그날 밤 그 독방에서의 사건이 있은 후로 그는 준곤 카지모도를 학대해왔다. 그러나 아무리 구박하고 또 때로는 후려치기까지 해도, 아무것도 이 충성스러운 종지기의 복종과 인내와 헌신적인 체념을 꺾을 수는 없었다. 부주교에 대해서라면 그는 모든 것을 참았다. 욕설도, 협박도, 구타도,

한마디 비난도 중얼거리지 않고, 한마디 불평도 투덜거리지 않고. 클로드 신부가 종탑의 계단을 올라올 때면 근심스러운 눈으로 그를 지켜보는 것이 고작이었다. 그러나 부주교는 이집트 아가씨의 눈앞에 다시 나타나기를 스스로 삼가고 있었다.

그런데 그날 밤, 카지모도는 그토록 버림받고 있던 자기의 가련한 종들을, 자클린이며 마리며 티보를 한번 흘끗 돌아본 뒤에, 북쪽 탑의 꼭대기까지 올라가, 꼭 닫은 감등(龕燈)을 납 지붕 위에 내려놓고, 파리를 내려다보기 시작했다. 이미 앞서 말한 바와 같이, 밤은 매우 캄캄했다. 파리는 이 시대에는 말하자면 조명이 되고 있지 않았으므로, 얼핏 보아 굽이굽이 돌아가는 희끄무레한 센강에 의해 여기저기 끊긴, 희미한 한 더미의 새카만 덩어리들을 나타내고 있었다. 카지모도는 멀리 떨어져 있는 어느 건물의 창 하나에서밖에는 불빛을 볼 수 없었는데, 그 건물의 어렴풋한 검은 그림자는 생탕투안 성문 쪽에, 집집의 지붕들 위에 우뚝 솟아 있었다. 거기에도 역시 밤에 자지 않고 있는 사람[26]이 있었던 것이다.

그 안개와 어둠의 지평선에 그의 외눈을 헤매게 하면서도 종지기는 내심 형언할 수 없는 불안감을 느꼈다. 며칠 전부터 그는 경계를 하고 있었다. 고약한 얼굴의 사내들이 그 처녀의 은신처에서 눈을 떼지 않고 성당의 주위를 끊임없이 얼쩡거리는 것을 보았던 것이다. 그 불행한 피난자에 대하여 아마 무

---

26) 이 사람은 다음 장에 등장하는 루이 11세이며 멀리 떨어져 있는 건물은 바스티유 성이다.

슨 음모가 꾸며지고 있나 보다고 그는 생각했다. 자기에 대해 민중이 증오하고 있듯이, 그녀에 대해서도 민중이 증오하고 있으니, 머지않아 꼭 무슨 일이 일어날 것만 같았다. 그래서 그는 종탑 위에 붙어서 망을 보고 있었던 것이다. 라블레의 말마따나, '그의 꿈 그릇 속에서 꿈을 꾸고'[27], 독방과 파리를 번갈아 둘러보고, 한 마리의 충견처럼 마음속에 오만 가지 의심을 품고 빈틈없이 경계를 하면서.

그가 외눈으로, 자연은 마치 보상이라도 하듯이 그에게 어찌나 밝은 눈을 주었던지 카지모도에게 없는 다른 기관들을 이 한 눈으로 거의 대신할 수 있을 정도였는데, 이러한 눈으로 큰 도시를 유심히 살펴보고 있을 때, 별안간 비에유 펠트리 강둑[28]의 윤곽이 이상해지고, 그 지점에 움직임이 일어나고, 하얀 강물 위에 새카맣게 두드러진 난간의 선이, 다른 강둑들의 선처럼 곧고 고요한 것이 아니라, 마치 강물의 물결처럼 또는 전진하는 군중의 머리들처럼 그것이 눈 아래서 일렁거리고 있는 것같이 보였다.

그것이 그에게는 이상해 보였다. 그는 더 주의해서 보았다. 그 움직임은 시테 쪽으로 오고 있는 것 같았다. 게다가 불빛 하나 없었다. 움직임은 한참 동안 강둑 위에서 계속되더니, 그런 뒤에는, 마치 섬 안으로 들어오듯이 조금씩 조금씩 흘러들

27) 라블레(Rabelais, 1494?~1553)의 소설 『팡타그뤼엘』 3편 25장에서 인용한 것이다. 라블레의 원문에 '침 그릇에 침을 뱉고, 기침 그릇에 기침을 하고, 꿈 그릇에 꿈을 꾸는' 수도사들의 이야기가 있다.

28) 시테섬 안에 있는, 시립 병원과 파리 재판소 사이의 강둑이다.

고, 이어서 완전히 그쳐버려, 강둑의 선은 다시금 곧아지고 미동도 하지 않았다.

카지모도가 오만 가지 억측을 하고 있을 때, 노트르담의 정면과 직각으로 시테 안에 뻗어 있는, 성당 앞뜰의 거리에 그 움직임이 다시 나타나는 것같이 보였다. 이윽고 어둠은 몹시 짙었지만, 한 종대의 선두가 그 거리로 쑥 튀어나오더니, 삽시간에 한 떼의 군중이 광장에 퍼지는 것이 보였는데, 그것이 한 떼의 군중이라는 것밖에는 어둠 속에서 아무것도 식별할 수 없었다.

그 광경에는 무시무시한 것이 있었다. 그 해괴한 행렬은 깊은 어둠 속에 형체를 감추려고 몹시 애쓰고 있는 것 같았는데, 그에 못지않게 깊은 침묵을 지키고 있는 모양이었다. 그렇지만 비록 발소리에 불과하다 할지라도, 거기선 무슨 소리가 나고 있음에 틀림없었다. 그러나 그 소리는 우리의 귀머거리에게는 들려오지 않았고, 대군중이 바로 그의 지척에서 움직거리며 걸어오고 있음에도 불구하고, 그는 거의 보지도 못하고 전혀 듣지도 못하고 있었으므로, 그것은 그에게 마치 연기 속에 잠긴, 말 없고 만져지지 않는 망령들의 군집과 같은 인상을 주었다. 그는 마치 사람들로 가득 찬 안개가 자기를 향해 걸어오는 것을 보는 듯했고, 어둠 속에 유령들이 꿈틀거리는 것을 보는 듯했다.

그러자 그는 다시금 공포심이 일어나고, 이집트 아가씨를 해치려고 한다는 생각이 또다시 머리에 떠올랐다. 그는 어떤 격렬한 상황이 자기에게 다가오고 있다는 것을 어렴풋이 느꼈다. 이런 위기에 직면하여, 그는 마음속으로, 그렇게도 잘못 짜인 두뇌에서 사람들이 기대할 수 있었던 것보다 더 훌륭하고 더 재빠른 추리력을 가지고 검토했다. 이집트 아가씨를 깨워야 할까? 그녀를 달아나게 할 것인가? 달아난다면 어디로? 거리는 포위되어 있고, 성당은 강에 꼭 붙어 있다. 배도 없고! 출구도 없다! 한 가지 방책밖엔 없었다. 노트르담의 문 앞에서 죽음을 맞자. 적어도 구원의 손길이 뻗쳐질 때까지는, 구원자가 온다면 말이지만, 저항하자. 그리고 라 에스메랄다의 수면을 방해하지 말자. 이 불쌍한 아가씨는 언제 잠을 깨도 죽기에는 늦지 않으리라. 한번 이런 결심이 서자, 그는 한결 침착하게 '적'을 살펴보기 시작했다.

군중은 성당 앞뜰에 시시각각으로 불어나는 것 같았다. 다만 그는 그것이 매우 조금밖에는 소리를 내지 않고 있음에 틀림없는 것으로 보았다. 왜냐하면 광장과 거리의 창들은 여전히 닫혀 있었으니까. 그때 별안간 불빛 하나가 반짝하더니, 순식간에 일고여덟 개의 불을 켠 횃불이, 어둠 속에서 그 숲 같은 불꽃을 흔들면서, 머리들 위를 이리저리 움직였다. 카지모도는 그제서야 성당 앞뜰에, 누더기를 걸친 남녀들의 무시무시한 떼가 그 무수한 끝이 번쩍거리는 창이며 군용 낫, 미늘창, 낫 도끼 등으로 무장을 하고 물결치고 있는 것을 똑똑히 본 수 있었다. 여기저기에 새까만 쇠스랑들이 그 끔찍한 얼굴들에 뿔처럼 돋아 있었다. 그는 이 천민들을 어렴풋이 회상했으며, 몇 달 전에 자기를 광인 교황으로 추대해 주었던 그 얼굴들을 모두 알아볼 것만 같았다. 한 손에 횃불을 들고 다른 손에 채찍을 쥔 사나이 하나가 차량 차단석 위에 올라가 연설을 하는 것 같았다. 동시에 그 기묘한 군대는 마치 성당 주위에 빵 둘러서듯이 이동했다. 카지모도는 초롱을 집어 들고 더 자세히 보고 방어 수단을 강구하기 위해 종탑 사이의 지붕 위로 내려갔다.

클로팽 트루유푸는 노트르담의 높다란 현관문 앞에 이르러, 정말로 그의 군대를 전투 대형으로 배치했다. 그는 아무런 저항도 예상하지 않았지만, 신중한 장군답게, 필요할 경우에는 야경대나 순검대의 기습에 대항할 수 있는 질서를 유지하고 싶었다. 그래서 그는 자기의 군단을 제형으로 늘어세워 놓았으므로, 멀리 높은 데서 보면, 흡사 에크놈 전투[29] 때의 로마군의 삼각진(陳)이나 알렉산드로스의 돼지머리진(陳)[30] 또는 구스타브 아돌프[31]의 유명한 각진(陳)을 보는 것 같았다. 이 세모꼴의 밑변은 광장의 안쪽을 향해 성당 앞뜰 거리를 막도록 되어 있었고, 한쪽 변은 시립 병원을 바라보고, 다른 쪽 변은 생피에 로 뵈 거리를 바라보고 있었다. 클로팽 트루유푸는 이집트 공작과 우리 친구 장과 가장 용감한 거품쟁이들과 더불어 그 꼭대기에 자리 잡고 있었다.

거지들이 이때 노트르담을 향해 시도하고 있던 것과 같은

---

29) 기원전 256년에 시칠리아 해변 근처에서 있었던 해전. 여기서 로마 함대는 카르타고군을 무찔렀다.

30) 알렉산드로스 대왕이 군단을 배치하기 위해 채용했던 사다리꼴의 대형.

31) Gustav Adolf, 재위 1594~1632. 스웨덴의 왕. 30년전쟁 때 뛰어난 전략적 재능을 발휘해 신교도군의 승리를 이끌었다.

기도는 중세의 도시들에서 그다지 드문 일이 아니었다. 우리들이 오늘날 경찰이라고 일컫는 것은 당시에는 존재하지 않았다. 인구가 많은 도시, 특히 수도에는 중앙 권력, 즉 단일한 규제 권력이 없었다. 봉건제는 그 커다란 자유시들을 기이하게 건설해 놓았다. 하나의 도시는 무수한 영지들의 집합체였고, 이것들이 도시를 형태와 온갖 크기의 구획으로 나누어 놓고 있었다. 거기서 무수한 대립적인 경찰이 유래했으나, 곧 경찰이 없는 셈이었다. 이를테면 파리에서는, 토지세 수세권을 요구하는 141명의 영주들과는 별도로, 105개의 거리를 가지고 있었던 파리 주교로부터 4개의 거리를 가지고 있던 노트르담 데 샹 수도원장에 이르기까지, 재판권과 토지세 수세권을 요구하는 영주가 25명이나 있었다. 이 모든 봉건적 재판권자들은 명목상으로만 국왕의 종주권을 인정했다. 모두가 도로에 대한 권리를 갖고 있었다. 모두가 자기들의 왕국 안에 있었다. 루이 11세는, 이 지칠 줄을 모르는 노동자가 왕권을 위해 대대적으로 시작했던 봉건적 건물의 파괴는 리슐리외와 루이 14세에 의해 계속되었고, 민중을 위해 미라보에 의해 종결되었는데, 이 루이 11세는, 두세 가지의 일반 경찰 법규를 널리 강요함으로써, 파리를 뒤덮고 있는 영주권의 그물을 부서뜨리려고 시도해 보기도 했다. 그리하여 1465년에는, 주민들에게 밤이 되면 창을 촛불로 밝히고 개를 가두되 위반할 때는 교수형에 처한다는 명령을 내렸고, 또 같은 해에, 저녁에는 거리를 쇠사슬로 차단하고, 밤에 거리에서는 단검이나 흉기를 휴대하지 못한다는 명령을 내렸던 것이다. 그러나 얼마 못 가서 이 모든 시법(市法)의 시도는 무효로 돌아갔다. 시민들은 창가의 촛불이 바람에 꺼져도 내버려두었고, 개들이 얼쩡거려도 내버려두었으며, 쇠사슬은 계엄령 때밖에는 치지 않았고, 단검 휴대의 금지는 '쿠프 괼 거리'의 이름을 '쿠프 고르주 거리'[32]라는 이름으로 바꾸어놓은 것밖에는 아무런 변경도 가져다주지 않았는데, 그것은 분명 하나의 발전이라 하겠다. 봉건적 재판권들의 낡은 더미는 여전히 존속했고, 영주의 재판소와 장원 들의 막대한 퇴적은 도시 위에 서로 교착되고, 엉클어지고, 뒤섞이고, 엇걸리고, 얽혀들었고, 야경대와 보조 야경대, 비밀 야경대 등의 공연한 중복, 이러한 야경대의 덤불숲 너머로도 흉기를 손에 들고 강도질이며 약탈, 폭동이 행해지고 있었다. 그러므로 이렇게 어지러운 판국에, 인구가 조밀한 지역에서, 천민의 일부가 궁궐이나 저택, 인가에 대하여 그런 과감한 행동을 저지른다는 것은 신기한 사건이 아니었다. 대개의 경우, 이웃 사람들은 약탈이 자기네들 집에까지 이르게 되는 때가 아니라면, 사건에 개입하지 않았다. 그들은 화승총 사격에 귀를 막고, 겉창을 닫고, 문에 방책을 치고, 분쟁이 야경대의 개입 여부로 해결되도록 내버려 두었으며, 이튿날 파리에서 사람들은 이런 말을 주고받는 것이었다. "간밤에 에티엔 바르베트가 약탈당했어." "클레르몽 원수가 체포됐어." 등등. 그러므로 루브르라거나 팔레, 바스티유, 투르넬과 같은 왕가의 궁궐뿐만 아

32) '쿠프 괼(Coupe-Gueule)'은 '입(낯)을 베는 것(곳)'이라는 뜻. '쿠프 고르주(Coupe-Gorge)'는 '목을 베는 것(곳)'이라는 원뜻에서 오늘날 악한이 출몰하는 위험한 장소라는 뜻으로 쓰인다.

니라, 프티 부르봉이나 상스관, 앙굴렘관 등과 같은 영주의 저택들에도 벽에는 총안이 있고, 문 위에는 돌출 회랑이 있었다. 성당들은 그들의 신성에 의해 지켜지고 있었다. 그러나 어떤 것들은, 이중에 노트르담은 들어가지 않았는데, 방어 시설을 갖추고 있었다. 생제르맹 데 프레의 수도원장은 남작처럼 총안을 뚫어놓았고, 그의 수도원에서는 인경보다 구포를 만드는 데 더 많은 구리를 소비하했다. 1610년에도 여전히 그 수도원의 요새를 볼 수 있었다. 오늘날은 그의 성당만이 겨우 남아 있을 뿐이다.

노트르담으로 돌아오자.

첫 배치가 끝났을 때, 그리고 거지 패의 규율의 명예를 위해, 클로팽의 명령이 조용히 정확 무비하게 집행되었음을 말해 두거니와, 이 무리들의 위풍당당한 괴수는 성당 앞뜰의 난간 위에 올라가 노트르담 쪽으로 돌아서서 횃불을 흔들면서, 그 무뚝뚝한 쉰 목소리를 높였는데, 바람에 나부끼고 그 자체의 연기로 줄곧 가려지곤 하는 그의 횃불 빛이 성당의 불그스름한 정면을 눈앞에 나타났다 사라졌다 하게 하였다.

"너 루이 드 보몽, 파리의 주교이자 최고재판소 판사인 너에게, 나 클로팽 트루유푸, 튄 왕이자 왕초 대왕, 걸말국의 군주, 광인들의 주교인 나는 말한다. 우리의 누이는 마술이란 죄목으로 억울하게 사형선고를 받았다가, 너의 성당 안으로 피신하였다. 그 여자는 너의 덕택으로 안식처를 얻고 보호를 받고 있다. 그런데 최고재판소는 그 여자를 거기서 다시 체포해 가려 하고, 너는 그것에 동의하였다. 만약 하느님과 거지들이 여기에 있지 않다면, 그 여자는 내일 그레브에서 교수형을 당하리라. 그러므로 우리들은 너에게 온 것이다. 주교야, 너의 성당이 신성하다면, 우리의 누이 역시 그렇다. 우리의 누이가 신성하지 않다면, 너의 성당 역시 신성하지 않다. 그런 까닭에, 네가 너의 성당을 구제하고자 한다면 우리에게 처녀를 돌려줄 것을 너에게 권고하는 바이다. 그러지 않는다면 우리는 처녀를 탈취하고 성당을 약탈하겠다. 우린 아무려나 좋다. 그 증거로 여기에 내 군기를 꽂는다. 하느님의 가호가 너에게 내리기를, 파리의 주교야!"

카지모도는 불행하게도, 거칠고 음산한 일종의 장엄한 어조로 말한 그 말을 들을 수가 없었다. 거지 하나가 클로팽에게 그의 군기를 건네주자, 그는 그것을 엄숙히 두 개의 포석 사이에 꽂았다. 그것은 작살이었는데, 그 이빨에 피가 철철 흐르는 송장 한 토막이 매달려 있었다.

그렇게 하고 나서, 튄 왕은 돌아서서 자기의 군대를 휘 둘러보았는데, 그 사나운 군중의 눈들은 거의 창처럼 번쩍거리고 있었다. 잠시 가만히 있다가, "다들 진격!" 하고 그는 호령했다. "착수하라, 투사들아!"

실팍진 팔다리에 철공 같은 얼굴을 한 30명의 건장한 사내들이 망치와 장도리를, 그리고 철봉을 어깨에 메고 대열에서 나왔다. 그들은 성당의 정문 쪽으로 걸어나가 계단으로 올라갔는가 했더니, 이내 첨두홍예 아래 쭈그리고서, 장도리와 지렛대로 문을 부수기 시작하는 것이 보였다. 한 떼의 거지들이 그들 뒤를 따라가, 혹은 그들을 돕고, 혹은 그들을 바라보았다. 현관의 11층 계단은 그들로 가득 메워졌다.

그동안 문은 까딱도 않았다. "이런 제기랄 놈의 문 봤나! 어찌나 단단한지 꿈쩍도 않네!" 한 사람이 말했다. "이게 늙어서 연골이 굳어진 거야." 또 한 사람이 말했다. "용기를 내, 친구들!" 클로팽이 말을 이었다. "슬리퍼 한 짝에 내 목을 걸고 장담하지만, 성당지기가 잠을 깨기 전에 너희들은 문을 열고 처녀를 탈취하고 주 제단의 껍질을 벗길 수 있다. 저것 봐라! 자물쇠가 빠개지는 것 같다."

클로팽은 그 순간 자기 뒤에서 쾅 하고 울린 무시무시한 소리에 말을 중단하지 않을 수 없었다. 그는 돌아보았다. 거창한 대들보 하나가 하늘에서 떨어져, 성당의 섬돌 위에 있던 거지들을 12명이나 으깨버린 뒤에, 일문(一門)의 대포 소리를 내면서 포석 위로 다시 튀어올라, 동냥아치 무리들 속 여기저기에서 또 몇 놈의 다리를 부서뜨려, 동냥아치들은 무시무시한 비명을 지르면서 비켜나고 있었다. 눈 깜짝할 사이에 성당 앞뜰의 경내는 텅 비어버렸다. 투사들은 현관 정문의 움푹 들어간 곳에 가려져 있었음에도 불구하고, 문을 버리고 달아났고, 클로팽 자신마저도 성당에서 조금 떨어진 거리로 물러났다.

"큰일 날 뻔했네!" 하고 장은 외쳤다. "내 옆을 바람이 휙 지나갔어. 염병할 것! 한데 피에르 라소뫼르는 맞아 죽었구나!"

그 대들보와 더불어 불한당들 위에 얼마나 큰 경악과 공포가 떨어졌는지 말할 수도 없다. 그들은 2만 명의 친위대 순경들보다 이 나무 덩어리에 더 혼비백산하여, 한참 동안 공중만 응시하고 있었다. "이크!" 하고 이집트 공작은 중얼거렸다. "이

건 마술의 냄새가 풍기는데!" "저 큰 장작개비를 우리에게 던져 보내는 건 달님이야."라고 앙드리 르 루주가 말했다. "그러고도," 하고 프랑수아 샹트프륀[33]이 말을 이었다. "달님이 성모마리아의 친구라고들 하다니!" "제기랄!" 클로팽은 외쳤다. "너희들은 모두 바보 같은 놈들이로구나!" 그러나 그는 그 널조각이 떨어진 것을 어떻게 설명해야 좋을지 몰랐다.

그동안 사람들은 성당 정면 위에 아무것도 보지 못하고 있었다. 그 꼭대기에는 횃불 빛이 미치지 않았던 것이다. 그 육중한 널조각은 성당 앞뜰 한복판에 누워 있었고, 최초의 타격을 받고 돌층계의 모서리 위에서 배때기가 두 동강이 난 부랑배들의 신음 소리가 들렸다.

튄 왕은 처음의 놀라움에서 깨어나자, 마침내 친구들이 수긍할 만해 보이는 설명 하나를 발견했다.

"배라먹을 것 같으니! 참사원 놈들이 저항을 하는 거야? 그렇다면 공격이다!"

"공격!" 군중은 맹렬한 함성을 지르면서 되풀이했다. 그리고 성당의 정면을 향해 강철 활과 화승총의 일제 사격이 벌어졌다.

이런 포성을 듣고 인근 민가의 평화로운 주민들은 잠을 깼는지라, 여러 창문들이 열리는 것이 보이고, 나이트캡과 촛불을 쥐고 있는 손들이 창문에 나타났다. "창문을 향해 쏴라!"

33) 앙드리 르 루주, 프랑수아 샹트프륀은 모두 거지들의 수뇌부에 속하는 자들이다.

라고 클로팽은 외쳤다. 창들은 당장 닫혔고, 그 불빛과 소란의 장면을 놀란 눈으로 한번 둘러볼 겨를도 채 없었던 가련한 시민들은 마누라들 곁으로 되돌아가 공포에 질려 식은땀을 흘리면서, 지금 마녀들의 야연이 노트르담 성당 앞뜰에서 거행되고 있는 것일까, 아니면 1464년[34] 때처럼 부르고뉴 군사들이 쳐들어오고 있는 것일까 생각해 보았다. 그러자 남편네들은 도둑을 생각하고 여편네들은 강간을 생각하여, 모두들 떨었다.

"공격!" 하고 곁말 패들은 되풀이했다. 그러나 감히 접근하지는 못했다. 그들은 성당을 바라다보고, 널조각을 바라다보고 하였다. 널조각은 움직이지 않았다. 건물은 본래의 고요함과 적막을 간직하고 있었으나, 무엇인가가 거지들에게 소름끼치게 하고 있었다.

"착수하란 말이다, 투사들아!" 트루유푸는 외쳤다. "문을 부숴라."

아무도 한 걸음도 나아가지 않았다.

"염병 육시랄 것!" 클로팽은 말했다. "사내놈들이 그래 들보 하나를 무서워하고 있단 말이냐."

늙은 투사가 그에게 말을 걸었다.

"대장, 우리가 걱정하고 있는 건 들보가 아닙니다. 문이 철봉으로 꼭꼭 잠겨 있거든요. 장도리 같은 건 아무 짝에도 쓸 수가 없어요."

---

34) 1465년 '공익동맹'의 파리 포위를 말한다.(1권 63쪽 참조)

"그럼 문을 부수는 데 뭐가 있어야 한단 말이냐?" 클로팽은 물었다.

"아! 파성(破城) 망치가 있으면 좋겠지만."

튄 왕은 그 무시무시한 널조각으로 용감하게 달려가 그 위에 발을 올려놓았다. "여기에 하나 있지 않으냐!" 그는 외쳤다. "이건 참사원 놈들이 너희들에게 보내준 거다." 그러고는 성당 쪽을 향해 우롱조로 인사를 하면서 말했다. "고맙다, 참사원들아!"

이러한 허세는 좋은 효과를 빚었고, 널조각의 마력은 풀려 버렸다. 거지들은 다시 용기를 냈다. 200개의 실팍진 팔로 깃털처럼 거뜬히 들어올려진 그 육중한 대들보는 이내, 사람들이 이미 흔들어보려 했던 그 대문 위에 가서 맹렬히 부딪쳤다. 거지들의 드문드문한 횃불이 광장 위에 퍼뜨리는 희미한 불빛 속에 그 기다란 널조각을 무수한 군중이 들고서 달음박질쳐 성당에 들이박는 광경을 보면, 마치 천 개의 발이 달린 한 마리 괴이한 짐승이 머리를 수그리고 돌의 거인을 공격하는 듯했다.

대들보의 타격에, 절반이 금속으로 된 문은 거대한 북처럼 울렸다. 문은 뚫리지 않았으나, 대성당은 송두리째 흔들리고, 건물의 깊은 공동(空洞)들이 쿵쿵 울리는 소리가 들렸다. 그와 때를 같이하여, 굵직굵직한 돌멩이가 성당의 정면 위에서 공격자들 위로 비 오듯 쏟아지기 시작했다. "이런 제기랄!" 하고 장은 외쳤다. "종탑들이 우리 머리 위에 제 난간들을 흔들어 떨어뜨리는 거야?" 그러나 이미 발동은 걸렸고, 튄 왕은 솔

선수범을 하고 있었으며, 이제 정녕코 주교가 저항을 하고 나선 것으로 보였는지라, 돌멩이들이 좌우에서 대갈통을 터뜨리고 있었음에도 불구하고, 사람들은 더 맹렬히 문을 쳤다.

주목할 만한 것은 그 돌멩이들이 모두 하나씩 하나씩 떨어지고 있었다는 것이지만, 사이가 뜨지 않고 연속되었다. 결말패들은 줄곧 한꺼번에 두 개의 돌멩이를 느끼고 있었으니, 하나는 다리에 또 하나는 머리에였다. 맞히지 않은 돌멩이란 거의 없었고, 이미 널따랗게 쌓인 사상자의 더미는 공격자들의 발아래서 피를 흘리며 팔딱거렸으며, 공격자들은 이제 미칠 듯이 날뛰면서 끊임없이 갈마들고 있었다. 기다란 대들보는 인경을 치는 쇠망치처럼 고른 간격으로 계속 문을 치고, 돌멩이는 계속 비 오듯 쏟아지고, 대문은 계속 쾅쾅 울렸다.

독자는 아마 전혀 짐작하지 못하고 있었는지 모르나, 거지들을 쩔쩔매게 한 이 뜻밖의 저항은 카지모도에게서 오고 있었던 것이다.

우연이 불행히도 이 씩씩한 귀머거리를 도와주었던 것이다.

그가 종탑 사이의 지붕 위에 내려왔을 때, 그의 머리는 오만 가지 생각으로 어지러웠다. 그는 한참 동안 미치광이처럼 회랑을 따라 이리저리 왔다 갔다 뛰어다니고, 바야흐로 성당에 쳐들어오려 하는 밀집한 거지 떼를 위에서 내려다보면서, 악마에게 또는 하느님에게 이집트 아가씨를 구해줄 짓을 빌었다. 그는 남쪽의 종각으로 올라가 경종을 울릴까 하는 생각도 떠올랐으나, 인경을 채 흔들기도 전에, 마리의 굵은 목소리가 단 한 번의 고함을 채 지르기도 전에, 성당의 문은 10번이라도 파괴될 만한 시간이 있지 않았던가? 그때는 바로 공격자들이 쇠붙이를 가지고 성당을 향해 진격해 오던 순간이었다. 어찌하면 좋으랴?

그는 석공들이 그날 하루 종일 남쪽 탑의 벽과 뼈대와 지붕의 수리 공사를 했다는 생각이 불현듯 떠올랐다. 그것은 한줄기 섬광이었다. 벽은 돌로, 지붕은 납으로, 뼈대는 나무로 되어 있었다. 그 거대한 뼈대는 하도 빽빽하여 '숲'이라고들 불렀다.

카지모도는 그 종탑으로 달려갔다. 그 아랫방들은 과연 재료들로 가득 차 있었다. 거기에는 석재 더미며, 연판(鉛板) 두루마리, 오리목 다발, 이미 톱으로 켜놓은 튼튼한 들보, 자갈 더미들이 쌓여 있었다. 하나의 완전한 병기고였다.

시간은 급박했다. 아래서는 장도리와 망치들이 작업 중이었다. 위기감으로 배가된 힘을 가지고, 그는 가장 무겁고 긴 대들보 하나를 들어올려, 채광창으로 내보낸 뒤에 종탑 밖에서 그것을 다시 붙잡고, 지붕 주위의 난간 모서리 위로 밀어뜨려, 심연에 내려뜨렸다. 이 거대한 목재는 160척의 높이에서 떨어지면서, 벽을 긁고, 조각물을 부서뜨리고, 마치 허공 속을 홀로 떨어져내리는 풍차의 날개처럼 몇 번이고 뱅글뱅글 돌았다. 마침내 그것은 땅에 닿아 무시무시한 소리를 냈으며, 포석 위로 튀어오르는 이 새카만 대들보는 뛰어오르는 한 마리 뱀과도 같았다.

카지모도는 널조각이 떨어졌을 때, 마치 어린애의 숨결에 흩어지는 재처럼 거지들이 뿔뿔이 흩어지는 것을 보았다. 그는 그들이 놀란 틈을 이용하여, 그들이 하늘에서 떨어진 몽둥이를 미신 어린 눈으로 바라다보는 동안, 그리고 그들이 쇠뇌의 화살과 화승총의 산탄을 쏘아 현관문의 성자의 조상들을 애꾸눈으로 만드는 동안, 카지모도는 이미 대들보를 내던졌던 난간의 가장자리에, 자갈과 돌멩이와 석재를, 그리고 석공들의 연장 포대에 이르기까지도 묵묵히 쌓아올리고 있었다.

그리하여 그들이 대문을 치기 시작하자마자 돌멩이 우박이 떨어지기 시작했던 것인데, 그들에게는 마치 성당이 그들의 머리 위에 저절로 허물어지는가 싶었다.

그때 카지모도를 볼 수 있었던 사람이라면 겁이 났을 것이다. 난간 위에 쌓아올렸던 포탄과는 별도로 그는 지붕 위에도 한 더미의 돌멩이를 모아놓았다. 바깥 난간 언저리에 쌓은 석재가 다 떨어지자, 그는 그 더미에서 집었다. 그러고는 도저히 믿어지지 않을 만큼 부지런히 몸을 구부렸다 일으켰다, 또다시 구부렸다 일으켰다 하였다. 이 난쟁이의 큼직한 대가리가 난간 위로 기울어지는가 하면, 커다란 돌멩이 하나가 떨어지고, 그런 뒤에 또 하나가, 그런 뒤에 또 하나가, 이런 식으로 연해연방 떨어지는 것이었다. 때때로 그는 멋진 돌 하나가 떨어지는 것을 눈으로 지켜보다가, 잘 맞혀 죽이면, "흠!" 하고 말하는 것이었다.

그동안에 부랑배들도 용기를 잃지 않고 있었다. 그들이 아착스럽게 공격하고 있던 두꺼운 문은, 장정들 100명의 힘에 의해 배가된, 떡갈나무 파성추의 무게 아래서 벌써 20번도 더 흔들렸다. 대문의 널빤지는 삐걱거리고, 조각된 장식은 산산이 날아오르고, 돌쩌귀는 칠 때마다 배목 위에서 펄쩍펄쩍 뛰어오르고, 널판은 망그러지고, 나무는 철근 사이에 산산이 가루가 되어 떨어졌다. 카지모도로선 다행하게도, 거기에는 나무보다도 쇠가 더 많았다.

그러나 그는 대문이 비틀거리는 것을 느꼈다. 그에게는 들리지 않았지만, 파성추의 타격은 번번이 성당의 지하실과 심부에서 메아리쳤다. 그는 비렁뱅이들이 기고만장하여 컴컴한 건물 정면을 향해 삿대질하고 있는 것을 위에서 보면서, 이집트 아가씨와 자기 자신을 위해, 자기의 머리 위를 떼 지어 날아가는 부엉이의 날개를 부러워했다.

그의 돌멩이 비는 공격자들을 물리치기에 충분하지 못했다.

그러한 비통한 순간에 그는, 자기가 곁말 패들을 으스러뜨리고 있는 그 난간보다 조금 더 아래에, 돌로 된 두 개의 기다란 빗물받이 홈통이 대문 바로 위로 뚫려 있는 것을 보았다. 그 홈통의 안쪽 구멍은 지붕의 돌바닥에 끝이 닿아 있었다. 한 가지 생각이 그에게 떠올랐다. 그는 종지기의 다락방으로 뛰어가 나뭇가지 한 묶음을 가져다가, 그 나뭇단 위에 많은 오리목과 연판 두루마리를 올려놓고, 이것들은 그가 여태껏 사용하지 않았던 군수품이었다, 그 장작 다발을 두 개의 홈통 구멍 앞에 잘 배치한 다음, 초롱불로 불을 질렀다.

그동안 돌멩이가 더 이상 떨어지지 않자, 거지들은 공중을 바라보기를 그만두었다. 불한당들은 마치 멧돼지를 굴속으로 되게 몰아대는 사냥개 떼처럼 헐떡거리면서 대문 주변에 와글와글 모여들고 있었는데, 대문은 파성추로 완전히 이지러졌으나, 아직도 서 있기는 했다. 그들은 몸을 떨면서 결정적인 타격을, 그 대문에 구멍을 뚫게 될 타격을 기다리고 있었다. 대문이 열릴 때, 그 풍요로운 대성당 안으로, 3세기 동안 재보(財寶)가 와서 쌓인 그 방대한 저장소 안으로 서로 먼저 뛰어들어갈 수 있도록 너도 나도 앞다투어 될수록 가까이 다가갔다. 그들은 기뻐 날뛰고 입맛을 다시면서, 서로에게 회상시켜 주었다, 그 아름다운 은 십자가들이며, 아름다운 금란(金鄂)의 제복들, 아름다운 주홍빛 보석의 무덤들, 성가대석의 그 호화찬란함, 촛불로 번쩍거리는 성탄절, 햇빛으로 반짝이는 부활절, 그리고 성골함과 촛대와 성함과 감실과 성물함 들이 금과 다이아몬드의 껍질로 제단들을 울툭불툭하게 만들고 있는 그 모든 현란하고 엄숙한 것들을. 확실히 그렇게 아름다운 순간에 문둥이와 수중다리들은, 대감과 불 거지들은 이집트 아가씨의 해방보다는 노트르담의 약탈을 훨씬 더 생각하고 있었을 것이다. 오히려 그들 대부분에게는 라 에스메랄다는 하나의 구실에 불과했을지도 모른다. 물론 도둑놈들에게도 구실이 필요하다면 말이지만.

그들이 마지막 노력을 기울이기 위해 파성추 주위에 모여 결정적 타격에 전력을 쏟으려고 모두들 숨을 죽이고 힘살을 긴장시킨 순간, 그 널조각 아래서 터졌다가 사라진 비명보다도 더 무시무시한 비명이 벌어진 그들의 한복판에서 터져나왔다. 고함을 지르지 않는 자들은, 아직 살아 있는 자들은 바라보았다. 두 줄기 녹은 납이 건물 위에서 뿜어져나와 가장 밀집한 군중 속으로 떨어졌다. 사람들의 바다는 뜨거운 금속 아래

함몰해 버렸던 것인데, 부글부글 끓어오르는 금속이 떨어지는 두 지점에는, 마치 뜨거운 물을 눈 속에 부어놓은 것처럼, 군중 속에 두 개의 연기 나는 새카만 구멍이 뚫려 있었다. 거기에는 절반이 타서 고통에 울부짖는 빈사 상태의 사람들이 꿈틀거리는 것이 보였다. 두 줄기 커다란 분출 주위에는, 그 무시무시한 빗방울이 공격자들에게로 튀어 불꽃의 송곳처럼 그들의 대갈통에 박혀들었다. 그 무거운 불은 불쌍한 녀석들에게 숱한 우박 덩어리를 퍼붓고 있었던 것이다.

고함 소리는 비통했다. 그들은 용감한 자나 비겁한 자나 할 것 없이, 널조각을 시체 위에 내던지고 뒤죽박죽 달아나버려서, 성당 앞뜰은 또다시 텅 비게 되었다.

모두의 눈이 성당 위쪽을 쳐다보았다. 그들에게 보이는 것은 비상한 것이었다. 제일 높은 회랑의 꼭대기에, 중앙의 원화창보다도 더 높은 곳에, 커다란 화염이, 회오리치는 불똥과 더불어, 두 종탑 사이에 타오르고 있었는데, 사정없이 마구 타오르는 그 커다란 화염은 바람에 휘날리어 때때로 그 불꽃 한 덩어리가 연기 속까지 날아오르는 것이었다. 그 화염 아래서, 잉걸불이 된 클로버 무늬의 거무스름한 난간 아래서, 괴물의 아가리 형상인 두 개의 홈통은 쉴 새 없이 뜨거운 비를 토해 내고 있었는데, 그 빗물의 은빛 흐름이 건물의 하부 정면의 어둠 위에 부각되어 있었다. 땅에 접근함에 따라, 녹은 납의 두 줄기 분출은, 살수통의 숱한 구멍에서 쏟아져나오는 물처럼, 다발 모양으로 퍼져 떨어졌다. 화염 위에, 거대한 종탑들의 뚜렷이 노출된 두 개의 면이, 하나는 새카맣고 또 하나는 새빨개 보였는데, 이 두 개의 거대한 종탑은, 하늘까지 투사하는 그 어마어마하게 큰 그림자로 말미암아 한결 더 커 보였다. 이 종탑들의 무수한 악마와 용의 조각물들은 무시무시한 모습을 하고 있었다. 화염의 너울거리는 불빛은 그것들을 눈앞에서 꿈틀거리는 듯 보이게 해주었다. 구렁이들은 웃는 듯하고, 이무기들은 짖는 소리를 내는 듯하고, 불도마뱀들은 불 속에서 신음하는 듯하고, 용들은 연기 속에서 재채기를 하는 듯했다. 그리고 그 화염으로 말미암아, 그 소음으로 말미암아 그렇게 돌의 잠에서 깨어난 그 괴물들 가운데 걸어다니는 하나의 괴물이 있어, 촛불 앞을 스치는 박쥐와 같이, 때때로 그 뜨거운 장작불 앞을 지나다니는 것이 보이곤 했다.

아마도 이 괴이한 등불은 멀리 비세트르[35] 언덕의 나무꾼의 잠을 깨우고, 놀라 일어난 나무꾼은 히스가 우거진 황야에 노트르담 종탑들의 거대한 그림자가 흔들거리는 것을 보게 되었으리라.

거지들 사이에는 한참 동안 공포의 침묵이 흘렀는데, 그사이 들린 것이라고는 수도원 안에 갇힌 채, 불타는 마구간 안의 말들보다도 더 불안하고 놀란 참사원들의 고함 소리, 살그머니 열었다가 후다닥 닫아버리는 창문들 소리, 인가와 시립 병원 안에서 나는 법석 소리, 화염 속에 불어대는 바람 소리, 죽어가는 사람들의 마지막 그르렁거리는 소리, 그리고 포석 위에 쉴 새 없이 떨어지는 납 비의 탁탁 튀는 소리뿐이었다.

35) 파리의 동남쪽에 있던 마을이다.

그동안에 두령급의 거지들은 공들로리에 댁의 현관문 아래로 물러가서 회의를 열었다. 이집트 공작은 차량 차단석 위에 앉아서, 200척 공중에서 타오르는 마술의 환등 같은 장작불을 바라다보았다. 클로팽 트루유푸는 울화통이 터져서 제 투박한 주먹을 물어뜯고 있었다. "들어갈 수가 없다니, 원!" 그는 입속으로 중얼거렸다.

"요정의 낡은 성당이로군!" 늙은 집시 마티아스 운가디 스피칼리는 투덜거렸다.

"이런 염병할 것 같으니!" 군대에 갔다 온 일이 있는 반백의 상이용사가 말을 이었다. "성당의 이무기들이 렉투르 성의 돌출 회랑보다 더 잘 녹은 납을 토해 내다니!"

"저 불 앞을 오락가락하는 악마가 보이나?" 이집트 공작이 외쳤다.

"참 그렇군!" 클로팽은 말했다. "저건 그 지옥에나 떨어질 종지기 놈이야, 카지모도란 놈이라고."

보헤미아 사나이는 머리를 흔들었다. "아니야, 저건 대후작 사브나크의 망령, 요새의 악마란 말일세. 그는 무장한 병정 같은 꼴을 하고 있고, 사자 같은 머리를 하고 있어. 때로는 보기 흉한 말을 타고 있을 때도 있어. 그는 사람을 돌로 둔갑시켜 그걸로 탑을 쌓아올리거든. 그리고 50개의 군단을 지휘하고 있어. 저건 정녕 그 망령이야. 그를 알아보겠어. 때때로 그는 오스만튀르크 식으로 만든 아름다운 금빛 장의(長衣)를 입는 수도 있지."

"벨비뉴 드 레투알은 어디 있나?" 클로팽은 물었다.

"죽었어요." 여자 거지 하나가 대답했다.

앙드리 르 루주는 백치 같은 웃음을 웃고 있었다. "노트르담이 시립 병원에 일거리를 주는군." 하고 그는 말했다.

"그래 저 문을 부술 길이 없단 말이냐?" 튄 왕은 발을 구르면서 외쳤다.

이집트 공작은 마치 인(燐)으로 된 두 개의 기다란 닫집 기둥처럼, 끊임없이 성당의 검은 정면에 줄을 긋고 있는 두 줄기 뜨거운 납의 냇물을 그에게 가리키면서 서글픈 얼굴을 지었다. "성당들이 저렇게 스스로 저항을 하는 걸 사람들은 본 일이 있지." 하고 그는 한숨을 쉬면서 지적했다. "지금부터 50년 전에, 콘스탄티노플에 있는 성 소피아 성당은, 제 머리인 둥근 지붕을 흔들어, 마호메트의 초승달[36]을 세 번이나 연거푸 땅바닥에 내동댕이쳤어. 그 성당을 지은 기욤 드 파리스는 마법사였거든."

"그래, 대로를 걸어가는 종복들처럼 처량하게 떠나가야만 한단 말이냐?" 클로팽은 말했다. "저 어깨 위에 현수포를 드리운 늑대들이 내일 우리 누이동생의 목을 달아매게 내버려두고!"

"그리고 몇 짐바리나 되는 금이 있는 성기실(聖器室)도 내버려두고!" 하고 거지 하나가 덧붙였는데, 우리가 그 이름을 모르는 것은 섭섭한 일이다.

"빌어먹을!" 트루유푸는 외쳤다.

---

36) 이슬람과 오스만튀르크 제국의 상징이다.

"한 번 더 해봅시다." 그 거지는 말을 이었다.

마티아스 운가디는 머리를 흔들었다. "정문으론 못 들어갈 거야. 저 늙은 요정의 갑옷의 허점을 찾아내야 해. 구멍이라든가, 위장된 뒷문이라든가, 또는 무슨 이은 자리라든가 말이야."

"누가 나를 따르겠느냐?" 클로팽은 말했다. "난 되돌아가겠다. 한데 참, 그렇게도 많은 파쇠를 몸에 달고 있던 어린 학생장은 대관절 어디 있느냐?"

"아마 죽었나 봐요." 누가 대답했다. "그 애가 웃는 소리가 이젠 안 들리거든요."

튄 왕은 눈살을 찌푸렸다.

"거참 안됐구나. 그 파쇠 아래엔 씩씩한 마음이 들어 있었는데. 그리고 피에르 그랭구아르 선생은?"

"클로팽 대장," 앙드리 르 루주가 말했다. "그 녀석은 우리가 미처 퐁 토 샹죄르 다리에 이르기도 전에 줄행랑을 쳐버렸습니다."

클로팽은 발을 굴렀다. "육시랄 놈 같으니! 우리를 이런 일에 밀어넣은 건 제놈이면서, 일이 한창 벌어진 마당에 우리를 버리고 가다니! 비겁한 수다쟁이 같으니, 슬리퍼를 대가리에 뒤집어쓴 놈 같으니!"

"클로팽 대장," 앙드리 르 루주가 성당 앞뜰의 거리를 바라보다가 외쳤다. "저기에 그 어린 학생이 있습니다."

"어, 기쁜 일이로다!" 클로팽은 말했다. "한데 저 녀석이 대관절 뭘 끌고 오는 거야?"

그것은 과연 장이었는데, 저보다 스무 곱절이나 더 긴 풀잎 하나를 끌고 가는 개미보다도 더 헐떡거리면서, 그 방랑기사 같은 무거운 옷과, 포도 위로 씩씩하게 끌고 오는 기다란 사닥다리가 허락하는 한 빠른 걸음으로 달려오고 있었다.

"승리다! Te Deum!(테 데움!)[37]" 하고 학생은 부르짖었다. "이건 생랑드리 문의 하역 인부들의 사다리야."

클로팽이 그에게 다가갔다.

"얘! 그 사다리로 도대체 뭘 하려는 거냐?"

"이걸 손에 넣었죠." 장은 가쁘게 숨을 쉬면서 대답했다. "이게 어디 있는지 알고 있었거든요. 항무장(港務長)의 집 헛간 아래 있었어요. 거기에 내가 아는 계집애가 하나 있는데, 걔는 날 큐피드처럼 미남이라고 생각하고 있죠. 난 사다리를 손에 넣기 위해 걔를 이용했어요. 그래서 사다리를 손에 넣었어요. 야, 신난다! 그 가련한 계집애가 셔츠 바람으로 나와서 문을 열어주지 않겠어요."

"그래," 클로팽은 말했다. "한데 이 사다리로 뭘 하려는 거냔 말이다?"

장은 꾀바르고 영리한 표정으로 그를 바라다보고, 캐스터네츠처럼 손가락을 울렸다. 그 순간 그는 장엄했다. 그는 머리에 투구를 쓰고 있었는데, 위에 잔뜩 장식을 한 15세기의 투구로서, 그 괴이한 꼭대기 장식으로 적을 놀라게 했던 그런 두

37) 'Te Deum laudamus.(우리는 당신을 찬미합니다, 하느님이여.)'로 시작되는 찬미와 감사의 노래다.

구들 중의 하나였다. 그의 투구는 꼭대기에 10개의 뾰족한 쇠끝이 돋쳐 있는 것으로서, 장은 호메로스에 나오는 네스토르[38]의 배와 저 무서운 'δεκέμβολος(열 개의 충각(衝角)으로 무장된)'이라는 형용사를 다툴 수도 있었으리라.

"이걸로 제가 뭘 하려는 걸까요, 튄 상감마마? 저기 세 현관문 위에 바보 같은 얼굴을 하고 있는 조상들의 열이 보이십니까?"

"응, 그래서?"

"저건 프랑스 역대 왕의 회랑이죠."

"그래 그게 어쨌단 말이냐?" 클로팽은 말했다.

"글쎄 좀 가만 계세요! 저 회랑 끝엔 결코 빗장으로밖엔 잠그지 않는 문 하나가 있는데, 이 사다리로 그리 올라가면 난 성당 안으로 들어간단 말이에요."

"얘, 내가 먼저 올라가게 해다오."

"안 돼요, 동무. 내 거야, 이 사다리는. 와요, 당신은 두 번째로 올라와요."

"이런 모가지를 배틀어 죽일 놈 같으니!" 무뚝뚝한 클로팽은 말했다. "난 아무에게도 뒤서고 싶지 않단 말이다."

"그럼, 클로팽, 사다리를 하나 찾아와!"

장은 사다리를 끌고 광장으로 달려가기 시작하면서 외쳤다. "나를 따라라, 얘들아!"

---

38) 필로스의 왕이자 『일리아스』와 『오디세이아』의 등장인물. 트로이의 포위전에 참가한 군주들 중 최고령자였고 조언의 슬기로움으로 명성을 떨쳤다.

순식간에 사닥다리는 세워지고, 옆문들 중의 하나 위에 있는, 아래 회랑의 난간에 걸쳐졌다. 거지 떼는 떠들썩하게 환호성을 지르면서 거기로 올라가려고 그 아래에 몰려들었다. 그러나 장은 자기의 권리를 지키어 맨 먼저 사닥다리의 가로장 위에 발을 올려놓았다. 도정은 꽤 길었다. 프랑스 역대 왕의 회랑은 오늘날 그 높이가 포석 바닥으로부터 약 60척이다. 당시는 11층계의 섬돌로 그것은 한결 높았다. 장은 무거운 갑옷이 꽤 거추장스러워서, 한 손으론 가로장을, 다른 한 손으론 쇠뇌를 붙잡고서 천천히 올라가고 있었다. 사닥다리의 중간쯤 올라갔을 때 그는 층계에 깔려 있는 죽은 가련한 결말 패들을 우울한 눈으로 흘끗 내려다보았다. "아, 불쌍하도다!" 그는 말했다. "저 시체의 산은 『일리아스』의 5권[39]을 방불케 하는구나!" 그런 뒤에 그는 계속 올라갔다. 거지들은 그의 뒤를 따랐다. 사닥다리의 가로장마다 거지가 하나씩 있었다. 이 갑옷을 입은 등들의 열이 어둠 속에 물결치면서 올라가는 것을 보면, 마치 강철 비늘이 달린 한 마리 뱀이 성당에 붙어서 우뚝 서 있는 것 같았다. 선두에 서서 휘파람을 불고 있는 장은 그러한 환상을 더욱더 완전한 것으로 만들어주고 있었다.

학생은 마침내 회랑의 발코니에 닿아, 온 거지 떼 전체의 찬양 속에 거뜬히 그리로 건너뛰었다. 그리하여 성채의 주인이 된 그는 환성을 지르더니 느닷없이 화석처럼 굳어져 소리

---

39) 『일리아스』 5권은 그리스군과 트로이군의 격전을 노래하는데, 여기서 디오메데스의 전훈이 묘사된다.

를 멈춰버렸다. 그는 왕의 조상 하나 뒤에 카지모도가 어둠 속에 숨어서 눈을 번쩍거리고 있는 것을 보았던 것이다.

두 번째 포위병이 회랑 위에 미처 발을 내려딛기도 전에, 무시무시한 꼽추는 사닥다리의 머리맡으로 뛰어가, 한마디 말도 없이 사닥다리의 두 기둥 끝을 그 억센 손으로 움켜잡고 들어올려 벽에서 멀리 떼어놓고, 위에서 아래까지 거지들이 가득 실린 그 기다란 휘청거리는 사닥다리를 비명의 아우성 가운데 한참 흔들다가, 갑자기 초인적인 힘으로 사람이 주렁주렁 달린 그 인간 송이를 광장에 내던졌다. 일순간 가장 배짱 센 사람들도 가슴이 두근거렸다. 뒤로 던져진 사닥다리는 잠시 꼿꼿이 선 채 망설이듯 하더니, 흔들리고, 그러더니 갑자기 80척 반경의 무시무시한 원호를 그리면서, 불한당들을 실은 채, 쇠사슬이 끊긴 도개교보다도 더 빨리 포석 바닥 위에 넘어졌다. 한때 어마어마한 저주의 소리가 일더니 뚝 그쳐버렸다. 그리고 팔다리가 잘린 몇몇 불행한 사람들이 죽은 사람들의 산더미 아래서 기어서 빠져나갔다.

포위군 사이에서는 최초의 환호성에 이어 고통과 분노의 아우성이 터졌다. 태연자약한 카지모도는 난간에 두 팔꿈치를 짚고 바라다보았다. 그는 창에 기대고 있는, 머리가 텁수룩한 늙은 왕과 같았다.

장 프롤로로 말하자면, 그는 위태로운 상황에 처해 있었다. 그는 80척의 깎아지른 벽으로 친구들과 격리되어, 회랑 안에 그 무시무시한 종지기와 단둘이서만 있었다. 카지모도가 사닥다리를 가지고 노는 동안, 학생은 뒷문이 열려 있는 줄 알고 뒷문으로 달려갔었다. 그러나 열려 있지 않았다. 귀머거리는 회랑으로 들어오면서 그것을 잠가놓았던 것이다. 그러자 장은 왕의 석상 하나의 뒤에 숨어서, 차마 숨도 쉬지 못하고, 괴물 같은 꼽추를 겁에 질린 얼굴로 응시하고 있었는데, 그 꼴은 마치 동물원지기의 아내에게 구애를 하는 사나이가 어느 날 저녁 데이트에 나가면서 담을 잘못 알고 뛰어넘었다가, 갑자기 흰곰 한 마리와 마주치게 된 것과 같았다.

처음 순간 귀머거리는 그를 경계하지 않았으나, 이윽고 머리를 돌리더니 쓱 일어섰다. 그는 학생을 언뜻 보았던 것이다.

장은 호된 타격을 각오하였으나, 귀머거리는 꿈쩍도 않고 있었다. 단지 그는 학생 쪽으로 돌아서서 그를 바라보고만 있었다.

"어이! 어이!" 장은 말했다. "왜 그런 우울한 애꾸눈으로 날 바라보고 있지?"

그렇게 말하면서 젊은 장난꾸러기는 엉큼하게 강철 활을 쏠 채비를 했다.

"카지모도!" 그는 외쳤다. "내가 네 별명을 바꿔주지. 넌 이제부터 소경이라 불리리라."

화살이 날아갔다. 날개 달린 화살은 윙 소리를 내고 꼽추의 왼쪽 팔에 꽂혔다. 카지모도는 파라몽 왕이 입은 찰상만큼도 놀라지 않았다. 그는 자기 팔에서 화살을 잡아 뽑아 그 투박한 무릎으로 태연히 분질렀다. 그런 뒤에 그는 그 두 도막을 땅바닥에 던졌다기보다는 오히려 떨어뜨렸다. 그러나 장은 또다시 활을 쏠 겨를이 없었다. 화살을 분지른 카지모도는 거칠게 숨을 내뿜고 메뚜기처럼 팔짝 뛰어 학생 위에 떨어졌는데, 그 서슬에 학생의 갑옷이 벽에 부딪쳐 납작해져 버렸다.

그러자 횃불 빛이 일렁거리는 그 어슴푸레한 빛 속에 무시무시한 광경이 보였다.

카지모도가 왼손으로 장의 두 팔을 꼭 붙잡고 있었는지라, 장은 옴짝달싹 못하고 이젠 볼 장 다 봤구나 싶었다. 귀머거리는 오른손으로 말없이, 음산하리만큼 천천히, 그의 모든 무장을, 칼, 단도, 투구, 갑옷, 팔받이 할 것 없이 하나씩 하나씩 벗겨냈다. 마치 한 마리 원숭이가 호두 껍데기를 벗기는 것 같았다. 카지모도는 학생의 쇠 껍데기를 한 조각 한 조각씩 자기의 발아래 던졌다.

학생은 무장이 해제되고, 옷이 벗겨지고, 그 무서운 손안에서 무력한 발가숭이가 되자, 귀머거리에게 말을 해보려고 하지는 않고, 그의 얼굴에다 대고 뻔뻔스럽게 웃기 시작하고, 열여섯 살짜리 어린애답게 태연스럽고도 대담하게 당시 유행하던 노래를 부르기 시작했다.

> 캉브레 시는
> 옷을 잘 입고 있네.
> 마라팽이 도시를 약탈하였네…….[40)]

---

40) 이 노래는 1477년에 있었던 사실을 암시하고 있다. 테메레르가 죽은 뒤, 루이 2세는 캉브레를 점령하고, 이 도시를 루이 마라팽(Louis Marafin)에게 맡겨 다스리게 하였는데, 마라팽은 수많은 재산 몰수를 자행하였다.

그는 노래를 끝마치지 못했다. 카지모도가 회랑의 난간 위에 서서, 한쪽 손으로만 학생의 두 발을 붙잡고, 투석기처럼 그를 심연 위에서 휘두르는 것이 보였다. 그러더니 뼈 상자가 벽에 부딪쳐 터지는 것 같은 소리가 들리고, 무엇인가 떨어지는 것이 보였는데, 그것은 3분의 1쯤 떨어지다가 건물의 한 불쑥 나온 모서리에서 멎었다. 그것은 허리가 부러져 두 동강이 나고 머릿골이 쏟아져 나온 시체가 되어 거기에 걸려 있었다.

무시무시한 함성이 거지들 속에서 일어났다. "복수다!" 클로팽이 외쳤다. "공격이다!" 하고 군중은 호응했다. "쳐들어가자! 쳐들어가자." 그때 그것은 온갖 나라말과 온갖 시골말과 온갖 사투리가 섞인, 어마어마한 아우성이었다. 가련한 학생의 죽음이 군중 속에 분노의 불을 질렀다. 군중은 치욕감에 사로잡히고, 성당 앞에서 한낱 꼽추에 의해 그토록 오랫동안 저지를 당했다는 분노에 사로잡혔다. 격분은 사닥다리들을 찾아내게 하고, 더욱더 많은 횃불에 불을 붙이게 하였으며, 잠시 후 카지모도는 그 무시무시한 개미 떼들이 노트르담을 공격하여 사방팔방에서 올라오는 것을 보고 어리둥절하였다. 사다리가 없는 자들은 고를 낸 밧줄을 가지고 있었고, 밧줄이 없는 자들은 조각물의 돋을새김을 붙잡고 기어올랐다. 그들은 서로의 누더기에 매달려 있었다. 이 무시무시한 얼굴들의 밀물에 대항할 길이란 아무것도 없었다. 그 표독스러운 낯짝들은 분노로 번쩍거렸고, 흙빛 이마빡엔 땀이 줄줄 흘렀으며, 그들의 눈은 빛나고 있었다. 그 모든 찡그린 상판들, 그 모든 추악한 형상들이 카지모도를 에워쌌다. 마치 어떤 다른 성당이 노트르담의 공격에, 제 성당의 고르곤들을, 개들을, 드레[41]들을, 악마들을, 가장 환상적인 조각물들을 보내기라도 한 듯하였다. 그것은 건물 정면의 돌로 된 괴물들을 덮고 있는 산 괴물들 같았다.

그러는 동안 광장은 무수한 횃불로 총총 빛났다. 여태껏 어둠 속에 파묻혀 있던 이 어지러운 무대에 갑자기 불빛이 타올랐다. 성당 앞뜰은 반짝이며 하늘로 밝은 빛을 던지고 있었다. 높은 지붕 위에 붙은 장작불은 여전히 타오르며 멀리 도시를 밝혀주었다. 멀리 파리의 지붕들 위에 퍼진, 두 종탑의 거대한 그림자는 그 밝은 빛 속에서 널따란 어둠의 V자형을 이루었다. 도시는 동요한 것 같았다. 멀리서 경종들이 한탄하고 있었다. 거지들은 아우성치고, 숨을 헐떡거리고, 욕지거리를 하면서 올라오고 있었고, 카지모도는 그토록 많은 적들에 대해 어찌할 바를 모르고, 이집트 아가씨를 위해 치를 떨고, 격노한 얼굴들이 자기의 회랑으로 더욱더 다가오는 것을 보면서, 하늘에 기적을 빌고, 절망으로 팔을 비틀고 있었다.

41) 중세의 이야기에 종종 나오는 전설상의 괴물이다.

5장

루이 드 프랑스 전하가 삼종기도를 드린 은거처

밤중의 거지 떼를 보기 전에, 카지모도가 종탑 위에서 파리를 살폈을 때 생탕투안 문 옆의 어느 높고 새카만 건물의 최고층에 있는 유리창 하나를 별처럼 반짝이게 하던 불빛 하나밖엔 보지 못한 것을 독자는 아마 잊지 않고 있으리라. 그 건물은 바스티유였다. 그리고 그 별은 루이 11세의 촛불이었다.

루이 11세는 아닌 게 아니라 이틀 전부터 파리에 와 있었다. 그는 다음다음 날 그의 몽틸 레 투르 성채를 향해 다시 떠날 예정이었다. 그는 못된 파리시에 드문드문 잠깐씩밖엔 결코 나타나지 않았는데, 그 까닭은, 파리에서는 자기 주위에서 충분한 함정과 교수대와 친위대를 느끼지 못하기 때문이었다.

그는 그날 바스티유에 자러 왔던 것이다. 루브르 궁에 있는 자신의 25평짜리 방과, 12마리의 커다란 짐승과 10대 예언자[42]의 상이 위에 늘어서 있는 큰 벽로와, 11자에 12자짜리 큰 침대는 별로 그의 마음에 들지 않았다. 그는 이 모든 큰 것들 속에 있으면 머리가 어지러워졌다. 정말로 평민적인 이 왕은 작은 방 하나와 작은 침대 하나가 있는 바스티유를 더 좋아했다. 그리고 바스티유 성은 루브르 궁보다 방비가 튼튼했다.

그 유명한 국사범의 감옥 속에 국왕이 자기 몫으로 잡아두고 있었던 그 '작은 방'은 그래도 꽤 넓었으며, 아성의 주루 속에 박힌 소탑의 가장 높은 층을 차지하고 있었다. 그것은 원형의 누실로서, 반드러운 밀짚 돗자리를 깔고, 천장에는 금빛 주석의 나리꽃으로 장식된 들보들을 가로지르고, 장선과 장선 사이에는 단청을 하였으며, 벽에는 흰 주석의 장미꽃으로 군데군데 장식하고 웅황(雄黃)과 고급 쪽[藍]으로 된 밝고 아름다운 초록빛으로 채색한, 풍부한 목 세공이 붙어 있었다.

거기에 하나밖에 없는 창문은, 놋쇠 줄과 철봉으로 격자를 엮어 붙인 기다란 첨두홍예를 이루고 있는 데다가, 국왕과 왕비의 문장이 든, 아름다운 스테인드글라스들로 말미암아 캄캄했는데, 그 유리 한 장은 202솔의 값어치였다.

입구는 하나밖에 없었는데, 나직한 홍예 틀로 된 근대적 문으로, 안으로는 벽포가 걸려 있고, 밖으로는 아일랜드식 나무 현관이 붙어 있었다. 이 나무 현관이라는 것은 이상하게 소목 세공을 한 가냘픈 건조물인데, 150년 전까지만 해도 수많은

42) 이것은 위고가 Sauval II, 279에 의거함으로써 오류를 범한 것인데, 전통적으로 4대 예언자(이중에 바루크가 포함된다.)와 3대 소예언자로 구분해서 말하는 것이 보통이다.

낡은 저택에서 그것을 볼 수 있었다. "그것은 보기에 흉하고 주체스러웠지만," 하고 소발은 개탄하고 있다. "그래도 우리의 늙으신네들은 그것을 걷어치우려 하지 않고, 모두가 싫어하는데도 불구하고 보존하고 있다."[43]

이 방 안에는 보통의 주택에 갖추어져 있는 가구라곤 아무것도, 벤치도, 사각대(四脚臺)도, 앉을깨도, 상자 모양의 평범한 걸상도, 다리와 다리 가로장이 아래에 붙은 아름다운 걸상도 볼 수 없었다. 거기엔 팔걸이가 달린, 매우 훌륭한 접는 의자 하나밖에 보이지 않았다. 그 나무는 붉은 바탕에 장미꽃들이 그려져 있고, 앉는 자리는 주홍빛 코르도바 가죽에 가장자리는 기다란 명주 술로 장식되고, 수많은 금 못이 박혀 있었다. 이 의자만이 홀로 있는 것을 보면, 이 방 안에선 단 한 사람만이 앉을 권리가 있다는 것을 알 수 있었다. 의자 옆으로 바로 창가에, 새들의 무늬가 든 보를 씌운 책상 하나가 있었다. 이 책상 위에는 몇 장의 양피지와, 몇 개의 깃털 펜과, 한 개의 조각된 은잔이 있었다. 좀 더 저쪽으로는, 하나의 탕파(湯婆)와, 금장식을 한 진홍빛 비로드의 기도대가 있었다. 끝으로 안쪽엔 노랑과 살빛의 다마스쿠스산(産) 피륙으로 된 수수한 침대 하나가 있는데, 금은박도 장식끈도 없고, 가장자리의 술 장식도 변변치 않았다. 루이 11세의 수면 또는 불면을 받쳐 준 것으로 유명한 이 침대는, 200년 전만 하더라도 어느 정승의 집에서 구경할 수 있었는데, '아리시다' 또는 '살아 있는 도

43) Sauval II, 278.

덕 부인'이라는 이름 아래 『키루스』[44] 속에 등장하는 저 유명한 필루 노부인이 이 침대를 본 것도 바로 그 정승 댁에서였다.

'루이 드 프랑스 전하가 삼종기도를 드린 은거처'[45]라고 사람들이 부르던 방은 그러했다.

내가 독자를 여기로 안내했을 때 이 은거처는 매우 캄캄했다. 소등 신호는 한 시간 전에 울렸고, 밤은 어두웠는데, 방 안에는 책상 위에 놓인 너울거리는 촛불 하나만이 여기저기 흩어져 있는 다섯 명의 인물을 밝혀주고 있었다.

불빛이 떨어지고 있는 첫 번째 인물은 짧은 바지에 은 줄무늬가 든 주홍빛 저고리, 검은 무늬가 든 금 나사의 펑퍼짐한 소매가 달린 겉옷이라는 화려한 옷차림을 한 양반이었다. 이 호화로운 의복에는 불빛이 뛰놀고 있어, 그 옷 주름마다 불꽃의 광이 나는 것 같았다. 이 옷을 입은 사나이는 가슴에 산뜻한 빛깔로 수를 놓은 그의 가문(家紋)을 달고 있었는데, 그것은 방패꼴 아래쪽에 사슴 한 마리가 지나가는 것이 그려져 있는, 거꾸로 해놓은 V자형이었다. 이 방패꼴 가문의 양측에는 오른쪽에 올리브가지 하나가, 왼쪽에 사슴뿔 하나가 그려져 있었다. 이 사나이는 허리띠에 훌륭한 단도 한 자루를 차고 있었는데, 그 도금한 은 손잡이는 투구 꼭대기 꼴의 무늬가 새겨져 있고 맨 꼭대기는 백작의 관(冠) 모양으로 되어 있

44) 스퀴데리 양(Mademoiselle de Scudéry, 1607~1701)의 소설. 완전한 제목은 『아르타메네스 또는 키루스 대왕(Artamène ou le Grand Cyrus)』이다.
45) '루이 드 프랑스 전하'(Sauval II, 276)란 샤를 5세의 아들 루이 도를레앙을 가리킨다.

었다. 그는 험상궂고 교만하고 건방지게 생겼다. 첫눈에 그의 얼굴에는 거만한 티가 보였고 다시 보면 교활한 티가 보였다.

그는 머리에 모자를 쓰지 않고, 손에 기다란 종이를 들고, 팔걸이가 달린 의자 뒤에 서 있었는데, 이 의자에는 매우 초라한 옷차림을 한 인물이, 보기 흉하게 몸을 탁 구부리고, 두 무릎을 위아래로 포개고, 책상에 팔꿈치를 짚고 있었다. 호사스러운 코르도바 가죽 자리에, 다리가 안으로 휜 두 개의 슬개골과, 뜨개질한 검은 털옷을 초라하게 걸친 두 개의 빼빼 마른 넓적다리와, 털보다는 가죽이 더 많이 보이는 모피를 댄 면마교직포의 외투로 싸인 몸통을, 끝으로, 납으로 만든 조그마한 상(像)이 달린 기름 묻은 낡은 모자를 실제로 상상해 보라. 이러한 것이 머리털 하나도 거의 내보내지 않는 꾀죄죄한 빵모자와 더불어, 이 앉아 있는 인물에 관해서 알아볼 수 있던 것의 전부였다. 그는 머리를 가슴 위로 어찌나 폭 숙이고 있었던지, 그림자로 가려진 그의 얼굴은 아무것도 볼 수 없었으나, 다만 그 위로 불빛 한줄기가 떨어져 있는 코끝만이 보였는데, 긴 코임에 틀림없었다. 쭈글쭈글한 그의 손이 빼빼 마른 것으로 보아 그가 늙은이라는 것을 짐작할 수 있었다. 그것은 루이 11세였다.

그들 뒤로 조금 떨어진 곳에서, 플랑드르식으로 재단된 옷을 입은 두 사나이가 나직한 목소리로 지껄이고 있었는데, 이둠 속에 완전히 파묻혀 있는 게 아니어서, 그랭구아르의 희곡 상연에 참석했던 사람이라면, 그들이 플랑드르 사절단의 두 주요 멤버인, 강의 총명한 재상 기욤 랭과, 민중적인 의류상

자크 코프놀이라는 것을 알아볼 수 있었을 것이다. 그러고 보니 이 두 사나이가 루이 11세의 비밀 정략에 관여하고 있었다는 사실이 생각난다.

끝으로 맨 안쪽 문 옆에, 건장한 사나이 하나가 조상처럼 꼼짝 않고 어둠 속에 서 있었는데, 그의 팔다리는 실팍지고, 무사의 갑옷과 문장이 수놓인 외투를 입었으며, 그의 네모진 얼굴에는 두 눈이 툭 불거지고, 커다란 입이 째져 있고, 양쪽으로 널따랗게 처진 곧은 머리털 아래 귀는 가려져 있고, 이마는 보이지 않아, 개와 호랑이의 낯바닥을 동시에 닮았다.

임금을 제외하고는 모두 모자를 쓰고 있지 않았다.

임금 곁에 서 있는 양반은 기다란 계산서 같은 것을 왕에게 읽어주고 있었는데, 상감은 그것을 주의 깊게 듣고 있는 듯했다. 두 플랑드르 사나이는 소곤거리고 있었다.

"제기랄!" 코프놀이 중얼거렸다. "서 있기 따분한데. 여긴 의자가 없나요?"

랭은 은근히 미소를 지으면서, 몸짓으로 없다고 대답했다.

"제기랄!" 하고 말을 잇는 코프놀은 그렇게 목소리를 낮추지 않을 수 없는 것이 못마땅했다. "내 가게에서 그러듯이, 땅바닥에 책상다리를 하고 앉고 싶어 못 견디겠는걸."

"삼가시오, 자크 나리!"

"이거야 원! 기욤 나리! 여기선 그래 서 있어야만 하는가요?"

"그러지 않으면 무릎을 꿇거나 둘 중 하나요." 랭은 말했다.

그때 임금의 목소리가 올라왔다. 그들은 입을 다물었다.

"짐의 시종들 옷에 50솔, 그리고 왕실 성직자들의 망토에

12리브르! 잘한다! 몇 톤이고 금을 퍼붓게나! 그댄 머리가 돌았나, 올리비에?"

그렇게 말하면서 늙은이는 머리를 들었다. 그의 목에서 성 미카엘 목걸이의 금 조가비들이 번쩍거리는 것이 보였다. 촛불은 살이 빠지고 침울해 보이는 그의 옆모습을 환히 비추어 주고 있었다. 그는 상대방의 손에서 그 종이를 잡아 뺐었다.

"그대는 짐을 파산시키는군!" 그는 움푹 들어간 눈으로 장부를 훑어보면서 외쳤다. "이게 다 뭔가? 뭣 때문에 이렇게 굉장한 집이 짐에게 필요하단 말인가? 매월 매인당 10리브르의 비율로 두 명의 궁중 전속 사제, 게다가 한 명의 예배당 신부에게 100솔! 사환 한 명에게 연 90리브르! 네 명의 조리사에게 일인당 연 120리브르! 불고기 요리사 한 명, 수프 조리사 한 명, 소스 조리사 한 명, 조리사 한 명, 식료품 보관 무사 한 명, 짐바리 마부 두 명에게 일인당 매월 10리브르! 소년 조리사 두 명에게 8리브르! 마부 한 명과 그의 조수 두 명에게 매월 24리브르! 짐꾼 한 명, 과자 제조인 한 명, 빵 제조인 한 명, 짐수레꾼 두 명, 각각 일인당 연 60리브르! 게다가 대장장이 한 명에게 120리브르! 또 국고금 출납 실장에게 1,200리브르! 게다가 또 감사관에게 500리브르! 짐은 뭐가 뭔지 모르겠군! 이건 어처구니가 없는데! 우리 하인들의 급료는 숫제 프랑스를 약탈에 내맡겨놓은 셈이로군! 루브르 궁에 봉창해 둔 재보는 이와 같은 비용의 불에 녹아버리겠어! 이러다간 짐은 식기류까지 팔아먹어야 하겠는걸! 그리고 내년엔, 만약 하느님과 성모마리아께서 (여기서 그는 모자를 들어올렸다.) 짐에게 목숨을 부지하게 해주신다면 말이지만, 짐은 주석 주발로 탕약을 마셔야겠군!"

그렇게 말하면서 그는 책상 위에서 번쩍거리는 은잔을 흘끗 바라보았다. 그는 기침을 하고 말을 계속했다.

"올리비에 경, 대영주들 위에 군림하는 국왕과 황제 같은 군주들은 자기 왕실 안에 사치가 싹트게 해서는 안 되는 거요. 왜냐하면 그 불은 왕실로부터 시골로 번져가기 때문이오. 그러니 올리비에 경, 이 점을 잘 알고 있어야 하오. 짐의 경비를 해마다 증가시켜가고 있는데, 짐은 그걸 좋아하지 않소. 어찌 된 거야, 우라질! 1479년까지만 해도 경비는 3만 6,000리브르를 초과하지 않았어. 1480년엔 4만 3,619리브르에 달했고, 난 숫자를 머릿속에 딱 넣어놓고 있거든, 1481년엔 6만 6,680리브르에 달했는데! 금년엔 젠장맞을 8만 리브르에 달하겠단 말이야! 4년 동안에 갑절이 된 거요! 실로 엄청난 일이라고!"

그는 숨이 차서 잠깐 쉬었다가 다시 격분하여 말을 이었다.

"내 주위엔 내 야윔으로 살쪄가는 사람들밖에 안 보이잖아! 그대들은 내 모든 털구멍으로 돈을 빨아먹고 있는 거야!"

모두들 꿀 먹은 벙어리가 되어 있었다. 그것은 터뜨리는 대로 내버려두어야 하는 그런 격노였다.

"이것은 마치 프랑스의 영주권에 대한 라틴어문 청구서 같은 것이어서, 짐은 이른바 왕권의 큰 책무를 회복시키지 않으면 안 될 것 같군! 하기야 이것도 과연 책무렷다! 무겁게 짓누르는 책무렷다! 아! 여러분! 그대들은 짐이 dapifero nullo, buticulario nullo(예리한 시종도 주고장(酒庫長)도 없이) 군림하는 그런 국왕은 아니라고 말하겠지! 우라질! 짐이 국왕이 아닌지 어떤지를 그대들에게 보여주겠소!"

여기서 그는 자신의 권능을 느끼어 미소를 짓고, 따라서 역정도 조금 누그러져서, 플랑드르 사람들을 돌아보았다.

"안 그렇소, 기욤 경? 빵 관리장도, 주고장도, 시종장도, 주방장도, 하찮은 하인만 못하오. 이 점을 잊지 마시오, 코프놀 나리. 그 녀석들은 아무짝에도 쓸 데가 없소. 그들이 그렇게 쓸모없이 임금의 주위에 있는 걸 보면, 최근에 필리프 브리유가 수리한, 재판소의 큰 시계의 문자반을 둘러싼 복음서의 네 저자 상(像)[46]과 같은 느낌이 드오. 그것들은 황금빛이지만 시간을 가리키지 않으니, 시곗바늘은 그것들이 없어도 된단 말이거든."

그는 잠시 생각에 잠겨 있다가, 그 늙은 머리를 흔들면서 덧붙였다. "하하! 천만의 말씀, 나는 필리프 브리유가 아니니까, 큰 가신들을 다시 금빛으로 칠해 주진 않겠어. 나도 에드워드 왕과 같은 의견이야. 즉 '민중을 구하고 영주들을 죽이라'는 의견 말이야. 계속하게, 올리비에."

그가 그 이름으로 부르는 인물은 왕의 손에서 장부를 다시 집어다가, 목소리를 높여 다시 읽기 시작했다.

"……파리시 국새 상서의 고용인 아담 트농에게, 증권의 디

---

46) 필리프 브리유가 수리한 파리 재판소의 큰 시계 이야기는 Sauval III, 407에 언급되어 있다. 복음서의 네 저자란 마태, 마가, 누가, 요한을 가리킨다.

른 도장들이 낡고 헐어서 더 이상 제대로 사용할 수 없는 까닭에, 새로 만들게 한 도장들의 은재(銀材)와 제작과 각인에 대한 대가로, 파리 주화 12리브르.

기욤 프레르에게 파리 주화 4리브르 4솔의 금액을 지불, 금년 1월, 2월, 3월의 석 달 동안 투르넬관의 두 비둘기장의 비둘기를 기르고 모이를 준 수고료와 급료.

성 프란체스코회의 수도사 한 명에게, 한 죄인의 고해료로서, 파리 주화 4솔."

임금은 말없이 듣고 있었다. 때때로 그는 기침을 했다. 그럴 때면 은잔을 자기 입술로 가져가, 얼굴을 찌푸리면서 한 모금씩 마셨다.

"금년에 재판관의 결정에 따라, 파리의 네거리들에서 나팔을 불어 56회의 포고를 외쳤음. 아직 결제하지 않았음.

파리와 그 밖의 몇몇 장소에서, 숨겨져 있다는 말이 있는 돈을 뒤지고 찾았으나 아무것도 발견되지 않았음. 파리 주화 45리브르."

"동전 한 닢을 파내기 위해 금화 한 닢을 파묻다니!" 하고 임금은 말했다.

"……투르넬관에서, 쇠 우리가 있는 곳에 흰 유리 6장을 끼운 비용으로 13솔. 괴물들이 나타나던 날, 왕명에 따라, 4개의 가문을 만들고 그 주위에 장미꽃 모자를 곁들여서 임금님의 군대에 전달한 비용으로 6리브르. 임금님의 낡은 저고리에 새 소매 두 개를 갈아 단 값으로 20솔. 임금님의 장화에 기름칠하는 기름 갑 하나에 15드니에. 임금님의 검은 돼지들을 넣기 위하여 새로 만든 돼지우리 하나의 비용으로 파리 주화 30리브르. 생폴의 사자들을 가두기 위하여 만든 여러 개의 칸막이와 널빤지와 뚜껑문의 비용으로 22리브르.”

“짐승들도 그렇게 비싸게 먹힌단 말인가.” 하고 루이 11세는 말했다. “그러나 상관없다! 그건 국왕의 훌륭한 호사니까. 커다란 적갈색 사자 한 마리는 퍽 귀여워서 내가 좋아하지. 기욤 경, 알았소? 군주들은 그런 이상한 동물들을 가지고 있어야 하는 것이오. 짐과 같은 임금들에게는, 짐의 개들은 사자들이어야 하고, 짐의 고양이들은 호랑이들이어야 하는 것이오. 큰 것은 왕권에 알맞은 것이오. 제우스의 이교도 시대에, 민중이 사원들에 100마리 황소와 100마리 양을 바칠 때, 황제들은 100마리 사자와 100마리 독수리를 주었소. 그건 야성적이고 퍽 아름다운 일이었지. 프랑스의 왕들은 항상 그들의 용상 주위에 그런 짐승의 울음소리를 갖고 있었소. 그러나 나는 거기에 그들보다는 돈을 훨씬 덜 쓰고 있고, 사자도 곰도 코끼리도 표범도 훨씬 적다는 걸 사람들은 인정해 줄 거요. 자 그럼, 올리비에 경. 짐은 그것을 짐의 친구인 이 플랑드르 양반들에게 말해 주고 싶었던 걸세.”

기욤 랭은 허리를 깊이 구부리고 절을 했으나, 코프놀은 그 무뚝뚝한 표정으로 임금이 이야기하는 그 곰들 같은 얼굴을 하고 있었다. 임금은 거기에 주의하지 않았다. 그는 은잔에 입술을 적셨다가 “푸우! 고약한 탕약이로군!” 하고 약물을 되뱉으면서 말했다. 읽던 사나이는 계속했다.

“어떻게 처분해야 좋을지 몰라, 여섯 달 전부터 박피장의 작은 방에 가둬놓은 부랑자 한 명을 먹여 살리기 위해, 6리브르 4솔."

"그게?" 하고 임금은 가로막았다. "목을 매달아 죽여야 하는 것을 먹여 살리다니! 우라질! 그런 걸 먹여 살리기 위해선 이젠 한 푼도 내놓지 않겠소. 올리비에, 그 일에 관해선 데스투트빌 경과 의논하고, 바로 오늘 저녁부터라도 그 한량 놈을 까치발과 결혼시킬[47] 준비를 하시오. 다시 계속하시오."

올리비에는 엄지로 '부랑자'라는 줄에 표시를 하고는 다음으로 넘어갔다.

"파리 재판소의 수석 사형 집행관 앙리에 쿠쟁에게 파리 주화 60솔의 금액. 이것은 파리 시장이 그에게 액수를 정해 주고 지시한 것으로, 재판에서 죄과로 말미암아 사형선고를 받은 사람들을 처형하고 참수하는 데 쓰는 큰 칼을 파리 시장 나리의 명에 따라 샀으며, 칼집과 그 밖에 일체의 필요한 것을 갖추기 위해서 소요되었으며, 그와 마찬가지로, 명백히 증명된 바와 같이, 루이 드 뤽상부르 공의 형을 집행하면서 칼날이 튀고 이가 빠졌던 낡은 칼을 수리하는 데 소요된 것임……."

임금은 중단시켰다. "그만하면 됐네. 기꺼이 그 금액의 지불 명령을 내리겠소. 짐은 그런 비용은 아끼지 않아. 그런 돈을 아깝게 여겨본 적은 한 번도 없었어. 계속하시오."

"커다란 감옥 하나를 새로 만든 비용으로……."

"아!" 하고 임금은 두 손으로 의자 팔걸이를 잡으면서 말했

47) '교수형에 처할'이라는 뜻이다.

다. "내가 무슨 일로 이 바스티유에 왔는지 난 잘 알고 있었는데. 잠깐, 올리비에 경. 내 몸소 그 감옥을 보고 싶소. 내가 그것을 살펴보는 동안, 그 비용을 읽어주구려. 플랑드르 양반들, 그걸 보러 갑시다. 볼만할 거요."

그런 뒤 그는 일어나서 자기의 대화자의 팔에 몸을 기댄 채, 문 앞에 서 있던 벙어리 같은 사람에게 앞장서라고 신호하고, 두 플랑드르 사람에게는 뒤따라오라고 신호한 후 방에서 나갔다.

국왕 일행은, 은거처의 문에서, 철구로 무겁게 무장한 군사들과 횃불을 든 날씬한 시동들로 보충되었다. 일행은 한참 동안 캄캄한 아성의 주루 속을 걸어갔는데, 거기에는 두꺼운 벽 속까지도 계단과 복도가 뚫려 있었다. 바스티유의 대장은 선두에 서서 걸어가면서, 병들고 허리가 꼬부라진 늙은 임금 앞에 쪽문을 열게 했는데, 임금은 걸으면서 기침을 했다.

쪽문에서마다, 모두들 머리를 수그리지 않으면 안 되었지만, 고령으로 말미암아 이미 꾸부러진 늙은이의 머리만은 예외였다. "흠!" 하고 그는 이 사이가 아니라 잇몸 사이로 말했다. 그는 이가 없었으니 말이다. "짐은 이미 무덤의 문에 들어갈 준비가 다 되었군. 낮은 문에선 다들 꾸부리고 지나가는데."

마침내 자물쇠가 하도 많이 걸려 있어서 그것을 여는 데 15분이나 걸린 마지막 쪽문을 통과한 뒤, 그들은 첨두 궁륭이 한 높고 넓은 방 안으로 들어갔는데, 그 방의 한가운데, 쇠와 나무로 지은 크고 육중한 입방체 건조물이 횃불 빛에 보였다.

그 속은 깊숙했다. 그것은 이른바 '임금님의 계집애'[48]라고 불리는 국사범들을 가두는 저 유명한 감옥의 하나였다. 칸막이 벽에는 두세 개의 조그만 창이 있었는데, 퉁퉁한 철봉으로 어찌나 촘촘히 격자를 쳐놓았던지 창유리가 보이지 않았다. 문은 무덤의 돌 같은 커다란 평석이었다. 들어가는 데밖엔 결코 사용하지 않는 그런 문들의 하나였다. 다만 여기서는, 죽은 사람이 살아 있는 사람이었던 것이다.

임금은 그 조그만 건조물을 유심히 살피면서 그 주위를 천천히 걷기 시작하고, 그사이에 그의 뒤를 따르는 올리비에 나리는 큰 소리로 계산서를 읽고 있었다.

"굵은 대들보와 빼대와 들보의 커다란 나무 우리 하나를 새로 만들었는데, 그 길이 9척에 너비는 8척, 위아래 두 널빤지 사이의 높이 7척, 굵은 철근으로 보강하였고, 생탕투안 요새의 한 탑 속에 있는 방 한 칸 안에 설치되었는데, 이 우리 안에는, 국왕 폐하의 명에 따라, 노후한 낡은 우리 안에 종전에 살았던 죄수 하나를 투옥 구금하고 있음. 위의 새 우리에는 96개의 널 장선과, 나뭇결을 거슬러 깎은 52개의 장선과, 길이 18척의 대들보 10개가 사용되었고, 바스티유의 마당에서 20일간 위의 모든 목재를 자르고 가공하고 깎는 데 19명의 목수가 종사하였음……."

"꽤 아름다운 떡갈나무 심이로군." 하고 임금은 주먹으로

48) 코민의 저서(II, 321쪽)에 의하면 '임금님의 계집애'라는 표현은 감옥이 아니라, 임금님의 어떤 죄수들이 차는 수갑을 가리키는 것이 분명하다.

뼈대를 두드리면서 말했다.

"……이 우리에는," 하고 상대방은 계속했다. "9척 및 8척짜리 굵은 철근 220개와 그 밖의 중간 길이의 것, 그리고 위의 철근에 사용된 쇠고리와 철망이 들어갔고, 위의 철물의 전 중량은 3,735파운드. 그 밖에 이 우리를 고정시키는 데 꺾쇠와 못과 더불어 8개의 굵은 연접 철물이 들었는데, 그 전체 중량은 218파운드, 그 밖에도 우리를 설치해 놓은 방의 창에 격자용 철물과 그 방의 문에 철봉이 들었으며, 또 그 밖에도 다른 것이……."

"한 인간의 경솔한 마음을 가두는 데," 하고 왕은 말했다. "퍽 많은 쇠도 들었구나!"

"……이 모든 것에 도합 317리브르 5솔 7드니에의 금액이 들었습니다."

"우라질!" 하고 임금은 외쳤다.

루이 11세가 애용하는 이 욕설을 듣고, 우리 안에서 누가 잠을 깬 듯 마룻바닥을 시끄럽게 긁는 쇠사슬 소리가 들리더니, 마치 무덤에서 나오는 듯한 약한 목소리가 올라왔다. "폐하! 제발 용서해 주십시오!" 그렇게 말하는 사람의 모습은 보이지 않았다.

"317리브르 5솔 7드니에라!" 루이 11세는 말을 이었다.

우리 안에서 나온 그 비통한 목소리는 모든 회중을, 심지어 올리비에 자신마저도 소름 끼치게 했다. 오직 임금만이 그것을 못 들은 체하고 있었다. 임금의 명령으로 올리비에 나리는 읽기를 계속했고, 상감마마는 냉정하게 시찰을 계속했다.

"……그 이외에도, 창살을 박기 위해 구멍을 만들고, 우리를 세우는 방의 마룻장을 만들기 위해, 왜냐하면 우리가 무거워서 종전의 마룻장으로는 떠받칠 수 없었으므로, 석공에게 지불한 돈이 파리 주화 27리브르 14솔……."

그 목소리는 다시 울부짖기 시작했다. "제발 용서하십시오. 폐하! 맹세합니다, 반역을 한 건 제가 아니오라, 앙제의 추기경이올시다."

"석공이 솜씨가 거칠군!" 임금은 말했다. "계속하게, 올리비에."

올리비에는 계속했다. "창과 침상, 구멍 뚫린 변기, 그리고 그 밖의 것을 위하여, 한 소목장이에게 파리 주화 20리브르 2솔……."

그 목소리는 역시 계속하고 있었다. "아이고 억울합니다! 폐하! 제 말씀을 안 들어주시옵니까? 분명히 말씀드립니다만, 그것을 기옌 공에게 써 보낸 건 제가 아니오라 라 발뤼 추기경이올시다!"

"소목은 비싸구먼." 임금은 지적했다. "그게 전부인가?"

"아니옵니다, 폐하. ……유리 장수에게 위의 방 창유리 대금으로, 파리 주화 46솔 8드니에."

"제발 용서하여 주소서, 폐하! 저의 전 재산을 판사들에게 주고, 저의 식기류를 토르시 씨에게 주고, 저의 책점을 피에르 도리올 나리에게 주고, 저의 벽포를 루시용 지사에게 준 것으로도 그래 충분하지 않습니까? 저는 무고합니다. 벌써 14년간이나 저는 쇠 우리 속에서 떨고 있습니다. 제발 용서하여 주십시오. 폐하! 그러면 폐하께서도 하늘에서 복을 받으시리다."

"올리비에 경," 임금은 말했다. "합계는?"

"파리 주화 367리브르 8솔 3드니에가 됩니다."

"아뿔싸!" 임금은 외쳤다. "이건 지독한 우리로구나!"

그는 올리비에 나리의 손에서 장부를 빼앗아 들고, 서류와 우리를 번갈아 살펴보면서, 몸소 손가락을 꼽아 셈을 하기 시작했다. 그러는 동안에도 죄수의 흐느끼는 소리가 들렸다. 그것은 어둠 속에서 처량했으며, 사람들은 새파랗게 질려서 서로 얼굴을 쳐다보고 있었다.

"14년입니다, 폐하! 벌써 14년이 됐습니다. 1469년 4월부터 지금까지. 성모의 이름으로 제발 제 말씀을 좀 들어주십시오! 폐하께선 그동안 내내 따스한 햇볕을 누리셨습니다. 저는, 야위어 빠진 저는 다시는 해를 보지 못할 것인가요? 제발 용서해 주십시오, 폐하! 자비를 베풀어주소서. 관용은 왕자의 미덕, 분노의 흐름을 끊어줍니다. 군주란 어떠한 죄도 처벌하지 않고 둔 것이 없었을 때, 임종시에 크게 만족을 느끼는 거라고 폐하께선 생각하십니까? 게다가 폐하, 저는 결코 폐하를 배반하지 않았습니다. 그건 앙제 추기경입니다. 그리고 제 발에는 너무도 무거운 쇠사슬이 있고, 그 밑에는 필요 이상으로 무거운 쇠공이 달려 있습니다. 여보시오! 폐하! 저를 가엾게 여겨주십시오!"

"올리비에!" 임금은 머리를 설레설레 흔들면서 말했다. "한 말에 12솔밖에 하지 않는 회반죽을 여기에 20솔로 계산해 놓은 게 보이는군. 그대는 이 계산서를 다시 작성하라."

그는 우리 쪽으로 등을 돌리고, 방에서 나갈 차비를 했다.

가련한 죄수는 횃불과 발소리가 멀어져감을 알고 임금이 떠나가는 것으로 판단했다. "폐하! 폐하!" 하고 그는 절망적으로 외쳤다. 문이 다시 닫혔다. 그에게는 이제 아무것도 보이지 않았고, 그의 귀에 다음과 같은 노래를 불러주는 문지기의 목쉰 소리 외엔 아무것도 들리지 않았다.

장 발뤼 나리는
그의 주교직을
모두 잃었네,
베르됭 씨도 이제
하나도 없네,
모두들 저승에 갔네.[49]

임금은 말없이 자기 은거처로 다시 올라갔고, 그의 수행원은 죄수의 마지막 울부짖음에 몸이 오싹해져서, 그의 뒤를 따랐다. 갑자기 상감은 바스티유의 사령관 쪽을 돌아보고, "그런데 참," 하고 말했다. "그 우리 속엔 누가 없었나?"

"있고말고요, 폐하!" 사령관은 그 질문에 어리둥절해져 대답했다.

"도대체 누구인가?"

"베르됭 주교[50]입니다."

---

49) Tristan, 231쪽에서 인용.

50) 그의 본명은 '아로쿠르(Haraucourt)'. 네 줄 아래서는 '아랑쿠르'로 나온다.

임금은 그것을 누구보다도 더 잘 알고 있었다. 그러나 그것은 일종의 괴벽이었다.

"아!" 그는 처음으로 그것을 생각하는 체하고 말했다. "기욤 드 아랑쿠르, 라 발뤼 추기경의 친구렷다."

잠시 후 은거처의 문이 다시 열렸다가, 이 장의 첫머리에서 독자가 본 다섯 명의 인물이 들어온 뒤에 다시 닫혔다. 그들은 제각기 제자리로 돌아가 전과 같은 자세로, 나직한 목소리로 잡담을 시작했다.

자기가 자리를 비운 사이에 책상 위에 갖다놓은 몇 통의 지급편(至急便)을 임금은 손수 뜯어 보았다. 그런 뒤에 그것들을 하나씩 하나씩 급히 읽기 시작하더니, 자기 곁에서 정승 구실을 하고 있는 듯한 '올리비에 경'에게 신호하여 펜을 잡게 하고, 지급편의 내용을 그에게 알려주지는 않고, 그 답장을 나지막한 목소리로 구술하니, 올리비에는 책상 앞에 꽤 불편하게 무릎을 꿇고서 받아쓰기 시작했다.

기욤 랭은 지켜보고 있었다.

임금은 퍽 나지막하게 말하고 있어서 플랑드르 사람들에게는 그의 구술이 통 들리지 않았으나, 이따금씩 다음과 같은, 이해할 수 없는 말들이 도막도막 귀에 들어왔다. "……비옥한 곳은 상업으로, 메마른 곳은 수공업으로 유지할 것…… 영국 양반들에게 딘딘, 브라방, 부 앙 브레스, 생토메르의 우리의 네 구포를 보여줄 것…… 대포는 이제 더 정확히 판단하여 전쟁을 해야 하는 이유다…… 짐의 친구, 브레쉬르 씨에게…… 군대는 세금 없이는 유지되지 않는다…… 등등."

한번은 그가 목소리를 높였다. "우라질! 시칠리아 왕은 프랑스의 왕처럼 노란 밀랍으로 편지를 봉인하는군. 그것을 그에게 허가한 것은 짐의 불찰인지도 모르겠다. 내 사촌 부르고뉴 공은 붉은 바탕의 가문을 주지 않았군. 왕가의 위대성은 특권의 보전 속에 확보된다. 이걸 적어두라, 올리비에 경."

또 한번은 "허허!" 하고 그는 말했다. "이건 버릇없는 통첩이로군! 내 형제인 이 황제는 짐에게 무엇을 요구하는 건가?" 그러고는 편지를 눈으로 훑어보면서 때때로 감탄사를 던졌다. "아무렴! 독일 제국이 믿을 수 없을 만큼 강대한 건 사실이야. 그러나 짐은 이런 속담을 잊지 않고 있지. '가장 아름다운 백작령은 플랑드르고, 가장 아름다운 공국은 밀라노고, 가장 아름다운 왕국은 프랑스다.' 안 그렇소, 플랑드르 양반들?"

이번에는 코프놀도 기욤 랭과 함께 절을 하였다. 이 옷 장수의 애국심이 적이 쾌감을 느낀 것이다.

마지막 지급편을 보자 루이 11세는 눈살을 찌푸렸다. "이게 뭔가?" 하고 그는 외쳤다. "피카르디의 수비대에 대한 원망과 호소로군! 올리비에, 루오 원수에게 다음과 같이 급히 편지를 쓰게. '규율이 해이해져 있다. 친위헌병들과 소집된 귀족들, 의용병들, 스위스 용병들은 평민에게 무한한 악을 저지르고 있다. 군인은 농부들의 집에서 발견하는 재산에 만족하지 않고, 그들은 곤봉 또는 미늘창으로 후려패어, 강제로 읍내에 가서 포도주며 생선, 식료품, 기타 온갖 과도한 것들을 찾아오게 하고 있다. 임금은 그것을 알고 있다. 짐은 절도와 강도 등 못된 사건으로부터 백성을 지키고자 한다. 진정 그것이 짐의 뜻이다! 그뿐 아니라 어떠한 편력 악사도, 이발사도, 종군 하인도 제후처럼 비로드와 명주 나사와 금반지를 착용하는 것을 짐은 좋아하지 않는다. 그러한 허영은 하느님께서 싫어하신다. 우리 귀족들도 파리 온[51]당 17솔짜리의 나사 옷으로 만족하고 있나. 군 소속 종사들 역시 그 정도까지 자신들을 낮추어야 한다. 주지시키고 명령하라. 짐의 친구, 루오 씨에게.' 좋아."

그는 이 편지를, 단호하고도 격한 어조로, 음성을 돋우어 구술했다. 그것이 끝날 무렵, 문이 열리더니 새로운 인물 하나가 나타나 헐떡거리면서 방 안으로 뛰어들어와 외쳤다. "폐하! 폐하! 파리 시내에 민요(民擾)가 일어나고 있습니다!"

루이 11세의 근엄한 얼굴은 긴장했으나, 그의 감동 속에 내비쳤던 것은 번개처럼 지나가버렸다. 그는 자제하고, 태연하고 준엄한 낯으로 말했다. "여보게, 자크, 그렇게 느닷없이 들어오나!"

"폐하! 폐하! 반란이 일어나고 있습니다!" 하고 자크라는 친구는 헐떡거리면서 말을 이었다.

임금은 일어나서 그의 팔을 덥석 잡고, 격분하여, 플랑드르 사람들을 곁눈질하면서, 그에게만 들리도록 그의 귀에 대고 말했다. "아무 말 말거나 나직이 말해."

새로 들어온 사나이는 그제야 알아채고, 썩 나지막한 목소리로 그에게 매우 무서운 이야기를 하기 시작했으니, 임금은 침착하게 듣고 있었으며, 한편 기욤 랭은 코프놀에게, 새로 온

51) 길이의 단위. 약 1.18미터에 해당한다.

사나이의 얼굴과 옷을, 그의 caputia fourrata(모피 두건), 그의 epitogia curta(짧은 견 수포), 그리고 회계감사원 원장임을 알려주는 그의 검은 비로드 법의를 가리켜 보였다.

이 인물이 임금에게 약간의 설명을 해주자마자, 루이 11세는 깔깔 웃으면서 외쳤다. "정말! 그런 거라면 크게 말하게나, 쿠악티에 친구! 그렇게 작은 소리로 말할 게 뭐 있겠나? 우리가 우리 플랑드르의 좋은 친구들에게 감출 것이 아무것도 없다는 건 성모마리아께서 알고 계시지."

"그러하오나, 폐하……."

"크게 말하게!"

'쿠악티에 친구'는 어이가 없어 입을 다물고만 있었다.

"그래서," 하고 임금은 말을 이었다. "말하라니깐. 우리 파리시에 민중의 동요가 일어났단 말이지?"

"예, 폐하."

"그리고 파리 재판소의 원장에게로들 몰려가고 있다고 그랬겠다?"

"그런 것 같습니다." 하고 이 '친구'는 대답했는데, 왕의 생각 속에 금방 일어난 그 알 수 없는 갑작스러운 변화에 여전히 어리둥절해서 말을 더듬거렸다.

루이 11세는 말을 이었다. "어디서 야경대가 그 군중을 만났지?"

"그랑드 트뤼앙드리에서 퐁 토 샹죄르로 가다가 만났답니다. 저 자신도 폐하의 명을 받들려고 이리로 오다가 만났지요. 몇 놈이 이렇게 외치는 걸 저도 들었습니다. '재판소 원장을 타도하자!'"

"그래 법원장에게 그들은 무슨 불만이 있나?"

"그야!" 하고 자크라는 친구는 말했다. "그가 그들의 영주 노릇을 한다고 해서 불만이지요."

"정말?"

"그렇습니다, 폐하. 그건 기적궁의 불한당들입니다. 벌써 오래전부터 그들은 그의 신하로서 법원장에게 불평을 품고 있었습니다. 그들은 그를 재판관으로서도 도로 관리관으로서도 인정하려고 하지 않습니다."

"참, 그렇겠군!" 하고 임금은 만족스러운 듯이 빙그레 웃으면서 대꾸했는데, 그러한 미소를 감추려고 애썼지만 허사였다.

"법원에 대한 그들의 모든 청원에서," 하고 자크라는 친구는 말을 이었다. "그들은 폐하와 그들의 신이라는 두 주인밖에 모시고 있지 않다고 주장하는데, 그들의 신이라는 건 바로 악마라고 저는 생각합니다."

"음! 음!" 하고 임금은 말했다.

그는 두 손을 문지르면서 얼굴을 반짝이게 하는 저속한 웃음을 짓고 있었다. 그는 때때로 태연스러운 태도를 꾸며보려고 했지만 기쁨을 숨기지 못했다. 아무도 무슨 영문인지 통 알지 못했다, 심지어 '올리비에 경'마저도. 그는 생각에 잠긴 듯이, 그러나 만족스러운 듯이 한동안 잠자코 있었다.

"그들은 다수인가?" 그는 갑자기 물었다.

"예 그럼요, 폐하." 자크라는 친구는 대답했다.

"얼마나 되나?"

"줄잡아 6000은 됩니다."

임금은 웃음을 금치 못했다. "좋아!" 그는 말을 이었다. "그들은 무장을 하고 있나?"

"낫과 창, 화승총, 곡괭이 같은 온갖 종류의 흉기를 들고 있습니다."

임금은 그러한 열거에도 추호도 걱정하는 눈치가 없었다. 자크라는 친구는 이렇게 덧붙여야겠다고 생각했다. "폐하께서 속히 법원장을 구하러 보내시지 않는다면 그는 파멸입니다."

"보내겠다." 하고 임금은 겉으로 정색을 해 보이면서 말했다. "좋아. 암, 물론 보내고말고. 법원장은 짐의 친구거든. 6000명이라! 대담한 놈들이로군. 뻰뻰스럽기가 이만저만이 아닌 것에 짐은 몹시 화가 나는군. 그러나 오늘 밤 짐의 주위에는 사람이 얼마 없다. 내일 아침이라도 늦지 않겠지."

자크라는 친구는 부르짖었다. "즉시 보내십시오, 폐하! 그때까지 20번이라도 재판소는 노략질당하고, 영지는 침범당하고, 법원장은 교수당하고도 남을 것입니다. 제발, 폐하! 내일 아침 전에 보내십시오."

임금은 그를 똑바로 쏘아보았다. "내일 아침이라고 하지 않았나!"

그것은 그 앞에서 아무도 대꾸할 수 없는 그런 시선이었다.

잠시 침묵을 지키다가 루이 11세는 다시 입을 열었다. "여보게 친구 자크, 그대는 알렸다? 뭐였지……." 그는 고쳐 말했다. "뭐지, 이 법원장의 봉건적 관할은?"

"폐하, 파리 재판소 원장의 관할은, 칼랑드르 거리에서 레르브리 거리까지, 생미셸 광장과 노트르담 데 샹 성당 (여기서 루이 11세는 자기 모자의 테두리를 올렸다.) 근처에 위치하는, 보통 뮈로라고들 부르는 장소인데, 이곳에 있는 저택의 수효는 열셋에 달하며, 게다가 기적궁과, 또 방리외라고 불리는 말라드리, 또 이 말라드리에서 시작하여 포르트 생자크에서 끝나는 모든 도로입니다. 그는 이 여러 곳의 도로 관리관이자, 상급 중급 하급 재판관으로 전권을 가진 영주이옵니다."

"저런!" 하고 임금은 오른손으로 왼쪽 귀를 긁으면서 말했다. "그건 내 도시의 훌륭한 한 조각을 차지하고 있구먼! 아! 법원장은 '그 전체의 왕'이었겠다!"

이번에는 그는 고쳐 말하지 않았다. 그는 몽상에 잠겨 자기 자신에게 독백하듯이 계속했다. "참 대단하군, 법원장! 그대는 우리 파리의 큼직한 조각을 물고 있었어."

갑자기 그는 폭발했다. "우라질! 짐의 나라에서 도로 관리관이다, 재판관이다, 영주다, 상전이다 하고 주장하는 이 작자들은 다 뭐지? 걸핏하면 통행세를 받고, 재판을 하고, 짐의 백성들 속에 네거리마다 망나니를 갖고 있는 이 작자들은? 그 결과, 마치 그리스인이 샘마다 신이 있다고 믿고, 페르시아인이 별마다 신이 있다고 믿었던 것과 같이, 프랑스인은 자기들에게 보이는 교수대들만큼이나 많은 왕을 갖고 있는 셈이다! 정말! 이건 틀려먹었다. 이런 혼란은 싫다. 파리에 임금 외에 도로 관리관이 있고, 짐의 최고법원 외에 재판소가 있고, 이 제국에 짐 이외에 황제가 있다는 것이 하느님의 은혜인지 무엇인지 알고 싶구나! 정말이지, 천국에 하느님이 한 분밖에 안 계시듯이, 프랑스에도 임금이 하나밖에 없고, 영주가 하나밖에 없고, 재판관이 하나밖에 없고, 단두자가 하나밖에 없는 그런 날이 와야만 할 것이다!"

그는 또 자기의 모자를 들어올리고, 여전히 몽상에 잠겨, 사냥개 떼를 몰아대는 사냥꾼 같은 표정과 어조로 계속했다. "좋다! 내 백성들아! 용감해져라! 저 가짜 영주들을 분쇄하라! 어서 해치워라. 자, 어서! 어서! 그들을 약탈하고, 그들의 목을 매달고, 그들을 노략질해라! 아! 그대들은 왕이 되고 싶다는 건가, 영주들아? 자! 백성들아! 자, 어서!"

여기서 그는 갑자기 말을 멈추고, 절반쯤 누설된 자기의 생각을 도로 움켜 넣으려는 듯이 입술을 깨물고, 주위에 있는 다섯 인물들을 하나하나 그 예리한 눈으로 번갈아 쏘아보고, 그러고는 갑자기 자기의 모자를 두 손으로 움켜잡고 똑바로 모자를 바라보면서 말했다. "오! 네가 만약 내 머릿속에 무엇이 있는지 안다면 내 너를 태워버리겠다!"

그런 뒤에, 엉큼하게 제 굴속으로 돌아오는 여우와 같은 조심스럽고 걱정스러운 눈으로 다시 좌우를 돌아보면서, "아무래도 좋소! 짐은 법원장을 구원하겠소. 불행히 지금 여기엔 그렇게 많은 민중에 대항하기에는 군대가 조금밖에 없소. 내일까지 기다려야만 하겠소. 시테에 다시 질서를 회복시키고, 잡히는 것은 모조리 가차없이 교수해 버릴 것이오."

"그런데 폐하!" 하고 쿠악티에라는 친구는 말했다. "처음에 경황이 없어 아뢰기를 잊었는데, 야경대가 포도의 낙오자 둘을 체포하였습니다. 폐하께서 그 사람들을 보시려면 저기에 있습니다."

"암 보고말고!" 하고 임금은 외쳤다. "우라질! 원 그런 걸 다 잊어버리다니! 그대가 빨리 달려가라, 올리비에! 가서 그들을 데려오라."

올리비에 나리는 나갔다가 잠시 후에 친위헌병대원들에게 둘러싸인 두 포로를 데리고 돌아왔다. 첫 번째 포로는 술에 취하고 놀란, 바보 같은 커다란 얼굴을 하고 있었다. 그는 남루한 옷을 입고, 무릎을 구부리고 발을 질질 끌면서 걸었다. 두 번째 포로는 창백하고 상글상글 웃고 있는, 독자가 이미 알고 있는 얼굴이었다.

임금은 잠시 아무 말 없이 그들을 살펴보다가, 느닷없이 첫 번째 사나이에게 말을 걸었다.

"네 이름이 뭐냐?"

"지에프루아 팽스부르드라고 합지요."

"직업은?"

"거지인뎁쇼."

"그 흉악한 폭동에서 넌 무슨 짓을 하려고 했었느냐?"

거지는 얼빠진 듯이 두 팔을 흔들거리면서 임금을 바라보았다. 그것은 촛불 끄는 덮개 아래의 불과 거의 다를 바 없을 만큼 지능이 캄캄한 그런 잘못 생긴 두뇌의 소유자였다.

"모르겠이라우." 그는 말했다. "사람들이 가기에 저도 갔습죠."

"그대의 영주인 파리 재판소의 원장을 무엄하게도 공격하고 약탈하려던 것이 아니었더냐?"

"제가 알고 있는 건, 사람들이 누군가의 집에 가서 뭔가를 훔치려고 했다는 것, 그것뿐이라우."

병정 하나가 그 거지한테서 압수한 낫 도끼 하나를 임금에게 보였다.

"이 무기를 알아보겠느냐?" 임금은 물었다.

"예, 그건 제 낫 도끼라우. 저는 포도밭 일꾼이거든요."

"그리고 저 사내는 너와 한패렷다?" 루이 11세는 다른 포로를 가리키면서 덧붙였다.

"아니라우. 저는 저 사람을 모르겠는뎁쇼."

"그만하면 됐다." 임금은 말했다. 그러고는 앞서 내가 독자에게 지적한 바 있었던, 문 옆에 말없이 꼼짝 않고 서 있는 인물에게 손가락으로 신호하였다.

"트리스탕, 이놈을 네게 준다."

트리스탕 레르미트는 절을 했다. 그는 이 가련한 거지를 끌고 온 두 헌병에게 나직한 목소리로 명령을 내렸다.

그러는 동안, 임금은 두 번째 포로의 옆에 가 있었는데, 포로는 굵은 땀방울을 흘리고 있었다. "네 이름은?"

"폐하, 피에르 그랭구아르올시다."

"직업은?"

"철학자올시다, 폐하."

"고얀 놈 같으니, 어떻게 감히 너는 짐의 친구인 파리 재판소의 원장을 공위하러 갈 수가 있느냐, 그리고 이 민요를 어떻게 생각하느냐?"

"폐하, 신은 거기에 가담하지 않았습니다."

"아니, 이런 도둑놈을 봤나! 너는 그 불량배들과 같이 있다가 체포된 게 아니었더냐?”

“아니올시다, 폐하. 사람들이 착각을 한 겁니다. 운 나쁘게 걸린 겁니다. 신은 비극을 짓는 사람이올시다. 폐하, 제발 제 말씀을 좀 들어주시옵소서. 신은 시인이올시다. 밤중에 거리에 나가는 것은 신과 같은 직업을 가진 사람들의 우울증 때문입니다. 신은 엊저녁에 거기를 지나가고 있었습니다. 그건 참으로 우연입니다. 사람들은 잘못 알고 신을 체포하였습니다. 신은 그 시민 폭동과는 아무 관계도 없습니다. 저 거지가 신을 알아보지 못한 것은 폐하께서도 보시는 바와 같습니다. 폐하께 간절히 바라옵건대…….”

“닥쳐!” 왕은 탕약을 한 모금씩 마시는 틈에 말했다. “너는 매우 말이 많은 놈이로구나.”

트리스탕 레르미트가 걸어나와 그랭구아르를 손가락으로 가리키면서, “폐하, 저놈도 교수할까요?”

그가 처음으로 입을 연 것이다.

“흠!” 임금은 건성으로 대답했다. “별로 나쁠 게 없겠지.”

“많습니다. 신에겐!” 그랭구아르는 말했다.

우리의 철학자는 이 순간 올리브보다도 더 새파랬다. 그는 임금의 냉정하고 무관심한 얼굴에서, 이제 뭔가 몹시 비장한 것에 호소하는 수밖에는 딴 길이 없음을 알아보았다.

“폐하! 성감마마께옵시는 부디 신의 말씀을 들어주시옵소서. 폐하! 신과 같은 하찮은 것에 천둥을 치지 마시옵소서. 하느님의 큰 벼락은 상중 같은 것을 때리지는 아니하는 법이외다. 폐하, 마마께옵선 지극히 강력하고 지존하신 군왕이로소이다. 얼음 조각이 불똥을 일게 할 수 없는 것 이상으로 반란을 선동할 수 없는 이 성실하고 가련한 사나이를 측은하게 여겨주옵소서! 지극히 인자하신 폐하여, 온화로움은 사자와 군왕의 미덕이옵니다. 그러나 아! 냉혹함은 사람들의 마음을 성나게 할 따름입니다. 휘몰아치는 맹렬한 삭풍은 행인의 외투를 벗길 수 없어도, 태양은 그 햇볕으로 조금씩 조금씩 행인을 덥게 하여 마침내는 그를 셔츠 바람으로 만들 수가 있는 것이외다. 폐하, 마마께옵선 태양이로소이다. 신은 폐하께 확언하나이다, 신의 최고 지배자이자 군주이신 폐하여, 신은 거지의 무리도, 도둑의 무리도, 난동을 부리는 무리도 아닙니다. 반란과 강도질은 아폴론의 도구가 아니옵나이다. 신은 반역의 소란을 피우는 저 폭도들 속에 뛰어들 그런 사람이 아니옵나이다. 신은 폐하의 충성스러운 신하로소이다. 아내의 정조를 위하여 남편이 갖는 질투심, 아버지를 사랑하기 위하여 자식이 품는 효심, 이러한 것들을 착한 신하는 임금님의 영광을 위하여 가져야 하고, 자기 집에 대한 열성을 위하여, 자기 봉사의 증가를 위하여 노심초사하여야 합니다. 그를 열중케 하는 그 밖의 모든 정열은 발광에 불과합니다. 폐하, 이것이 국가에 대한 신의 신조이올시다. 그러므로 팔꿈치가 헌 신의 옷을 보시고 신을 폭도요 강도라고 판단하시지 마소서. 만약 폐하께서 신을 용서하여 주신다면, 신은 무릎의 옷이 헐어빠지도록 폐하를 위하여 아침저녁으로 하느님에게 기도를 드리겠나이다, 오호라! 신은 사실 지극히 부자가 아닙니다. 신은 오히려 좀 가난한 편이지요. 하지만 그렇다고 해서 못돼 빠지진 않았습니다. 가난한 건 제 탓이 아닙니다. 문학에선 큰 부자가 나오지 않고, 훌륭한 책에 가장 정통한 자들이라 해서 반드시 겨울에 큰 불을 갖게 되지는 않는다는 건 누구나 다 잘 아는 바이올시다. 엉터리 변호사질만이 곡식알을 죄 차지해 버리고, 다른 학문적인 직업들에는 짚밖에 남겨놓지 않습니다. 철학자들의 구멍 뚫린 외투에 관해선 매우 훌륭한 속담이 마흔 개나 있는 터입니다. 오! 폐하! 인자함은 위대한 마음속을 밝혀줄 수 있는 유일한 빛입니다. 인자함은 다른 모든 미덕 앞에서 횃불을 들어줍니다. 그것이 없으면 하느님을 더듬어 찾는 소경들과 같습니다. 자비로움은 인자함과 같은 것으로, 신하들의 사랑을 얻게 하며, 신하들의 사랑은 군주의 몸에는 가장 강력한 호위대가 되는 것이올시다. 이 지상에 신 같은 가련한 사나이가 하나 더 있은들, 불행의 암흑 속에서 절벅거리는, 쑥 들어간 배 위에서 텅 빈 호주머니를 짤랑거리는, 가련하고 무고한 철학자가 하나 더 있은들, 용안이 빛나시는 폐하께 그게 무슨 상관이 있겠습니까? 그뿐 아니오라, 폐하, 신은 문학자올시다. 위대한 임금님들은 문학을 보호함으로써 그들의 왕관에 구슬 하나를 더하여 주는 겁니다. 헤라클레스는 '뮤즈의 인도자'[52]라는 칭호를 무시하지 않았습니다. 마티아스 코르뱅[53]은 수학의 영광인 장 드 몽루아얄을 우대했습니다. 그

52) 이것은 누구보다도 아폴론의 별명이지만, 괴물과 폭군을 타도함으로써 질서를 회복하고, 뮤즈들로 상징되는 예술의 길을 열어준 헤라클레스에게 붙여진다.

53) 라틴어로 Matthias Corvinus로 표기하는 헝가리 왕 마차시 1세

런데 문학자를 교수함은 문학을 보호하는 나쁜 방법입니다. 만약 알렉산드로스가 아리스토텔레스를 교수에 처했더라면 그에게 얼마나 오점이 되었겠습니까! 그런 행위는 그의 명성의 얼굴 위에서 그것을 아름답게 해주는 조그만 각다귀가 아니라, 보기 흉하게 만드는 유해한 궤양이 될 것입니다. 폐하! 신은 플랑드르 공주와 지존하신 황태자 전하를 위하여 매우 적절한 축혼가 하나를 지었나이다. 그것은 반란의 선동자가 할 일이 아닙니다. 폐하께서도 보시다시피, 신은 삼문문사가 아니오라, 공부도 훌륭하게 하였으며, 웅변의 재주도 많이 타고났습니다. 신을 용서하여 주시옵소서, 폐하. 그러하시면, 성모마리아께 착한 일을 하시는 것이 될 것이온데, 신은 교수를 당한다는 생각에 매우 놀라고 있음을 폐하께 단언하나이다!"

그렇게 말하면서 비탄에 잠긴 그랭구아르는 임금의 실내화에 입을 맞추고 있었는데, 기욤 랭은 코프놀에게 나지막이 이렇게 말했다. "그가 땅바닥에 엎드리는 건 잘하는 일이오. 임금들이란 크레타의 제우스와 같아서, 그들은 발에만 귀가 있거든요." 그리고 옷 장수는 크레타의 제우스에는 아랑곳없이 그랭구아르를 응시하면서, 무거운 미소를 짓고 대답하는 것이었다. "오! 이 얼마나 기분 좋은 일이오? 나는 위고네 상서가 나에게 용서를 비는 걸 듣는 듯합니다."

그랭구아르가 마침내 몹시 헐떡거리면서 말을 그쳤을 때,

(Hunyadi Mátyás, 1443~1490)를 가리킨다. '코르뱅(까마귀)'은 그의 별칭이다. 문학과 학문의 보호자였고 포조니(현재의 브라티슬라바) 대학교를 세웠다.

떨면서 임금을 우러러보았는데, 임금은 자기 짧은 바지의 무릎에 있는 얼룩 하나를 긁고 있었다. 그런 뒤에 상감은 탕약의 은잔으로 약을 마시기 시작했는지라, 그 침묵은 그랭구아르에겐 고통스러웠다. 임금은 마침내 그를 바라보았다. "이건 이만저만 시끄러운 놈이 아니로군!" 하고 그는 말했다. 그런 뒤에 트리스탕 레르미트를 돌아보면서, "좋다! 저놈을 놓아줘라!"

그랭구아르는 너무도 기쁨에 놀라 뒤로 나둥그러져 버렸다.

"석방이라!" 트리스탕은 투덜거렸다. "폐하께선 저놈을 좀 우리 속에 처박아 두시지 않으시렵니까?"

"여보게나," 루이 11세는 대꾸했다. "저런 새끼 새들을 위해 짐이 367리브르 8솔 3드니에나 들여 우리를 짓게 하는 줄 아느냐? 저 잡놈(루이 11세는 이 말을 좋아했는데, 그것은 '우라질'이라는 말과 더불어 그의 쾌활한 성격의 바탕을 이루고 있었다.)을 즉시 놓아주고, 한 대 먹여 쫓아내라!"

"아이고 살았다! 참으로 위대하신 임금님이시다!" 그랭구아르는 외쳤다.

그러고는 행여 취소 명령이라도 내릴까 두려워서, 트리스탕이 마지못해 열어준 문 쪽으로 뛰어나갔다. 병정들은 마구 주먹질하여 그를 앞으로 떼밀면서 그와 함께 나갔는데, 그랭구아르는 진정한 금욕주의적 철학자답게 참아냈다.

법원장에 대한 반란이 알려진 후, 임금의 좋은 기분은 모든 것 속에 드러났다. 전례가 없는 이 관용은 그런 기분의 하찮은 표시가 아니었다. 트리스탕 레르미트는 그 구석에서, 보고도 갖지 못한 개처럼 상판을 찌푸리고 있었다.

임금은 그러는 동안 자기 의자의 팔걸이에 대고 즐거운 듯이 손가락으로 퐁 토드메르의 행진곡을 치고 있었다. 그는 속을 드러내지 않는 군주였으나, 기쁨보다는 고통을 훨씬 더 잘 감출 줄 아는 군주였다. 어떠한 희소식에도 기쁨을 겉으로 드러내는 그 태도는 때로는 무척 심한 적도 있었다. 이를테면, 샤를 르 테메레르가 죽었을 때는, 생마르탱 드 투르 성당에 은 난간을 봉헌할 정도였고, 왕위에 등극했을 때는 자기 아버지의 장례식을 명령하기를 잊을 정도였다.

"그런데 폐하!" 자크 쿠악티에가 불쑥 외쳤다. "폐하께서 소신을 부르시게 한 그 병환의 고통은 어찌 되었나이까?"

"오!" 임금은 말했다. "참으로 고통이 심하오, 친구. 귀에선 휘파람 소리가 나고, 가슴은 불 갈퀴가 긁는 것 같소."

쿠악티에는 임금의 손을 잡고 유능한 표정으로 맥을 짚기 시작했다.

"보시오, 코프놀." 랭이 나지막한 목소리로 말했다. "저분은 쿠악티에와 트리스탕 사이에 끼여 있어요. 이것이 그의 조신의 전부요, 그를 위한 의사 하나와, 다른 사람들을 위한 망나니 하나."

임금의 맥을 짚으면서 쿠악티에는 더욱더 근심스러운 표정을 지었다. 루이 11세는 약간 걱정스러운 듯이 그를 바라보았다. 쿠악티에는 눈에 띄게 얼굴이 흐려지고 있었다. 이 충실한 사나이는 임금의 나쁜 건강밖에는 다른 전답이 없었다. 그는 그것을 최선을 다해 이용하고 있었다.

"허허!" 그는 마침내 중얼거렸다. "아닌 게 아니라 위중하십니다."

"그렇지?" 임금은 걱정스러운 듯이 말했다.

"Pulsus creber, anhelans, crepitans, irregularis.(맥이 급하고, 헐떡거리고, 시끄럽고, 고르지 못합니다.)" 의사는 계속하였다.

"우라질!"

"사흘 안으로 이것은 사람을 앗아갈 수 있습니다."

"아뿔싸!" 임금은 외쳤다. "그래 그 약은?"

"그걸 생각하고 있습니다, 폐하."

그는 루이 11세에게 혀를 꺼내게 하고, 고개를 끄떡거리고, 얼굴을 찌푸리고, 그러고는 그렇게 짐짓 인상을 쓰면서, "아, 정말, 폐하," 하고 불쑥 말했다. "꼭 아뢰고 싶은 말씀이 있사온데, 교구 세리직 하나가 비어 있고, 소신에겐 조카 하나가 있습니다."

"그 세리직을 그대의 조카에게 주겠다, 자크." 임금은 대답했다. "그러니 내 가슴에서 이 불을 끌어내주오."

"폐하께선 무척 너그러우시니까," 의사는 말을 이었다. "생탕드레 데 자르크 거리에 짓는 가옥의 석조 공사에서 소신을 좀 도와주시는 걸 거절하지는 않으시겠지요."

"어!" 임금은 말했다.

"소신은 재력이 떨어졌는데," 박사는 계속했다. "이 가옥에 지붕이 없다면 정말 섭섭한 일일 겁니다. 가옥을 위해서가 아니라, 가옥이야 단순하고 매우 평민적이니까요, 이 가옥의 화장 널을 장식하는 장 푸르보의 그림을 위해서 말입니다. 거기엔 공중을 나는 디아나[54]의 그림 하나가 있는데, 어찌나 훌륭하고, 부드럽고, 섬세하고, 그 동작이 어찌나 정묘하고, 그 머리에 반달을 어찌나 보기 좋게 쓰고 있고, 그 살갗이 어찌나 희던지, 그녀를 너무 유심히 들여다보는 사람들에게는 유혹을 느끼게 할 정도입니다. 또 케레스[55]의 그림도 하나 있습니다. 그것 역시 매우 아름다운 여신입니다. 그녀는 밀 다발 위에 앉아 있고 선모(仙茅)와 그 밖의 꽃들을 섞어서 엮은 밀 이삭의 아리따운 화환을 쓰고 있습니다. 그 눈보다도 더 사랑스러운 것은, 그 다리보다도 더 포동포동한 것은, 그 자태보다도 더 고상한 것은, 그 치마보다도 더 잘 주름이 잡힌 것은 아무것도 볼 수 없습니다. 그것은 이제까지 화필이 그려낸 것 중에 가장 순결하고 가장 완전한 미인들의 하나입니다."

"이런 망나니가!" 루이 11세는 중얼거렸다. "결국 어쩌자는 거냐?"

"소신은 이 그림들 위에 지붕이 하나 있어야겠습니다, 폐하. 이건 하찮은 것이긴 하지만, 소신은 돈이 말라버렸습니다."

"얼마나 먹히나, 그 지붕은?"

"그건…… 그림이 든, 금빛 동판 지붕인데, 고작 2,000리브르입니다."

"아! 살인자 같으니!" 임금은 외쳤다. "이 친구가 내게서 뽑아내는 이마다 한 알의 다이아몬드가 아닌 게 없구나!"

"소신이 지붕을 가질 수 있겠습니까?" 쿠악티에는 말했다.

---

54) 로마신화에서 달의 여신으로, 그리스신화의 아르테미스에 해당한다.
55) 로마신화에서 농업의 여신으로, 그리스신화의 데메테르에 해당한다.

"좋아! 그러니 이제 꺼져버려. 그러나 내 병을 고쳐다오."

자크 쿠악티에는 코가 땅에 닿게 절을 하고 말했다. "폐하, 소염제가 폐하의 병환을 쾌유시킬 것입니다. 밀랍 연고와 아르메니아 진흙과 달걀흰자와 기름과 초로 조제한 커다란 방위제를 폐하의 허리에 붙여드리겠나이다. 그 탕약은 계속 드십시오. 그러면 폐하는 소신이 책임집니다."

반짝이는 촛불은 각다귀 한 마리만 끌어당기지 않는다. 올리비에 나리는 임금이 선심을 쓰는 것을 보고, 이때야말로 좋은 기회라고 생각하고, 자기도 다가갔다. "폐하……."

"또 뭐냐?" 루이 11세는 말했다.

"폐하, 마마께선 시몽 라댕 나리가 죽은 걸 알고 계시겠지요?"

"그래서?"

"그는 국고 감사 담당 국왕 보좌관이었습니다."

"그래서?"

"폐하, 그의 자리가 비어 있습니다."

그렇게 말하면서 올리비에 나리의 거만한 얼굴은 교만한 표정을 떠나 비열한 표정으로 변했다. 그것은 조신의 얼굴이 갖는 유일한 대체물이다. 임금은 그를 똑바로 쏘아보더니 무뚝뚝한 어조로 말했다. "알겠다."

그는 다시 말을 이었다.

"올리비에 경, 부시코 원수[56]는 이렇게 말했소. '임금의 히

56) Boucicaut(1366~1421). 오스만튀르크군에 대항해 콘스탄티노플을 지킨 프랑스의 원수. 기사도의 모범적 인물로 평가받고 있었다.

사품밖엔 선물이 없고, 바다에밖엔 어부가 없다.'라고. 그대가 부시코 씨의 의견과 같다는 것을 나는 알고 있네. 이제 이걸 들어보게. 짐은 기억력이 좋아. 1468년에 짐은 그대에게 시종을 시켰고, 1469년엔 투르 주화 100리브르의 녹봉을 받는 (그대는 파리 주화로 받기를 원했지.) 퐁 드 생클루 성의 관리자를 시켰어. 1473년 11월엔 제르졸에서 사령장을 주어, 그대에게 시종 질베르 아클 대신 뱅센 숲의 관리인을 시켰고, 1475년엔, 자크 르 메르 대신 루브레 레 생클루 숲의 영주로 봉하였고, 1478년엔, 이중의 부전(附箋)을 붙여 녹색 밀랍으로 봉인한 국왕의 사령장에 의하여, 생제르맹 학교에 위치하는 시장을 관리케 하여, 친절하게도 그대와 그대의 아내에게 파리 주화 10리브르의 연금을 주었고, 1479년엔 저 가련한 장 데즈 대신 그대에게 스나르 숲의 영주를 시켰고, 그다음엔 로슈 성의 대장을, 그다음엔 생캉탱의 사령관을, 그다음엔 퐁 드 묄랑의 대장을 시켜, 그대는 묄랑 백작으로 불리는 터이오. 축제일에 면도질 해주는 이발사라면 누구나 지불하는 5솔의 벌금에서 3솔은 그대에게 돌아가고, 짐은 그 나머지를 받을 뿐이네. 짐은 '르 모베'[57]라는 그대의 성을 바꿔주려고 했는데, 그것은 그대의 모습을 너무도 닮았었거든. 1474년엔, 우리 귀족들이 싫어함에도 불구하고, 짐은 그대에게, 그대를 공작의 가슴같이 만들어주는 온갖 빛깔의 가문을 하사했다. 우라질! 그대는 포만하지도 않은가? 어장은 그만하면 충분히 훌륭하고 희한

57) '악인'이라는 뜻이다.

하지 않은가? 그리고 그대는 한 마리의 연어가 더 생기면 그대의 배를 뒤엎어 놓을까 염려가 되지도 않는가? 교만은 그대를 파멸시킬 것이다. 교만의 뒤에는 늘 몰락과 치욕이 따르는 법이네. 이 점을 생각하고 잠자코 있게."

준엄하게 꾸짖는 그 말을 듣고 올리비에 나리의 오만불손한 태도엔 원망하는 표정이 떠올랐다. "좋아." 하고 그는 거의 큰 소리를 내다시피 중얼거렸다. "임금님이 오늘 편찮으신 건 분명해. 그러니까 모든 것을 의사에게 주시는 거야."

루이 11세는 그런 악담에 역정을 내기는커녕, 부드럽게 말을 이었다. "아 참, 내가 또 잊어버리고 있었구먼, 내가 그대를 내 사신으로 마리 왕비가 있는 강에 파견했었다는 것을 말이야. 암 그렇고말고, 여러분," 하고 임금은 플랑드르 사람들을 돌아보면서 덧붙였다. "이 사람은 사신이었소. 그러니 여보게나," 하고 그는 올리비에 나리에게 말을 걸면서 계속했다. "우리는 틀어지지 말자고. 우리는 오랜 친구가 아닌가. 이제 밤도 매우 깊었네. 짐은 정무(政務)를 끝마쳤네. 내게 면도질이나 해주게."

독자들은 아마 지금까지 기다릴 것도 없이 이 '올리비에 나리'에게서, 저 위대한 극작가라고도 할 수 있는 하느님의 섭리가 그렇게도 교묘하게 루이 11세의 긴 유혈극에 섞어놓은 저 무서운 피가로의 모습을 알아보았으리라. 나는 여기서 이 이상한 인물에 대해 더 부연하려고 들기는 않겠다. 이 임금의 이발사는 세 가지 이름을 가지고 있었다. 조정에서 그는 예의 바르게도 '사슴 올리비에'라 불리고, 백성들 사이에서는 '악마 올리비에'라 불렸는데, 그의 진짜 이름으로는 '악인 올리비에'

라 불리고 있었다.

그래서 악인 올리비에는 임금에게 앙심을 품고, 자크 쿠악티에를 흘겨보면서 까딱 않고 서 있었다. "오냐, 오냐! 요놈의 의사 두고 봐라!" 그는 입속으로 중얼거리고 있었다.

"암 그렇고말고! 의사는," 루이 11세는 이상하게도 친절하게 말을 이었다. "의사는 그대보다는 훨씬 더 신임이 있거든. 그야 간단한 이치지. 그는 짐의 전신을 손아귀에 잡고 있지만, 그대는 짐의 턱밖엔 쥐고 있지 않으니 말일세. 자, 나의 가련한 이발사, 그대의 청을 들어줄 기회가 또 오겠지. 내가 만약 한 손으로 자기 수염을 붙잡는 버릇이 있었던 저 킬페리크 1세[58]와 같은 임금이라면, 그대는 대관절 뭐라고 할 것이며, 그대의 직책은 뭣이 되겠는가? 여보게, 어서 자네 할 일이나 하게, 내게 면도질이나 하란 말이야. 가서 필요한 도구를 가져와."

올리비에는 임금이 웃기로 마음을 작정했는지라, 그를 성나게 할 길조차도 없다는 것을 알고, 그의 명령을 수행하기 위해 투덜거리면서 나갔다.

임금은 일어나서 창께로 다가가 갑자기 비상하게 흥분하여 창문을 열고, "아! 그렇군!" 하고 손뼉을 치면서 외쳤다. "시테 위의 하늘이 빨갛구나. 법원장이 타고 있는 거다. 분명해. 아! 나의 갸륵한 백성들아! 드디어 그대들은 나를 도와 영주권을 타도하는도다!"

---

58) Chilperic I, 539~584. 메로빙거 왕조 프랑크 왕국의 왕으로, 재위 동안 내내 전쟁을 일삼고 경쟁자인 이복형제들을 암살한 폭군으로 유명하다.

그러고는 플랑드르 사람들 쪽을 돌아보면서, "여러분, 이것 좀 와서 보오. 저기 불그스름해지는 게 불이 아니오?"

강의 두 사람은 다가갔다.

"큰불입니다." 기욤 랭이 말했다.

"오!" 하고 코프놀은 덧붙였는데, 그의 눈이 갑자기 반짝거렸다. "저걸 보니 앵베르쿠르 영주의 집이 타던 것이 생각납니다. 저기에 큰 반란이 일어나고 있음에 틀림없습니다."

"그렇게 생각하오, 코프놀 나리?" 이렇게 말하는 루이 11세의 눈은 옷 장수와 거의 마찬가지로 기쁨에 빛나고 있었다.

"저것에 저항하기란 어렵지 않을까?"

"물론이죠, 폐하! 폐하께선 저기에서 몇 중대의 군사를 축내셔도 허사일 겁니다!"

"아! 나는 그렇지가 않지요!" 하고 임금은 대꾸했다. "만약 내가 원한다면!"

옷 장수는 대담하게 대답했다.

"만약 저 반란이 제가 추측하는 그대로의 것이라면, 폐하께서 아무리 원하셔도 소용없을 것입니다, 폐하!"

"친구," 루이 11세는 말했다. "내 친위대 2개 중대와 세르팡틴 대포의 사격만 퍼붓는다면, 저런 천민의 오합지졸쯤이야 문제도 없어."

옷 장수는 기욤 랭이 자꾸만 눈짓을 하는데도 아랑곳없이, 임금에게 끝내 맞서려고 드는 것 같았다.

"폐하, 스위스 용병들 역시 천민들이었습니다. 그런데 부르고뉴 공작은 큰 귀족이어서 그 하층민들을 깔보았습니다. 그

랑종 전투[59]에서 그는 이렇게 외쳤습니다. '포병들아! 저 악당들에게 발포하라!' 그러면서 마구 욕지거리를 퍼부었습니다. 그러나 수석 사법관 샤르나흐탈은 그의 곤봉과 민중으로 그 당당한 공작에게 덤벼들었고, 부르고뉴의 번득거리는 군대는 물소 가죽을 뒤집어쓴 농민들에 부딪혀 조약돌에 얻어맞은 유리창처럼 부서져버렸습니다. 거기에서는 수많은 말들이 그 천민들에게 죽임을 당하였고, 부르고뉴의 가장 큰 영주인 드 샤토기용 씨도 그의 커다란 회색 말과 더불어 어느 습지의 조그만 풀밭에 죽어 있는 것이 발견됐습니다."

"친구," 임금은 응수했다. "그대는 전쟁 얘기를 하고 있는데, 지금 문제가 되는 건 폭동이라네. 그러니 내가 눈살 한 번만 찌푸리고 싶어질 때엔 몽땅 쓸어버릴 수가 있어."

상대방은 냉담하게 대꾸했다.

"그럴 수도 있겠지요, 폐하. 그러나 그런 경우엔, 민중에게 아직 때가 안 왔기 때문이겠죠."

기욤 랭은 참견하지 않으면 안 되겠다고 생각했다. "코프놀 나리, 당신은 지금 강대한 임금님께 말씀드리고 있는 것이오."

"나도 알아요." 옷 장수는 정색을 하고 말했다.

"말하게 내버려두구려, 랭 씨." 하고 임금은 말했다. "나는 이런 솔직한 말씨를 좋아하오. 내 부왕 샤를 7세는 진실은 병들었다고 말씀하셨소. 나는 진실은 죽었고, 고해신부를 발견하지 못했다고 믿고 있었소. 그런데 코프놀 나리는 나의 잘못

59) 1476년 스위스군은 여기서 샤를 르 테메레르의 군대를 분쇄하였다.

된 생각을 깨우쳐주는군."

그러고는 코프놀의 어깨 위에 친히 손을 올려놓고, "그래, 자크 나리, 아까 뭐라고 했더라……?"

"제 말씀은, 폐하, 아마 폐하의 말씀이 옳을지도 모르며, 민중의 때가 폐하의 나라에는 아직 안 온 것이라고 했습니다."

루이 11세는 꿰뚫는 듯한 눈으로 그를 바라보았다. "그러면 언제나 그때가 오겠는가?"

"폐하는 그때를 알리는 종소리를 들으실 것입니다."

"어느 시계에서 말이지?"

코프놀은 침착하고 촌스러운 태도로 임금을 창가로 다가오게 하였다. "보십시오, 폐하! 여기에 아성의 주루와, 망대와, 평민들과 군사들이 있습니다. 저 망대가 웅성거릴 때, 대포들이 울릴 때, 저 주루가 요란스럽게 무너질 때, 평민들과 군사들이 아우성치고 서로 살육할 때, 그때에 종은 울릴 것이옵니다."

루이 왕의 얼굴은 침울해지고 멍해졌다. 그는 한참 침묵을 지키고 있다가, 마치 군마의 궁둥이를 어루만지듯, 그 주루의 두꺼운 벽을 손으로 다독거렸다. "오! 그렇지 않다!" 하고 그는 말했다. "너는 그다지 쉽사리 무너지진 않을 게 아니냐, 나의 훌륭한 바스티유야!"

그러고는 느닷없이 대담한 플랑드르 사람을 돌아보면서 물었다. "그대는 반란을 본 적이 있는가, 자크 나리?"

"제가 반란을 일으킨 적은 있습니다." 옷 장수는 말했다.

"반란을 일으키려면 어떻게 하는가?" 임금은 말했다.

"아!" 하고 코프놀은 대답했다. "그건 썩 어려운 일이 아닙니다. 방법은 얼마든지 있습지요. 첫째, 사람들이 시내에서 불만을 품고 있어야만 합니다. 그것은 드문 일이 아닙니다. 그리고 그다음엔, 주민들의 성격이 문제이지요. 강의 주민들은 반란에 적합합니다. 그들은 언제나 군주의 아들을 좋아하되, 군주는 결코 좋아하지 않습니다. 그런데! 어느 날 아침이었다고 생각됩니다만, 사람들이 제 상점에 들어와서 제게 말했습니다. 코프놀 아저씨, 이런 일이 있어요, 저런 일이 있어요, 플랑드르의 왕비 마마가 대신들을 구출하려 하고 있어요, 등등. 그 밖에 온갖 말을 다 하는 거였죠. 저는 일을 팽개쳐 놓고 옷 가게를 나가, 거리로 가서 외쳤습니다. '공격!' 하고요. 거기엔 언제나 밑바닥 뚫린 술통 같은 것이 있게 마련입니다. 저는 그 위로 올라가서, 아무 말이고 생각나는 대로, 가슴속에 품고 있던 불만을 소리 높여 말했습니다. 평민이고 보면, 누구나 항상 가슴속에 불만을 품고 있게 마련입니다, 폐하. 그러자 사람들은 왁자지껄 모여들고, 고함을 지르고, 경종을 울리고, 병정들의 무기를 빼앗아 민중을 무장시키고, 시장 사람들도 합세하여, 쳐들어갔지요. 영지에 영주가 있고, 시에 시민이 있고, 촌에 촌민이 있는 한 그것은 언제나 그러할 것입니다."

"그런데 누구에 대해서 그렇게 반란을 일으키는 건가?" 임금은 물었다. "법원장들에 대해서인가? 영주들에 대해서인가?"

"때로는 그렇지만, 경우에 따라 다릅니다. 또 때로는 공작에 대해서도 반란을 일으키지요."

루이 11세는 가서 다시 앉고, 빙그레 웃으면서 말했다. "아! 여기선 아직 법원장들에게만 그치고 있네!"

그때 '사슴' 올리비에가 되돌아왔다. 그의 뒤에는 임금의 화장 도구를 받드는 두 시동이 따르고 있었는데, 루이 11세가 놀란 것은, 그가 그 밖에도 파리 시장과 야경대장을 뒤에 거느리고 있는 것이었고, 그들은 모두 당황한 듯했다. 앙심을 품은 이발사 역시 당황한 얼굴이었으나, 속으로는 은근히 기뻐하는 듯했다. 그가 입을 열었다. "폐하, 소신이 상서롭지 못한 소식을 드리게 되는 것을 폐하께서는 용서하소서."

임금은 후닥닥 돌아보다가 그만 의자 다리로 마룻바닥의 돗자리를 벗겼다. "무슨 일이냐?"

"폐하," '사슴' 올리비에는 격렬한 타격을 가하게 된 것을 기뻐하는 사람과 같은 심술궂은 얼굴로 말을 이었다. "저 민요는 법원장을 향해서 일어나고 있는 것이 아닙니다."

"그렇다면 누구를 향해서 일어나고 있는 거냐?"

"폐하를 향해서이올시다, 폐하."

늙은 임금은 젊은이처럼 벌떡 일어섰다. "그 이유를 대라, 올리비에! 그 이유를 대라! 그리고 그대 머리를 잘 지켜라. 만약 그대가 이 시간에 짐에게 거짓말을 한다면, 뤽상부르 공의 목을 벤 칼이 또 그대 목을 썰지 못할 만큼 이가 빠지진 않았다는 걸 생로의 십자가[60]에 대고 내 맹세할 터이니!"

맹세는 무시무시하였다. 루이 11세가 생로의 십자가에 대고 맹세한 적은 평생에 두 번밖에 없었다.

60) 앙제의 생로 성당의 십자가에 대고 맹세한 것을 어기는 사람들은 그해 안으로 죽는다고 당시의 사람들은 믿고 있었다.

올리비에는 대답하려고 입을 열었다. "폐하……." "무릎을 꿇어라!" 하고 임금은 가차없이 그의 말을 가로막았다. "트리스탕, 이자를 감시하라!"

올리비에는 무릎을 꿇고 냉정하게 말했다. "폐하, 마녀 하나가 폐하의 최고법원 재판에서 사형선고를 받았습니다. 그녀는 노트르담 안으로 피신하였습니다. 민중은 폭력으로 그녀를 거기서 다시 끌어내가려 하고 있습니다. 헌병대장과 야경대장이 폭동 현장에서 여기에 와 있으니, 만약 소신의 말이 진실이 아니라면 부인할 것입니다. 민중이 공격 포위하고 있는 것은 노트르담이올시다."

"그래!" 임금은 분노로 새파랗게 질려 와들와들 떨면서 나직한 목소리로 말했다. "노트르담을! 그놈들이 저 노트르담 대성당 안의 나의 주 성모를 포위 공격하고 있다고! 일어나라, 올리비에. 너의 말이 옳다. 너에게 시몽 라댕의 자리를 주겠다. 네 말이 옳다. 놈들이 공격하는 건 바로 나다. 그 마녀는 그 성당의 보호 아래 있고, 그 성당은 나의 보호 아래 있다. 그런데 나는 법원장이 문제가 돼 있는 줄로만 믿고 있었다. 이건 나에 대한 반역이다!"

그러자 격분으로 활력을 되찾은 그는 성큼성큼 걷기 시작했다. 그는 이제 웃고 있지 않았다. 그는 무시무시했다. 그는 이리저리 왔다 갔다 하고 있었다. 여우는 하이에나로 변했다. 그는 숨이 막혀 말을 하지 못하는 것 같았다. 그의 입술은 실룩거리고, 그의 야윈 주먹은 경련했다. 갑자기 그는 고개를 들었는데, 쑥 들어간 눈은 유난히 반짝였으며, 목소리는 나팔처럼 터졌다.

“쳐부숴라, 트리스탕! 그 악당들을 쳐부숴라! 자, 트리스탕! 죽여라! 죽여라!”

이런 폭발이 사라지자, 그는 다시 자리에 앉아서 잔뜩 성이 나서 냉정히 말했다.

“이리 오라, 트리스탕! 짐 옆에, 이 바스티유 성 안에 지프 자작의 창병 50명이 있으니, 합하여 300기병이 되는 셈인데, 그대는 그것을 지휘하라. 또 드 샤토페르 씨의 친위 순찰대 중대가 있으니, 그것도 지휘하라. 그대는 기마 헌병대장이니, 그대의 헌병대원들을 지휘하라. 생폴 관에는 황태자의 새 위병대원 40명이 있으니 그것도 지휘하라. 이 모든 병력을 거느리고 노트르담으로 달려가라. 아! 파리의 천민들아, 너희들은 그렇게 프랑스 왕권에 도전하고, 노트르담의 신성을 모독하고, 이 공화국의 평화를 교란하려 드는 거냐! 몰살하라, 트리스탕! 몰살하라! 모조리 잡아서 몽포콩의 형장으로 보내라.”

트리스탕은 절을 하였다. “좋습니다, 폐하!”

그는 잠자코 있다가 덧붙였다. “그리고 그 마녀는 어떻게 하오리까?”

이 질문을 듣고 임금은 곰곰 생각했다.

“아!” 그는 말했다. “그 마녀 말이지! 데스투트빌 씨, 민중은 그녀를 어떻게 하려고 했던가?”

“폐하,” 파리 시장은 대답하였다. “소신의 생각으로는 민중이 그녀를 노트르담의 피신처에 와서 끌어내 가려는 것으로 보아, 그녀가 처벌되지 않은 데 분개하여, 그녀의 목을 매달려는 것으로 보입니다."

임금은 심사숙고하는 것 같더니, 트리스탕 레르미트를 향해 말했다. "좋아! 민중을 몰살하고 마녀를 교수하라."

"옳아," 랭이 코프놀에게 아주 나지막한 목소리로 말했다. "민중이 원했다 해서 처벌하는 동시에, 민중이 원하는 바를 행하는 거요."

"그럼 됐습니다, 폐하." 트리스탕은 대답했다. "그런데 만약 마녀가 아직도 노트르담 안에 있다면, 성역에도 불구하고, 그녀를 거기서 잡아내야만 할까요?"

"우라질, 성역이라!" 임금은 귀를 긁적거리면서 말했다. "그래도 그녀는 교수에 처하지 않으면 안 돼."

여기서 그는 문득 무슨 생각이 떠오른 듯이, 의자 앞에서 털썩 무릎을 꿇고, 모자를 벗어 자리에 놓고, 모자에 달려 있는 납으로 된 부적 중 하나를 경건하게 바라보면서, "오!" 하고 두 손을 마주 잡고 말했다. "파리의 노트르담, 저의 자애로우신 수호성인이시여, 저를 용서하소서. 이런 짓은 이번밖에는 하지 않으리다. 저 죄수를 벌하지 않으면 안 되겠나이다. 성모 마리아여, 저의 착한 주여, 단언하노니, 그 마녀는 당신의 친절한 보호를 받을 가치가 없나이다. 성모여, 당신도 아시다시피, 매우 신앙심 두터운 수많은 군주들이 하느님의 영광과 국가의 필요를 위하여 성당의 특권을 넘어선 적이 있었습니다. 영국의 주교 성 위그는 에드워드 왕에게 자기 성당 안에서 마술사 하나를 잡아가는 걸 허가하였나이다. 저의 주인이신 프랑스의 성 루이 왕은 같은 목적으로 성 바울로의 성당을 침범하였고,

예루살렘 왕의 아들 알퐁스 씨는 성묘의 성당마저도 침범하였나이다. 그러므로 이번에는 저를 용서하여 주소서, 파리의 노트르담이여. 이런 짓은 다시는 하지 않겠나이다. 그리고 당신에게, 제가 거년에 에쿠이의 노트르담에 바친 것과 같은 아름다운 은 조상을 당신에게 바치겠나이다. 아멘."

그는 성호를 긋고, 다시 일어나서 모자를 쓰고, 트리스탕에게 말했다. "이봐, 급히 서둘러라. 드 샤토페르 씨를 함께 데리고 가라. 경종을 울리게 하라. 민중을 분쇄하라. 마녀를 교수하라. 그리고 교수의 집행은 그대가 책임지고 해주기 바란다. 나에게 사후 보고하라. 자, 올리비에, 나는 오늘 밤 자지 않을 테다. 내게 면도질을 해주게."

트리스탕 레르미트는 절을 하고 나갔다. 그러자 임금은 랭과 코프놀에게 신호하여 물러가게 하면서 말했다. "하느님의 가호가 그대들에게 내리기를, 플랑드르의 내 친구들이여. 가서 조금 쉬도록 하시오. 밤도 이슥하여 저녁보다는 아침이 더 가까워졌구려."

두 사람은 모두 물러났다. 그리고 바스티유 대장의 인도로 그들의 침소로 돌아가면서 코프놀은 랭에게 말했다. "흥! 난 이 콜록콜록 기침하는 임금에겐 인제 진절머리가 나오! 난 주정뱅이 샤를 드 부르고뉴도 봤지만, 그는 저 병든 루이 11세보다는 그래도 덜 악인이었소."

"자크 나리." 하고 랭은 대답했다. "그야 임금들에겐 포도주가 탕약보다는 덜 잔인하기 때문이오."

6장

바그노의 작은 불꽃

바스티유에서 나온 그랭구아르는 생탕투안 거리를 달아나는 말처럼 빨리 내려갔다. 보두아예 문에 이르자, 그 광장의 한복판에 서 있는 돌 십자가를 향해 똑바로 걸어갔는데, 마치 어둠 속에 십자가의 섬돌 위에 앉아 있는 검은 옷에 검은 두건을 쓴 한 사나이의 얼굴을 알아보고서 그렇게 하는 것 같았다. "선생님이십니까?" 그랭구아르는 말했다.

검은 옷 입은 사람은 일어섰다. "이런 죽일 놈 같으니! 자네는 날 애끓게 하는군, 그랭구아르. 생제르베의 탑 위에 있는 사나이가 방금 새벽 1시 반을 외쳤단 말이야."

"오!" 하고 그랭구아르는 대꾸했다. "그건 제 탓이 아니라, 야경대와 임금님 탓입니다. 저는 가까스로 위험을 모면했습니다. 저는 늘 교수를 당할 뻔하는군요. 그게 제 팔자인가 봐요."

"너는 만사를 그르치는구나." 하고 상대방은 말했다. "하지만 빨리 가자. 암호는 알고 있나?"

"상상을 좀 해보세요, 선생님, 제가 임금님을 뵈었다는 걸. 거기서 오는 길이거든요. 임금님은 면마 교직의 짧은 바지를 입고 계시더군요. 기막힌 모험이었죠."

"오! 무슨 말이 그렇게 많은가! 자네 모험이 내게 무슨 상관이야? 거지들의 암호는 알고 있느냐 말이다?"

"알고 있습니다. 안심하십쇼. '바그노의 작은 불꽃'입니다."

"좋아. 그렇잖으면 우리는 성당까지 뚫고 갈 수가 없을 거다. 거지들은 거리를 막고 있어. 다행히 그들이 저항에 부딪힌 것 같아. 어쩌면 아직 늦지 않았을지도 몰라."

"맞습니다, 선생님. 그런데 노트르담엔 어떻게 들어가지요?"

"내게 종탑의 열쇠가 있어."

"그리고 나오는 건 어떻게 하죠?"

"수도원 뒤에, 테랭 쪽으로 문 하나가 나 있는데, 거기서 강 쪽으로 나갈 수 있어. 그 열쇠를 내가 집어 왔어. 그리고 오늘 아침에 거기다 배 한 척을 매놓았어."

"저는 하마터면 교수를 당할 뻔했습니다!" 하고 그랭구아르는 다시 말을 이었다.

"자, 빨리 가자!" 상대방은 말했다.

두 사람은 시테를 향해 성큼성큼 내려갔다.

7장

샤토페르의 구원병이 출동하다!

독자는 아마 내가 카지모도를 위태로운 상태에 두고 온 것을 잊지 않았으리라. 이 씩씩한 귀머거리는 사방에서 포위되어, 모든 용기를 잃은 것은 아니지만, 자기가 아니라(그는 자기 생각은 하지 않고 있었다.) 그 이집트 아가씨를 구출하리라는 희망은 다 잃어버리고 있었다. 그는 넋을 잃고 회랑 위를 뛰고 있었다. 노트르담은 바야흐로 거지들에게 점령당할 판이었다. 그러던 차에 난데없이 말들이 달리는 소리가 이웃 거리에 요란스럽게 울리더니, 기다란 횃불의 대열과 전속력으로 내닫는 밀집한 기마대의 대열이 무시무시한 소리를 내면서 태풍처럼 광장으로 쏟아져 들어왔다. 프랑스! 프랑스! 천민들을 무찔러라! 샤토페르의 구원병이 출동했다! 헌병대다! 헌병대다!

거지들은 질겁하여 돌아섰다.

카지모도는 그 소리는 듣지 못했으나, 칼집에서 빼 든 칼과, 횃불과, 창 촉과, 그 모든 기마대를 보았는데, 그 선두에 페뷔스 중대장이 서 있는 것을 알아보았고, 거지들이 혼란에 빠지는 것을, 어떤 놈들은 놀라 자빠지고, 가장 씩씩한 놈들까지도 당황하고 있는 것을 보았으며, 뜻하지 않았던 이 구원에 크게 힘을 얻은 그는 이미 회랑으로 건너가 뛰어오고 있던 첫 공격자들을 성당 밖으로 내던졌다.

그것은 정말 임금의 군대가 급습해 온 것이었다.

거지들은 씩씩하게 행동했다. 그들은 결사적으로 저항했다. 측면으로는 생피에 로 뵈 거리에, 후미로는 성당 앞뜰의 거리 사이에 끼여서, 그들이 여전히 포위하고 있고 카지모도가 지키고 있는 노트르담에 꼼짝 못하게 몰려 있던 그들은 포위자인 동시에 포위당하고 있었던 것으로, 훗날 1640년의 저 유명한 토리노 포위전[61] 때, 앙리 다르쿠르 백작이 자신이 포위하고 있는 토마 드 사부아 공작과 그를 봉쇄하고 있는 르가네즈 후작 사이에서, 그의 묘비명이 말하고 있듯이, 'Taurinum obsessor idem et obsessus(포위자인 동시에 포위당한 자)'로서 다시 빠지게 되었던 그런 이상야릇한 처지에 빠져 있었던 것이다.

혼전은 무시무시하였다. P. 마티외의 말마따나, 그것은 늑대

---

61) 다르쿠르 백작, 앙리 드 로렌(Henri de Loraine, comte d'Harcourt. 1601~ 1666)은 시에리와 카잘에서 르가네즈 후작의 군대를 분쇄한 뒤에 피에몬테에서 프랑스군을 지휘하여 17일간의 포위 끝에 1640년에 토리노를 점령하였다.

의 살을 물어뜯는 개의 이빨 격이었다. 국왕의 기병들 한복판에서는 페뷔스 드 샤토페르가 용감하게 행동하고 있었는데, 그들은 가차 없이 무찔러대고, 쳐서 죽지 않는 자들은 베어서 죽였다. 거지들은 무장이 변변치 않은지라, 땀을 뻘뻘 흘리면서 물어뜯었다. 남자, 여자, 어린애 할 것 없이 모두들 말 궁둥이와 어깨에 달려들고, 이빨과 네 발의 발톱으로 매달리는 고양이들처럼 거기에 매달렸다. 어떤 자들은 병정들의 낯바닥을 횃불로 후려갈겼다. 또 어떤 자들은 기병들의 목을 쇠갈고리로 찔러 끌어당겼다. 그들은 쓰러진 자들을 발기발기 찢어 죽이고 있었다.

그들 총중의 한 사람이 번쩍거리는 커다란 낫 한 자루를 갖고, 오랫동안 말 다리를 베어 넘기고 있는 것이 보였다. 그는 콧노래를 부르면서 쉴 새 없이 낫을 던졌다 당겼다 했다. 그럴 때마다 그의 주위에는 둥그렇게 다리들이 잘려 쓰러지는 것이었다. 그는 그렇게, 침착하고 유유히, 밀밭을 베어 들어가는 추수꾼처럼 머리를 흔들거리고 숨을 고르게 내쉬면서, 가장 촘촘히 몰려 있는 기병들 속으로 쳐들어갔다. 그것은 클로팽 트루유푸였다. 화승총의 사격에 그는 쓰러져버렸다.

그러는 사이에 집집의 창문이 열렸다. 이웃 사람들은 임금의 군사들이 싸우는 소리를 듣고 사건에 가담했는지라, 모든 집의 층에서 총알이 비 오듯 거지들 위에 떨어졌다. 성당 앞뜰엔 짙은 연기가 자옥이 끼었는데 그 속을 총화가 불의 줄을 긋고 있었다. 거기에는 노트르담의 정면과, 회가 벗겨진 시립병원과, 채광창들이 비늘처럼 박힌 그 병원의 지붕 위에서 내려다보고 있는 몇몇의 핏기 없는 환자들의 얼굴이 어렴풋이 보였다.

마침내 거지들은 나부꼈다. 피곤과 좋은 무기의 부족, 급습에 대한 공포, 창문에서의 사격, 국왕의 군사들의 용감한 타격, 이러한 모든 것들이 그들의 힘을 꺾었다. 그들은 공격자들의 선을 뚫고 뿔뿔이 달아나기 시작했다, 성당 앞뜰에 시체를 산더미처럼 남겨놓고.

카지모도는 그동안 한시도 싸우기를 그치지 않았는데, 그렇게 궤주하는 것을 보자, 털썩 무릎을 꿇고 두 손을 하늘로 쳐들었다. 그런 뒤에 기쁨에 취해, 그렇게도 과감히 접근을 막았던 그 독방으로 새가 날아오르듯 뛰어올라갔다. 그는 이제 꼭 한 가지 생각밖에 없었다. 그것은 자기가 두 번째로 목숨을 구한 그녀 앞에서 무릎을 꿇는 것이었다.

그가 독방으로 들어가 보니, 방은 텅 비어 있었다.

11부

1장

조그만 신짝

거지들이 성당을 공격했을 때 라 에스메랄다는 자고 있었다.

얼마 안 있어, 건물 주위에서 자꾸만 커져가는 소음과, 그녀보다 먼저 잠을 깬 염소의 불안스러운 울음소리가 그녀를 잠에서 깨어나게 했다. 그녀는 침대 위에 벌떡 일어나 앉아서 귀를 기울이고 바라보다, 불빛과 법석 소리에 겁이 나서 독방 밖으로 뛰어나가 보았다. 광장의 광경이며, 거기서 움직이고 있는 환영, 그 야습의 혼란, 어둠 속에서 희미하게 보이는 숱한 개구리 떼들처럼 펄쩍펄쩍 뛰어다니는 그 끔찍한 군중, 그 목쉰 군중의 개구리 울음 같은 아우성, 안개 낀 늪 위에 줄을 긋고 있는 밤의 불처럼 그 어둠 속을 달리고 서로 마주치는 그 몇몇의 붉은 횃불, 이러한 모든 광경이, 마녀 잔치의 망령들과 성당의 돌 괴물들 사이에 벌어진 신비로운 싸움과 같은 인상을 그녀에게 주었다. 그녀는 어려서부터 보헤미아족의 미신에 젖어 있었는지라, 그녀에게 댓바람에 떠오른 생각은 밤중에만 나온다는 괴물들이 마술을 하고 있는 것을 자기가 본 것이 아닌가 하는 것이었다. 그러자 그녀는 질겁하고 독방으로 뛰어 들어가 웅크리고서 덜 무서운 악몽을 잠자리에 청했다.

그러나 시나브로 처음 느꼈던 공포는 사라졌지만, 끊임없이 커져가는 소음과 그 밖의 여러 가지 현실적인 표적으로, 그녀는 자기가 유령들이 아니라 인간들에게 포위되어 있음을 느꼈다. 그녀는 자기를 은신처에서 끌어내기 위한 민중 폭동의 가능성을 생각했다. 다시 한 번 목숨을 잃게 되는가 하는 생각, 희망, 항상 자기의 미래 속에 어렴풋이 그려보고 있었던 페뷔스, 자기의 무력함에 대한 완전한 허망감, 달아날 길이 완전히 막혀버렸다는 생각, 망각과 고립무원에 빠져 있는 신세, 이러한 생각들이며 그 밖의 오만 가지 생각들로 허탈감에 빠져 있었다. 그녀는 무릎을 꿇고, 머리를 침대에 처박고, 두 손을 머리 위로 맞잡고, 불안과 전율에 가득 차서, 비록 이집트 여자로서 우상숭배의 이교도이긴 했지만, 흐느끼면서 기독교의 하느님에게 용서를 빌고 은신처의 여주인인 성모마리아에게 기도를 드리기 시작했다. 사람이란 아무것도 믿지 않는다 할지라도, 살다 보면 바로 가까이 있는 신전의 종교에 다소간에 속하는 때가 있게 마련이기 때문이다.

그녀는 그렇게 퍽 오랫동안 엎드려 있었다. 사실대로 말해서, 기도를 드리는 것보다는 더 많이 떨면서, 그 미친 듯이 날뛰는 군중의 점점 더 가까워지는 숨결에 소름이 끼치고, 그렇게 휘몰아쳐오는 까닭도 전혀 모르고, 무슨 일이 꾸며지고 있는지, 사람들이 무엇을 하고 있는지, 무엇을 바라는지도 알지 못한 채, 다만 무서운 결과만을 예감하면서.

그렇게 한창 고뇌에 빠져 있을 때 별안간 자기 옆으로 걸어오는 발소리가 들렸다. 그녀는 돌아보았다. 두 사나이가, 그중의 하나는 초롱불을 들고 있었다, 그녀의 독방 안에 들어와 있었다. 그녀는 약한 소리로 고함을 질렀다.

"조금도 두려워하지 마요." 하고 한 목소리가 말했는데, 그녀가 모르는 목소리가 아니었다. "나요."

"누구예요? 당신은?" 그녀는 물었다.

"피에르 그랭구아르."

그 이름에 안심이 된 그녀가 쳐다보니, 아닌 게 아니라 그는 시인이었다. 그러나 그의 옆에 머리에서 발끝까지 시커멓게 덮어쓴 사람 하나가 있어서 그녀는 말문이 막혀버렸다.

"아!" 그랭구아르는 비난조로 계속했다. "잘리는 당신보다 먼저 나를 알아보았는데!"

과연 그 새끼 염소는 그랭구아르가 자기의 이름을 댈 때까지 기다리지 않았다. 그가 들어오자마자 염소는 그의 무릎에 정답게 몸을 비벼대면서, 시인을 애무와 흰 털로, 염소는 털갈이 중이었으므로, 덮어주었던 것이다. 그랭구아르도 염소에게 애무를 돌려주고 있었다.

"저기 당신과 함께 있는 건 누구예요?" 하고 이집트 아가씨는 나직한 목소리로 말했다.

"안심해요." 그랭구아르는 대답했다. "내 친구니까."

철학자는 초롱불을 땅에 내려놓고, 타일 바닥에 웅크리고 잘리를 두 팔로 안으면서 감격적으로 외쳤다. "오! 아리따운 짐승이다. 크기보다는 깔끔해서 더 좋다. 그러나 영리하고, 총명하고, 문법학자처럼 유식하다! 이봐라, 잘리, 너의 그 귀여운 재주를 다 잊지는 않았느냐? 자크 샤르몰뤼 나리는 어떻게 하지?"

검은 옷 입은 사나이는 그가 말을 끝마치게 두지 않았다. 그는 그랭구아르에게 다가와 그의 어깨를 사정없이 밀었다. 그랭구아르는 일어섰다. "참, 그렇군요. 우리가 급하다는 걸 잊고 있었어요. 그러나 그렇다고 해서 사람을 그렇게 정신 나가게 만들 이유는 없잖습니까, 선생님? 여보세요, 아가씨, 아가씨의 목숨이 지금 위태로워요. 잘리의 목숨도 그렇고. 사람들이 당신을 다시 잡아가려 하고 있어요. 우리는 당신 편이오, 당신을 구출하려고 온 거요. 우리를 따라와요." 그는 말했다.

"정말이에요?" 그녀는 깜짝 놀라 외쳤다.

"암, 정말이고말고. 어서 와요!"

"좋아요." 그녀는 더듬거렸다. "한데 왜 당신 친구는 말을 하지 않지요?"

"아!" 그랭구아르는 말했다. "그건 그의 아버지와 어머니가 괴팍스러운 사람이어서, 그를 과묵한 성질로 만들어놓았기 때문이죠."

그녀는 그 설명으로 만족하지 않을 수 없었다. 그랭구아르는 그녀의 손을 잡고, 그의 동행인은 초롱불을 집어 들고 앞장서서 걸었다. 처녀는 무서워서 얼이 빠져 있었다. 그녀는 끄는 대로 끌려갔다. 염소는 팔짝팔짝 뛰면서 그들을 따라가고 있었는데, 그랭구아르를 다시 보게 된 것이 하도 기뻐서, 줄곧 그의 다리 사이로 뿔을 쑤셔넣어 그를 비트적거리게 했다. "목숨이 떨어지겠구나." 하고 철학자는 넘어질 뻔할 때마다 그렇게 말했다. "우리들을 쓰러뜨리는 건 흔히 우리들의 가장 친한 친구들이지!"

그들은 종탑의 계단을 빨리 내려가 성당을 가로질러서 포르트 루주 문을 통해 수도원 마당으로 나갔는데, 성당은 캄캄하고 적막했으며, 바깥의 소음이 메아리치고 있어, 바깥과는 무서운 대조를 이뤘다. 참사원들은 수도원을 버리고, 주교관에서 함께 기도를 드리기 위해 달아나버렸다. 마당은 텅 비어 있고, 놀란 하인들 몇이 어두운 마당 구석에 쪼그리고 있었다. 그들은 그 마당의, 테랭 쪽으로 난 문을 향해 걸어갔다. 검은 옷을 입은 사나이가 갖고 있는 열쇠로 그 문을 열었다. 독자들도 알고 있듯이, 테랭은 시테 쪽으로는 담으로 둘러싸여 있는 하나의 기다란 반도로서, 노트르담 성당 참사회의 소유지이며, 성당의 동쪽 뒤에서 섬의 끝을 이뤘다. 그들은 그 울안에는 전혀 인기척이 없는 것을 발견했다. 거기에는 벌써 공중에 소음이 덜했다. 거지들이 공격해 오는 법석 소리는 그들에게 더 희미하고 덜 시끄럽게 들려왔다. 강물의 흐름을 따라 불어오는 서늘한 바람은, 벌써 감지할 수 있을 만큼 소리를 내어 테랭 끝에 심긴 단 한 그루의 나뭇잎들을 흔들고 있었다. 그러나 그들은 여전히 위험의 바로 옆에 있었다. 그들에게 가장 가까운 건물들은 주교관과 성당이었다. 주교관 안에는 분명 커다란 혼란이 빚어지고 있었다. 그 캄캄한 건물 덩어리 안에서는, 불빛이 이 창에서 저 창으로 이리저리 뛰어다니고 있었는데, 그것은 마치 종이를 막 태우고 났을 때, 거기에 남아 있는 새카만 잿더미에서 세찬 불똥이 이리저리로 이상하게 튀는 것과 같았다. 그 옆에, 노트르담의 거대한 종탑들은, 그것들이 솟아 있는 성당의 기다란 중앙 홀과 더불어 후면에서 그렇게 볼 때, 성당 앞뜰을 가득 채우고 있는 새빨갛고 거대한 불빛 속에 새카맣게 우뚝 솟아 있어서, 마치 외눈박이 거인들의 아궁 불의 거대한 두 장작 받침쇠같이 보였다.

파리의 온갖 장소에서 사람들이 본 것은 얼핏 보아 불빛 섞인 어둠 속에서 흔들리고 있었다. 렘브란트에게는 이런 배경을 가진 그림들이 있다.

초롱불을 든 사나이는 테랭의 끝 쪽으로 똑바로 걸어갔다. 거기 물가에는 말뚝을 오리목으로 엮어 세운 울타리의 낡아빠진 잔해가 있었는데, 나지막한 포도 덩굴 하나가 마치 펼쳐진 손가락 같은 모양으로 몇 개의 말라빠진 가지를 그 위에 뻗치고 있었다. 그 뒤에, 그 윗가지의 그늘 속에 조그만 배 한 척이 숨겨져 있었다. 사나이는 그랭구아르와 그녀에게 그 안으로 들어가라고 신호했다. 염소도 그 안으로 그들을 따라 들어갔다. 사나이는 마지막으로 배 안으로 내려갔다. 그런 뒤에 그는 배의 동아줄을 끊고, 긴 갈고리 하나로 배를 뭍에서 밀어내고, 두 개의 노를 잡고, 앞에 앉아서 전력을 다해 난바다 쪽으로 배를 저었다. 센강은 그곳에서는 물살이 매우 빨라서,

그는 섬 끝을 떠나는 데 여간 힘이 들지 않았다.

그랭구아르는 배 안으로 들어가자 무엇보다도 염소를 자기 무릎 위에 올려놓는 것을 잊지 않았다. 그는 뒤쪽에 자리를 잡았고, 젊은 처녀는 그 알 수 없는 사나이가 말할 수 없이 신경이 쓰여, 시인 옆에 와서 바짝 몸을 대고 앉았다.

배가 흔들리기 시작하는 것을 느꼈을 때, 우리의 철학자는 손뼉을 치고, 잘리의 두 뿔 사이에 입을 맞추었다. "오! 이제 우리 넷은 모두 살아났다." 그는 깊은 사색에 잠긴 사람과 같은 얼굴로 덧붙였다. "대사업의 좋은 결과에 대해, 때로는 운명에, 때로는 계략에 감사를 드려야 하지."

배는 우안을 향하여 천천히 나아갔다. 처녀는 은근히 겁을 먹고 그 알 수 없는 사나이를 살펴보았다. 그는 이미 그의 감등 불빛을 조심스럽게 가려놓고 있었다. 그는 배 앞머리의 어둠 속에 유령처럼 어렴풋이 보였다. 그의 외투 두건은 여전히 내려뜨려져 있어서 그에게 가면 같은 구실을 했고, 노를 저으면서 펑퍼짐한 넓은 소매가 드리워진 그의 두 팔이 열릴 때마다, 그것은 마치 박쥐의 커다란 두 날개 같았다. 뿐만 아니라, 그는 아직 한마디 말도 하지 않았고, 숨 한번 내쉬지 않았다. 배 안에서는 나룻배를 따라 살랑거리는 물결 소리에 섞여 노 젓는 소리 외에는 아무 소리도 나지 않았다.

"정말!" 하고 갑자기 그랭구아르는 외쳤다. "우리는 아스칼라프[1]처럼 쾌활하고 즐겁군요! 우리는 피타고라스 학파와 같

---

1) Ascalaphes. 보통명사로서는 나비를 닮은 곤충의 일종. 그러나 여기서 그

은 또는 물고기와 같은 침묵을 지키고 있어요! 우라질! 여러분! 제발 누가 내게 얘기 좀 해줬으면 좋겠다고요. 사람의 목소리는 사람의 귀에 음악이에요. 이런 말을 한 건 내가 아니라 알렉산드리아의 디디무스[2]로서, 유명한 말입니다. 확실히 알렉산드리아의 디디무스는 시시한 철학자가 아니에요. 한마디 하세요, 여보, 아가씨! 제발 내게 한마디만 해줘요. 아 참, 아가씨는 이상야릇하게 입을 비쭉거리는 버릇이 있었는데, 여전히 그런가요? 최고법원은 은신처에 대해서도 모든 재판권을 가지고 있어서, 아가씨는 노트르담의 당신 방에 있으면서도 큰 위험을 무릅쓰고 있었다는 걸 아가씨는 알고 계신가요? 아! 작은 물새 트로실뤼[3]는 악어의 아가리 속에서도 집을 짓긴 하지만요. 선생님, 달이 다시 나오는군요. 우리들이 들키지 않으면 좋으련만! 우리는 아가씨를 구출함으로써 갸륵한 일을 하고 있는 것이지만, 만약 잡히는 날에는 임금님의 명에 의해 우리는 교수를 당할 겁니다. 아! 인간의 행위는 두 개의 손잡이로 잡을 수 있다. 다른 사람에겐 상을 줄 일도 나에겐 벌을 준다. 카이사르를 숭배하는 자는 카틸리나[4]를 비난한다. 안 그렇습니까, 선생님? 이런 철학을 어떻게 생각하십

랭구아르는 오히려 신화에 나오는 아스칼라포스, 즉 바위 아래 파묻혀 올빼미가 되었다는 아케론의 아들 아스칼라포스를 의미하는 것으로 보인다.

2) Didymus, 311?~396?. 신학자로 알렉산드리아의 교리 학교 교장이었다.

3) 부리로 악어의 입속에 남아 있는 먹이를 파먹는 섭금류(涉禽類)다.

4) Lucius Sergius Catilina, 기원전 108~62. 로마의 귀족. 원로원에 대한 그의 모반이 키케로에 의하여 고발되어, 무기를 손에 들고 죽었다.

니까? 저는 본능의 철학, 자연의 철학을 갖고 있지요, ut apes geometriam.(별들이 기하학을 갖고 있듯이.) 이런! 아무도 내 말에 대답하지 않네. 당신네들 두 분은 모두 기분이 언짢으시군요! 나 혼자 말을 해야겠군요. 이건 연극에서 이른바 독백이라는 거지요. 우라질! 나는 방금 루이 11세 왕을 만나봤는데, 이 욕설은 임금님한테서 배웠다는 걸 알려드립니다. 이런 우라질! 시테에선 여전히 아우성이로구나. 그는 참 고약하고 심술궂은 늙은 왕이더군요. 그는 전신을 모피 옷으로 휘감고 있어요. 그는 아직도 내게 축혼가를 지어준 돈을 치르지 않았는데, 고작 한다는 것이 어젯밤에 나를 교수형에 처하지 않게 한 것뿐이랍니다. 그랬더라면 내가 퍽 난처했겠지만요. 그는 재능 있는 사람들에게 인색해요. 그가 살비앵 드 콜로뉴의 네 권의 책 『인색에 대하여(Adversus avaritiam)』[5]를 꼭 읽어야만 할 텐데. 정말이야! 그는 문인들에 대한 태도가 옹졸하고 문인들에게 매우 야만스럽고 가혹한 짓을 하는 임금입니다. 그는 민중에게 들러붙어서 돈을 빨아먹는 해면입니다. 그가 절약하고 있는 건 비장(脾臟)인데, 이건 다른 모든 사지가 여위어듦에 따라 부풀어가고 있지요. 그러기에 혹한에 대한 불평은 이 군주에 대한 불만의 목소리가 되고 있어요. 이 신앙심 두터운 온화로운 임금 아래에서, 쇠스랑은 교수당한 시체들로 삐걱삐걱 소리를 내고, 단두대는 피로 썩고, 감옥은 포만

5) 이 책은 살비앵 신부(Salvien de Cologne, 390?~484?)가 쓴 것으로, 로마제국 말기 로마인들의 사치에 대한 풍자서다.

한 배처럼 터지고 있어요. 이 임금은 한 손으로 수탈하고 또 한 손으로 교수하고 있어요. 그는 '염세서(濂稅署)'의 경리관이자 '교수대'의 검찰관입니다. 귀족들은 품계를 빼앗기고, 서민들은 끊임없이 새로운 착취에 시달리고 있지요. 이건 상도를 벗어난 군주요. 나는 이 왕을 좋아하지 않아요. 그런데 선생님은 어떻습니까?"

검은 옷의 사나이는 이 수다스러운 시인이 제멋대로 비난하게 내버려두었다. 그는 오늘날 생루이섬이라고 불리는 노트르담섬의 이물과 시테섬의 고물 사이를 흐르고 있는, 거세고 빠른 강물을 거슬러서 계속 싸우고 있었다.

"그런데, 참, 선생님!" 하고 그랭구아르는 불쑥 말을 이었다. "우리가 저 날뛰는 거지들 사이를 뚫고 성당 앞뜰에 도착했을 때, 선생님의 귀머거리가 역대 왕의 회랑 난간 위에서 어느 어린애의 대갈통을 박살 내고 있었는데, 그 가련한 소년을 신부님께선 알아보셨습니까? 저는 시력이 약해서 누구인지 알아볼 수가 없었습니다. 그게 누구인지 아십니까?"

미지의 사나이는 한마디도 대답하지 않았다. 그러나 그는 노 젓기를 뚝 그쳤고, 그의 팔은 부러진 듯이 힘이 쑥 빠지고, 그의 고개는 가슴 위로 떨어졌으며, 라 에스메랄다는 그가 경련적으로 한숨 쉬는 소리를 들었다. 그녀는 부르르 떨었다. 이미 그 한숨 소리를 들은 일이 있었던 것이다.

제멋대로 내버려둔 나룻배는 한동안 물이 흐르는 대로 흘러갔다. 그런데 이윽고 그 검은 옷의 사나이는 몸을 일으키고 노를 다시 잡아, 강물을 다시 거슬러 올라가기 시작했다. 그는 노트르담섬의 끝 쪽을 지나쳐 포르 토 푸 앵의 선창을 향해 나아갔다.

"아!" 하고 그랭구아르는 말했다. "저기 바르보 저택이 보이는군요. 저것 보세요, 선생님, 저기 이상하게 모가 나 있는 저 검은 지붕들 말입니다. 그 위엔 흐릿한 달걀노른자처럼, 달빛이 으깨져 흩어져 있잖아요. 참 아름다운 저택입니다. 거기엔 예배당 하나가 있는데, 조그만 둥근 천장은 잘 손질된 장식물들로 가득 차 있지요. 그 지붕 위로는 매우 섬세하게 구멍을 뚫어놓은 종탑을 보실 수 있습니다. 거기엔 또 쾌적한 정원이 있는데, 정원에는 연못이 있고, 새장, 메아리 터, 펠멜 놀이터, 미궁, 맹수들의 우리, 그리고 베누스에게 매우 기분 좋은, 숲이 우거진 수많은 오솔길이 있어요. 거기엔 또 나무 한 그루가 서 있는데, 그 잡놈의 나무는 어떤 유명한 공작 부인과 어떤 재치 있고 멋들어진 프랑스 원수의 행락에 사용됐다 해서 '음란의 나무'라고 불리고 있지요. 아! 우리 같은 가련한 철학자들이야 원수 같은 사람에 비하면, 루브르 궁의 정원에 대한 한 뙈기 배추밭이나 무밭에 불과하겠죠. 그러나 결국 그게 무슨 상관이겠습니까. 고귀한 양반들의 인생도 우리의 인생과 매일반으로, 선과 악으로 섞여 있는걸요. 고통은 늘 기쁨 곁에 있게 마련이고, 장장격(長長格)은 장단단격(長短短格) 옆에 있게 마련이지요. 선생님, 이 바르보 저택의 이야기를 선생님께 해드려야겠어요. 그것은 비참하게 끝났지요. 1319년, 프랑스의 역대 왕들 중에서 가장 오래 재위한 필리프 5세[6]의 치하에 있었던 일입니다. 역사의 교훈은,

육(肉)의 유혹은 해롭고 위험하다는 것입니다. 비록 우리의 관능이 그 여자의 아름다움에 아무리 민감하다 할지라도, 이웃 남자의 아내를 너무 뚫어지게 바라보지 맙시다. 간음은 매우 방종한 생각입니다. 간통은 남의 육체를 즐겨보려는 호기심입니다…… 저런! 저기선 더 시끄러워지는걸!"

아닌 게 아니라 노트르담의 주위에서는 소란이 더 심해져 가고 있었다. 그들은 귀를 기울였다. 승리의 외침 소리가 꽤 뚜렷하게 들려오고 있었다. 그러더니 갑자기 무사들의 투구를 번득거리게 하는 수백의 횃불이 성당 위 높은 곳 도처에, 종탑 위에도, 회랑 위에도, 공중 부벽 아래에도 퍼졌다. 그 횃불들은 무엇을 찾는 것 같더니, 곧 멀리서 이러한 고함 소리가 이 도망자들에게까지도 또렷이 들려왔다. "집시 계집을 찾아라! 그 마녀를 찾아라! 집시 계집앨 잡아 죽여라!"

불쌍한 아가씨는 자기 두 손에 머리를 떨어뜨렸고, 미지의 사나이는 강가를 향해 미친 듯이 노를 젓기 시작했다. 그러는 동안 우리의 철학자는 곰곰 생각하고 있었다. 그는 염소를 품안에 꼭 껴안고 보헤미아 아가씨에게서 슬그머니 몸을 떼는데, 그녀는 점점 더 바짝 그에게 다가왔다. 마치 자기에게 남

---

6) Philip V, 1292?~1322. 필리프 4세의 차남으로, 왕위 계승 서열에서 형인 루이 10세에게 밀렸으나, 발만 낳은 루이 10세가 요절하자 여성이 왕위에 오르는 것에 반대하고, 당시 임신 중이던 왕비가 아들을 낳으면 그 아들이 왕위를 물려받아야 한다고 주장하며 섭정에 나섰다. 루이 10세의 왕비는 아들을 낳았지만 아기가 며칠 만에 죽었고, 이에 필리프 5세가 섭정을 종료함과 동시에 스스로 왕위에 올랐다.

아 있는 유일한 피난처로 다가오듯이.

그랭구아르가 심히 난처한 처지에 빠져 있었던 것은 확실하다. 그는 이런 생각을 하고 있었다. 염소 역시, 만약 다시 잡히는 날에는, '현존법에 따라' 교수를 당하리라. 그렇게 된다면 대단히 유감스러운 일이다, 가엾은 잘리! 이렇게 두 사형수가 내 뒤에 매달려 있다는 건 너무하다. 결국 내 동행인은 좋아라 하며 이집트 아가씨를 맡겠지. 그의 생각들 사이에서는 격렬한 싸움이 벌어지고 있었는데, 그 싸움 속에서, 『일리아스』의 제우스처럼, 이집트 아가씨와 염소는 번갈아가면서 우세를 차지했지만, 그는 눈물이 글썽거리는 눈으로 그들을 차례차례 바라보면서, 입속으로 중얼거렸다. "그러나 너희 둘 모두를 구출할 수는 없다."

마침내 그들은 배의 동요로 배가 둑에 닿은 것을 알았다. 험악한 소요는 여전히 시테를 가득 채우고 있었다. 미지의 사나이는 일어나 이집트 아가씨에게 와서, 그녀가 내리는 것을 부축하기 위해 그녀의 팔을 잡으려고 했다. 그녀는 그를 뿌리치고 그랭구아르의 소매에 매달렸는데, 그랭구아르는 또 그랭구아르대로 염소에만 정신이 팔려, 그녀를 거의 뿌리치다시피 했다. 그러자 그녀는 혼자서 배 아래로 뛰어내렸다. 그녀는 하도 얼떨떨하여 자기가 무엇을 하는지 어디로 가는지도 몰랐다. 그녀는 그렇게 한동안 멍하니 강물이 흐르는 것을 바라다보았다. 그녀가 조금 정신이 돌아와서 보니, 그 알 수 없는 사나이와 둘이서만 항구에 있었다. 그랭구아르는 배에서 내리는 틈을 타서, 염소와 함께 그르니에 쉬르 로 거리의 빽빽한 집들

속으로 줄행랑을 놓아버린 모양이었다.

가련한 이집트 아가씨는 그 사나이와 단둘이 있게 된 것을 보고 소름이 끼쳤다. 그녀는 말을 하려 하고, 고함을 지르려 하고, 그랭구아르를 부르려 했으나, 그녀의 혀는 입속에서 움직이지 않아, 아무 소리도 입술에서 새어나오지 않았다. 갑자기 그녀는 알 수 없는 사나이의 손이 자기 손에 닿는 것을 느꼈다. 그것은 싸늘하고 억센 손이었다. 그녀는 이가 덜덜 떨렸고, 그녀를 비추어주는 달빛보다도 더 창백해졌다. 사나이는 한마디 말도 하지 않았다. 그는 그녀의 손을 붙들고 그레브 광장 쪽으로 성큼성큼 올라가기 시작했다. 그 순간 그녀는 운명이란 불가항력이라는 것을 어렴풋이 느꼈다. 그녀는 이제 맥이 풀려, 끌어가는 대로 끌려갔다. 그는 걸어가고 있는데도 그녀는 달음박질치면서. 그곳의 강둑길은 오르막길이었다. 그러나 그녀는 자기가 비탈을 내려가고 있는 것만 같았다.

그녀는 사방을 둘러보았다. 지나가는 사람이라곤 하나도 없었다. 강둑은 그야말로 적적했다. 그녀는 왁자지껄하고 불그스름한 시테에서밖에는 아무 소리도 듣지 못하고, 사람들이 움직이는 것도 느끼지 못했는데, 센강의 한 지류를 사이에 두고 시테로부터 그녀의 이름이 죽음의 비명에 섞여 그녀에게까지 들려왔다. 파리의 그 밖의 부분은 그녀의 주위에 커다란 어둠이 덩어리가 되어 퍼져 있었다.

그러는 동안 미지의 사나이는 한결같은 침묵과 한결같은 속도로 여전히 그녀를 끌어가고 있었다. 그녀는 걸어가고 있는 장소가 어딘지 전혀 기억에 떠오르지 않았다. 불이 켜진 어느 창문 앞을 지나다가 그녀는 갑자기 힘을 내어 냅다 외쳤다. "사람 살려!"

창문의 주인은 창을 열고, 남폿불을 손에 들고 셔츠 바람으로 창가에 나타나, 어리둥절한 듯이 강둑을 둘러보면서, 그녀에게는 들리지 않는 말을 몇 마디 뇌까리더니 겉창을 도로 닫아버렸다. 그것은 희망의 마지막 빛이었는데 그것마저 꺼져버린 것이다.

검은 옷의 사나이는 한마디 말도 하지 않고, 그녀를 꼭 붙잡은 채, 더 빨리 다시 걷기 시작했다. 그녀는 이제 저항도 하지 않고 기진맥진하여 그를 따라갔다.

이따금 그녀는 힘을 조금 모아, 울퉁불퉁한 포도와 헐떡거리는 달음박질로 도막도막 끊기는 목소리로, "당신은 누구예요? 당신은 누구예요?" 하고 말하였으나, 그는 대답하지 않았다.

그들은 줄곧 강둑을 따라 그렇게 걸어서, 꽤 커다란 광장 하나에 당도했다. 달빛이 조금 있었다. 그곳은 그레브였다. 한복판에 새카만 십자가 같은 것이 서 있는 것을 알아볼 수 있었다. 그것은 교수대였다. 그녀는 그 모든 것을 알아보고, 자기가 어디 있는지를 알아차렸다.

사나이는 걸음을 멈추고, 그녀에게로 돌아서서, 외투의 두건을 걷어 올렸다. "어머나!" 그녀는 화석처럼 굳어서 더듬거렸다. "역시 그 사람이라는 걸 난 잘 알고 있었어!"

그것은 신부였다. 그는 그 자신의 망령 같았다. 그것은 달빛의 효과였다. 그 달빛 아래서는 사물의 환영밖에는 보이지 않는 것 같았다.

"이봐," 그는 그녀에게 말했는데, 그녀는 벌써 들은 지가 오래된 그 음산한 목소리의 음향에 몸을 떨었다. 그는 계속했다. 그는 숨이 차서 짤막짤막 끊어서 한마디 한마디 말하고 있었는데, 그 말의 동요를 통해, 마음속 깊이 떨고 있는 것이 드러나 있었다. "이봐, 우린 여기 있다. 네게 얘기하겠다. 이건 그레브야. 여긴 극단점이야. 운명이 우릴 서로에게 넘겨주고 있다. 난 네 생명을, 넌 내 영혼을 각각 결정하려 하고 있다. 이곳과 이 밤의 저 너머엔 아무것도 보이지 않는다. 그러니 내 말을 들어라. 네게 얘기하마…… 첫째, 내게 네 페뷔스 얘길 하지 마라. (그렇게 말하면서 그는 마치 한자리에 가만히 머물러 있지 못하는 사람 모양으로 왔다 갔다 하며, 그녀를 끌어당기곤 하였다.) 그놈 얘길랑 하지 마. 알겠느냐? 만약 그놈 이름을 입 밖에 내면 내가 무슨 짓을 할지 나도 모르지만, 그건 무서운 일일 것이다."

그렇게 말한 뒤, 마치 제 중심(重心)을 되찾은 물체 모양으로 그는 다시 태연해졌다. 그러나 그의 말은 여전히 흥분을 감추지 못하고 있었다. 그의 목소리는 갈수록 낮아졌다.

"그렇게 날 외면하지 마. 내 말을 들어. 이건 중대한 일이야. 첫째, 그동안 일어났던 일을 얘기하마. 분명히 말해 둔다만, 이건 웃을 일이 아니다. 내가 무슨 말을 하다 말았더라? 너도 생각나지 않느냐? 아, 그렇군! 최고법원은 널 다시 교수대로 보내기로 결정을 내렸다. 난 방금 그들의 손에서 널 끌어냈다. 하지만 그들은 저렇게 널 뒤쫓고 있지 않느냐. 봐라."

그는 시테 쪽으로 팔을 뻗쳤다. 아닌 게 아니라 수색은 거기에서 계속되고 있는 듯했다. 소음은 더 가까이 다가오고 있었다. 그레브의 맞은편에 위치한 경찰 대리관 저택의 탑은 떠들썩하고 불이 훤히 밝혀져 있었으며, 반대쪽 강둑 위를 군사들이 횃불을 들고 달리면서 “집시 계집앨 잡아라! 집시 계집앤 어디 있느냐? 죽여라! 죽여라!” 하고 외치는 것이 보였다.

“저것 봐라, 저들이 널 뒤쫓고 있지 않느냐? 내가 거짓말을 하는 게 아니라는 걸 알겠지. 나는 너를 사랑한다. 입을 열지 마, 차라리 내게 말을 하지 마, 네가 날 미워한다고 말할 테면 말이다. 이제 그런 말은 안 듣기로 마음먹었으니까. 난 너를 살려냈다. 우선 내 말을 끝까지 들어. 난 너를 완전히 살려낼 수가 있다. 난 모든 준비를 갖춰놓았어. 이젠 네 마음에 달렸다. 네가 바라는 대로 난 할 수 있다.”

그는 거칠게 말을 끊었다. “아니야, 그런 말을 해선 안 돼.”

그러고는 그녀의 손을 놓지 않고 달음질침으로써 그녀도 달음질치게 하여, 교수대로 똑바로 걸어가 그녀에게 교수대를 가리키면서 “우리 둘 중 하나를 골라라.” 하고 쌀쌀하게 말했다.

그녀는 그의 손에서 빠져나가 교수대 아래 쓰러져 그 죽음의 받침돌을 안았다. 그런 뒤에 그 아름다운 얼굴을 반쯤 돌려 어깨 너머로 신부를 바라보았다. 그녀는 흡사 십자가 아래 성모마리아 상 같았다. 신부는 마치 조상과도 같이, 여전히 교수대를 향해 손가락을 들어올린 채, 똑같은 자세로 까딱도 않고 있었다.

이윽고 이집트 아가씨는 그에게 말했다. “이게 차라리 당신보다는 덜 무서워요."

그러자 그는 천천히 팔을 내려뜨리고 깊은 절망에 빠져 포도를 바라보았다. "만약 이 돌들이 말을 할 수 있다면," 하고 그는 중얼거렸다. "암, 그렇지, 이 돌들은 말하리라, 여기에 매우 불행한 사나이가 하나 있다고."

그는 말을 계속했다. 처녀는 그 기다란 머리채를 풀어 흩뜨리고 교수대 앞에 무릎을 꿇고 앉아서, 그의 말을 가로막지 않고 이야기하게 내버려두었다. 그는 이제 애처롭고 부드러운 어조로 말하고 있었는데, 그것은 그의 준엄한 용모와는 처량한 대조를 이루고 있었다.

"나는 당신을 사랑하고 있어. 오! 이건 정말 사실이오. 그래, 내 가슴을 태우고 있는 이 불이 바깥으론 조금도 나오지 않는단 말인가! 아! 아가씨, 밤이고 낮이고, 정말 밤이고 낮이고 내 가슴은 타고 있는데, 그래 조금도 가엾지 않소? 이건 밤이고 낮이고 꺼질 줄 모르는 사랑이란 말이오, 고통이란 말이오. 오! 나는 너무도 괴로워하고 있어, 가련한 소녀여! 이건 동정을 살 만한 일임에 틀림이 없어. 당신도 보다시피 이렇게 나는 당신에게 가만가만 얘기하고 있잖소? 난 당신이 나에 대한 그 공포심을 버리게 되길 얼마나 바라고 있는지 몰라. 요컨대 한 남자가 한 여자를 사랑한다고 해서, 그 남자의 잘못은 아니잖소? 오! 세상에 이런 수가! 아니 그래, 당신은 영원히 나를 용서하지 않겠다는 건가? 나를 언제까지나 미워하겠다는 건가! 그래 모든 것은 끝장났단 말인가! 바로 그런 까닭에 나 자신이 성미가 고약해지고 스스로 악독해진 거야. 당신은 나를 거들떠보지도 않아! 내가 우리 두 사람의 저승의 경계에 서서 떨면서 당신에게 얘기하는 동안에도, 당신은 아마 딴생각을 하고 있는 거겠지! 뭣보다도 그 장교 얘기는 내게 하지 마오! 아니 그래! 내가 당신의 무릎 아래 몸을 던지고, 당신의 발이 아니라(당신은 그걸 원치 않을 테니까) 당신의 발아래 있는 흙에 입을 맞추고, 어린애처럼 흐느껴 울고, 내가 당신을 사랑한다는 걸 당신에게 말하기 위해, 내 가슴에서 말이 아니라 내 염통과 오장육부를 뽑아낸다 하더라도 모두가 헛일이란 말인가, 모두가! 그러나 당신의 마음속에는 다정하고 너그러운 것 외에는 아무것도 없고, 이 세상에 다시없는 유순한 빛으로 당신은 반짝이고 있고, 아리따움과 상냥함과 자비로움과 사랑스러움이 온몸에 가득 차 있소. 그런데, 아, 슬프도다! 당신은 오직 나에게만은 심술궂기만 하오! 오! 무슨 얄궂은 숙명일까?"

그는 두 손으로 얼굴을 가렸다. 처녀는 그가 우는 소리를 들었다. 그것은 처음 있는 일이었다. 그렇게 서서 흐느낌에 떨고 있는 그는 무릎을 꿇고 있을 때보다도 더 불쌍하고 더 애원하는 듯했다.

"아!" 그는 처음의 눈물을 그치고 나서 말을 계속했다. "무슨 말을 해야 좋을지 모르겠소. 당신에게 할 말을 미리 잘 생각해 뒀었는데 말이오. 지금 나는 떨며 안절부절못하고 있어. 이 결정적인 순간에 나는 맥이 빠지고, 그 어떤 최후의 것이 우리를 둘러싸고 있는 것을 느끼고, 더듬거리고 있어. 오! 만약 당신이 나를 측은히 여기지 않는다면, 당신 자신을 측은히 여기지 않는다면, 나는 당장 포도에 쓰러져버리겠어. 우리 두 사람을 다 같이 포기하지 마. 내가 얼마나 당신을 사랑하고 있는지 당신이 안다면! 내 가슴이 어떤 가슴인지 당신이 안다면! 오! 내게서 모든 미덕은 떠나가버렸어! 얼마나 나 자신에 절망하여 자포자기해 버렸는가! 박사인 나는 학문을 우롱하고, 귀족인 나는 내 성(姓)을 찢고, 신부인 나는 미사 경본을 음란의 베개로 삼고, 나의 하느님 얼굴에 침을 뱉는다. 그것도 모두가 나를 호린 그대 때문이야! 그대의 지옥에 더 잘 어울리는 사람이 되기 위해서야! 그런데 그대는 이 영벌 받은 사나이를 원치 않는단 말이지! 오! 너에게 무슨 말이고 다 하겠어! 그보다도 더, 그 어떤 끔찍한 것을, 오! 더 끔찍한 것을!"

이 마지막 말을 할 때, 그의 얼굴은 완전히 넋이 나가버린 것 같았다. 그는 한참 잠자코 있다가, 자신에게 독백하듯이, 거친 목소리로 말을 이었다. "카인, 네 동생을 어찌하였느냐?"[7]

또 한참 침묵이 흐른 뒤 그는 계속했다. "그를 어찌하였느냐고요, 주여? 저는 그를 맞아들였고, 그를 길렀고, 그를 먹여 살렸고, 그를 사랑하였고, 그를 우상처럼 숭배하였고, 그를 죽였나이다! 그렇습니다, 주여, 조금 전에 누가 제 앞에서, 당신의 집 돌 위에서 그의 머리를 으깨어버렸으니, 그것은 저 때문이요, 그 계집 때문이요, 그 여자 때문이오……."

그의 눈은 사나웠다. 그의 목소리는 시나브로 꺼져가고 있었으니, 그는 이제도 몇 번을, 기계적으로, 마지막 여운을 긴

---

7) 성경에서 아담과 이브의 큰아들 카인은 동생 아벨을 질투하여 죽였다. 아벨을 죽인 뒤 카인의 귀에는 "카인, 네 동생을 어찌하였느냐?"라는 하느님의 목소리가 들렸다.

게 끄는 종소리처럼, 꽤 긴 간격을 두고 되풀이했다. "그 여자 때문이오…… 그 여자 때문이오……." 그런 뒤에 그의 혀는 알아들을 수 있는 소리라고는 전혀 발음하지 않았으나 그의 입술은 그래도 여전히 움직이고 있었다. 그러더니 갑자기 그는 와르르 무너지는 그 무엇처럼 주저앉아, 무릎 사이에 머리를 처박은 채, 땅바닥에서 까딱도 않고 있었다.

처녀가 그의 몸 아래서 발을 빼내며 가볍게 스치는 소리에 그는 제정신으로 돌아왔다. 그는 자기의 쑥 들어간 볼을 손으로 천천히 만지다가, 눈물에 젖은 손가락을 한참 동안 멍하니 바라보았다. "이런!" 하고 그는 중얼거렸다. "내가 울었구나!"

그러면서 그는 말할 수 없이 고통스러운 얼굴로 이집트 아가씨 쪽으로 홱 몸을 돌렸다.

"아! 당신은 내가 우는 걸 냉정히 바라보고 있었군! 아가씨, 이 눈물은 용암이라는 걸 알겠나? 그렇다면 그게 정말 사실인가? 미워하는 사람은 무슨 짓을 해도 상대방을 감동시키지 못한다는 게. 너는 내가 죽는 걸 봐도 웃고 있겠지. 아! 나는 네가 죽는 걸 보고 싶지 않은데! 한마디만! 용서한다고 단 한마디만! 날 사랑한다고 말할 건 없어. 단지 용서하겠다고만 말해 다오. 그것으로 충분해. 그러면 너를 살려주겠다. 그러지 않는다면…… 오! 시간이 흘러간다. 모든 신성한 것을 걸고 애원하거니와, 역시 너를 요구하는 이 교수대처럼 내가 다시 돌이 되기를 기다리지 마! 생각해 봐, 내가 우리 두 사람의 운명을 손에 쥐고 있다는 것을, 무서운 일이지만 내가 정신이 나갔다는 걸, 나는 모든 것을 쓰러뜨릴 수 있다는 것을, 그리고 불쌍한 아가씨, 우리 아래는 밑바닥 없는 구렁텅이가 있고, 나는 거기에 떨어져서까지도 영원히 너의 뒤를 쫓으리라는 것을! 다정한 말 한마디만! 한마디만 해다오! 꼭 한마디만!”

그녀는 그에게 대답하려고 입을 열었다. 그는 후닥닥 그녀 앞에 무릎을 꿇고, 그녀의 입술에서 나오려는, 어쩌면 감동적인 말일지도 모를 말을 열렬한 사랑으로 맞아들이려 했다. 그녀는 그에게 말했다. “당신은 살인자야!”

신부는 그녀를 열광적으로 품 안에 끌어안고, 가증스러운 웃음을 웃기 시작했다. “오냐 그렇다! 살인자다!” 하고 그는 말했다. “그러니 너를 해치겠다. 넌 나를 노예로 삼으려 하지 않으니, 나를 주인으로 가져라. 난 너를 해치우겠다. 너를 끌어갈 굴이 있다. 날 따라오너라. 넌 나를 따라와야만 한다. 그러지 않으면 너를 넘겨버리겠다! 미인 아가씨, 너는 죽든지 아니면 내 것이 되어야 한다! 이 신부의 것이 되어야 해! 이 배교자의 것이 되어야 해! 이 살인자의 것이 되어야 해! 바로 오늘 밤부터! 알아들었느냐? 자! 기뻐해라! 자! 내게 키스를 해라, 이 논다니야! 무덤이냐 아니면 내 잠자리냐!”

그의 눈은 음란과 분노로 반짝거렸다. 그의 음탕한 입은 처녀의 목을 새빨갛게 만들었다. 그녀는 그의 품 안에서 버둥거렸다. 그는 그녀에게 부글거리는 키스를 퍼부었다.

“물어뜯지 마, 이 괴물이!” 하고 그녀는 외쳤다. “에그! 망측한 썩어빠진 사제 놈아! 놓아라! 네놈의 그 더러운 흰머리를 잡아 뽑아 네 낯바닥에 한 움큼 한 움큼 던져줄 테다!”

그는 붉으락푸르락하더니, 이어 그녀를 놓아주고는 침울한 얼굴로 바라보았다. 그녀는 기가 살아나서 계속했다. "난 내 페뷔스의 것이란 말이다. 내가 사랑하고 있는 건 페뷔스란 말이다, 페뷔스야말로 미남이란 말이다! 너는, 사제 놈아, 너는 늙었다! 너는 못생겼다! 꺼져버려라!"

그는 마치 단근질을 당하는 불쌍한 사내처럼 날카로운 비명을 질렀다. "그럼 죽어라!" 하고 그는 이를 바드득 갈면서 말했다. 그녀는 그의 매서운 눈을 보고 달아나려고 했다. 그는 그녀를 다시 붙잡아 흔들어 땅바닥에 쓰러뜨린 뒤, 그녀의 아름다운 손을 잡고 포도 위로 질질 끌면서, 투르 롤랑의 탑 집 모퉁이를 향해 성큼성큼 걸어갔다.

거기에 이르러 그는 그녀를 돌아보았다. "마지막으로 한 번 더 묻겠는데, 너는 내 것이 되겠느냐?"

그녀는 힘차게 대답했다. "싫다."

그러자 그는 큰 소리로 외쳤다. "귀될! 귀될! 여기 그 집시 계집애가 있다! 복수해라!"

처녀는 누가 느닷없이 자기의 팔꿈치를 움켜잡는 것을 느꼈다. 그녀는 바라보았다. 빼빼 마른 팔 하나가 벽에 뚫린 채광창에서 나와 쇠 손처럼 그녀를 붙잡았다.

"꼭 붙잡고 있어!" 하고 신부는 말했다. "이게 그 탈주한 집시 계집애야. 놓치지 마. 난 가서 순검들을 불러오겠다. 이 계집애가 교수당하는 걸 넌 볼 것이다."

벽 안에서, 목구멍에서 나는 웃음소리가 그 무자비한 말에 대답했다. "하! 하! 하!" 이집트 아가씨는 신부가 노트르담 다리 쪽으로 달려가는 것을 보았다. 그 방면에서 기마대 지나가는 소리가 들려오고 있었다.

처녀는 그 심술궂은 은자를 알아보았다. 무서움에 헐떡거리면서 그녀는 빠져나가려고 해보았다. 그녀는 몸을 비틀고, 고뇌의 절망으로 마구 날뛰었으나, 상대방은 그녀를 무지무지한 힘으로 붙잡고 있었다. 뼈만 앙상한 손가락들은 그녀에게 상처를 입히면서 그녀의 살 속 깊이 파고 들어가 있었다. 그 손은 마치 그녀의 팔에 박혀 있는 것만 같았다. 그것은 쇠사슬이나 목 고리 또는 쇠고리보다도 더했다. 그것은 살아 있는 영리한 집게가 벽에서 나와 있는 것 같았다.

기진맥진하여 그녀는 벽 옆에 쓰러졌다. 그러자 죽음의 공포가 그녀를 사로잡았다. 그녀는 생각했다, 삶의 아름다움을, 젊음을, 하늘의 경치를, 자연의 풍경을, 사랑을, 페뷔스를, 사라져가는 모든 것을, 다가오는 모든 것을, 자기를 고발하는 신부를, 곧 나타날 망나니를, 거기에 있는 교수대를. 그러자 그녀는 공포심이 머리칼 뿌리 속까지 올라오는 것을 느꼈다. 그리고 은자가 험상궂게 웃으면서 그녀에게 나지막한 목소리로 이렇게 말하는 소리를 들었다. "하! 하! 네년은 곧 교수를 당하리라!"

그녀가 죽을상이 되어서 채광창 쪽을 돌아다보니, 창살 너머로 자루 수녀의 표독한 얼굴이 보였다. "내가 아줌마에게 무슨 짓을 했다고 그러시죠?" 하고 그녀는 거의 정신을 잃고 말했다.

은자는 대답하지 않았다. 그 여자는 성난, 비웃는 듯한 어조로 노래를 부르듯이 중얼거리기 시작했다. "이집트 계집애!

이집트 계집애! 이집트 계집애!"

불쌍한 라 에스메랄다는 자기가 상대하고 있는 것은 사람이 아니라는 것을 깨닫고, 고개를 푹 숙여 머리털 속에 파묻어버렸다.

별안간 은자가 외쳤다. 마치 이집트 아가씨의 질문이 수녀의 생각에까지 도달하는 데는 그만한 시간이 걸려야만 했던 것처럼. "네가 내게 무슨 짓을 했기에 그러느냐고? 아! 네가 내게 무슨 짓을 했기에 그러느냐고? 요 집시 계집애야, 자, 들어봐라! 내겐 어린애가 하나 있었다! 알겠느냐? 내겐 어린애가 하나 있었다! 어린애 하나가 있었단 말이다! 예쁜 계집애 하나가 있었단 말이야! 나의 아녜스가." 하고 그녀는 어둠 속에서 무엇엔가 입을 맞추면서 얼빠진 듯이 말을 이었다. "그런데 말이다! 알겠느냐, 이집트 계집애야? 누가 내 어린애를 집어갔다. 내 어린애를 훔쳐갔다. 내 어린애를 잡아먹었다. 그게 바로 네년이 한 짓이란 말이다."

처녀는 새끼 양처럼 대답했다! "어머나! 난 아마 그때 태어나지도 않았을 거예요!"8)

"천만에! 그렇지 않아!" 하고 은자는 응수했다. "넌 틀림없이 태어나 있었어. 넌 그들 총중에 끼여 있었어. 내 딸이 살아 있다면 네 또래일 거다! 그렇다! 벌써 15년 전부터 난 여기에

---

8) 새끼 양 한 마리가 맑은 시냇물을 마시고 있는데, 그보다 좀 더 위에 와서 물을 마시려던 굶주린 늑대 한 마리가 다가와 왜 물을 흐려놓느냐고 트집을 잡다가 억지가 통하지 않자, 지난해 "너는 내게 욕을 했다."라고 비난한 데 대해, 새끼 양은 "나는 그때 태어나 있지도 않았다."라고 변호한다.

있다. 15년째 고생하고 있다. 15년째 기도를 드리고 있다. 15년째 사방의 벽에 머리를 부딪히고 있다. 내게서 내 아기를 훔쳐 간 것은 이집트 계집년들이란 말이다. 알아들었느냐? 그리고 그년들이 그 이빨로 우리 아기를 먹었단 말이다. 넌 인정이란 게 있느냐? 놀고 있는 어린애가 어떠한 것인지, 젖을 빨고 있는 어린애가, 잠을 자고 있는 어린애가 어떠한 것인지 상상을 좀 해봐라. 얼마나 순결한 것이냐! 그런데 말이다! 이런 어린애를 그년들이 내게서 뺏어가 죽였단 말이다! 하느님도 그것을 잘 알고 계시다! 오늘은 내 차례다, 이젠 내가 이집트 계집애를 잡아먹겠다. 오! 이놈의 창살만 방해하지 않는다면 네년을 잘근잘근 깨물어 먹을 것을. 내 머리가 너무 커서 나가질 않는구나! 가엾은 우리 아기! 아기가 자는 동안에 그만! 그리고 만약 그년들이 우리 아기를 집어가다 깨웠다 하더라도, 아기가 아무리 울었어도 소용없었을 것이다. 내가 거기에 없었으니까! 아! 집시의 어미 년들 같으니, 네년들은 우리 어린애를 잡아먹었다. 이제 네년들의 어린애를 와서 보아라."

그러고 나서 그녀는 웃는 것인지 이를 가는 것인지 분간할 수 없는 소리를 내기 시작했다. 그 두 가지 것은 그 성난 얼굴 위에서 서로 비슷했으니 말이다. 동이 터오고 있었다. 뽀얀 햇빛이 이 장면을 어슴푸레 비추었고, 교수대가 광장에서 차츰차츰 뚜렷해지고 있었다. 반대쪽으로 노트르담 다리 방면에서는 기마대의 말발굽 소리가 다가오는 것이 이 가련한 여죄수에게 들리는 것 같았다.

"아주머니!" 하고 그녀는 두 손을 마주 잡고, 두 무릎을 꿇고, 머리는 헝클어지고, 넋은 빠지고, 공포에 떨면서 외쳤다. "아주머니! 가엾게 여겨주세요. 그들이 오고 있어요. 난 당신에게 아무 짓도 하지 않았어요. 아줌마는 내가 당신 앞에서 이렇게 끔찍하게 죽는 걸 보고 싶으세요? 당신은 측은히 여기실 거예요, 틀림없어요. 이건 너무도 무서운 일이에요. 날 달아나게 해주세요. 놓아주세요! 용서해 주세요! 난 이렇게 죽고 싶진 않아요!"

"내 아기를 내놓아라!" 은자는 말했다.

"용서하세요! 용서하세요!"

"내 아길 내놓아라!"

"날 놓아주세요, 제발!"

"내 아길 내놓아라!"

이번에도 처녀는 기진맥진하여 쓰러졌다. 벌써 무덤 속에 들어간 사람처럼 유리알 같은 눈을 하고서. "아, 슬퍼라!" 하고 그녀는 더듬거렸다. "아줌마는 어린애를 찾고 계시는군요. 나는 부모를 찾고 있는데."

"내 딸 아네스를 내놓아라!" 하고 귀뒬은 계속했다. "그 애가 어디 있는지 넌 모른단 말이지? 그렇다면 죽어라! 네게 말하겠다. 난 창녀였다. 내겐 어린애가 하나 있었다. 그런데 누가 내게서 아기를 훔쳐간 거다. 그건 집시 계집년들이다. 이젠 네가 죽어야 한다는 걸 너도 알렸다. 네 어미 집시 계집년이 와서 너를 내놓으라고 한다면 난 그년에게 말해 줄 테다. '어미야, 저 교수대를 봐라!'라고. 그게 싫거든 내 아기를 내놓아라. 그 애가 어디 있는지 아느냐, 내 귀여운 딸이? 옜다, 이걸 봐

라. 이게 내 딸의 신이다. 내 딸의 것이라곤 내게 이것밖에 남아 있지 않다. 다른 한 짝이 어디 있는지 알겠느냐? 안다면 말해라. 비록 그것이 있는 곳이 이 세상 끝이라 할지라도, 무릎으로 걸어서라도 난 그걸 찾으러 갈 테다."

그렇게 말하면서 채광창 밖으로 뻗친 다른 쪽 팔로 그 여자는 이집트 아가씨에게 그 수놓은 조그만 신 한 짝을 보여주었다. 벌써 날은 밝아서 그 신의 모양과 빛깔을 알아보기엔 충분했다.

"그 신을 보여주세요." 하고 이집트 아가씨는 떨면서 말했다. "어머나! 어머나!" 그러면서 동시에, 자유로운 한쪽 손으로 그녀는 자기의 목에 달고 있던, 녹색 유리 세공품으로 장식된 조그만 주머니를 얼른 열었다.

"오냐! 오냐!" 하고 귀뒬은 중얼거렸다. "네 악마의 부적을 뒤져봐라!" 그러더니 별안간 그 여자는 말을 뚝 멈추고 온몸을 떨면서 부르짖었는데, 그 목소리는 그 여자의 가장 깊숙한 폐부에서 솟아오르는 것이었다. "내 딸아!"

이집트 아가씨는 그 작은 주머니에서, 다른 신짝과 똑같은 조그만 신짝 하나를 꺼냈던 것이다. 그 조그만 신짝 위에는 양피지 한 조각이 붙어 있었고, 양피지 위에는 다음과 같은 주문이 쓰여 있었다.

같은 짝이 발견될 때,
네 어미는 네게 팔을 뻗치리라.

번갯불이 한 번 번쩍하는 것보다도 더 짧은 시간에, 은자는 두 짝의 신을 맞추어보고, 양피지에 쓰인 글을 읽고 나서, 채광창의 창살에 천사 같은 기쁨으로 빛나는 얼굴을 꼭 붙이고서 외쳤다. "내 딸아! 내 딸아!"

"어머니!" 하고 이집트 아가씨는 대답했다.

나는 이 장면을 묘사하지 않겠다.

벽과 쇠창살이 그들 두 여자 사이에 있었다. "오! 이놈의 벽이!" 하고 은자는 외쳤다. "오! 딸을 보고도 껴안지 못하다니! 네 손을! 네 손을!"

처녀는 채광창 너머로 자기의 팔을 넣어주었고, 은자는 그 손에 달려들어 입을 맞추고, 그 키스 속에 잠겨 있을 뿐, 때때로 그녀의 허리를 들어올리는 흐느낌 말고는 전혀 살아 있는 것 같지도 않았다. 그동안에 그녀는, 밤비처럼, 어둠 속에서 말없이, 억수같이 눈물을 흘렸다. 이 가련한 어머니는, 그녀의 모든 고통이 15년 이래 방울방울 스며들었던, 그녀의 마음속에 있는 어둡고 깊은 눈물의 우물을 그 열렬히 사랑하는 손 위에 콸콸 쏟아내고 있었던 것이다.

별안간 그녀는 벌떡 일어나, 이마 위에서 그 희끗희끗한 긴 머리카락을 헤치고, 아무 말 없이 두 손으로 자기 방의 창살을 암사자보다도 더 맹렬히 흔들기 시작했다. 창살은 끄떡도 하지 않았다. 그러자 그녀는 독방의 한쪽 구석으로 가서, 베개로 사용해 오던 커다란 포석 하나를 들고 와서, 창살에 어찌나 세차게 던졌던지, 창살 하나가 숱한 불똥을 튀기면서 부러졌다. 두 번째 타격에 창살을 막고 있던 낡은 쇠 십자가는 완전히 무너졌다. 그러자 그녀는 녹슨 창살 토막을 마저 꺾어 젖혀버렸다. 여자의 손도 비상한 힘을 내는 때가 있는 법이다.

길이 트이자, 이를 위해선 1분도 걸리지 않았는데, 그녀는 딸의 몸뚱어리 한가운데를 잡아, 자기의 독방 안으로 끌어당겼다. "오너라! 너를 구렁텅이에서 건져올리겠다!" 하고 그녀는 중얼거렸다.

딸이 독방 안으로 들어오자, 그녀는 땅바닥에 살그머니 내려놓았다가, 다시 들어올려, 마치 옛날 그대로의 어린 아녜스인 양, 품 안에 안고, 그 좁은 방 안을, 취하고 미친 듯이, 기쁘게 왔다 갔다 하면서, 소리를 지르고, 노래를 부르고, 딸에게 입을 맞추고, 이야기를 하고, 깔깔 웃고, 눈물을 쏟고 했는데, 이 모든 것은 한꺼번에 열광적으로 행해졌던 것이다.

"내 딸아! 내 딸아!" 하고 그녀는 말했다. "내게 딸이 있다! 내 딸이 여기 있다. 하느님이 내게 내 딸을 돌려주셨다. 자, 여러분! 다들 와서 보시오! 거기 아무도 없나, 내게 딸이 있는 걸 와서 봐줄 사람이 아무도 없나? 주 예수여, 내 딸이 얼마나 아름다운지요! 하느님, 당신은 저를 15년이나 기다리게 하셨지만, 이렇게 아름답게 만들어서 돌려주시려고 그랬던 것이었군요. 그러니 이집트 여자들은 내 딸을 잡아먹은 게 아니었구나! 누가 그런 말을 했었지? 내 귀여운 딸아! 내 귀여운 딸아! 내게 입을 맞춰줘. 그 착한 이집트 여자들! 나는 이집트 여자들을 좋아한다. 이게 바로 너로구나. 그럼 그래서, 네가 지나갈 때마다 내 가슴이 두근거렸던 게로구나. 그런데 난 그게 미움 때문인 줄로만 알았다! 날 용서해 다오, 나의 아녜스야,

날 용서해 다오. 넌 나를 매우 고약한 년으로 알았겠구나. 난 널 사랑한다. 네 목에 있는 그 조그만 표적을 넌 여전히 갖고 있느냐? 어디 보자. 옳지, 여전히 갖고 있구나. 오! 넌 참으로 아름답구나. 그 커다란 눈을 너에게 만들어준 건 바로 이 나란다, 아가씨야. 내게 입을 맞춰다오. 난 널 사랑한다. 다른 어미들에게 어린애가 있든 말든 내겐 아무런 상관도 없다. 난 이제 그 여자들 같은 건 아랑곳도 하지 않는다. 다들 와서 보려무나. 여기 내 어린애가 있다. 보라, 내 딸의 목을, 눈을, 머리를, 손을. 이렇게 아름다운 것에 장차 반하는 사내들이 많을 것이다! 나는 15년간이나 눈물을 흘렸다. 그래서 나의 아름다움은 모조리 가버렸는데, 그것이 내 딸에게 옮아가 있구나. 내게 입을 맞춰다오!"

그녀는 딸에게 그 밖에도 온갖 이상한 말을 하고 있었는데, 그 말의 억양은 그지없이 아름다웠으며, 가련한 딸의 얼굴이 빨개질 정도로 처녀의 옷을 풀어헤치고, 그 명주실 같은 머리털을 손으로 쓰다듬고, 발과 무릎과 이마와 눈에 키스를 퍼붓고, 모든 것에 황홀하여 넋을 잃고 있었다. 처녀는 하는 대로 내버려두었는데, 이따금 매우 나지막한 한없이 부드러운 목소리로 "어머니." 하고 되풀이하는 것이었다.

"알겠니, 내 귀여운 딸아." 하고 은자는 다시 말을 이었는데, 그녀의 말은 키스로 도막도막 끊겼다. "알겠니, 난 널 끔찍이 사랑할 것이다. 우리는 여기서 떠나자. 우리는 장차 매우 행복하게 살 거야. 내겐 우리 고향 랭스에 상속받은 유산이 있단다. 랭스를 알겠지? 아! 몰라, 어딘지 몰라. 하기야 넌 그때 너무 어렸으니까! 넉 달 되던 때, 네가 얼마나 예뻤는지 네가 안다면! 70리나 떨어진 에페르네에서까지도 그 조그만 발을 보고 싶어서 사람들이 찾아왔었지! 우리는 밭과 집을 갖게 될 거야. 난 너를 내 침대에 재울 거야. 아! 아! 누가 이걸 곧이들을까? 내게 딸이 있다는 걸!"

"오, 어머니!" 하고 처녀는 마침내 감동한 가운데 말할 힘을 얻어서 그렇게 말했다. "이집트 여자가 제게 꼭 그런 말을 했어요. 우리 패들 중에 작년에 돌아가신 착한 이집트 여자 한 분이 계셨는데, 그분은 항상 저를 유모처럼 돌봐주셨어요. 바로 그분이 이 작은 주머니를 제 목에 걸어주셨어요. 그리고 제게 늘 이런 말을 해주셨어요. '아가, 이 보석을 잘 간직하여라. 이건 보물이다. 이건 네게 네 어머니를 다시 만나보게 해줄 것이다. 너는 네 어머니를 네 목에 지니고 다니는 셈이다.'라고요. 그 이집트 여자는 그걸 예언했던 거예요!"

자루 수녀는 또다시 딸을 품 안에 꼭 껴안았다. "오너라, 네게 입을 맞춰주고 싶구나! 어쩌면 그리도 귀엽게 말을 할까! 우리가 고향에 돌아가면 성당의 아기 예수에게 이 조그만 신을 신겨주자꾸나. 우리는 성모마리아에게 이 은혜를 꼭 갚아야 한다. 아! 네 목소리는 참 곱기도 하지! 아가, 방금 네가 내게 말하고 있었을 때, 그것은 음악과도 같았단다! 아! 하느님 아버지시여! 저는 제 아이를 찾았나이다! 하지만 이런 이야기를 믿을 수가 있을까? 사람이란 어떤 일에도 죽지 않는가 보구나, 내가 기쁨으로 죽지 않은 걸 보면."

그런 뒤에 그녀는 다시 손뼉을 치고 깔깔 웃고 소리를 지르기 시작했다. "우리는 곧 행복하게 살 거다!"

그때 그 조그만 방이 무기 부딪치는 소리와 달리는 말발굽 소리로 쿵쿵 울렸는데, 말발굽 소리는 노트르담 다리에서 쏟아져나와 강둑 위를 자꾸만 전진해 오는 것 같았다. 이집트 아가씨는 자루 수녀의 품 안에 비통하게 몸을 던졌다.

"저를 살려주세요! 저를 살려주세요! 어머니! 그들이 저기 오고 있어요!"

은자는 얼굴이 새파래졌다.

"아이고! 그게 무슨 소리냐? 내가 깜빡 잊고 있었구나! 넌 쫓기고 있는 몸이지! 대체 무슨 짓을 했기에 그러느냐?"

"저도 몰라요." 불쌍한 소녀는 대답했다. "하지만 전 사형선고를 받았어요."

"사형을!" 귀뒬은 벼락이라도 맞은 것처럼 비틀거리면서 말했다. "사형을!" 그녀는 딸을 뚫어지게 바라보면서 천천히 말을 이었다.

"그래요, 어머니." 아가씨는 넋을 잃고 말을 이었다. "그들은 저를 죽이려 하고 있어요. 사람들은 지금 저를 잡으러 오고 있는 거예요. 저 교수대는 저를 위한 거예요. 저를 살려주세요! 살려주세요! 그들이 오고 있어요! 저를 살려주세요!"

은자는 한동안 화석처럼 까딱도 않더니, 이윽고 의아스러운 듯이 머리를 갸우뚱하고는, 느닷없이 웃음을 터뜨렸는데, 전에 보았던 그 무서운 웃음이 되돌아와 있었다. "호! 호! 천만에! 넌 지금 잠꼬대를 하고 있는 거야. 암! 그렇고말고! 내가 딸을 15년 동안이나 잃어버렸다가 다시 만나보게 되었는데, 그게 1분밖에 지속되지 않는다고! 그리고 내게서 내 딸을 다시 빼어간다고! 그것도 내 딸이 아름다워지고, 장성하고, 내게 얘기하고 있고, 나를 사랑하는 지금, 바로 이런 때에 놈들이 와서 내게서 내 딸을 잡아먹어! 바로 어머니인 나의 이 눈앞에서! 오, 천부당만부당한 말씀! 그런 일은 있을 수 없다. 하느님은 이런 일은 용서하지 않으신다."

그때 기마대는 걸음을 멈춘 듯했고, 멀리서 이렇게 말하는 소리가 들려왔다. "이쪽입니다, 트리스탕 나리, 신부는 그 여자가 '쥐구멍'에 있을 거라고 했습니다." 말발굽 소리가 다시 시작되었다.

은자는 절망에 찬 소리를 지르면서 벌떡 일어섰다. "달아나라! 달아나라! 아가! 인제 다 생각이 난다. 네 말이 옳다. 너를 잡아 죽이려는 거다! 망측해라! 죽일 놈들 같으니! 어서 달아나라!"

그녀는 채광창으로 머리를 내밀었다가 얼른 들여놓았다.

"가만있어." 그녀는 죽을상이 된 이집트 아가씨의 손을 경련적으로 움켜쥐면서, 낮고 짧은 음산한 목소리로 말했다. "가만있어! 숨쉬지 마! 도처에 병정들이 있다. 나갈 수 없어. 날이 너무 밝다."

그녀의 눈은 메말라 있었고 타는 듯했다. 그녀는 한동안 입을 다물고 있었다. 다만 독방 안을 성큼성큼 걷다가, 이따금 걸음을 멈추고, 그 희끗희끗한 머리털을 한 줌씩 뽑아서 이로 물어뜯었다.

별안간 그녀는 말했다. "놈들이 다가온다. 놈들에게 내가 얘기하겠다. 넌 저 구석에 숨어라. 놈들에겐 네가 보이지 않을 거다. 네가 도망쳐버렸다고, 내가 너를 놓쳤다고 놈들에게 말하겠다, 제기랄!"

그녀는 바깥쪽에서는 보이지 않는 독방의 한쪽 모퉁이에 딸을 내려놓았다.(그녀는 여태껏 줄곧 딸을 안고 있었던 것이다.) 그녀는 딸을 웅크려 앉히고, 발도 손도 어둠 밖으로 나오지 않도록 조심스럽게 감춰놓고, 처녀의 검은 머리를 풀어서 흰 옷을 가리기 위해 그 옷 위로 덮어놓고, 자기가 가지고 있는 유일한 가구인 물병과 포석이 딸을 감추어주리라 생각하고, 딸 앞에 갖다 놓았다. 그리고 그것이 끝나자, 한결 침착해진 그녀는 무릎을 꿇고 기도를 드리기 시작했다. 이제 막 동이 트기 시작했는지라, '쥐구멍'엔 아직도 많은 어둠이 깃들어 있었다.

그때 신부의 목소리가, 그 끔찍한 목소리가 독방의 바로 옆을 지나가면서 외쳤다. "이쪽이오, 페뷔스 드 샤토페르 중대장!"

그 이름을 듣고, 그 목소리를 듣고, 방구석에 쭈그리고 있던 라 에스메랄다는 움찔했다. "움직이지 마!" 귀뒬은 말했다.

그녀가 채 말을 끝내기도 전에, 사람과 검과 말 들의 요란스러운 소리가 독방의 주위에 와서 멎었다. 어머니는 후닥닥 일어나서 채광창을 막기 위해 그 앞으로 가서 섰다. 그녀는 보병 기병 할 것 없이 무장한 사람들의 대부대가 그레브 광장에 늘어서 있는 것을 보았다. 그들을 지휘하는 자가 말에서 내려 그녀 쪽으로 왔다. "노파," 하고 얼굴이 포악하게 생긴 그 사나이는 말했다. "우리는 교수형에 처할 마녀 하나를 찾고 있다. 그 마녀가 네게 있다고 하던데."

가련한 어머니는 가장 태연스러운 표정으로 대답했다. "그게 무슨 말씀인지 저는 잘 모르겠는뎁쇼."

상대방은 말을 이었다. "이런 빌어먹을! 그 넋 빠진 부주교란 놈이 대관절 무슨 소릴 지껄인 거야? 그놈이 어디 있느냐?"

"나리," 하고 병졸 하나가 말했다. "사라져버렸습니다……."

"여봐라, 미친 할멈," 하고 지휘관은 다시 말했다. "거짓말 마라. 마녀 하나를 지키고 있으라고 네게 맡겼겠다. 그걸 어떻게 했느냐?"

은자는 도리어 의심을 사서는 안 되겠다 싶어서 모조리 부인하려고는 하지 않고, 진실하고 무뚝뚝한 말투로 대답했다. "나리 말씀이 아까 막 누가 제 손에 떠맡기고 간 키 큰 처녀 얘기라면, 말씀드리겠는데, 그년이 저를 물어뜯어서 놓쳐버렸습죠. 그뿐이오. 더 이상 귀찮게 마시오."

지휘관은 실망한 듯이 얼굴을 찌푸렸다.

"내게 거짓말하려 들지 마, 이 늙은 귀신아." 하고 그는 말을 이었다. "내 이름은 트리스탕 레르미트이고 임금님의 친구다. 트리스탕 레르미트란 말이다. 알아들었느냐?" 그는 주위의 그레브 광장을 둘러보면서 덧붙였다. "여기선 떨치는 이름이란 말이다."

"당신이 사탕[9] 레르미트라 하더라도," 하고 다시 희망을 되

9) 프랑스어로 '마왕'이라는 뜻. '사탕'은 '트리스탕'의 마지막 음과 소리가 비슷한 데서 재담을 이루고 있다.

찾기 시작한 귀될은 대꾸했다. "그 밖엔 당신에게 할 말이 없고 난 당신이 두려울 게 없어요."

"빌어먹을!" 하고 트리스탕은 말했다. "이런 여편네를 봤나! 아니! 그래 그 마녀 계집애가 달아나버렸단 말이지! 그럼 어느 쪽으로 갔지?"

귀될은 무관심한 말투로 대답했다.

"무통 거리 쪽으로 갔죠, 아마."

트리스탕은 머리를 돌려 자기 부대에게 다시 출발할 준비를 하라고 신호했다. 은자는 숨을 쉬었다.

"나리," 하고 순검 하나가 불쑥 말했다. "그렇다면 저 늙은 요정에게 물어보십시오, 왜 채광창의 창살이 저렇게 망그러졌느냐고."

이 질문은 가련한 어머니의 가슴속을 또다시 아프게 했다. 그러나 여자는 재치를 모두 잃지는 않았다. "이건 항상 이랬는걸요 뭐." 그녀는 더듬거렸다.

"쳇 무슨 소리!" 하고 순검은 응수했다. "어제만 하더라도 저건 아름다운 검은 십자가를 이루고 있어서, 신앙심을 불러일으켜 주었는데."

트리스탕은 은자를 흘끗 곁눈질했다.

"저 여편네가 당황하는 것 같은데!"

이 불행한 여자는 모든 것이 자기의 침착한 태도에 달렸음을 느끼고, 마음속으로는 죽도록 고통스러웠으나 히죽히죽 웃기 시작했다. "쳇 무슨 소리!" 그녀는 말했다. "저 남자는 취했어. 돌을 싣고 가던 수레가 그 뒤꽁무니로 내 채광창을 들이 받아서 창살을 부러뜨려 놓은 지가 일 년도 더 됐는데. 그래서 내가 그 수레꾼에게 욕지거리를 퍼부어주기까지 했는데!”

“사실이야.” 다른 순검이 말했다. “나도 현장을 목격했어.”

무엇이고 다 보았다는 사람들이 언제 어디서나 있게 마련이다. 순검의 이 뜻밖의 증언은 은자의 용기를 북돋워주었는데, 그 신문을 받은 은자는 칼날 위를 걸어서 구렁텅이를 건너가는 것만 같았다.

그러나 그녀는 희망과 불안의 연속적인 교착을 겪지 않을 수 없었다.

“만약 수레가 그렇게 했다면,” 하고 첫 번째 군사가 응수했다. “창살 동강이들이 저렇게 밖으로 휘어져 있을 게 아니라, 안으로 구부러져 있어야 할 텐데.”

“그렇지! 그렇지!” 트리스탕은 그 군사에게 말했다. “자네는 샤틀레의 심문관 같은 코를 가지고 있군. 이 사람이 말한 것에 답변해 봐, 노파!”

“어머나!” 그녀는 궁지에 몰려, 본의 아니게도 눈물이 글썽거리는 목소리로 외쳤다. “맹세합니다요, 나리, 이 창살을 부러뜨린 건 수레였어요. 저 양반이 봤다고 하신 말씀을 나리도 들으셨지요, 네. 그리고 또 그게 그 이집트 계집애와 무슨 상관이 있습니까요?”

“흠!” 하고 트리스탕은 중얼거렸다.

“제기랄!” 하고 헌병대장의 칭찬에 기분이 좋았던 병정은 말을 이었다. “쇠가 부러진 자국을 보니 금세 부러진 건데 그래!”

트리스탕은 고개를 설레설레 흔들었다. 그녀는 새파래졌다.

"그 수레가 들이받은 지가 얼마나 됐다고 그랬지?"

"아마 한 달이나 보름쯤 될 거예요, 각하. 지금은 잘 모르겠어요."

"저 여자는 처음엔 일 년도 더 됐다고 했습니다." 그 병정은 지적했다.

"이거 수상한걸!" 헌병대장은 말했다.

"나리," 그녀는 여전히 채광창 앞에 꼭 붙어 서서, 그들이 의심한 나머지 머리를 들이밀고 독방 안을 살펴보지나 않을까 걱정하면서 외쳤다. "나리, 맹세합니다요, 이 창살을 부순 건 수레였단 말씀이에요. 저는 천국에 계시는 거룩한 천사들을 걸고 나리께 맹세합니다요. 만약 그게 수레가 아니라면요, 저는 영원히 지옥에서 벌을 받겠어요. 그리고 하느님을 모독하는 게 될 거예요!"

"그대는 그 맹세에 대단한 열정을 쏟는구먼." 트리스탕은 종교 재판소의 판사 같은 눈초리로 쏘아보며 말했다.

이 가련한 여자는 자기의 침착성이 자꾸만 사라져가는 것을 느꼈다. 그래서 그녀는 자칫하면 실수를 할 지경이었고, 자기가 마땅히 해야만 했을 말을 하지 못하고 있음을 깨닫고 겁을 먹고 있었다.

그때 또 다른 병정이 오면서 외쳤다. "나리, 저 늙은 요정은 거짓말을 하고 있습니다. 마녀는 무통 거리 쪽으로 달아나지 않았습니다. 거리의 쇠사슬은 밤새도록 그대로 쳐져 있었고, 쇠사슬지기는 아무도 지나가는 걸 보지 못했답니다."

트리스탕의 인상은 사뭇 험악해지고만 있었는데, 그는 은자에게 신문했다. "이 사람 말을 어떻게 생각하느냐?"

그녀는 이 새로운 사건에 또다시 잘 대처해 보려고 했다. "그건 모르겠습니다요, 나리. 제가 잘못 알았나 보죠. 사실 저는 그 계집애가 강물을 건너간 줄로만 알고 있었습죠."

"그건 반대쪽이다." 헌병대장은 말했다. "하지만 그년이 저를 뒤쫓고 있는 시테로 되돌아가려고 했으리라곤 아무래도 생각되지 않는다. 너는 거짓말을 하고 있는 거야, 노파!"

"그리고 강물 이쪽에도 저쪽에도 배는 없습니다." 첫 번째 병정이 덧붙였다.

"그 계집애는 헤엄을 쳐서 건너갔을지도 몰라요." 은자는 한 걸음 한 걸음 지반을 지키면서 대꾸했다.

"여자들도 헤엄을 칩니까?" 병정은 말했다.

"빌어먹을! 노파! 넌 거짓말하는구나! 넌 거짓말하고 있어!" 트리스탕은 성을 내어 말을 이었다. "그 마녀는 내버려두고 네년의 목을 달아매고 싶구나. 15분만 신문한다 치면 아마 네 목구멍에서 사실을 끌어낼 수 있을 게다. 자, 우리를 따라오너라."

그녀는 그 말을 기다렸다는 듯이 받아넘겼다. "마음대로 하십쇼, 나리. 어서 하십쇼. 어서 하십쇼. 신문이라면 좋습니다요. 저를 끌어가십쇼. 어서요! 어서! 당장 떠납시다." 그동안에 내 딸은 달아나 버리겠지 하고 그녀는 생각했다.

"빌어먹을!" 헌병대장은 말했다. "고문대를 저렇게도 좋아하다니 원! 저 미친년은 통 알 수가 없는걸!"

머리가 희끗희끗한 늙은 야경대원 하나가 열 중에서 나와 헌병대장에게 말했다. "사실 미친년이죠, 나리! 저 여자가 집시 계집애를 놓쳤다 하더라도 저 여자의 잘못은 아닙니다. 왜냐하면 저 여자는 집시 여자들을 좋아하지 않으니까요. 저는 15년 이래 야경을 하고 있는데, 저녁마다 저 여자가 보헤미아 여자들에게 끝없는 욕설을 퍼부으며 저주하는 걸 듣고 있습니다. 우리가 추격하고 있는 여자가, 제가 생각하는 대로, 그 염소를 가진 춤추는 소녀라면, 저 여자는 누구보다도 더 그 계집애를 미워하고 있습니다."

귀될은 기운을 내어 말했다. "누구보다도 더 그 계집애를 미워한다오."

모든 야경대원들의 일치된 증언은 헌병대장에게 이 늙은 야경대원의 말을 확증해 주었다. 트리스탕 레르미트는 은자에게서 아무것도 끌어내지 못한 데 실망하여, 그녀에게 등을 돌렸고, 그녀는, 그가 자신의 말을 향하여 천천히 걸어가는 것을 말할 수 없이 불안한 마음으로 지켜보았다. "자," 하고 그는 입속으로 중얼거렸다. "출발하자! 다시 수색을 시작하자. 그 이집트 계집애의 목을 매달기 전엔 난 자지 않겠다."

그러나 그는 말에 올라타기 전에 또 한참 망설였다. 제 옆에 짐승의 굴 냄새를 맡고 떠나려 들지 않는 사냥개와 같은 그런 걱정스러운 얼굴로 그가 광장을 둘러보는 것을 보고, 귀될은 삶과 죽음 사이에서 가슴이 두근거리고 있었다. 이윽고 그는 머리를 흔들고 안장에 걸터탔다. 그토록 무섭게 죄어져 있던 귀될의 가슴은 후련해져서, 그들이 거기에 와 있은 뒤로 아직 한 번도 감히 바라보지 못했던 자기의 딸을 흘끗 바라보면서 나직한 목소리로 말했다. "살았다!"

가련한 소녀는 그동안 내내 방구석에서 자기 앞에 있는 죽음을 생각하면서 숨도 안 쉬고 꼼짝 않고 있었다. 그녀는 귀뒬과 트리스탕 사이에 벌어지는 장면을 하나도 빠짐없이 보았고, 어머니의 고통 하나하나가 그녀의 마음속에서 쩌렁쩌렁 울렸다. 그녀는 자기를 심연 위에 매달아 놓은 줄이 줄곧 와지끈거리는 소리를 모두 들었고, 그 줄이 끊어지는 것을 수십 번도 더 보는 듯했는데, 이제야 마침내 숨을 쉬기 시작하고, 자기의 발이 단단한 땅을 딛고 서 있음을 느꼈다. 그때 그녀는 어떤 목소리가 헌병대장에게 말하는 것을 들었다.

"육시랄 것! 헌병대장, 마녀들의 목을 매다는 건 무사인 내가 할 일이 아니오. 천민들이 저기 있소. 이 일은 당신 혼자 하게 두겠소. 내 중대는 중대장이 없으니까, 내가 내 중대로 돌아가는 걸 당신도 마땅하게 여길 거요." 이 목소리, 그것은 페뷔스 드 샤토페르의 목소리였다. 그녀의 마음속에 어떤 일이 일어났는지는 말로 이루 다 표현할 수 없다. 그래 그이가 거기에 있구나, 내 애인이, 내 보호자가, 내 원조자가, 내 피난처가, 내 페뷔스가! 그녀는 일어나서, 어머니가 미처 가로막기도 전에, 채광창으로 뛰어가 외쳤다. "페뷔스! 이리 와요, 나의 페뷔스!"

페뷔스는 이미 거기에 없었다. 그는 이제 막 말을 달려 쿠텔르리 거리 모퉁이를 돌아가버렸다. 그러나 트리스탕은 아직 떠나지 않고 있었다.

은자는 으르렁거리면서 딸에게 달려들었다. 그녀는 딸의 목에 손톱을 박아 사정없이 뒤로 낚아채었다. 어미 호랑이도 그렇게까지 세심한 주의를 하지는 않으리라. 그러나 이미 너무 늦었다. 트리스탕이 벌써 본 것이다.

"흐흥!" 그는 이빨을 모조리 드러내놓고 웃으면서 외쳤는데, 그때의 그의 얼굴은 흡사 늑대의 낯바닥 같았다. "저 쥐구멍에는 두 마리 생쥐가 있구나!"

"그렇지 싶었습니다." 병정이 말했다.

트리스탕은 그의 어깨를 두드렸다. "자네는 훌륭한 고양이다! 자," 하고 그는 덧붙였다. "앙리에 쿠쟁은 어디 있느냐?"

군복도 입지 않고 군인같이 생기지도 않은 사나이 하나가 열 중에서 나왔다. 그는 회색과 갈색으로 이등분된, 가죽 소매가 달린 옷을 입고 있었고, 머리털은 뻣뻣하고, 투박한 손은 한 꾸러미의 밧줄을 들고 있었다. 이 사나이는 늘 트리스탕을 따라다니고, 트리스탕은 늘 루이 11세를 따라다녔다.

"여보게, 우리가 찾던 마녀가 저기에 있는 것으로 보인다. 그것의 목을 매달아라. 사다리는 갖고 있느냐?" 트리스탕 레르미트는 말했다.

"저기 저 '기둥 집'의 헛간 아래에 하나 있습니다." 하고 사나이는 대답했다. "이번 일은 저 사형대에서 행하는 겁니까?" 그는 돌 교수대를 가리키면서 말을 계속했다.

"그렇다."

"야 신난다!" 그는 헌병대장보다도 더 짐승 같은 야비한 웃음을 웃으면서 말을 이었다. "그렇다면 많이 걸어갈 것도 없겠군요."

"서둘러라!" 트리스탕은 말했다. "웃는 건 나중에 하고."

그러는 동안 자기 딸이 트리스탕의 눈에 띄어 모든 희망을 잃은 뒤로, 은자는 아직 한마디 말도 하지 않았다. 그녀는 반사 지경에 이른 가엾은 이집트 아가씨를 지하실 한쪽 구석에 던져놓고, 채광창 앞으로 다시 와서, 맹수의 두 발톱처럼 두 손으로 엔타블레처의 모서리를 짚고 섰다. 사람들은 그녀가 그런 자세로 그 모든 군사들을 대담하게 둘러보는 것을 보았는데, 그녀의 눈은 다시금 사나워지고 흐려져 있었다. 앙리에 쿠쟁이 방 옆으로 갔을 때, 그녀가 어찌나 사나운 얼굴로 그를 노려보던지, 그는 뒷걸음쳤다.

"나리," 그는 헌병대장에게 되돌아오면서 말했다. "어느 계집을 잡아야 합니까?"

"젊은 계집이다."

"그렇다면 잘 됐습니다. 늙은 계집은 고약해 보이니 말입니다."

"참 가엾구나, 염소를 데리고 춤추는 저 계집애는!" 늙은 야경대원은 말했다.

앙리에 쿠쟁은 채광창에 다가갔다. 어머니의 눈초리 앞에 그는 눈길을 떨어뜨렸다. 그는 적이 머무적거리면서 말했다.
"아주머니……."

그녀는 매우 낮은 성난 목소리로 그의 말을 가로막았다.
"뭘 원하는 거냐?"

"당신이 아니라 다른 여자요." 그는 말했다.

"다른 여자라니?"

“젊은 여자 말이야.”

그녀는 머리를 흔들기 시작하면서 외쳤다. “아무도 없다! 아무도 없다! 아무도 없다!”

“안 그래!” 하고 망나니는 말을 이었다. “당신은 알 텐데. 그 젊은 계집을 잡아가게 해주오. 당신을 해칠 생각은 없어, 당신은 말이야.”

그녀는 야릇한 비웃음을 머금고 말했다. “아! 나를 해칠 생각은 없단 말이지, 나는!”

“다른 여자를 넘겨주오, 아주머니. 헌병대장님의 명령이야.”

그녀는 미친 사람처럼 되풀이했다. “아무도 없다.”

“아니라니까!” 망나니는 대꾸했다. “여기 두 사람이 있는 걸 우리는 모두 봤어.”

“그런 말 말고 들여다보지 그래!” 은자는 히죽히죽 웃으면서 말했다. “채광창 안으로 머리를 처넣어 보라고.”

망나니는 어머니의 손톱을 살펴보고 감히 그러지를 못했다.

“서둘러라!” 하고 트리스탕은 외쳤는데, 그는 방금 ‘쥐구멍’의 주위에 자기 부대를 빙 둘러 세워놓고, 교수대 옆에서 말 위에 걸터앉아 있었다.

앙리에는 당황하여, 다시 한 번 헌병대장에게 되돌아왔다. 그는 밧줄을 땅바닥에 내려놓고, 거북살스러운 듯이 모자를 두 손으로 만지작거렸다. “나리,” 하고 그는 물었다. “어디로 들어갈까요?”

“문으로.”

“문이 없습니다.”

"창으로."

"창이 너무 좁습니다."

"그럼 넓혀라." 하고 트리스탕은 성이 나서 말했다. "곡괭이가 없느냐?"

어머니는 자기 소굴의 안쪽에서 줄곧 사냥감 앞에 선 사냥개처럼 멈추어 서서 바라다보고 있었다. 그녀는 더이상 아무런 희망도 없었고, 자기가 무엇을 원하는지도 몰랐으나, 자기 딸을 잡아가는 것은 원하지 않았다.

앙리에 쿠쟁은 '기둥 집'의 헛간 아래 있는, 허드렛일에 쓰는 연장 상자를 가지러 갔다. 그는 거기서 두 겹 사닥다리를 끌어내어 즉시 교수대에 기대었다. 헌병대원 대여섯 명이 곡괭이와 지렛대를 들고 나섰고, 트리스탕도 그들과 함께 채광창 쪽으로 갔다.

"노파, 그 계집애를 순순히 우리에게 넘겨라." 헌병대장은 준엄한 어조로 말했다.

그녀는 무슨 말인지 못 알아들은 것처럼 그를 바라다보았다.

"빌어먹을! 대관절 그 마녀를 임금님의 뜻대로 교수형에 처하지 못하게 하는 까닭이 뭐냐?" 트리스탕이 말했다.

"무슨 까닭이냐고? 이건 내 딸이다."

그녀의 그 어조에는, 앙리에 쿠쟁 자신마저도 몸에 소름이 끼쳤다

"거참 안됐군." 하고 헌병대장은 대꾸했다. "그러나 이건 임금님의 뜻이다."

그녀는 그 무시무시한 웃음을 더욱 크게 터뜨리면서 외쳤

다. "그게 내게 무슨 상관이냐, 네 임금님이라는 게? 이건 내 딸이란 말이다!"

"벽을 뚫어라." 트리스탕은 말했다.

충분히 넓은 구멍을 내기 위해서는 채광창 아래서 한 줄의 돌을 뽑아내기만 하면 되었다. 곡괭이와 지렛대가 자기의 요새를 무너뜨리는 소리를 들었을 때, 어머니는 끔찍한 고함을 지르고, 이어서 울안에 갇힌 야수의 습성처럼, 방 안을 무지무지하게 빠른 속도로 빵빵 돌기 시작했다. 그녀는 이제 아무 말도 않았으나, 그 눈에는 불길이 타오르고 있었다. 군사들도 내심 얼어 있었다.

갑자기 그녀는 포석을 집어서, 깔깔 웃으며, 일꾼들을 향해 두 주먹으로 냅다 던졌다. 포석은, 그녀의 손이 떨리고 있었는지라, 잘못 던져져 아무도 맞히지 못하고, 트리스탕의 말 발치에 와서 멎었다. 그녀는 이를 갈았다.

그러는 동안 해는 아직도 솟아오르지 않았지만 날은 훤히 밝아, 아름다운 연분홍빛이 '기둥 집'의 낡아빠진 굴뚝들을 장식하고 있었다. 그것은 대도시의 가장 일찍 일어나는 집 창문들이 지붕들을 향해 즐겁게 열리는 시간이었다. 몇몇 천민들이, 몇몇 과일 장수들이 나귀를 타고 장터로 가느라고, 그레브를 가로질러 가기 시작하면서, '쥐구멍' 주위에 모여 있는 그 한 떼의 군사들 앞에서 잠시 걸음을 멈추고 그들을 놀란 눈으로 바라보다가 지나쳐버리곤 했다.

은자는 딸 옆으로 가서 앉아, 자기의 몸뚱이로 딸을 감싸 안고, 앞을 똑바로 응시하면서, 가련한 소녀가 꼼짝 않고 쭈그린 채 나직한 목소리로, "페뷔스! 페뷔스!"라고만 중얼거리는 것을 듣고 있었다. 파괴자들의 작업이 진척되어 보임에 따라, 어머니는 기계적으로 뒤로 물러났고, 처녀를 더욱더 벽으로 몰아붙였다. 별안간 은자는 돌이 허물어지는 것을 보았고 (왜냐하면 그녀는 파수를 보며 한시도 돌에서 눈을 떼지 않았으니까), 일꾼들을 격려하는 트리스탕의 목소리를 들었다. 그러자 그녀는 얼마 전부터 빠져 있던 허탈 상태에서 벗어나 소리를 질렀는데, 그녀가 말하는 동안, 그녀의 목소리는 때로는 톱 소리처럼 귀청을 찢는 듯했고, 또 때로는 마치 모든 저주가 한꺼번에 터져나오기 위해 그녀의 입술 위에 밀려닥치기라도 하는 듯 더듬거렸다. "이런! 이런! 아이고 망측해라! 네놈들은 날강도로구나! 그래, 정말로 내 딸의 목을 매달 요량이냐? 이건 내 딸이란 말이다! 오! 비겁한 놈들! 오! 망나니 종놈들 같으니! 무도한 살인자 하인들 같으니! 사람 살려! 사람 살려! 불이야! 아니, 그래 이놈들이 내 딸을 이렇게 잡아가려는 거야? 그렇다면 대관절 하느님이란 게 뭐냔 말이다?"

그러고 나서 그녀는 거품을 내고, 눈은 살기가 등등하고, 표범처럼 네 발을 딛고, 털을 곤두세우고는, 트리스탕에게 말을 던졌다. "어디 좀 다가와서 내 딸을 잡아가 봐라! 그래 이게 내 딸이라고 이 여편네가 네게 한 말이 무슨 뜻인지 모르겠느냐? 부모에게 어린애가 어떤 것인지 넌 모르느냐? 아니, 이 살쾡이 같은 놈아, 넌 한 번도 암살쾡이하고 살아본 적이 없느냐? 그래서 한 번도 살쾡이 새끼를 낳아본 적이 없느냐? 그리고 네게 새끼들이 있다면, 네 새끼들이 울부짖을 때, 네 오장육부 속에서는 아무것도 감동받는 게 없더냐?"

"그 돌을 내려놓아라." 트리스탕은 말했다. "이제 그만 떨어지겠구나."

지렛대들은 그 무거운 돌을 떠둥그뜨렸다. 그것은 앞서 말한 바와 같이, 어머니의 마지막 성채였다. 그녀는 그 돌 위로 달려들어 그것을 붙들려고 손톱으로 할퀴었으나, 육중한 돌덩어리는 여섯 사나이들이 떼미는 바람에 그녀의 손에서 벗어나, 쇠 지렛대들을 따라서 땅바닥까지 스르르 내려앉았다.

어머니는 입구가 뚫린 것을 보고, 구멍 앞에 가로 쓰러져서, 몸뚱어리로 그 돌파구를 막고, 팔을 비틀고, 머리로 포석을 치고, 피로로 목이 잠긴, 잘 알아들을 수도 없는 목소리로 외쳤다. "사람 살려! 불이야! 불이야!"

"자 이제, 계집애를 잡아라." 여전히 냉정한 트리스탕은 말했다.

어머니가 하도 매서운 눈으로 병사들을 쏘아보자, 그들은 뒤로 물러났으면 물러났지 앞으로 나아가려 하지 않았다.

"자, 자," 헌병대장은 말을 이었다. "앙리에 쿠쟁, 네가 가라!"

아무도 한 걸음도 나서지 않았다.

헌병대장은 욕을 했다. "육시랄! 내 군사들아! 계집 하나가 무서우냐!"

"나리," 앙리에 쿠쟁은 말했다. "저걸 계집이라고 할 수 있겠어요?"

"저 여자에겐 사자의 갈기가 있습니다!"라고 또 한 사나이가 말했다.

"자!" 하고 헌병대장은 대꾸했다. "창구는 꽤 넓다. 퐁투아즈 성의 돌파구로 들어가듯, 세 명씩 한꺼번에 들어가라. 끝장을 내자, 염병할 것! 누구든지 물러서는 놈은 두 토막을 내놓겠다!"

위협하고 있는 헌병대장과 어머니 사이에 끼여 병사들은 잠시 망설이다가 이윽고 결심을 하고, '쥐구멍'을 향해 나아갔다.

그것을 보자 은자는 무릎을 꿇고 벌떡 일어나서, 얼굴에서 머리카락을 걷어내고, 껍질이 벗겨진 빼빼 마른 손을 다시 허벅다리 위에 떨어뜨렸다. 그러자 굵직굵직한 눈물방울이 하나씩 하나씩 눈에서 흘러, 움푹 팬 시내의 밑바닥으로 격류가 흘러내리듯, 그녀의 볼을 따라 주름살로 떨어졌다. 동시에 그녀는 말을 하기 시작했는데, 하도 애절하고, 하도 부드럽고, 하도 공순하고, 하도 비통하여, 트리스탕의 주위에서는 사람의 고기라도 먹음 직한 수많은 늙은 병사들이 눈을 훔치고 있었다.

"나리들! 순검 나리들, 꼭 한마디만! 이건 꼭 말씀드려야겠어요. 이건 제 딸이에요, 아시겠어요? 잃어버렸던 제 사랑하는 귀여운 딸이라고요. 제 말씀을 들어주세요. 이건 사실이에요. 제가 순검 나리들을 잘 알고 있다는 걸 생각해 주세요. 제가 매춘 생활을 했던 탓에 꼬마둥이들이 제게 돌멩이질을 하던 시절, 순검 나리들은 제게 늘 친절했어요. 아시겠어요? 아시게 되면, 여러분은 제게 제 딸을 두고 가실 거예요! 저는 가련한 창녀예요. 보헤미아 계집들이 제 딸을 훔쳐갔어요. 저는 제 딸의 신짝을 15년이나 간직해 왔어요. 자, 이것 보세요. 제 딸의 발은 이랬답니다. 랭스에서! 라 샹트플뢰리! 폴 펜 거리! 여러분도 아마 알고 계셨을 거예요. 그게 저였어요. 여러분의 소싯적에, 그때는 좋은 시절이었어요. 사람들은 잠깐씩 즐거운 시간을 보냈지요. 여러분은 저를 가엾게 여겨주실 거예요, 네, 나리들? 이집트 계집들이 제 딸을 훔쳐갔어요. 그년들은 15년이나 그 애를 감추고 있었어요. 저는 그 애가 죽은 줄로만 믿고 있었어요. 상상을 좀 해보세요, 좋은 친구 양반들, 제가 그 애를 죽은 줄로만 알고 있었다는 걸 말이에요. 저는 15년간을 여기서, 이 지하실에서, 겨울에 불도 없이 지냈어요. 그건 참 힘든 일이에요. 이 조그맣고 가련한 사랑스러운 신짝! 제가 하도 울부짖었더니 하느님께서 제 소원을 들어주셨어요. 오늘 밤, 하느님은 제 딸을 돌려주셨어요. 하느님의 기적이지요. 제 딸은 죽지 않았어요. 여러분은 저 애를 제게서 빼어가지 않겠지요. 저는 확신해요. 그것도 저라면, 아무 말 않겠어요. 하지만 제 딸은 열여섯 살짜리 어린애라고요! 햇빛 볼 시간을 그 아이에게 남겨주세요! 저 애가 여러분에게 무슨 짓을 했다는 거예요? 전혀 아무 짓도 한 게 없어요. 저도 역시 마찬가지고요. 아, 여러분이 알아주신다면, 제겐 저 애밖에 없다는 걸, 저는 늙었다는 걸, 성모마리아께서 제게 보내주신 축복이라는 걸! 그리고 여러분은 모두 퍽 좋은 분들이에요! 저게 제 딸이라는 걸 여러분은 모르고 계셨지만, 이제는 아시잖아요. 오! 저는 저 애를 사랑하고 있어요! 높으신 헌병대장 나리, 저 아이의 손가락에 생채기 하나 입히느니 차라리 제 창자에 구멍이 뚫리는 걸 저는 더 바라겠어요! 나리께선 인자하신 양반 같아요! 제가 지금 말씀드리는 것으로 사정을 아셨을 거예요. 안 그래요? 오! 나리께서 어머님이 계셨다면! 나리는 대장님이지요. 제 아기를 제게 주세요. 예수 그리스도에게 빌듯이, 제가 이렇게 무릎을 꿇고 나리께 빌고 있는 것을 보세요! 저는 남에게 아무것도 요구하지 않아요. 저는 랭스 사람이에요, 나리들. 저는 제 아저씨 마예 프라동의 조그만 밭뙈기를 갖고 있어요. 저는 거지가 아니에요. 저는 아무것도 바라지 않아요. 제가 바라는 건 제 딸뿐이에요! 오! 저는 제 아이를 지키고 싶어요! 주인이신 하느님은 저 애를 저에게 거저 주신 게 아니에요! 임금님이라고요! 여러분은 임금님이라고 하시는군요! 제 어린 딸을 죽이는 건 이미 임금님을 크게 기쁘게 해드리지 못할 거예요! 그리고 임금님은 인자하시지요! 이건 제 딸이에요! 바로 저의 딸이에요! 임금님의 것이 아니에요. 여러분 것도 아니에요! 저는 떠나겠어요! 저희들은 떠나겠어요! 요컨대, 두 여자가 지나가는데, 그중 하나는 어미고 또 하나는 딸이니 그들을 지나가게 내버려둬야지요! 저희들을 지나가게 해주세요! 저희들은 랭스 사람이에요. 오! 여러분은 참으로 좋은 분들이에요, 순검 나리들, 저는 여러분을 모두 사랑해요. 제 사랑스러운 딸을 제게서 빼어가지 마세요. 그럴 수는 없어요! 절대로 그럴 수 없는 일 아닌가요? 내 아가! 내 아가!"

그녀의 몸짓이며 말투, 그녀가 말하면서 들이마시던 눈물, 마주 잡았다 비틀었다 하는 손, 비통한 미소, 눈물 젖은 눈, 신음, 한숨, 갈피를 잡을 수 없는 그녀의 부질없고 두서없는 말에 섞여드는, 가슴을 에는 듯한 가련한 울부짖음, 이런 것들에 관하여 나는 설명하려 들지 않겠다. 그녀가 입을 다물었을 때, 트리스탕 레르미트는 눈살을 찌푸렸으나, 그것은 그의 호랑이 같은 눈에 팽그르르 도는 눈물을 감추기 위해서였다. 그러나 그는 약해지는 마음을 극복하고, 짤막한 어조로 말했다. "임금님의 뜻이다."

그런 뒤에 그는 앙리에 쿠쟁의 귀에 몸을 기울이고 썩 나지막한 목소리로 말했다. "빨리 해치워라!" 이 무서운 헌병대장 역시 자신에게서 용기가 빠져나가는 것을 느끼고 있었으리라.

망나니와 순검들은 그 작은 방 안으로 들어갔다. 어머니는 조금도 저항하지 않고, 다만 자기 딸 쪽으로 기어가 딸에게 맹렬히 몸을 던졌다. 이집트 아가씨는 병사들이 다가오는 것을 보았다. 죽음의 두려움이 그녀에게 기운을 되살려주었다. "어머니!" 하고 그녀는 형언할 수 없는 고통스러운 어조로 외쳤다. "어머니! 저들이 와요! 저를 지켜주세요!" "오냐, 내 사랑아, 지켜주마!" 하고 어머니는 가물가물 꺼지는 목소리로 대답하고, 딸을 품 안에 꼭 껴안고, 마구 키스를 퍼부었다. 어머니가 딸을 감싸고, 그렇게 두 여자가 땅바닥에 쓰러져 있는 모습은 참으로 측은한 광경이었다.

앙리에 쿠쟁은 처녀의 아름다운 어깨 아래로 몸통 한가운데를 잡았다. 그 손이 닿음을 느끼자 그녀는 "으악!" 하고 까무러쳐 버렸다. 망나니는 그녀 위에 굵직굵직한 눈물을 방울방울 떨어뜨리면서, 그녀를 품에 안아 올리려 했다. 그는 딸의 허리띠 주위에 두 손을 꼭 비끄러매 놓다시피 하고 있는 어머니를 떼어내려고 해보았으나, 어찌나 굳세게 딸에게 매달려 있던지, 그들을 떼어놓을 수가 없었다. 그러자 앙리에 쿠쟁은 처녀를 방 밖으로 끌어냈고, 어머니는 딸 뒤에 붙어 나왔다. 어머니 역시 눈을 감고 있었다.

그때 해가 떠오르고 있었으며, 벌써 광장에는 꽤 많은 군중이 모여서, 그렇게 교수대 쪽으로 포도 위를 끌고 가는 것을 멀리서 바라다보고 있었다. 그것이 헌병대장 트리스탕의 사형집행 방식이었다. 그에게는 구경꾼들을 접근하지 못하게 하는 괴벽이 있었던 것이다.

집집의 창문에는 아무도 없었다. 다만 그레브 쪽으로 우뚝 솟은 노트르담의 종탑 꼭대기에, 아침의 맑은 하늘 속에 새카맣게 드러난 두 사나이가 보였는데, 그들은 내려다보고 있는 듯했다.

앙리에 쿠쟁은 끌고 온 것과 함께 그 숙명적인 사닥다리 아래서 걸음을 멈추고, 사정이 하도 측은하게 여겨져 숨도 제대로 쉬지 못하고, 처녀의 그 사랑스러운 목에 밧줄을 감았다. 불쌍한 소녀는 그 삼밧줄의 끔찍한 촉감을 느꼈다. 그녀는 눈을 뜨고, 자기의 머리 위에 뻗쳐 있는 돌 교수대의 앙상한 팔을 보았다. 그러자 그녀는 부르르 떨고, 가슴을 찢는 듯한 새된 목소리로 외쳤다. "싫어! 싫어! 난 싫어!" 어머니는 딸의 옷 아래 머리를 파묻고 있었는데, 말 한마디 하지 않았다. 다만 사람들은 그 여자가 온몸을 떠는 것을 보았고, 자기 딸에게 더 열렬히 입을 맞추는 소리를 들었다. 망나니는 그 틈을 타서 그 여자가 사형수를 꼭 껴안고 있는 팔을 사정없이 풀었다. 기진맥진해서인지, 절망해서인지는 알 수 없으나, 그 여자는 그가 하는 대로 가만히 있었다. 그러고 나서 그가 처녀를 어깨에 메니, 어여쁜 아가씨는 그의 커다란 머리 위에서 허리가 구부러져 아리땁게 늘어졌다. 그런 뒤에 그는 올라가려고 사닥다리에 발을 디뎠다.

그때 어머니는 포석 바닥에 웅크린 채 완전히 눈을 떴다. 소리 한번 지르지 않고 그녀는 무서운 표정으로 벌떡 일어나더니, 먹이에 달려드는 짐승처럼, 망나니의 손에 달려들어 물어뜯었다. 번개 같았다. 망나니는 아파서 비명을 질렀다. 사람들이 쫓아왔다. 그리고 어머니의 이 사이에서 그의 피투성이가 된 손을 간신히 빼냈다. 그녀는 깊은 침묵을 지키고 있었다. 사람들은 그녀를 꽤 난폭하게 밀어젖혔고, 그녀의 머리가 포석 위에 쿵 떨어지는 것을 보았다. 사람들은 그녀를 다시 일으켰다. 그녀는 다시금 넘어졌다. 그녀는 죽어 있었던 것이다.

처녀를 놓지 않고 있던 망나니는 다시 사닥다리를 오르기 시작했다.

2장

LA CREATURA BELLA BIANCO VESTITA[10)]
백의의 미녀

독방이 텅 비고 이집트 아가씨가 없어진 것을 보았을 때, 자기가 지키고 있는 사이에 누가 그녀를 납치해 가버린 것을 알았을 때, 카지모도는 두 손으로 제 머리털을 쥐어뜯고, 놀라고 슬퍼서 발을 동동 굴렀다. 그런 뒤에 그는 성당 안을 구석구석 뛰어다니면서 자기의 보헤미아 아가씨를 찾기 시작하고, 여기저기 벽 모퉁이에서 이상한 고함을 지르고, 제 붉은 머리카락을 포도 위에 뿌렸다. 그것은 바로 임금의 군사들이 기세등등하게 노트르담에 들어와 역시 이집트 아가씨를 찾고 있을 때였다. 카지모도는, 이 가련한 귀머거리는 그들의 흉측한

10) 단테는 『신곡』 중 「연옥편」 XII, 88~89에서 겸손의 천사를 이렇게 명명하고 있다.

속셈이 무엇인지도 모르고 그들을 도왔다. 그는 이집트 아가씨의 적이 거지 떼들인 줄로만 믿고 있었던 것이다. 그는 몸소 트리스탕 레르미트를 인도하여 숨어 있을 만한 곳을 샅샅이 뒤져보게 하고, 비밀 문이며 제단 속 밑바닥이며 성기실 뒷방 등을 그에게 열어 보였다. 만약 그 불쌍한 아가씨가 아직도 거기에 있었더라면, 그녀를 넘겨준 것은 카지모도 자신이었으리라. 여간해서는 지칠 줄 모르는 트리스탕이 아무것도 찾아내지 못한 데 지쳐버렸을 때도, 카지모도는 혼자서 계속 찾았다. 그는 수십 번, 수백 번 성당을 돌았다, 종횡으로, 위아래로, 올라갔다 내려왔다, 뛰고, 부르고, 외치고, 냄새 맡고, 샅샅이 뒤지고, 속속들이 들추고, 온갖 구멍 속에 머리를 쑤셔넣고, 모든 궁륭 아래 횃불을 밀어넣고, 절망하고, 미칠 지경이 되어서. 제 암컷을 잃은 수컷도 그토록 으르렁거리고 그토록 사납게 굴지는 않았으리라. 마침내 그녀가 이미 거기에 없다는 것을, 일이 다 글러버렸다는 것을, 누가 그녀를 훔쳐가 버렸다는 것을 알았을 때, 확실히 알았을 때, 그는 종탑의 계단을 천천히 다시 올라갔다, 그녀를 구출했던 날은 그렇게도 흥분하고 의기양양하게 뛰어 올라갔던 그 계단을. 그는 같은 장소들을 다시 지나갔다, 머리를 수그리고, 말없이, 눈물도 흘리지 않고, 숨도 거의 쉬지 않고. 성당은 다시금 적적해지고, 다시 고요 속에 빠져 있었다. 군사들은 시테로 마녀를 추격하기 위해 이미 성당을 떠나버렸던 것이다. 조금 전까지 그처럼 포위되어 왁자지껄했던 그 광대한 노트르담 안에 홀로 남게 된 카지모도는, 이집트 아가씨가 자기의 비호 아래 여러 주일 동안 잠잤던 독방 쪽으로 다시 발걸음을 옮겼다. 독방으로 다가가면서 그는 어쩌면 거기서 그녀를 다시 만나보게 될지도 모르리라고 생각했다. 측랑의 지붕 쪽으로 향해 있는 회랑의 모퉁이에서, 흡사 가지 아래 매달린 새집과 같이 커다란 공중 부벽 아래 쪼그려 앉은, 조그만 창과 조그만 문이 달린 그 좁다란 작은 방이 눈에 띄었을 때, 가엾게도 이 사나이는 기운이 쑥 빠져, 넘어지지 않으려고 기둥에 몸을 기댔다. 그녀는 아마 거기에 되돌아와 있을지도 모른다, 어떤 좋은 사람이 틀림없이 그녀를 거기에 도로 데려다 놓았으리라, 이 작은 방은 너무도 조용하고 안전하고 쾌적하므로 그녀가 거기에 없을 리 만무하다, 이렇게 그는 상상하고, 자기의 그런 환상이 깨질까봐, 감히 한 걸음도 더 내딛지 못했다. '그렇다.' 그는 혼자 마음속으로 중얼거렸다. '그녀는 자고 있거나 기도를 드리고 있을지 몰라. 방해하지 말자.'

이윽고 그는 다시 용기를 내어, 발끝으로 살금살금 걸어가, 들여다보고, 들어갔다. 비어 있다! 독방은 여전히 텅 비어 있었다. 가련한 귀머거리는 천천히 방 안을 돌아보고, 마치 그녀가 타일 바닥과 매트 사이에 숨어 있을 수 있기라도 한 것처럼, 침대를 쳐들고, 그 아래를 보고, 그런 뒤에 머리를 흔들고 멍하니 있었다. 그러다 갑자기 횃불을 발로 사정없이 밟아 뭉개버리고는, 말 한마디 하지 않고, 한숨 한번 쉬지 않고, 힘껏 달려가 벽에 머리를 부딪히고, 기절하여 포석 위에 쓰러졌다.

그는 정신이 돌아오자 침대 위에 몸을 던지고, 거기서 뒹굴고, 처녀가 잠을 잤던, 아직도 미적지근한 자리에 미친 듯이 입을 맞추고, 거기서 마치 숨을 거두려는 듯이 한참 동안 꼼짝도 않고 있더니, 이윽고, 땀을 뻘뻘 흘리고, 숨을 헐떡거리고, 정신없이 다시 일어나, 인경의 추와 같이 끔찍하리만큼 규칙적으로, 그리고 벽에다 머리를 깨뜨리려고 마음먹은 사람처럼 단호히, 제 머리통으로 벽을 치기 시작했다. 마침내 그는 기진하여 또다시 쓰러졌다. 그는 무릎으로 기어서 독방 밖으로 나와, 놀란 듯이 문 앞에 웅크렸다. 그는 몸 하나 까딱하지 않고, 적적한 독방을 응시하고, 텅 빈 요람과 들어찬 관 사이에 앉아 있는 어미보다도 더 침울하고 더 생각에 잠겨서, 몇 시간이고 그렇게 웅크리고 있었다. 그는 한마디 말도 하지 않았다. 다만 이따금씩 흐느낌이 터져나와 그의 온몸을 맹렬히 흔들었으나, 그것은 마치 소리를 내지 않는 저 여름의 번갯불처럼 눈물 없는 흐느낌이었다.

그때야 비로소 그는, 슬픈 몽상 속에서, 이집트 아가씨의 불의의 강탈자가 과연 누구일까 찾다가, 부주교에게 생각이 미쳤던 것 같다. 오직 클로드 신부만이 독방으로 통하는 계단의 열쇠를 가지고 있다는 생각이 머리에 떠올랐던 것이다. 그는 처녀에 대한 주교의 야간 겁탈 미수 사건들을 회상했는데, 첫 번째 사건 때는 카지모도 자신이 거들었고, 두 번째 때는 그가 방해했었다. 그의 기억 속에 오만 가지 사실들이 떠올랐는데, 이집트 아가씨를 자기한테서 빼어간 것이 부주교임을 그는 이내 믿어 의심치 않았다. 그러나 신부에 대한 그의 존경이 이만저만한 것이 아니었으므로, 그 사나이에 대한 감사와 헌신과 사랑이 그의 가슴속에 여간 깊이 뿌리박혀 있지 않았으므로, 그 뿌리들은 이 순간에마저도 질투와 절망의 손톱에 저항하고 있었다.

그는 부주교가 한 짓이라고 생각하고 있었으나, 이런 경우에 누구든 다른 사람에 대해서라면 피와 죽음의 분노를 느꼈겠지만, 그것이 클로드 프롤로였던 까닭에, 그러한 분노도 이 가엾은 귀머거리의 속에서는 커져가는 고통으로 변하고 있었다.

그의 생각이 그렇게 신부에게로 쏠리고 있었을 때, 새벽빛이 공중 부벽을 희번하게 물들이고 있었으므로, 노트르담의 위층에, 성당 후진을 둘러싼 바깥 난간의 모퉁이에, 사람 그림자 하나가 걸어가는 것이 그의 눈에 띄었다. 그 그림자는 그가 있는 쪽으로 다가왔다. 그는 그것이 누구인지 알아보았다. 부주교였다. 클로드는 무겁고 느린 발걸음으로 오고 있었다. 그는 걸으면서 앞을 바라보고 있지 않았다. 그는 북탑 쪽을 향해 가고 있었으나, 그의 얼굴은 옆으로, 센강의 우안 쪽으로 돌려져 있었으며, 마치 지붕들 너머로 무엇을 보려고 애쓰는 것처럼, 머리를 높이 쳐들고 있었다. 올빼미는 흔히 그런 곁눈질을 한다. 올빼미는 한 점을 향해 날아가면서도 다른 점을 바라다본다. 신부는 카지모도를 보지 않고 그렇게 그의 위를 지나갔다.

그렇게 난데없이 그가 나타난 데 깜짝 놀란 귀머거리는 그가 북쪽 탑 계단의 문 아래로 들어가는 것을 보았다. 독자도 알다시피, 이 탑에서는 시립 병원이 보인다. 카지모도는 일어나서 부주교의 뒤를 밟았다.

카지모도는 종탑의 계단을 올라가기 위해, 왜 신부가 그 계단을 올라가는지 알기 위해, 계단을 올라갔다. 뿐만 아니라, 이 가엾은 종지기는 카지모도 그 자신이 무슨 짓을 할 것인지, 무슨 말을 할 것인지, 무엇을 하고자 하는지 모르고 있었다. 그는 분노와 두려움으로 가득 차 있었다. 그의 가슴속에서는 부주교와 이집트 아가씨가 맞부딪치고 있었다.

종탑 꼭대기에 다다랐을 때, 계단의 어둠에서 나와 옥상으로 들어가기 전에, 그는 신부가 어디 있는지 조심스럽게 살펴보았다. 신부는 그에게 등을 돌리고 있었다. 종탑 옥상의 둘레에는 구멍 뚫린 난간이 있다. 신부는 도시를 굽어보고 있었는데, 노트르담 다리를 부감하는 쪽의 난간에 가슴을 기대고 있었다.

카지모도는 그의 뒤로 살금살금 걸어가, 그가 무엇을 그렇게 내려다보고 있는지 보았다. 신부의 주의는 딴 데 온통 쏠려 있어서, 귀머거리가 자기 옆으로 걸어오는 소리를 듣지 못했다.

여름 새벽의 선명한 햇빛에 노트르담의 종탑 위에서 보는 파리는, 더구나 당시의 파리는 장려하고 매력적인 광경이다. 그날은 7월이었을 것이다. 하늘은 구름 한 점 없이 맑았다. 때늦은 별들이 여기저기서 꺼져가고 있었는데, 동녘의 가장 밝은 하늘에는 별 하나가 유난히도 반짝거리고 있었다. 해는 솟아오르려는 찰나에 있었다. 파리는 웅성거리기 시작하고 있었다. 새하얗고 맑디맑은 햇빛이 동쪽을 향해 있는 수많은 집들의 모든 면을 뚜렷이 눈에 띄게 해주고 있었다. 종탑들의 거대한 그림자가 그 큰 도시의 한쪽 끝에서 다른 쪽 끝으로, 이 지붕 저 지붕으로 뻗어가고 있었다. 벌써 시내에선 발소리와 소음이 일었다. 여기서는 종이 울리는가 하면, 저기서는 망치 소리가, 또 저 아래서는 떨거덕거리며 굴러가는 한 대의 수레 소리가 들렸다. 벌써 연기들이 여기저기 그 모든 지붕들의 표면에서 마치 거대한 유기공(硫氣孔)의 틈바귀에서 나오는 것처럼 솟아오르고 있었다. 숱한 다리들의 교호 아래서, 숱한 섬들의 첨단에서 주름지는 강물은 은물결로 아른거렸다. 도시의 주위로, 성벽 밖에서는, 조망이 솜 같은 안개의 커다란 동그라미 속으로 스러져들고 있었으며, 그 안개를 통해 한없이 뻗어간 평야와 곱게 불거져오른 언덕들이 어렴풋이 보였다. 온갖 떠드는 소음들이 잠에서 반쯤 깨어난 이 도시 위에 흩어져 있었다. 아침 바람은 언덕의 안개 털에서 뽑아낸 흰 솜뭉치들을 공중에서 동쪽으로 쫓고 있었다.

성당 앞뜰에서는 손에 우유 단지를 든 노파들이 노트르담 대문의 이상한 파손과 사암 틈새기에 굳어진 두 줄기 납을 놀란 듯이 서로 가리켜 보이고 있었다. 그것이 간밤의 소동에서 남은 흔적의 전부였다. 종탑 사이에서 카지모도가 태운 장작불은 꺼져버리고 없었다. 트리스탕은 이미 광장을 소제하고 시체들을 센강에 던져버리게 했다. 루이 11세와 같은 임금들은 학살 후에 얼른 포도를 씻어버리는 것을 잊지 않는다.

종탑의 난간 밖으로, 신부가 걸음을 멈춘 지점의 바로 아래에는 고딕 건축물들에 뾰족뾰족 솟아 있는, 괴상하게 깎아 세운 저 이무깃돌 하나가 있었고, 그 이무깃돌의 틈바구니 하나에는 두 송이의 예쁜 무꽃이 마치 살아 있는 것처럼 산들바람에 지친 듯이 나부끼며 서로 명랑한 인사를 교환하고 있었다. 저 멀리 하늘 높이, 종탑들 위에서는 새들의 조그만 울음소리가 들려오고 있었다.

그러나 신부는 그러한 것들을 아무것도 듣지 않고, 아무것도 보지 않고 있었다. 그에게는 아침도 없고, 새도 없고, 꽃도 없는, 그런 사람 같았다. 그의 주위에서 그토록 온갖 양상들을 나타내고 있는 그 광막한 지평 속에서, 그의 응시는 단 하나의 점 위에 집중되어 있었다.

카지모도는 그에게 이집트 아가씨를 어떻게 했느냐고 물어보고 싶은 생각이 간절했다. 그러나 부주교는 그때 이 세상 밖으로 얼이 빠져나간 사람 같았다. 그는 분명히 땅이 무너져도 모를, 그러한 인생의 격렬한 순간 속에 있었던 것이다. 어떤 장소를 변함없이 응시한 채, 그는 말없이 까딱 않고 서 있었는데, 그 침묵과 부동자세가 왠지 모르게 하도 무서워서, 겁 많은 종지기는 앞에서 떨고 있을 뿐 감히 부딪치지 못했다. 다만, 부주교에게 물어보는 한 가지 방법이라고나 할까, 카지모도는 그의 시선의 방향을 따라가 볼 뿐이었는데, 그렇게 해서 이 불쌍한 귀머거리의 시선은 그레브 광장 위에 떨어졌다.

그리하여 그는 신부가 바라보고 있는 것을 보았다. 사닥다리가 상설 교수대 옆에 세워져 있었다. 광장에는 약간의 민중과 수많은 병정들이 있었다. 한 사나이가 흰 것 하나를 포도 위에서 끌고 있는데, 거기에는 검은 것 하나가 매달려 있었다. 그 사나이는 교수대 아래서 걸음을 멈추었다.

그때 무슨 일이 일어났는데 카지모도는 그것을 제대로 보지 못했다. 그것은 그의 외눈의 시력이 멀리 미치지 않아서가 아니라, 대부대의 군사들 때문에 모든 것을 볼 수가 없었기 때문이다. 뿐만 아니라 그때 해가 솟아올라 엄청난 햇빛의 물결이 지평 위에 범람하여서, 첨탑이며 굴뚝이며 합각머리 같은, 파리의 온갖 첨단들에 한꺼번에 불이 붙은 것만 같았다.

그동안 그 사나이는 사닥다리를 올라가기 시작했다. 그때 카지모도는 그를 똑똑히 다시 보았다. 그는 여자 하나를 어깨에 메고 있었는데, 흰옷을 입은 처녀로, 이 처녀는 목에 노끈이 매여 있었다. 카지모도는 그 여자를 알아보았다. 그녀였다.

사나이는 그리하여 사닥다리 꼭대기에 이르렀다. 거기서 그는 노끈을 고쳐 맸다. 여기서 신부는 더 잘 보려고, 난간 위에서 무릎을 꿇었다.

별안간 사나이는 사닥다리를 발뒤꿈치로 툭 차서 떼밀어 버렸다. 그리고 얼마 전부터 숨도 쉬지 못하고 있던 카지모도는 포도 위 두 길 높이의 밧줄 끝에서, 그 불쌍한 소녀가 그녀의 어깨 위에 쭈그리고 앉은 사나이와 더불어 흔들리는 것을 보았다. 밧줄은 여러 번 뱅글뱅글 돌았으며, 카지모도는 이집트 아가씨의 몸뚱어리를 따라 무서운 경련이 흐르는 것을 보았다. 한편 신부는 목을 쑥 빼고 눈이 튀어나오도록, 그 사나이와 처녀의, 그 거미와 파리의 끔찍한 무리를 보고 있었다.

가장 끔찍한 순간에, 악마의 웃음이, 인간이 이미 사람이기를 그만두었을 때밖에 가질 수 없는 그런 웃음이 신부의 창백한 얼굴 위에서 터졌다. 카지모도에게는 그 웃음소리가 들리지는 않았으나, 눈에 보였다. 종지기는 부주교의 뒤로 몇 걸음

물러났다가, 격분하여 그에게 달려들어, 그 투박한 두 손으로 클로드 신부가 굽어보고 있는 구렁텅이 속으로 그의 등을 밀어버렸다.

신부는, "아이고!" 하고 외치면서 떨어졌다.

그는 떨어지다가 아래 있던 이무깃돌에 걸렸다. 그가 절망적인 손으로 거기에 매달려 다시 고함을 지르려고 입을 열려는 순간, 자기 머리 위로, 난간 가장자리로, 카지모도의 복수심에 불타는 무서운 얼굴이 지나가는 것을 보았다. 그러자 그는 입을 다물었다.

구렁텅이가 그의 아래에 있었다. 200척도 더 되는 추락과 포도. 이렇게 무서운 처지에 놓인 부주교는 말 한마디 못하고, 비명 하나 지르지 못했다. 다만 그는 다시 올라오려고 이무깃돌 위에서 무진 애를 쓰면서 버둥거렸다. 그러나 그의 손은 화강암 위에서 잡을 데가 없었고, 그의 발은 검은 벽에 걸리지 않고 거기에 줄만 그을 뿐이었다. 노트르담에 올라가본 사람들이라면, 난간 바로 아래에 하나의 돌기둥이 있다는 것을 알 것이다. 이 비참한 부주교는 바로 그 요각(凹角) 위에서 안간힘을 쓰고 있었다. 그는 깎아지른 듯한 벽이 아니라, 그의 아래서 달아나는 벽에 매달려 있었던 것이다.

카지모도가 그를 구렁텅이에서 끌어내려면 그에게 손을 뻗치기만 하면 되었겠지만, 그는 그를 거들떠보지도 않았다. 그는 그레브를 바라보고 있었다. 교수대를 바라보고 있었다. 이집트 아가씨를 바라보고 있었다. 귀머거리는 조금 전에 부주교가 있던 자리에서 난간에 팔꿈치를 대고, 거기서, 그 순간이 세상에 그를 위해 존재하는 유일한 여인에게서 눈을 떼지 않고, 벼락 맞은 사람처럼 말없이 까딱 않고 있었으며, 그때까지 눈물 한 방울 흘려본 적이 없었던 눈에서는 눈물이 조용히 시냇물처럼 흐르고 있었다.

그동안 부주교는 헐떡거리고 있었다. 그의 대머리에서는 땀이 철철 흘렀고, 그의 손톱은 돌 위로 피를 흘렸고, 그의 무릎은 벽에 긁히고 있었다. 그는 이무깃돌에 걸린 자기의 법의가, 몸을 움직일 때마다 찌지직 찌지직 찢어지고 실밥이 타지는 소리를 들었다. 설상가상으로 그 이무깃돌의 끝은 연관(鉛管)으로 되어 있어서, 그의 체중 아래서 휘고 있었다. 부주교는 연관이 서서히 구부러지는 것을 느꼈다. 이 불쌍한 사나이는 속으로 생각했다. 내 손이 지쳐빠지면, 내 법의가 찢어지면, 이 연관이 구부러지면 떨어져야만 하리라, 라고. 그러자 온몸이 공포에 사로잡히는 것이었다. 때때로 무심결에, 그는 한 10자쯤 아래에, 조각의 기복으로 형성된, 좁다란 고원같이 생긴 것을 바라보고, 고통스러운 마음속으로, 비록 100년이 될지라도 좋으니, 그 두 자 평방의 표면 위에서 생애를 마칠 수 있게 해달라고 하늘에 빌었다. 한 번은 자기 아래의 광장을, 그 구렁텅이를 내려다보았다. 다시 머리를 쳐든 그는 눈이 감기고 머리칼이 곤두섰다.

이 두 사나이의 침묵은 끔찍한 것이었다. 그의 아래 몇 길을 떨어진 곳에서 부주교가 그렇게 무서운 고통을 겪는 동안, 카지모도는 울면서 그레브를 바라보고 있었다.

부주교는 자기가 움직이면 움직일수록 자기에게 남아 있는 그 취약한 거점을 흔들 뿐이라는 것을 깨닫고, 더 이상 움직이지 않기로 마음먹었다. 그는 거기서 이무깃돌을 안고, 숨도 제대로 쉬지 못하고, 더 이상 움직이지도 않고, 꿈속에서 자기가 떨어지는 것만 같은 때에 느끼는 저 배의 기계적인 경련 외에는 아무런 움직임도 없이, 그렇게 있었다. 그의 고정된 눈은 병자처럼 놀란 듯이 열려 있었다. 그러나 시나브로 지반을 잃어가고 있었으니, 그의 손가락은 이무깃돌 위에서 미끄러지고 있었고, 팔에서는 더욱더 기운이 빠져가고, 몸은 더욱더 무거워져가는 것을 그는 느끼고 있었으며, 그를 받쳐주고 있는 구부러진 연관은 시시각각으로 조금씩 구렁텅이 쪽으로 휘어져가고 있었다. 그의 아래에서는, 끔찍하게도, 생장 르 롱[11]의 지붕이 둘로 접힌 한 장의 카드처럼 조그맣게 보였다. 그는 종탑의 냉정한 조각물들을 하나씩 바라보았는데, 그것들도 그처럼 낭떠러지 위에 매달려 있었으나, 스스로 두려워하거나 그를 가엾게 여기는 기색은 없었다. 그의 주위에 있는 것은 모두가 돌뿐이었다. 그의 눈앞에는 입을 떡 벌리고 있는 괴물들, 아래, 저 밑바닥, 광장에는 포석, 그리고 그의 머리 위에서는 카지모도가 울고 있었다.

성당 앞뜰에서는 선량한 구경꾼들이 여기저기 떼를 지어, 도대체 어떤 미친놈이 저렇게 해괴한 장난을 하고 있는지 알아내려고 차분히 애쓰고 있었다. 그들의 목소리가 신부에게까지 올라와, 그는 그들이 가늘고 또렷한 목소리로 이렇게 말하

11) 노트르담의 바로 옆에 있던 성당이다.

는 것을 들었다. “아니, 저러다간 모가지가 부러지겠는걸!”

카지모도는 울고 있었다.

마침내 부주교는 분노와 공포로 거품을 내뿜으면서, 모든 것이 허사라는 것을 깨달았다. 그는 그럼에도 마지막 노력을 하기 위해 자기에게 남아 있는 모든 힘을 끌어모았다. 그는 이무깃돌 위에서 온몸에 힘을 주어, 두 무릎으로 벽을 밀고, 두 손으로 돌 틈새기 하나에 매달려, 아마 한 자쯤은 기어오르는 데 성공했으리라. 그러나 이 동요에 그가 의지하고 있던 연관의 아가리가 갑자기 휘었다. 동시에 법의가 쫙 갈라졌다. 그러자 자기 아래에는 아무것도 없음을 느꼈고, 이제 무엇엔가 붙어 있는 것이라고는 기운 빠진 뻣뻣한 손밖에는 아무것도 없었던 이 불우한 사나이는 눈을 감고 이무깃돌을 놓아버렸다. 그는 떨어졌다.

카지모도는 그가 떨어지는 것을 바라보았다.

그렇게 높은 추락은 좀처럼 수직일 수가 없는 법이다. 허공에 던져진 부주교는 처음엔 머리를 아래로 하고 두 손을 펴고 떨어지다가, 이어서 여러 번 뱅글뱅글 돌았다. 이 불쌍한 사나이는 바람에 날리어 어떤 집의 지붕 위에 떨어져, 거기서 부서지기 시작했다. 그러나 그는 거기에 닿았을 때 죽지는 않았다. 종지기는 그가 또다시 손톱으로 합각머리를 붙잡아보려 하는 것을 보았다. 그러나 합각머리의 면은 너무도 가팔랐고 그는 더 이상 힘이 없었다. 그는 떨어져나가는 기왓장처럼 지붕 위를 빨리 미끄러져서, 포석 위에 떨어졌다. 거기서 그는 더 이상 움직이지 않았다.

그러자 카지모도는 이집트 아가씨에게로 눈을 들어, 교수대에 매달린 그녀의 육체가 멀리서 흰옷 아래 마지막 단말마의 전율로 떨리고 있는 것을 보고, 이어서 부주교에게로 다시 눈을 떨어뜨려, 종탑 아래, 인간의 형체도 없어진 채 뻗어 있는 것을 보았으며, 가슴을 깊이 들썩거리고 흐느끼면서 말했다. "오! 저 모든 것을 나는 사랑했는데!"

3장

페뷔스의 결혼

그날 저녁때, 주교의 사법관들이 성당 앞뜰의 포도 위에 와서 부주교의 산산조각 난 시체를 치우려고 했을 때, 카지모도는 이미 노트르담에서 종적을 감추어버리고 없었다.

이 사건에 관하여 여러 가지 소문이 나돌았다. 그들의 계약대로, 카지모도가, 즉 악마가 클로드 프롤로를, 즉 마술사를 데려가기로 예정되어 있던 날이 온 거라고 사람들은 믿어 의심치 않았다. 사람들은 그가 영혼을 가져가면서 육체를 부숴버린 것이라고 생각했다, 마치 원숭이들이 호두 알을 먹기 위해 껍데기를 깨뜨리듯이.

그런 까닭에 부주교는 성스러운 땅에 매장되지 않았다.

루이 11세는 이듬해 1483년 8월에 세상을 떴다.

피에르 그랭구아르로 말하자면, 그는 염소를 살려내는 데 성공하고, 연극에서 성공을 거두었다. 점성술과 철학과 건축술과 연금술과, 그 밖의 온갖 미친 짓거리를 맛본 뒤에, 그는 온갖 미친 짓거리 중에서도 가장 미친 짓거리인 연극으로 되돌아왔던 모양이다. 그것은 바로 그가 말하던, '극적인 종말을 지었다'는 것이다. 연극에서의 그의 대성공에 관하여 사람들은 1483년 이후 주교구 계산서 속에서 다음과 같은 것을 읽을 수 있었다. '목수와 극작가 장 마르샹 및 피에르 그랭구아르에게, 교황 특사의 입경에 즈음하여 파리의 샤틀레에서 상연한 연극을 작성 및 구성하고, 상기의 연극이 요구한 대로 등장인물들을 마련하여 분장과 의상을 갖추고, 동시에, 그것에 필요한 교수대를 설치한 데 대하여, 100리브르를 지불함.'

페뷔스 드 샤토페르 역시 극적인 종말을 지었으니, 그는 결혼을 했던 것이다.

4장

카지모도의 결혼

앞서 말한 바와 같이, 카지모도는 이집트 아가씨와 부주교가 죽던 날 노트르담에서 종적을 감춰버렸다. 사실 사람들은 다시는 그를 볼 수 없었고, 그가 어찌 되었는지도 알지 못했다.

라 에스메랄다를 처형한 다음 날 밤, 잡역부들은 교수대에서 그녀의 시체를 풀어, 관례에 따라, 몽포콩의 지하실로 운반했다.

몽포콩은, 소발의 말마따나, '왕국에서 가장 역사가 오랜, 가장 훌륭한 교수대'[12]였다. 탕플 문밖과 생마르탱 문밖 사이로, 파리 성벽에서 160간쯤 떨어진 곳, 쿠르티유 공원에서 쇠

---

12) Sauval II, 612.

뇌의 몇 사정거리의 위치에, 그 경사는 눈에 띄지 않을 만큼 완만하지만, 사방 수십 리에서 눈에 띌 만큼 높은 어느 언덕 꼭대기에, 이상한 모양의 건조물 하나가 보였는데, 그것은 켈트족의 거석비를 꽤 닮은 것으로, 거기에서도 역시 희생이 바쳐지고 있었다.

어느 석고 언덕 꼭대기에 있는, 높이 15척, 너비 30척, 길이 40척의 거대한 평행육면체의 석조 공사물을, 그 문과 외부의 난간과 옥상과 함께 상상해 보라. 그 옥상에 30척 높이의, 다듬지 않은 거대한 돌기둥 16개가, 그것들을 떠받치고 있는 토대의 사면 중 삼면 주위에 주르르 늘어서 있는데, 기둥과 기둥 사이는 그 꼭대기에서 튼튼한 들보로 연결되어 있고, 그 대들보에는 일정한 간격을 두고 쇠사슬이 매달려 있고, 그 쇠사슬에는 모두 해골들이 매달려 있으며, 근처의 들판에는 돌십자가 하나와 소규모의 교수대 두 개가 중앙의 교수대 주위에 꺾꽂이 가지처럼 꽂혀 있는데, 이 모든 것 위의 공중에서는 끊임없이 까마귀들이 날고 있다. 이것이 몽포콩이었다.

1328년에 세워진 이 끔찍한 교수대는, 15세기 말에는 벌써 매우 낡아빠져 있었다. 들보들은 케케묵었고, 쇠사슬들은 녹슬었고, 기둥들은 곰팡이가 슬어 새파랬다. 토대의 석재들은 그 이은 자국이 모두 갈라졌고, 사람의 발이 닿지 않는 옥상에는 풀이 우거져 있었다. 이 건조물은 공중에서 끔찍한 모습을 하고 있었다. 밤이 되어, 그 하얀 두개골 위에 달빛이 조금 비치거나, 저녁 바람이 쇠사슬과 해골 들을 강타하여 어둠 속에서 움직이게 할 적에는 특히 그러했다. 거기에 이 교수대가 있는 것만으로도 그곳 일대는 충분히 음산해지는 것이었다.

이 끔찍한 건축물의 토대가 되는 초석은 속이 비어 있었다. 그 속에는 거대한 지하실 하나를 만들어놓았고, 고장 난 낡은 쇠살문 하나로 닫혀 있었는데, 몽포콩의 쇠사슬에서 떼어내는 인간의 잔해뿐만 아니라, 파리의 다른 상설 교수대들에서 사형이 집행된 모든 불쌍한 사람들의 시체들도 거기에 던져넣고 있었다. 숱한 인간들의 먼지와 숱한 죄악들이 함께 썩은 이 깊은 납골당 속에, 이 세상의 수많은 귀인들과 수많은 무고한 사람들이, 몽포콩을 처음으로 사용했으나 올바른 사람이었던 앙게랑 드 마리니[13]로부터, 거기에 종막을 내렸으나 역시 올바른 사람이었던 콜리니 제독[14]에 이르기까지 그들의 뼈를 차례차례로 가져왔던 것이다.

카지모도의 신비로운 잠적으로 말하자면, 다음에 적는 것이 필자가 발견할 수 있었던 것의 전부다.

이 이야기를 끝마치는 사건들이 있은 지 약 2년 내지 18개월 후에, 사람들이 몽포콩의 지하실에 '사슴' 올리비에의 시체를 찾으러 왔을 때(그는 이틀 전에 교수형에 처해졌는데, 샤를 8세가 그에게 특사를 내려 훌륭한 장례를 갖추어 생로랑 성당에 파묻게 했던 것이다.), 그 모든 끔찍한 해골들 사이에서, 송장 하나가 다른 송장 하나를 이상하게 껴안고 있는 두 송장을 발견

13) Enguerrand de Marigni, 1260~1315. 재무관 겸 정치인. 횡령죄에 몰려 무고하게 교수형을 당했다.

14) Coligny, 1510~1572. '성 바르톨로메오 축일의 학살(1572년 8월 24일)' 때 암살당한 후, 그의 시체는 모욕적으로 교수대에 효수(梟首)되었다.

했다. 이 두 송장 중 하나는 여자 송장이었는데, 아직도 그 흰 옷감 드레스의 몇 조각이 남아 있었으며, 그 여자의 목 둘레에는, 녹색 유리 세공품으로 장식된, 열린 채 비어 있는 조그만 명주 주머니 하나가 달린 멀구슬나무 열매 목걸이 하나가 보였다. 그것은 거의 아무런 가치도 없는 물건들이어서, 망나니가 아마 그것들을 원치 않았던 것이리라. 이 송장을 꼭 껴안고 있는 다른 송장은 남자 송장이었다. 이것은 등뼈가 구부러졌고, 머리가 견갑골 속에 들어가 있고, 한쪽 다리가 다른 쪽보다 더 짧은 것을 사람들은 알아볼 수 있었다. 게다가 목의 추골이 조금도 부러져 있지 않았으니, 그는 교수를 당하지 않았음이 분명하였다. 그러므로 이 송장의 임자였던 사나이는 거기에 와서 죽은 것이다. 그가 껴안고 있는 송장에서 그를 떼어내려고 하자, 그것은 먼지가 되어버렸다.

작품 해설

숙명의 사랑에 맞선 희생의 사랑

1 빅토르 위고의 생애

빅토르 위고는 1802년 브장송에서 태어났다. 나폴레옹 휘하의 장군이었던 그의 아버지는 이탈리아며 스페인의 위수지에 그를 데리고 다녔기 때문에, 그는 햇빛 밝은 그 나라들에 관하여 갖가지 인상과 추억을 갖게 되었다. 열 살 되던 해에 파리로 돌아와 살면서, 일찍부터 독서에 몰두하고, 시를 짓고, 논문을 쓰면서, '샤토브리앙이 되거나 아니면 아무것도 되지 않겠다.'고 결심하고 이 꿈의 실현을 위해 힘썼다.

그는 정통 왕조파를 고무하는 전통적인 형식의 시를 써서 데뷔하고, 차츰차츰 낭만주의로 옮아갔다. 희곡 『크롬웰』의 「서문」(1827)은 그를 낭만주의라는 새로운 유파의 수령으로 받들게 하였다. 그의 풍요한 생산력은 모든 장르에서 발휘되었으니, 1827년에서 1843년에 이르는 16년간에 가장 중요한 『파리의 노트르담』을 비롯하여 수많은 장편소설과 평론, 기행문 외에 『동방 시집』 등 다섯 권의 시집과 『에르나니』 등 여덟 권의 희곡을 출판하였다. 1843년에 상연된 희곡 『레 뷔르그라브』의 실패는 낭만주의의 전성시대가 이미 지나갔음을 그에게 알리는 것이었다.

1843년에 정계에 투신한 그는 왕정복고 시대에는 정통 왕당파였으나, 1848년 2월혁명 후에는 공화주의자가 되어 입법의회 의원에 선출되고, 이후로는 철두철미 공화제를 지지하여, 루이 나폴레옹 대통령의 정치와 과감하게 싸우고, 1851년 12월의 쿠데타와 루이 나폴레옹의 황제 즉위 후에는 국외로 망명하였다. 『레 미제라블』(1862)의 원고가 완성되고 출판된 것도 이러한 망명 중에서였다. 그의 주저인 세 권의 거대한 시집 『징벌 시집』(1853), 『관조 시집』(1856), 『여러 세기의 전설』(1859)을 써낸 것도 이때였다.

그가 고국으로 돌아올 수 있게 된 것은 1870년 9월 나폴레옹 3세의 제정이 붕괴된 덕택이다. 그는 그 후 파리에서 15년간을 더 살면서, 국회의원에 선출되고, 『여러 세기의 전설』 2권과 3권 등 여러 시집과, 『93년』 등 장편소설을 썼다. 그는 지칠 줄 모르는 창작자로서, 늙은 공화주의 투사로서 온 국민에게 사랑받고 숭배를 받았다. 그는 1885년 5월 22일 83세로 볼테르처럼 굉장한 숭배 속에서 세상을 떴다. "그의 유해는 밤새도록 횃불에 둘러싸여서 개선문에 안치되었으며, 이튿날 파리의 온 시민이 판테온까지 관의 뒤를 따랐다."(G. 랑송)

2 빅토르 위고의 소설 개관

위고의 수많은 소설 작품들 중에서 가장 대표적인 것이 『레 미제라블』임은 두말할 나위도 없다. 세상에 널리 알려진 이 방대한 작품은 무엇보다도 먼저 철학적이고 인도주의적인 소설이다.

주인공이 흡혈 괴물인 『아이슬란드의 한(Han d'Islande)』(1823)은 엽기소설에 속한다. 『뷔그 자르갈(Bug Jargal)』(1826)은 산토도밍고의 흑인 반란을 주제로 로마네스크하고도 극적인 사건을 그린 것으로, 월터 스콧(Walter Scott, 1777~1832)의 영향을 입은 역사소설의 하나인데, 그의 역사소설 중 가장 으뜸가는 것이 『파리의 노트르담』임은 물론이다.

사형 폐지를 주장한 『어느 사형수의 마지막 날(Le Dernier Jour d'un Condamné)』(1829)과 『클로드 괴(Claude Gueux)』(1834)에서, 빅토르 위고는 『레 미제라블』에 앞서, 인류애와 사회 발전의 사도적 면모를 보이기 시작한다.

만년의 작품 『바다의 일꾼들(Les Travailleurs de la Mer)』(1866)은 대양과 싸우는 인간의 드라마와 노동의 서사시의 종합체이다. 『웃는 사나이(L'Homme qui rit)』(1869)는 어느 기재(奇才)의 온갖 과도한 행위들로 가득 차 있는 괴상한 작품이다. 끝으로 『93년(Quatre-vingt-treize)』(1874)은 방데(Vendée)의 싸움의 한 에피소드를 주제로 삼은 상징적 역사소설이다.

2 『파리의 노트르담』의 시대

프랑스 낭만주의의 초기에 역사소설이라는 새로운 소설 형태는 다른 모든 형태를 능가하고 압도하는 것 같았다. 그것은 사적 감각의 각성에 기인한 것으로, 작가들은 과거의 재현을 제재로 삼아 무궁무진한 영역을 개척한 것이다. 한편 영국에서는 때마침 월터 스콧이 이 소설 장르에 전례 없는 광채를 가져다주었다. 이 장르에서 프랑스 낭만주의 시대의 최대 걸작이 바로 빅토르 위고의 『파리의 노트르담』이다. 『파리의 노트르담』의 이야기가 벌어지는 것은 15세기 말이다. 빅토르 위고는 이 작품 속에서 중세의 파리를 재구성하려고 하였다. 그러면 『파리의 노트르담』은 중세에 관해서 우리들의 눈에 어떤 모습을 비춰주고 있는가? 중세는 무엇보다도 먼저, 수세대의 사람들이 노력을 바쳐 고딕 예술의 찬란한 건물들을 건축한 시대로서, 그들은 이 고딕식 건축술의 상징 속에 그들의 모든 이상을 표현하려고 애썼다. 중세는 또한 마술, 요술의 시대인데, 마술과 요술은 그 세력을 시기하는 성당의 종교 재판소에 의하여 무자비하게 박해를 당한다. 이 시대에는 또 파리의 착한 시민들이 재판소의 '서기단'이 꾸민 연극 오락을 구경하고 즐기고, 그레브 광장에서 죄인 공시대의 수형과 교수대의 교형 광경을 초조하게 기다리며, '기적궁'의 거지들이 반중에 폭동을 일으켰을 적에는 창문을 꼭꼭 잠그고 집 안에 틀어박혔던 그러한 시대이기도 하다.

3 등장인물

이러한 이름 모를 군중 속에서 두드러지게 떠오르는 것은 모든 중세를 요약하는 몇몇 상징적인 인물들이다. 부주교 클로드 프롤로는 지식욕에 불타고, 화금석을 발견하려는 어처구니없는 희망을 한시도 잊지 않고 있는, 그러나 동시에 육(肉)의 유혹에 끊임없이 고민하는 성직자다. 그의 어린 동생 장은 소란스럽고, 태평스럽고, 꾀바른 학생으로서, 파뉘르주(라블레의 소설 속 인물)와 같은, 또는 가브로슈(『레 미제라블』 속의 인물)와 같은 인물이다. 방랑시인 그랭구아르는 어쩌다가 '기적궁'의 거지 패 속에 들어가게 되는데, 그의 기구한 운명은 중세 시인 프랑수아 비용의 운명을 연상케 한다.(실재한 시인 그랭구아르와 닮은 점은 별로 없다.) 민간전승 속에 인색하고 잔인한 군주로 전해 내려온 루이 11세는 여기서 왕의 위엄은 조금도 없고 평민처럼 인색하고 교활하다.

이러한 중세적인 인물과 장면 들로부터 우러나는 시대색이 독자의 흥밋거리가 되지 않는 것은 아니지만, 직접적으로 독자에게 감동을 주는 것은 카지모도와 라 에스메랄다라는 두 인물이다. 그들은 이 소설 속에 살고 있는 중세적인 인물임에는 틀림없겠으나, 거기서 한 걸음 벗어나, 빅토르 위고가 주장하는 정신적 진리의 상징이기도 한 것이다. 즉 곱사등이고 애꾸눈이고 절름발이인 가련한 종지기, 군중의 조롱거리가 되는 불구자인 카지모도는, 그보다 더 아름답고 더 영리한 뭇사람들보다 더 고결한 마음을 가지고 있으며, 젊은 집시 아가씨 라 에스메랄다는 아름답고 순결하고 착한데도, 그녀의 순진함을 미워하고 약함을 이용하는 인간 악에 희생되고 있는 것이다. 마침내 숙명적으로 운명이 서로 결합하게 되는, 이 감동적인 두 인간은 독자의 가슴을 연민의 정으로 가득 채우고, 이 소설의 로마네스크한 흥미를 한결 북돋워준다.

4 고딕 예술의 옹호—문제소설

『파리의 노트르담』은 역사소설로만 그치는 것이 아니라, 그보다 더 숭고한 의도를 나타내고 있다. 그것은 곧 고딕 예술의 옹호이다. 사실, 3부는 파리의 노트르담 성당 자체에 관한 상세한 고찰(1장)로 시작되고 있고, 이어서 방대한 장이 '파리의 조감'(2장)에 바쳐져 있다. 끝으로, 빅토르 위고는 고딕 도시와 그 건축물을 묘사하는 것만으로 만족하지 않고, 인류 문화의 발전 과정에서 중세의 건축술이 차지하는 위상(5부 2장)을 또 설명하고 있다. 위고에 의하면, 건축술은 중세 문화의 가장 독창적인 형태를 이루고 있고, 집단적 신앙의 소산인 것이다. 맨 끝으로 그는 르네상스에 와서 어떻게 건축술이 타락하였는가를 보여주고 있다.

중세의 예술 창작에 관하여 1830년대 사람들이 품고 있었던 관념은 아직 퍽 불완전하였는데, 『파리의 노트르담』은 중세 사회와 그것에 의해 창조된 작품 사이에 존재하는 관계에 관하여 구체적이고도 생생한 관념을 많은 독자들에게 가져다주었다. 위고는 고대의 건축물을 미화, 보존한다는 핑계로 그것을 훼손하는 것을 맹렬히 비난하고, 그것을 존중할 것을 간청하고 있다. 이러한 호소를 한 것은 물론 위고가 처음은 아니었다. 그러나 이러한 항의를 문학작품 속에 삽입함으로써 보다 광범한 여론을 움직이게 한 것은 이 작품이 처음이었다. 그리하여 그 후 옛 건축물을 보존하자는 운동이 벌어졌고, 심지어 어떤 건축물들은 그 최초의 외모와 본래의 장식으로 복원되기에까지 이르렀다. 파리의 노트르담 성당이 1850년대에 비올레 르 뒤크에 의해 복원된 것도 역시 그렇게 해서 된 것이다.

5 숙명, ANÁΓKH의 책

『파리의 노트르담』은 역사소설이자 고딕 예술의 옹호서지만, 거기에는 또 다른 것도 있다. 이 작품 속에 빅토르 위고는 자기 개인의 사랑과 고통을 감추어놓은 것이다. 자기의 행복에 관한 회의, 운명에 관한 고통스러운 반성, 강박관념, 추억, 즉 한 개인의 모든 내적인 것(정신, 영혼, 감정)이, 모든 인생이 역사적 환상과 부조리한 멜로드라마 속에 은밀히 뒤섞여 있는 것이다. 이 작품의 이러한 면은 거의 사람들의 주의를 끌지 않고 있지만, 이 점이야말로 이 소설의 가장 큰 매력 중의 하나가 아닐까 한다. 여기서는 작품과 작가의 실생활을 일일이 대조 논술할 여유가 없으므로, 한 가지 점만 지적해 두기로 하자. 그것은 부주교 클로드 프롤로가 많은 점에서 빅토르 위고의 분신이라는 것이다. 억제된 정열의 맹화에 시달리는 부주교의 고통은 곧 정결한 청춘을 살아온 작가의 고통이다. 위고는 아내의 거절로 말미암아 반(半)성직자적인 정결을 지켜왔다. 또 그것이 어떻게 해결된다 하더라도, 위고의 비극은, 성직자처럼 자기 역시 서원에 구속되어 있다고 느낀 데에 있었으리라. 뿐만 아니라 엄밀히 따져보면, 인간은 누구나 일종의 서원에 구속되어 있는 것이다.

그러므로 한 걸음 더 나아가, 그렇게 숨겨진 고뇌는 위고 자신뿐만 아니라 모든 인생을 무겁게 짓누르는 무서운 숙명의 한 양상인 것이다. 그리하여 위고는 그의 책머리에, 그리고 한 복판에, 그 무서운 힘을 가지고 있는 'ΑΝΆΓΚΗ'라는 그리스어 명사를 적어놓았다. 그리고 그 자신이 『파리의 노트르담』을 가리켜 자신의 '숙명 삼부작' 중 첫 번째 드라마라고 규정짓고 있다. 그것은 '교의(教義)의 숙명'이고, 『레 미제라블』은 '법률의 숙명'이며, 『바다의 일꾼들』은 '사물의 숙명'이라는 것이다. 그러나 역자의 견해로는, 『파리의 노트르담』은 '교의의 숙명'이라기보다 차라리 '정열의 숙명'처럼 보인다. 왜냐하면 클로드 프롤로에게서 두드러져 보이는 것은, 이성과 욕정과 신앙 사이의 갈등보다는 무자비한 정화(情火)이며, 라 에스메랄다도 교의보다는 숙명적 정열에 희생이 되기 때문이다. 그것은 인간의 의지로는 어찌할 수 없는 하나의 운명이며, 위고도 클로드도 이 운명의 포로로서, 거미에 대한 파리의 싸움이라는 하나의 상징적 이미지로 요약되고 마는 것이다.

6 극적 소설 『파리의 노트르담』의 줄거리

수많은 묘사, 탈선, 예술을 위한 변론에도 불구하고, 사건들은 긴밀히 연결되고, 극적으로 전개되는데, 그 가지가지의 장면은 주로 세 개의 배경 속에서 일어난다. 즉 그레브 광장, 기적궁, 노트르담 성당.

소설의 첫머리에서 시인 그랭구아르는 광인 축제일을 맞아 연극을 상연하는 날 저녁에, 그레브 광장에서 아리따운 보헤미아 아가씨 라 에스메랄다가 춤추고 있는 것을 본다. 이때 광장 모퉁이의 조그만 방에서 은둔 생활을 하고 있는 불쌍한 여인 하나가 어둠 속에서 그녀에게 저주를 퍼붓는 소리가 들린다. 그랭구아르는 심심파적으로, 밤중에 그 집시 아가씨의 뒤를 따라가다가, 노트르담 성당의 부주교 클로드 프롤로의 명령으로 성당의 종지기 카지모도가 그녀를 납치하려고 드는 것을 목격한다. 다행히 야경대장 페뷔스 드 샤토페르의 개입으로 아가씨는 구출되고, 이 구조자에게 그녀는 당장 반한다. 이리하여 차후 이 여섯 인물(그랭구아르, 라 에스메랄다, 클로드 프롤로, 카지모도, 페뷔스, 은자)의 운명은 서로 얽히게 된다. 사실 첫 번째 급변으로서, 그랭구아르는 길을 잘못 들어 '기적궁'에 빠지는데, 라 에스메랄다가 그와 결혼해 줌으로써 그의 목숨을 구하지 않았던들, 그는 영락없이 거지 패들에게 교수를 당할 뻔한다.

카지모도는 전날 밤의 폭행 후 체포되어 죄인 공시대에 묶인다. 그가 형을 받는 동안 단 한 사람만이 그에게 연민을 표시한다. 그것은 라 에스메랄다다. 이때부터 카지모도 역시 이 집시 아가씨를 사랑하기 시작하고, 그리하여 이 처녀를 탐내고 있는 그의 주인 클로드 프롤로의 라이벌이 된다. 그러나 부주교는 아직 카지모도의 그러한 뜻밖의 연정을 눈치채지 못하고, 다른 라이벌인 페뷔스에게만 마음을 쓰다가, 그를 단도로 찌른다. 그런데 무고하게도 살해 혐의를 받는 것은 라 에스메랄다로서, 그녀는 사형선고를 받는다. 꼭 죽게 된 그녀를 카지모도가 지켜보다가, 노트르담의 앞뜰에서 사직(司直)의 손으로부터 빼어내어 성당 안에 피신시켜 보호한다.

그러자 프롤로는 카지모도에게서 라 에스메랄다를 빼앗아낼 궁리를 하게 된다. 이러한 계획을 수행하기 위하여 그는 그랭구아르를 이용하려고 한다. 부주교의 끔찍한 간계를 추호도 눈치채지 못하는 시인은, 종지기에게서 그 포로를 빼앗기 위해, 자기와 한패인 거지들을 시켜 성당을 공격하게 할 것을 생각한다.

공격이 가해지는 동안, 클로드 프롤로는 카지모도가 공격자들에 대항하여 홀로 성당을 지키는 데 몰두하고 있는 틈을 타 라 에스메랄다를 빼어낸다. 그러나 집시 아가씨가 그레브 광장 너머까지 그를 따라가는 것을 거절하자, 그는 이 집시 계집애를 증오하는 은둔녀의 손에 그녀를 맡겨놓고, 사직에게 그녀를 고발하러 간다. 그런데 다시 한 번 구원의 희망이 라 에스메랄다에게 비친다. 이 은자는 처녀가 옛날에 집시들이 훔쳐간 자기 딸이라는 것을 알아본 것이다. 그녀는 딸을 구할 수 있을까? 너무 늦었다. 경찰이 급습하여 이 사형수를 교수대로 끌고 가 목을 매달고, 그녀의 어머니는 고통에 겨워 죽는다. 그러자 카지모도는 심판자처럼 클로드 프롤로를 성당 아래로 떨어뜨리고, 그토록 사랑했던 처녀와 죽음 속에 결합하러 간다. 한편 페뷔스 대장은 기적적으로 부상에서 쾌유되어 결혼한다.

소설의 제재는 이처럼 가냘프고 부자연스럽다. 어느 집시 여자가 잘생긴 대장을 사랑하고, 그녀 자신은 음울한 신부와 그로테스크한 꼽추에게 사랑을 받는다는 것뿐이다. 문학사가 랑송은 다음과 같이 말하고 있다. "이 책의 참다운 재미는 가지가지의 삽화와 광경 묘사 속에서 찾아야 한다. ……(개개의 인물보다도) 더 생생한 것은 군중이요, 거지와 부랑배의 우글거림이다. 그보다 더 생생한 것은 도시 자체요 15세기의 파리다. 그러나 무엇보다도 더 생생한 것은 그 그림자가 도시를 덮고 있는 성당이다. 파리의 노트르담 성당은 이 소설 속에서 진정한 넋을 가진 유일한 개인이다."

우리나라에서는 이 작품이 '노트르담의 꼽추'라는 제목으로 널리 알려져 있거니와, 위에서 본 바와 같이, 모든 인물은 말하자면 그림자들에 불과하며, 카지모도는 결코 이 소설의 대표적인 주인공이 못 되므로, 영화 제목과 같은 그러한 호칭은 작품에 대한 개인적 몰이해를 폭로하는 것일 뿐만 아니라, 작품의 참다운 모습을 왜곡시킬 염려가 있다는 것을 여기에 지적해 둔다.

빅토르 위고의 문장은 광경 묘사이든 이야기의 서술이든

간에 도처에 풍부하고 다양한 어휘의 홍수를 이루어, 혹은 현란한 판화가 되고, 혹은 웅장한 서사시가 되고, 혹은 시적 환상의 구름이 된다. 게다가 시대색 또는 지방색을 나타내기 위해 중세의 라틴어를 비롯한 온갖 나라의 말이며 중세 프랑스어와 사투리, 곁말, 중세의 갖가지 제도와 풍속 습관 들이 줄곧 튀어나온다. 그리고 그 내용에 그 형식, 즉 수십 행씩 계속되는 장문이 범람한다.

이러한 어휘의 밀림과 문장의 대하(大河)를 우리말로 옮기는 데는 이만저만한 노력이 요구된 것이 아니었다. 이 작품의 번역에 앞서 파리의 노트르담 성당을 직접 방문하여 탑 꼭대기에서 파리 시가를 부감하고 카지모도의 육중한 종을 탄상하는 기회를 가졌던 것은 이 작품 이해에 유익하였고, 역자의 번역 원본으로 사용한 알뱅 미셸 출판사(Editions Albin Michel)의 『빅토르 위고 전집』 중 『파리의 노트르담』에 삽입된 근 200매의 판화, 가르니에 프레르 출판사(Editions Garnier Frères)의 『파리의 노트르담』, 클라시크 라루스(Classiques Larousse) 문고본의 주(註) 등은 번역에 도움이 되었으며 그 밖에도 역자에게 의문점이 생길 때마다 프랑스인 친구들이 해명에 협조를 아끼지 않았는데, 이 자리를 빌려 그분들에게 감사드린다.

2005년 2월

정기수

작가 연보

1802년	2월 26일 브장송에서 태어났다.
1818년(16세)	열여섯 살이 될 때까지, 나폴레옹 휘하의 장군이었던 아버지를 따라 이탈리아, 스페인 등지로 돌아다녔고, 마드리드의 귀족 신학교를 잠시 다녔으며, 파리에 돌아와서는 옛 수녀원이었던 레 푀양틴의 저택에서 살고, 코르디에 기숙학교에 이어서 루이 르 그랑 중학교에서 수학하며, 독서와 시작(詩作)에 몰두했다.
1819년(17세)	《르 콩세르바퇴르 리테레르》를 창간. 툴루즈의 아카데미 '죄 플로로'에서 입상했다.
1821년(19세)	어머니 사망.
1822년(20세)	아델 푸셰와 결혼. 첫 시집 『오드와 기타』로 호평

을 얻고, 루이 18세로부터 연금을 받았다.

1823년(21세) 『아이슬란드의 한』(소설) 간행. 《라 뮈즈 프랑세즈》(잡지)를 창간.

1824년(22세) 장녀 레오폴딘 위고 출생. 『신(新)오드』 간행.

1826년(24세) 『뷔그 자르갈』(소설) 간행. 『오드와 발라드』 간행. 장남 샤를 위고 출생.

1827년(25세) 그를 중심으로 한 젊은 시인들의 모임 '세나클'이 발족되었다. 희곡 『크롬웰』과 그 「서문」(낭만주의의 선언서) 발표.

1828년(26세) 아버지 위고 장군 사망. 차남 프랑수아 빅토르 위고 출생.

1829년(27세) 『동방 시집』, 『어느 사형수의 마지막 날』(소설) 간행. 희곡 『마리옹 드 로름』의 상연 금지.

1830년(28세) 『에르나니』의 첫 상연. 이것은 고전파와 낭만파의 싸움을 빚어내 후자의 승리로 돌아갔다. 차녀 아델 위고 출생.

1831년(29세) 『가을의 나뭇잎』(시), 『파리의 노트르담』(소설) 간행, 『마리옹 드 로름』(희곡) 상연.

1832년(30세) 『왕은 즐긴다』(희곡) 상연.

1833년(31세) 『뤼크레스 보르지아』(희곡) 상연. 여배우 쥘리에드 드루에와 교제. 『마리 튀도르』(희곡) 상연.

1834년(32세) 『문학과 철학 잡론집』 간행. 『클로드 괴』(소설) 간행.

1835년(33세) 『황혼의 노래』(시) 간행, 『앙젤로』(희곡) 상연.

1837년(35세) 『내면의 목소리』(시) 간행.

1838년(36세) 『뤼이 블라스』(희곡) 상연. 『견문록』 쓰기 시작.

1840년(38세) 『빛과 그림자』(시) 간행.

1841년(39세) 아카데미 프랑세즈 회원이 되었다.

1842년(40세) 『라인 강』(기행문) 간행.

1843년(41세) 희곡 『레 뷔르그라브』의 실패. 차녀 레오폴딘이 남편과 함께 센강에서 익사하고, 집필을 중단했다.

1845년(43세) 정계에 진출하여 국왕 루이 필리프에 의하여 상원의원에 임명되었다.

1849년(47세) 공화주의자가 되어 입헌의회 의원에 이어서 입법의회 의원에 당선되었다.

1851년(49세) 쿠데타 이후 추방되어 브뤼셀로 망명했다.

1852년(50세) 브뤼셀에서 『소인(小人) 나폴레옹』(정치론) 간행. 이어서 영국해협 저지 섬으로 이주했다.

1853년(51세) 『징벌 시집』 브뤼셀에서 간행.

1855년(53세) 영국해협 건지 섬(오트빌 하우스)으로 이주했다.

1856년(54세) 『관조 시집』 간행.

1859년(57세) 『제(諸) 세기의 전설』(서사시) 간행.

1862년(60세) 『레 미제라블』 간행.

1863년(61세) 『그의 생애의 목격자가 말하는 빅토르 위고』 간행.

1864년(62세) 『윌리엄 셰익스피어』(평전) 간행.

1865년(63세) 『거리와 숲의 노래』(시) 간행.

1866년(64세) 『바다의 일꾼들』(소설) 간행.

1868년(66세)	빅토르 위고의 부인 브뤼셀에서 사망.
1869년(67세)	『웃는 사나이』(소설) 간행.
1870년(68세)	제정의 전복과 더불어 파리로 귀환했다.
1871년(69세)	파리에서 국회의원에 당선되었으나, 얼마 안 되어 사직했다.
1872년(70세)	『무서운 해(年)』(시) 간행.
1874년(72세)	『93년』(소설) 간행.
1876년(74세)	파리에서 상원의원에 당선되었다.
1877년(75세)	『세기의 전설』(제2집 및 제3집), 『할아버지 노릇 하는 기술』(시), 『어느 죄인의 이야기』 간행.
1878년(76세)	『교황』(시) 간행.
1880년(78세)	『종교들과 종교』(시), 『나귀』(시) 간행.
1881년(79세)	『정신의 사방위』(시) 간행.
1883년(81세)	『제 세기의 전설』(증보판) 간행. 쥘리에트 드루에 사망.
1885년(83세)	5월 22일 사망. 6월 1일 국장으로 판테온에 묻혔다.

유작 『악마의 최후』 『자유 극장』(1886), 『견문록』(1887~1900), 『모든 리라』(1888~1899), 『알프스와 피레네』(1890), 『신(神)』(1891), 『프랑스와 벨기에』(1892), 『서간』(1896), 『불길한 해들』 『아미 로브사르』 『쌍둥이』(1898), 『약혼녀에게 보내는 편지』 『나의 생애의 추신』(1901), 『마지막 다발』(1902)

세계문학전집 114

파리의 노트르담 2

1판 1쇄 펴냄 2005년 2월 23일
1판 29쇄 펴냄 2024년 3월 4일

지은이 빅토르 위고
옮긴이 정기수
발행인 박근섭, 박상준
펴낸곳 (주)민음사

출판등록 1966. 5. 19. (제 16-490호)
서울특별시 강남구 도산대로1길 62(신사동) 강남출판문화센터 5층 (우편번호 06027)
대표전화 02-515-2000 팩시밀리 02-515-2007
www.minumsa.com

ISBN 978-89-374-6114-9 04800
ISBN 978-89-374-6000-5 (세트)

세계문학전집 목록

51·52 **내 이름은 빨강** 파묵 · 이난아 옮김 노벨 문학상 수상 작가
53 **오셀로** 셰익스피어 · 최종철 옮김 서울대 권장도서 100선
54 **조서** 르 클레지오 · 김윤진 옮김 노벨 문학상 수상 작가
55 **모래의 여자** 아베 코보 · 김난주 옮김
56·57 **부덴브로크 가의 사람들** 토마스 만 · 홍성광 옮김 노벨 문학상 수상 작가
58 **싯다르타** 헤세 · 박병덕 옮김 노벨 문학상 수상 작가
59·60 **아들과 연인** 로렌스 · 정상준 옮김 《뉴스위크》 선정 100대 명저
61 **설국** 가와바타 야스나리 · 유숙자 옮김 노벨 문학상 수상 작가 | 서울대 권장도서 100선
62 **벨킨 이야기 · 스페이드 여왕** 푸슈킨 · 최선 옮김
63·64 **넙치** 그라스 · 김재혁 옮김 노벨 문학상 수상 작가
65 **소망 없는 불행** 한트케 · 윤용호 옮김 노벨 문학상 수상 작가
66 **나르치스와 골드문트** 헤세 · 임홍배 옮김 노벨 문학상 수상 작가
67 **황야의 이리** 헤세 · 김누리 옮김 노벨 문학상 수상 작가
68 **페테르부르크 이야기** 고골 · 조주관 옮김
69 **밤으로의 긴 여로** 오닐 · 민승남 옮김 노벨 문학상 수상 작가 | 미국대학위원회 선정 SAT 추천도서
70 **체호프 단편선** 체호프 · 박현섭 옮김
71 **버스 정류장** 가오싱젠 · 오수경 옮김 노벨 문학상 수상 작가
72 **구운몽** 김만중 · 송성욱 옮김 서울대 권장도서 100선 | 국립중앙도서관 선정 청소년 권장도서
73 **대머리 여가수** 이오네스코 · 오세곤 옮김
74 **이솝 우화집** 이솝 · 유종호 옮김 논술 및 수능에 출제된 책(1998~2005)
75 **위대한 개츠비** 피츠제럴드 · 김욱동 옮김 《타임》 선정 현대 100대 영문소설
76 **푸른 꽃** 노발리스 · 김재혁 옮김
77 **1984** 오웰 · 정회성 옮김 《타임》 선정 현대 100대 영문소설 | 《뉴스위크》 선정 100대 명저
78·79 **영혼의 집** 아옌데 · 권미선 옮김
80 **첫사랑** 투르게네프 · 이항재 옮김
81 **내가 죽어 누워 있을 때** 포크너 · 김명주 옮김 노벨 문학상 수상 작가
82 **런던 스케치** 레싱 · 서숙 옮김 노벨 문학상 수상 작가
83 **팡세** 파스칼 · 이환 옮김
84 **질투** 로브그리예 · 박이문, 박희원 옮김
85·86 **채털리 부인의 연인** 로렌스 · 이인규 옮김
87 **그 후** 나쓰메 소세키 · 윤상인 옮김
88 **오만과 편견** 오스틴 · 윤지관, 전승희 옮김 미국대학위원회 선정 SAT 추천도서
89·90 **부활** 톨스토이 · 연진희 옮김 논술 및 수능에 출제된 책(1998~2005)
91 **방드르디, 태평양의 끝** 투르니에 · 김화영 옮김
92 **미겔 스트리트** 나이폴 · 이상옥 옮김 노벨 문학상 수상 작가
93 **페드루 파라무** 룰포 · 정창 옮김
94 **차라투스트라는 이렇게 말했다** 니체 · 장희창 옮김 국립중앙도서관 선정 청소년 권장도서
95·96 **적과 흑** 스탕달 · 이동렬 옮김 국립중앙도서관 선정 청소년 권장도서
97·98 **콜레라 시대의 사랑** 마르케스 · 송병선 옮김 노벨 문학상 수상 작가 | BBC 선정 꼭 읽어야 할 책
99 **맥베스** 셰익스피어 · 최종철 옮김 서울대 권장도서 100선 | 미국대학위원회 선정 SAT 추천도서
100 **춘향전** 작자 미상 · 송성욱 풀어 옮김 서울대 권장도서 100선
101 **페르디두르케** 곰브로비치 · 윤진 옮김
102 **포르노그라피아** 곰브로비치 · 임미경 옮김
103 **인간 실격** 다자이 오사무 · 김춘미 옮김
104 **네루다의 우편배달부** 스카르메타 · 우석균 옮김

105·106 이탈리아 기행 괴테·박찬기 외 옮김
107 나무 위의 남작 칼비노·이현경 옮김
108 달콤 쌉싸름한 초콜릿 에스키벨·권미선 옮김
109·110 제인 에어 C. 브론테·유종호 옮김 BBC 선정 꼭 읽어야 할 책
111 크눌프 헤세·이노은 옮김 노벨 문학상 수상 작가
112 시계태엽 오렌지 버지스·박시영 옮김 《타임》 선정 현대 100대 영문소설 | 《뉴스위크》 선정 100대 명저
113·114 파리의 노트르담 위고·정기수 옮김 미국대학위원회 선정 SAT 추천도서
115 새로운 인생 단테·박우수 옮김
116·117 로드 짐 콘래드·이상옥 옮김 《뉴스위크》 선정 100대 명저
118 폭풍의 언덕 E. 브론테·김종길 옮김 미국대학위원회 선정 SAT 추천도서
119 텔크테에서의 만남 그라스·안삼환 옮김 노벨 문학상 수상 작가
120 검찰관 고골·조주관 옮김
121 안개 우나무노·조민현 옮김
122 나사의 회전 제임스·최경도 옮김 미국대학위원회 선정 SAT 추천도서
123 피츠제럴드 단편선 1 피츠제럴드·김욱동 옮김
124 목화밭의 고독 속에서 콜테스·임수현 옮김
125 돼지꿈 황석영
126 라셀라스 존슨·이인규 옮김
127 리어 왕 셰익스피어·최종철 옮김 서울대 권장도서 100선 | 《뉴스위크》 선정 100대 명저
128·129 쿠오 바디스 시엔키에비츠·최성은 옮김 노벨 문학상 수상 작가
130 자기만의 방·3기니 울프·이미애 옮김
131 시르트의 바닷가 그라크·송진석 옮김
132 이성과 감성 오스틴·윤지관 옮김
133 바덴바덴에서의 여름 치프킨·이장욱 옮김
134 새로운 인생 파묵·이난아 옮김 노벨 문학상 수상 작가
135·136 무지개 로렌스·김정매 옮김
137 인생의 베일 서머싯 몸·황소연 옮김
138 보이지 않는 도시들 칼비노·이현경 옮김
139·140·141 연초 도매상 바스·이운경 옮김 《타임》 선정 현대 100대 영문소설
142·143 플로스 강의 물방앗간 엘리엇·한애경, 이봉지 옮김 미국대학위원회 선정 SAT 추천도서
144 연인 뒤라스·김인환 옮김
145·146 이름 없는 주드 하디·정종화 옮김
147 제49호 품목의 경매 핀천·김성곤 옮김 《타임》 선정 현대 100대 영문소설
148 성역 포크너·이진준 옮김 노벨 문학상 수상 작가 | 퓰리처상 수상 작가
149 무진기행 김승옥
150·151·152 신곡(지옥편·연옥편·천국편) 단테·박상진 옮김 《뉴스위크》 선정 100대 명저
153 구덩이 플라토노프·정보라 옮김
154·155·156 카라마조프가의 형제들 도스토옙스키·김연경 옮김
157 지상의 양식 지드·김화영 옮김 노벨 문학상 수상 작가
158 밤의 군대들 메일러·권택영 옮김 퓰리처상 수상 작가
159 주홍 글자 호손·김욱동 옮김 서울대 권장도서 100선 | 미국대학위원회 선정 SAT 추천도서
160 깊은 강 엔도 슈사쿠·유숙자 옮김
161 욕망이라는 이름의 전차 윌리엄스·김소임 옮김
162 마사 퀘스트 레싱·나영균 옮김 노벨 문학상 수상 작가
163·164 운명의 딸 아옌데·권미선 옮김

165 **모렐의 발명** 비오이 카사레스 · 송병선 옮김
166 **삼국유사** 일연 · 김원중 옮김 서울대 권장도서 100선
167 **풀잎은 노래한다** 레싱 · 이태동 옮김 노벨 문학상 수상 작가
168 **파리의 우울** 보들레르 · 윤영애 옮김
169 **포스트맨은 벨을 두 번 울린다** 케인 · 이만식 옮김
170 **썩은 잎** 마르케스 · 송병선 옮김 노벨 문학상 수상 작가
171 **모든 것이 산산이 부서지다** 아체베 · 조규형 옮김 《타임》 선정 현대 100대 영문소설
172 **한여름 밤의 꿈** 셰익스피어 · 최종철 옮김 미국대학위원회 선정 SAT 추천도서
173 **로미오와 줄리엣** 셰익스피어 · 최종철 옮김 미국대학위원회 선정 SAT 추천도서
174·175 **분노의 포도** 스타인벡 · 김승욱 옮김 노벨 문학상 수상 작가 | 《타임》 선정 현대 100대 영문소설
176·177 **괴테와의 대화** 에커만 · 장희창 옮김
178 **그물을 헤치고** 머독 · 유종호 옮김 《타임》 선정 현대 100대 영문소설
179 **브람스를 좋아하세요...** 사강 · 김남주 옮김
180 **카타리나 블룸의 잃어버린 명예** 하인리히 뵐 · 김연수 옮김 노벨 문학상 수상 작가
181·182 **에덴의 동쪽** 스타인벡 · 정회성 옮김 노벨 문학상 수상 작가
183 **순수의 시대** 워튼 · 송은주 옮김 《뉴스위크》 선정 100대 명저 | 퓰리처상 수상작
184 **도둑 일기** 주네 · 박형섭 옮김
185 **나자** 브르통 · 오생근 옮김
186·187 **캐치-22** 헬러 · 안정효 옮김 《타임》 선정 현대 100대 영문소설
188 **숄로호프 단편선** 숄로호프 · 이항재 옮김 노벨 문학상 수상 작가
189 **말** 사르트르 · 정명환 옮김
190·191 **보이지 않는 인간** 엘리슨 · 조영환 옮김 《타임》 선정 현대 100대 영문소설
192 **왑샷 가문 연대기** 치버 · 김승욱 옮김 퓰리처상 수상 작가
193 **왑샷 가문 몰락기** 치버 · 김승욱 옮김 퓰리처상 수상 작가
194 **필립과 다른 사람들** 노터봄 · 지명숙 옮김
195·196 **하드리아누스 황제의 회상록** 유르스나르 · 곽광수 옮김
197·198 **소피의 선택** 스타이런 · 한정아 옮김 퓰리처상 수상 작가
199 **피츠제럴드 단편선 2** 피츠제럴드 · 한은경 옮김
200 **홍길동전** 허균 · 김탁환 옮김
201 **요술 부지깽이** 쿠버 · 양윤희 옮김
202 **북호텔** 다비 · 원윤수 옮김
203 **톰 소여의 모험** 트웨인 · 김욱동 옮김
204 **금오신화** 김시습 · 이지하 옮김
205·206 **테스** 하디 · 정종화 옮김 미국대학위원회 선정 SAT 추천도서 | BBC 선정 꼭 읽어야 할 책
207 **브루스터플레이스의 여자들** 네일러 · 이소영 옮김
208 **더 이상 평안은 없다** 아체베 · 이소영 옮김
209 **그레인지 코플랜드의 세 번째 인생** 워커 · 김시현 옮김 퓰리처상 수상 작가
210 **어느 시골 신부의 일기** 베르나노스 · 정영란 옮김
211 **타라스 불바** 고골 · 조주관 옮김
212·213 **위대한 유산** 디킨스 · 이인규 옮김 서울대 권장도서 100선 | BBC 선정 꼭 읽어야 할 책
214 **면도날** 서머싯 몸 · 안진환 옮김
215·216 **성채** 크로닌 · 이은정 옮김
217 **오이디푸스 왕** 소포클레스 · 강대진 옮김 서울대 권장도서 100선
218 **세일즈맨의 죽음** 밀러 · 강유나 옮김
219·220·221 **안나 카레니나** 톨스토이 · 연진희 옮김 서울대 권장도서 100선

222 **오스카 와일드 작품선** 와일드 · 정영목 옮김
223 **벨아미** 모파상 · 송덕호 옮김
224 **파스쿠알 두아르테 가족** 호세 셀라 · 정동섭 옮김 노벨 문학상 수상 작가
225 **시칠리아에서의 대화** 비토리니 · 김운찬 옮김
226·227 **길 위에서** 케루악 · 이만식 옮김 《타임》 선정 현대 100대 영문소설 | 《뉴스위크》 선정 100대 명저
228 **우리 시대의 영웅** 레르몬토프 · 오정미 옮김
229 **아우라** 푸엔테스 · 송상기 옮김
230 **클링조어의 마지막 여름** 헤세 · 황승환 옮김 노벨 문학상 수상 작가
231 **리스본의 겨울** 무뇨스 몰리나 · 나송주 옮김
232 **뻐꾸기 둥지 위로 날아간 새** 키지 · 정회성 옮김 《타임》 선정 현대 100대 영문소설
233 **페널티킥 앞에 선 골키퍼의 불안** 한트케 · 윤용호 옮김 노벨 문학상 수상 작가
234 **참을 수 없는 존재의 가벼움** 쿤데라 · 이재룡 옮김
235·236 **바다여, 바다여** 머독 · 최옥영 옮김
237 **한 줌의 먼지** 에벌린 워 · 안진환 옮김 《타임》 선정 현대 100대 영문소설
238 **뜨거운 양철 지붕 위의 고양이 · 유리 동물원** 윌리엄스 · 김소임 옮김 퓰리처상 수상작
239 **지하로부터의 수기** 도스토옙스키 · 김연경 옮김
240 **키메라** 바스 · 이운경 옮김
241 **반쪼가리 자작** 칼비노 · 이현경 옮김
242 **벌집** 호세 셀라 · 남진희 옮김 노벨 문학상 수상 작가
243 **불멸** 쿤데라 · 김병욱 옮김
244·245 **파우스트 박사** 토마스 만 · 임홍배, 박병덕 옮김 노벨 문학상 수상 작가
246 **사랑할 때와 죽을 때** 레마르크 · 장희창 옮김
247 **누가 버지니아 울프를 두려워하랴?** 올비 · 강유나 옮김
248 **인형의 집** 입센 · 안미란 옮김
249 **위폐범들** 지드 · 원윤수 옮김 노벨 문학상 수상 작가
250 **무정** 이광수 · 정영훈 책임 편집 서울대 권장도서 100선
251·252 **의지와 운명** 푸엔테스 · 김현철 옮김
253 **폭력적인 삶** 파솔리니 · 이승수 옮김
254 **거장과 마르가리타** 불가코프 · 정보라 옮김
255·256 **경이로운 도시** 멘도사 · 김현철 옮김
257 **야콥을 둘러싼 추측들** 욘존 · 손대영 옮김
258 **왕자와 거지** 트웨인 · 김욱동 옮김
259 **존재하지 않는 기사** 칼비노 · 이현경 옮김
260·261 **눈먼 암살자** 애트우드 · 차은정 옮김 《타임》 선정 현대 100대 영문소설
262 **베니스의 상인** 셰익스피어 · 최종철 옮김
263 **말리나** 바흐만 · 남정애 옮김
264 **사볼타 사건의 진실** 멘도사 · 권미선 옮김
265 **뒤렌마트 희곡선** 뒤렌마트 · 김혜숙 옮김
266 **이방인** 카뮈 · 김화영 옮김 노벨 문학상 수상 작가 | 미국대학위원회 선정 SAT 추천도서
267 **페스트** 카뮈 · 김화영 옮김 노벨 문학상 수상 작가 | 국립중앙도서관 선정 청소년 권장도서
268 **검은 튤립** 뒤마 · 송진석 옮김
269·270 **베를린 알렉산더 광장** 되블린 · 김재혁 옮김
271 **하얀 성** 파묵 · 이난아 옮김 노벨 문학상 수상 작가
272 **푸슈킨 선집** 푸슈킨 · 최선 옮김
273·274 **유리알 유희** 헤세 · 이영임 옮김 노벨 문학상 수상 작가

275 픽션들 보르헤스 · 송병선 옮김 서울대 권장도서 100선
276 신의 화살 아체베 · 이소영 옮김
277 빌헬름 텔 · 간계와 사랑 실러 · 홍성광 옮김
278 노인과 바다 헤밍웨이 · 김욱동 옮김 노벨 문학상 수상 작가 | 퓰리처상 수상작
279 무기여 잘 있어라 헤밍웨이 · 김욱동 옮김 미국대학위원회 선정 SAT 추천도서
280 태양은 다시 떠오른다 헤밍웨이 · 김욱동 옮김 《타임》 선정 현대 100대 영문 소설
281 알레프 보르헤스 · 송병선 옮김
282 일곱 박공의 집 호손 · 정소영 옮김
283 에마 오스틴 · 윤지관, 김영희 옮김
284·285 죄와 벌 도스토옙스키 · 김연경 옮김 미국대학위원회 선정 SAT 추천도서
286 시련 밀러 · 최영 옮김
287 모두가 나의 아들 밀러 · 최영 옮김
288·289 누구를 위하여 종은 울리나 헤밍웨이 · 김욱동 옮김 노벨 문학상 수상 작가
290 구르브 연락 없다 멘도사 · 정창 옮김
291·292·293 데카메론 보카치오 · 박상진 옮김
294 나누어진 하늘 볼프 · 전영애 옮김
295·296 제브데트 씨와 아들들 파묵 · 이난아 옮김 노벨 문학상 수상 작가
297·298 여인의 초상 제임스 · 최경도 옮김 미국대학위원회 선정 SAT 추천도서
299 압살롬, 압살롬! 포크너 · 이태동 옮김 노벨 문학상 수상 작가
300 이상 소설 전집 이상 · 권영민 책임 편집
301·302·303·304·305 레 미제라블 위고 · 정기수 옮김
306 관객모독 한트케 · 윤용호 옮김 노벨 문학상 수상 작가
307 더블린 사람들 조이스 · 이종일 옮김
308 에드거 앨런 포 단편선 앨런 포 · 전승희 옮김 미국대학위원회 선정 SAT 추천도서
309 보이체크 · 당통의 죽음 뷔히너 · 홍성광 옮김
310 노르웨이의 숲 무라카미 하루키 · 양억관 옮김
311 운명론자 자크와 그의 주인 디드로 · 김희영 옮김
312·313 헤밍웨이 단편선 헤밍웨이 · 김욱동 옮김 노벨 문학상 수상 작가
314 피라미드 골딩 · 안지현 옮김 노벨 문학상 수상 작가
315 닫힌 방 · 악마와 선한 신 사르트르 · 지영래 옮김
316 등대로 울프 · 이미애 옮김 《타임》 선정 현대 100대 영문소설 | 《뉴스위크》 선정 100대 명저
317·318 한국 희곡선 송영 외 · 양승국 엮음
319 여자의 일생 모파상 · 이동렬 옮김
320 의식 노터봄 · 김영중 옮김
321 육체의 악마 라디게 · 원윤수 옮김
322·323 감정 교육 플로베르 · 지영화 옮김
324 불타는 평원 룰포 · 정창 옮김
325 위대한 몬느 알랭푸르니에 · 박영근 옮김
326 라쇼몬 아쿠타가와 류노스케 · 서은혜 옮김
327 반바지 당나귀 보스코 · 정영란 옮김
328 정복자들 말로 · 최윤주 옮김
329·330 우리 동네 아이들 마흐푸즈 · 배혜경 옮김 노벨 문학상 수상 작가
331·332 개선문 레마르크 · 장희창 옮김
333 사바나의 개미 언덕 아체베 · 이소영 옮김
334 게걸음으로 그라스 · 장희창 옮김 노벨 문학상 수상 작가

335 **코스모스** 곰브로비치·최성은 옮김
336 **좁은 문·전원교향곡·배덕자** 지드·동성식 옮김 노벨 문학상 수상 작가
337·338 **암 병동** 솔제니친·이영의 옮김 노벨 문학상 수상 작가
339 **피의 꽃잎들** 응구기 와 시옹오·왕은철 옮김
340 **운명** 케르테스·유진일 옮김 노벨 문학상 수상 작가
341·342 **벌거벗은 자와 죽은 자** 메일러·이운경 옮김 퓰리처상 수상 작가
343 **시지프 신화** 카뮈·김화영 옮김 노벨 문학상 수상 작가
344 **뇌우** 차오위·오수경 옮김
345 **모옌 중단편선** 모옌·심규호, 유소영 옮김 노벨 문학상 수상 작가
346 **일야서** 한사오궁·심규호, 유소영 옮김
347 **상속자들** 골딩·안지현 옮김 노벨 문학상 수상 작가
348 **설득** 오스틴·전승희 옮김
349 **히로시마 내 사랑** 뒤라스·방미경 옮김
350 **오 헨리 단편선** 오 헨리·김희용 옮김
351·352 **올리버 트위스트** 디킨스·이인규 옮김
353·354·355·356 **전쟁과 평화** 톨스토이·연진희 옮김
357 **다시 찾은 브라이즈헤드** 에벌린 워·백지민 옮김
358 **아무도 대령에게 편지하지 않다** 마르케스·송병선 옮김
359 **사양** 다자이 오사무·유숙자 옮김
360 **좌절** 케르테스·한경민 옮김 노벨 문학상 수상 작가
361·362 **닥터 지바고** 파스테르나크·김연경 옮김 노벨 문학상 수상 작가
363 **노생거 사원** 오스틴·윤지관 옮김
364 **개구리** 모옌·심규호, 유소영 옮김 노벨 문학상 수상 작가
365 **마왕** 투르니에·이원복 옮김 공쿠르상 수상 작가
366 **맨스필드 파크** 오스틴·김영희 옮김
367 **이선 프롬** 이디스 워튼·김욱동 옮김 퓰리처상 수상 작가
368 **여름** 이디스 워튼·김욱동 옮김 퓰리처상 수상 작가
369·370·371 **나는 고백한다** 자우메 카브레·권가람 옮김
372·373·374 **태엽 감는 새 연대기** 무라카미 하루키·김난주 옮김
375·376 **대사들** 제임스·정소영 옮김
377 **족장의 가을** 마르케스·송병선 옮김 노벨 문학상 수상 작가
378 **핏빛 자오선** 매카시·김시현 옮김
379 **모두 다 예쁜 말들** 매카시·김시현 옮김
380 **국경을 넘어** 매카시·김시현 옮김
381 **평원의 도시들** 매카시·김시현 옮김
382 **만년** 다자이 오사무·유숙자 옮김
383 **반항하는 인간** 카뮈·김화영 옮김 노벨 문학상 수상 작가
384·385·386 **악령** 도스토옙스키·김연경 옮김
387 **태평양을 막는 제방** 뒤라스·윤진 옮김
388 **남아 있는 나날** 가즈오 이시구로·송은경 옮김
389 **앙리 브륄라르의 생애** 스탕달·원윤수 옮김
390 **찻집** 라오서·오수경 옮김
391 **태어나지 않은 아이를 위한 기도** 케르테스·이상동 옮김 노벨 문학상 수상 작가
392·393 **서머싯 몸 단편선** 서머싯 몸·황소연 옮김
394 **케이크와 맥주** 서머싯 몸·황소연 옮김

세계문학전집은 계속 간행됩니다.